第三版

Contemporary Western Literary Theories

当代西方文艺理论

朱立元 / 主编

华东师范大学出版社

·上海·

图书在版编目(CIP)数据

当代西方文艺理论/朱立元主编. —3 版. —上海:华东
师范大学出版社,2014.5
ISBN 978 - 7 - 5675 - 2077 - 6

Ⅰ.①当…　Ⅱ.①朱…　Ⅲ.①文艺理论-西方国家
Ⅳ.①I0

中国版本图书馆 CIP 数据核字(2014)第 096012 号

教育部面向 21 世纪课程教材

当代西方文艺理论(第三版)

主　　编　朱立元
策划编辑　阮光页
项目编辑　范耀华
责任校对　王丽平
封面设计　储　平

出版发行　华东师范大学出版社
社　　址　上海市中山北路 3663 号　邮编 200062
网　　址　www. ecnupress. com. cn
电　　话　021 - 60821666　行政传真 021 - 62572105
客服电话　021 - 62865537　门市(邮购)电话 021 - 62869887
地　　址　上海市中山北路 3663 号华东师范大学校内先锋路口
网　　店　http://hdsdcbs. tmall. com

印 刷 者　昆山市亭林印刷有限责任公司
开　　本　787毫米×1092毫米　1/16
印　　张　27.75
字　　数　630千字
版　　次　2014 年 8 月第 1 版
印　　次　2025 年 1 月第 19 次
印　　数　57801-60900
书　　号　ISBN 978 - 7 - 5675 - 2077 - 6/I · 1169
定　　价　56.00 元

出 版 人　王　焰

第三版前言

《当代西方文艺理论》初版于1997年,2005年出了第二版增补版。这十几年来,本教材在全国高校中受到普遍的欢迎,特别是2012年在《中国人文社会科学图书学术影响力报告》(中国社会科学出版社出版)中,本教材名列"外国文学论文引用国内学术著作"前十名中的第二名,紧跟在《鲁迅全集》之后。这对我们来说是很大的鼓励。但是考虑到近二三十年来西方文论又有许多新的发展和变化,我们的教材也需要做出相应的调整。

这次我们主要在第13章"解构主义"和第15章"后现代主义"这两章中做了一些增补和修改。

第13章中的"耶鲁学派"部分进行了重写(刘琴、黎明博士参与起草,朱立元教授加以充实、整合和定稿),"德勒兹"部分由胡新宇博士执笔撰写;

第15章中由包亚明研究员执笔增补了鲍曼、凡蒂莫、布尔迪厄和"苏卡尔事件"等四节。

以上两章的其他部分也有个别文字上的修改。

我们希望通过这次修改,使本教材能更加跟上西方文论新发展的态势。

我们意识到,虽经这次修改,本教材一定还有不够完善之处。我们希望听取广大读者的宝贵意见,以便今后在适当的时间作进一步修订。

主编　朱立元
2014年6月

第二版(增补版)前言

《当代西方文艺理论》第 1 版自 1997 年出版至今已经整整八年了。承蒙读者的厚爱，本书重印了多次。但是，随着时间的推移、新世纪的到来，当代西方文论又有了不少新的发展。比如文化研究和文化批评在西方虽然缘起比较早，但发展得最热火的时期无疑是上个世纪 90 年代以来的十几年，第 1 版对此虽然已经有所涉及，但十分零碎、简略；还有空间理论也是如此。所以，很自然地我们从出版社以及其他途径听到一些读者的建议，主要是希望能够增补一些新的内容和材料，以便更加同步地了解当代西方文论发展的最新态势。我们觉得这个意见是合理的。而且，一本教材，用了八年，还跨了世纪，作适当的修订、补充是完全必要的。这就是出本书第二版的缘由。

本次修订，原第 1 章—第 17 章基本未动，主要是请本书原作者之一、南开大学哲学系陆扬教授增写了第 18、19 两章，即"文化研究"和"空间理论"。新增部分涉及的不少代表人物，在前面有关章节中已经出现过或者已有介绍的，第 18、19 章中我们注意重点介绍他们在"文化研究"和"空间理论"方面的新观点、新思想，其他方面则尽量避免重复。

由于所增补的内容属于西方文论中动态的、正在演变和发展着的那一部分，要全面准确地把握是非常有难度的，因此，不当之处，希望专家、读者批评指正，以便我们在今后的修订中再进行修改、完善。

朱立元

2005 年 1 月

目　次

0 导论：当代西方文艺理论概观

当代西方文艺理论，本书简称当代西方文论，时间跨度为 20 世纪初至今，范畴主要为文学理论。

文学理论的分期当然很难绝对划定一个具体的年代，但如从一个大的思想文化背景上来考察的话，那么毫无疑问，从 19 世纪到 20 世纪，西方文论经历了一个质的变化。如果说，19 世纪西方文论在实证主义、意志主义等思潮影响下，以浪漫主义、现实主义等文学创作实践为基础，突破了古典主义文论的束缚，形成了以浪漫主义（含象征主义）和现实主义（含自然主义）为主流的文学理论和批评，那么，20 世纪西方文论则在现当代西方哲学两大思潮（人本主义和科学主义）的冲击下，在现代主义和后现代主义文学创作实践的推动下，形成了完全不同于 19 世纪文论的、具有鲜明反传统倾向和 20 世纪新特点即当代性的文学理论。两者的区别是时代性、世纪性的。因此，我们把当代西方文论的时间范围基本上划在 20 世纪。

本书所用的"西方"概念，除了地域含义外，还包括历史文化因素，因此，本书介绍了若干俄罗斯文论，但未介绍前苏联的文论。

20 世纪是一个充满重大变革的世纪，是人类创造力空前高涨与迸发，创造出远远超出前 19 个世纪生产力总和的世纪，是人类科学文化突飞猛进、达到"知识爆炸"程度的世纪；不过，毋庸否认，也是发生过两次世界大战和无数次局部战乱、人类蒙受前所未有的巨大灾难与牺牲的世纪。在这样一个充满动荡和激变的世纪中，人们从自然观、宇宙观、社会观、人生观、伦理观、审美观，到生存方式、行为方式、思维方式都发生了并继续发生着剧烈而深刻的变化。这种变化，也反映到作为人文学科思潮一个组成部分的文学理论上。

0.1 两大主潮

当代西方哲学思潮大体上分为人本主义和科学主义两大主潮。

所谓人本主义，就是以人为本的哲学理论，其根本特点是把人当作哲学研究的核心、出发点和归宿，通过对人本身的研究来探寻世界的本质及其他哲学问题。

所谓科学主义，是以自然科学的眼光、原则和方法来研究世界的哲学理论，它把一切人类精神文化现象的认识论根源都归结为数理科学，强调研究的客观性、精确性和科学性，其思想基础在本世纪主要是主观经验主义和逻辑实证主义。

这两大思潮自 20 世纪以来时而对立、冲突，时而共处、交错，时而互相吸收，此长彼消，曲折发展，在纷纭复杂、多元展开的哲学大潮中始终占主导地位。

当代文学理论的发展虽有相对独立性,但与这两大哲学主潮有着密切的联系,在思想基础、理论构架、研究方法等许多重要方面受其深刻影响。因此,我们同样也可把当代西方文论的发展分为人本主义和科学主义两大主潮。

当代西方人本主义文论的起点之一是象征主义与意象派诗论,如瓦莱里的象征主义诗论就高度重视人的个性、个体的心灵活动和重建个体的精神史;庞德的意象主义诗论虽有某些形式主义倾向,但在主要方面接受了表现主义的影响,强调诗歌意象应表达诗人感情与理性的"复合"。当代人本主义文论的另一起点是表现主义,克罗齐关于艺术是抒情的直觉和表现的理论,把非理性的"直觉"提升到人的心理活动的基础地位上,作为解释文学艺术本质的决定性机制。以弗洛伊德等人为代表的精神分析学文论,则发现了"无意识"在人的心理活动中的重要地位,并由此出发,对文艺现象作出种种独特的解释,揭示出许多过去被忽视的文艺创作与接受的重要心理特征,在 20 世纪西方文论中发生了深远影响。柏格森的直觉主义文论以"绵延"的生命冲动为基础,用作为非理性的神秘心理体验的"直觉"来说明文艺的本质,对稍后的意识流文论也有重要启示。现象学和存在主义(包括荒谬派)文论可以说是 20 世纪前半期思想最深刻、内容最丰富、影响最巨大的人本主义文论,萨特的存在主义文论就高举人道主义大旗;海德格尔的存在论文论虽然自称"反人本主义",但其出发点和核心仍然是作为"此在"的人。20 世纪西方马克思主义文论,无论是法兰克福学派的,还是其他人的,其关注的中心,还是当代资本主义社会所造成的人的全面异化,他们往往希冀通过文学艺术在一定程度上消除或减少异化,求得人的全面(包括心灵)的解放。解释学和接受理论受到现象学和存在主义文论的直接启示,非常重视主体的艺术和审美经验在审美理解与解释活动中的作用,基本思路未超越人本主义范围。

当代西方科学主义文论中较早出现的是俄国形式主义及其后继者布拉格学派。这一派文论受到瑞士语言学家索绪尔的语言学理论的影响,提出以科学方法研究文学的"内在问题",其目标是研究文学的内在规律,揭示文学之为文学的"文学性",即文学中的语言形式和结构。英美语义学和新批评派文论是当代科学主义文论中另一支影响甚巨的流派,瑞恰兹的语义学批评深受逻辑实证主义影响,把语义分析作为文学批评最基本手段;新批评派一反浪漫主义和实证主义的文学批评传统,把研究的重点从作家或作家的心理、社会、历史等方面转移,集中到文学作品本身的形式、语言、语义等"内部研究"方面来,以突出研究的客观性与科学性。20 世纪中期达于鼎盛的结构主义文论及相关的符号学、叙事学,是索绪尔语言学理论在文学研究上的应用,也是布拉格学派、新批评等文论思想的进一步发展,它也强调研究的客观性与科学性,注重研究与作者无关的文学文本本身及其"构造"和"关系",以揭示文学文本表层结构底下的深层意义或结构。结构主义是对存在主义的反动,明确打出反人本主义的旗号。结构主义之后的解构主义虽然致力于消解结构主义,但在细读文本、从文本语言切入展开解构批评的思路上与结构主义一脉相承;它虽与科学主义的主旨不合,但更自觉地反对人本主义,如德里达有一篇论文题为"人类的终结",一语双关,既指人走向终结,又指人本主义哲学维护的人类自身目的的终结。

当代西方文论两大主潮的上述划分和勾勒只是大体上的,有一些很难归入任何一脉,如解构主义就是;此外,这两大主潮在发展过程中经常有碰撞、冲突,也时而有交流、沟通甚至互相渗透、吸收,譬如原型批评,既受精神分析学影响,又受人类学和结构主义的影响,是多种思想学说的交融与综合;又如西方马克思主义文论中,也存在着某些自觉综合两大主潮的努力;解释学与接受理论在坚持人本主义的大前提下将"语言—意义"的结构主义基本思路吸纳进来;女权主义批评也有兼容两者的特点。总起来看,20世纪后半期西方文论中两大主潮交融渗透的趋势有所增强。不过,70年代以后兴起的后现代主义、新历史主义、后殖民主义等文论,则有许多后现代特点,很难简单地用两大主潮及其交融来概括。

0.2 两次转移

当代西方文论在研究重点上发生了两次重要的历史性转移,第一次是从重点研究作家转移到重点研究作品文本,第二次则是从重点研究文本转移到重点研究读者和接受。

19世纪的西方文学理论,占主流地位的是浪漫主义、现实主义和实证主义,尽管它们有种种不同,但在研究重点上却完全一致,即都以研究作家为主。譬如浪漫主义文论强调天才和"主体第一性",因而主要关注作家的创造性想象、灵感等;现实主义文论虽然把艺术真实性放在首位,但通过对作品的研究,还是把批评的重点落在作家身上;实证主义则更关注作家的生平、传记等方面的研究,试图与其作品互相印证。

20世纪的西方文论,一开始仍然延续了上述研究重点,如象征主义、意象派和表现主义文论就是如此;精神分析学批评在这方面又有所发展,如弗洛伊德把作家的作品与作家童年、少年时代的心理乃至病理历程结合起来研究,以后者来解释前者;直觉主义和意识流文论,仍然重点研究作家的心理、意识活动。

但是,从二三十年代起,随着俄国形式主义、语义学和新批评派的崛起,西方文论研究的重点开始发生悄悄的变化,即从以作家研究为主逐步转向以作品研究为主。如俄国形式主义只关心文学作品本身的语言形式和结构,而不关心有关作家的生平与心理;英美新批评的"意图谬见"说和"感受谬见"说把文学作品与作家、读者两方面的联系一刀切断,只孤立地研究文学作品本身;到了结构主义,更是把文学文本作为唯一的研究对象,罗兰·巴尔特声称,作品诞生后,"作者死了",作者意图与文本无关。

关注的目光从作家到作品,这是当代西方文论研究重点的第一次转移。

20世纪三四十年代,现象学和存在主义文论,在重点研究文学作品的同时,已开始关注读者的接受问题,如英伽登认为读者也参与了文学作品的创造,萨特也对读者的再创造给予高度评价。结构主义文论后期也开始注意读者的阅读问题。到六七十年代的解释学和接受理论,则完成了当代西方文论第二次研究重点的转移,即从作品文本转到读者接受上来。这个转移到解构主义文论达到顶峰。

20世纪文学理论研究重点的这两次转移不只是研究对象或重点的偶然转移,而且反映了文学观念的历史性、根本性变化。每一次转移的结果,导致对前一种研究思路和格局的总体性扬弃,从而引发整个文学观念的全局性变革。正如美国文论家汤普金斯所说:"由于把重点放在读者方面往往会先销蚀、后来又破坏客观的文本,注重读者作用的批评家就越来越致力于重新界定文学研究的目的和方法。……起初只是重点从一部文学作品的叙述者向它所指的读者的一次小小的转移,结果却变成了世界观的改变。"[①]不仅从文本向读者的转移是如此,第一次转移也是如此。这两次转移既体现了整个文学活动中"作家创作→作品文本→读者接受"三个主要环节的逻辑顺序,也显示了 20 世纪西方文论历史演进的基本轨迹。

0.3 两个转向

当代西方文论最重要的特征是出现了两个转向:一是"非理性转向",二是"语言论转向"。

首先看"非理性转向",这主要是就人本主义文论而言的。19 世纪以前的西方古典文论同古典哲学一样,是理性主义占主导地位的。在西方古典哲学中,人本主义与科学、理性主义并无根本冲突。早在古希腊,人已被看作理性的动物,人能认识和主宰世界的理性精神被看作人之为人、人高于动物的本质所在。文艺复兴之后,中世纪人对神的依附、盲从、迷信被人对自身理性的发现和肯定所替代。自然科学的一系列新发现不但解放了人们的思想,提高了科学的地位,而且也无限增强了人对自身理性的信心,用理性原则来建立一个新世界成为 17、18 世纪西方先进思想家的共同理想。从笛卡尔到康德,再到黑格尔,理性主义始终占据统治地位。那个时代,人本主义与科学或理性主义完全一致,理性原则可以说正是人本主义的核心尺度。文论也一样,从 17 世纪法国古典主义文论到 19 世纪初的黑格尔美学,贯穿于其中的主线也是理性主义。但 19 世纪起,随着黑格尔为代表的德国古典哲学的终结,理性主义开始衰退,叔本华、尼采非理性主义的唯意志论问世,使传统的人本主义与科学、理性主义之间出现裂痕,为 20 世纪人本主义与科学主义的对立埋下了伏笔。进入 20 世纪,人本主义哲学和文论中非理性主义逐渐占了上风。这就是所谓的"非理性转向"。

当代西方人本主义文论认为,传统的科学理性远远不足以认识整个世界,尤其不足以认识人类无限丰富复杂的精神文化世界;在人类精神活动中,还存在一个远大于科学理性范围的非科学、非理性、非逻辑的心灵活动领域,如处于自觉意识阈限以下的种种心理活动,像情感、直觉、无意识、意识流等等。当代西方文论,主要是人本主义文论于是继承叔本华、尼采的思路,把目光从传统的理性原则转向长期被忽视或遗忘的人的非理性方面,在此基础上建构新的文学理论:如克罗齐、柏格森对直觉的推崇;弗洛伊德、荣格对无意识领域的开拓;卡西尔对"隐喻思维"的重视;苏珊·朗格对作为"前逻辑"方式的情感和"生命形式"的注意;海德格尔对"先行结构"的强调和要用"思"与"诗"把语言从逻辑和语法中"拯救"出来的努力;伽达默尔"合法的前见"的提出;姚斯对"审美期待视域"的解释;德里达要"涂去"概念的逻辑表达方式等等,都是从不同角度、不同方面对传统理性主义的挑战与突破,都是对人的本质力量中非理性方面的发现与张扬。这种"非理性转向",给当代西方文论带来了重要的变化和更新,取得了重要的突破和拓展。

---

① 汤普金斯:《读者反应批评·引论》,见《读者反应批评》,纽约 1980 年版。

其次是"语言论转向"①,这主要是就科学主义文论而言的。"语言论转向"是西方哲学史上的第二次大的转向。在古希腊,哲学中的核心问题是"世界是什么"。针对这一质询,各派哲学分别从各自立场作了回答,从非常具体的水、火、土到相当抽象的"数",这是他们对世界本质的基本看法。到17世纪,欧洲哲学经历了一个重大事件,即人们所说的"认识论转向"。在此"转向"上,哲学由对世界本质的探询转到了人认识世界何以可能的探询。在这时,"一切都必须在理性的法庭面前为自己的存在作辩护或者放弃存在的权利"②。哲学的真理由自明转为了有待证明、有待检视。法国哲学家笛卡尔在这一"转向"中起到了带头人作用。他认为,对一切公认的传统观念和意见都必须用理性来加以批判,这一哲学立场成为对经院哲学推崇信仰的反拨,也成为现代自然科学方法论的基础。经历"认识论转向"之后的欧洲哲学,以笛卡尔为代表的唯理论者侧重于追问"我们知道的究竟是什么",而以培根为代表的经验论者则侧重于探询"我们是怎样知道的",两者各有特色,但都已将"认识论"作为研讨的重点。

由笛卡尔开创的"认识论"哲学,在欧洲17至19世纪的两百多年间成为哲学的主潮。而到了19世纪末、20世纪初,部分由于受到索绪尔理论的启迪,更多地与19世纪实证主义的影响相关,西方哲学逐渐由认识论轴心转到语言论轴心。1915年,罗素在一次演讲中就宣称,以前在哲学中讨论的认识论问题,大多只是语义的问题,可以归结为语言学的问题。③ 维也纳学派的石里克在1918年出版的《普通认识论》也表达了类似见解。他在1930年发表的《哲学的转变》一文已隐含了"语言论转向"的提法,认为这种转向"使传统的'认识论'问题得到解决。思考表达和陈述的本质,即每一种可能的'语言'(最广义的)本质,代替了研究人类的认识能力"④。到了20世纪60年代,美国哲学家罗蒂编选了一部论文集,题目即为"语言论转向",他认为"通过改革语言,或通过进一步理解我们现在所使用的语言,可以解决(甚至排除)哲学上的种种问题"⑤。这部著作的出版,标志着"语言论转向"问题在学界已有了自觉。

可以说,西方哲学的两次"转向",使得它的立论基点与前大为不同。17世纪以前的哲学更多关注"世界的本质"是什么,似乎弄清了它,其他疑难都可迎刃而解;认识论的哲学关注"我们如何知道世界的本质",它要求在对世界作出判断以前,应先对认识的可靠性和可能性作出回答;而语言论的哲学则关注"我们如何表述我们所知晓的世界的本质",它对前两类问题并未简单否定,但强调要先在语言层面上检验命题的真伪。

在当代西方文论中,"语言论转向"首先体现在科学主义文论中。从俄国形式主义、布拉格学派、语义学和新批评派,到结构主义、符号学,直至解构主义,虽然具体理论、观点大相径庭,但都从不同方面突出了语言论的中心地位。如俄国形式主义者接受、借鉴索绪尔

---

① linguistic turn,直译为"语言学转向",本书采取王一川的译法"语言论转向",详见《语言乌托邦》,云南人民出版社1994年版,第8页。
② 恩格斯:《反杜林论》,《马克思恩格斯选集》第3卷,人民出版社1972年版,第56页。
③ 罗素:《我们对于外部世界的知识》,伦敦1915年版,第1—4页。
④ 洪谦编:《逻辑经验主义》,商务印书馆1982年版,第8页。
⑤ 罗蒂编:《语言论转向》导论,芝加哥1967年版,第3页。

的语言学观点和方法来研究文学,认为文学批评主要应研究文学自身的内部规律,即研究文学作品的语言、风格、结构等形式上的特点和功能;新批评派也集中研究作品的"文本"和"肌质",即其中的语言文字和各种修辞手法;结构主义超越了新批评执着于单部作品语言技巧分析的局限,把具体作品文本看成表面的文学"言语",而力图透过文本分析,揭示隐藏于深层的文学总体结构即"语言"或"普遍的语法"。

"语言论转向"在当代人本主义文论中也有所体现。早在克罗齐的表现主义文论中,就提出了美学等于语言学的新观点;现象学和存在主义文论也十分重视语言问题,海德格尔把语言看成人的生存的家园,认为诗的本质就是用语言去神思存在;伽达默尔同样也把语言置于解释学文论的中心地位。

由此可见,"非理性转向"主要体现在人本主义文论中,"语言论转向"主要体现在科学主义文论中;但这只是就大体而言,并不是绝对的,这两个转向在两大主潮中常常交叉重叠,很难截然分开。这从一个侧面说明两个转向在当代西方文论中的巨大覆盖面和普遍性。

上面,我们对当代西方文论作了简要的客观审视。从中我们可以看到,多元发展,是20世纪西方文论的一个显著特点。这种态势的具体表现,一是流派繁多,本书将要涉及的仅是其中一小部分,数十个文论学派此起彼伏,异常活跃,远远超过了19世纪西方文论的流派数量;二是更迭迅速,一般说来,当代西方文论一个流派从创立到衰落不过二三十年,繁盛时期的周期更短,如柏格森的直觉主义文论、瑞恰兹的语义学批评等作为流派存在时间都较短,存在主义和结构主义文论时间跨度长一些,但高峰期也不过几年,很快就被其他流派所取代;三是许多流派之间既有尖锐冲突,又相互交叉、重叠、影响和吸收,呈现十分复杂的关系,不少文论家同时成为两个甚至几个流派的代表人物,一个流派中也可能同时吸纳几个流派的文论家,如荣格就既是精神分析学的代表,又是原型批评的奠基人之一,西方马克思主义中容纳了众多流派的代表人物,罗兰·巴尔特前期是结构主义者,后期成为解构主义的中坚人物。总而言之,当代西方文论的发展可以用"纷纭复杂"四个字来加以概括。

正因为如此,就特别需要我们时刻注意自觉地运用马克思主义的唯物史观来观察、分析、研究当代西方文论的发展变化,对其中每个流派及其代表人物的思想、学说,都要以清醒的目光、科学的态度,给予实事求是的客观分析和评价。有一种观点认为到了20世纪,马克思主义已经过时;还有人认为当代西方文论已经超越了马克思主义。我们认为这种观点是完全错误的。诚然,当代西方文学艺术与文论有了许多过去所没有的新发展,但马克思主义作为科学也在实践中不断发展。马克思主义的生命力,就在于它能在实践中不断总结经验,吸收人类一切科学文化发展的新成果来丰富、充实、发展自己。因此,马克思主义作为世界观和方法论,是开放的,而不是封闭的;它并不代替文学和批评的具体研究,但它能正确地指导我们进行文学和批评的具体研究。在此意义上,马克思主义没有过时,也不会过时。本书将坚持用马克思主义的唯物史观来研究、分析当代西方文论,努力给予实事求是的科学评价。

下面,我们将对当代西方文论的重要流派与思潮逐一加以评介。

1 象征主义与意象派诗论

19 世纪西方文学随着现实主义、自然主义和浪漫主义思潮的逐渐衰落,象征主义思潮应运而生。前期象征主义主要是指 19 世纪后半叶产生于法国的诗歌流派,代表人物是波德莱尔、魏尔兰、兰波和马拉美。他们同时也是前期象征主义诗论的主要代表。波德莱尔十四行诗《应和》首次提出著名的象征主义"应和"论,认为自然界万物互为象征,组成"象征的森林",而人的诸感官之间亦相互应和沟通,最重要的是人的心灵与自然界之间也是互为应和、交流的,诗就是这种象征、应和的产物,故该诗被誉为"象征主义的宪章"。不过,首先提出"象征主义"概念的不是波德莱尔,而是希腊诗人让·莫雷亚斯。他于 1886 年发表《象征主义宣言》,正式用"象征主义诗人"来概括法国这批新潮诗人。前期象征主义诗论与实证主义、自然主义不同,主要强调展示隐匿在自然世界背后的超验的理念世界,要求诗人凭个人的敏感和想象力,运用象征、隐喻、烘托、对比、联想等手法,通过丰富和扑朔迷离的意象描写,来暗示、透露隐藏于日常经验深处的心灵隐秘和理念。前期象征主义随着 1898 年马拉美的逝世而告终。

20 世纪初,后期象征主义诗潮再度崛起,并从法国扩及欧美各国,主要代表人物有法国的瓦莱里,英国的叶芝、西蒙斯等,他们也都既是诗人又是批评家,既有创作实践又有理论批评。与该派密切相关的,还有英美诗人庞德、休姆等倡导的"意象派"诗歌与诗论。本章主要介绍后期象征主义和意象派诗论。

1.1 瓦莱里以音乐化为核心的象征主义诗论

保尔·瓦莱里(1871—1945),出生于地中海滨小城赛特,母亲是意大利贵族后裔。后移居蒙彼利埃,曾在蒙彼利埃大学学习。1894 年起定居巴黎,曾在国防部任文稿起草人,1900 年后到哈瓦斯通讯社工作。大学时代就崇拜马拉美的象征主义诗歌,并显露出非凡的诗才。后一度转向数学与哲学的抽象研究。1912 年将青年时代诗稿结集为《旧诗集存》出版;1917 年发表长诗《年轻的命运女神》一举成名;1922 年出版诗集《幻美集》,其中《海滨墓园》标志着其诗歌创作的顶点。他的诗歌创作把象征主义推进到一个新阶段,1921 年被评选为"当代法国最大的诗人"。1925 年当选为法兰西学院院士。1937 年法兰西公学专门聘请他为诗学课教授。他逝世时,戴高乐将军为他举行了国葬。他的文学理论、批评活动主要活跃于 20—30 年代,主要著作有《尤帕利诺斯》(1923)、《灵魂与舞蹈》(1923)、《文学杂集》(1924)和三本续集(1930,1936,1938),他的诗歌评论文章在他死后被收入《瓦莱里选集》第 7 卷《诗的艺术》中。他的诗歌理论使他成为法国后期象征主义诗论的主要代表。

1.1.1　象征主义的现实存在

象征主义诗潮在法国已活跃半个多世纪了。瓦莱里作为马拉美的门生,深受象征主义诗歌的熏陶与影响,但也感受到象征派内部在美学观点上并不一致,而这正是当时一些人否认象征主义在文学世界中真实存在的理由。有鉴于此,瓦莱里一方面承认,"那个可称为象征主义的群体并不基于一致的美学思想;象征主义不是一个流派。相反,它容纳众多具有极大分歧的流派"。另一方面又指出,象征主义作为一种群体的精神、一种创造活动是确确实实存在的,并自信"能够通过某种综合重建那个时期的精神,那个后来得名为象征主义的群体的精神"①。他从三方面论证了现实存在着的象征主义精神:

第一,象征主义追求高于现实世界的丰富心灵世界及其内在生命力。瓦莱里认为,象征主义诗人视现实世界为可鄙的、不真实的,他们力图超越现实而进入超验的心灵世界和"内在生命的实体",他们感到真切存在的只是"大自然和生命的某些面貌以及人类的某些作品"所赋予的激情,诗人能从中汲取"珍贵的感觉、无限丰富的思想以及思想、情感、严谨和幻想的奇妙组合,还有与神秘相连的快感和活力",并孕育出"应和"的象征主义诗作。

第二,象征主义追求一种"创造读者"的自由的艺术创新。瓦莱里认为,象征主义精神决不屈从于读者的已有口味和审美习俗,而致力于一种艺术创新活动,它"用创造读者的作品渐渐取代那些依从公众习俗及偏好以吸引读者的作品",就是说,象征主义诗歌要选择趣味高雅的读者作为对话人,同时要通过形式的探索与实验,打破读者旧的审美习俗和惰性,培养和"创造"出有创造性的新读者。在此意义上,瓦莱里宣称"象征主义作为一个创造的时代脱颖而出",那是"自由的寻求,是献身者在艺术创造中承担一切后果的绝对的冒险"。

第三,象征主义诗人虽有文笔、手法、见解、感觉和写作方式及美学理想等许多方面的差异,但他们之间在精神上却有着高度的一致性与强大的凝聚力,即他们反对只写人性的共性与普遍性,而高度重视个性、个体的内心活动与反应,人之为人的独特性,力图重建个体的精神史。

这样,瓦莱里从群体的精神上肯定了象征主义诗潮的现实存在。

1.1.2　象征主义的界定:音乐化

对于象征主义诗歌的界定,瓦莱里同其前辈及同时代人颇不一样,既不同于"应和"论,也不同于"暗示"和"神秘"论,而是独特的"音乐化"论。他在总结马拉美的象征主义诗歌创作时说道:"马拉美毕生的问题……就是还诗歌以现代伟大的音乐作品从它那里夺走的王国";在另一处他说得更明确:"那被命名为象征主义的东西,可以很简单地总结在好

---

① 瓦莱里:《象征主义的存在》,《外国文学评论》1989 年第 1 期,本节凡引文出自此文者,不再一一注明出处。

几族诗人想从音乐收回他们的财产的那个共同的意向中。"①显然，在他看来，象征主义诗歌的本质就在于使诗歌这种语言艺术"音乐化"②。这里，关键在于他对音乐化的独特理解和阐释。

首先，音乐化是指诗的语词关系在读者欣赏时引起的一种和谐的整体感觉效果，也即语词与人的整体感觉情绪领域的某种和谐合拍的关系。瓦莱里说："诗是一种语言的艺术，某些文字的组合能够产生其他文字组合所无法产生的感情③，这就是"诗情"。而所谓"诗情"，是"一种兴奋和迷醉的心情。……它是由于我们的某些内在情绪，肉体上的和心理的，与某些引起我们激动的环境（物质的或者理想的），在某种程度上的吻合而引起的"；作为"诗的艺术"，就是要用"语言手段""引起类似的心情和人为地促进这种感情"，④也就是使"语言结构"与"诗情"达到一种默契与和谐。他并将"诗人的手段与作曲家的手段"加以比较，认为音乐很容易从日常噪音中区分出"纯音"，并用乐器将这些纯音材料加以调配组合起来；而诗人则要通过个人的努力从"全部广泛的日常语言"的"杂乱无章的混合体中吸取"成分，"用最平常的材料创作出一种虚构的理想秩序"。⑤这种诗的语言，"能够创造诗情世界"，能够使人"恢复"诗情，"并直至人工地培养这些感觉官能的自然产物"，⑥也即使诗的语言与诗的感觉、心情达到高度的和谐。

其次，音乐化还指诗情世界同梦幻世界有某种内在的联系。瓦莱里描述他体验到的"诗情世界"是：原先普通世界中的一切人与事，此刻虽然仍保持原貌，"却又突然与我的整个感觉有一种难以言喻的密切。……它们相互吸引，按照异常的方式相联系。它们……音乐化了，互相共鸣，并且似乎和谐地联在一起。这样一解释诗的世界就同我们所设想的梦乡中的境界十分相似"⑦。这是说，诗的世界，与梦幻世界相似，外在事物的意象与主体的感觉、心情完全和谐、共鸣，交融为一体。瓦莱里在另一处描述"纯诗情的感受"时说得更具体："这种感受总是力图激起我们的某种幻觉或者对某种世界的幻想上，——在这个幻想世界里，事件、形象、有生命的和无生命的东西都仍然像我们在日常生活的世界里所见的一样，但同时它与我们的整个感觉领域存在一种不可思议的内在联系。我们所熟悉的有生命的或无生命的东西，如果可以这样说的话，好像都配上了音乐；它们相互协调形成了一种好像完全适应我们的感觉的共鸣关系。从这点上来说，诗情世界显得同梦境或者至少同有时候的梦境极其相似。"⑧

此外，音乐化还包含诗的语言的音乐化，"要做到音韵谐美节奏合拍，而且要满足各种理性的及审美的条件"⑨。

概而言之，瓦莱里为象征主义规定的任务是"使我们感觉到单词与心灵之间的一种密切的结合"⑩；其象征主义诗论的核心，就是认为"诗的世界"实质上是：语言（词）—意（形）象——感觉（情）三者之间的和谐、合拍的音乐化关系。这个论点实际上是把波德莱尔寻

---

① 瓦莱里：《波德莱尔的位置》，转引自《戴望舒诗全编》，浙江文艺出版社 1989 年版，第 178 页。

② 瓦莱里多次用"音乐化"一词论诗，如《纯诗》一文，见《现代西方文论选》，上海译文出版社 1983 年版，第 27 页。

③⑦⑨ 瓦莱里：《诗与抽象思维》，见《二十世纪文学评论》，上海译文出版社 1987 年版，上册第 430、430、440 页。

④⑤⑥⑧ 瓦莱里：《纯诗》，见《法国作家论文学》，三联书店 1984 年版，第 117、120—121、118、117—118 页。

⑩ 瓦莱里：《诗与抽象思维》，见《现代西方文论选》，上海译文出版社 1983 年版，第 37 页。

找对象与心灵对应关系的"应和"论更加深化了。

1.1.3　对抽象思维和理性的重视

上面说到瓦莱里承认诗与梦幻的某种相似性，如果我们据此就认定他是非理性主义者，那就大错特错了。其实，瓦莱里强调的重点恰恰在另一面："一个真正的诗人的真正创作条件是区别于梦幻状态的，尽可能越清晰越好。我从前者所见的是自觉的努力，思想的轻快反应，精神活动屈从于剧烈的抑制，和牺牲所得到的永久性胜利。"对此，当代美国著名批评家韦勒克一针见血地指出，"瓦莱里虽然承认某种最初的非理性的暗示，……但他的全部实际重点放在观念时刻之后的理论沉思部分上，放在诗的计算上，放在诗人在可能性中作选择的行为上，他对一种娱乐或游戏作富有洞察力的、有高度意识的追求上"①。

首先，瓦莱里强调诗人应有抽象思维能力。他说，"诗人并非总是没有推论'三率法'的能力，……如果一个诗人永远只是诗人，没有丝毫进行抽象思维和逻辑思维的愿望，那么就不会在自己身后留下任何诗的痕迹"②；在他看来，"每一个真正的诗人，其正确辩理与抽象思维的能力，比一般人所想象的要强得多"③。这与当时西方流行的完全排除诗人的理性观念和抽象思维的直觉主义、表现主义、超现实主义、弗洛伊德主义等非理性主义和神秘主义思潮形成鲜明的对照。

其次，瓦莱里指出了抽象思维在诗歌创作中的重要作用：一是抽象思维作为诗人的"哲学"在创作活动中起作用，这是诗的象征意味和哲理内涵的来源；二是诗的构思过程，"不仅是我所说过的那个'诗的世界'的存在，而且还要有许多思考、决定、选择和组合"，换言之，需要抽象思维的介入和冷静的理性思考，"需要一种完全不同的脑力劳动"④。这比那种把诗歌创作说成完全是下意识的，甚至等同于梦呓、迷狂、醉态或精神分裂等观点，显然要正确、辩证得多。

再次，瓦莱里强调诗应追求超越个人的无限、普遍的价值。他认为诗不能满足于追求个人的价值，哪怕是对个人具有"无限价值"的东西，指出，"'仅仅对一个人有价值的东西是没有价值的。'这是文学的铁的规律"⑤。换言之，瓦莱里心目中的文学的"铁的规律"乃是追求人类的普遍价值。而诗歌要表现普遍价值，是不能没有抽象思维和理性思考的帮助的。

由此可见，瓦莱里独特的音乐化象征主义诗论一方面比从波德莱尔到马拉美的前期象征主义诗论更为深刻和精细，另一方面也克服了其前辈和同辈诗论中的某些神秘主义和非理性主义倾向，从而把象征主义诗论推进到一个新阶段。

---

① 韦勒克：《西方四大批评家》，复旦大学出版社1983年版，第44页。
② 《瓦莱里全集》，法文版，第1卷，第1320页。
③④⑤　瓦莱里：《诗与抽象思维》，见《现代西方文论选》，上海译文出版社1983年版，第37、38、37页。

1.2　叶芝的理性与感性相统一的象征理论

　　威廉·巴特勒·叶芝(1865—1939),生于爱尔兰的都柏林,父亲是律师、画家。1874年随家迁往伦敦,1880年返回都柏林。1886年进都柏林艺术学校学习并开始文学创作。1890年在伦敦和都柏林创建了爱尔兰文学研究会,不久成为该会领袖。1904年与格里高里夫人共同创建了阿贝剧院,团结一批爱尔兰作家创作反映民族斗争和生活的作品,促成爱尔兰的文艺复兴运动。他积极参与爱尔兰民族解放运动,爱尔兰独立后,被选为国会参议员。1939年病逝于法国罗格布鲁勒。他是爱尔兰的伟大诗人、剧作家和评论家,一生创作了大量富有民族色彩的优秀诗歌和诗剧,代表作有诗集《莪辛漫游》、《芦丛之风》、《钟楼》、《盘旋的楼梯》、《驶向拜占庭》和诗剧《心愿之乡》、《幻泉》、《胡里痕的凯瑟琳》、《1916年的复活节》等,1923年被授予诺贝尔文学奖。他的中、后期诗作发展了象征主义创作方法。在创作的同时,他也发表了许多诗歌评论文章,发展和丰富了象征主义诗论,这些论文在他死后被收入《论文与序言》(1961)、《探索集》(1962)、《评论选》(1964)等书中。

　　在叶芝之前,还应提到英国诗歌评论家亚瑟·西蒙斯(1865—1945)。诚如韦勒克所指出,"法国象征主义在英国的主要传播者是亚瑟·西蒙斯"[①]。从19世纪80年代起,西蒙斯就关注法国象征主义诗人的作品,并给予评论、介绍。1900年他出版了《象征主义文学运动》一书献给叶芝。该书虽说不上对法国象征主义诗潮作系统、深入的研究和评论,但至少是英国第一部较全面介绍法国象征主义文学的论著。该书认为在法国,在每个伟大的富于想象力的作家那里,都可以发现各种各样伪装之下的象征主义,这就把法国优秀诗人、诗作全都划入象征主义门下。他强调象征主义的内在精神性,认为它是对外在形式、浮华文词和物质主义传统的一种反拨;又说象征主义是脱离最终实体、脱离心灵、脱离存在着的一切的一次努力,这就把象征主义看成追求超验世界和理念的神秘主义的东西了;他还把象征主义这种超验追求说成是返回经由美的事物到达永恒美的那条唯一途径,与当时的唯美主义相合拍。[②] 但是,西蒙斯的象征主义观点显然并不系统,也不成熟,然而对叶芝了解法国象征主义却大有帮助。在西蒙斯之后,叶芝"提出了自己的象征主义理论,它独树一帜并构成了一套引人注目和条理严密的美学、政治学乃至实践批评的体系"[③]。

1.2.1　象征的内涵和象征主义美学风格

　　叶芝的象征主义理论是与他的诗歌批评紧密结合在一起的。早在1893年,他就与人合编了他所喜爱的诗人布莱克的三大卷作品集,并作了许多评注。他把布莱克的诗作看

---

①③ 韦勒克:《现代文学批评史》第5卷,中国人民大学出版社1991年版,第19、2页。
② 西蒙斯:《象征主义文学运动》,伦敦1956年版,引言。

成一个"象征体系",描述这一体系的第一部分题为"象征主义的必然性",其中他论述了从瑞典哲学家斯维登堡到布莱克关于两个世界(感性的与理性的)对应的思想,认为这是象征主义的思想根基,并提出诗歌的"隐喻符号"与象征的"玄想符号"的区别在于"后者被编织到一个完整的体系中"①。其意是,象征的玄想符号包含隐喻因素,但在诗中被组织到完整的意象体系中了,也就是说,与隐喻相比,象征不是个别的,而是整体的、体系化的,象征是隐喻的体系。

叶芝在 1900 年发表的《诗歌的象征主义》一文中对象征主义作了较为系统的论述。他认为,象征主义体现在包括绘画、雕塑、文学在内的各种艺术样式中,在文学中,"一切文体都旨在表现""那种连续性的难以言喻的象征主义"②。他还结合彭斯等人的诗作对象征作了具体的描述,并再次提出了隐喻与象征的区分,认为"当隐喻还不是象征时,就不具备足以动人的深刻性。而当它们成为象征时,它们就是最完美的了"③。这就告诉我们:(1)象征具有隐喻性,或隐喻是象征的基础;(2)象征高于隐喻,是隐喻的提升,比隐喻更深刻、完美和动人。

关于象征的内涵,叶芝说道:"全部声音,全部颜色,全部形式,或者是因为它们的固有的力量,或者是由于深远流长的联想,会唤起一些难以用语言说明,然而却又是很精确的感情。"这种全部形式与精确感情之间的关系就是对应的象征关系。而且,"一种感情在找到它的表现形式——颜色、声音、形状或某种兼而有之之物——之前,是并不存在的,或者说,它是不可感知的,也是没有生气的"④。这就是说,形式与感情之间存在着对应的象征关系,一方面,形式通过象征能唤起对应的感情;另一方面,感情也需要寻找对应的形式即通过象征才能得到表现,获得生气灌注。正因为象征主义能凭借形式唤起和表现感情,因此,它具有打动人的魅力。叶芝据此认为,"诗歌感动我们,是因为它是象征主义的"⑤。这就把象征主义上升到诗歌感人的根源的地位。显然,在他心目中,只有象征主义诗歌才是感人的好诗;反之,一切好诗都应是象征主义的。于是象征主义成为一杆衡量诗歌高低优劣的主要审美标尺。这些论述表明,叶芝对象征内涵的阐释比瓦莱里更为明晰、准确,也更为辩证,象征主义在他诗歌理论中的地位也更高。

叶芝还对象征主义诗歌的美学风格提出了具体要求:(1)"抛弃为自然而描写自然,为道德法则而描写道德法则"的做法,不满足于表现外在世界,而要使诗"显露它心中的图画";(2)摆脱外在意志的干扰,努力追求"想象力的回复以及认识到只有艺术规律(它是世界的内在规律)才能驾驭想象力";(3)凭借这种想象力"找出那些摇曳不定的、引人沉思的、有生机的韵律",发现"各种形式"和"充满着神秘的生命力"的美;(4)"诚挚的诗的形式""必须具有无法分析的完美性、必须具有新意层出不穷的微妙之处"⑥。这四点要求实际上提出了用最丰富的想象力、最完美的形式和韵律,在排除外在世界和日常意志的干扰

① 叶芝等编:《威廉·布莱克作品》,伦敦 1893 年版,第 1 卷,第 238 页。
②⑥ 叶芝:《诗歌的象征主义》,见《二十世纪文学评论》,上海译文出版社 1987 年版,上册第 52、59—60 页。
③④⑤ 叶芝:《诗歌的象征主义》,见《现代西方文论选》,上海译文出版社 1983 年版,第 54、55、59 页。

的前提下，充分表现微妙的内心世界。这可以说既是叶芝对象征主义诗歌的美学风格的要求，也是他不断追求的艺术境界。

1.2.2　感情的象征和理性的象征

叶芝象征主义理论的独特之处，还在于他把象征分为感情的与理性的两类，并论述了两者的关系。

他说，所谓"感情的象征"，即"只唤起感情的那些象征"；而"理性的象征"则"只唤起观念，或混杂着感情的观念"。① 在叶芝看来，单纯感情的象征，还缺乏丰富性；单纯理性的象征，也不生动，其生命是很短暂的。只有两者结合，即包含着感情象征的理性象征才能充分发挥象征的无穷魅力。

叶芝对两种象征的审美效应相结合的例证作了细致入微的描述："如果我在一行普通诗句中说'白色'或'紫红色'，它们唤起的感情非常简单，我无法说明为什么它们会感动我；可是，如果我把它们同十字架或者荆冠那样明显的理性的象征一起放进同样诗句中时，我就联想到纯洁和权威"，且由"微妙的联想"而引起感情和理性上对诗句无穷意义的感悟，使原来毫无生气的日常事物"焕发出难以言述的智慧的闪光"。② 这种审美境界只有从单纯感情的象征上升到与理性象征结合的完美象征才能达到。他还将莎士比亚与但丁作为感性的象征和"两结合"象征的代表加以比较，指出："谁如果被莎士比亚（他满足于感情的象征从而更能引起我们的共鸣）所感动，他就同世界上的全部景象融为一体；而如果谁被但丁……所感动，他就同上帝或某一女神的身影融合在一起。"③ 显然，在叶芝心目中，后者比前者境界更高，前者能达到人与自然的融合，而后者由于是包含着情感性的理性的象征，所以能达到类似宗教体验的与上帝合一的至高境界。叶芝对比利时象征主义、神秘主义诗人和剧作家梅特林克十分赞赏，认为他的作品体现了包含感情的理性象征。他说，像梅特林克和"当今所有那些全神贯注于理性的象征的人那样，预告了一部神圣的新书，……是一部一切艺术都在梦寐以求的书"④。就是说，两结合的理性的象征，不独是诗歌应追求的神圣目标，而且也是一切艺术所应追求的最高审美境界。

通过对两种象征的区分与结合的深入分析，叶芝论述了象征主义特有的审美追求，进一步完善了象征主义理论。

1.2.3　在理性与神迷结合中创造象征

从上面已可初步看出，叶芝的象征主义理论是主张感性与理性的有机结合的。下面对此再作进一步分析。

①②③④　叶芝：《诗歌的象征主义》，见《二十世纪文学评论》，上海译文出版社 1987 年版，上册第 57、58、58—59、59 页。

一方面,叶芝认识到诗歌象征的创造,往往有着非理性的、神秘的一面。他说,诗歌"韵律的目的在于延续沉思的时刻,即我们似睡似醒的时刻,那是创造的时刻,它用迷人的单调使我们安睡,同时又用变化使我们保持清醒,使我们处于也许是真正入迷的状态之中,在这种状态中从意志的压力下解放出来的心灵表现成为象征"①。他回忆并细致地描述了自己某次创作象征诗歌的切身体验,那是从"沉思已变成出神"②的过程,那个时刻惊人的奇妙的意象不断涌出,创造力特别旺盛,在不知不觉的神迷状态中完成了富有象征意味的艺术创造。据此,叶芝认为,"当灵魂处在迷离恍惚或狂乱或沉思的状态之中而抑制了除它本身之外的一切冲动时,灵魂就周游于象征之间并在许多象征之中表现出来"③。可见,叶芝认为艺术象征体验的获得与创造需要一种似睡似醒、出神入迷的精神状态,如他所说,"在创作和领会一件艺术品时,尤其是如果那件艺术品充满了形式、象征和音乐时,会把我们引向睡眠的边缘"④。这自然是一种近乎无意识的非理性状态,真正的象征须在这种似乎神秘的心意状态中才能萌发出来。

另一方面,叶芝更强调理性在孕育灵感和象征时的作用。他认为,凡是出色的艺术家,常常具有某种哲学的或批评的才能。众所周知,哲学、批评的才能属于理性思考、抽象玄思的才能,一般都看成与艺术创作的灵感水火不相容,但叶芝却持相反观点。他说,"常常正是这种哲学,或者这种批评,激发了他们最令人惊叹的灵感,把神圣的生命中的某些部分,或是以往现实中的某些部分,赋予现实的生命,这些部分就能在情感中取消他们的哲学或批评在理智中取消的东西",于是"灵感就以令人惊叹的优美形式出现了"⑤。这里,叶芝不但未将哲学、批评的理性同感性直觉的灵感对立起来,反而深刻地揭示了二者间的内在一致性,和理性对灵感的激发、催化、培育作用。理性能激发灵感、催化象征,叶芝的这一思想是非常深刻和精辟的,在 20 世纪初非理性主义思潮的泛滥中,叶芝这种坚持理性与感性有机结合的观点,是十分难能可贵的。

从重视理性的观点出发,叶芝也批评了某些非理性主义的美学观。如对西蒙斯的《象征主义文学运动》,叶芝在肯定其价值的同时也批评了作者迷信直觉、贬低理性的主张。叶芝以艺术史实为例,很雄辩地指出他"忘记了瓦格纳在开始创作他那最具特色的音乐之前,曾花了七年时间整理和阐述他的观点;忘记了歌剧以及整个近代音乐,是从佛罗伦萨一位叫乔万尼·巴尔迪的家中某些谈话引起的;忘记了七星社诗人以一本小册子奠定了近代法国文学的基础"⑥。也就是说,他忘记了理论、理性对艺术创造的巨大指导意义。叶芝并总结道:"没有一种伟大的批评作为先导,作为解释者和保护人,伟大的艺术就无从产生。"⑦这更是把理论、批评看成艺术创造的先导和前提了。

由此可见,叶芝的象征主义理论坚持了理性与感性的辩证统一,有不少独到、深刻的见解,把象征主义理论推进到一个新的阶段。

---

①②③④⑤⑥⑦ 叶芝:《诗歌的象征主义》,见《二十世纪文学评论》,上海译文出版社 1987 年版,上册第 56、57、59、57、51、50、51 页。

1.3　庞德、休姆的意象主义诗论

艾兹拉·庞德(1885—1972)，出生于美国爱达荷州，曾就学于弥尔顿大学和宾夕法尼亚大学，1908 年获硕士学位。同年在威尼斯出版第一部诗集《垂死之光》，并赴英国，定居伦敦 13 年。其间创作、出版了大量诗作，如《人》(1909)、《反击》(1912)、《献祭》(1912)，并与休姆、弗林特等诗人一起发起"意象主义运动"，在英国培养了一批具有现代派倾向的诗坛新人。1912—1913 年他曾任叶芝秘书，在文学上两人之间互有影响。他对詹姆斯·乔依斯和艾略特给予多方帮助与支持，他们后来在文学上的成功是与他的支持分不开的。1921 年庞德移居巴黎，1925 年又迁往意大利海滨胜地拉巴洛定居。但二战期间他曾吹捧墨索里尼法西斯政权，因此战后被美国政府定为"叛国罪"而遭逮捕，后以患精神病为由免予起诉，被囚禁于医院 13 年，直至 1959 年才获释返回意大利。1972 年在威尼斯逝世。庞德从 1921 年起直至逝世，以 50 年精力创作百科全书式的自由诗巨著《诗章》，主要的理论批评著作有《严肃的艺术家》(1913)、《罗曼司精神》(1910)、《怎样阅读》(1931)、《阅读 ABC》(1934)、《庞德文学随笔集》(1954)等。

托马斯·欧内斯特·休姆(1883—1917)，曾就读于剑桥大学，但未获学位，是一位自学成才的文学理论家、批评家。一战时他自愿服役，1917 年在法国阵亡。生前曾与庞德交友，协助庞德发起意象主义运动，甚至"意象主义"这个法文词也是首先由他提出的，庞德后来亦隐晦地承认，"我造了这个词——在休姆的基础上——认真造出一个法国没有也从未被使用的名称"①。休姆主要论文在其死后由别人编为《沉思录》(1924)和《沉思续集》(1955)出版。

1.3.1　庞德的意象主义诗论

"意象主义"的正式提出是 20 世纪初叶。当时庞德任《诗刊》海外编辑，他将道利特尔和奥尔丁顿的诗以"意象主义者"的名义发表于该刊 1913 年第 4 期上。接着在第 6 期上他发表了《回顾》一文，其中提出他与道利特尔和奥尔丁顿三人一致奉行的诗歌创作三原则："1. 对于所写之'物'，不论是主观的或客观的，要用直接处理的方法。2. 决不使用任何对表达没有作用的字。3. 关于韵律：按照富有音乐性的词句的先后关联，而不是按照一架节拍器的节拍来写诗。"②这三原则后来被称为"意象主义宣言"。1914 年庞德又编辑出版了第 1 辑《意象主义诗选》，进一步宣传意象主义主张，扩大其影响。由于意象主义运动存在时间较短，庞德本人不是一个理论家，其诗论也不系统，所以在西方文学批评史上影响不大。但庞德意象主义在诗学、美学上还是有一些值得重视的观点和主张。

首先，意象主义独创的核心范畴是"意象"。对意象的阐释，集中体现了庞德的诗学主

---

① 转引自韦勒克《现代文学批评史》第 5 卷，中国人民大学出版社 1991 年版，第 214 页。
② 庞德：《回顾》，见《二十世纪文学评论》，上海译文出版社 1987 年版，上册第 107 页。

张。庞德说过:"一个意象是在瞬息间呈现出的一个理性和感情的复合体(按:亦译"情结")。"①这个定义包含着意象结构的内外两个层面,内层是"意",是诗人主体理性与感情的复合或"情结",外层则是"象",是一种形象的"呈现",两层缺一不可。

先说内层。庞德接受了表现主义的某些观点,把诗看成主要是思想感情的表现,特别是感情的表现。他说过,"诗歌是极大感情价值的表述",诗歌"致力于传达精练的感情","给予我们人类情感的方程式",②反过来,也可以说"情感是形式的组织者",诗的韵律、节奏等形式是靠感情组织起来的。当然,他并不只关注感情,也关注思想(理性)的表达,他不止一次地提到艺术给人们提供有关"人性"和"思想"的"资料"。他说,"艺术给予我们有关心理学的资料,有关人的内心,有关人的思想与其情感之比等等的人的资料";他甚至直截了当地提出文学"必须要求'任何一种或每一种'思想、主张都达到明晰与生动……维持思想内容本身的健康"。③可见,庞德关于诗的内在方面,强调的是主体思想或理性与感情的交融、结合的"情结"或"复合体",这也可以说是意象之"意"。

再说外层。庞德认为思想感情的"复合体"要在瞬间呈现为"象"(形象),才构成完整的意象。"象",即"形象在视觉想象上的投射"④。对于"象"的要求,庞德倾向于提倡一种精确描写物象的主张,使表达思想感情的内外在形象精确地符合于生活实际。他认为优秀的艺术应是"精确的艺术","拙劣艺术是不精确的艺术,是制造假报告的艺术",甚至明确提出"一门艺术的检验标准是它的精确性"。⑤因此,"凡妨碍或模糊法则的明确规定或冲动的精确表达的一切传统陈规都应当打破";即便是诗歌韵律也应当追求"与诗中所表达的感情及感情的各种细微差别完全相称的韵律",⑥使韵律也能精确地表达相应的感情。他据此称赞但丁时代意大利诗人卡瓦尔坎蒂的诗具有"那种维多利亚时代诗人所没有的精确性,那种明晰的表达,不论是表现外在的事物,还是内在的感情"⑦。可见,庞德对诗歌形象的要求是在描写外物或表达内心两方面都要达到高度的精确和真实。这简直有点像现实主义的主张,所以韦勒克有理由说庞德是"一个天真的现实主义者"⑧,他"鼓吹的是精确再现现实的现实主义的翻版"⑨。

庞德还对意象的创造和接受作了心理分析,精辟地指出,正是意象"这种'复合体'的突然呈现给人以突然解放的感觉;不受时空限制的自由的感觉,一种我们在面对最伟大的艺术品时经受到的突然长大了的感觉"⑩。这种感觉来自意与象的和谐结合,内在思想感情与外在形象和形式(包括韵律)等的和谐结合,在这种和谐交融中,创作和接受主体就能获得审美自由和解放的感觉。所以,对庞德来说,完成诗歌意象,就是登上了诗歌创作的最高境界,他甚至说:"一生中能描述一个意象,要比写出连篇累牍的作品好。"⑪

与此相关,庞德对诗歌象征也很重视,这也许多少受到叶芝的影响。他认为好诗要形成意象,须避免抽象,努力使抽象与具体结合起来,注意运用自然事物作适当的象征;如能

---

①⑥⑦⑩⑪庞德:《回顾》,见《二十世纪文学评论》,上海译文出版社1987年版,上册第108、116、119、108—109、109页。

②③④⑤⑧⑨ 转引自韦勒克《现代文学批评史》第5卷,中国人民大学出版社1991年版,第226、227、228、227、226、227页。

用合适的自然事物精确地象征所要表达的思想感情,就能形成好的诗歌意象;而且,要象征得自然,不露人工斧凿的痕迹。实际上,庞德的意象论与叶芝的象征论在一点上是完全一致的,即努力使诗歌的形式、形象与所表现的思想、感情完全相符、相称,他说,诗歌韵律应"比规定的韵律更美,……比它所要表达的'事物'的感情更为融洽,更贴切,更合拍,更富有表现力"①。

据此,庞德对诗歌的形式、技巧也有严格要求。他说,艺术家应该谙熟一切形式和格律规则,要相信技巧和法则,懂得外在的和内容上的技巧。具体来说,在语言运用上要尽量精练,"不要用多余的字句和不能说明任何东西的形容词"②;在韵律安排上,"韵律结构不应当损害语言的形成,或其自然声响,或涵义",庞德并要求诗人在处理"这一同音乐完全相对应的部分时,要表现得像一位音乐家",③使诗更富有音乐性。

从上述意象主义立场出发,庞德对未来诗歌的展望是:"它一定会反对废话连篇,一定会变得较为坚实,较为清醒。……它的力量在它的真实和阐释的力量(历来诗的魅力就在于此)。……它质朴、直率,没有感情上的摇曳不定。"④

1.3.2　休姆的意象主义诗论

休姆在哲学上基本上接受了柏格森的直觉主义观点,后来在美学上又受到沃林格《抽象与移情》的现代主义思想的深刻影响,在诗学上他反对浪漫主义而崇尚古典主义情趣。

休姆是庞德的挚友,也是意象主义诗人,1915 年庞德帮他发表了《休姆诗选》。在诗论上,他支持庞德的观点,并有所补充。

首先,他像庞德一样,追求诗歌意象,主张通过形象(主要是视觉形象)来表达诗人的细微复杂的思想感情。他认为有生命的意象是诗歌的灵魂,诗与散文的区别就在意象上:"直接的语言是诗,因为它运用意象。间接的语言是散文,因为它用的是死去的,变成了一种修辞手法的意象";他又说,"意象诞生于诗歌",它由于被用于散文而逐渐死去,因此,他呼吁"诗人必须继续不断地创造新的意象",他甚至提出诗人的"真诚程度,可以以他的意象的数量来衡量"的标准。这是典型的意象主义美学标准。而且,他把诗歌意象主要看成精确的视觉形象,是一种"记录轮廓分明的视觉形象"的手段,他说,"这种新诗像雕塑而不像音乐;它诉诸眼睛而不诉诸耳朵";它提供给读者"形象与色彩的精美图式","用来表现和传达诗人心中瞬息间的状态";它"每一个词都必须是看得见的意象,而不是相反"。⑤这些看法与庞德完全一致,且在意象的视觉性要求方面比庞德更具体、更明确。

其次,休姆也强调意象描绘的精确性。他说,诗歌"最重要的目的在于正确的、精细的和明确的描写"⑥。为了达到意象的精确,休姆提出的基本方法是与日常语言作斗争。因为语言是公共的东西,而每个人的想法是不同的,用语言表达出来的往往是不够精确的,

---

①②③④　庞德:《回顾》,见《二十世纪文学评论》,上海译文出版社 1987 年版,上册第 121、109、112、120—121 页。
⑤　以上均转引自韦勒克《现代文学批评史》第 5 卷,中国人民大学出版社 1991 年版,第 219 页。
⑥　休姆:《论浪漫主义和古典主义》,见《二十世纪文学评论》,上海译文出版社 1987 年版,上册第 185 页。

是向公共东西的妥协,诗人"为了清楚而精确地表达他所了解的,他必须与语言作一番可怕的斗争","只有通过脑力的集中努力""才能把握住它",使它成为精确描绘意象的工具,才能"画出他看到的任何东西……的精确的曲线",①才能凭借诗的语言"在无限的细节和努力中始终坚持"这种"确切的曲线"②。休姆进一步提出,要克服日常语言的局限性,须运用新鲜的隐喻、幻想的手法。他说,未来诗歌中,幻想是意象派的"必要武器",而"幻想不仅仅是加在平常语言上的装饰。平常的语言本质上是不精确的。只有通过新的隐喻,也就是说通过幻想,才能使它明确起来"③。之所以要用新的隐喻,乃"是因为旧的已不再能传达一种有形的东西,而已经变成抽象的号码了",只有新的隐喻才能传达出"具体的意象";而"在诗中,意象不仅仅是装饰,而是一种直觉的语言的本质本身",④隐喻就是"直觉的语言",它精确地描绘、传达出有形的意象。休姆对诗人讲,如果幻想、比喻或比拟、象征"对于要描绘出你所要表达的感觉或事物的确切的曲线是必要的时候",也即对精确地描绘意象是必要的话,"在我看来你已获得了最高明的诗"。⑤在此,休姆对诗歌精确描绘意象的要求也与庞德如出一辙。

此外,休姆也对强调类比、暗示、感应等的象征主义观点有某种呼应,他要求诗人"必须找出那些对每一类比加以补充并产生奇迹感,产生同另一神秘世界相联系的感觉的东西"⑥。

总起来看,20世纪初期的象征主义和意象派诗论,发展和深化了19世纪法国象征主义诗论。它们强调意象和所表达的思想感情之间的和谐一致,并重视诗歌形式、音律的美,对于探索、发掘诗的表现力,促进西方现代主义诗歌的繁荣与成熟,起了重要作用。尤其可贵的是其主要代表人物大都坚持理性的指导作用,对流行的非理性主义有所抵制,从而对20世纪前期诗学理论的发展作出了不可磨灭的贡献。但是,这两派诗论在哲学思想上与表现主义、直觉主义有一定联系,未能超越主观唯心主义的框架,又都不同程度存在唯美主义和形式主义倾向;它们的代表人物在诗歌创作实践方面也并未始终贯彻其诗论,且象征主义、意象主义诗派的活跃时期较短。这些都给两派诗论的发展完善和扩大影响带来了局限。

---

① ② ③ ④ ⑤ 休姆:《论浪漫主义和古典主义》,见《二十世纪文学评论》,上海译文出版社1987年版,上册第186、187、190、188、191页。

⑥ 转引自韦勒克《现代文学批评史》第5卷,中国人民大学出版社1991年版,第220页。

2 表 现 主 义

表现主义一般指 20 世纪初叶发端于德国的一场文学和造型艺术的创作活动和思潮。就文学而言,剧作家斯特林堡、布莱希特、尤金·奥尼尔,以及小说家卡夫卡,都可以归入这个阵营。但是在文学理论和批评史上,表现主义一词还另有所指,那就是意大利美学家克罗齐和英国美学家科林伍德为代表的以艺术为表现的理论。

克罗齐、科林伍德的表现主义理论,一方面是对康德以来的艺术自主理论、柯勒律治的浪漫主义诗学的继承和发展,另一方面又是对 19 世纪后期诞生的崇尚主观感情表现和艺术形式探索的现代派艺术实践的总结,具有鲜明的时代特点,正如维姆萨特和布鲁克斯所说:“克罗齐比现代其他美学家更强有力地总结与完成了一个时代的理想主义与表达主义的艺术思潮。他鲜明地标榜一种艺术哲学,即每件艺术作品,是一个独特而个别的结构,是精神的表达,因此是一种创造(只受它自己规律的支配),而不是一种模仿(受外在规律所支配)。”①

2.1 克罗齐的艺术即直觉即表现论

克罗齐(1866—1952),生于意大利阿奎拉一个富有的地主家庭,在那不勒斯一家严格的天主教学校接受启蒙教育。1883 年家人大都死于地震后,克罗齐求学于罗马大学,攻读法律,却未毕业。他积极参与政治活动,曾两度出任政府内阁部长,因反对墨索里尼的法西斯统治而被解职。他毕生从事学术研究,1894 年出版小册子《文学批评》;1902 年,创办了意大利著名杂志《批判》,并长期担任主编;同年起,着手建立自己的精神哲学体系,并完成了该体系第一部著作《美学:作为表现的科学和普通语言学》。他学术上所受影响最深的是德国古典哲学、美学的集大成者黑格尔和意大利历史哲学家维柯;他被公认是意大利新黑格尔主义的主要代表。克罗齐著述甚丰,最重要的是四卷本的《精神哲学》,包括《美学》(1902)、《逻辑学》(1903—1909)、《实践哲学》(1909)、《历史学》(1941);美学著作还有《美学纲要》(1912)、《诗论》(1936)等。

2.1.1 直觉与表现

克罗齐的同时代人,自称站在克罗齐旗帜之下的美国批评家 J·E·斯平加恩,在他

---

① 转引自《西洋文学批评史》,中国人民大学出版社 1987 年版,第 480 页。

《新的批评》一书中,认为克罗齐的贡献,是在于把艺术是表现这一流行观念,发展成为一切表现都是艺术这一著名结论。斯平加恩指出,视文学为表现的艺术早在浪漫主义兴起时就是一个热门话题,但是一个多世纪以来表现的真相上被遮盖了太多的芜枝蔓草,以至它变得愈发面目不清。而克罗齐的表现说是为表现正本清源,让体裁、文体、道德判断、传达技巧、种族、时代、环境,以及文学的一切价值判断统统靠边,而引导批评第一次真正回归这个它念念不忘的问题:诗人要表现什么?他怎样表现?批评家要回答这个问题,除了自己变成诗人,别无他途。故而批评与创作同一,趣味与天才同一。斯平加恩是克罗齐在美国的代言人。他对克罗齐的阐释正反映了英美文学批评界对克罗齐表现说文论的高度评价。

克罗齐表现主义的基础是直觉。《美学》中题名为"直觉与表现"的第一章开篇就说,知识不外两种形式,不是直觉的,就是逻辑的;不是从想象得来,便是从理智得来;不是关于个别的,便是关于共相的;而其产品不是形象,便是概念。克罗齐把直觉的知识归结为美学和艺术。他不否认艺术家也使用概念,但是强调艺术之概念与哲学有所不同。对此他说了以下这一段话:"混化在直觉品里的概念,就其已混化而言,就已不复是概念,因为它们已失去一切独立与自主;它们本是概念,现在已成为直觉品的单纯原素了。放在悲剧人物口中的哲学格言并不在那里显出概念的功用,而是在那里显出描写人物特性的功用。同理,画的面孔上一点红,在那里并不代表物理学家的红色,而是画像的一个表示特性的原素。全体决定诸部分的属性。一个艺术作品尽管满是哲学的概念,这些概念尽管可以比在一部哲学论著里的还更丰富,更深刻,而一部哲学论著也尽管有极丰富的描写与直觉品;但是那艺术作品尽管有那些概念,它的完整效果仍是一个直觉品的;那哲学论著尽管有那些直觉品,它的完整效果也仍是一个概念的。"[1]克罗齐引本国19世纪小说家A·曼佐尼的小说《约婚夫妇》为例,说明它固然有许多道德议论,总体上并无损于它作为一个单纯故事或直觉品的特点。同理,叔本华的著作中固然穿插了许多轶事和讽刺,总体上亦无损于它作为一部哲学著作的特点。克罗齐的这个思想是重要的,因为我们不难发现,它正是新批评派如瑞恰兹"情感语言"和"符号语言"两分法的先声。

克罗齐的直觉指心灵赋形式于杂乱无章的物质世界的活动。这一理解可以上溯到亚里士多德质料因和形式因的理论。但是克罗齐坚决主张直觉不依赖于理智、知觉、感受和综合。他把前者称为心灵的事实,后者称为机械的、被动的、自然的事实。直觉是自在自为的,不受制于机械的、被动的事实。克罗齐认为,真正能够说明直觉的,唯有表现:直觉与表现是同一回事情,假如把它们分开,就再也无法使之重新结合了。

关于直觉和表现的关系,克罗齐反对视直觉为艺术构思,视表现为艺术传达的看法,坚持直觉和表现不可分割的立场。同是《美学》第一章中他指出,传统割裂直觉和表现的观点,是基于这样一种错觉:我们自以为对于物质世界的直觉很完备,而它实际上并不那么完备。就像我们常听人说某人心里有许多伟大的思想,只是无法表现出来。对此克罗齐说,思想就是语言,当思想形诸语言,它就是得到了表现,不论是内在于心还是外显于

---

① 克罗齐:《〈美学原理〉〈美学纲要〉》,外国文学出版社1983年版,第8—9页。

物。故人以为满腹经纶却又无从道起,实在是这人的思想本来就贫乏不足一道。他举米开朗基罗作画不是用手而是用脑的语录,以及达·芬奇在创作《最后的晚餐》时,在画布前凝视多日,竟不动手着一笔的例子,证明艺术是在于心而不在于物。要之,艺术家和非艺术家的界限如何区分?克罗齐的解释是,每个人都有一些诗人、雕塑家、音乐家、画家、散文家的天赋,只是比起戴着这些头衔的人们,显得太少了,换言之,艺术家的直觉是超过了一般的高度,而不似平常人直觉大都被淹没在印象、感受、冲动、情绪之类当中。至此,克罗齐认为他可以得出如下结论:直觉的知识就是表现的知识。直觉或表象,就其为形式而言,有别于凡是被感触和忍受的东西,有别于感受的流转,有别于心理的素材;这个形式,这个掌握,就是表现。直觉就是表现,而且只是表现,一分不多,一分不少。

《美学》题为"直觉与艺术"的第二章中,克罗齐阐发了一切纯粹的"直觉—表现"都是艺术的基本观点。这意味艺术家与非艺术家的区别,如前所述只在于量而不在于质。如是克罗齐认为,"诗人是天生的"这句成语,可以改为"人是天生的诗人"。他反对用天才来释艺术,也反对用无意识来释天才,认为这是把天才从高到人不可仰攀的地位降低到人不俯就的地位。而直觉即表现像人类的每一种活动一样,它是有意识的活动。

就艺术欣赏和批评来看,克罗齐认为这是一种二度创作活动。艺术家的创作是从印象始,从印象而达成一种内在的表现,这就是直觉,然后将这内在于心的表现外化为艺术形式。批评家和鉴赏家历经的心理过程则相反,是从作品一路而上直溯艺术家内心的情感。这与托尔斯泰的艺术表现情感说有相似处。但这并不意味着艺术欣赏和批评是一种近于神秘的内省经验,相反,其中具有大量的历史文化的积淀因素,谈到但丁的诗时克罗齐说:"没有人不作充分的准备,不具备充分的文化积累以及对语义学的必要的研习,可以阅读但丁。但是这研习须将我们面对面引向但丁,或者置我们于但丁诗的直接关系之中。"[①]应当说这类力求以作者之心之境来审度作品的思想没有太多标新立异的意味,它既呼应了托尔斯泰,又下衍了俄裔美国小说家纳波科夫好作者和好读者的著名理论,当然这类理论背后更值得重视的是坚实的艺术素养的积累,而不是随心所欲的臆想。

有鉴于把艺术表现判定为内在心灵的直觉活动,克罗齐反对艺术分类,认为艺术作品的分类最多只有实用上的意义,而没有哲学上的意义。同理,克罗齐对翻译也持怀疑态度,称翻译不外是或者减少剥损,或者铸入译者的经验,成为一个新的表现品。所以正如谚语所说:"不是忠实而丑,就是不忠实而美。"至于不考虑审美效果的逐词直译,或者意译,克罗齐认为对原文而言只能算注疏。相对来看,他有所偏爱的还是与原文有几分相近,而倾注了译者创造力的那一类翻译,因为它毕竟具有独立的艺术价值。

2.1.2 关于诗的新解

以艺术为率真素朴的、刹那间的心灵表现为前提,克罗齐的文学趣味其实是相当传统的。比如他不喜欢自波德莱尔以降的现代诗,对马拉美和瓦莱里则尤为不悦。但克罗齐

---

① 克罗齐:《但丁的诗》,纽约 1922 年版,第 29 页。

本人对诗素有研究，1936 年出版的《诗论》中，克罗齐明确阐述了三种诗的区别：一为灵感和格律、表现和意象成功结合的"古典诗"；二为单纯诉诸感觉、情感和为了修辞而修辞的形式主义诗；三为重理智和说教的教诲诗。三种诗中，他认为唯有第一种才是真正的诗。这些思想，同样也见于 1933 年他在牛津大学所作的著名讲演《诗辩》。这是克罗齐文论中相当具有代表性的一篇文献。

克罗齐首先评述了雪莱和席勒的诗学主张。他指出雪莱写于 1821 年的《诗辩》是旨在驳斥诗在文明社会中不再拥有一席之地的谬识。但这类识见并非没有根据，出典之一即有黑格尔的艺术消亡论。雪莱把诗抬得很高，以诗为理性和道德的不竭之源，但是克罗齐发现，雪莱的时代尽管文化灿烂，但雪莱已经预见到了诗同道德、历史、政治和经济科学之间的一种危险的失衡关系，这意味着人类的想象力在日渐衰退。

同雪莱相仿，克罗齐发现席勒也是充分强调了诗和艺术的救世功能。他指出席勒写作的年代正是法国大革命猛烈展开的时代：从理论上说革命带来理性和自由的胜利，但实际则是狂放无羁的激情出笼，把自由踩在了脚下。席勒认为艺术的人是从感性的人到理性的人之间的一个必然环节，审美的自由是道德的自由的前奏，其受康德美学的影响至为明显。但克罗齐在承认他的时代社会正义同样有赖于诗的同时，对雪莱和席勒的观点并不十分以为然。他认为雪莱称诗人为立法者，以诗高居于哲学、经济和道德之上，是把诗抬得太高了，从而对诗的本质、诗所应当发挥的作用，反而有所误导。另一方面，席勒的片面性则源自启蒙运动和康德将感性和理性截然两分的影响，并试图弥合两者之间的沟壑，这其实还是进化论的逻辑。克罗齐指出诗和艺术的功用实际上并不囿于政治一端，而且也远不足以解决所有的社会问题，所以它们的领域较上述政治目的既要宽泛，又要狭小。

那么，什么是诗？克罗齐首先排除了他所谓的"演讲诗"。"演讲诗"大凡有两类，一为庄严华丽的颂诗等等，意在宣讲政治、伦理、宗教之道，抑或伸张哲学和科学的伟大真理；二为比较轻松活泼的讽喻、警世之类的游戏之作。克罗齐指出，这类诗作固然有用，但是诚如亚里士多德早已告诫的，它们与诗的缘分只不过是用韵文写成而已。有鉴于在过去的一个半世纪里，它们在理论和实践上都早已成为众矢之的，克罗齐认为于今再来攻击这类"演讲诗"，已经毫无必要。

在另一个极端上，可称为对演讲诗矫枉过正的结果，克罗齐同样反对以他所谓的"神秘—声色"类诗为诗的理念。这一类诗克罗齐认为是感官之娱和膨胀情绪的结合，好比探究宇宙的奥秘，动辄欣喜若狂。其他如内容与形式、感官与理想、愉悦与道德等等两相结合的诗，克罗齐断言都在这一行列，其中前者莫不是经过乔装改扮，让人当作后者一样来顶礼膜拜。这就像巫师的盛宴摆开，高坐尊位供人膜拜的，却是魔鬼。

为此，克罗齐本人也深感理论说明的困难，感叹诗的理论与创作之间没有因果联系。一方面一些天才诗人的理论比上述两种还要糟糕，然而妙笔生花，写出了绝美的诗篇；另一方面才情平平的诗人有最好的理论，然而写出的东西冷冰冰、淡而无味，不堪一读。往古代看，诗的理论也极少被人用之于诗的创作。尤其是一流诗人如荷马、索福克勒斯、但丁和莎士比亚，其诗学纯粹就是误导。之所以是误导，是因为古人没有认识到诗的真义是直觉和表现，为此克罗齐就诗作了如下界说，这个界说或许可以澄清对克罗齐的一些误解:"纯粹的诗,就这个词的纯粹的意义而言,当然是'声音',但这声音很显然并不具有散文声音那样的逻辑意义。这是说,它并不交流某个概念、某个判断,或某种推论,亦不是某些个特定事实的故事。但是说它没有逻辑的意义,并不是说它是一个单纯的物理音响,没有灵魂,一个体现在它的身体之中、与它的身体合而为一的灵魂。为把诗歌中这一真理的灵魂与散文中真理的灵魂区别开来,美学借用了'直觉'一词,判定诗的直觉和诗的表现是与生俱来的。"①这在一定程度上可以澄清视克罗齐表现主义美学为一刀砍去艺术作品物质传达媒介的极端理论的误解。克罗齐说得非常清楚,即便"纯诗",也理所当然是一种"声音",诗有它自身的特征,克罗齐名之为直觉和表现,这是把诗当作了文学的范式,以区别于散文的"声音"之传达概念、判断、推理,以及讲述故事。另一方面,克罗齐强调,诗的音响之所以感动我们,不是因为它刺激我们的听觉,给听觉以极大的愉悦,而是诉诸我们的想象,进而诉诸情感,而令我们心醉神迷。这与后代一些诗论如结构主义过分突出诗的形式功能的立场又有不同。

　　诗作为直觉和表现,克罗齐提出它理应是声音和意象的结合。至于传达这声音和意象的物质形式,克罗齐以人为例,再次重申了他的内容和形式不可两分的观点:诗的形式就是喜怒哀乐、有血有肉的活生生的人。然而这个人的痛苦和欢乐,他的所思所言所为一旦入诗,便不复具有任何生活中的本相,激情迅即平静如水,转化为意象。这便是诗的魅力:它是沉静和骚动、激情和控制力的两相结合,体现了思想的胜利。虽然如此,这胜利中惊心动魄的斗争历程,还是绰约可见。为此克罗齐批评"浪漫的"和"古典的"诗论是各见一端:浪漫主义看到的是激情和想象;古典主义看到的是克制和理性。而一个真正有诗的趣味的批评家,克罗齐指出,将会认识到诗的审美愉悦是双重的:它是一种充满痛苦的快乐,弥漫着一种莫名的甜蜜和温情,挣扎在激情和欲望的诱惑和拒斥之间,一面渴求生命,一面渴求死亡,然而总是在愉悦之中。这便是纯粹形式和美所赐予的快感。

　　诗的这一快感亦即美感,是稀有的还是普遍的? 克罗齐提出两者兼是:就它是种固定的习惯而言只为少数天才和受过良好教育的人所有,就它是种自然心态而言又为芸芸众生所共有。耐人寻味的是克罗齐发现诗的这一美感偏偏在专治诗学的专业学生和批评家中间最难寻觅:这些人仿佛有种奇怪的免疫力,以致于可以终身埋首于诗作当中,编纂作解,讨论它们的各种阐释,研究它们的版本和作者背景,却不为之所动。克罗齐将之比作宗教的感染力:宗教足以一视同仁感化崇高的和卑俗的心智,然而无以感化多半是无动于衷的牧师和圣职人员。这个比喻未必贴切,然而克罗齐表现主义诗论所强调的用新鲜率真的情感来感应世界的美学主张,还是显现得相当清楚的。

2.2　科林伍德的表现理论

　　罗宾·科林伍德(1889—1943),生于英国兰开郡,从小受到良好的家庭教育,1908 年入牛津大学读书,1912 年毕业。先后执教于剑桥和牛津两所著名学府,为现代英国知名

---

① J·H·史密斯等编:《大批评家:文学批评文选》,纽约 1951 年版,第 704 页。

哲学家、史学家和考古学家,并被公认为克罗齐表现主义美学在英国的继承人。科林伍德的主要著作有《宗教与哲学》(1916)、《心灵的思辨》(1924)、《艺术哲学大纲》(1925)、《罗马不列颠考古学》(1930)、《历史哲学》(1936)、《艺术原理》(1938)等。

2.2.1 作为巫术和娱乐的艺术

《艺术原理》中科林伍德继承和发展了克罗齐艺术即直觉即表现的命题,因而强调艺术的表现特征,反对视艺术为对世界的模仿。在这一前提下,他认为未解表现之道的再现艺术只及技艺,不足成为真正的艺术。进而将再现艺术两分:一为巫术艺术,一为娱乐艺术。这两种艺术,基本上也概括了表现主义文论对既往文学传统的一个大致评价。

巫术艺术之名系科林伍德从研究原始文化的人类学中借用而来,其特点是追求一种实用目的。如他本人所言:"再现总是达到一定目的的手段,这个目的在于重新唤起某些情感。重新唤起情感如果是为了它们的实用价值,再现就称为巫术;如果是为了它们自身,再现就称为娱乐。"[①]科林伍德反驳英国人类学家泰勒和弗雷泽以巫术为伪科学的结论,以及弗洛伊德以巫术为制造幻觉来满足愿望的解释,指出巫术与艺术有极大的相似性,这在于巫术中总包含有舞蹈、歌唱、绘画或造型艺术的活动,而且成为巫术的中心因素。就这些因素目的在于激发情感而言,它们是艺术;就它们都是达到预期目的的手段而言,又都不是真正的艺术。与娱乐艺术相比,科林伍德认为差别在于巫术艺术是把被激发起的情感用于实用目的,娱乐艺术则使情感得到释放,不使其干涉实际生活。回顾文学史,科林伍德则以王尔德的唯美主义为娱乐艺术理论的代表,其理论反对艺术服务于任何功利目的,鼓吹为艺术而艺术。反之,科林伍德举了吉卜林的例子。吉卜林为大英帝国殖民主义粉墨涂金的文学观当然不值得恭维,但是它有一个明确的目的,所以它是巫术艺术。

科林伍德进而枚举了巫术艺术的类型。其一是流行乡村的民间艺术,如民间流传的童话、谣曲和戏剧,就其渊源和动机而言,大都属于巫术性质。其二是为上层社会不屑一顾的"低俗艺术",如教士的布道、赞美诗、军乐队的器乐曲之类,对此,高雅的读者每会拉下脸来,却不解它们是目的鲜明的巫术艺术。其三为与上类似的宗教艺术。其四为爱国主义艺术,诸如爱国主义的诗歌、校歌、名人肖像、战争回忆录等等。最后体育活动、社交仪典等等,也一并被科林伍德纳入了巫术艺术一类。

相比来看,娱乐艺术的特点并非单纯是非功利性和享乐性,相反科林伍德强调,通常所谓提供娱乐的艺术品,同样是具有明确的功利性,只是这功利性引向某种外部的目的,不是引向艺术本身。娱乐艺术精工细作的目的在于产生某种预期的效果,即唤起观众的情感,并在一个虚拟的情境之中释放此一被唤起的情感。这里牵涉到贺拉斯"寓教于乐"的古训,教是为巫术,乐是为娱乐,前者将情感释放在实际生活中,后者将情感释放在虚拟情境中。科林伍德以萧伯纳为贺拉斯忠实追随者的例子,认为他寓教于乐都安排得恰到

---

① 科林伍德:《艺术原理》,中国社会科学出版社 1985 年版,第 58 页。

好处,然而这并不意味着他能够成为一个成功的政治家,于此可见艺术即使再现生活,也总是隔着距离的。

关于娱乐艺术的举例,科林伍德首推表现情欲主题的艺术,其中最粗俗的一种即为色情艺术,同时重申这类艺术固然是诉诸观众的情欲,却不是为了刺激他们在实际生活中释放情感,而是提供虚拟的对象,以使情感从实际的目标转向娱乐的目标。如是爱情主题的小说、故事、电影,乃至广告、封面女郎等等提供的情欲刺激一类,均成为娱乐艺术的范式。与情欲可以比肩的另一类为娱乐艺术激发的情感,科林伍德认为是恐怖,这上有伊丽莎白时代舞台上的血腥场面,中有拉迪克利夫夫人的哥特式小说,下有近代风靡一时的侦探小说。同样,科林伍德反对视这类凶杀故事是为年青人树立了犯罪的样板,指出喜好这类作品的,大都是一贯守法的读者,这还是情感在虚拟情境中得以宣泄的老话。

引人注目的是科林伍德为柏拉图责诗的传统作了辩护。他认为柏拉图所处的时代,正是早期希腊雕塑和埃斯库罗斯戏剧为代表的巫术艺术逊位于滚滚而来的新型娱乐艺术的时代,柏拉图迫于一个伟大文明的危机,而不遗余力来攻击新兴的娱乐艺术。科林伍德进而提出柏拉图与亚里士多德对诗的态度其实也大同小异,差别仅仅在于柏拉图因为娱乐艺术唤起的情感在现实生活中没有释放口,便断定娱乐艺术的过度发展会使一个社会中无益的情感超载;反之亚里士多德则清楚地看到了娱乐艺术激发的种种情感,是在娱乐过程之中得到了释放。就巫术艺术和娱乐艺术比较而言,科林伍德发现他的时代一定程度上正在重蹈罗马帝国晚期的穷途末路,诉诸声色感官的娱乐艺术泛漫无边,故而社会所需要的,还是虽然在他看来并不是真正艺术的巫术艺术。

2.2.2 作为表现和想象的艺术

科林伍德对巫术艺术和娱乐艺术的论述,从反面说明真正的艺术应当如何排除他所谓的再现论即技巧论的艺术观。转向正面,科林伍德明确指出,真正的艺术有涉情感,但它是表现情感而不是激发情感;真正的艺术有涉制作活动,但它是想象性的创造而不是技艺。

就艺术表现情感而言,科林伍德认为表现不是针对哪一类观众而发,而是首先指向表现者自己。艺术表现情感可谓老生常谈,故而须就表现的具体内涵加以说明,对此科林伍德作了以下说明:"当说起某人要表现情感时,所说的话无非是这个意思:首先,他意识到有某种情感,但是却没有意识到这种情感是什么;他所意识到的一切是一种烦躁不安或兴奋激动,……他通过做某种事情把自己从这种无依靠的受压抑的处境中解救出来,这种事情我们称之为表现他自己。这是一种和我们叫做语言的东西有某种关系的活动:他通过说话表现自己。"[①]科林伍德这个说明很显然受到弗洛伊德无意识升华艺术论的影响。如他紧接着所言,这一莫名的情感一经艺术表现出来,即有一个明确的形式,对于鉴赏者来说这情感便不再是无意识的了;而既作表现之后,艺术家便也如释重负,被压抑的感觉不

---

① 科林伍德:《艺术原理》,中国社会科学出版社 1985 年版,第 112—113 页。

知不觉就消失无踪了。

艺术表现情感,旨在强调艺术具有鲜明的个性特征,而不仅仅是为了某种目的激发情感。以此为标准,科林伍德认为亚里士多德《诗学》没有涉及真正的艺术。理由是《诗学》制定的创作规则强调一般,忽略个别,如亚里士多德本人所言,不是描述亚尔西巴德所做的事情,而是描述这一类人可能会做的事情。真正的艺术不但应当表现个别,而且表现的结果,是使艺术家与欣赏者之间的界限趋于消失。他举例说,当人读诗,就不仅是领会了诗句所表现的诗人的情感,而且是凭借诗人的语言表现了他自己的情感,于是诗人的语言变成了读者的语言,诚如柯勒律治所言:我们知道某人是诗人,是基于他把我们变成了诗人这一事实;我们知道诗人在表现他的情感,是基于他在使我们得以表现自己的情感这一事实。这里很显然科林伍是继承了克罗齐关于人皆为艺术家的思想。他引英国18世纪诗人蒲伯言:诗人的使命即是说出大家都感受到了却没有人能很好地表现出来的东西,指出诗人和听众都是用特定的语言表现了特定的情感,差别在于诗人能够自己解决如何表现的问题,听众却须靠诗人的示范方能把情感表现出来。这实际上也显示了诗人表达的情感必然是能够普遍引起共鸣的社会性的情感,而决不是原封不动的仅仅限于个人的恩恩怨怨。

艺术作为想象性的创造,科林伍德着重谈了它与真实世界的区别:一场骚乱、一件麻烦事、一支海军或任何其他事物,唯其在真实世界上占有了自己的位置之后才算被创造出来。然而艺术作品的创造,则只须它在艺术家头脑里占有了位置,即可说是被完全创造了出来。对于这个表现主义文论最不敢叫人恭维的只重构思不重传达的立场,科林伍德的辩解是求诸想象,以存在于作曲家头脑中的乐曲为想象的乐曲,以演奏或演唱出来的乐曲为真实的乐曲。同时强调音乐创作的例子还不同于桥梁工程师依照心中的蓝图赋形式于物质:桥梁一旦建成,形式就于桥梁之中存在,然而作曲家的曲子根本不存在于纸面上,纸面上只是音符,演奏家同样需要在心中把这些符号重新构建起来,回溯到作曲家心中那个抽象的未予物化的图式。所以艺术在心而不在物。

为此科林伍德还提出了"总体想象性经验"的概念,它既包括感官经验,又超越感官经验。这适用于艺术家,同样也适用于欣赏者。科林伍德的结论因此是:一件真正的艺术作品,是欣赏它的人运用他的想象力所领会、所意识到的总体活动。换言之,艺术语言所能传达的只是艺术想象活动的一小部分,总体想象性经验有赖于接受者在自己的头脑中完成。这与中国传统美学追求的言有尽而意无穷的艺术境界,也是足可交通的。

总的来看,从克罗齐到科林伍德的"直觉—表现"说,在西方思想史上有着深远的源流。艺术即直觉可追溯到柏拉图的诗为迷狂说,直觉即表现即于心内赋形的命题,则源自亚里士多德形式决定质料的传统。再往近看,克罗齐明显受了黑格尔以精神发展的线索来叙写历史的影响,甚至照搬了黑格尔事先搭起宏伟的构架,然后削足适履充填事实的方法。当然表现主义文论的直接来源是浪漫主义思潮。表现和情感,本身就是浪漫主义的两面大旗。

克罗齐、科林伍德的表现主义文论在20世纪前期发生过重大影响。它强调了艺术的独立性和特性,反对艺术的说教主义和道德主义,体现了对艺术本身规律的重视;同时也强调了艺术与人类精神活动的联系,看到了直觉受心灵其他活动的制约,这是比较辩证的。表现主义强调艺术表现情感,而不同于简单地再现,对艺术本质的探讨深入了一步,有一定的合理性,可以看作是浪漫主义在 20 世纪的最后一次回声。它从表现说推出人人皆是诗人、艺术家的思想,对当时的"象牙塔"文艺、贵族主义和唯美主义倾向是一个大胆的批判。表现主义的主要缺陷,一是它的主观唯心主义倾向,把艺术完全看成主观心灵活动的产物,而同社会现实生活相隔离,这是不符合艺术创造实际的;二是倡导艺术的非理性主义,把艺术完全局限于直觉界限之内,否定理性和思想对创作的指导作用,这显然是片面的。

3　俄国形式主义与布拉格学派

如果说象征主义和表现主义还是把研究集中在创作主体上的话,那么俄国形式主义和布拉格学派则率先把批评的重心由创作移向了文本的形式、结构。这是现代西方文论的一个重要转折,以后,英美新批评、法国结构主义都是在此基础上发展起来的。在一定意义上,它们是西方结构主义思潮的真正发源地。它们对 20 世纪西方文学批评的演变和发展具有重要的开创意义。

3.1　诗学探索的理论特征

19 世纪末至 20 世纪初,俄国文学运动发生了一次史无前例的重大转折。民粹派运动的失败、封建制危机的加深、现代西方社会哲学思潮的冲击,促动着俄罗斯民族现代意识的觉醒。俄罗斯文坛迎来了一个诗歌与批评理论繁荣、小说成就显著、散文和戏剧获得长足发展的新文学时代,后来被称为俄罗斯文学的"白银时代"。俄国形式主义理论正是诞生在这一时代。

当时一批莫斯科大学和彼得堡大学的年轻大学生,在"重估一切价值"的社会思潮影响下,既反对传统的重内容研究的现实主义批评,也向象征主义的主观主义美学原理提出了挑战。他们在科学实证主义的热情鼓舞下,不顾世界大战和国内革命的动荡,置身于书斋,开始了诗学的探索。

3.1.1　俄国形式主义的基本主张

俄国形式主义是 1914 至 1930 年在俄罗斯出现的一种文学批评流派。

这一批评流派主要有两个分支:一个是 1914 至 1915 年成立的"莫斯科语言学小组",以罗曼·雅各布森为代表,其主要成员有格里戈里·维诺库尔(1896—1947)等。另一个是"彼得堡小组",从 1916 年起称为诗歌语言研究会,主要成员有维克托·什克洛夫斯基、鲍里斯·艾亨鲍姆和维克托·日尔蒙斯基(1891—1971)等。这两个小组都重视从语言学角度研究文学。雅各布森就认为,文学理论或者诗学是语言学不可分割的一部分。诗歌是起美学作用的语言。他们着重探讨文学的艺术形式特征及其发展历史。

俄国形式主义曾深受日内瓦语言学派、胡塞尔现象学、象征主义、未来主义和立体主义等等的影响。形式主义者接受了瑞士语言学家索绪尔关于语言符号系统、共时性和语言学中各种因素相互类比的结构观点,把音位学作为语言成分的音素用来剖析和建造形式结构。他们反对只根据作家生平、社会环境、哲学、心理学等文学的外部因素去研究文学作品,认为文学研究的对象应该是文学作品本身,文学评论者要去探寻文学自身的特性和规律,也就是说,去研究文学作品的语言、风格和结构等形式上的特点和功能。他们从自己的文艺观出发,把文艺仅仅看作是手法和技巧,从而也就从根本上改变了俄国传统的现实主义文艺学理论的研究方向和任务。

俄国形式主义的主要理论主张是:

第一,文学作品是"意识之外的现实"。形式主义者指出,他们研究的是作为客观现实的艺术作品,而不管作者和接受者的主观意识和主观心理如何。因为艺术作品中的每一个句子自身不可能是作者个人感情的简单反映,任何时候都只是一种构造和游戏。这就是形式主义对文学作品的客观性、对其脱离主观意识的外在性的理解。

第二,文学创作的根本艺术宗旨不在于审美目的,而在于审美过程。形式主义理论家们分析了审美感知的一般规律。他们认为,人们感知已经熟悉的事物时,往往是自动感知的。这种自动感知是旧形式导致的结果。要使自动感知变为审美感知,就需要采取"陌生化"手段,创造出新的艺术形式,让人们从自动感知中解放出来,重新审美地感知原来的事物。作家应该尽可能地延长人们这种审美感知的过程。所谓"陌生化"就是要使现实中的事物变形。这一概念也是俄国形式主义理论中的一个重要的组成部分。

第三,文学批评的任务是要研究文学之所以成为文学的内部规律,即文学性,也就是要着重研究艺术形式,要深入文学系统内部去研究文学的形式和结构。形式主义者认为,既然文学可以表现各种各样的题材内容,文学作品的特殊性就不在内容,而在语言的运用和修辞技巧的安排组织,因此文学性仅存在于文学的形式。形式主义也由此而得名。

第四,现代语言学的研究方法是文学批评可以运用的主要方法之一。这一方法能够科学地揭示文学作品的形式结构,把握文学创作的规律。形式主义者按照索绪尔的办法,把文学研究也划分为内部研究和外部研究,并着眼于以形式分析为主的内部研究。在他们看来,共时性的语言学研究方法是文学科学化研究的理想方法。

从理论上来说,俄国形式主义者从形式的角度来规定文艺的本质,把文艺创作视为一种表现形式。他们认为,过去把形象思维作为文艺的本质,把反映生活看成文艺的主要任务,是很不科学的。形象思维和反映论归根结蒂是企图给人提供一种认识。然而,文艺创作的目的不是给人提供认识,因为给人提供认识不只是文艺创作特有的,哲学、经济学、历史学等都在为人提供认识。文艺创作有自己独特的目的性,即为人提供感受与体验。欣赏文艺的人能直接得到的首先是一种审美感受与审美体验。

从批评实践上来看,俄国形式主义的理论主张与批评实践并不完全一致。就本质而言,它还没有超出唯美主义的范围,是 19 世纪唯美主义的延续。在具体文学作品的研究中,该派评论家们一边强调唯艺术形式的分析,一边又不得不涉及作品的内容。艾亨鲍姆在论列夫·托尔斯泰的三卷论著中就触及到作家创作的思想内容。只是到了后来的结构主义、符号学派,批评才真正开始摆脱内容,走上了语言学、语义学批评的道路。

俄国形式主义只在 20 年代初红火过一阵,很快就受到国内文艺学界的批评,到了 20 年代中期以后,诗歌语言研究会实际上已不存在了。什克洛夫斯基在 1930 年发表的《给科学上的错误立个纪念碑》一文中迫不得已地宣布:"形式主义对我来说,已经是过去的道路。"在此以后,作为一个理论派别的俄国形式主义便销声匿迹了。然而,形式主义理论并没有结束自己的使命,反而从莫斯科、彼得堡走向了布拉格、巴黎,出现了布拉格学派、结构主义等重要的批评理论流派。

3.1.2 布拉格学派的理论特征

1920 年,"莫斯科语言学小组"的创始人雅各布森移居捷克。他会同威廉·马捷齐乌斯(1882—1945)等人,于 1926 年建立了布拉格语言学学会。参加这一学会的俄国学者还有尼古拉·特鲁别兹科依(1890—1938)等。他们对日内瓦语言学派很有研究,一方面肯定了索绪尔提出的共时性语言学研究,另一方面又反对脱离历史发展过程来谈论共时性,以"结构"和"功能"为两个基本点,构建了自己的理论体系。到 1935 年,该学派便采用了结构主义的名称,这就是通常所说的捷克结构主义。后来捷克结构主义走出语言学研究的门槛,利用语言学理论和研究方法来分析文学作品结构。这一学派的理论家们认为,文学作品不只是言语或文学性的东西,而是一种系列结构,一种与各种社会环境密切相关的系列结构。这样,捷克结构主义为后来法国结构主义文论的发展,开拓了广阔的前景。

布拉格学派在理论上有如下主要特征:

首先,注重语言的功能研究。布拉格学派从深入剖析各种语言功能入手,指出文学语言的特点是最大限度地偏离日常生活实用语言的指称功能,而把表现功能放到首位。他们认为,文学创作和文学发展史中,存在着一对既对立又统一的辩证关系,即艺术的自主功能与交际功能的对立与统一。这一思想对后来符号学、结构主义的理论产生重大影响。

其次,类比方法是布拉格学派主要的研究手段之一。他们通过对音位类比的研究,来区分词语和语法的意义,从而达到对语言体系结构,乃至文学作品结构的把握。我们从马捷齐乌斯的《比较音位学任务》、雅各布森的《历史音位学》以及特鲁别兹科依的《音位学基础》等著作中就不难看到这一点。

再次,把共时性语言学研究与历时性语言学研究结合起来。注重探讨共时性语言体系的历史发展过程。布拉格学派认为,揭示语言本质的最佳研究途径是对语言体系作共时性分析。然而,他们在日内瓦学派的基础上又前进了一步,强调共时性的分析不可能否认历史进程对语言体系的影响,要正确理解语言的结构和功能,就必须深入探讨历史的语言环境。

又次,转向读者。在布拉格学派后期出版的理论著作中,读者在审美活动中的特殊作用已引起关注。穆卡尔茹夫斯基在《作为社会事实的审美作用、标准和价值》一书中指出,一部作品印刷成书,只具有潜在的审美价值。只有在读者阅读的审美活动中,这种价值才能得以实现。由于各个历史时代审美标准的不同,即便是同时代人,也存在着年龄、性别、社会经历等方面的差异,所以审美价值是可变的、不确定的。这无疑已预示出当代接受美学的基本观点。

布拉格学派活动的时间较长,而且非常活跃。到第二次世界大战前,该学派的理论丛刊已出了 8 期。除此以外，从 1935 年起，出版定期刊物《词语与词语学家》，这本杂志在战后仍然发行。西方的其他学术流派也与布拉格学派保持着密切的联系。现象学创始人胡塞尔曾于 1935 年到布拉格作关于"语言现象学"的演讲。胡塞尔的波兰学生英伽登对捷克学者也有影响。可以说，布拉格学派是连接俄国形式主义与英美新批评、法国结构主义的桥梁，对现代西方文论的发展产生了很大影响。

3.1.3　研究方法的特点

俄国形式主义和布拉格学派在理论研究方法上都直接受到索绪尔语言学的影响。一般说来，索绪尔的学说建立在对 19 世纪历史比较语言学批判的基础上。他的理论研究往往把事物一分为二，确定其主要方面，明显地具有辩证法的特色。具体说，索绪尔把语言学分成内部语言学和外部语言学，强调内部语言学；在内部语言学中又区分出共时性语言学和历时性语言学，重视共时性语言学；在共时性语言学中又划分出语言和言语，其中又以语言为主，等等。

俄国形式主义和布拉格学派也把这种语言学的研究方法运用到文学研究领域中来。他们把文学区分为两个部分：内容与形式，突出形式的作用。他们把文学定义为形式的艺术。这一定义主要有三层意思：一是内容不能决定形式，内容不能创造形式；二是形式有不受内容支配的独立自主性；三是形式可以决定内容，创造内容。内容是形式的内容。

在对艺术形式的探讨中，他们虽然没有像索绪尔那样继续往下把形式一分为二，但是他们往往在寻找一组组相互对立的关系，由此展开研究，并且侧重其中一个。例如，对语言的分析，他们区分出诗歌语言（文学语言）与实用语言（生活语言），把这两者对立起来，侧重诗歌语言。正如巴赫金所说："形式主义者的出发点是把语言的两种体系——诗歌语言和生活实用语言、交际语言——对立起来。他们把证明它们的对立作为自己的主要任务。"[①]在形式主义者看来，诗歌语言的特点就是能够把语言的构造变得可以感觉到。这一点与形式主义关于文学性的认识是一致的。

在对叙事作品的结构研究中，形式主义文论家也把结构分为两种：情节结构与叙述结构。他们从语言学角度出发，认为情节结构是对事件的描写，是行为依照时间次序和因果关系的发展，纯属语意的。叙述结构是语意材料在特定作品里的表现。情节结构比叙述结构抽象，是一种宏观把握；叙述结构比情节结构具体，是一种微观呈现。以描写爱情故事为例，情节结构是文学史上此类故事共有的情节构成，叙述结构只是单部作品中此类情节的具体描写。形式主义强调的是情节结构。这一点对后来结构主义的形成影响很大。

在方法论上，形式主义和布拉格学派虽然继承了索绪尔的一分为二的辩证方法，但比索绪尔又前进了一大步。索绪尔的研究是基本上排斥社会历史环境对语言学的影响的，他大致把语言的共时性研究放在一个相对静止的情境之中。然而，形式主义和布拉格学派则有所不同。如果说俄国形式主义在研究文学体裁等艺术形式时，已注意到从史的角

---

① 巴赫金：《文艺学中的形式主义方法》，漓江出版社 1989 年版，第 117 页。

度去探讨,那么布拉格学派则强调共时性语言学的研究不可能脱离历史的演变。他们的研究,尤其是后者,是一种空间和时间交融在一起的研究。

在对俄国形式主义和布拉格学派的理论特征和研究方法进行概括时,我们应该注意到,这种概括只是从总体上来考察的,其实这两个学派的主要理论家都拥有各自的研究角度和重点,他们的研究是不可能完全相同的。下面我们将对俄国形式主义和布拉格学派的几位主要代表人物作一个初步的介绍。

3.2 什克洛夫斯基的陌生化理论

维克托·鲍里索维奇·什克洛夫斯基(1893—1984)是彼得堡诗歌语言研究会的创始人之一,被誉为奥波亚兹①的领袖人物,也是俄国形式主义的主要代表之一。

什克洛夫斯基出生在彼得堡的一位普通教师家庭。从小喜爱俄罗斯语言文学,尤其是普希金的抒情诗。后入彼得堡大学历史语言学系学习。1914 年完成的第一本著作《词语的复活》,被视为俄国形式主义诞生的宣言。后来,他和一批志同道合的同学创办了诗歌语言研究会,反对象征主义的美学原则。十月革命以后,诗歌语言研究会作为一个学术组织正式登了记。这一时期什克洛夫斯基撰写了《罗扎诺夫》(1921)、《骑士运动》(1923)、《文学与电影》(1923)、《第三种制作》(1926)、《汉堡账户》(1928)、《散文论》(1925)、《托尔斯泰的小说〈战争与和平〉中的材料与风格》(1928)等大量论著,阐述了他的形式主义理论和基本观点。然而,形式主义文论从 20 年代上半期起,就开始从内部和外部受到不断的批判。到 1930 年,什克洛夫斯基在《给科学上的错误立个纪念碑》一文中被迫承认:形式主义对我来说,已经是过去的道路。随后,他转而从事历史小说等体裁的文学创作。直到 50 年代苏联文学的解冻时代,什克洛夫斯基才重新从事文学评论工作,先后出版了《关于俄国古典作家小说的札记》(1955)、《赞成与反对:陀思妥耶夫斯基评论》(1957)、《论散文》(1959)、《托尔斯泰》(1963)、《维克托·什克洛夫斯基文集》(共 3 卷,1973)等。

3.2.1 内部规律和形式

俄国形式主义对长期以来西方流行的文艺模仿说、社会功能说等发起了挑战,鲜明地提出文学的独立自主性。什克洛夫斯基说道:"艺术永远是独立于生活的,它的颜色从不反映飘扬在城堡上空的旗帜的颜色。"②就是说,文艺不是对外部生活的模仿和反映,文艺有其自身的本质和内部规律。

由此出发,什克洛夫斯基强调文学理论不应只研究文学的外部关系,如文学与生活和自然(现实主义、自然主义)、文学与人心(浪漫主义、象征主义)的关系等,而应重点研究文学作品本身,研究文学的内部规律。他说:"我的文学理论是研究文学的内部规律。如果

---

① 奥波亚兹是诗歌语言研究会俄文缩写的音译。
② 什克洛夫斯基:《文艺散论·沉思和分析》,莫斯科 1961 年版,第 6 页。

用工厂方面的情况来作比喻,那么,我感兴趣的不是世界棉纱市场的行情,不是托拉斯的政策,而只是棉纱的支数和纺织方法。"而所谓"文学的内部规律",在他看来,"主要指文学作品的形式结构,是文学形式变化的问题"。[①]

关于文学形式问题,什克洛夫斯基和俄国形式主义者的理解已与传统的内容形式二分法的理解大不相同。他认为,形式不是相对于内容而言的,而是相对于文学的另一种模式而言的。他认为,"所有的艺术品都是作为一个现有模式的比较物和对照物而被创造出来的。一个新的形式不是为了表达一个新内容,而是为了取代已经丧失其艺术性的旧形式"[②]。这样,形式完全是文学作品独立的存在方式,与内容、材料无关。他在另一处说得更清楚:"文学作品是纯形式,它不是物,不是材料,而是材料之比。"[②]

因此,他前期的研究集中在这一意义上的文学形式的探讨。如对小说结构研究,他提出了"梯形结构"、"环形(或圆形)结构"的概念,并概括道:"一般说来,小说乃是由于拓展而变得复杂的环形和梯形结构的组合。"[④]同时,他还提出"小说形成的特殊程序是对称法"的观点,并分析了大量实例,如托尔斯泰年轻时创作的《三死》,探讨死的主题,引申出贵妇人、农夫和树木"三死"的"对称"故事;又如《战争与和平》和《安娜·卡列尼娜》都有两群出场人物彼此对称。这些都是形式探讨的典型例子。应当说,这种研究对于深入揭示文学作品自身的形式特点是有益的。

3.2.2　关于陌生化

"陌生化"是俄国形式主义文论的核心概念之一。什克洛夫斯基在《作为技巧的艺术》一文中指出,"艺术之所以存在,就是为使人恢复对生活的感觉,就是为使人感受事物,使石头显出石头的质感。艺术的目的是要人感觉到事物,而不是仅仅知道事物。艺术的技巧就是使对象陌生,使形式变得困难,增加感觉的难度和时间长度,因为感觉过程本身就是审美目的,必须设法延长。艺术是体验对象的艺术构成的一种方式;而对象本身并不重要。"[⑤]什克洛夫斯基提出的陌生化问题不仅在俄国文艺学界,而且在世界文学论坛产生了很大影响。

什克洛夫斯基认为,文艺创作不能够照搬所描写的对象,而是要对这一对象进行艺术加工和处理。陌生化则是艺术加工和处理的必不可少的方法。这一方法就是要将本来熟悉的对象变得陌生起来,使读者在欣赏过程中感受到艺术的新颖别致,经过一定的审美过程完成审美感受活动。形式主义者的一个重要理论主张就是,文艺创作的根本目的不是要达到一种审美认识,而是要达到审美感受,这种审美感受就是靠陌生化手段在审美过程中加以实现的。

这种从审美认识、审美目的向审美感受和审美过程的转向,实际上是形式主义者把批

[①②] 什克洛夫斯基:《关于散文的理论》,苏联作家出版社 1984 年版,第 8、32 页。

[②④] 什克洛夫斯基:《作为"风格"概念的情节分布》,彼得格勒 1921 年版,均第 4 页。

[⑤] 什克洛夫斯基:《作为技巧的艺术》,见《俄国形式主义批评:四篇论文》,内布拉斯加 1965 年版,第 12 页。

评由创作为中心转向以文学作品和对文学作品接受为中心的必然结果。什克洛夫斯基将研究文学作品价值的重点放在读者的审美感受上。文学艺术作品与政论等其他作品的本质区别就在于有无审美感受。文学的价值就在于让人们通过阅读恢复对生活的感觉,在这一感觉的过程中产生审美快感。如果审美感觉的过程越长,文学作品的艺术感染力就越强。陌生化手段的实质就是要设法增加对艺术形式感受的难度,拉长审美欣赏的时间,从而达到延长审美过程的目的。

什克洛夫斯基在托尔斯泰的小说中发现了大量运用陌生化手法的例子。如他指出,托尔斯泰小说中常常不用事物原有的名称来指称事物,而是像描述第一次看到事物那样去加以描述。比如,《战争与和平》称"点缀"为"一小块绘彩纸版",称"圣餐"为"一小片白面包"。这样,就使读者对已熟悉的事物产生陌生感,从而延长对之关注的时间和感受的强度,增加审美快感。

什克洛夫斯基还把陌生化理论运用到小说研究中去,提出了两个影响广泛的概念,即"本事"和"情节"。作为素材的一系列事件即"本事"变成小说"情节"时,必须经过作家的创造性变形,具有陌生的新面貌,作家越自觉地运用这种手法,作品的艺术性就越高。因此,自然主义和写实主义必然让位于现代派小说,因为这类小说更自觉地运用把现实加以变形的陌生化手法。由此看来,可以说什克洛夫斯基为现代派文学奠定了理论基础。

3.2.3 文学语言与日常语言

什克洛夫斯基在谈到陌生化理论时指出,艺术语言是实现陌生化过程的重要保证与条件。或者换句话说,艺术陌生化的前提是语言陌生化。由此什克洛夫斯基又引出了一个新的问题:文学语言与日常语言的联系与区别。

什克洛夫斯基认为,在生活实用的交际语言中,说话的意义(内容)是最重要的成分,其他的一切均作为手段为它服务,而文学语言的内容却没有它的语言外壳重要。在文学语言中,表达本身(形式)就是目的,意义要么完全被排除(无意义语言),要么本身只成为手段,成为语言游戏的无关紧要的材料。散文语言的陌生化程度不高,所以,它接近日常语言;诗歌语言的陌生化程度很高,因此,它总是处于文学语言的最高层次上。

什克洛夫斯基对诗歌语言作了如下规定:"无论是从语言和词汇方面,还是从词的排列的性质方面和由词构成的意义结构的性质方面来研究诗歌语言,我们到处都可以遇到艺术的这样一个特征:它是有意地为那种摆脱接受的自动化状态而创作的,在艺术中,引人注意是创作者的目的,因而它'人为地'创作成这样,使得接受过程受到阻碍,达到尽可能紧张的程度和持续很长时间,同时作品不是在某一空间中一下子被接受,而是不间断地被接受。'诗歌语言'正好符合这些条件……这样我们就可以把诗歌确定为受阻碍的、扭曲的语言。"[1]诗歌语言本身并不创造新的结构,它只是人们在被感觉到时已创造的、在未被感觉到的接受时处于自动化状态的结构。什克洛夫斯基以普希金为例,指出,在他那个

---

① 见《诗学》(诗歌语言理论集刊),彼得格勒 1919 年版,第 112 页。

时代,人们已习惯于接受杰尔查文情绪激昂的诗歌语言,但普希金却使用俗语来表达并用以吸引人注意,这使当时人感到吃惊,甚至难以接受,而这正是一种陌生化的处理,使诗歌语言受阻、扭曲,延长被接受的时间,打破原有的欣赏习惯。

应该说,在谈论文学语言时,什克洛夫斯基并没有排斥日常语言的作用。他认为,日常语言是文学语言的直接来源,文学语言是在日常语言基础上的一种升华。日常语言要成为文学语言,必须经过艺术家的扭曲、变形或陌生化。这样,陌生化就成了由日常语言向文学语言转化的必不可少的中间环节,或者说是中介。文学语言是陌生化之后的产物。

在什克洛夫斯基看来,经过陌生化处理的文学语言,不负载一般语言的意义,丧失了语言的社会功能,而只有"诗学功能"。如果说,日常语言具有能指(声音、排列组合的意义)和所指功能(符号意义),那么文学语言只有能指功能。文学也就是这种自有价值的语言形式。后来,形式主义者把语言学上的这种"能指"和"所指"关系移植到文学作品上来说明形式与内容的关系时,就确立了形式主宰一切的观念。他们认为,人们欣赏文艺,不是从内容看形式,而是从形式看内容,是从词语上来看内容的。

俄国形式主义这种对于文学语言的研究,对后来英美新批评派、结构主义、符号学都产生了一定的影响。

3.3 雅各布森对文学性的语言学阐释

罗曼·奥西波维奇·雅各布森(1896—1982)是莫斯科语言学小组的创始人之一,捷克布拉格学派和美国纽约语言学小组的发起人之一,结构主义的奠基人,也是俄国形式主义的核心人物之一。

雅各布森早在中学时代就注意收集民间文学语言材料,1914 年他完成了在拉扎列夫东方语言学院的学习,转入莫斯科大学,1918 年毕业。在莫斯科大学学习期间,他创建了莫斯科语言学小组,后来在形式主义运动中该小组与诗歌语言研究会合并。

1921 年至 1939 年雅各布森移居捷克斯洛伐克,成为布拉格语言学小组最活跃的成员之一。在布拉格期间,雅各布森完成了自己最初的两本论著《俄国现代诗歌》(1921)和《论捷克诗歌》(1923)。第二次世界大战期间,雅各布森流亡美国,在纽约创建了语言学小组,曾在哈佛大学和麻省理工学院教授普通语言学和斯拉夫语言文学。他著的《普通语言学论文集》法语译本于 1963 年出版。他发表过一些有关诗学、语言学的论文,尤其是关于诗律学、语法意义、形式结构等方面的研究文章。

3.3.1 文艺学研究的对象:文学性

俄国形式主义要创建新的文艺学体系,就必须对文学研究的对象、任务作出新的解释。

从俄国 19 世纪现实主义文学发展的传统来看,无论是革命民主主义批评家,还是学院派的批评家,都从文学与其他科学的共同点着眼,主张文学是社会生活的反映,文学的任务是为社会的民众服务。因此他们在研究文学创作时,虽不忽视形式问题,却更重视思想内容。雅各布森等形式主义理论家则相反,他们注重探索文学区别于其他科学的独特性。他们强调,任何一种文化形态都有自己的具体特性,比如,科学有科学性,艺术有艺术性,文学也同样有文学性。文学性就是文学的性质和文学的趣味。文学性就在文学语言的联系与构造之中。

早在 1921 年,雅各布森就十分明确地指出:"文学科学的对象不是文学,而是'文学性',也就是使一部作品成为文学作品的东西。不过,直到现在我们还是可以把文学史家比作一名警察,他要逮捕某个人,可能把凡是在房间里遇到的人,甚至从旁边街上经过的人都抓了起来。文学史家就是这样无所不用,诸如个人生活、心理学、政治哲学,无一例外,这样便凑成一堆雕虫小技,而不是文学科学,仿佛他们已经忘记,每一种对象都分别属于一门科学,如哲学史、文化史、心理学等等,而这些科学自然也可以使用文学现象作为不完善的二流材料。"[①]雅各布森批评当时的许多文学史家把文学作品只当成"文献",结果使自己的研究滑入了哲学史、文化史和心理学史等别的学科之中。

在形式主义理论家们看来,不能从社会生活方面、作品的内容方面去探讨文学性,而只能从作品的艺术形式中去找。雅各布森则更进一步说明,不能从单部的文学作品中去寻找。他认为,文学性不存在于某一部文学作品中,它是一种同类文学作品普遍运用的构造原则和表现手段。文学研究者不必为研究作品而研究作品,更不应从作品的思想内容和艺术形式方面来肢解作品。文艺学的任务就是需要集中研究文学的构造原则、手段、元素等等。文学研究者应该从具体的文学作品中,把它们抽象出来。

例如,在评论托尔斯泰的长篇小说《复活》时,研究者不必对小说内容加以概括,或者从某个固定的原则出发在小说中寻找证据,也无须从形式的角度,根据小说的上下文来研究《复活》自身的结构和语言特色,而是需要在深入分析小说文本的基础上,从语言学的方位探讨《复活》的内在构造原则与同类叙事作品的构造原则之间的联系,把《复活》变成一种传达语意的手段。

雅各布森等形式主义者如此看重文学性的探讨,强调艺术形式的分析,其重要原因之一就是他们认为,文艺学只有从形式分析入手,才能达到科学的高度。因为对作品的结构原则、构造方式、韵律、节奏和语言材料进行语言学的归类和分析,就如同自然科学一样,较为可靠和稳定,很少受社会政治环境等因素的影响。相反,如果从作品的内容展开研究的话,很容易受政治形势等外部因素的左右,文艺学很可能成为社会学、政治学、历史学、思想史等学科的阐释者。艺术内容是不定的、可变的,随着阐释者不同的解释而赋予不同的意义。艺术形式则是固定的、不变的,可以而且容易成为科学研究的对象。

所以,俄国形式主义者坚信,文学研究者只有把握文艺的本质,从事形式分析,才能达到科学的境地。雅各布森干脆声称,现代文艺学必须让形式从内容中解放出来,使词语从意义中解放出来。文艺是形式的艺术。

---

① 雅各布森:《最近的俄罗斯诗歌》,布拉格 1921 年版,第 11 页。

3.3.2　文学性:诗性功能

雅各布森作为一位语言学家,在早期活动中提出"文学性"这一概念之后,始终努力从语言学的角度来说明文学性。从他对文学性的解释中我们不难看到,雅各布森由俄国形式主义经布拉格学派,最终到现代结构主义所留下的探索的足迹。

雅各布森指出,文学性存在于文学作品的语言形式之中。他从分析诗歌语言入手,把诗歌放置在语言的交际环境中加以探讨,试图从语言功能上来阐释文学性,说明诗歌语言的特征。雅各布森认为,如果说,造型艺术是具有独立价值的视觉表现材料的形式显现,音乐是具有独立价值的音响材料的形式显现,舞蹈是具有独立价值的动作材料的形式显现,那么,诗便是具有独立价值的词的形式显现。他的意思是,诗的本质不在指称、叙述外在世界的事物,而在具有表达目的的诗歌语言(词)的形式显现。换言之,"诗的功能在于指出符号和指称不能合一"[①],即诗歌(文学)语言往往打破符号与指称的稳固的逻辑联系,而为能指与所指的其他新的关系和功能(如审美)的实现提供可能。在此意义上,他认为"一部诗作应该界定为其美学功能是它的主导的一种文字信息"[②],就是说,诗歌语言虽有提供信息的功能,但应以"自指"的审美功能为主。在美国期间,雅各布森发表了《结束语:语言学和诗学》一文,进一步提出著名的语言六要素、六功能说,认为任何言语交际都包含说话者、受话者、语境、信息、接触、代码六个要素,与之相应,言语体现出六种功能:如交际侧重于语境,就突出了指称功能;如侧重于说话者,就强调了情感功能;如侧重于受话者,意动功能就突现了;如侧重于接触,交际功能就占支配地位;如侧重于代码,元语言功能就上升到显著位置;只有言语交际侧重于信息本身,诗的功能(审美)才占主导地位。这里"信息"指语语本身,当言语突出指向自身时,其诗性功能才突现出来,其他实用功能才降到最低限度。

他在研究过程中发现,诗歌的诗性功能越强,语言就越少指向外在现实环境,越偏离实用目的,而指向自身,指向语言本身的形式因素,如音韵、词语和句法等。他在《隐喻和转喻的两极》一文中,把诗歌分为两类:隐喻与转喻。他认为,在一般的现实主义作品中,转喻结构居支配地位。这类作品注重情节的叙述,环境的描写,通过转喻来表现人物与环境的关系,主要是指向环境。如俄罗斯的英雄史诗中转喻方式占优势。而浪漫主义的作品则以隐喻为主导。它们一般很少通过清楚地描写事物的外在具体特征,来直接表述某种意义,而是尽可能地把要表述的意义隐含在诗的字里行间,让读者自己去品味,去赏析。这类作品有俄国的抒情诗等。雅各布森认为,在隐喻类的文学作品中,诗性功能强,因而文学性也就较强。

在具体分析诗性功能时,雅各布森仍然以索绪尔语言学为依据,把语句的构成放在选择和组合这两根纵横交错的轴上来加以分析。选择轴近似于索绪尔语言学的纵组合概

---

① 转引自赵毅衡《文学符号学》,中国文联出版公司 1990 年版,第 106 页。
② 转引自《文艺理论研究》,1992 年第 2 期,第 93 页。

念,即语句中排列的词是从众多能够替换的对等词语中选择出来的。组合轴则基本等于索绪尔语言学的横组合概念,也就是上下文之间的联系。雅各布森指出,诗性功能就是要把对等原则由选择轴引到组合轴,形成诗句的对偶。其实如若用中国文学的话来说,就是对仗。

雅各布森分析诗的语言,目的在于探索诗性功能所赖以生存的诗的结构。他努力寻找发音和意义上对应、语法功能相同的词语,寻找由一行行对称诗句组合而成的诗节,并由此发掘诗的内在结构。雅各布森在诗学理论上的独特贡献是显而易见的,他的研究为后来结构主义诗论的发展奠定了基础。

3.4 艾亨鲍姆的科学实证主义文论

鲍里斯·米哈伊洛维奇·艾亨鲍姆(1886—1959)是彼得堡诗歌语言研究会的主要成员之一,也是俄国形式主义运动的一位著名代表。

艾亨鲍姆出生在斯摩棱斯克州的红城。少年时代曾就读于军事医学院,1907 年进入彼得堡大学历史语言学系学习,1912 年毕业。在大学期间,他参加过文格罗夫的普希金讲习班。从 1907 年开始文学研究工作,1918 年加入诗歌语言研究会。1918 至 1949 年,艾亨鲍姆在列宁格勒大学教授俄国文学史,1920 至 1931 年间还兼职在列宁格勒艺术史研究所任教。1956 年起在俄罗斯文学研究所任教。从 20 年代中期起,他对莱蒙托夫和列夫·托尔斯泰这两位俄罗斯作家进行了长期的研究。他一生著述颇丰,主要有《杰尔查文的诗学》、《卡拉姆辛》(1916),《民间故事的幻想》(1918),《果戈里的〈外套〉是怎样写成的》(1919)、《俄国抒情诗的旋律》、《涅克拉索夫》(1922),《安娜·阿赫马托娃》(1923),《文学透视》(1924),《文学》(1927),《托尔斯泰》(第 1 卷,1928;第 2 卷,1931;第 3 卷,1960),《莱蒙托夫》(1924),《莱蒙托夫研究》(1960)等。

3.4.1 科学的实证主义理论原则

艾亨鲍姆在《"形式方法"的理论》一文中指出:"所谓'形式方法',并不是形成某种特殊'方法论的'系统的结果,而是为建立独立和具体的科学而努力的结果。"[1]"我们和象征派之间发生了冲突,目的是要从他们手中夺回诗学,使诗学摆脱他们的美学和哲学主观主义理论,使诗学重新回到科学地研究事实的道路上来。……由此产生标志形式主义者特点的科学实证主义。"[2]俄国形式主义在诗学研究上的科学实证主义的立场是显而易见的。它与象征主义的根本分歧也正在于此。艾亨鲍姆系统地论述了俄国形式主义的这一基本理论特征。

艾亨鲍姆认为,形式主义者研究的中心并不是所谓的形式方法,也不谋求建立一种独特的方法论体系,而是要探索一些理论原则,根据这些原则去研究文学艺术作品的特征。

①② 艾亨鲍姆:《"形式方法"的理论》,见《俄苏形式主义文论选》,中国社会科学出版社 1989 年版,第 19、23 页。

科学的特殊性和具体化的原则便是这些原则中最重要的一个。

在俄国形式主义者看来,科学的特殊性主要表现在文学研究对象的特殊性。他们把文学研究的对象(文学性)作为一种科学考察的对象。他们不承认任何哲学、心理学和美学的理论前提,注重事实,强调对文学作品进行科学的具体分析。为了达到这一目的,他们不再像传统的文学家们那样,把研究重点放在文化史或社会生活方面,而是使自己的研究工作面向语言学,用语言学的方法来分析文学现象。

俄国形式主义文论家多数是语言学家,擅长艺术形式的语言分析。他们的语言学造诣确实给他们的实证主义研究方法帮助不少。他们运用一系列语言学、修辞学的概念和术语,如隐喻、转喻、明喻、暗喻、象征、对语、词语、句子等,并把这些概念、术语作为文艺学的重要概念与术语,对文学作品中一系列的语言现象、作品结构、情节和细节等进行了深入细致的语言学分析和研究,使得形式主义批评具有浓厚的科学实证主义的色彩。

艾亨鲍姆在解释形式主义文论时指出,不要把形式主义方法看成是一个静止不动的理论体系。因为现成的科学理论其实并不存在,科学是在克服错误的过程中形成的,而不是在建立真理时存在的。在形式主义者的科学研究中,理论仅仅被视为是一种工作假设,借助这种假设来指明和理解某些现象,而假设本身却可以在科学研究过程中不断加以调整。艾亨鲍姆反对形式主义的反对者或信奉者把形式主义体系当作一个固定不变的体系。他强调,形式主义的原则是相当自由的,是可以根据科学的要求加以深化和修改的。其实一切科学都应该如此。他还说明了理论原则与信念之间的区别,原则是需要科学证明的。

形式主义者的科学实证主义态度还非常明显地表现在对词语的研究上。他们把词语的复活不仅理解为摆脱词的一切着重强调的意义和任何象征意义,而且,特别是在早期,要几乎彻底取消词语的意识形态意义本身。他们认为,词就是词,首先和主要是它的音响的经验的物质性和具体性。"无意义词语"是任何艺术结构力求达到的理想境界的表现。艾亨鲍姆在《文学与电影》一文里首先分析了艺术的生物学基础,然后指出,艺术实际上是游戏性的,并不与固定的"意义"相联系。"无意义性"与"语言"之间经常不断的不一致——这就是支配艺术演变的内在的辩证法。

根据艾亨鲍姆的观点,通常的有意义的词语,不能够充分表达出词语自身物质的、物的现存性。词语具有意义,就必然要表现事物,表示词语以外的意思。而无意义词语则完全与其本身相一致,它不可能超越自身的范围。它是可以被科学从物理学、语言学的角度加以证实的。

3.4.2 文学史研究

从艾亨鲍姆的整个文学研究工作来看,他更主要的是一位文学史家。在俄国形式主义时期以及后来,他都主要致力于俄罗斯文学发展规律的探索,研究了一大批俄国文学史上的著名作家。他和大多数形式主义者一样,在文学史的研究过程中,仍然把作品看作是意识之外的现实,在分析各种创作技巧和艺术作品及其结构成分系列时,尽量避免涉及社会意识形态环境和社会经济发展状况对创作的影响。他们努力在纯粹的和封闭的文学系列内部揭示出艺术形式发展的内在规律性。

形式主义者认为,文学史的发展具有其自身的必然规律性,存在着一条从作品到作品、从风格到风格、从派别到派别、从一个主要结构成分到另一个主要结构成分的发展道路。无论世界发生什么变化,不管出现哪些经济的、社会的和一般意识形态的变化和转折,文学自身的发展总是按照其不可动摇的内在规律,从本身的一个环节走向另一个环节。文学之外的现实可能会阻碍或促进文学的发展,但不能改变这种发展的内在逻辑,不会给这一逻辑增添或减少任何新的内容。

形式主义所讲的文学内部发展的规律完全不要求发明新的艺术形式,而只是发现形式。艾亨鲍姆在研究莱蒙托夫时指出:"新的艺术形式的创造,不是描写的行为,而是一种发现,因为这些形式潜藏于以前的阶段的形式之中。莱蒙托夫当时应当发现的是这样的诗歌风格,这种风格应成为走出 20 年代之后形成的诗歌创作的死胡同的出路,并且它已以潜伏的形式存在于普希金时代某些诗人的创作之中。"①按照艾亨鲍姆等形式主义者的理论,后来出现的艺术形式创新不是某种绝对新颖的东西,而是现时典范化的创作的先行者,也就是上一时期之前的东西。比如,在普希金时代,丘赫尔别凯的诗中还存在着杰尔查文的创作风格。列夫·托尔斯泰创造的新小说实际上是对 18 世纪传统的继承。

20 年代艾亨鲍姆对俄罗斯文学史的研究明显地反映出形式主义的这一理论原则。他竭力排斥作家的创作个性,作家个人命运的特殊性及其偶然性,以便更清楚地见出文学史的发展进程和规律,努力清除社会意识形式和现实生活对文学素材的影响,以保证纯艺术形式的探讨。艾亨鲍姆在《年轻的托尔斯泰》一书中,甚至认为,托尔斯泰青年时代日记中的 1847 年生活计划不是实际活动的真正计划,而多半是作为手法,作为目的本身的计划。他在论涅克拉索夫的文章中,把作家之所以以民间生活为主题的原因,归结为是在向文学中已成为典范的体裁形式挑战,是在与经典作斗争时才求助于民间创作的。

艾亨鲍姆在文学史的研究过程中,不是用历史事实来检验诗学,而是从历史中选择材料来证明和具体阐释诗学。在他看来,规律性无法在现实的历史中揭示出来,只有理论才给混乱的历史现实理出头绪,弄清其意义。在艾亨鲍姆等形式主义者那里,我们已不难发现俄国形式主义在文学史研究中的主观唯心主义立场。

可以说,大多数形式主义者都是站在这样的原则立场上来分析文学现象的。其中最有代表性的,除了艾亨鲍姆以外,还有鲍里斯·托马舍斯基(1890—1957)。这位理论家从普希金诗歌格律的统计分析开始了文学的研究工作,在情节分析等方面有自己特殊的理论阐释。从他的理论出发,任何情节的构成都只有时间次序和因果关系这两个因素。作品随着情节的展开,又需要一系列的细节印证,如结构、求实、艺术等细节印证。在他那里,社会和历史环境等都是为这些已固定了的理论框架服务的。

除了我们已经论及的一些俄国形式主义和布拉格学派的主要代表人物以外,这两个学派都还拥有各自的一大批著名理论家,属于形式主义学派的有:尤里·迪尼亚诺夫

---

① 艾亨鲍姆:《莱蒙托夫》,列宁格勒 1924 年版,第 12 页。

(1894—1943)、奥西普·勃里克(1888—1945)、列夫·雅库宾斯基(1892—1945)等,属于布拉格学派的有:谢尔盖·卡尔柴夫斯基(1884—1955)、弗拉基米尔·斯卡里奇卡(1909—1991)等。他们的理论观点和研究角度虽各有特点,但在总的原则上他们都遵循形式主义的理论原则来从事文学研究和文学批评。

    俄国形式主义从诞生之日起,就是作为对传统文学批评的反拨而登上文学论坛的,它属于艺术理论上的先锋主义。布拉格学派是对俄国形式主义批评的继承和发展。在20世纪的一二十年间,当俄苏文坛上盛行着重内容、轻形式的文学批评思潮时,他们能够为艺术形式的研究大声疾呼,并运用语言学的分析方法对文学作品的语言、结构等方面进行深入的探讨,其价值是不容否定的。

    俄国形式主义的最大贡献就在于它始终坚持文学是一个特殊的领域,力图揭示文学的内部构造及其发展的特殊规律。它提出的"陌生化"、"文学语言与日常语言的区别"、"文学性"、"诗性功能"等理论概念和原则,极大地丰富了西方文学批评理论。布拉格学派主要在"语言的功能研究"、"类比方法的运用"、"共时性与历时性研究的结合"以及"对读者的转向"等方面取得了令人注目的成就。这两个学派都对文学的艺术形式进行了细致的剖析。他们的研究是具体的、深入的,很有启迪性。

    同时,俄国形式主义与布拉格学派的理论缺陷和历史局限性又是十分明显的。他们过分夸大艺术形式的作用,用形式来规定文艺的本质,把文学发展规律和形式发展规律等同起来。虽然艺术形式有自身的发展规律,但从根本上来说,这一规律是由社会文化和艺术内容的发展所决定的,艺术形式无法自我规定。此外,这两个学派把语言学研究在文艺学中的运用推向了极端。语言学方法只能是研究文艺的一种手段,不能把手段当成目的。

    我们应该看到,俄国形式主义和布拉格学派的探索是严肃认真的。他们在研究中不断根据事实的检验扬弃、修正自己的观点,不断地开拓研究领域。这种科学的态度是应当提倡的。

4　精神分析批评

　　精神分析批评是把弗洛伊德的精神分析学等现代心理学理论运用于文学研究的一种批评模式。它是 20 世纪影响最大、延续时间最长的西方文艺批评流派之一。将近一个世纪以来,精神分析学一直是西方现代派文学的重要理论基础,它对意识流、表现主义、超现实主义、存在主义、荒诞派等现代主义流派都产生过直接或间接的影响。在创作界,西方活跃于 20 世纪上半叶的一流作家,大多数都或多或少地受到过精神分析学的影响。在批评界,精神分析学在二三十年代达到鼎盛时期,虽然在四五十年代由于新批评派的风靡而一度受到冲击,但进入 60 年代以后,由于拉康、霍兰德等人在理论上的"重新阐释"和在实践中的"创新",精神分析批评又重新焕发了生命力,并呈现出多元发展的局面。

4.1　精神分析批评的一般概念

　　严格地说,精神分析学与精神分析批评是两个不同的概念。精神分析学原本属于心理学的范畴,准确地说,它只是临床心理学的一个分支;而精神分析批评则是把精神分析学等心理学理论运用于文学研究的一种批评模式。但令人感到十分有趣的是,从 20 世纪上半叶起,精神分析学在心理学界的影响远不如它在文学界的影响大,因而在今天的文学批评界,这两个术语常常被混用。

　　精神分析学是与弗洛伊德这个名字紧密联系在一起的,这不仅仅因为它是由弗洛伊德创立的,而且因为它的理论基础是弗洛伊德主义。因此,人们常常把精神分析学与弗洛伊德主义混为一谈。其实,它们之间还是有区别的。弗洛伊德主义是以弗洛伊德本人的思想和学说为中心、包括其弟子对他的理论所作的阐释在内的一种理论体系;而精神分析学的范围则要广得多,它不仅包括弗洛伊德的学说,而且包括其他精神分析学家(如荣格、阿德勒、埃里克森等)的理论和观点,甚至还包括一些从事精神分析批评实践的文艺美学家(如拉康、霍兰德等)的观点。

　　精神分析学根据其自身的发展大致可以分为两个阶段,即早期以弗洛伊德理论为核心的传统(或经典)精神分析学和经过埃里希·弗洛姆、埃里克·埃里克森(1902—1994)等人重新阐释过的新精神分析学。传统精神分析学着重于人的生物性本能的一面,而新精神分析学在继承弗洛伊德学说的同时,强调道德社会化的影响,视社会文化为人格发展的重要的有机组成部分。

　　传统精神分析批评从弗洛伊德的理论中主要受到以下七个方面的启发和影响:一、无意识理论;二、力比多学说;三、关于伊德、自我和超我的三重人格结构学说;四、梦的学说和释梦理论;五、"俄狄浦斯情结"说;六、文学艺术与"白日梦";七、艺术家与精神病。

在文学研究中,传统精神分析批评家主要根据这些理论或概念进行批评实践。他们或者在作品中寻找象征,以窥探作者的无意识的创作动机,或者把文学作品的文本视为"病例",通过分析作品的故事情节和人物的语言、行为模式等揭示作者的心理和无意识欲望。总之,他们试图挖掘和分析作者在作品中蕴藏的美感经验、变态心理、无意识趋向等。

与传统精神分析批评家不同的是,新精神分析批评家大都抛弃了弗洛伊德主义的性本能动因学说,注重人的社会性;他们借助其他哲学或文学理论(如接受美学、结构主义、后结构主义等)来重新阐释精神分析学,并把这些理论与精神分析学结合起来,然后应用于批评实践,于是产生了如读者反应精神分析批评、结构主义精神分析批评等批评模式。新精神分析批评注重探索读者的心理机制和阅读过程,注意研究文学文本的语言、形式结构及其与作者和读者之间的关系等,从而有助于对作家、作品及读者的分析和研究。

精神分析批评根据其研究对象大致可分为三类:作者、读者、文本(包括这三者之间的相互关系)。传统精神分析学主要属于第一类,它侧重研究作者的心理和创作活动,旨在揭示作者的创作过程、态度及心理状态与其作品之间的关系。第二类以读者反应精神分析批评为代表,它侧重研究读者的心理、阅读过程和反应,以解决读者与文本之间的关系问题。第三类精神分析批评主要通过分析文本的语言和结构方式去研究文本、语言与读者之间的关系问题。这后一种批评模式以结构主义精神分析批评为代表。

4.2 弗洛伊德的精神分析文论

4.2.1 弗洛伊德与精神分析学的创立

西格蒙·弗洛伊德(1856—1939),奥地利精神病医生,著名心理学家。他出生于奥地利弗赖堡(今捷克的普莱波)的一个犹太人家庭,父亲是个羊毛商人。弗洛伊德少年时代酷爱阅读文学作品和史书,1873 年进维也纳大学医学院学习,1881 年获医学博士学位。1885 年去巴黎,师从著名的神经学家让·夏尔科(1825—1893),1886 年回维也纳开设了专门治疗精神病患者的私人诊所。他在临床实践中创立了精神分析疗法,获得很大成功,并在此基础上创立了精神分析学说。

1900 年以后,弗洛伊德的精神分析学逐步在世界上产生影响,其身边聚集了一大批学生和追随者,其中比较著名的有奥地利的艾尔弗雷德·阿德勒(1870—1937)和瑞士的卡尔·荣格。但由于观点上的分歧,阿德勒后来脱离了弗洛伊德而建立了他自己的"个人心理学"。1911 年,弗洛伊德与荣格共同创建了"国际精神分析学会"。及至 1913 年,荣格也因与弗洛伊德见解不合而同其决裂,建立了他的"分析心理学"。1938 年,弗洛伊德由于受到纳粹迫害而逃离维也纳,翌年因患癌症病逝于伦敦。

弗洛伊德的主要著作有:《释梦》(1900)、《日常生活的生理病理学》(1904)、《关于性欲理论的三篇论文》(1905)、《图腾与禁忌》(1913)、《精神分析引论》(1920)、《超越快乐原则》

(1920)、《自我与伊德》(1923)等。

由弗洛伊德创立的精神分析学原本属于心理学的范畴。大约在1896年左右,弗洛伊德在治疗精神病人的过程中,发现原先使用的催眠法效果不甚理想,而如果让病人在清醒的状态下回忆和寻找导致某种特殊病症的经历,让病人自动说出精神方面的原因,却能使病人摆脱以往经历的阴影,排除病因,恢复正常的生活。弗洛伊德称这种方法为"心理疏导"。后来他又进一步试验,让病人身心放松地躺在沙发上,根据他们的病例问他们一些问题,尤其让他们回忆他们孩提时代或睡梦中的情况,有时甚至让病人"自由联想",想说什么就说什么,甚至胡言乱语。通过病人的回忆、说梦和言谈,医生帮助病人分析隐匿在他们内心深处的愿望、情结或受到的挫折,发现他们的病因,帮助他们恢复某些受到损害的心理机制,达到治疗诸如精神错乱、压抑症等精神疾病的目的。这种使用"自由联想"和释梦相结合的"讲述疗法",弗洛伊德称之为"精神分析法"。弗洛伊德的独特贡献在于他将用于临床实践的精神分析疗法系统化、理论化,创立了一整套关于无意识和梦幻的学说,深入地探索人类精神活动中的无意识领域,建立了对现代西方社会产生巨大影响的精神分析学说。

弗洛伊德精神分析学的成因是很复杂的,除了科学的巨大发展和当时兴起的形形色色的"反理性主义"思潮的影响之外,还有一条是不应忽视的。弗洛伊德在维也纳大学医学院学习期间曾在厄恩斯特·布吕克(1819—1892)的指导下进行过研究工作,而布吕克又是约翰尼斯·缪勒(1801—1858)的门生。缪勒和布吕克都是19世纪著名的生理学家和生机论者。他们认为生命中包含着一些特殊的力,这些力并不同于在无机物体的交互作用中所发现的那些力。布吕克还提出了"生物是一个动力系统"的激进观点。这种生物的力和能的动力学概念对弗洛伊德产生了深刻的影响,以致他在后来的临床实践中常运用这种概念来理解和解释他的精神病患者的行为。这对于他的以性本能或"性力"为基石的精神分析学说的形成是起着重要作用的。

由于弗洛伊德的精神分析学说主要以无意识、梦、幻想、欲望等人类精神活动为研究对象,因此其理论与观点早已超越心理学的范畴,成了一种理解人的动机、人格和精神活动的科学,并在文学、艺术、美学、哲学、宗教、历史学、人类学、神话学、民俗学、教育学等西方社会科学的各个领域中产生了广泛而深远的影响。

4.2.2 弗洛伊德的主要学说观点与文学艺术的关系

弗洛伊德一生虽只写过为数不多的文艺论文,如:《创造性作家与白日梦》、《〈俄狄浦斯王〉与〈哈姆雷特〉》、《米开朗基罗的摩西》、《陀思妥耶夫斯基与弑父》等,但他在许多著作和文章中,对文艺创作、文学批评和美学等问题提出了许多相当精辟的观点和看法。他的文艺美学思想,从早期心理学开始,经过精神分析学阶段已基本形成,再经过他的弟子及其他精神分析学家的推广、应用和重新阐释,最终发展成为一整套文艺批评理论,对现当代文学艺术产生了很大的影响。这里将其几个主要观点及与文学艺术的关系作一简要评介。

（1）无意识理论

无意识（又译潜意识）是弗洛伊德学说的一个基本概念。弗洛伊德认为人的心理包含三个部分，即意识、前意识和无意识。意识处于表层，是指一个人所直接感知到的内容。它是人的有目的的、自觉的心理活动，可以用语言表达，并受社会道德的约束。前意识处于中层，是指那些此刻并不在一个人的意识之中但可以通过集中注意力或在没有干扰的情况下回忆起来的过去的经验。前意识的功能主要是在意识与无意识之间从事警戒，阻止无意识本能欲望进入意识之中。无意识是一种本能——主要是性本能——冲动，它毫无理性，是"一团混沌"；它处于大脑的底层，是一个庞大的领域。这一部分个人是意识不到的，但它却能影响人的行为。弗洛伊德第一次形象地描绘了人的心理结构。他把人的大脑比作大海里的冰山：意识部分就像冰山露在海面之上的那一小部分；前意识相当于处于海平面的那一部分，它随着海水的波动时而露出水面，时而没入水面；而无意识则是没于海水中的硕大无比的主体部分。

根据弗洛伊德的理论，意识与无意识是相互对立的：意识压抑无意识本能冲动，使之只能得到伪装的、象征的满足；而无意识则是心理活动的基本动力，暗中支配意识。意识是清醒的、理性的，但又是无力的；无意识是混乱的、盲目的，但却是广阔有力、起决定性作用的，是决定人的行为和愿望的内在动力。由此可见，在弗洛伊德的这一理论体系中，无意识是占主导地位的，是起支配作用的。

无意识理论是弗洛伊德的独创，是精神分析学说的核心。不管后来的精神分析学家如何修正和背弃弗洛伊德的精神分析学说，他们都没有抛弃无意识的概念，使它成了区别是不是精神分析学派的标志。

无意识理论的贡献在于它展示了人的心理的复杂性和层次性，引导人们去注意意识后面的动机，去探讨无意识心理对人的行为的影响，这对20世纪的作家、批评家有着巨大的启迪作用。文学艺术家不再停留在表现人的意识活动上，而是深入到深不可测的无意识领域中，去探索心灵的奥秘，揭示人的丰富的内心世界。在这些方面，弗洛伊德的无意识理论确实为文学艺术开辟了一个更为广阔的表现领域，拓展了表现人物内心世界的空间，把文学作品中的心理分析手法提高到了一个新的层次。但是，由于弗洛伊德过分夸大了无意识的作用，把它当作决定人的一切精神活动和行为的动力，从而贬低了意识和理性的作用，这对文艺创作和文学批评也产生了不少负面影响。

（2）三重人格结构学说和"力比多"理论

弗洛伊德在20世纪20年代以后对他的早期理论进行了修正，提出了三重人格结构学说。这一理论的基本观点是，人格也由三个部分构成：伊德（id，又译本我）、自我（ego）和超我（superego）。伊德完全是无意识的，基本上由性本能组成，按"快乐原则"活动；自我代表理性，它感受外界影响，满足本能要求，按"现实原则"活动；超我代表社会道德准则，压抑本能冲动，按"至善原则"活动。伊德和超我经常处于不可调和的矛盾中，自我总是试图调和这对相互冲突的力量。在正常情况下，这三个部分是统一的，相互协调的。当这三者失去平衡发生冲突时，即导致精神病症和人格异常。由于伊德总是受到压抑，所以人格的三个部分之间是很难保持平衡的，因此弗洛伊德认为具有健康人格的人可谓凤毛麟角,这就为他及其他精神分析学家在作家和人物身上寻找病态特征提供了理论根据。

另一个与此相关的是弗洛伊德的"力比多"理论。弗洛伊德认为,构成伊德的主要是一种"性力",这是每个人生来就有的一种本能,弗洛伊德称之为"力比多"。这种本能驱使人去寻求快乐,特别是性快乐。

根据弗洛伊德的理论,力比多的发展经历了四个阶段:口腔期、肛门期、生殖器期和生殖期。在第一阶段,性本能是与婴儿的口腔刺激紧密相联的。第二阶段是通过排泄粪便得到性欲快感的。在第三阶段,性的快感转移到生殖器官。恋母情结就是在这个阶段产生的。第四阶段是性本能发展的最后阶段。在这个阶段,个人对异性具有性的吸引力。弗洛伊德认为,这几个阶段对一个人的人格发展极为重要,儿童将来的性生活是正常还是变态,是自恋、同性恋,还是异性恋,完全取决于这几个阶段的发展结果。

弗洛伊德视性本能为人的一切行为的动机,把人的无意识的生物性本能提到首位,把人格与形成人格的社会条件完全割裂开来,这实际上是把社会的人降为动物的人。弗洛伊德还认为,性欲的决定作用并不限于个人,就人类社会而言,性欲也起着极为重要的作用。例如,人类社会的许多禁忌和习俗、道德规范、法律条文、宗教戒条等等,最初都是针对人的性欲问题而产生和制定出来的。他甚至把人类的文明创造、阶级矛盾和战争都归为人的本能的原因:前一种活动源自人的"生的本能",而后者是受人的"死的本能"所驱使。

从上述论点我们不难看出,弗洛伊德的理论基本上是以性本能为轴心的,正如霍兰德所说:"弗洛伊德将他的心理学固系在人的动物性的生物学和精神病学上。他……把人看作是一个性欲存在。"①因此,性本能说就成了弗洛伊德主义的支柱和基石。这也是弗洛伊德的学说被称作为"泛性论"的根本原因。这种只注意人的生物性本能而忽视人的社会性的庸俗的、简单化的理论显然是错误的。也正是由丁他的泛性论观点,弗洛伊德的学说经常受到攻击,许多精神分析学家(包括弗洛伊德的弟子)与他分道扬镳。

在文艺创作和文艺批评方面,弗洛伊德也持这种泛性论的观点。他把性欲看作是文艺创作的动因。作家、艺术家从事创作是受他们"本能的欲望"的驱使。艺术家也和常人一样,由于欲望长期受到压抑而得不到满足,便试图在文艺创作中得到感情的宣泄,以获取快乐,因此他们的创作动因就是"性欲的冲动"。弗洛伊德认为,文艺本质上是被压抑的性本能冲动的一种"升华"。经过升华作用,受压抑的力比多便可以通过社会道德允许的途径或形式得到满足。这就是弗洛伊德的"升华说"。按照这种观点,文艺的功能就是一种补偿作用,作家和读者在现实生活中难以实现的欲望可以通过创作或欣赏文艺作品得到变相的满足。显而易见,这种文学艺术的"泛性论"无限地扩大了性本能在生活和文学艺术中的作用,把人的各种复杂的思想、感情和愿望都与性欲扯在一起,不考虑人的社会性及作家或作品的社会因素,企图用性欲的抑制和满足来解释文学艺术,因而不可能正确地认识文艺的本质。

---

① 霍兰德:《后现代精神分析学》,载《国外文学》,1993年第2期。

（3）俄狄浦斯情结

"俄狄浦斯情结"（又译恋母情结），是弗洛伊德从其"力比多"理论和人格学说中衍生出来的一个概念。弗洛伊德认为，在人格发展的第三阶段，即生殖器阶段，儿童身上发展出一种恋母情欲综合感。这种心理驱使儿童去爱异性亲人而讨厌同性亲人。于是，男孩把母亲当作性爱对象而把父亲当作情敌，女孩则正好相反。这样男孩就产生了"俄狄浦斯情结"，女孩就产生了"厄勒克特拉情结"（又译恋父情结）。俄狄浦斯和厄勒克特拉都是古希腊神话中的人物。前者是一位王子，他不知不觉地应验了神灵的预言，走上杀父娶母的道路，最后酿成悲剧；后者是一位公主，她的父亲被母亲谋杀了，于是她怂恿她的兄弟杀死母亲，为父报仇。

弗洛伊德认为俄狄浦斯情结是一个普遍存在的现象。他说："宗教、道德、社会和艺术之起源都系于俄狄浦斯情结上。"①他把这种理论应用于文学研究，从卷帙浩繁的世界文学名著中，找出三个例子：索福克勒斯的《俄狄浦斯王》、莎士比亚的《哈姆雷特》和陀思妥耶夫斯基的《卡拉马佐夫兄弟》，指出这三部作品都有着一个相同的主题：俄狄浦斯情结。他还认为《蒙娜·丽莎》就是达·芬奇的俄狄浦斯情结开放出来的一朵奇葩。

俄狄浦斯情结说对西方文艺创作和文学批评产生了极大的影响，尤其在批评界，许多人把它当作一把文艺批评的万能钥匙，在古今文学作品中遍寻俄狄浦斯情结现象，显得十分牵强附会。虽然俄狄浦斯情结说对于人们从另一个角度来理解某些文学作品的主题尚有一些启发作用，但若是把它当作一种普遍规律用于文学批评就必然显得荒唐可笑。

（4）梦的理论

弗洛伊德精神分析学说的另一个重要组成部分就是他的梦的理论。这些理论弗洛伊德在《释梦》一书中作了系统而全面的阐述。其主要观点是：人的许多愿望，尤其是欲望，由于与社会道德准则不符而被压抑到无意识之中，于是在睡眠中，当检查作用放松时，便以各种伪装的形象偷偷潜入意识层次，因而成梦。换句话说，由于人的欲望在现实生活中得不到满足，便采取一种迂回的方式表现在睡梦中。因此，弗洛伊德认为，梦的本质"就是一种（被压抑的、被压制的）愿望的（被伪装起来的）满足"②。由于梦所表现的是被压抑的本能欲望，所以它必须采取伪装的形式，因此梦的内容分为"显现内容"与"潜在思想"两部分。显现内容是我们所记得的梦中形象或事件，潜在思想是隐藏在那些形象或事件之下的欲望。

弗洛伊德认为梦有四种作用方式，即"压缩"、"移置"、"表现手段"和"二次加工"。所谓压缩，即多种潜在思想被压缩成一种形象。这种混合梦象的形成是为了尽可能多地显露内容。所谓移置，即把梦的潜在思想的重点或中心移置开来，用不重要的替换重要的。表现手段是将梦的思想用具体的形象表现出来。由于梦所表现的主要是被压抑的性欲，所以梦中的形象多与性有关，如旗杆、手杖、山峰、草帽等象征男性生殖器，而盆、水壶、山谷等一切有凹面的东西都象征着女性生殖器。二次加工就是把梦中乱七八糟的材料加工

① 弗洛伊德：《图腾与禁忌》，中国民间文艺出版社 1986 年版，第 192 页。
② 弗洛伊德：《释梦》，伦敦 1913 年版，第 136 页。

成近于连贯的情节。

弗洛伊德认为文学艺术与梦具有许多共同特点:首先,梦表现的是人的被压抑的欲望,而文艺也是被压抑的本能冲动的升华,具有梦境的象征意义;其次,梦的显现内容与潜在思想之间的关系犹如文学作品的形式与意义之间的关系,它们是通过伪装或象征手段来表现其意义的。文学与梦实质上都是一种替代物,是一种具有充分价值的精神现象;再次,释梦的方法与文学批评类似,都是为了发现并揭示其中的"潜在"意义。

弗洛伊德把梦当作通向"无意识心理活动的平坦大道",并试图在梦与形象思维之间架起一道桥梁,这对文艺创作和批评是有一定意义的。但由于他的梦的理论的核心仍然是无意识和性本能说,而且是建立在治疗精神病的基础上的,并带有极大的主观臆断性,如果不加分析地硬把它搬到文学研究中来,那文学批评——如那种庸俗的在作品中寻找性象征物的批评——充其量不过是一种"释梦",甚至是痴人说梦。

(5) 文学艺术与白日梦

弗洛伊德在无意识和梦的理论的基础上,提出了文艺创作与白日梦相类似的观点。他在《创作家与白日梦》一文中指出,白日梦就是人的幻想,它源自儿童时代的游戏。儿童靠做游戏来满足自己的愿望,获得快乐,人长大后不再做游戏了,但不会放弃那种快乐,而只是换了一种形式而已,这就是幻想。所不同的是儿童并不掩饰他们的游戏,而成年人的幻想由于都是在现实生活中难以实现的、羞于启齿的愿望,因而必须加以掩饰。弗洛伊德认为,睡眠中的梦也是幻想,因为它与幻想同理。由于"幻想的动力是未得到满足的愿望,每一次幻想就是一个愿望的履行"①,所以"夜间的梦与白日梦——我们都已十分了解的那种幻想——一样,是愿望的实现"②。

弗洛伊德把作家与梦幻者、作品与白日梦相提并论。他把作家分为两种类型:一种是像写英雄史诗的古代作家那样,他们接收现成的材料;另一种则是创造性作家,他们创造自己的材料。他认为这后一种富于想象力、创造力的作家即与"光天化日"之下的梦幻者相似。在分析文学作品时,他认为"小说中所有的女人总是都爱上主人公",故事中的人物总是"明显地分为好人和坏人",都不是现实生活的写照,而是"白日梦的一个必要成分";他还认为许多英雄故事的主人公其实就是白日梦的主角。因此,他认为:"一篇作品就像一场白日梦一样,是我们幼年时代曾做过的游戏的继续,也是它的替代物。"③

他的这些观点对于文学艺术家来说虽具有一定意义:它启发作家突破现实生活的界限,充分发挥创造性和主体作用,创作富于想象力的艺术作品,但正如他的梦的理论不具备多少科学根据一样,他的这一论点本身就是建立在"幻想"的基础上的,因为,正如弗洛伊德自己所承认的,"我们目前这方面所掌握的知识还很有限",因而"只是抛出一些鼓励和建议"。④

(6) 艺术家与精神病

作为一名精神病医生,弗洛伊德还探讨了艺术家与精神病患者之间的关系,认为"艺

---

①②③④ 弗洛伊德:《创作家与白日梦》,湖南文艺出版社1986年版,第138、140、143、143页。

术家就如一个患有精神病的人那样,从一个他所不满意的现实中退缩下来,钻进他自己的想象力所创造的世界中。但艺术家不同于精神病患者,因为艺术家知道如何去寻找那条回去的道路,而再度地把握着现实"①。这其实和柏拉图所鼓吹的"迷狂说"有着异曲同工之处,所不同的是,弗洛伊德是从心理学和医学的角度对此作了概括。弗洛伊德从文艺是被压抑的欲望的宣泄的观点出发,得出了"一切艺术都是精神病性质的"这样的结论。

弗洛伊德这一比较说虽不能说毫无意义,但他把文艺研究当作一种精神分析学的"科学实验",用治疗精神病的理论和方法去解释艺术家和文艺作品,因而得出的结论难免失之偏颇。实际上,艺术家在从事创作时,虽然进入了高度的专注状态,如痴如醉,像患了精神病似的,但他始终有一种理智在控制着自己的神经系统,不至于堕入精神病的深渊。如果说艺术家与精神病患者有什么共同点的话,那就是他们都在幻想;但不同的是,艺术家能主宰自己的幻想,而精神病患者却被幻想迷了心窍。

弗洛伊德的精神分析学说是一个内容庞杂、观点奇特且充满着矛盾的理论体系。它自建立以来就一直受到正反两个方面的评价。赞扬它的人认为它是与达尔文学说和马克思主义具有同样重要地位的理论;反对它的人认为它是一种反理性的思潮,是庸俗的"伪科学"。我们认为,弗洛伊德的精神分析学说既有科学的、正确的成分(尤其是在心理学领域之内),同时也存在着许多错误和消极的因素,尤其是其泛性论、无意识决定论及机械地搬用治疗精神病的某些规律去解释社会现象和文艺创作活动的做法,对文学艺术产生了不可低估的负面影响,这是应该注意的。尽管如此,有一点是肯定的,即弗洛伊德是一位有着世界影响的心理学家和思想家,他所创立的精神分析学说至今仍深刻地影响着现代人的思想和言行。

4.3　传统的精神分析批评

精神分析批评始于 20 世纪初,有人认为始于《释梦》一书的出版。最早将精神分析学应用于文学批评实践的是弗洛伊德本人及其弟子。早期精神分析批评家中最有影响的是英国的欧内斯特·琼斯(1879—1958)。他在 1910 年就运用俄狄浦斯情结说去研究《哈姆雷特》,发表了著名的论文《俄狄浦斯情结:对哈姆雷特的秘密的解释》。从那时起,精神分析批评已经历了近一个世纪的发展与演变过程。纵观精神分析批评发展史并综合西方批评家的观点,我们拟将它分为三种批评模式,即传统精神分析批评、读者反应精神分析批评和结构主义精神分析批评。本节以及以下两节分别对这三种批评模式予以介绍。

在传统精神分析批评阶段,由于弗洛伊德主义的传播,作家和批评家们打破了维多利亚时代对于性欲问题的沉寂,把注意力集中在我们经验中那些琐细、粗俗和平淡无奇的方面:性欲、梦、玩笑、口误等。在这一阶段,批评家们试图将弗洛伊德精神分析学的理论和方法直接应用于文学研究。他们通过探索作家的创作过程,力图发现作者与文本之间的

---

① 转引自高宣杨《弗洛伊德传》,南粤出版社 1980 年版,第 269 页。

关系。如瑞恰兹在他的《文学批评原理》(1924)中从精神分析学的角度探讨了作家的创作心理和创作过程。弗兰克·卢卡契(1894—1967)在其《文学与心理学》(1951)中探讨了这两门学科的渊源及相互关系,并花了很大篇幅对文学作品中的虚构人物作了详细的心理分析。正如大卫·戴奇斯所说:"精神分析学以两种方式进入文学批评:其一是对创作活动的探索,其二是对作者心理的研究,目的是揭示作者的创作态度、心理状态与其作品的特殊性质之间的关系。"①

在这一阶段,精神分析批评是与一系列弗洛伊德式的假设紧紧联系在一起的。首先,艺术被看作是一种精神病的表现;艺术家都是神经质的、病态的、精神失调的,艺术从某种意义上说是这种病态和精神失调的副产品。其次,文学艺术被看作是与幻想或白日梦相类似的东西,被当作作者的幻想投射。根据这种观点,文艺作品便成了艺术家的无意识幻想的象征表现,因而被当作作家的征候来处理,这就导致了作家精神分析学。批评家试图通过详细地研究和分析作品中的人物和事件来发掘作者的创作心理。这样,作品的文本与作者之间的关系就设定了。因此,这一时期的精神分析批评家主要关心的是作者的无意识以及作者的心理与其作品之间的关系。一个典型的例子就是弗洛伊德的朋友及弟子玛丽·波拿巴对艾伦·坡(1809—1849)的生平与作品的研究。波拿巴把艾伦·坡的短篇小说中的人物当作意象,这种意象是坡以往经历的结果,它们已冲出坡的无意识而进入了他的故事中。换句话说,坡的故事和人物实际上是坡以往经历的投射,是坡无意识幻想的一种象征表现。波拿巴通过分析坡的作品,试图表明坡在童年时代受压抑的情绪是怎样转移到小说中的人物和事件上去的。令批评家感兴趣的是,波拿巴把弗洛伊德的梦的理论,如"压缩"、"移置"等概念,应用于文学研究中,这可以从她对艾伦·坡短篇小说《黑猫》的分析中看出。她认为,小说的叙述者(她认为就是作者本人)恨那只咬了他而被他断肢并杀死的黑猫,这种恨实际上是一种移置,他是恨他母亲的坏的一面;而第二只猫又通过移置作用被他当作了他母亲的好的一面,因为根据坡的描述,这只猫"有一块大白斑虽然不怎么很明显但却几乎遍布整个胸部"。波拿巴认为,这块白斑从颜色和所处的位置都代表了母亲的奶水。

波拿巴与其他早期弗洛伊德精神分析批评家的研究完全局限在作者与文本的关系上,他们只注意无意识和本能的作用,忽略了意识在创作过程中的作用,忽略了文学作品的文本的形式和审美因素。他们的研究现在看来有很多局限。

这一阶段中另一个重要的精神分析学概念是俄狄浦斯情结。虽然这个概念后来经常受到攻击,但它在20世纪上半叶一直被广泛运用于对文学作品的分析。比如,弗洛伊德本人就论述过《哈姆雷特》中的俄狄浦斯情结,欧内斯特·琼斯也详尽地分析过这一情结;还有批评家运用此概念分析过劳伦斯的《儿子与情人》的主题。

泛性论对这一时期的精神分析批评也产生了极大的影响,激起不少批评家在文学作品中寻找男性和女性象征物的兴趣。

---

① 大卫·戴奇斯:《文学批评方法》,伦敦1981年版,第329页。

4.4 霍兰德的读者反应精神分析批评

由于精神分析批评从总体上说具有相当的开放性与包容性,这就使得这一批评流派从一开始起就孕育着一种多元发展的态势。荣格、阿德勒等人在 20 世纪初便同弗洛伊德分道扬镳,并在精神分析学的大旗下创立了自己的学说,这些学说对文学艺术也产生了较大的影响;但是在弗洛伊德时代,这一流派并未完全摆脱弗洛伊德的影响,早期精神分析学始终是以弗洛伊德主义为核心的。但在弗洛伊德去世以后,他的追随者们以及其他许多精神分析批评家都从各自不同的角度出发,或强调精神分析学理论的某一侧面,或相当自由地对精神分析学进行再阐释,使得后来的精神分析批评与传统的或称弗洛伊德式的精神分析批评发生了很大的变化。尤其是进入 60 年代以后,以弗洛伊德主义为核心的传统的精神分析批评受到了极大的挑战。以拉康、霍兰德等人为代表的新一代精神分析批评家从他们各自不同的研究领域出发,对传统的精神分析学进行了理论上的改造和重新阐释,并在实践中加以创新,使得精神分析批评出现了许多变体。

诺曼·霍兰德(1927—2017)出生于纽约。1947 年毕业于麻省理工学院,获理学学士学位,随后入哈佛大学学习,1956 年获哲学博士学位。先后在麻省理工学院、纽约州立大学布法罗分校任教。1983 年起担任佛罗里达大学"马斯顿-米尔鲍尔"教授席位至今。

霍兰德被认为是"美国最重要的精神分析批评家"。他迄今已发表著作 11 部,论文150 多篇,其中有不少已被翻译成包括中文在内的十多种文字。霍兰德说他从 1957 年开始涉及精神分析研究,但他最初的两部著作《早期现代喜剧》(1959)和《莎士比亚式的想象》(1964)仍属纯文学批评。他与精神分析学的不解之缘始于他的第三部著作《精神分析学与莎士比亚》(1966)。在此书中,霍兰德对精神分析学及这一理论在莎士比亚研究中的运用作了简要而具体的概括。此书为确立他在精神分析批评领域中的地位起了积极的作用。他随后发表的两部著作《文学反应动力论》(1968)和《本人的诗歌:文学精神分析学引论》(1973)是他的批评理论中关于建立人的个性身份与其文学经验之间的关系的核心著作。他在 1975 年出版的《五种读者阅读》中深入地研究了不同读者对同一作品的反应。在《笑:幽默心理学》(1982)一书中,他将这种反应理论扩展到玩笑和幽默领域。在《我》(1985)一书中,霍兰德把精神分析学与认知心理学、心理语言学、科学哲学和控制论结合起来,提出了一种可以广泛运用于人文社会科学研究的普遍模式。他在《批判的我》(1992)中,又运用《我》的模式去批评当代文学理论。

霍兰德早年受训于波士顿精神分析学院,系统地学习过精神分析理论,后受到"个人的性格或'身份'可以作为主题和变体"的精神分析理论的影响,便开始在这一方面进行研究。在七八十年代,霍兰德发现认知科学和大脑研究领域内的新成果证实了这种个人主题和变体的理论。科学研究证实:每个人的大脑都不相同,这种差异源自儿童时代的经验,用精神分析学术语来说,即儿童时代使每一个人发展出一种与他人不同的个人风格或身份主题;"大脑科学"还证实,我们每一个人即使观察最简单的事物也都通过一个能动的过程:我们能动地观察世界,能动地建构现实。而这一能动的过程是受个人的风格或身份控制的。霍兰德认为这种个人的风格是由人体、文化和个人的独一无二的历史构成的。换言之,人的身份也包含三个方面:人体身份、文化身份和个人身份。霍兰德认为这种模式很容易应用于文学研究。他曾专门请读者做过文学反应的实验,并在《文学反应动力论》和《五种读者阅读》等书中论述了这种模式和理论。霍兰德的结论是:所有文学反应都由包括人体身份、文化身份和使我们成为现在这个样子的独一无二的个人历史的那种身份所控制,认为这就是读者反应之下的思考。

霍兰德既是一位精神分析学家,也是一位读者反应批评家。从以上介绍可以看出,霍兰德的主要兴趣在于把个人反应当作精神分析的对象。从《精神分析学与莎士比亚》至《批判的我》,霍兰德一直在朝着越来越注重读者反应的批评方向发展。霍兰德自己也承认:我的真正的兴趣从未离开过读者反应问题。正因为如此,霍兰德的批评方法才被称作为读者反应精神分析批评。

在具体做法上,霍兰德把读者反应批评的某些理论与方法置入精神分析批评的框架中,试图运用精神分析学的理论来分析阅读过程和文学反应的原动力,以解决读者与文本之间的关系问题。他认为,读者与文本的关系是一种本我幻想与自我防御的关系,也就是说,文学作品把读者的潜在愿望与恐惧转变成了社会可以接受的内容,因而可以给读者带来快乐。与波拿巴相同的是,霍兰德也把文本看作是一种掩体,一种具有掩饰作用的信码系统;但与波拿巴不同的是,波拿巴把文本看作是作者心理的表征,而霍兰德却把文本看作是作者与读者之间相互沟通的场所。

在《文学反应动力论》一书中,霍兰德认为文本的"原义"不是一种静态的存在,而是一种动力过程。霍兰德试图重新调整读者与文本之间的关系。他的着眼点从发现文本的组织结构转移到发现读者的阅读机制上。他认为,阅读首先是一种个性的再创造,是一种"个人交易",读者可以根据自己的个性主题主动地去理解文本。比较一下不同的读者对同一文本的不同反应,可以说文本中似乎什么也没有发生,一切都发生在读者身上,读者的阅读再创了独特的个性。阅读过程是一种从主观到主观的作用过程,也就是说,阅读是接受他人所表达的意义的过程。

霍兰德的批评理论主要是建立在弗洛伊德的以自我为中心的"第二心理地形"理论之上的。这一理论关注以自我为中心的人格的固定结构,认为艺术本质上是被诱导出来的,是一般经验的一种修复性的延伸,把文学文本作为其作者的个人存在对于外部现实的反应的产品。这种以自我为中心的精神分析批评还认为,如果幻想存在于作者的无意识中,它们也存在于读者的无意识中,因此批评家应更多地关注读者的心理或者自我,关注读者的阅读过程和反应。这样便建立了以读者与文本关系为核心的读者反应精神分析批评。

近年来,霍兰德的批评理论又有所发展。他认为批评已成为一种对话。这种对话从理论上说没有结尾,没有终结。所谓的结论总是暂时的、有条件的,它依赖上下文,依赖同行的评价,依赖未知的未来的发展。批评家应该加入到那种永不停息的讨论之中,从他人的阅读中学到东西并为他人的阅读作出贡献。

4.5 拉康的结构主义精神分析批评

一般认为,当代西方批评界影响最大的精神分析学批评家无疑是法国的雅克·拉康(1901—1981)。他曾在巴黎高等师范学校学习哲学,又在巴黎大学学习精神分析学,后从事精神分析的教学与医疗工作。其主要著作有:《文集》(4 卷,1966)、《自我的语言》(1968)、《精神分析学的四个基本概念》(1973)等。

拉康本人作为一位精神分析学家,对弗洛伊德主义的贡献和其理论的局限是比较清楚的。在他看来,弗洛伊德主义固然对文学创作和文学批评有着十分重要的意义,但其理论上的不完善却有碍于它的传播与发展,必须同时从内部和外部对它进行反驳和修正。他作为哲学家,试图借助于结构主义的"科学力量"来修正精神分析学的过分主观性和任意性。具体来说,拉康运用结构主义和后结构主义语言学的理论,就与人的主体问题有关的所有方面,尤其是无意识与语言的关系问题,对弗洛伊德主义进行了改造和重新阐释,提出了自己的阅读和批评策略。他既反对精神分析学的"医学化"、"科学化"和行为主义,又反对萨特对精神分析所作的解释。

首先,拉康把精神分析学与结构主义语言学联系起来考察。如果说霍兰德用"个人交易"的术语来阐释精神分析学的话,拉康则用语言学和符号学的术语来解释它。拉康运用索绪尔的语言学理论,尤其是他的"能指"和"所指"的概念——拉康把索绪尔的概念颠倒了过来,强调能指与所指之间的分裂,使能指成为这个体系中的主要成分——重新阐释了弗洛伊德主义,把侧重点放在了弗洛伊德关于无意识的概念上。他不同意弗洛伊德的无意识先于语言这一观点。他不仅认为这二者几乎是同时出现的,而且还把无意识看作是语言的产物;弗洛伊德认为无意识是混乱的、任意的、无规律可循的,而拉康则认为无意识是像语言一样有规律或有结构的,这种结构的规则受制于语言经验。弗洛伊德认为无意识是通过"压缩"和"移置"来表现其内容的,而拉康则认为这两个概念与隐喻和转喻的修辞过程是相似的。在弗洛伊德的理论体系中,无意识是一种本能的代表;而在拉康的理论体系中,无意识则是语言的一种特殊作用,是语言对欲望加以组织的结果。反映在梦中也是这种情形:"梦具有句子的结构,或者用弗洛伊德书中的话说,是一种猜字画谜的结构,也就是说,梦具有某种文字形式的结构。儿童的梦反映了原始表意文字学的特征,而对成年人来说,它同时再现了符号成分的语音用途和象征用途。"[①]显然,拉康从结构主义语言学的角度对传统的精神分析学进行了一次"语言革命"。

拉康从结构主义语言学的角度对弗洛伊德主义的重新阐释,使我们有可能探讨无意识与人类社会的关系问题。他使我们认识到无意识并不在我们身体的"内部",而在我们的"外部",或者说在我们"之间",是我们相互关系的一种结果。无意识之所以难以搞清楚,倒不是因为它处于我们的意识深处,而是因为它是一种巨大的、错综复杂的网络,把我们包围在其中。而能说明这种网状体系的最好手段就是语言。由此可见,拉康进行的这

---

① 拉康:《自我的语言》,纽约 1968 年版,第 30 页。

场"语言革命"确实打破了弗洛伊德的无意识不可知的神话,为无意识更有效地应用于文学找到了一个中介物——语言。他曾大胆地假设道,如果无意识存在的话,它是不会自行发挥其功能的,而应该通过语言这个"中介物"才能产生作用。而拉康对于精神分析学的贡献之一就在于他十分注重语言的中介作用。

其次,拉康对弗洛伊德的"自我"概念也作了重新阐释。弗洛伊德认为婴儿在早期还没有主体与客体、自身与外部世界的界限。这种缺乏任何确定的自身中心的生存状态拉康称之为"想象态"。在讨论想象态和俄狄浦斯情结早期阶段时,拉康提出了著名的"镜子阶段"的概念。"镜子阶段"指的是前语言期。他认为"自我"在意识确立之前并不存在,所谓意识的确立就是指人有了自我的概念。拉康认为,意识的确立发生于某一神秘的瞬间,这一瞬间他称为"镜子阶段"。镜子阶段这一概念是在猿与人之间的比较中产生的。猿在镜中可以发现随自己的活动而动的东西,但它对自己的发现毫无兴趣;而婴儿却能发现镜像活动与自身活动之间的关系,并为自己的发现感到高兴,于是拼命向镜子靠近。婴儿在会说话之前对镜像的自我欣赏说明了婴儿在通过与他人的相互交际而获得更为清晰的自我概念之前,在语言为他提供"我"这个词之前,怎样开始产生最初的自我概念的。随着婴儿长大,他逐渐发现镜中的形象与自身的同一性,发现前者是随着后者的活动而活动的,进而发现作为主体的他的自身的存在,而他的自我就是这样建立起来的。在这一过程完成之后,幼儿就从"想象态"转入拉康所说的"象征性秩序",即预先确定的社会与性的作用以及构成家庭与社会关系的结构。

拉康的独创性在于他从语言方面重新阐释了我们在弗洛伊德对婴儿早期发展,尤其是俄狄浦斯情结的说明中已经领会了的这一过程。我们可以把在镜子前打量自己的婴儿看作一种"能指"——一种能够给予意义的东西,而把他或她在镜中所看到的形象当作一种"所指"。婴儿看到的形象似乎就是他的"意义"。这里,能指与所指就像在索绪尔的符号中那样和谐一致。换句话说,我们可以把照镜子的情景看作是一种隐喻:一方(婴儿)在另一方(形象)中发现了自我的同一体。拉康认为自我是在与另外一个完整的对象的认同过程中构成的。

在文本阐释方面,拉康对精神分析批评也作出了重要的贡献。传统的精神分析批评把文本当作探究作家心理或人物心理的线索。拉康通过重新评估语言的作用,对这种传统的批评理论及实践提出了异议。在《论〈窃信案〉》这篇著名的论文中,拉康以对一个具体的文本——艾伦·坡的短篇小说《窃信案》的分析为范例,说明了一种新的结构精神分析方法,并通过这种方法来运用精神分析学的原理去解释文本的结构方式与作家、人物或读者的大脑活动方式之间的差异。在这篇论文中,拉康未去分析文本的文学框架及作者的种种修辞手段,他对这些不感兴趣。他的兴趣集中在关于歧义的传统概念不能解释清楚的一种语言效果上,即强迫重复一种无意识欲望的结构,不断试图给能指注入已经失去了的意义。因此,如果说传统的精神分析批评家注重的是文本和作家的话,那么拉康关注的则是文本、语言和读者。由此可见,结构主义精神分析批评已经超越了文本阐释的界限,并以一种精神分析学的创始人所始料未及的哲学成分扩展到一个更为广泛的话语领域。①

拉康的思想体系十分复杂,他既热衷于精神分析学,又投身于结构主义和后结构主义,他与存在主义哲学和女权主义批评也有着这样那样的联系,因此我们可以在当代不少学术和思想领域里见到他的足迹。但他主要是一位精神分析学家,更确切地说,是一位结构主义精神分析学家,是当代精神分析批评的主要继承者、捍卫者和发展者,他使精神分析学进入了一个新的阶段——拉康式的精神分析学阶段。

在拉康之后,精神分析批评的现状又如何呢? 自 70 年代末 80 年代初起,当西方文学批评界正热衷于后结构主义、解构主义、新历史主义等流派时,一批受过拉康的训练或受到他的影响的法国批评家开始再度修正和拓展精神分析学,他们把精神分析批评直接运用于解释社会、文化与思想问题。其中比较突出的是女权主义批评家,如埃莱娜·西克苏斯(1937—　　)把拉康的理论和方法运用于女权主义和解构主义的批评实践,但并未改变精神分析学的话语模式;但后来有些女权主义批评家则运用拉康的话语模式在后现代文化研究的背景下对弗洛伊德主义的一些基本概念提出质疑,并重新思考诸如性别、女性身份等问题。80 年代又兴起了"转换生成"精神分析批评方法,其代表人物有吉尔·德勒兹(1925—1995)和费利克斯·加塔里(1936—1992)。德勒兹和加塔里虽然接受了拉康的一些关于结构主义和符号学的阐释,但却与弗洛伊德和拉康观点迥异。为了完全超越弗洛伊德和拉康,他们提出了一种反弗洛伊德的批评策略。他们从三个方面——即揭示压抑和阉割恐惧的本质,批判弗洛伊德精神分析学把无意识视为静态的"存在"而不是动态的"生产",反对把批评置于俄狄浦斯叙事模式的统治中——对精神分析学进行了解剖和反驳,试图"在旧的文化废墟上为当代文化建立起新的理解和话语模式"②。

在 80 年代,还有一些批评家试图运用俄国形式主义的叙述理论来阐释精神分析过程中的叙述。他们认为,读者必须把"法布拉"(事件本来发生的顺序)和"休热特"(事件在故事中出现的顺序)区别开来,因为他们像精神分析批评家一样,面临着故事中出现的事件,必须找出事件与原因之间的关系,为重新找到意义而追根寻源。这种观点说明了所有叙述的一个共同问题,即如何通过重建虚构来把握现实。这也是新精神分析批评所要做的工作之一。

除此之外,以霍兰德等人为代表的美国批评家仍在继续他们的理论研究和批评实践。他们的研究领域包括:读者反应批评和精神分析学、拉康式的精神分析学和文学批评、第三种力量心理学和文学批评、认知心理学与文学批评等。

自从弗洛伊德在 1900 年发表《释梦》以来,精神分析学经历了近一个世纪的发展与演变过程。这里无法对它作全面的评价,但我们应当正视精神分析学在文学艺术领域里所

---

① 拉康的《论〈窃信案〉》不仅是精神分析学发展史上而且也是 20 世纪文学批评史上一篇极为重要的论文,它引发了一系列重要的学术讨论:德里达曾专文分析或"解构"过这篇论文,巴巴拉·约翰逊(1947—2009)又专文对德里达的"解构"进行了再"解构";霍兰德后来又专文阐释了《窃信案》,并在阐释中表达了自己的"读者反应精神分析批评"的观点。

② 戴维斯、施莱弗:《批评与文化:现代文学理论中批评方法的作用》,朗曼 1991 年版,第 113 页。

产生的巨大的影响和取得的进展,研究它对许多千百年来争论不休的文艺现象的解释,尽管其中许多解释有错误或失之偏颇,但它毕竟为人们提供了一个新的视角。同时,作为一种深层的批评模式,精神分析批评不再停留在作品的表面层次上,而是进入作者和读者的深层次的精神世界,这对于开拓文学批评的视野也是十分有益的。当然,我们也必须看到精神分析学本身存在的错误,尤其对泛性论和无意识决定论等唯心主义和反理性的思想观点,要以科学批判的眼光充分认识它的消极因素。

5　直觉主义与意识流

直觉主义是对西方现代派文学产生极大影响的一种哲学思潮,它的代表人物是法国哲学家柏格森。柏格森直觉主义中所强调的创造性、非理性,以及直觉和无意识等问题,都是西方现代派文学中反复突现的重要理论问题,而且对意识流创作手法的崛起,也产生了直接的影响。意识流就叙事的角度由外在的观察转入内心的体验和发现而言,不妨说是柏格森直觉主义的一个延续。此外弗洛伊德以无意识为精神的真正实在、以梦为被压抑的本我得以发泄的主要场所的理论,以及威廉·詹姆斯以流喻意识而强调其绵延不断性的心理哲学,也是意识流的主要理论支柱所在。由于意识流作为一个理论流派相对显得薄弱一些,本章我们选择了威廉·詹姆斯、詹姆斯·乔伊斯和弗吉尼娅·沃尔夫三人,从理论和作家谈艺两个方面来展开描述。

5.1　柏格森与直觉主义

柏格森(1859—1941)生于巴黎的一个犹太人家庭,早年在巴黎上学,获文学博士学位,后在巴黎几所学校任教,1900 至 1924 年任法兰西学院哲学教授,1914 年当选为法国科学院院士。他知识渊博,文学修养很高,1928 年获诺贝尔文学奖。主要论著有《时间与自由意志:论意识的直接材料》(1889)、《笑:论喜剧性的意义》(1899)、《形而上学导论》(1903)、《创造进化论》(1907)等。

5.1.1　直觉与艺术

柏格森的哲学以鼓吹非理性主义和直觉主义而蜚声。写于 1903 年的长文《形而上学导论》中,他区分了直觉和理性分析两种认知世界的方式。认知一个对象,柏格森认为或者是环绕而过,或者是进入对象的内部。前者为理性分析,后者为直觉感知。就外部观察而言,必有赖于观者的立足点,观察结果借符号得以表现。但事实上人无以把握,更不用说来表现对象独一无二的特质,于是他不得不用理性分析来拆解对象,继而用自己熟悉的术语来描述它的各个成分。这样,人就不是同现实本身交往,而只是从个人的角度来感知现实的孤立的碎片。就直觉的认知方法而言,人是追随对象的内在生命,而达物我同一的至境。由于它不再取决于主体的认知立场,所以它对对象的把握是绝对的。直觉认知中物我之间的交感同带人步入对象的内部,与对象独一无二,故而也是无以言传的特质心心相印。要之,人唯有凭借非理性的直觉,才可望沟通世界的本质。

柏格森在《形而上学导论》中，还讨论了艺术中的直觉问题。他以小说阅读为例，指出小说家固然可以堆砌种种性格特点，给予他的主人公以充分的言行自由，但是这一切根本无法与读者在一刹那间与小说人物浑然一体时那种难分难解的直接感受并提。唯其如此，读者可以发现小说人物的言行举止是自然而然从这一内在的理解中流出，而不再被圈定在读者本人永远无以完满的视野之中。这又是一个直觉和分析的二元对立。柏格森大力提倡的实际上是一种所谓由内向外的直觉式、体味式读解模式。应当说它更切近于东方文化的精义，而有别于西方抽象取义的思辨传统。柏格森指出，小说描述的人物特点，不过是向读者提供了一些符号，以使他在与既往知识的比较中对这个人物有所认识。但是这一类由外向里的分析的方法，充其量只能接触到皮毛。因为人物自身的内在的本质，我们是无法从外部来感觉到的。又由于这内在的本质与他物均不相沟通，所以它亦无法用符号表达。为此柏格森将描述、历史、分析归为一类，称只能让人驻足于相对的知识，而唯有直觉，可以通达绝对。诗人懂得这个道理，故诗人运用语言总是有违规范，目的在于激发读者自己的直觉感知。直觉感知虽然很难如其本然加以交流，但是伟大的艺术家可将这感知推向其表现的边缘，这是分析描写永远望尘莫及的。

早在专门讨论喜剧性的《笑：论喜剧性的意义》一书中，已可见柏格森的直觉主义思想。柏格森提出只有人会笑，动物不会笑。而不论是有意的还是无意的，笑终可被还原为一种展示了机械运动特征的人文行为："喜剧性是一个人相似于物的那一方面；它是人类事件中经由某种特定的僵硬状，模仿某种纯粹单一的机械性、某种惯性、某种无生命运动的那一方面。它因而是表现了某种个别的或集体的不完善性，需要马上加以校正。笑即适为此种校正。"[①]柏格森由此强调艺术的非功利性。他认为人类对世界的感知大都为物质需要和实用功利所缚，假如人能够直接交往现实，如果世界能以它的未经污染的原初形式为我们感知，那么，艺术作为一种特定的表现和感知方式，就将是多余的了。然而有鉴于人总是用功利的眼光来看世界，以致视而不见对象的鲜明的个别性，而只看到它们可被复述的部分。这不仅对于物，而且还包括了我们对他人的和我们自己的情感的感知，即所见的只是那非个人的、抽象的一面。这样艺术便成为一种心灵的感知。它抛弃上述对事物的实用态度和抽象取义的现成方法，而见出对象原生原长的内在生命，直接面对一个揭去面纱的世界。所以，艺术的目标总是独一无二的，虽然如一些伟大的艺术家所示，它产生的效果具有普遍性和必然性。

艺术因此是一种直觉。柏格森指出，生命永不重复自身。当一个活生生的人像一架机器般重复自身的时候，他就引发了笑。同理，法律和规则用得过死，亦不免滑稽可笑。当一个悲剧人物滔滔雄辩正说得起劲的时候却突然坐下，他就变成了喜剧人物。因为观众突然意识到他有一个躯体，看到一时间躯体遮蔽了灵魂。柏格森举了莫里哀的许多例子。其一是莫里哀的医生宣称宁可遵医道而死，不可弃医道而生。这是墨守成规。其二是阿巴贡坚决反对女儿与她心爱的人结婚，连呼"没有嫁妆！"这是有生命的人给人的印象恰似无生命的物，故而可笑。这两例中的重复性和机械性，恰似一个带弹簧的玩具人，不

---

① 柏格森：《笑：论喜剧性的意义》，纽约 1911 年版，第 66—67 页。

论你怎样将它紧紧按在原地,一松手它总要跳将起来。还有一种情况是理想不能适应现实也引发笑,如堂·吉诃德把风车当成巨人的故事就是典型的例子。

艺术作为直觉意味着鲜明的个别性。柏格森认为就精神状态而言,人所见的不过是它的外在表现,即人人相通的、可为言语一劳永逸加以表达的普通的一面。艺术家的心灵在于能以直觉超越理性,在其最高的境界上可统万端为一体,无论是物质世界的形色声貌,抑或内心生活中最细微的变化,都能如其本然地感知其个别性。柏格森喟叹大自然造就的这类彻底超越物欲的艺术心灵毕竟是太为稀少了。而一般来说,自然只是在某一个方面忘却将我们的知觉同功利联系起来,故而艺术家的禀赋,也每每拘于这样一种无目的的感觉。所以艺术丰富多彩。就诗而言,诗人通过对语词作有节奏的安排,赋予以特定方式组合起来的语词以新的生命,从而将语言创造之初并未打算的东西告诉读者,或者毋宁说是暗示给读者。同样,有欣赏力的读者也能透过言表深入一层,在言语表达的那些喜怒哀乐的情感中,捕捉到与言语毫无共同之处的某种东西,这就是比人的最为深沉的情感更为深邃的生命的节奏。这当然是唯有直觉,而不是理性分析可以感知的。

5.1.2 绵延说

在《创造进化论》等著作中,柏格森把时间区分为两种,其一是习惯上用钟表度量的时间,他称之为“空间时间”。其二是通过直觉体验到的时间,即“心理时间”,对此他称之为“绵延”。这个词也是法语中时间一词的古称,一般认为很难被转译成其他语言而尽得柏格森的微言大义。绵延才是真正的时间。

两种时间中,柏格森认为传统的时间观念不过是用固定的空间概念来说明时间,把它看作各个时刻依次延伸、环环相衔而至无限的一根同质的长链。故而无论是在科学中还是在日常生活中,我们都是把时间视为另一种空间。此一物理的时间不是真实的时间。它是人为的、根据实用目的的需要而作的抽象拼合,即便现实在一幅图画中同时展现出它的全部真相,传统的物理时差也丝毫没有改变,这是不可思议的。反之,“绵延”既不是同质的,又是不可分解的。它不是从运动中抽象出来的某一种属性,而是像河水一样川流不息,各阶段互相渗透,交融汇合成一个不可分的、永远处在变化中的运动过程。绵延也就是我们每一个人的存在,为我们的直觉经验所感知。

绵延作为真正的时间,柏格森认为唯有在记忆之中方有可能存在,因为记忆中过去的时刻是在不断积累的。我们的欲望、意志和行为是我们全部过去的产物。是过去的总和铸就了我们现时的人格,这与抽象的物理时间中片断之间毫无因果关系的并列形式判然不同。绵延是实在的不是抽象的,其中无一片刻失落,亦无一片刻可以逆转,每一瞬间挟带着过去的全部水流,又是全新而不可重演的。我们的人格便是这样萌发、成长和成熟的,永无停息。它的每一刻都为过去添加了新的东西。有鉴于过去的物质在消陨,过去的记忆却不消陨;有鉴于记忆并不是物质的一个方面,所以人类的精神有可能在很大程度上独立于肉体。肉体消亡,精神犹存。

绵延因此是一个浑然不可分的整体,它的要义在于不断的流动和变化。在 1923 年的一封信中,柏格森曾经这样描述他"全部研究的主导观念":"我们根据视觉行为的必然性建构起来的全部自然感知能力,使我们相信静止和运动同样是真实的(我们甚至相信前者是基础,先于后者,而运动是'外加'于静止之上的)。但是我们唯有逆转这一思想习惯,成功地把运动看成唯一给定的真实,才能解决诸多的哲学问题。静止不过是我们的心灵为现实摄下的一幅图像。"①《形而上学导论》中柏格森也用流的意象来描述世界和生命的流动态。他认为理性分析对物质世界清晰可辨的感知,好比一个封冻的表层。表层之下有永不停息的潜流,表现为连续不断的各种状态,每一种状态都预示了下一种状态的到来,又包含了先前的状态。这与任何一种物质流都迥然不同。柏格森进而称,当人回首这绵延之流的踪迹时,所见的只是它们契合无分的复合状态。当人来体验它们时,它们竟是如此稳固地、有机地组织在一起,激荡着一个普通生命的活力,以至于人委实是无从辨明这生命流中各个部分的所始所终:事实上,它们中任何一刻都没有始端和终结,它们是相互延展、紧衔在一起的。

或许柏格森早年对古希腊芝诺悖论的辨析更有助于形象说明绵延之流的不可分割性。最著名的悖论莫过于快腿阿喀琉斯追不上乌龟。假定乌龟爬在阿喀琉斯的前方,芝诺的推论是,当阿喀琉斯追到乌龟先时所在的点上,乌龟已向前爬动了一段;当阿喀琉斯追到下一个点上,乌龟又向前爬动了些许。如是一再推演,可达无限而无穷尽。所以阿喀琉斯追不上乌龟。这个悖论之所以似是而非,在柏格森看来,是因为芝诺将不可分的、特殊的运动行为,与它们发生其间的可分的、同质的空间混为一谈了。几何空间的确是无限可分的。一个物体的运动轨道可被视为若干线段的集合,线段的数量可以无限扩增,但这样做是取消了运动本身。而在现实中,阿喀琉斯或乌龟的每一次运动,均是一个单一的、不可分割的行为。故芝诺证明,我们永远无法根据一系列静止状态来重建运动。同理还有飞矢不动的例子,柏格森认为,倘若芝诺的飞箭在其轨道中每一刻果真是在一个特定的点上,那么每一刻它确确实实是静止不动,从而也是永无运动的。但问题是飞箭永远不曾处在任何一个点上,假如我们不是以空间作为起点,而视运动为原生原发的、不可化解的现实,一切疑惑便也迎刃而解了。

柏格森因此也将绵延称之为运动性。《形而上学导论》中,他称绵延是一条无底无岸、朝着无法界定的方向流去的河流。没有人知道它的动力是什么,它是一种超越了概念和物质世界的生命的永恒。《创造进化论》中柏格森又谈到绵延和艺术创造的关系:画家站在画布面前,配齐调色板上的颜色,模特儿也坐定了。如是,我们能预见到画布上出现什么吗?我们的预见只能是抽象的,例如预见到肖像肯定与模特儿相似,与画家的意图相合。然而涉及具体,就必然导致那不可预见的"无"方是艺术创作中的一切的结论。"无"并不是一无所有的空无,而是摒弃物质,没入正在创造进化的时间生命之流,同时创造自身以为形式,在绵延中展开并与绵延合而为一。

绵延说作为柏格森直觉主义的直接产物,对西方现代主义文学的创作和批评都产生了相当广泛的影响,并且成为意识流创作手法的哲学基础。

---

① 柏格森:《书信演说集》第3卷,法兰西1959年版,第560页。

5.2　威廉·詹姆斯的意识流理论

意识流严格来说不是一个理论流派,而是一种创作手法。从广义上看,它可以上溯到18 世纪以降欧洲小说中的心理描写传统,如从塞缪尔·理查生到亨利·詹姆斯的详实备至的回忆、思想、情感过程的描写。从比较专门的意义上而言,意识流则主要是指 20 世纪初叶开始,詹姆斯·乔伊斯、弗吉尼娅·沃尔夫、威廉·福克纳以及普鲁斯特等一批小说家撤出传统小说中作者自我的介入,致力于描绘人物的无意识活动,即以自由联想等为线索直接且自然地展现人物意识流动的叙事手法。意识流作为一种文学创作手法曾经相当风行,它对于拓展文学描述的范围,增强文学的表现力,起过重要作用。从理论背景上看,威廉·詹姆斯有关意识流的阐述、柏格森的绵延说,以及弗洛伊德的无意识论,被公认为是文学意识流理论的三个主要来源,本节主要谈威廉·詹姆斯为意识流提供的心理学基础。

5.2.1　意识流的心理学涵义

威廉·詹姆斯(1842—1910)是美国哲学家和心理学家,实用主义的主要代表人物之一。"意识流"一词系威廉·詹姆斯率先提出,也是他思想中一个非常引人瞩目的概念。1890 年出版的《心理学原理》一书中,第 8 章和第 9 章内容曾以"论内省心理学所忽略的几个问题"为题刊于 1884 年的《心灵》杂志。其中有一段必为意识流批评家转述的话:"意识并不表现为零零碎碎的片断。譬如,像'一连串'或'一系列'等词,都不似原先说的那样合适。意识并不是片断的衔接,而是流动的。用'河'或'流'的比喻来描述它是最自然不过的了。此后再谈到它的时候,我们就称它为思想流、意识流或主观生活流吧。"[①]上文为"意识流"一词的出典。威廉·詹姆斯所谓的意识流,是指原始的、混沌的感觉流和主观的思想流。为此,他反对视思想和意识为彼此孤立的各个部分的组合,强调它们更像一条延绵不断、不可分割的河流。他认为这一命题在心理学上包含两个方面的意思:其一,即便意识中存在着时间间隔,间隔之后的意识并不觉得它与间隔之前的意识有所中断;其二,意识从这一刻到那一刻的变化,决不会是太突然的。应当说这一理论与柏格森的绵延说有相通之处。柏格森后来为詹姆斯《实用主义》法译本写的前言中也用过意识流一词。但是意识流小说一个时期作为英美文学中的主流,此一新手法的直接开创人一般公认的还是威廉·詹姆斯。

5.2.2　意识流与文学

威廉·詹姆斯是一位极具文学家气质的哲学家,文学史上不乏有人感慨他与他那位颇具有哲学家气质的小说家弟弟亨利·詹姆斯的地位倒应当对调过来。《心理学原理》中意识流一语出现的频率不在少数,而且每能见出一种诗性。如作者称,总观美妙的意识

---

① 威廉·詹姆斯:《心理学原理》,纽约 1890 年版,第 237 页。

流,首先引起我们注意的,即是它各个部分速度的不同。意识流就像一只鸟儿,不停地变更着飞翔和栖息的节律,而语言的节奏也正表现了这一点。这差不多是对詹姆斯·乔伊斯《尤利西斯》的一个直接预言。这同样涉及时间的体验问题,威廉·詹姆斯说:"我们的体验有的是初次,有的感到熟悉,似乎曾经有过,但却无法说出它是什么,或者于何时何地体验过。这两种经验之间又有什么显著的不同呢?有时,一曲乐调、一丝芬芳、一种味道,都会把这种不可名状的似曾相识的感觉深深带入我们的意识之中,使我们为它们神秘的情感力量所震动。"①这段文字又是对法国小说家普鲁斯特《追忆逝水年华》的一个预言。《追忆逝水年华》受柏格森的影响固然显见,但小说主人公马塞尔通过回忆来寻找失去的时间的努力,正是分别由音乐、芳香、味觉为契机的,如温特耶的七重唱、山楂花的香味、小玛德兰点心的难以名状的远超过了味觉本身的美味等。这里过去的时间以一种似曾相识感与现时的经验交汇,实际上是在无意识的潜流之中弥散开来。而由威廉·詹姆斯提供理论、普鲁斯特提供实践的上述失落时光的那一种可意会而难以言传的亲切感,事实上也成了意识流小说的一种基本格式。

5.2.3　意识流的不可分割性

　　同柏格森一样,威廉·詹姆斯强调意识的不可分割性。他认为传统心理学视意识为确定的意象组成,犹如说一条河是由若干桶水组成一般可笑,而即使在河中摆满了坛坛罐罐,河水仍然是要继续流动的。他认为以往的心理学家忽视的正是意识中这些鲜活的水流。因为意识中每一个鲜明的意象都是浸染在围绕它们流淌的活水之中的,唯在活水的流淌中显现意象之间忽近忽远的关系,故而意象的意义和价值悉尽在于伴随着它们的光影即水流之中,是为后者的骨中之骨、肉中之肉,乃有常新不败的意蕴见出。
　　在《心理学原理》之后,威廉·詹姆斯未对他首倡的意识流理论作进一步的深入探讨,尤其未像柏格森那样深入到艺术领域。但是较他仅晚一年出生的小说家兄弟亨利·詹姆斯在一定程度上弥补了兄长的缺憾。亨利·詹姆斯的小说被认为是开创了一种心理现实主义。亨利·詹姆斯写于1884年的《小说艺术》一文,提出现实只存在于观察者的印象之中,而不是观察者不曾认识到的事实的观点,这是将艺术家有意识的自我当作经验的最终范域,将现实主义的基础从外部世界转移到艺术家的内心世界。也正是这一年,威廉·詹姆斯首次提出了"意识流"这一概念。这两兄弟对意识流文学产生的影响,从理论到实践可谓有异曲同工之妙。

5.3　意识流作家的艺术观点

5.3.1　詹姆斯·乔伊斯的美学观

　　詹姆斯·乔伊斯(1882—1941)生于爱尔兰,于1922年在杂志上连载的小说《尤利西

①威廉·詹姆斯:《心理学原理》,纽约1890年版,第252页。

斯》经庞德为首的一些巴黎先锋派团体的相助出版后,他成为意识流文学中的泰斗。他本人亦身体力行,大力提携一些备遭冷遇的意识流作家,使他们的作品得以出版,由此形成了一个相当可观的文学圈子。

《尤利西斯》写于欧洲心理分析方兴未艾之时,作品吸收了传统小说中已有的作者退出、内心独白等艺术手法,使意识流小说趋于成熟。乔伊斯的贡献被公认为是得益于他的博学、广阔的阅历,以及非凡的语言和音乐天赋。小说的三个主要人物中,斯蒂芬艰深晦涩的理性意识流充斥着古代和近代的外语引文,于互文性的间隙中生发意义;充满七情六欲又无可奈何的布卢姆是个务实的人,他的意识流虽然也涉及科学、哲学和文学,然每有张冠李戴之嫌;莫莉丰腴娇艳,专写此人内心独白的第 18 章被公认是全书最为精彩的部分,它实际上是一种生命之流。创立原型批评的荣格自称用了三年时间才读通《尤利西斯》,他给作者的信中有赞扬也有埋怨:"但我大概永远不会说我喜欢它,因为它太磨损神经,而且太晦暗了,我不知你写时心情是否畅快。我不得不向世界宣告,我对它感到腻烦。读的时候,我多么抱怨,多么咒诅,又多么敬佩你啊!全书最后那没有标点的四十页真是心理学的精华。我想只有魔鬼的祖母才会把一个女人的心理捉摸得那么透。"[①]

这便是意识流的经典《尤利西斯》。

乔伊斯没有留下理论专著。但是他的创作思想和艺术见解还是有迹可循的。其中比较有代表性的,可推 1916 年出版的自传体小说《一个青年艺术家的画像》中主人公斯蒂芬讨论美和艺术的一大段文字。青年斯蒂芬无疑正是青年乔伊斯的影子。乔伊斯的基本观点是:艺术作品是一个审美客体,独立于创作者的人格。这一创作意图在他两部最有名的意识流作品《尤利西斯》和《芬尼根们的苏醒》中都有所贯彻,耐人寻味的是,下面我们将会看到,乔伊斯先锋艺术的理论来源却是亚里士多德和托马斯·阿奎那。

斯蒂芬和他的同伴林奇谈艺,话头是从亚里士多德《诗学》中的恐惧和怜悯之情开始的。斯蒂芬的看法是审美情感应是静态的,超越现实生活中的欲望与厌恶之情。确切地说,艺术家所表现的美,不可能在我们身上唤起一种动态的或纯然是生理方面的感受,它应当唤醒或者说诱导出一种恐惧和怜悯的理念,它是静态的,存在于一种美的节奏之中,并最终化入这一节奏。讲到艺术创造,斯蒂芬指出应当努力去理解事物的性质,在理解后,即从它的生成背景中,从作为灵魂的监狱之门的声音、形状和色彩中,从容不迫、谦卑而又坚持不懈地表达或者说再造出艺术家所理解的一个美的意象。简言之,艺术便是艺术家根据某种美学目的,就感性和理性可以把握的事物作出安排。

斯蒂芬接下来辨析美与真的一段话,读来就颇有些意识流重感觉和想象的直觉主义意味了。他说:"我相信柏拉图说过美是真理的光辉。我并不认为它有什么意义,无非是说明真和善是亲眷。真理为理智所见,理智满足于最好的理解关系;美则为想象所见,想象满足于最好的感性关系。追求真理,第一步即是理解理智自身的框架和范域,把握理解行为自身。亚里士多德的全部哲学体系筑基于他的心理学著作,我认为是基于他同一属性在同一时间同一关系中不可能属于又不属于同一事物的命题。追求美,第一步则是理

---

① 转引自萧乾《尤利西斯》中译本序,见乔伊斯《尤利西斯》,译林出版社 1994 年版,第 12 页。

解想象的框架和范域，把握审美欣赏这行为本身。"①很显然，在柏拉图理性哲学和亚里士多德的心理学之间，乔伊斯毫不犹豫地选择了后者而高扬感觉的直接性和想象在审美活动中的枢纽作用。这正是意识流小说的特征之一。

斯蒂芬以一个偶然见到的篮子为例，对阿奎那关于美在完整、比例、鲜明三要素作了新的诠释。

首先是"完整"。斯蒂芬指出，人的心灵首先把篮子与其余一切不是篮子的可见事物分割开来。所以把握篮子的第一步是围绕审美对象划一道线，让这审美的形象在时间或空间中显现出来：可闻显于时间，可见显于空间。这样，篮子这自我界定、自我包容的审美形象就在没有边界的时空背景中光辉夺目地为人领悟，此即为完整。

其次是"比例"。斯蒂芬认为人是沿着篮子的形式线条，由彼即此加以审视的，他把对象看作界际之间部分与部分之间的平衡。于是，人就能感觉到它的结构的节奏。总之是直觉感知在先，理解分析在后。同时将对象理解为各个部分和谐结合的结果。这就是比例。

再者为"鲜明"。斯蒂芬认为阿奎那把鲜明看成是表象于一切事物中的神圣目的的艺术发现，亦即美之所以为美的根源。就上述篮子而言，鲜明便也是使这篮子成其为篮子的哲学本质，是艺术家在其想象中最初映出这个审美形象时感觉到的那一最美的特质。这是一个神秘的瞬间。一旦"鲜明"的神秘的状态连同"完整"和"比例"同时为心灵感知，就产生一种沉静的审美愉悦，一种美不可言的精神状态。

从乔伊斯对阿奎那关于美在三要素说所作的上述解释中也可发现与他的意识流创作有某些联系，如释"完整"中艺术超越实用现实目的的观点，释"比例"中直觉在先、分析在后的思想，释"鲜明"中超越逻辑和理性的神秘主义倾向，等等，都可视作影响他意识流创作的潜在因素。

对意识流叙事中作者退出的特点，乔伊斯也有所论及。他借斯蒂芬之口说，文学是经历了从抒情到叙事的发展过程。抒情文学表现作者自我，叙事文学中情感的中心则与作者与其他人物持等距离。于是"叙事不再纯然是个人的了。艺术家的人格化入叙事本身之中，围绕小说人物和事件流啊流啊，就像一片生命的海洋"②。他强调，艺术家的人格首先是一声呼喊、一段音乐、一种情绪，然后是一段流畅轻柔的叙述，最后修炼自身以达非人格化境地，直至化为乌有。这时候的艺术家，就像创造世界的上帝一样，留在他作品的中间、后面，或者高居其上，隐而不见，漠然修理他的指甲。这在一定程度上正是预言了乔伊斯本人在《尤利西斯》中进行意识流创作的心理状态。

5.3.2 弗吉尼娅·沃尔夫的创作思想

弗吉尼娅·沃尔夫（1882—1941）原名艾德琳·弗吉尼娅·斯蒂芬，英国现代意识流

---

①② 乔伊斯：《一个青年艺术家的画像》，转引自 L·特里林编《文学批评导读》，纽约 1970 年版，第 320—321、325 页。

小说的代表作家之一,在文学批评,包括早期女权主义批评上,也多有建树。1904 年父亲去世后,弗吉尼娅在伦敦勃卢姆斯布里的居所成为日后闻名的"勃卢姆斯布里"文学小团体的中心,其中有批评家罗杰·弗赖、小说家 E·M·福斯特,以及后来成为弗吉尼娅丈夫的报界人士伦纳德·沃尔夫。从 1919 年发表的短篇小说《墙上的斑点》起,弗吉尼娅·沃尔夫就开始意识流小说的创作实验,在日后的《达罗卫夫人》、《到灯塔去》、《波浪》三部作品中这种意识流实验臻于圆熟。

弗吉尼娅·沃尔夫 1919 年初次发表的《现代小说》一文,颇有些意识流实验小说宣言的意味。她认为传统小说家是被剥夺了自由意志,而成了惯例这个强大专横的暴君的奴隶,被逼着去提供故事情节,提供喜剧、悲剧、爱情穿插,提供一副真像那么回事的外表,仿佛一切都无懈可击,以致倘使他写的人物复活的话,会发觉自己外衣上的每个纽扣都符合当时的时装式样。暴君的旨意业已照办,小说烹制得恰到火候。但是,小说家有时候也情不自禁在一刹那中产生了怀疑:生活果真如此吗? 小说必须如此吗?

沃尔夫的回答自然是否定的。她呼吁一种心理的真实,她说:"向内心看看,生活似乎远非'如此'。仔细观察一下一个普通日子里一个普通人的头脑吧。头脑接受着千千万万个印象——细小的、奇异的、倏忽即逝的,或者是用锋利的钢刀刻下来的。这些印象来自四面八方,宛如一阵阵不断坠落的无数微尘;当它们降落,当它们构成星期一生活或者星期二生活的时候,着重点所在和以前不同了;要紧的关键换了地方;这一来,如果作家是个自由人而不是奴隶,如果他能写他想写的而不是写他必须写的,如果他的作品能依据他的切身感受而不是依据老框框,结果就会没有情节,没有喜剧,没有悲剧,没有已成俗套的爱情穿插或是最终结局,也许没有一颗纽扣钉得够上邦德街裁缝的标准。"[①]沃尔夫接着指出,生活并不是对称的,生活是一圈始终包围着我们意识的半透明的光晕,故而小说家的使命,就应是如实传达这一变化万端的、尚欠认识和尚欠探讨的根本精神,不管它的表现会多么脱离常规,多么错综复杂。

正是基于以上认识,沃尔夫高度评价了詹姆斯·乔伊斯的创作。当时乔伊斯的《一个青年艺术家的画像》已经发表,《尤利西斯》正在纽约《小评论》杂志上连载。沃尔夫指出乔伊斯作品的特色与前辈作家判然有别,作家在那万千微尘纷坠心田的时候,按照它们落下的顺序,真实记录下每一事每一景给意识印上的痕迹,不管表面看来它们是多么互不相干、全不连贯。沃尔夫认为乔伊斯小说手法的创新,其意图毫无疑问是极为真诚的,而据此意图写出的成果,虽然我们可能觉得难读或者并无快意,它们的重要性却是不容否认的。她认为,比较起来,传统作家偏重物质,乔伊斯则偏重精神。《尤利西斯》是翻开了生活中久被人忽略的另外一面。

弗吉尼娅·沃尔夫 1924 年在剑桥大学发表了演讲《班奈特先生和勃朗太太》,其中讲了这样一个故事:有一天晚上她赶火车,车厢里有面对面坐着的一对老人,可以看出两人原先在交谈。老头儿因为有生人上车不再言语,老太太倒像是松了口气。姑且称这老太太为勃朗太太吧。沃尔夫看出勃朗太太极端整洁的衣着只能证明其极端的贫穷。老太太

---

① 弗吉尼娅·沃尔夫:《现代小说》,见《二十世纪文学评论》,上海译文出版社 1987 年版,上册第 160—161 页。

又是一副担惊受怕的苦命相,想必她的儿子也开始堕落了,想必对面那个明显缺乏教养的老头儿掌握着勃朗太太的什么短处,正在居心叵测地加以利用……总之沃尔夫想得很多,无数互不相关互不协调的念头一拥而上,总觉得围绕勃朗太太的气氛里有一些悲剧的色彩。现在的问题是,怎样来写这个给人印象至深的勃朗太太呢?

就英、法、俄三个国家的文学传统而言,弗吉尼娅·沃尔夫认为英国作家只会把老太太变成一个"人物",去突出描写她的古怪穿戴和举止,让她的个性统治全书;法国作家则相反,会牺牲个性描写共性,把老太太抽象为全人类的一个概括;俄国作家,则会穿过肉体,显示灵魂,除了灵魂还是灵魂。沃尔夫本人自然是更乐意借鉴乔伊斯《尤利西斯》、艾略特笔下普鲁弗洛克的形象,来写她的勃朗太太。沃尔夫指出,假定读者也曾做过勃朗太太的旅伴,也曾目瞪口呆地听到断断续续的那一些谈话,曾在一天里千万个念头闪过脑中,千万种情感在惊人的混乱中交叉、冲突又消失,那么听凭作家拿出一幅与这些可惊的现象毫无相似处的勃朗太太的画像来糊弄你,实属不可思议。正是读者的谦虚和作者的装腔作势,使本应当成为作者和读者的亲密结合而产生的健康的作品受到了破坏和阉割。由此产生那些舒舒服服、表面光滑的小说,那些故意耸人听闻的可笑的传记,那些白开水一般的批评。

显而易见,弗吉尼娅·沃尔夫倡导的是一种心理的真实。用她的话说即是生命本身。生命本身是目不可见的。勃朗太太的真实性,就在于她是一个有着无限潜质的老太太,可以穿任何式样的衣着,出现在任何地点,作出任何言行举止。这又是意识流文学的一个理论后援。沃尔夫意识到意识流文学将是一种全新的文学,她用这样的话结束了她的这篇著名讲演:"但是不要期待现在就对她作出圆满的、令人满意的表现。暂时容忍一下那些即兴的、晦涩的、片断的和失败的东西。望你为一项良好的事业助一臂之力。让我作一个最后的和冒失得出奇的预言——我们正踏在英国文学的一个伟大时期的边缘上。但要想进入那个时期,我们必须下决心永远不抛弃勃朗太太。"[①]"意识流"一词最初系梅·辛克莱1918年评论英国女小说家道罗茜·理查生小说《心路历程》时引入文学界的。道罗茜·理查生的《心路历程》凡12卷,从1915年至1938年出完,重心完全是放在女主人公的内心感受上面。再往上追溯,1888年法国作家 E·杜夏尔丹的短篇小说《月桂树被砍》,也被认为是意识流,或者说内心独白的先驱。意识流和内心独白是两个常被交替使用的词,后者尤为法国人所专用。意识流作为一种叙事手法,具有叙事人不介入,致力于再现人物似水流淌不息的意识过程,以感知觉交合意识、潜意识、思想、回忆、期待、情绪,以及忽东忽西自由联想等特征。这些在沃尔夫的上述理论中,可以说都有所印证。它与传统心理描写的最大区别,除了以主观感受为现实的中心,更在于把意识看作变化无常,殊难预测、理解,而且错杂错乱,故而只能由叙事人来照实记录的东西。这也是沃尔夫所谓向内看所见到的心理真实。

---

① 弗吉尼娅·沃尔夫:《班奈特先生和勃朗太太》,见《文艺理论译丛》(1),中国文艺联合出版公司1983年版,第322页。

　　总的来看,柏格森关于唯一真实时间的心理时间即绵延的观点,虽然是意识流创作手法的直接的哲学和心理学基础,但他的直觉主义哲学对文学和艺术产生的影响要大于意识流一端。柏格森的直觉主义与克罗齐的"直觉—表现"说虽然有内在相通之处,但两者又有明显的差别。往历史上看,克罗齐的直觉即表现即艺术的观点可以上溯到亚里士多德心赋形式于物的传统;柏格森直觉主义则更使人想起柏拉图的诗歌迷狂说。柏格森的直觉主义文论,把艺术活动(创作和欣赏)与生命现象联系起来,强调艺术的个性、不可重复性和独特性等,反对任何机械化、公式化倾向,有一定的合理性;把主客交融无间的"直觉"状态看作艺术的至境也不无道理;从生命的机械化来探讨喜剧性也有独到之处。但其直觉主义文论完全建立在生命直觉主义哲学基础上,把世界的本体归结为主体心灵、意识的绵延或生命流动,陷入了主观唯心主义;而且全盘否定科学与理性,鼓吹唯有神秘直觉才能把握世界的本质,更具有非理性主义和神秘主义的片面性;且其"直觉"切断与现实的一切功利关系,又有唯美主义、形式主义之嫌。意识流是人类客观存在的一种心理现象,对它首先发现并加以阐释是威廉·詹姆斯的重要贡献。意识流手法的创造和实验,对文学创作有重要的推动,其代表作乔伊斯的《尤利西斯》是世界文学史上的一座高峰;但意识流如实再现小说人物意识之流内在律动的文学宗旨在理论上却未必十分圆满。因为感知觉形象特别是无意识的恍惚节奏相当一部分是非言语性的,作者要用语言来"如实"表达这些形象和节奏,就必须遵循语言的成规、叙事的成规,所以无论是作者所写还是读者所见的意识流,其实都已不是原生态的了,以受理性逻辑支配的语言来写非理性、非逻辑的意识流,实在是一个悖论。

6 语义学与新批评派

在 20 世纪西方文论中,俄国形式主义率先把研究的重点由以往的以作者为中心转移到以作品为中心,紧步其后尘的,是发端于 20 年代的语义学与新批评派,本章将重点予以介绍。

6.1 理论背景与发展概况

语义学批评形成于 20 世纪 20 年代,主要代表人物为英国文艺理论家瑞恰兹,此外,查尔斯·奥格登、詹姆斯·伍德也是该派重要理论家。

语义学批评带有鲜明的实证主义和心理学倾向。语义学批评受到了逻辑实证主义哲学的深刻影响。以维也纳学派为代表的逻辑实证主义以反"形而上学"为己任,强调所谓的"证实原则",把不能被主观经验所检验、不能被逻辑所证明的命题一概斥之为"伪命题"。语义学批评用这种基本原则重新审视文学批评问题,把文学艺术中使用的语言与科学中使用的语言严格区分开来,把语义分析作为文学批评的最基本的手段。另一方面,语义学批评又深受 20 世纪心理学发展的深刻影响,瑞恰兹甚至认为文学批评从根本上说是心理学的一个分支。在艺术鉴赏、艺术传达和艺术价值等重要问题上,语义学批评都试图在心理学的基础上予以解释。语义学批评还引进了类型学和词源学,通过对文学作品的类型研究和语词分析,达到对作品各部分相互关系的了解,并进一步理解作品的整体。语义学批评对西方文论产生了深刻的影响,新批评派、结构主义批评、早期心理学派批评等派别都受到了它的重要影响。尤其是新批评派,其基本方法论和不少重要观点都来自语义学批评,以至于不少西方学者干脆把语义学批评的主要代表人物瑞恰兹直接作为新批评派理论家加以论述。

新批评派是 20 世纪英美文学批评中最有影响的流派之一,以兰色姆《新批评》(1941)一书得名。在该书中,兰色姆评论了艾略特、瑞恰兹、温特斯等人的理论,称他们为"新批评家","新批评"这个名称便从此流行开来。

在新批评派崛起之前,19 世纪末的西方文学批评以实证主义和浪漫主义的文学批评为主导。实证主义的文学批评只注重作家个人的生平与心理、社会历史与政治等方面因素对文学的影响,而浪漫主义的文学批评则强调文学是作家主观情感的表现,热衷于谈论灵感、激情、天才、想象和个性。这两种批评倾向都有一个共同的特点,这就是忽视了对文学作品本身的研究。新批评派的崛起正是对忽视文学作品本身的种种文学批评倾向的反拨。由于它一开始就抓住了传统文学批评的最薄弱的环节加以批判,并辅之以一整套十分具体、操作性极强的阅读、批评文学作品的方法,因此在相当长的一段时间内该派在西方文学批评界和文学教学活动中占有主导地位。

新批评派作为一个形式主义文论派别于20世纪20年代在英国形成,30年代至50年代在美国获得长足发展,达到鼎盛期,60年代以后渐趋衰落。新批评派的先驱人物是英国意象派批评家休姆。休姆在1915年曾写过一篇重要论文《浪漫主义与古典主义》,该文宣告了浪漫主义时代的终结和"新古典主义"时代的来临,其中已经透露了新批评反对浪漫主义批评的重要信息,同时也为新批评派定下了思想倾向的基调。

新批评派的奠基者当首推艾略特和瑞恰兹。艾略特的早期理论提出一种"有机形式主义"的文学观,把文学作品看作是一种有机的、独立自足的"象征物";针对浪漫主义文学批评崇尚情感的自我表现、崇尚个性的基本观点,艾略特提出了"非个人化"说,否定作家个性与文学作品的联系;他批判以自己"内心呼声"为标准的浪漫主义批评观点,把传统看作为批评应有的"外在权威";他对玄学派诗人加以重新评价,强调感性与理性结合的观点;诸如此类的这一系列理论观点对新批评派的形成和发展产生重要影响。不过在1927年以后,艾略特愈益转向从宗教角度作道德批评,从而与新批评派大异其趣。

瑞恰兹与新批评派的关系也十分奇特。一方面,新批评派十分重视他把语义学引进文学研究的努力,从中获得了基本方法论,但另一方面,新批评派对他的心理主义则加以尖锐的抨击。尽管如此,瑞恰兹作为新批评派的奠基者却是当之无愧的,因为他的语义学理论、对诗歌语言的具体分析和细读法对新批评派产生了深刻的影响,并与早期的艾略特一起,为新批评派奠定了基本理论框架。

在新批评派的进一步发展中,兰色姆是一个具有承上启下作用的关键人物。他和他的三个学生:退特、布鲁克斯和沃伦在30年代中后期发表了一系列论文和著作,其中,新批评派的主要观点基本上都已提出,形成了人称"南方集团"的文论派别。不过值得注意的是,兰色姆在不少观点上与他的学生并不一致。

与此同时,在英国,瑞恰兹的学生燕卜荪受到瑞恰兹的启发,于1930年写出《复义七型》一书,运用语义学文学理论于批评实践,成为新批评方法的第一个实践范例,对现代西方文学批评产生很大的影响。

新批评派在第二次世界大战以后达到了鼎盛,尤其在美国,几乎在所有大学的文学系中占据统治地位,并控制了主要的文学评论杂志。一大批文学理论家加入了新批评派阵营,其中不乏理论功底深厚、视野颇为开阔的学者,维姆萨特、韦勒克便是其中的佼佼者。他们两人自40年代后期开始与布鲁克斯、沃伦长期在耶鲁大学教学,形成了新批评派的后期核心——"耶鲁集团"。大体上说,从艾略特和瑞恰兹到"南方集团",再发展到"耶鲁集团",构成了新批评派发展的一条主线。

尽管新批评派的理论和方法确有不少有价值的东西,新批评派也因此而风靡一时,然而,由于它本身一味强调文学的内部因素,而对文学的外部因素完全弃之不顾,割裂了文学与作者、与社会历史、与现实生活的联系,从而具有明显的狭隘性。作为一个形式主义的批评流派,它不断地受到各方面的批评,从50年代起,它终于盛极而衰,随着结构主义、现象学等批评流派的崛起而日趋衰落。

6.2 瑞恰兹的语义学批评

I·A·瑞恰兹(1893—1980)是英国文艺理论家、批评家和诗人,早年就学于剑桥大学,1922 年毕业后留校任讲师、研究员,自 1930 年起长期担任美国哈佛大学教授。1930 年曾在中国清华大学讲学。瑞恰兹著述颇丰,主要有:《美学基础》(1921,与奥格登、伍德合著)、《意义的意义》(1923,与奥格登合著)、《文学批评原理》(1924)、《科学与诗歌》(1925)、《实用批评》(1929)、《柯勒律治论想象》(1934)、《修辞哲学》(1936)等。瑞恰兹在这一系列著作中,首次运用语义分析的方法,并借助心理学研究,试图建立一种科学化的文学批评方法。

6.2.1 语义学批评的基本特征

瑞恰兹在剑桥大学任教时,曾做过一系列教学实验。他曾选用不同的诗篇隐去作者之名发给学生,让学生们独立加以评论。结果令人惊讶:这些著名高等学府文学系的大学生中有不少人对许多著名诗人的作品评价很低,而对名不见经传的作者的作品则大加赞赏。后来在《实用批评》一书中瑞恰兹对这种现象进行了研究,产生了很大的影响。

瑞恰兹认为,他的学生(普通读者也一样)在评论这些隐去作者名字的诗篇时之所以会发生偏差,是由于一系列障碍造成的。他把这些障碍归纳为十类:

(1) 难以辨别出诗的明白含义。

(2) 缺乏感受诗意和诗形的能力,只注意语词系列,忽略了诗的形式和展开是理智和情感的结合。

(3) 不能形成有效的想象或者干脆胡思乱想而干扰了对诗的阅读。

(4) 不相干的记忆插入。

(5) "陈腐的反应",即个人的记忆产生的无关的反应。

(6) 阅读时过于多愁善感。

(7) 阅读时过于压抑自己的感情。

(8) 墨守诗歌的成规或受到宗教、政治、哲学等方面的偏见的影响。

(9) "技术预测",即根据诗歌表面的技巧细节来判断诗歌。

(10) 文学批评的一般先入之见。[①]

正是这些障碍造成了读者对诗歌意义的误解和批评上的偏差。为了能准确地把握诗歌的意义,防止误读的产生,瑞恰兹提出一种被称之为"细读法"的具体阅读方法,通过对诗歌详细的阅读,结合诗评中出现的误读,进行细致的语义分析,以便找到误读的原因所在。瑞恰兹提出的语义分析和细读法后来对新批评派产生了重要影响,为新批评派理论家们所继承和进一步发扬。显然,语义分析方法构成了语义学批评的一个突出的特征。

---

① 瑞恰兹:《实用批评》,序言,伦敦 1929 年版,第 2—10 页。

　　其次,从以上瑞恰兹对于批评和阅读的障碍所作的归纳中,可以看到语义学批评的另一重要特征是对心理学问题的重视。过于多愁善感、不能形成有效想象、不相干记忆的干扰、过于压抑自己的感情等等都是从读者心理的角度寻找阅读和批评中产生误读和偏差的原因。在文学批评中引进心理学方法,是一种可贵的尝试。文学作为一种社会意识形态,必定会打上作者和读者的心理印记,因此文学批评借助于心理学手段是必要的。不过,瑞恰兹的这种努力并没有受到新批评派的响应,反而遭到了尖锐的批评。

　　再次,语义学批评的另一基本特征在于它是一种内在的批评。瑞恰兹把自己的目光主要集中在文学的内部组织结构方面,他所关心的是诸如诗歌的语言、文字分析、语词的多义性等问题。在其一系列文学理论著作中,瑞恰兹集中研究了文学作品本身的性质,这样一种研究重点从作者到作品的转移,对于新批评派的基本思路产生了重要影响。

6.2.2　文学作品的意义

　　文学作品的意义究竟应当如何把握? 这是瑞恰兹语义学批评中的一个关键问题。他与奥格登合著的《意义的意义》一书主要解决的就是这一问题。

　　瑞恰兹认为,文学作品意义的关键问题在于语言与思想的关系。在他看来,语词只有在被人们利用时才具有意义,而当语词与思想发生联系而具有意义时,便涉及语词、思想和所指客体三者之间的关系。语词和思想之间的关系是一种因果关系,我们所使用的语词(符号)一方面与我们所要表达的思想相联系,另一方面则与社会的和心理的因素相关,如我们的态度、我们作出指称的目的等。思想与所指客体之间的关系既可以是直接的(如当我们想到或注意到一块云彩的表面形状时),也可以是间接的(如当我们想到拿破仑时)。语词(符号)与所指客体之间则存在着一种转嫁关系,即这两者之间并没有一种直接的或必然的联系。实际上,这种转嫁关系也就是通常所说的约定俗成的关系。这样,语词与所指客体之间关系的间接性使得语言具有多种功能,既能指称事物,又能传达或唤起某种情感。

　　瑞恰兹认为,文学作品是它的文学特性、想象和语言三者的结合,它的意义不仅涉及它的语法结构和逻辑结构,而且也涉及对它的联想。不过,由文学作品的语词、句子所唤起的意义是相对稳定的,因为语法规则和逻辑是比较稳定的。而对文学作品的联想所唤起的意义则不稳定。由于不同的人的主体条件、所处环境各不相同,因此这种联想意义也就因人而异。不仅如此,即使同一个人,由于时间、地点乃至心境的变化,也会造成这种联想意义的变化。

　　把握作品的意义是困难的,但并非完全不可能。瑞恰兹主张从文学作品的语言入手把握作品的意义。他指出,语言的功能、意义可分为四种:意思、感情、语气和意向,如果批评家和普通读者能够从隐含在作品中的作家的意思、感情、语气和意向着手,准确而不是歪曲地加以把握,那么就完全可能了解作品的意义。

　　对于文学作品意义的看法,总的来说,瑞恰兹是把语义分析方法与心理学方法融合在一起,既对语词、思想与所指客体三者之间的关系进行详细分析,又充分揭示作家的心理以及读者的心理对于作品意义的影响。然而这往往又使瑞恰兹陷入一种左右为难的境地:就其理论的主导倾向而言,他主张的是一种内在的批评,然而当他引入心理学因素,尤其是把读者的联想意义引进作品意义的时候,他的内在的批评也就受到了挑战,他把艺术作品看成是一个与世隔绝的封闭系统的基本观点也就露出了破绽,难怪新批评派对此要大加挞伐了。

6.2.3　语境理论

瑞恰兹语义学批评的一个重要组成部分是他的语境理论。早在20年代,瑞恰兹就开始谈到这个问题,而在1936年出版的《修辞哲学》一书中则系统地阐述了这个问题。

瑞恰兹认为,语境对于理解词汇的内在含义十分重要。他说,词汇意义的功能"就是充当一种替代物,使我们能看到词汇的内在含义。它们的这种功能和其他符号的功能一样,只是采用了更为复杂的方式,是通过它们所在的语境来体现的"[①]。既然语境有如此重要的作用,那么语境又是什么呢?瑞恰兹对语境的理解,既包含了传统对这个概念的一些规定,又不仅仅满足于传统的理解,而是作了进一步的拓展。在传统的理解上,语境指的是某个词、句或段与它们的上下文之间的联系,正是这种上下文确定了该词、句或段的意义。甚至整整一本书也可以具有它的语境。瑞恰兹对传统的语境概念的拓展主要在两个方向上进行。首先从共时性的角度加以拓展,那么语境就可以扩大到包括与所要诠释的对象有关的某个时期中的一切事情。例如莎士比亚剧本中的词,对它们的诠释要涉及作者写出它们时所处的环境、莎士比亚时代人们对它们的种种用法以及与它们有关的莎士比亚时代的一切事情。其次从历时性的角度加以拓展,那么语境则表示一组同时再现的事件,这组事件包括我们选来作为原因和结果的任何事件以及所需要的种种条件。由此可见,瑞恰兹对语境概念的理解视野十分开阔,这样当他用语境来确定语词等等的含义时,也就能更有效地把握其意义。

在瑞恰兹看来,一个词的意义就是"它的语境中缺失的部分"[②]。这是因为语境有一种"节略形式",一个词往往会承担几个角色的职责,即它具有多重意义,而在文本中,这些角色可以不必再现,这样,这个词的意义实际上也就是语境中没有出现的部分。由此可见,一个词的意义从根本上说是由它的语境所决定的。

然而,由于一个词在文本中往往会承担几个角色的职责,所以,瑞恰兹在讨论语境问题时不可避免地要涉及"复义"现象。他指出,在文学作品中,语词的意义"有着多重性","认为一个符号只有一个实在意义"这只是一种"迷信"[③]。在文学中,精妙复杂的复义现象比比皆是,旧的修辞学把复义现象看作是语言中的一个错误,并企图消除它,而瑞恰兹想要建立的旨在取代只研究孤立的修辞格的旧修辞学的新修辞学,则认为复义现象是人类语言能力的必然结果,大多数表达思想的重要形式离不开这种手段,在诗歌和宗教用语中尤为突出。瑞恰兹进一步指出,复义实际上是有系统的,一个词所可能包含的不同意

---

①②③　瑞恰兹:《论述的目的和语境的种类》,见《"新批评"文集》,中国社会科学出版社1988年版,第294—295、298、300页。

即使不像一个建筑物的各个侧面之间的关联那样有着严密的系统,也在相当大的程度上是相互关联的。复义的系统性可以极大地增强文学作品,尤其是诗歌语言的表现力。在诗歌中,一个词语的几个同时并存的意义的复合体就是该词语的复义,这是诗歌的十分有效的表现手段。然而在文学作品中,往往会存在着貌似复义但实际上并非复义的现象,瑞恰兹认为把这两者区别开来的唯一办法就是依靠语境的检验:凡是在特定的语境中,词语的不恰当的解释,甚至在上下文中会产生矛盾的解释均应排除在复义之外。这样,通过对语境与复义之间相互关系的阐述,瑞恰兹深化了他的语境理论。

6.2.4　诗歌语言与科学语言

瑞恰兹曾对诗歌语言与科学语言作了实证分析,通过揭示这两种语言之间的根本差别,进而来认识文学与科学之间的本质区别。

瑞恰兹认为,科学语言使用的是"符号",而诗歌语言使用的则是"记号"。符号与它所指称的客体相对应,而记号则没有相对应的客体,因此记号所表达的则是一种情感或情绪。诗歌语言是一种建立在记号基础上的情感语言,而科学语言则是一种符号语言。诗歌语言关注的是所唤起的情感或态度的性质,而科学语言则注重符号化的正确性和指称的真实性。因此,科学的陈述只是为了传达信息,并不关心情感效果,这样,科学的陈述必须具有可验证性,严格遵守逻辑规则,通过符合逻辑的真实而使人从理智上信服。诗歌语言中的陈述则是一种"拟陈述"。拟陈述是不能被经验事实证实的陈述。瑞恰兹说:"显然大多数诗歌是由陈述组成的,但这些陈述不是那种可以证实的事物,即使它们是假的也不是缺点,同样它的真也不是优点。"[①]显然,拟陈述是一种非真非假、仅仅是为了表达和激发情感的陈述。诗歌的陈述目的是为了表达情感并获得读者情感上的相信。如果说诗歌也应当具有真实性的话,那么这不是科学意义上的真实性,而是情感意义上的真实性,即诗歌的陈述应当符合情感的真,使读者在情感上相信。作为一种情感语言,包括诗歌语言在内的一切文学语言都具有这样一些特征:第一,它是文学家对事物的一种情感态度的表现;第二,它又是对读者的一种情感态度的表现;第三,它希望在读者那里引起情感效果。

应当看到,瑞恰兹对诗歌语言与科学语言所作的分析对于我们深刻认识文学的本质有着十分重要的启发作用。他通过揭示文学语言的基本特征,使我们看到文学真实与科学真实的本质区别,并进一步认识到文学与科学的本质区别,从这一点上看,瑞恰兹的理论有着积极的意义。不过,由于他主要是从文学的内部因素方面来认识文学的本质,而对于文学的外部关系则有所忽视,这就大大削弱了他的理论的力量。

6.2.5　艺术传达与艺术价值理论

艺术传达与艺术价值理论在瑞恰兹语义学批评中占有十分重要的地位,他甚至把它

---

① 瑞恰兹:《文学批评原理》,伦敦1928年版,第215页。

们看作是批评的理论必须依赖的两大支柱。他认为信息传达活动是人类生存的一个重要形式,人类从事信息传达已有几千年的历史,这种活动在很大程度上也影响了人类心灵的结构,而传达活动的最高形式则是艺术。在瑞恰兹看来,如果我们从传达的角度来研究艺术问题,那么原先争论不休的许多艺术问题便可迎刃而解了,例如艺术的形式因素先于内容因素的问题就是如此。作为一种特殊的经验形式的艺术,首先必须赋予经验以形式才能被传达,这样从传达的角度来看,艺术的形式是不可或缺的。同时也正因为艺术是传达的一种最高形式,所以它本身也就没有什么独立性了。瑞恰兹进一步指出,艺术传达之所以可能,那是由于人们具有相同的生理和心理结构。

在谈到艺术价值问题时,瑞恰兹的基本立足点是心理学的。他认为艺术的价值就在于冲动的满足。冲动既是生理需要,更是心理需要。心理学意义上的冲动严格地说是一种复杂的心理反应和情感状态。在大多数人的心灵中,冲动往往是混乱的,甚至是互相对立的。艺术作品能够使混乱的冲动变得协调有序,这正是艺术的价值所在。

艺术之所以能起到平衡冲动的作用,这是与艺术家分不开的。互相干扰、对立的冲动在艺术家身上能结合成一种稳定的平衡状态,并清醒地意识到存在的现实性。艺术能使普通人也能接受这种经验。伟大的艺术都会具有这种效果,从而使它们能在人类生活中占有崇高的地位。瑞恰兹认为,冲动的平衡主要是通过想象的力量来实现的,这在悲剧中表现得尤为典型。"悲剧也许是我们所知道的最普遍、最能接纳一切、最能使一切条理化的经验了"[①],它能使两种对立的冲动("趋就的冲动"——怜悯和"退避的冲动"——恐惧)在悲剧中得到协调,而这正是审美反应的基础。

另一方面,艺术的价值又是与社会生活密切相关的。例如一首诗的价值有赖于它与文化、宗教、情感的抚慰等外在价值。他否定有特殊的艺术价值和艺术经验的存在,认为它们与日常的价值和经验十分相似。这种观点的立足点就在于强调艺术价值和艺术经验与人类社会生活的密切联系,他的这种看法的积极意义就在于批判了布拉德雷等人主张的"为艺术而艺术"的唯美主义倾向,其消极面则是把艺术价值、艺术经验与日常价值、日常经验完全等同起来,从而最终会导致取消艺术价值、艺术经验的存在。

总的来说,瑞恰兹的语义学批评把语义分析和心理学方法引进文学批评,提出了一系列重要理论观点,对于此后西方文论的发展产生了重要影响,特别是对新批评派的崛起起到了极为重要的作用。

6.3 艾略特的"非个人化"理论

T·S·艾略特(1888—1965)是20世纪最有影响的诗人和文学批评家之一。他生于美国,1906年就读于哈佛大学,师从新人文主义理论家欧文·白壁德,后又在法国巴黎大学和英国牛津大学深造,1925年前在伦敦担任银行职员达8年之久,同时参加文学活动。1922年发表长诗《荒原》,并于1948年获诺贝尔文学奖。主编过文学杂志《自我》、《标

---

① 瑞恰兹:《文学批评原理》,伦敦1928年版,第194页。

准》。在文学批评方面主要著作有：《传统与个人才能》(1917)、《玄学派诗人》(1921)、《批评的功能》(1923)、《诗歌的用途和批评的用途》(1932—1933)等。在这些批评著作中，艾略特提出了一系列重要理论观点，成为新批评派的开拓者之一。

6.3.1　文学作品的有机整体观

艾略特曾写道："现存的不朽作品联合起来形成一个完美的体系。由于新的(真正新的)艺术品加入到它们的行列中，这个完美体系就会发生一些修改。……尽管修改是微乎其微的。于是每件艺术品和整个体系之间的关系、比例、价值便得到了重新的调整；这就意味着旧事物和新事物之间取得了一致。"①这里，他明确提出了一种文学作品的有机整体观，而这种有机整体观的着眼点并不在个别作品，而是着眼于整个文学。这样，所有的文学作品在艾略特的心目中并不是某些个人写下的作品的总和，而是形成了一个"有机的整体"。文学家们的个别的作品只有放到这个有机整体中，只有与之产生紧密联系才会具有意义，才会确立自己的地位。另一方面，文学作品的有机整体并不是一种一成不变的存在物，而是处在一种生生不息的运动变化过程之中。新的作品不断地加入到这个有机整体中，引起了它的调整、适应和变化。文学批评就应当从作品与这个有机整体的相互关系中评价作品。

艾略特不仅把整个文学看作是一个有机整体，同时也把每一个具体文学作品也看作是一个有机整体。他认为，作品的各组成部分并不是一种简单的叠加，而是一种有机的组合。因此文学批评家在解释和评论作品时，对构成作品的每一个部分都应当与作品的整体相联系，这样才能获得准确和客观的解释。

强调文艺理论中的有机整体观点是西方学术的一个优良传统，从古希腊的亚里士多德到现当代西方文论，许多文艺理论家都从联系的观点分析文艺作品的内部构成，闪耀着辩证法的光芒。艾略特的理论贡献就在于，他不仅继承了西方文艺理论的这一优良传统，像许多西方文艺理论家一样，把每一具体文学作品看成是一个有机整体，而且以极其开阔的视野审视文学，把从古到今的一切文学作品都看成是一个大体系，看成一个有机的整体。这显然是对传统的有机整体观点的一个重要发展。同时他又进一步用运动变化的观点审视这一有机整体，使他的有机整体观充满了辩证法。

6.3.2　"非个人化"理论

浪漫主义文学批评把表现情感、张扬个性作为立足点展开文学批评。艾略特承继T·E·休姆的反浪漫主义立场，提出了著名的"非个人化"理论，为新批评派开辟了道路。

艾略特的非个人化理论认为诗(包括其他体裁的文学作品)应当是非个人化的。他针对浪漫主义张扬感情和个性的观点，明确指出："诗歌不是感情的放纵，而是感情的脱离；

---

① 艾略特：《传统与个人才能》，见《艾略特文学论文集》，百花洲文艺出版社1994年版，第3页。

诗歌不是个性的表现，而是个性的脱离。"①

首先，他把文学家放在历史的长河中加以考察，认为任何一位文学家都不会具有完全的意义，只有把他放在与前人之间的比较、对照之中，我们才能获得对他的客观评价。把文学家放在文学史的长河中考察，那么就可以看到文学传统具有强大的影响，每一个文学家的创作必定会受到它的深刻影响，当然他的作品也会对文学传统产生作用，然而这是极其微小的。正是这种历史的意识使一个作家面对传统时意识到自己在文学史中的地位。正因为这样，文学家就不应当处处突出自己，而应当适应传统。也就是说他应当不断地使自己归附更有价值的东西——传统，不断地放弃自己，作出自我牺牲，这样他才能前进。

其次，文学家应当消灭个性。在艾略特看来，文学作品中最好的部分，即使最个人的部分也就是他前辈文学家最足以使他们永垂不朽的地方。因此，只有消灭个性，艺术才能达到科学的地步。他曾用一个化学反应的比喻来说明诗人与他的作品之间的关系：把一条白金丝放到贮有氧气和二氧化硫的瓶子里，就会产生化学反应，这两种气体化合成硫酸，而白金丝却丝毫未受影响，新的化合物中也不含一点白金的成分。在诗歌创作中，诗人的心灵就是起到上述化学反应中催化剂——白金丝的作用。没有诗人的心灵，诗歌就无法创作出来，然而诗人的作品被创作出来以后，却并不包含诗人心灵的成分。正因为这样，所以文学家应当消灭个性，如果他只是"个人的"，那么他只能是一个下等的文学家。

再次，非个人化还应当逃避文学家个人的情感。诗和其他文学作品是表现情感的，艾略特指出："这种感情只活在诗里，而不存在于诗人的经历中。艺术的感情是非个人的。"②浪漫主义批评注重的是艺术表现艺术家个人的情感，而艾略特则完全否定艺术的情感是个人的。他认为，诗人所未经验的感情与他所熟悉的感情一样可供他使用，他的任务是把寻常的感情化炼成诗，旨在表现实际感情根本没有的感觉。从根本上说，诗并不是感情，它之所以有价值也不在于感情的伟大与强烈，而在于艺术过程的强烈。

艾略特这一非个人化理论，一反从社会历史、道德、心理以及文学家个人方面解释作品的传统批评方法，一刀割断了文学家与作品的联系，要求文学批评把注意力只放到作品本身中去，文学批评家的兴趣应当从诗人转移到诗。在他看来，文学作品不是文学家个人情感的表现，文学家也不可能脱离文学传统真正具有个性。这样，他提出了一种从作品本身出发进行内在研究的崭新的文学批评观。

6.3.3 文学批评的标准——"外部权威"

英国文学批评家米德尔顿·默里（1889—1958）曾提出要把批评家自己的"内心的声音"作为批评的标准，艾略特则认为这是一种浪漫主义的批评标准，并予以批驳。他指出，这样一种批评标准是主观随意的。如果以此为标准，那么批评家就会只听从自己内心的

---

① ② 艾略特：《传统与个人才能》，见《艾略特文学论文集》，百花洲文艺出版社 1994 年版，第 11 页。

声音,而根本听不进别的声音。问题在于内心的声音本身就是无法规范、极其随意的,它或许会发出无休止的虚荣、恐惧和纵欲的吩咐,或许会促使你挤在10个人一节的车厢内去斯旺西看足球比赛。既然这样,内心的声音又如何能作为文学批评的标准呢?艾略特认为,批评是一种冷静的合作活动,"批评家如果想要证明自己的存在理由,就应当努力惩戒个人的偏见和怪癖"①。一味崇尚内心的声音就只会迁就这种个人的偏见和怪癖,也就不可能成为一个名副其实的批评家。

既然内心的声音是与规范、原则互相抵触的,因而它不能成为批评的客观标准。艾略特于是就把自己的目光转向文学传统,他从文学历史发展的角度和文学有机整体性的原则出发,提出批评的标准应当是"外部权威",即文学传统。这也就是他所谓的古典主义的批评原则。

把外部权威即文学传统作为批评的标准,那么在批评文学作品时,首先就应当审视它是否遵循传统,对传统表示忠顺,甚至为它作出牺牲。批评家有权利要求文学家关心文学的完整性,承认自身以外的无可争辩的精神权威——传统的存在。其次,批评要以事实为基础。艾略特曾提出真正有效的批评是和作家创作活动结合的那种批评,原因就在于作为批评家,"他在和他所掌握的事实打交道,而且他还能够帮助我们这样做"②。有高度的事实感,这是批评家必须具备的最重要的条件。只有这样,在从事批评时,批评家才能使读者掌握他们容易忽视的事实。也只有这样,批评家对作品的解释才能成为真正合法的解释。不论是文学传统还是外部事实,它们都不是来自批评家的内心的声音,而是作为一种外部权威规范着文学批评,使之有了评价作品优劣的尺度。艾略特对于文学批评标准的看法明显带有古典主义色彩,但对于纠正内心的声音的批评标准,对于纠正仅仅从政治、经济、个人传记等非文学性标准出发评判文学作品,都具有积极的意义。

除了上面介绍的一些重要观点之外,艾略特还有不少理论观点也值得我们重视。例如,他在《哈姆雷特和他的问题》一文中,提出情感表达应有"客观对应物"的观点。他认为,在艺术作品中,艺术家要表达某种情感的唯一方式就是寻找一种客观对应物。一组事物、一连串的事件等等都可以成为这样一种客观对应物。艺术家借助于作品结构使情感获得了客观化,批评家也就能够根据这种客观化了的对象形态作出自己的解释和评价。又如,艾略特通过对17世纪初英国玄学派诗人的再评价,提出了文学的感性与理性相结合的观点。在文学史上,玄学派诗人地位一直很低,艾略特则为之翻案,认为玄学派诗人的作品具有一个突出的优点,即感性与理性密切结合在一起,在他们的诗歌中,一种思想同时也就是一种经验。玄学派诗人也思考,"但是他们并不直接感觉到他们的思想,像他们感觉一朵玫瑰花的香味那样。一个思想对于多恩来说就是一种感受;这个思想改变着他的情感"③。而这样一种优点自17世纪以来逐渐丧失了。艾略特的这个观点对后来新批评派产生了很大影响,新批评派甚至把玄学派诗歌奉为英诗的最高峰。

艾略特的上述一系列理论观点深刻地启发了新批评派,不过,后来的许多新批评派理

---

① ② 艾略特:《批评的功能》,见《艾略特文学论文集》,百花洲文艺出版社1994年版,第66、74页。

③ 艾略特:《玄学派诗人》,见《艾略特文学论文集》,百花洲文艺出版社1994年版,第22页。

论家与他仍存在一些重要分歧。例如,兰色姆认为艾略特的理论具有浓厚的心理主义气味,并批评他分析玄学派诗人却几乎不从语言分析入手,因此不能说透问题。温特斯则对非个人化理论颇有微词,认为这会把诗人当成了一部自动机器。

6.4 兰色姆的本体论批评

约翰·克娄·兰色姆(1888—1974)是美国现代著名文学批评家、诗人。生于美国南方的田纳西州,获英国牛津大学博士学位。自 1914 年起先后在美国梵得比尔大学、俄亥俄州肯庸学院等许多大学任教。1921 至 1925 年间,他与同事及学生出版了诗刊《逃亡者》,1939 创办著名文学评论刊物《肯庸评论》。著有《世界之躯》(1938)、《新批评》(1941)、《绕过丛林:1941—1970 年论文选》(1972)等。兰色姆是新批评理论的真正奠基者。他承上启下,对艾略特和瑞恰兹的批评理论加以总结,吸取了他们大量的理论观点和研究方法,摒弃其中的心理主义,建立起以文本中心论为基础的新批评派理论。他和他的三个学生布鲁克斯、退特、沃伦长期合作,为新批评派的形成和发展作出了重要贡献。

6.4.1 呼唤"本体论批评"

1934 年,兰色姆写了一篇著名的论文《诗歌:本体论札记》。在该文中,他首次提出"本体论批评"的口号。他所倡导的本体论批评也就是日后人们所说的新批评派的批评。

"本体论"本来是一个哲学用语,原来专指关于"存在"(或"是")的研究,后也被引申为有关世界的本质、本原和本体的理论研究。兰色姆把这个术语引进文学批评,提出一种"本体论批评"模式。那么什么是本体论批评呢? 从兰色姆的有关论述中我们发现,他对此有着两种不同的理解。第一种理解是强调诗(文学作品)本身的本体存在,认为批评应当成为一种客观研究或者内在研究,它不应当探讨文学与各种社会生活现象的联系,而应当把文学作品看作是一个封闭的、独立自足的存在物,研究其内部的各种因素的不同组合、运动变化,寻找文学发展的规律性的东西。兰色姆在《文学批评公司》(1937)一文中,态度鲜明地把下列六种批评方法视为非本体论批评而予以剔除。它们是:

(1) 批评家阅读文学作品以后的个人感受的记录;

(2) 作品主要内容的归纳和解释;

(3) 历史研究,指对一般文学背景、作者生平、作品所涉及的作者自身的那些内容以及文献书目的校订考证等;

(4) 语文学研究,如外来语、罕用词语、典故等的研究;

(5) 道德研究;

(6) 其他特殊研究,如哈代小说中的地名研究等。

显然,兰色姆要排除的主要是从个人的感受,从作品与背景、与作者的联系,从道德的角度以及从其他非内在研究的角度所进行的批评。他主张的是把作品作为一个独立自足的存在物加以研究。他说得很明白：“本体，即诗歌存在的现实。”①

兰色姆对于本体论批评还有第二种理解：他认为诗的本体性来自它可以完美地“复原”世界的存在状态。在《新批评》一书的结语中他这样写道：“诗歌的特点是一种本体的格的问题。它处理的是一种科学论文无法处理的存在状态，一种客观性的层次。诗歌旨在复原那个我们通过自己的感觉和记忆散乱地了解的复杂难制的本原世界。”②这就是说，诗歌的本体性就在于它与“本原世界”的联系。这样一种看法与古希腊亚里士多德的“模仿说”有着异曲同工之妙。然而问题在于：兰色姆提出的这种看法与他的上述第一种理解并不吻合。如果文学作品的本体是一封闭的、自足的存在物，那么它必然与社会历史，与作者和读者的主观感受，与道德、政治、经济等等无关。然而如果文学作品的本体是对“本原世界”的“复原”，那么它不可避免地要涉及人类社会历史的方方面面。对于文学作品的这两种不同的理解显然存在着矛盾。然而不知由于疏忽还是别的什么原因，兰色姆在征求“本体论批评”时竟然没有意识到这一点。

不过，就主导倾向而言，兰色姆的注意力主要是放在对前一种理解的阐述上。在《新批评》一书中，他对把诗的本质界定为“感情发泄”、“逻辑论证”、“道德说教”等观点予以批驳，目的就是强调诗的内在自足性。以后的新批评派理论家的基本观点也都强调这一点，把作品本身作为文学的本体，把作品看作是一个独立的和自足的客体，这也就是兰色姆所主张的作品本身是自足的、是为了自身的目的而存在的基本观点。

6.4.2 “构架—肌质”理论

为了把本体论批评具体化，兰色姆在《纯属思考推理的文学批评》(1941)一文中提出了“构架—肌质”理论来具体说明他的本体论批评。他认为一首诗有“一个中心逻辑构架，但是同时它也有丰富的个别细节，这些细节，有的时候和整个的构架有机地配合，或者说为构架服务，又有的时候，只是在构架里安然自适地讨生活”③。兰色姆把诗的构成分为“构架”和“肌质”两部分。他所说的“构架”指的是诗的内容的逻辑陈述，也就是说，构架是诗中可以用散文转述的主题意义或思想内容部分。构架的逻辑与科学论文的逻辑是有区别的，它的作用是在作品中负载肌质材料，且远不如科学论文的逻辑那样严谨。而“肌质”则指作品中不能用散文转述的部分。肌质是作品中的个别细节，与构架是分立的。兰色姆以建筑物为例对此作了生动的说明：屋子的墙是属于构架的，梁和墙板各有它们不同的功能，而墙板外面的部分则是肌质，它可以是涂上去的颜色，也可以是糊着的纸，这些肌质部分只是作为“装饰”。“在逻辑上，这些东西是和构架无关的”④。显然，对于构架和肌质之间的关系，兰色姆持的是分裂两者的二元论。他的这个观点受到了大部分新批评理论家的反对。例如他的学生布鲁克斯用有机整体观点反对他的构架与肌质两元论，认为诗

---

① 兰色姆：《绕过丛林：1941—1970年论文选》，伦敦1972年版，第15页。

② 兰色姆：《新批评》，韦斯特波特1979年版，第281页。

③④ 兰色姆：《纯属思考推理的文学批评》，见《“新批评”文集》，中国社会科学出版社1988年版，均第97页。

作为一个整体的观念,它的各种构成因素是在这整体中起作用的。韦勒克则担忧:"兰色姆非常强调诗的'肌理'即那些似乎游离于作品的细节,以致在艺术作品的内部,在它的'骨架'和'肌理'之间,构成了一种新的分裂的危险。"①

兰色姆进一步展开他的"构架—肌质"理论,指出,肌质的重要性远远超过构架。只有肌质才是诗的本质、诗的精华。前面谈到他曾认为诗歌可复原"本原世界",诗歌表现世界本质存在的能力在兰色姆看来也只在于肌质,而不在于构架。他还以此为标准把科学论文和文学作品相区别。他认为,科学论文只有构架,即使有细节描写,即有肌质,那也只是附属于构架的,不能与构架分立。诗的根本特征则在于肌质与构架的分立,而且肌质有着更为重要的作用。文学作品作为一种本体存在,是被充分肌质化了的。那么是不是构架就是文学作品中可有可无的东西呢?兰色姆说,构架还是有作用的,那就是与肌质相互干扰,作品的魅力就在这种干扰中产生。例如肌质可以干扰构架的逻辑清晰性,于是构架仿佛在进行障碍赛跑,在层层阻碍中形成了作品的魅力。

兰色姆所说的构架和肌质尽管与通常所说的内容和形式不能完全等同,但与后者还是大体类似的,因为他所说的构架是对实在的逻辑陈述,而肌质则又是一种内容的秩序,这与内容和形式大致相当。这样就可以清楚地看到,"构架—肌质"理论是一种典型的形式主义理论,它把肌质作为文学作品的核心、精华和本质,这是一个明显的错误。此外,它割裂构架与肌质的内在联系,也陷入了形而上学的误区。不过,兰色姆对诗歌必须要有逻辑构架的观点比瑞恰兹提出的诗只要能激发感情,逻辑的安排并无存在的必要的观点却是明显地前进了一步。

6.4.3 论玄学派诗

在对于玄学派诗的论述中,兰色姆进一步提出了一些新批评派的重要观点。在兰色姆之前,艾略特就旗帜鲜明地亮出为玄学派诗人翻案的口号,把玄学派诗当作英诗的最高峰。与艾略特相比,兰色姆对玄学派诗的分析更深入、更细致。首先,通过与其他诗派的比较,兰色姆揭示了玄学派诗的一个基本特征是感性与理性的结合。他把"事物诗"和"柏拉图式的诗歌"这两类诗歌与玄学派诗相比较,认为,事物诗太写实了,尽管具有大量的感性内容,但由于缺少一种纯粹的或绝对的实体,即理性的内容,从而不免令人生厌,难以维持人们的兴趣。而柏拉图式的诗歌则又太理想主义了,由于感性内容缺乏,从而使感觉无法生存。玄学派诗则达到了感性和理性的完美结合。一方面玄学派诗具有理性的内容,它们是真实的,但又不是历史或科学意义上的真实。另一方面玄学派诗又包含了感性的内容,这种感性内容是与理性内容有机地结合在一起的。因此兰色姆高度评价玄学派诗:"'玄学'(或奇迹信仰)所鼓舞的一种诗歌是这个文学领域中我们所知道的最有独创性、最令人兴奋、在理智上或许是最风趣的诗歌。在其他文学领域中它也可能没有什么可与之

---

① 韦勒克:《批评的诸种概念》,四川文艺出版社 1988 年版,第 341 页。

媲美的东西。"①兰色姆主张的作品中感性与理性相结合的观点后来成为新批评派的核心观点之一。

此外,他还从语义分析的角度分析玄学派诗。他指出,玄学派诗人为了达到感性和理性的统一,采取许多修辞手段,例如韵律、虚构、比喻等等。玄学派诗歌尤其广泛采用隐喻这一修辞手段,并取得了很好的艺术效果,引起了读者感性上的注意。

总的来说,兰色姆的批评理论把新批评建立在文本中心论的基础之上,对于瑞恰兹、艾略特理论中与新批评理论相一致的方面作了进一步的发挥,而舍弃了其中心理主义的因素。从这一点上说,他为新批评派奠定了基础。不过他的"构架—肌质"理论、对"具体普遍性"理论的否定等曾引起批评界的争议。他无法理解黑格尔关于具体与普遍的辩证法,他的"构架—肌质"理论割裂了构架与肌质两者之间的辩证联系,显然有形而上学的弊病。

6.5 布鲁克斯的"细读法"

克林思·布鲁克斯(1906—1994)是新批评派中最活跃、也是最多产的批评家。1928年毕业于梵得比尔大学,1932 至 1947 年在路易西安那州立大学任教,并创办《南方评论》,1947 年起任耶鲁大学教授。布鲁克斯在其一系列著作中深入细致地论述了新批评派的基本理论和细读法批评方法,他为传播新批评、为在美国高等学校中普及新批评做了大量工作。主要著作有:《怎样读诗》(1935,与沃伦合著)、《怎样读小说》(1943,与沃伦合著)、《精制的瓮》(1947)、《现代诗与传统》(1963)、《隐藏的上帝:海明威、福克纳、济慈、艾略特和沃伦研究》(1971)等。

6.5.1 为形式主义批评辩护

新批评派是一种形式主义批评流派。尽管如此,该派批评家一般都不愿意承认自己是形式主义者。布鲁克斯则理直气壮地宣称自己主张的是一种形式主义批评。

布鲁克斯对新批评派的一系列核心观点充分加以肯定,并针对他人的攻击予以辩护。他认为,形式主义批评的一个基本信条就是:"文学批评是对于批评对象的描述和评价"[2],"形式主义批评家主要关注的是作品本身"[3]。这种观点就和把文学批评与作者或与读者紧密联系的观点划清了界限。布鲁克斯也承认,作者在创作时会怀有各种不同的动机,或为金钱,或为自我表现,等等,作品可以表现作者的个性;而读者对于文学也有意义:文学作品在读者阅读之前只是潜在的,只有在阅读时,作品才会在读者心灵中被重新创作出来。然而,布鲁克斯认为,尽管研究作者的思想状况和研究读者的接受也有价值,但是它们本身并不是文学批评。因为研究作者的个人经历和心理只是描述创作的过程,

---

① 兰色姆:《诗歌:本体论札记》,见《"新批评"文集》,中国社会科学出版社 1988 年版,第 65 页。

②③ 布鲁克斯:《形式主义批评家》,见《"新批评"文集》,中国社会科学出版社 1988 年版,第 486、488 页。

而不是对作品本身的结构的研究。而研究读者对一部文学作品的评论则会使批评家从作品本身转向心理学和文艺批评史,而这也不能等同于对文学作品本身的批评。

布鲁克斯指出,以作者或以读者作为批评的对象必然会涉及相应的评判作品的标准:前者会以作者的"诚意"或意图来判断作品的优劣,后者则以读者阅读时的感受为标准。然而这两种标准在布鲁克斯看来都不能正确地评判作品。例如,海明威曾在《时代》周刊上声称,他的《过河入林》是他最好的一部作品。然而布鲁克斯指出,凡读过这部小说的人大都会认为它不过是平庸之作。而当一位读者读一首诗时读得心花怒放,这首诗是否就一定是一首好诗了呢?布鲁克斯认为也未必。因为读者的感受并不能作为批评的标准,而"详细描述阅读某一作品时的感情活动远不等于为热心的读者剖析作品的本质与结构"①。

无论是注重作者,追寻文学作品产生的根源,还是注重读者,研究作品所产生的影响,都不是真正的文学批评。布鲁克斯断然主张,文学批评就是对作品本身的描述和评价。至于作者的真正意图,我们只能以作品为依据,只有在作品中实现了的意图才是作者的真正意图,至于作者对创作的设想及他事后的回忆都不能作为依据。同样,理想的读者应当找到一个中心立足点,以它为基准来研究诗歌或小说的结构。布鲁克斯所主张的并为之辩护的正是新批评派的文本中心论的批评立场,这对于现代文本理论的发展具有很大的推动作用。这样一种立场把人们的目光主要引向了作品本身,把作品作为一个独立自主的整体进行深入研究,获得了许多重要成果。当然其片面性则在于割断了文学作品与外部事物的联系,这样就不可能正确理解作品,而陷入形式主义的泥潭。

6.5.2　悖论与反讽

布鲁克斯主张文学批评只应当关心作品本身,在他看来,文学作品应当是一个和谐的整体,对于一件成功的作品来说,形式和内容是不可分的。他认为:"形式就是意义。"②作品的形式关系包含了逻辑关系,又超出了逻辑关系。从总体上说,文学最终是隐喻的、象征的。显然,他对文学作品的关注最主要的还是对作品形式的关注,而对形式的关注又主要体现在运用语义学方法对作品语言、结构进行分析研究。

他首先对文学作品语言中的悖论和反讽进行细致分析。悖论是修辞学中的一种修辞格,指的是表面上荒谬而实际上真实的陈述。然而正是这样一种悖论语言成了布鲁克斯心目中理想的诗歌语言:"悖论正合诗歌的用途,并且是诗歌不可避免的语言。科学家的真理要求其语言清除悖论的一切痕迹;很明显,诗人要表达的真理只能用悖论语言。"③布鲁克斯进一步把悖论的使用范围从语言扩展到结构,把它作为诗歌区别于其他文体的一个基本特征。诗人在创作中,有意对语言加以违反常规的使用,用暴力扭曲词语的原意使之变形,并把在逻辑上不相干的甚至对立的词语联结在一起,使之相互作用、相互碰撞,在

---

① ② 布鲁克斯:《形式主义批评家》见《"新批评"文集》,中国社会科学出版社 1988 年版,第 490、487 页。

③ 布鲁克斯:《悖论语言》,见《"新批评"文集》,中国社会科学出版社 1988 年版,第 314 页。

结构安排上也是如此。诗意正是在这种相互碰撞、不协调中产生的。

布鲁克斯还用"细读法"具体分析了华滋华斯的《西敏寺桥上作》和唐恩的《圣谥》这两首英国文学史上的名诗,用具体作品作为例证来进一步阐明自己的观点。他指出,尽管华滋华斯的诗风朴实无华,然而他的诗作也依然离不开悖论。例如《西敏寺桥上作》这首十四行诗,诗中几乎没有任何逼真的描写,只是把细节杂乱地堆在一起,总的来说只有一些平淡无奇的词语和用滥了的比喻。可是为什么仍被人们看作是一篇佳作,具有强大的力量呢?在布鲁克斯看来,原因就在于这首诗写出了悖论情景。伦敦城本来是动荡不安而又肮脏的,可是诗人在晨光熹微中看到了它的沉睡、它的庄严、它的美,这是一种悖论式的情景,这种悖论的特征是"奇异"。华滋华斯使读者看到平常之物的不平常,散文式的事物实际上充满了诗意。

布鲁克斯还分析了玄学派诗人唐恩的《圣谥》,指出贯穿这首诗的基本比喻就是一个悖论,因为唐恩把世俗认为是非圣洁的爱情当作神圣的爱来描写。布鲁克斯认为,一位诗人如果想要把《圣谥》所要表达的内容描写出来,那么他只有使用悖论这一手法。悖论就是诗歌语言和结构的各种平面不断地倾倒,产生种种重叠、差异和矛盾。而这正是玄学派诗人运用得炉火纯青的,因此,在布鲁克斯的心目中,玄学派诗乃是英诗的最高峰。

布鲁克斯也十分重视反讽。反讽表示的是所说的话与所要表示的意思恰恰相反。他认为,在文学作品中,反讽是由于语词受到语境的压力造成意义扭转而形成的所言与所指之间的对立的语言现象。这也是诗歌语言与科学术语的一个根本区别。因为科学术语是不会在语境的压力下改变意义的。但诗歌语言则是多义的,诗人使用的词包孕各种意义,它是具有潜在意义能力的词,是意义的网络。反讽鲜明地表现出诗歌语言的这一特征,反讽是语境对于一个陈述语的明显歪曲,作为对语境压力的承认,它存在于所有时代、所有种类的诗歌中。反讽之所以具有这样的地位,一方面是由诗的本体特征所决定,另一方面则为文学语言本身的难控性和经验的复杂性所制约。诗歌需要依赖言外之意和旁敲侧击使语言具有新鲜感。

需要指出的是,布鲁克斯对悖论和反讽这两个术语的使用常常出现混淆的情况,这本身也说明这两个术语之间的区别不是本质性的。

6.5.3 结构理论

对于文学作品的结构,布鲁克斯坚持有机整体的观点。他认为:"文学批评主要关注的是整体,即文学作品是否成功地形成了一个和谐的整体,组成这个整体的各个部分又具有怎样的相互关系。"①"和谐的整体"就是一种有机整体,优秀的文学作品首先应当是一个有机整体。华滋华斯和唐恩的诗之所以完美,除了上述谈到的他们运用悖论和反讽这样一些基本修辞手法之外,还在于在他们的作品中,部分与部分之间存在着有机的联系,即每个部分都影响着整体,同时也接受整体的影响。布鲁克斯还用十分形象的比喻说明

---

① 布鲁克斯:《形式主义批评家》,见《"新批评"文集》,中国社会科学出版社 1988 年版,第 486 页。

这种有机整体性:一首诗的种种构成因素是互相联系的,它们不像排列在一个花束上面的花朵,而是像与一株活着的花木的其他部分相联系的花朵。诗的美就在于整株花木的开花离不开茎、叶、根。一首诗的成功,是由它的全部因素的综合作用造成的。因此,一首诗个别成分的魅力与这首诗整体的魅力是不同的,后者是一种"整体型"的效果。在本质上,它可以将相对立的各种成分,如美丽的与丑恶的、有魅力的与无吸引力的等等结合在一起,从而产生整体的魅力。

布鲁克斯进一步指出,结构的基本原则就是对作品的内涵、态度和意义进行平衡和协调。结构并非仅仅把不同因素安排成同类的组合体,使类似的东西成双成对,而是使相似的与不相似的因素相结合。结构是一种积极的统一,它不是通过回避矛盾取得和谐,而是通过揭示矛盾、展开矛盾、解决矛盾而取得和谐。正因为如此,这种结构本身就是一种含有意义、评价和阐释的结构。

布鲁克斯对于结构问题的论述包含了深刻的辩证法因素。首先,他从联系的角度来分析文学作品的结构,把文学作品看成是由各组成部分有机统一而成的整体,看到了各组成部分之间、每个组成部分与整体之间的联系,这是很深刻的。其次,他又用对立统一的观点来认识结构的原则,把结构看成是一种积极的统一。布鲁克斯的这种观点虽然没有指名道姓,但实际上是对兰色姆隔裂构架与肌质的形而上学观点的否定。

布鲁克斯还提出了不少重要观点,如,诗的结构是由于各种张力作用的结果,而这些张力则是通过隐喻、象征、命题等手段建立起来的;文学作品中词语的意义离不开它们的语境;不能用科学的或者哲学的尺度来衡量文学作品;诗歌并不排除思想,但诗歌中的思想是通过具体情景表现的,等等。布鲁克斯的这一系列观点表明,他对新批评派的基本理论有着深刻的理解,而且在文学批评的实践中,他也身体力行,写出了许多用细读法分析文学作品的典范之作。

6.6　燕卜荪的复义理论

威廉·燕卜荪(1906—1984)是英国诗人、批评家,瑞恰兹的得意门生,曾就学于剑桥大学,1931 至 1934 年在日本东京任教,1937 至 1939 年任中国燕京大学及西南联大教授,第二次世界大战期间任英国广播公司中国部编辑,1947 至 1952 年重返燕京大学任教授,1952 年返回英国设菲尔德大学任教授。主要文艺理论著作有:《复义七型》(1930)、《牧歌的几种变体》(1935)、《复杂词的结构》(1951)等。对新批评派的发展作出重要贡献的,主要是他的成名作《复义七型》一书。

6.6.1　复义的基本类型

1930 年,就学于剑桥大学从读数学改读文学的 24 岁的燕卜荪,从他的老师瑞恰兹给他批改的一份作业中受到启发,于是写出了《复义七型》一书。在该书中,他列举了 200 多首古典诗歌或散文的丰富实例,来证明意义复杂多变的语言是诗歌的强有力的表现手段。

该书一问世,即在西方文学界引起了巨大的反响,使人们对文学语言的研究获得了一个新的认识。燕卜荪自己也颇为得意,声称自己对诗歌语言的本质提出了一种全新的看法。

燕卜荪指出:"复义"在日常言语中也存在,但尤其对于诗歌表现具有重要意义。在该书初版时,他对"复义"下了一个不很严格的定义:"能在一个直接陈述上添加细腻意义的语言的任何微小效果。"[①]后来在1947年再版时,他对该定义加以修改,成为:"任何语义上的差别,不论如何细微,只要它能使同一句话有可能引起不同的反应。"[②]他经过细致归纳,把文学中的复义分为七种类型。

第一种类型:一物与另一物相似,实际上这两种事物有多方面的性质均相似。燕卜荪用莎士比亚《十四行诗集》第73首中的诗句"荒废的唱诗坛,再不闻百鸟歌唱。"为例加以说明,指出唱诗坛与鸟儿在其中歌唱的树林有七个方面的相似,这说明复义的机制存在于诗的根基之中。

第二种类型:上下文引起多种意义并存,包括词语的本义和语法结构不严密引起的多义。这实际上是语法性复义,某种语言的语法关系越松弛,则它的语法复义现象存在就越多。例如汉语的语法关系远比英语松弛,所以中国古典诗歌中语法复义现象比比皆是。

第三种类型:同一词具有两个似乎并不相关的意义。双关语就是该类型的典型。

第四种类型:一个陈述语的两个或更多的不同意义合起来反映作者复杂的心理状态。

第五种类型:一种修辞手段介于两种所要表达的思想之间。如雪莱的诗句:"大地就像蛇一样,更新敝旧的丧服。"燕卜荪指出,"丧服"(weeds)一词作为比喻,既指野草,又指蛇的蜕皮,它处在大地更新草木与蛇蜕皮两层意思之间,于是就出现了复义。

第六种类型:累赘而矛盾的表述迫使读者自己去寻找解释,而这多种解释也互相冲突。燕卜荪举了英国作家麦克斯·比尔篷的小说《苏列卡·多伯森》对苏列卡外貌的描绘例子,指出读者对于这种描绘不知应当是着迷还是害怕。

第七种类型:一个词的两种意义正是上下文所限定的恰好相反的意义。燕卜荪认为这是复义性最强的情况,如在德莱顿的诗中,战斗的狂热与对死的恐惧包含在同一句子中便是一例。

燕卜荪对复义现象所归纳的七种类型存在着一些明显的问题,有些类型相互重叠,有的类型的规定不够严谨,总体上说,使人感觉这种划分漏洞颇多。然而,对文学语言中的复义现象进行如此细致的分析归纳,为被传统的文学批评认为是一种弊病的复义现象正名,充分肯定它的审美价值,这正是燕卜荪的一大功绩。

6.6.2 复义的性质和作用

新批评派理论家们非常重视文学语言,他们一般都用语义分析方法研究文学语言的

---

①② 燕卜荪:《复义七型》,伦敦,1930年版第4页、1947年版第4页。

特征,在这方面燕卜荪尤为突出。他对复义现象的研究就是用语义分析方法揭示文学语言的一个基本特征:多义性。

燕卜荪认为,复义的性质包含了两层意思。首先,它表明一个词可以具有几种不同的意义,有几种意义相互关联,有几种意义之间相辅相成,也有几种意义结合起来使该词表达出一种关系或者一个过程。这就是说,一个词是多义的,这多重意义之间的关系则是多种多样的。其次,复义还包含了这样一种理解,即所有的词语都是一个多重意义的整体。燕卜荪对于复义的这种理解揭示了文学语言内涵的丰富性,对于"一词一义"的机械的理解不啻是一个有力的批判。同时他还指出了语词意义是一个可以不断发展下去的系列,这无疑是正确的,只是他没有对这一点充分展开论述。如果与语境理论相结合,那么他的观点在理论上就雄辩得多了。

那么复义在文学作品中起到什么样的作用呢? 燕卜荪认为复义是增强作品表现力的基本手段。复义的运用可以使作品的内容更为丰富,产生更强烈的效果。因此复义的作用构成了诗歌最基本的要素之一。复义本身既可以意味着作者的意思不肯定,又可以意味着有意说出好几种意义;既可以意味着指的是二者之一或二者皆指,又可以意味着一项陈述同时具有的多种意义。显而易见,复义因此能使作品的表现力达到相当丰富的程度,它可以使语言活动方式中潜在的意义得到充分的表达,从而增强作品的表现力。因为在燕卜荪看来,语词的潜在意义往往要比可能写出的要丰富得多、重要得多。

燕卜荪的复义理论受到了其他新批评派理论家们一致赞扬。兰色姆说:"没有一个批评家读了此书(按:《复义七型》)还能依然故我。"[①]布鲁克斯则把他的反讽理论直接与复义理论相联系,把反讽称为"功能性复义",试图进一步推进复义理论。总之,复义现象的广泛存在,对于诗歌具有极重要的意义,这已成为人们普遍的认识。燕卜荪在西方文学史上第一次系统地研究复义问题,并取得了重要成果,这是他本人、也是新批评派的一个重要贡献。当然,他的复义理论也并非无懈可击。首先,他对于复义现象所作的分类并不严格;其次,他对新批评派的语境理论未能深入了解,从而不能有效地借助语境理论来解释复义现象;再次,他对复义的作用显得信心不足,在《复义七型》一书中多次声称复义对批评家很有用,但却会使诗人陷入困境。

燕卜荪对新批评派的最大贡献在于复义理论,同时他对于其他新批评派的观点也有论述。例如,他认为形式因素可以转化为内容因素。锡德尼曾写过一首六行体诗,每节行尾词都是重复的,燕卜荪指出,这行尾重复的词就是全诗不断强调的主旨,这样诗的形式因素就转化成内容因素了。[②]又如新批评派反对把读者的感受作为批评的依据,于是瑞恰兹提出一个"理想读者"作为客观主义批评的前提,而燕卜荪则提出有点类似的"合适读者"的概念。不过,燕卜荪在1935年出版的《牧歌的几种变体》中就开始偏离了新批评派的文本中心论形式主义。

---

① 兰色姆:《绕过丛林:1941—1970年论文选》,伦敦1972年版,第182页。
② 燕卜荪:《复义七型》,伦敦1930年版,第243页。

6.7 维姆萨特和韦勒克的"新批评"理论

6.7.1 维姆萨特的"新批评"理论

威廉·K·维姆萨特(1907—1975)是美国批评家、诗人,最博学的新批评派理论家之一。自 1939 年起一直在耶鲁大学任教。著有《意图谬见》(1946,与比尔兹利合著)、《感受谬见》(1948,与比尔兹利合著)、《文学批评简史》(1957,与布鲁克斯合著)等。维姆萨特写于 40 年代的一系列论文,有力地推动了新批评的发展,而在 60 至 70 年代他又是新批评派的主要辩护士。他的主要观点有以下几点:

第一,提出了"意图谬见"和"感受谬见"说。

在 40 年代的一系列论文中,影响最大的当推他与蒙罗·比尔兹利合写的《意图谬见》和《感受谬见》了。在这两篇重要论文中,维姆萨特和比尔兹利分别对以作者意图为依据的"意图说"和以读者感受为依据的"感受说"这两种批评模式进行了批判,维护新批评派的文本中心论的形式主义批评。

"意图说"批评就是把作家的创作意图作为评判作品的主要依据。维姆萨特认为这是一种"意图谬见"。在他看来,"就衡量一部文学作品成功与否来说,作者的构思或意图既不是一个适用的标准,也不是一个理想的标准"[1]。那么原因何在呢?维姆萨特说:"意图谬见在于将诗和诗的产生过程相混淆,这是哲学家们称为'起源谬见'的一种特例,其始是从写诗的心理原因中推衍批评标准,其终则是传记式批评和相对主义。"[2]意图谬见的结果便是取消了作为批评的具体对象的作品本身。

意图说之所以是一种谬见,在维姆萨特看来就是因为文学作品本身是一种独立自足的存在。就诗人意图而言,如果他成功地实现了自己的创作意图,那么诗本身就表明了他的意图是什么。这样再以诗之外的意图去评判诗便是多此一举。如果他不能成功地实现自己的意图,那么再以他的意图评判诗则更不足为凭了。

维姆萨特对意图说的批判高度是强调了作品本身的重要性,这对于传统文学批评中只注重作者意图的传记式批评是一个针砭,不乏积极意义。然而他的矛头还指向历史批评、社会批评以及其他传统文学研究,尤其是完全割断了作品与作者之间的联系,这又陷入了一种新的片面性。更何况他对文学作品的理解完全是一种形式主义的理解,认为"诗是一种同时能涉及一个复杂意义的各个方面的风格技巧"[3],把诗只看作一种形式方面的风格技巧,谬误更为明显。

维姆萨特指出,"感受说"也是一种"谬见","感受谬见则在于将诗和诗的结果相混淆,……其始是从诗的心理效果推衍出批评标准,其终则是印象主义和相对主义"[4]。他

---

[1][2][3][4] 维姆萨特、比尔兹利:《意图谬见》,见《"新批评"文集》,中国社会科学出版社 1988 年版,第 209、210、228、228 页。

认为,当读者阅读一首诗或一个故事时,在他的心中会产生生动的形象、浓厚的情感和高度的觉悟,对于这些由阅读所产生的主观感受既不能驳斥,也不能作为客观批评的依据,因为这些读者的感受或者过于强调生理的反应,或者过于空泛而不着边际。正是基于这种考虑,维姆萨特对瑞恰兹的批评理论中所包含的心理主义进行了批评。

如果说,维姆萨特对意图说的批判割断了文学作品与作者的联系的话,那么对感受说的批判则进一步割断了文学作品与读者的联系。同时这种"反感受"理论必然会推论出文学作品与其社会效果无关的结论,因为作品的社会效果是通过读者的阅读产生的,这样剩下来的便是批评家只要面对作品本身就可以了,作品能说明一切。然而与社会历史、与作者和读者都割裂开来的作品真能说明一切吗?这显然只是维姆萨特的一个美好愿望而已。

第二,提出文学作品具有"具体普遍性"结构的理论。

维姆萨特对文学作品的结构基本上持一种辩证的观点,他从具体和普遍、个别和一般的辩证关系中审视作品的结构,把作品看成是一种"具体一般物"。他认为:"一件文学作品是一个细节综合体(就其为语言物来说,我们或许可以比喻成一件制成品),一个人类价值错综复杂的组成物,其意义要靠理解方式构成,它是如此复杂,以至于看起来像一个最高度的个别物——一个具体一般物。"①那么文学作品如何获得其具体普遍性呢?维姆萨特认为,首先,这是与文学的语言性特征密切相关的。用语词构成的文学描写是一种直接的描写,如"谷仓是红的,方的",这就是一种一般化。因为语词的性质决定了它所携带的不是个体,而只是多少有点特殊的一般化。其次,这又是与文学表现的基本手段——细节描写联系在一起的,使文学不同于科学论文的正是细节描写所包含的具体性。细节描写所包含的这种具体性赋予文学以力量,在维姆萨特看来,这种力量不在于细节所直接表达的东西,而在于细节安排方式所暗示的东西。正是从文学本身的特征中,维姆萨特看到了文学作品之所以能将个别性与一般性相结合而成为"具体普遍物"的根本原因。

维姆萨特指出,整个文学作品是一个具体普遍物,就是作品中的艺术形象,如人物,也是一个具体普遍物。人物形象必须丰满、有立体感,才能活起来。而要做到这一点,人物形象的多方面特征应当根据一个统一的原则加以安排,使人物的诸种品质组成一个互相连结的网络,成为一个有机整体。例如莎士比亚笔下的福斯塔夫,他身上的各种品质如胆怯、机智、浪荡、傲慢等都有一种内在联系,以一种特殊的方式组成了一个有机的整体,使这个人物成为一个活生生的艺术形象。正是多样性的有机统一使得人物形象具有具体普遍性。这样的人物没有类名,只有他们自己的名字,即他们是独一无二的。

正是从对文学作品结构和人物形象的辩证理解出发,维姆萨特对兰色姆的"构架—肌质"理论提出批评,指出他认为构架与肌质完全不相干,就是因为看不到作品是一个具体普遍物,从而陷入了片面性。

第三,对隐喻机制作了细致分析。

新批评派把文学作品作为一个独立自足的对象加以研究,在研究中又特别重视语言

---

① 维姆萨特:《具体普遍性》,见《"新批评"文集》,中国社会科学出版社1988年版,第260页。

技巧,尤其重视隐喻。布鲁克斯曾用一句话概括现代诗歌的技巧:重新发现并充分运用隐喻。维姆萨特对隐喻同样十分重视,在许多论文中都对隐喻的各种机制进行了细致的分析。

首先,他认为隐喻得以存在的基础是喻旨与喻体之间的相异性。隐喻的两极距离越远,则越有力量。例如:"狗像野兽般吼叫",这样的比喻就缺乏力量,因为它的两极:"狗"和"野兽"距离太近,它们都是动物。而"人像野兽般吼叫"和"大海像野兽般吼叫"就生动有力得多了。

其次,隐喻也是一种"具体的抽象"。维姆萨特指出,"哪怕是明喻或暗喻(按:即隐喻)的最简单的形式("我的爱人是红红的玫瑰")也给了我们一种有利于科学的、特殊的、创造性的、事实上是具体的抽象"①。原因就在于在隐喻后面有一种喻旨和喻体之间的相似性,由此而产生了一个更一般化的类,对于这个一般化的类来说,可能永远没有名字而只能通过隐喻才能被理解,例如,济慈的比喻:荷马像一个在黄金之国旅行的人,像一个发现新行星的天文学家,像西班牙殖民者柯尔台兹看到太平洋。比喻产生的一般化的类无法加以描述,只能通过比喻本身才能理解。

再次,隐喻要强调的东西是复杂的,不可一概而论:"在理解想象的隐喻的时候,常要求我们考虑的不是 B(喻体)如何说明 A(喻旨),而是当两者被放在一起并相互对照、相互说明时能产生什么意义。强调之点,可能在相似之处,也可能在相反之处,在于某种对比或矛盾。"②维姆萨特的这种看法比传统理论强调隐喻依靠异中之同起作用的观点前进了一步,指出了隐喻也能依靠相反之处产生作用。

最后,维姆萨特还强调隐喻离不开语境。经常被断章取义地从文本中抽出使用的隐喻最容易老化,因为它离开了特有的语境,就像离开水的鱼儿一样。比如"针眼"、"桌腿"之类的比喻,在最初被使用时与特定的语境结合在一起,极其生动形象,然而脱离特定语境被反复使用后,放到哪儿都是同一意义,这样的比喻也就失去了生命力。

总之,维姆萨特使新批评派的文本中心主义批评发展到极端化,使之与作者、读者彻底割断了联系,使新批评派成为彻底的"客观主义批评",同时也预示着新批评派必将因其极端狭隘性而走向衰落。

6.7.2　韦勒克的作品结构理论

雷奈·韦勒克(1903—1995)美国文论家,祖籍捷克,生于维也纳,在布拉格大学获博士学位,曾就学于美国普林斯顿大学,1930 至 1937 年回布拉格任教,在此期间参加了作为结构主义前身的"布拉格语言学派"的活动。1939 年移居美国,并于 1946 年起在耶鲁大学任比较文学教授。主要著作有:《文学理论》(1948,与沃伦合著)、《批评的诸种概念》(1963)、《近代文学批评史》(已出 6 卷,1955—1986)等。韦勒克视野开阔,是新批评派后

---

① 维姆萨特:《具体普遍性》,见《"新批评"文集》,中国社会科学出版社 1988 年版,第 262 页。
② 维姆萨特:《象征与隐喻》,见《"新批评"文集》,中国社会科学出版社 1988 年版,第 357 页。

期的核心人物，也是西方学术界公认的 20 世纪最博学的文艺批评家之一。

首先，韦勒克把文学研究的焦点归结为作品本身。

韦勒克在他与沃伦合著的《文学理论》一书中，把对文学的研究分为"外部研究"和"内部研究"两方面。他认为，由于文学作品都是作家在特定的环境中创作的，这样研究文学作品必然会涉及作家的创作心理、个性、创作过程、所处的社会环境等因素，与这些因素相联系的文学研究，这就是文学的外部研究，是流行的文学研究方法。而文学的内部研究则是对文学作品本身结构的研究。韦勒克指出，文学的外部研究注重的是文学的背景、环境，文学的外因，这样的研究是一种"因果式的研究"，"只是从作品产生的原因去评价和诠释作品，终至于把它完全归结于它的起因（此即"起因谬说"）。……但是，研究起因显然决不可能解决对文学艺术作品这一对象的描述、分析和评价等问题"①。他把这种"起因谬说"分为四类：（1）把文学作品看成是创作者个人的产品，于是主张从考察作者的生平和心理着手研究；（2）从人类社会生活的经济的、社会的和政治的条件中探索文学创作的决定性因素；（3）从人类精神创造活动中探索文学的起因；（4）以"时代精神"来解释文学。韦勒克认为，起因与结果不可同日而语，外在原因产生的具体结果往往无法预料，因此对文学的"起因解释法"并不能有效地描述、分析和评价文学作品。于是，他坚决主张用内部研究来取代对文学的外部研究。

韦勒克指出："我们必须正视'文学性'的问题，它是美学的中心问题，是文学和艺术的本质。"②显然，"文学性"这一概念直接来自于俄国形式主义，从中可以看到韦勒克与俄国形式主义的理论联系。"文学性"指的是文学中的形式和语言结构。把文学性视为文学艺术的本质，那么文学研究的焦点在于作品本身、特别是研究作品的形式和语言结构也就顺理成章了。在韦勒克的心目中，艺术品就是一个隐含着并需要意义和价值的符号结构。艺术品中的内容或思想作为经过形象化的意义"世界"的一部分，已经融入了作品的结构之中。文学研究就应当以具有这样的符号结构的作品为对象，而不能从作者的心理、个性和社会生活的角度来研究文学，因为这些是文学之外的东西，与文学作品之间存在着一个所谓的"本体论差距"。从上述观点中可以看到，韦勒克的基本立场完全是新批评派的文本中心论形式主义，他的内部研究也就是把文学作品作为一种符号结构加以研究。不过，尽管韦勒克坦率地承认自己曾向俄国形式主义学习过，但是他仍为自己辩解，声称对文学的内部研究并不是形式主义或唯美主义，他也无意像俄国形式主义那样把文学研究仅仅限制在语法成分和句法结构的范围内，或把文学与语言等同起来。应当承认，韦勒克与俄国形式主义是有很大的区别的，他看到了文学与社会所具有的种种联系，看到了作家与社会的联系、作品本身的社会内容、文学对社会所具有的影响，并明确地把文学看作是一种社会性实践。然而，他关心的重点并不在此，他把这些都排除在文学的内部研究之外，反复强调要把解释和分析作品本身作为文学研究的出发点。韦勒克所坚持的正是一种形式主义的基本立场，这是毋庸置疑的。

---

① 韦勒克、沃伦：《文学理论》，三联书店 1984 年版，第 65 页。
② 韦勒克：《批评的诸种概念》，四川文艺出版社 1988 年版，第 276 页。

其次,他提出了自己独特的作品结构理论。

韦勒克把艺术品看成是"一个为某种特别的审美目的服务的完整的符号体系或者符号结构"[①],他的内部研究就是围绕着这一"符号结构"展开的。

韦勒克对文学作品结构的分析既受到波兰现象学文论家英伽登的启示,又不满足于英伽登把文学作品看成是由几个层面构成的体系的观点,他指出其缺陷是把作品的结构分析与价值割裂开来,而"在标准与价值之外任何结构都不存在。不谈价值,我们就不能理解并分析任何艺术品"[②]。在强调结构、符号和价值三方面统一的基础上他提出了自己的作品结构理论。

韦勒克从八个层面来研究文学作品的存在方式,它们分别是:(1)声音层面,包括谐音、节奏和格律;(2)意义单元,它决定文学作品形式上的语言结构、风格与文体的规则;(3)意象和隐喻,即所有文体风格中可表现诗的最核心的部分;(4)存在于象征和象征系统中的诗的特殊"世界",这可以由意象和隐喻几乎难以觉察地转换成;(5)由叙述性的小说投射出的世界所提出的有关形式和技巧的特殊问题;(6)文学类型的性质问题;(7)文学作品的评价问题;(8)文学史的性质问题。

韦勒克对作品结构的八个层面的划分是其方法论的具体运用,除了具有上面谈到的把结构与价值联系起来研究这一特点之外,还具这样几个特点:第一,突出了意义单元的作用;第二,高度重视意象和隐喻(如前所述,对隐喻的极端重视是新批评派的一个引人注目的特征);第三,把作品结构与文学的历史发展紧密结合,企图提供一种新的、"外部性"较少的文学史理论。

韦勒克对文学作品结构的基本看法是通过语义分析方法获得的。他从语言着手,分析文学基本材料——文学语言的特质,揭示了文学语言与科学语言、日常语言之间的差别与联系,强调文学语言所具有的歧义性、暗示性、情感性、象征性。他还进一步分析了文学所具有的虚构性、想象性、创造性等基本特征,但认为这些术语只描述了文学作品的一个方面,或表示它在语义上的一个特征。由此他得出的结论便是把文学作品看成一个符号和意义的多层结构。

需要指出的是,50年代以后,一方面新批评作为一个流派已走向衰微,另一方面韦勒克主要投入文学批评史的系统研究,所以,他后期的新批评立场已有很大改变。

在新批评派中,还有不少理论家值得我们重视。不过限于篇幅,在这里只能略加论述。

先谈谈美国现代诗人、批评家艾伦·退特(1888—1979)。他对新批评派的最重要贡献是对"张力论"的研究,张力论后来成为新批评派最重要但也是最难把握的理论之一。退特认为诗歌语言中有两个经常在发挥作用的因素:外延和内涵。他从语义学的角度指出,外延指的是词的"词典意义",而内涵则是词的暗示意义、感情色彩等。那么什么是"张力"呢? 他说:"我所说的诗的意义就是指它的张力,即我们在诗中所能发现的全部外展和

---

① ② 韦勒克、沃伦:《文学理论》,三联书店 1984 年版,第 147、164 页。

内包的有机整体。"①张力是好诗的共同特点,在好诗中内涵与外延同时并存,相互补充,最深远的比喻意义不会损害文字陈述的外延。他认为最好的"张力诗"就是玄学派诗歌。张力论被其他新批评派理论家扩展到诗歌的内容与形式、构架与肌质、韵律与句法等对立因素之间,成为细读法的有力手段。

美国批评家 R·P·布拉克默尔以其对新批评派细读法的出色实践和有关诗歌语言的"姿势论"而受到瞩目。布拉克默尔在新批评派的理论和方法论形成之前就已进行了出色的细读式批评。例如他写于 1931 年的对美国诗人沃莱斯·史蒂文斯的评论几乎全部都是语义分析。史蒂文斯的诗晦涩难懂,布拉克默尔却认为他的晦涩大有深意,是有意为之。他指出,史蒂文斯的诗具有一种实质的复义,它不能够释义,只能在它被赋予的词的形式内才能被感知,并且只有放在一定的语境中才能被理解。他认为构成诗的复义的词汇其意义是无法穷尽的。对于诗人来说,词汇就是一切。他的"姿势论"则认为,在诗歌语言中,文字暂时丧失其正常意义而倾向于变成姿势,而语言中的姿势是内在的形象化的意义得到了表现,即文字的表面意义被姿势的纯粹意义所超越。不过姿势论是非理性主义诗歌语言技巧的理论总结,与新批评并不完全合拍。

此外,在新批评派中还有一些重要理论家,如 F·R·利维斯提出一种"封闭阅读"的方法,把文学作品当作一个独立的对象加以阅读,无须顾及其文化背景和历史背景,这种方法后来被美国的新批评派理论家发展到登峰造极的地步。沃伦与布鲁克斯合著了许多理论著作,如《理解诗歌》、《理解小说》等,对新批评派的发展也功不可没。而肯尼思·伯克、墨雷·克里格等人的理论中都有某些方面与新批评派有一致之处。

作为一个西方文学批评流派,新批评派把文学作品看成是一个独立自足的客体,以种种理由摒弃对文学作品的外部研究,以文学语言研究为基础,用语义学分析的方法对作品加以细读分析,这一切都使得新批评派成为一个独特的形式主义批评流派。新批评派理论大体上说有这样一些基本特点:第一,极端的文本中心主义,彻底割裂了文学研究与社会历史和文化、与作者和读者、与社会效果等等的联系。第二,对文学作品结构的分析较为深入细致,常常包含了某些辩证法的因素。第三,以语义学分析作为文学研究的基本方法,并高度重视对于文学语言的研究。第四,理论与实践的结合较为紧密,他们的理论一般都能在文学批评实践中自觉地运用。这些,使新批评派对于 20 世纪西方文论中现代文本理论的形成和发展、文学语言和文学作品结构的研究等方面,都作出了可贵的贡献;它与俄国形式主义和布拉格学派一起,对于稍后的结构主义文论发生了直接的重大影响。然而,新批评派的上述特点也使它具有明显的狭隘性、保守性、片面性,孤立研究文学文本形式、结构的极端形式主义使它无法解答一系列文学的重大问题,最终导致它不可避免地衰落下去。

① 退特:《论诗的张力》,见《"新批评"文集》,中国社会科学出版社 1988 年版,第 117 页。

7 现象学、存在主义与荒诞派

自柏拉图以来,西方文学理论研究上的哲学化倾向一直不绝如缕,到了 20 世纪,这种倾向愈演愈烈,以至于成了 20 世纪西方文论的突出特征之一。本章论及的现象学文论和存在主义文论就是最为典型的哲学文论。

现象学和存在主义出现在 20 世纪的初期和上半叶,这一时期的西方精神文化开始面临全面的危机。为消除这一危机,重建西方精神文化的可靠根基,现象学哲学家提出了一整套全新的思想方法,并对此作了极富启发性的尝试。存在主义是直接渊源于现象学的一种哲学,存在主义哲学家改造了现象学的方法,以此来揭示存在的真理,尤其是现代人生存的真理。现象学的方法和存在主义的思想为文学理论的研究开辟了新的道路,并形成了独具一格的现象学文论和存在主义文论。

荒诞派文论直接受惠于存在主义哲学,是存在主义思潮在具体的戏剧理论上的反映,不过,荒诞派文论并非严格意义上的哲学文论,它更多地依赖荒诞派戏剧实验的经验而区别于直接派生于哲学理论且就是哲学理论有机组成部分的存在主义文论。

7.1　哲学背景与发展概况

7.1.1　胡塞尔的现象学哲学简介

现象学的创始人德国哲学家胡塞尔(1859—1938)指出,现象学首先"标志着一种方法和思维态度:典型哲学的思维态度和典型哲学的方法"①,胡塞尔认为 20 世纪初欧洲精神文化危机的实质是知识的基础性危机,由于没有确实可靠的知识基础,各门科学的研究陷入了没有统一中心的分裂之渊。哲学被实证主义和主观主义所撕裂,相对主义和非理性主义招摇于市,自然科学和社会科学萎缩为目光短浅、各自为政的实证性事类研究,艺术则迷茫于虚无的荒原。针对这一情形,胡塞尔指出拯救之路必须来自一种"回到实事本身"的哲学思维态度与方法,亦即回到知识的确定性基础的思维态度与方法。

胡塞尔所谓的"典型哲学的思维态度"首先是针对"自然的态度"而言的。后者不加思索地相信意识中的对象是独立于意识而客观存在的东西,并相信我们关于它们的知识是可靠的。胡塞尔指出这种信赖和肯定是没有依据的独断,不过,反过来否定这种信赖和肯

---

① 胡塞尔:《现象学的观念》,上海译文出版社 1986 年版,第 24 页。

定也一样，因此，适当的哲学思维态度是暂时放弃这种自然的态度，对客体的独立自在性问题存而不论，即所谓"存在的悬置"。其次，"典型哲学的思维态度"又是针对"历史的态度"而言的。后者总是不加思索地相信历史给予的观念与思想的可靠性，并以此为基础来看待事物，相信如此得来的知识的正确性。为了防止这种自以为是的盲视，胡塞尔认为必须将既有的观念与思想放在一边，暂时对它们的正确与否存而不论，此即所谓"历史的悬置"。

胡塞尔指出，在经过这两种悬置之后，我们就可能直接面对实事本身了。胡塞尔认为这实事本身即"纯粹意识"。胡塞尔论证说，尽管我们不能直接确定外部世界是否独立于意识而实存，也不能直接确定先入之见是否可靠，但我们可以直接确定外部世界和先入之见都必得呈现于我们的意识才与我们相关这一"实事"，因此，我们正在意识着的"意识"是确切无疑的。

如果说现象学作为典型的哲学思维态度保证着我们走向实事本身（意识）的可能，现象学作为典型的哲学方法则进一步保证着我们事实上对这一实事的最终把握，胡塞尔称之为"现象学还原的方法"。"现象学还原的方法"有三大步骤。第一步是"现象的还原"，即把那种在自然的态度中看作是意识之外的客观事物看作（还原为）在感知意识中呈现的现象。第二步是"本质的还原"。胡塞尔认为现象的还原虽然将我们的视野转向了"现象"（意识活动与意识内容），但此刻我们得到的只是有关个别事物的意识与现象，这种意识流动不居，在这种意识中呈现的现象也闪烁不定，因此它还不足以成为知识的确定性基础，只有进一步排除不确定的个别经验因素，才能接近这一基础。所谓"本质的还原"就是要求我们从个别事物的直观意识过渡到本质观念的直观意识，即从对这朵红花和那朵红花的直观意识过渡到对"红"这一本质观念的直观意识，这是一种更为内在的、确定不移的意识。第三步是"先验的还原"。胡塞尔认为本质的还原虽然清除了经验主义的残余，但如果停留于此则会陷入心理主义的泥坑，因为在这一阶段我们集中关注的是意识的主体性问题，而对象的客体性问题还是存而不论的。先验的还原就是要最后回答对象的客体性问题，将客体彻底还原为纯粹先验意识的构造，从而消除心理主义那里潜在的主客二元对立。以胡塞尔之见，现象学还原的最后剩余是"纯粹的先验意识"或"纯粹的先验自我"，它是知识得以可能的最终的确定性基础。

一旦现象学以特殊的哲学方法找到了知识的确定性基础，深入思考并分析这一基础便理所当然地成了现象学的任务，因此，胡塞尔又说现象学"可以被称之为关于意识一般，关于纯粹意识本身的科学"①。早期胡塞尔对纯粹意识的研究主要偏重于对"意向性"的分析，或对意识的意向结构的分析。"意向性"这一概念是胡塞尔从布伦坦诺那里借用过来的概念，这一概念强调对象的意向性和意识的意向性，即所谓一切对象都是在意识中生成的意向对象，而一切意识都必指向意向对象。胡塞尔借用这一概念的主旨在于排除人们对对象存在的自然态度，而将对象还原为意识内容；同时也排除唯心主义的主观态度以强调意识活动的对象相关性。后期胡塞尔对纯粹意识的研究主要偏重于对"构成性"的分

---

① 胡塞尔：《文章与报告》，见《胡塞尔全集》第25卷，海牙1979年版，第72页。

析，或对纯粹意识建构意向对象的分析。这种研究的内在意图是要排除早期意向性研究中残余的二元论倾向，将意向对象彻底归之为先验意识的构造，由此，胡塞尔彻底转向了先验的现象学唯心主义。

7.1.2 现象学文论概述

由胡塞尔创立的现象学在 20 世纪上半叶发展迅速，影响很大，现象学文论就是这种影响的成果之一。一般来说，胡塞尔的现象学主要在三个方面影响到现象学文论：其一是以严密的科学理性精神从事文学理论的研究，以便使这种研究成为一门科学；其二是以现象学的思维态度和方法确立文学研究的对象；其三是将意识作为文学研究和批评的主要对象。

20 世纪现象学文论的主要代表有三：波兰哲学美学家英伽登的现象学文论、法国哲学美学家杜夫海纳的现象学文论以及日内瓦学派的理论与批评。

英伽登是胡塞尔的学生，早在 20 世纪 30 年代就用现象学的方法与理论研究文学本体论和文学认识论，尽管这种研究的最终旨趣是为了回答现象学哲学问题，但客观上却在文学理论的研究领域开辟了现象学之路。英伽登的现象学文论不仅具有首创意义而且影响深远，我们将专节介绍，在此从略。

米盖尔·杜夫海纳（1910—1995）作为晚一辈的现象学家曾受到各现象学前辈的影响。一般来说，杜夫海纳主要受法国现象学哲学家梅洛-庞蒂和萨特的影响，他也是通过这二人接受胡塞尔现象学的，此外，杜夫海纳也十分推崇德国哲学家海德格尔的存在论现象学。在美学和文论方面，杜夫海纳则直接受惠于英伽登，虽然他不时强调与后者的区别。杜夫海纳的主要美学与文论著述有：《审美经验现象学》《诗学》和《美学与哲学》等。

对杜夫海纳来说，文学艺术经验就是典型的审美经验，而审美经验包含着现象学的全部秘密，正是基于此一思路，杜夫海纳十分看重对文学艺术经验的哲学研究。显然，杜夫海纳的这一思路偏离了排斥感性经验的胡塞尔现象学，更接近梅洛-庞蒂的知觉现象学和海德格尔的诗性存在论。杜夫海纳的审美经验现象学十分复杂，就其与文学理论的相关性而言，主要有两个方面值得注意：一是有关艺术作品和审美对象的区分及其描述，二是有关审美知觉的分析及其描述。

在艺术作品和审美对象的区分方面，杜夫海纳明显受英伽登的影响。不过，杜夫海纳并不像英伽登那样认为艺术作品是"纯粹的意向性结构"，而认为它是一种感性的情感结构。此外，杜夫海纳也不像英伽登那样认为审美对象是艺术作品加上审美想象而生成的东西，而认为它是艺术作品加上审美感知而显现的东西。对英伽登来说，审美对象在想象的具体化中因增添了很多东西而总是大于艺术作品本身；对杜夫海纳来说，审美感知只是将艺术作品审美地显现出来而并不在艺术作品身上添加什么，因此，审美对象不过是在感知中审美地显现出来的艺术作品本身，审美对象与艺术作品的区别仅在于"显现"和"隐蔽"而已。

由于导致艺术作品显现为审美对象的审美感知是审美经验得以可能的主体条件，所以杜夫海纳特别关注审美知觉的分析。杜夫海纳的审美知觉分析主要以梅洛-庞蒂的知觉现象学和胡塞尔的本质直观学说为基础，他将审美知觉分为三大阶段。审美知觉的第一阶段为呈现，即对象在知觉中的呈现。这一阶段是感官与对象的最初接触，这种接触虽然只导致了主客体间的初步融合，但由于这是未经过理性渗透的融合，故而是审美感知的真正基础。审美知觉的第二阶段是表象与想象。在这一阶段知觉倾向于将它初步感知到的对象客观化而成为表象，并有了想象的介入。杜夫海纳认为审美的知觉往往要抑制想象以保证对象在感性直观中的本真呈现。审美知觉的第三阶段是反思与感受。通常此一阶段的感知会因理解力的介入而上升为理性反思以便寻求对象的真理，杜夫海纳认为审美的知觉却要抑制这种理性反思而进入一种感受性的内省或同感性的反思，以便直观体验审美对象所表现的情感生活世界。在审美知觉的最高峰，审美对象进入最充分的显现，杜夫海纳强调这绝非观念性显现，而是对象全部感性存在的显现。

总的来说，杜夫海纳的审美经验现象学是现象学与传统美学（感性学）的嫁接，这种嫁接离胡塞尔的先验现象学已相去甚远，尽管杜夫海纳认为他只是取道经验而走向先验。

除此之外，还值得一提的是杜夫海纳对批评家职能的论说。杜夫海纳认为批评家的职能有三，这便是说明、解释与判断。说明指的是以中立的态度将作品隐蔽的意义揭示出来，使之能被公众掌握。杜夫海纳认为这是现象学启示批评家的一种批评方式，是一种回到作品本身的批评方式。相比之下解释和判断却不是现象学的批评方式，因为"人们总认为作品不是由作品本身来解释的，而是由作者的人格或者由决定这种人格的环境来解释的"①。解释引进了作品之外的因素，判断也取决于作品之外的价值标准，为此，杜夫海纳指出："在我们以上所区分的说明、解释和判断这三种功能中，现象学首先肯定第一种，认为它应该指引其他两种。"②

如果说英伽登和杜夫海纳的现象学文论基本上是一种哲学文论，日内瓦学派的现象学文论则大大淡化了这种哲学色彩而更接近文学实践。此外，日内瓦学派的成员也主要是文学理论家和批评家而非哲学家。

日内瓦学派活跃于20世纪的50至60年代，其成员大多是瑞士人且在日内瓦大学执教过，故而得名。日内瓦学派的第一代人物是马塞尔·雷蒙和阿尔贝·贝京，他们两人虽然受到胡塞尔现象学的影响并尝试着一种关注意识的批评，但他们还不是严格意义上的现象学批评家，他们的批评旨趣和立足点仍然是传统的。严格意义上的现象学批评起始于乔治·布莱（1902—1991）。布莱是两代日内瓦批评家之间的过渡性人物，他在《阅读现象学》一书中明确倡导"意识批评"，并较为成功地用现象学的意向性理论分析作品的存在与阅读活动。布莱认为作品是一种充满了作家意识的意向性客体或准主体，阅读就是在读者头脑中重现作品中的作家意识。在《批评的意识》一书中，布莱区分了文学作品中的三种认识论。其一是现象学的认识论，这种认识论使作品中的意识因素和客观形式融为一体，客观形式既显示它又遮蔽它。因此批评应"从主体出发，穿过客体，再回到主体"③。

---

①② 杜夫海纳：《美学与哲学》，中国社会科学出版社1985年版，第156、169页。
③ 乔治·布莱：《批评的意识》，巴黎1971年版，第297页。

其二是笛卡尔式的认识论,这种认识论使"意识通过超越意识中反映的一切而向自己显示自己"①。布莱认为这是文学作品中一个更高的层面。其三是类似于禅宗的认识论,这种认识论使意识空无所有,无所指向,意识只是纯意识而已。布莱认为这是文学作品中最高的意识层面。值得注意的是,前两种认识论都是现象学认识论,不同之处仅在于前者是早期胡塞尔的新实在论现象学认识论,后者则是后期胡塞尔的唯心主义现象学认识论。

布莱之后的第二代日内瓦批评家主要有让-皮埃尔·理查德、让·罗塞特、让·斯塔罗宾斯基和希里斯·米勒。这些批评家的理论与批评各有偏向,但其共同的现象学方法与旨趣却是清晰可辨的。首先,这些批评家以现象学的意向性理论为基础建立了其作品论。他们认为作品是体现作家意识的意向性客体,它不仅与实在的现实历史无关,也与作者的生平传记无关,它本身就是一个自足独立的整体,使这个整体统一起来的是作者的"经验模式"。所谓作者的经验模式指作者意识与对象发生关系的个性方式,这种模式潜在于作品之中,是作品个性风格的本源。其次,这些批评家求助于现象学的方法论原则来从事实际批评,并确立了一套严密的批评方法论。他们主张批评应首先排除先入之见以确立中立化的立场,排除作品与现实历史的实在关联,将批评的目光集中于作品的内部意识。再次,这些批评家将作品的内在意识,尤其是作品中作家的深度经验模式作为批评的主要对象。为此,他们又被称之为"意识批评家"。

7.1.3 存在主义和荒诞派文论概述

"存在主义"这一概念有广义和狭义之分,狭义的存在主义主要指以法国哲学家萨特为代表的哲学思潮,广义的存在主义则指以"存在"为哲学基本问题并集中思考这一问题的哲学思潮。德国哲学家海德格尔是广义的存在主义思潮的直接肇始者和确定者。海德格尔多次声明他不是存在主义者,他所谓的"存在主义"指的就是狭义的存在主义或萨特主义。他认为萨特的存在主义是一种人本主义哲学,而他本人的存在论则是反人本主义的。此外,通常被称之为存在主义者的加缪也多次声明他不是存在主义者,他所谓的存在主义也是指萨特主义,他认为萨特的存在主义试图以理性的方式解释不可解释的存在之荒诞,他自己的哲学却拒绝任何解释,只关注如何在荒诞中生存。

我们将在广义上使用"存在主义"一词,因此它将海德格尔、雅斯贝尔斯、萨特和加缪等人都包括在其中。鉴于雅斯贝尔斯和加缪有关文学艺术的论述相对薄弱且影响不大,在本章中将只介绍海德格尔与萨特的存在主义文论。

"荒诞派"通常指 20 世纪 50 年代兴起于法国的一个戏剧流派,其代表作家有贝克特、尤奈斯库和阿达莫夫。贝克特原籍爱尔兰,尤奈斯库原籍罗马尼亚,阿达莫夫原籍俄国,他们青年时代来到法国,后来都加入了法国籍。荒诞派文论指荒诞派剧作家的文论,它主要是一种戏剧理论。从总体上看,荒诞派文论既是荒诞哲学在文论上的逻辑展开,又是荒诞派文学创作经验在文论上的归纳与总结。荒诞派文论的主要代表是尤奈斯库。

---

① 乔治·布莱:《批评的意识》,巴黎 1971 年版,第 298 页。

荒诞哲学是存在主义哲学的一部分。"荒诞"一词古已有之,它通常被用来指述不合情理、不合逻辑、不可理喻和悖谬。不过,在前存在主义时代,人们只是用这个词来指述不正常的、偶然的事态与行为,这种事态与行为被认为是可以消除和避免的。而在存在主义哲学中,尤其是在加缪的哲学中,荒诞却指述现代人普遍面临的基本生存处境:现代人被抛在这种处境中无处可逃,他唯一可做的只是如何面对荒诞并在荒诞中生存。在加缪看来,指述现代人基本生存处境的荒诞,意味着作为意义本源的"上帝"无可挽救地死去,从而导致现代人生存处境的无意义或虚无。尼采宣称的"上帝之死"隐喻着西方文化信仰的根本危机,它意味着那曾经赋予事物与行为以意义的各种观念学说的解体。在此处境中,虽然一切都还存在着,但已毫无意义,因而无法理解这一切;虽然人们还行动着,但行动失去了可信赖的意义与理由,因而行动变得漫无目的而荒唐。对此,尤奈斯库说得很清楚:"荒诞是指缺乏意义……人与自己的宗教的、形而上的、先验的根基隔绝了,不知所措;他的一切行为显得无意义、荒诞、无用。"①

概言之,荒诞首先指意义本源解体后人所面临的虚无。其次,荒诞指现代人的生存处境,因为在一个对意义本源(以"上帝"为表征的各种观念体系)充满信赖的时代,一切都先行纳入了意义秩序,一切都是可理解的,在此没有意义的虚无,也没有荒诞。再次,当意义本源在现代被还原为虚构而解体之时,荒诞就不仅指述现代人的生存处境而指述一切时代的人的本真处境了,只不过这种生存处境在古代被掩盖起来罢了。

就此而言,存在主义的荒诞哲学实际上是一种虚无意识,或者说是西方人在宣称"上帝之死"后的生存处境意识,荒诞派文论将这种意识设定为戏剧表达的主题。尤奈斯库在对其作品《椅子》的解释中指出:"这出戏的主题不是老人的信息,不是人生的挫折,不是两个老人的道德混乱,而是椅子本身,也就是说,缺少了人,缺少了上帝,缺少了物质,是说世界的非现实性,形而上的空洞无物。戏的主题是虚无。"②

也许,可以将荒诞派文论归之为存在主义文论,但值得注意的是,荒诞派文论不仅专注于"荒诞"来展开自己的文学理论,特别强调以荒诞手法表达荒诞的戏剧原则,还具体探讨了这种荒诞表达的可能性与操作方案。换句话说,荒诞派文论坚持以非理性的戏剧手法将非理性的荒诞展示为舞台直观,而萨特和加缪的存在主义文论不仅不关注荒诞的荒诞表达问题,还在他们的戏剧和小说写作中以传统的理性写作方式来陈述有关荒诞的思想。就此而言,荒诞派文论虽受存在主义哲学的启示,却在文论思想上别开一路。此外,荒诞派文论作为对荒诞派戏剧实验的理论总结与阐述涉及更为广泛而具体的戏剧经验问题,尤其是反传统戏剧等问题,这些方面更是与存在主义文论的理论旨趣相去甚远。

7.2 英伽登的现象学文论

罗曼·英伽登(1893—1970),波兰杰出的哲学家、美学家、文学理论家。英伽登出生于波兰的克拉科夫,1912 至 1917 年就学于波兰里沃夫大学、德国哥廷根大学和弗莱堡大

---

① ② 转引自朱虹《荒诞派戏剧集·前言》,见《荒诞派戏剧集》,上海译文出版社 1980 年版,第 7、12 页。

学,曾师从胡塞尔,并在胡塞尔指导下完成博士论文《柏格森的直觉和理智》,1918年获博士学位。回国后先后在兰姆堡大学、克拉科夫大学任教授,毕生致力于哲学本体论和美学研究。主要著作有:《文学的艺术作品》(1931)、《对文学的艺术作品的认识》(1937)、《艺术本体论研究》(1962)、《艺术价值和审美价值》(1964)、《体验、艺术作品和价值》(1969)等。

作为一位具有实在论倾向的现象学哲学家,英伽登始终徘徊在尖锐对立的实在论和现象学之间。一方面英伽登接受了胡塞尔的意向性学说、现象学还原的方法和建立严密科学的信念;另一方面他又力图抛弃胡塞尔的先验原则,希望确立独立于意识的实在,在意识和实在之间建立以实在为基础的对应性关联,从而以实在论的常识性信念来弥补现象学的偏颇。为此,英伽登强调被胡塞尔束之高阁的本体论的优先地位,认为认识论和价值论的研究都必以本体论的研究为依据。正是在此一思路上,英伽登展开了自己对文学的思考。

7.2.1 文学的艺术作品本体论

英伽登在《文学的艺术作品》中对作品的本体论研究主要涉及以下三个方面:

第一,文学的艺术作品的存在方式。

英伽登用"文学作品"这个概念指所有书面或口头的作品,用"文学的艺术作品"指一种讲究语言艺术以供审美的文学作品。

关于文学的艺术作品的存在方式,俗常之见主要有二:一是物理主义的思路,二是心理主义的思路。前者将作品看作物理实在,后者将作品看作观念客体。英伽登不同意这两种看法,他指出,作品虽然以纸张和墨迹为物性基础,但作品绝不等于纸张与墨迹,它首先是供阅读理解的句子,句子是依无形的原则而生效的井然有序的结构,这种结构不能还原为物,它与抽象的观念意义有关。然而,作品又不是观念客体,因为观念客体(比如一个数字和一个三角形)的存在是超时空的,作品的存在却产生于具体的时间并在时间中流变甚至消失。英伽登认为,文学的艺术作品是一种"意向性客体",它存在于具体个人(作者和读者)的意向性活动之中。不过,英伽登又反对文学研究上的心理主义,即那种将作品存在归结为作者或读者心理的做法。他指出:"作者的全部经历、经验和心理状态完全在文学作品之外。尤其值得注意的是,作品在创作过程中的经验不会构成被创作出来的作品的任何一部分。当然,在作品与作者的心理生活及其个性之间存在着各种密切的关系,尤其是作品的产生可能取决于作者的根本经验;或许,作品的整体结构和个性特性在功能上会依赖于作者的心理特质、天分及其'观念世界'和情感的类型;因此,作品多少打上了作者全部人格的烙印并以他的方式'表达'这一人格。但是,所有这些事实都绝不能改变那个最为根本而又常常得不到赞同的事实:作者和他的作品是两种异质的客体,它们因其根本的异质性而决然不同。只有确立这一事实,才能使我们正确地揭示它们之间的多重关系与依赖。"①同样,读者的个性、经验与心理状态也不属于作品的存在本身。

---

① 英伽登:《文学的艺术作品》,埃文斯顿1973年版,第22页。

英伽登虽然借助于胡塞尔的意向性学说来批判作品存在论中的物理主义和心理主义,但他并不接受胡塞尔最为根本的"构成理论",因为构成说将意向性客体描述为纯粹意识的建构从而取消了作品本体论的可能。英伽登试图在纯粹意识之外确立先于纯粹意识而在的作品本体,并认为意识活动只有依赖于作品本体的存在才有可能。就此而言,英伽登又是一个新实在论者。

第二,文学的艺术作品的基本结构。

英伽登强调本体存在的优先地位,因而先行对作品本体进行结构性分析就成了必然之事。英伽登认为文学作品在结构上包括四个异质独立又彼此依存的层次。这四个层次是:(1)字音与高一级的语音组合;(2)意义单元;(3)多重图式化方面及其方面连续体;(4)再现客体。

"字音与高一级的语音组合"是作品结构中最基本的层次,是直接与物性载体相关的层次。英伽登区分了"字音"与"语音素材"。他指出语音素材(语调、语音、音的力度等)是一次性的,它总是与具体阅读有关,因而变动不居;字音则不同,字音不是指具体阅读时的语音状态,即它既不指物性的声音状态,也不指心理的观念状态,而是指那种"携带意义"、超越于个人阅读经验而使阅读和理解成为可能的东西。为此,英伽登说字音是"典型的语音形式",是经由语音素材来传达,又超越于语音素材而恒定不变的东西。经由此一区分,英伽登力图确立起独立于个人言说与阅读经验而客观存在于主体间的语言本体——字音。

在考察字音之后,英伽登开始考察单词与句子。英伽登认为单词并不是独立的语言构成,单词必须进入句子才有确定的意义。当一个词与句子中的另一个词相互作用时,其词意会发生变化,不过,在此变化中,这个词的原始意义并没完全消失,只是词与词之间的界限被打破了,个别的词变成了更大的意义单位(句子)的一部分。就此而言,句子才是语言的基本构成,是高一级的语音组合。句子作为高一级的语音组合与意义直接相关,由此,英伽登的作品结构分析进入了第二个层次:意义单元。

意义单元指的是作品结构中由字词的意义所构成的层次。英伽登认为这一层次在作品的结构整体中处于关键的位置,它对别的层次起着根本的制约作用。

所谓"意义",在英伽登看来,指的是"与字音有关的一切事物,这些事物在与字音的关联中构成一个词"[1],而与字音有关的一切事物指的是意向性关联物,因为一个词指称的对象乃是一种意向对象。英伽登说,与一个单词相对应的意向性关联物是单个意向性客体,与一个句子相对应的意向性关联物是一种意向性事态,而无论是意向性客体还是意向性事态作为意向性关联物都区别于客观实在。尤其是文学的艺术作品的字句关联物作为纯粹的意向关联物更是与客观实在相去甚远。在英伽登看来,如果说科学陈述和史传陈述尚可找到可验证的客观实在的话,文学陈述则纯属子虚乌有,因而它只是一种"准陈述"。于是,英伽登说,看一部文学的艺术作品的语句是否有意义不是看它与真实世界的关系如何,而是看它与作品虚构世界的关系如何。比如翻开一部小说,开篇有言:"1932

---

① 英伽登:《文学的艺术作品》,埃文斯顿1973年版,第63页。

年5月1日,卢仁老爷病了。"在此的陈述是否有意义,不在于历史上的这年这月这日是否真有一位卢仁老爷病了,而在于这一陈述所陈述的事态是否影响到小说的情节发展和作品世界的构成。为此,英伽登说句子是一种"功能性—意向性的意义单元"。

文学的艺术作品的第三个层次是"多重图式化方面及其方面连续体"。所谓"图式化方面"指的是作品中意向性关联物的有限性问题,具体而言,它指的是任何一部作品都只能用有限的字句表达呈现在有限时空中的事物的某些方面,并且这些方面的呈现与表达只能是图式化的勾勒。正因为如此,一部作品的意向关联物不过是事物之多重图式化方面的组合体或纲要略图,它有许多"未定点"和空白需要读者的想象来填充或"具体化"。

文学的艺术作品的第四个层次是"再现客体"。再现客体的问题在意义单元层和图式化方面层都不同程度地有所涉及,事实上,这三个层次甚至连同第一个层次都是一体相关的。在意义单元层,英伽登集中阐述了纯粹意向关联物的虚构性质,在图式化方面层,英伽登集中阐述了纯粹意向关联物的不完备性质,这些阐述都揭示了作品再现客体与实在客体的存在论差异。要言之,所谓"再现客体"就是虚构的、具有不完备性的意向关联物。

除此之外,作品再现客体之不同于实在客体还有更了然的标志,那就是它们的时空样式不同。实在客体的过去与未来是借助于现在来度量的,在此,"现时"对过去和未来都有不言而喻的存在优先性;再现客体并不以现时为中心,其现在、过去、未来只是按照再现事件的秩序来排列的。其次,实在的时间连续不断地向前流动,再现时间则表现为各自独立的片断;实在的时间一去不返,再现的时间则常使过去来到目前。此外,再现客体的空间既不是抽象的几何空间,也不是同质的物理空间,它大致相当于在感知上给定的空间,因而是一种方位性空间。在不同的作品中,空间方位的中心是不同的,在一些作品中空间方位的中心是叙述者,因而作品空间是稳定不变的;在另一些作品中,空间方位的中心是作品中的不同人物,因而作品的空间是流动不定的。

第三,伟大作品的形而上质。

在分析了作品的层次后,英伽登发现,作品的其他层次都以建构再现客体为目标,而再现客体本身却不再构成别的什么。不过,进一步的研究会发现有某种东西直接依存于再现客体并影响这种客体,这"某种东西"通常被认为是再现客体所表达的某种情绪、道德教化或作者的经验与观点。英伽登不同意这种看法,他认为这"某种东西"是他所谓的"形而上质",即再现客体呈现的"崇高、悲剧性、恐怖、震惊、神秘、丑恶、神圣、悲悯"等特质。这些形而上质既非客体的属性,亦非主体心态的性质,它们通常在复杂而完全不同的情境中与事件中显现出来,作为一种精神性的氛围弥漫周遭,以它的光渗透万物而使之显现。英伽登强调,形而上质不具有纯粹理性的确定性,它们是我们在近乎迷狂的状态中体悟到的那种使生活值得一过的东西。

以英伽登之见,形而上质并不是作品基本结构中必不可少的结构性层次,因为形而上质在本质上是观念性的,如果将形而上质看作作品结构的构成部分也就意味着作品结构中有一个观念层次,这是英伽登所不能接受的。更何况,并非每一部作品都有形而上质,只有伟大的作品才有形而上质,或者说,形而上质是伟大作品的标志。形而上质作为再现客体层的一种功能,它为作品之最高审美价值的实现提供基础,因而,在严格的意义上说,形而上质的问题不是作品本体论的问题，而是作品价值论的问题。

7.2.2　文学的艺术作品认识论

在作品本体论中，英伽登要回答的基本问题是：作品是怎样存在的？它的基本构成如何？在澄清这些问题后，英伽登的文学作品认识论则要回答这样一些问题：认识文学的艺术作品要经过什么样的过程？有哪些可能的认识方式以及这些认识会有什么结果？

首先看英伽登对文学的艺术作品的认识过程的阐述。

英伽登认为对作品的认识过程受制于作品本身的结构，由于作品本身是由异质且互相关联的多层次构成，对作品的认识也是由不同且密切相关的环节构成的。

英伽登指出，在作品的认识过程中，对作品的第一个层次（语音层）的关注是瞬间完成的，它会迅速过渡到意义单元层以及图式化方面层和再现客体层。在此过程中，英伽登关注的问题是：读者如何解释语词的意义并正确地理解它？作品和阅读的主体间同一性如何？以英伽登之见，将作品和阅读联系在一起的意义单元是以字音所携带的意义为基础的，这种"意义"不同于作者和读者的主观意图而是一种公共意义。为说明这种意义的主体间性，英伽登曾将之称为"理念"，不过，他很快放弃了这一说法，因为他的作品本体论恰恰要证明作品既非实在亦非观念。后来，他将这种语词意义描述为"心理行为的客观的意向性关联物"，这种关联物超越个别意识，保证着正确阅读的可能，亦即保证着写作与阅读的同一性。

在此基础上，英伽登分析了积极阅读的问题。在作品本体论中，英伽登指出作品本身的意向性关联物还只是一些图式化的方面，它充满了无数的"不定点"和空白，就像事物的骨架，要使它生气灌注并血肉丰满就需要读者阅读的"具体化"。英伽登说，具体化是积极阅读的姿态和方式，如果读者被动地阅读，他只能得到一些图式化的方面，只有当读者积极地调动自己的想象以填补作品中的不定点和空白，才能使作品不完备的意向性关联物变成活生生的审美对象。在英伽登看来，作品的图式化结构既为阅读提供了想象的自由，又为阅读提供了基本限制。因此，正确而有效的阅读就是那种在作品图式化结构所允许的范围内自由想象的阅读。

除了"具体化"之外，积极阅读还要求读者在阅读中将众多句子投射的互不相干的事态综合成一个完整有序的客体世界并洞察其中的"观念"或"形而上质"。英伽登认为，如果没有这种综合，艺术作品就不可能转化成审美对象，如果不在整体综合的基础上洞察再现世界的观念或形而上质，阅读就还没有深入作品的核心。

英伽登还指出，科学著作的阅读与文学的艺术作品的阅读是不同的，前者要求读者尽可能超出作品而达到语词所指涉的真实客体，后者则要求读者专注于作品的虚构世界。正因为如此，对科学著作的阅读主要限于语义层次的理解而无须关注别的层次，其阅读过程相对简单；对文学的艺术作品的阅读则要求综合考虑所有的层次，其阅读过程相对复杂。

其次看英伽登对文学的艺术作品的认识方式及其结果的论述。

英伽登认为人们可以用各种态度对待文学的艺术作品,但主要的阅读态度有两种:学者的态度和读者的态度。学者的态度是为了学术研究,这种阅读可分为两种:其一是以艺术作品本身为认识对象的前审美阅读,其二是以作品审美具体化为认识对象的反思性阅读。读者的阅读是为了审美消费,这种阅读是要在具体化的过程中完成艺术作品向审美对象的转化以达到审美的目的。于是,英伽登将主要的阅读(认识)方式概之为三种:前审美阅读、审美阅读、后审美阅读。

前审美阅读是那种只关注艺术作品本身的阅读,它并不把艺术作品具体化为审美对象且沉浸在审美对象的体验之中,而是始终以冷静的态度分析向审美对象转化之前的艺术作品本身,以获得有关艺术作品本身的知识。因此,前审美阅读必须以中止审美阅读为前提,即要抑制对艺术作品的情感反应和填补不定点的冲动。

审美阅读不同于前审美阅读,它自始至终沉浸在一种审美的情感体验之中,并经由具体化而将艺术作品转化为审美对象。审美具体化的要点有三:(1)它主要指读者凭借自己的经验和想象对作品不定点的确定和对作品空白的填补,使作品中不完备的意向性关联物完备起来而成为具体完满的审美客体。(2)审美具体化虽因人而异,有相当大的个体随意性,但有效的具体化在终极意义上仍然受作品结构性要素的制约。(3)审美具体化是基于作品艺术价值序列而逐步建构审美价值序列的上升递进过程。

后审美阅读指的是对审美阅读的反思性认识,其目的是要获得有关审美阅读的知识,因此,它和前审美阅读一样都属于文学研究的范畴,并且在文学研究的高级阶段,这两种认识是紧密相关、互为前提、互为补充的。不过,后审美阅读会遭遇到特殊的困难。首先,审美具体化的一次性拒绝重构;其次,审美具体化的格式塔性质不允许拆解式的反思分析;因此,我们只能借助记忆对此作有限度的反思研究。

7.2.3　文学的艺术作品价值论

英伽登晚年集中关注文学的艺术作品的价值论问题。在英伽登看来,对文学的艺术作品进行价值论研究不仅是本体论研究和认识论研究之后的必然取向,也是文学研究中最重要的领域之一。英伽登的文学价值论有两点值得注意:(1)艺术价值和审美价值是两种根本不同的价值,虽然它们之间有内在关联;(2)艺术价值和审美价值是超验的,但它们都以作品的中性骨架为依据。

首先说艺术价值问题。

英伽登批判了两种流行的艺术价值观。其一是将艺术作品的价值混同于欣赏经验,即根据观赏者观赏时的愉快程度来确定作品的艺术价值。英伽登认为,这种艺术价值观与其说在谈作品的价值,还不如说是在谈自己的愉快,或者说把自己的愉快转移到艺术作品上去了。在英伽登看来,"愉快完全在艺术作品之外保持着。作品是某种超出我们经验及其内容范围的东西,是某种在与我们自己的关系上完全超验的东西"①。其二是把艺术

---

① 英伽登:《艺术价值和审美价值》,见《二十世纪西方美学名著选》(下),复旦大学出版社 1988 年版,第 275 页。

作品的价值设想为工具价值。英伽登指出,艺术作品的确是一种能引起愉快的存在物,但它的价值性并不等于工具性,艺术作品的价值是那种使艺术作品成为艺术作品而区别于非艺术作品的东西,是内在于作品结构本身的东西。

英伽登认为,艺术作品的艺术价值有两种基本样式:其一是基于艺术技巧效能的价值,比如语言组织上的明晰与含混;其二是一部艺术作品独特的性质和成分所具有的功能。英伽登指出,作品的艺术价值以所谓的"中性骨架"为依托。作品的中性骨架指作品结构上那些在价值上呈中性的成分与要素,比如各门艺术的类型特征就是最明显的中性特征。这些类型特征将不同艺术门类区分开来,但并不显示不同艺术门类的价值高低,比如文学作品的时间结构和绘画作品的空间结构。除此之外,各艺术门类内部还有一些在价值上呈中性的特征,比如文学作品的一般语言结构特征。不过,英伽登也指出,作品的中性特征和价值特征有时是一体两面的,比如一种在艺术价值上呈现为"明晰"或"含混"的表达本身又是一种中性的语言组织,当我们关注它的语言学成分与功能时它在艺术价值上呈中性,当我们关注这种语言组织独特的表达功能与效果时,它便在艺术上呈现为肯定的价值(明晰)或否定的价值(含混)。英伽登还指出,对作品艺术价值的考察要尽可能从整体入手,有时候,语言表达上的含混可能是故意的,是总体上有效表达的组成部分,这种含混就不能看成一种否定价值。作品的艺术价值是一种集合性的关系构成,任何孤立看待某一价值特征的做法都可能不得要领。

再看审美价值问题。

英伽登指出,由于人们通常将作品的审美价值和艺术价值混淆起来,所以人们也往往以看待艺术价值的方式将审美价值归结为审美经验或引发审美经验的工具性。英伽登认为,审美价值和艺术价值一样都是超验的,但两者又完全不同。"'审美价值'是某种仅仅在审美对象内、在决定对象整体性质的特定时刻才显现自身的东西"[①];艺术价值则是内在于艺术作品的。

其次,英伽登认为,审美价值虽是超验的,但其实现却以审美经验为基础,它是在艺术作品具体化为审美对象并转化为审美体验的过程中实现的;艺术价值的实现并不依赖于审美经验,它是在前审美认识中分析出来的。

再次,英伽登认为,审美上有价值的属性主要有两种类型:其一是所谓"无条件的审美价值属性",比如用"庄重的"、"深刻的"、"单调乏味的"或"平庸的"这类词命名的特性,这种特性本身就有审美价值。其二是所谓"有条件的审美价值属性",这类特性本身是中性的,但在某种条件下,即当它们与其他审美上有价值的特性结合在一起时,就会产生一种审美价值,比如日常生活中因某种惨重的伤害而引起的悲伤本身是中性的,但如果悲伤由一段音乐引起,并与特定的音乐手段相关,它就成为审美的了。

最后,英伽登认为,在审美上有价值的属性虽然呈现于作品具体化的审美对象之中,但它仍然以作品的艺术价值属性和作品的中性骨架为基础。艺术价值上的"明晰"或"朦胧"显然可以转化为不同的审美价值,而这一切又都以语言组织的中性骨架为基础。此

---

① 英伽登:《艺术价值和审美价值》,见《二十世纪西方美学名著选》(下),复旦大学出版社1988年版,第278页。

外,最终实现的审美价值乃是诸审美价值属性的集合,这种集合会导致所谓"审美价值属性的复调和谐",而最高的审美价值特质即所谓的"形而上质"。

英伽登的现象学文论以其体大而周和论说精细见长,他对文学作品本体论的关切以及阅读认识论的分析都显示了 20 世纪西方文论的主导趋势并产生了巨大影响,英伽登晚年特别关注文学价值论的研究,但使他遗憾的是,他对加强文学价值论研究的呼吁始终未得到应有的回应。

总的说来,英伽登的现象学文论有相当的独创性,他强调了艺术作品本身同其物质基础的差别,突出了艺术家创造活动这一本质方面及作品同读者接受之间的必然联系,使其艺术本体论与认识论达到内在的统一,显示其文论的实践性与辩证性;他对文学作品结构的层次分析,对结构主义、符号学、分析美学等流派都发生过一定的影响;他的文论注意整体统一性,反对割裂、片面的研究,在方法论上有积极意义。不过,英伽登文论中也还存在某些缺陷,如在对文学作品层次结构分析中有时不够准确,有时流露出机械、刻板、生硬的形式主义痕迹;他的艺术和审美价值论,忽视了与主体的联系,希望寻找纯粹客观的、固定的价值因素并以它们的组合变化来说明文学作品千变万化的艺术价值,也存在某种形式主义和机械主义的偏颇。

7.3 海德格尔的存在论文论

马丁·海德格尔(1889—1976)生于德国的梅斯基尔希,曾执教于弗莱堡大学和马堡大学,因二战期间与纳粹的牵连而在战后一度停教受审,1957 年恢复工作,1959 年退休。

海德格尔一生著述甚丰,迄今为止的海德格尔全集已编至 70 余卷,还有不少手稿正在整理之中。海德格尔早期的哲学代表作是《存在与时间》(1927),后期的著述多为讲稿和单篇论文,发表于这一时期的诗论和艺术论论文主要有:《艺术作品的本源》(1935)、《荷尔德林与诗的本质》(1936)、《诗人何为》(1946)、《追忆诗人》(1944)、《诗中的语言》(1953)、《……人诗意地栖居……》(1951)和《艺术与空间》(1968)等。

7.3.1 走向"存在"之"思"

海德格尔是胡塞尔的学生,其思想直接发端于现象学,不过,海德格尔在走向现象学的途中很快与老师发生了分歧。在海德格尔看来,"纯粹的先验自我"作为胡塞尔现象学还原的终点或知识确定性的基础只满足了一种科学理想却并非真正的"实事本身",因为超时空的纯粹先验自我事实上并不存在,存在的只是被抛在时空中并不得不与他人共在的具体个人,海德格尔称之为"此在","此在"才是思想应回到的实事本身。由此,早期海德格尔建立了他自己的"此在的基础本体论",以"此在"分析为哲学的主要任务,而不再关注胡塞尔式的"纯粹自我"或"纯粹意识"。由海德格尔引发的这一转向意义深远,历史性的个人生存开始成为哲学关注的焦点,由此形成的"生存主义"正是 20 世纪存在主义思潮的主要方面之一。萨特的存在主义就是一种生存主义,他是对海德格尔早期"此在论"的特殊发挥。不过,在海德格尔看来,萨特的生存主义已经远离了他的"此在论",因为萨特忽略了"此在"之"此"(时间空间、社会历史)作为人生存的基本结构机制对人的自由的限制,他过分强调人的自由本质从而滑向了主体中心论的人本主义。此外,海德格尔认为萨特完全不理解他对"存在"的思考。的确,即使在早期对"此在"的思考中,海德格尔的最高哲学旨趣也不只是探索"此在"的问题,而是企图经由"此在"的分析而揭示"存在"的意义。只不过在此一探究途中,海德格尔发现"路"刚好反了,不应从"此在"走向"存在",则应从"存在"走向"此在",亦即对"此在"的理解必须从"存在"出发才有可能,而不是相反。

"存在"(德文 sein,英文 being)一词在西语中乃是连接主语和谓语的系词的名词化,它表示语言表述中主语和表语之间的意义关联,因此切不可将译自"sein"或"being"的汉语语词"存在"理解为汉语语境中的存在,而应理解为语言活动中发生的意义之在。对"存在"的思考即对"意义之在"的思考。显然,只有把握了"意义之在"(存在)才有可能理解"人的存在"(此在),因为人的存在在本质上即意义之在的历史性发生。

"存在"与语言的一体相关性使后期海德格尔转向语言的思考。在荷尔德林等诗人诗作的启示下,海德格尔发现诗是最本质的语言,对诗语的沉思会走上通向"存在"的道路而领悟"存在"的真理,因此,海德格尔后期特别关注诗以及诗性艺术。在走向"存在之思"的道路上,海德格尔建立了自己的诗论和艺术论,为此他申言,思之转向诗并不是要"对文学史的研究和文学作出什么贡献,而是思之必需"①。

由此可见,海德格尔的诗论和艺术论并非一般文艺学学科意义上的诗学和艺术学,而是他整个存在之思的有机组成部分。不过,也正因为他的诗论和艺术论归属于存在论整体而使之别开一面,富有新意。此外,尤需注意的是,海德格尔的诗论和艺术论本质上是反美学的。

7.3.2　关于艺术的沉思

海德格尔的艺术沉思是作为对黑格尔艺术终结论的直接反应和进一步思考存在之真的问题而发生的。黑格尔在《美学》中宣告,自近代以来艺术不再像希腊时期那样是真理表达自身的最高样式,真理表达自身的最高样式已经由艺术转移到了宗教与哲学,因此,对现时代而言,艺术不再是精神的最高需要,"伟大的艺术"已成为过去的事情。海德格尔指出,黑格尔艺术终结论具有双重意义:(1)黑格尔就艺术与真理的关系来思考艺术问题,从而比近代美学仅仅拘泥于艺术与美的关系来思考艺术问题要深刻得多;(2)黑格尔将真理思考为绝对理念的逻辑外化,从而判定艺术为绝对理念自我外化的原始初级样式则大为可疑。因此,在艺术沉思中接受黑格尔的启示和清除其谬误就是一个同时并举的事情。在此,至关重要的是重新思考真理的本质,并以此为基础来思考艺术的问题。

第一,对艺术与"真"的关系的思考。

海德格尔对艺术的思考是从艺术作品入手的,因为我们最初遭遇的东西是作品,而

---

① 海德格尔:《追忆诗人·按语》,见《生存与存在》,芝加哥 1968 年版,第 232 页。

"艺术还只是一个词,还不是任何东西"①。海德格尔说,从表面上看,作品和一块石头、一把斧头没有什么两样,是一件物或器具,但实际上,作品比一块石头和一把斧头多一点什么,那多的一点什么使作品成了作品。换句话说,艺术作品有自身存在的特殊本源。

在此,海德格尔批判了流俗的浪漫艺术观。后者认为艺术作品的本源是作者,因为作品显然是作者的产儿。但海德格尔问道:作者又是谁的产儿呢? 显然是作品使作者成了作者,是《浮士德》造就了作家歌德。如此看来,作品和作家互为因果,但是什么将这两者连在一起呢? 海德格尔认为还有一个"第三者",即作为艺术作品和艺术家之共同本源的"艺术"。海德格尔指出,他所谓的"艺术"绝不是一种柏拉图式的理念,即那种规定一切艺术现象之共同本质的最高概念,它不是时空之外、永恒不变的存在者,而是一场历史性的事件,这事件即他所谓的世界与大地的冲突,正是发生在作品中的这一事件使作品成了作品,故而是作品的真正本源。

海德格尔的"世界"与"大地"这一对概念充满隐喻性,就其以之阐释艺术作品的本源而论,它们主要指"意义化"(世界)和"无意义化"(大地)的对立冲突。以海德格尔之见,艺术作品建立了一个世界,同时展示了大地,在世界与大地的冲突中,作品描述的存在者既显示(获得意义)又隐匿(失去意义)地出场,艺术作品也因此而成其所是。

海德格尔举了一个著名的例子,"凡·高的一幅画,一双粗糙的农民的鞋子,别的什么也没有。实际上,这幅画描绘了无。但就这幅画而言,其中存在着某物,当你独自一个人直接面对它时,仿佛你自己正在回家的路上,你扛着锄头,在最后一把番薯火熄灭之后,夜晚迟迟地降临了。在那儿有什么? 油画布么? 笔触么? 色块么?"②海德格尔认为,这幅画描绘的"无"是无形的农妇的世界与大地,这幅画显示的"有"是在这世界与大地之间呈现的一切。于是,海德格尔写道:"从鞋之磨损了的、敞开着的黑洞中,可以看出劳动者艰辛的步履,在鞋之粗壮的坚实性中,透射出她在料峭的风中通过广阔单调的田野时步履的凝重与坚韧。鞋上有泥土的湿润与丰厚。当暮色降临时,田间小道的孤寂在鞋底悄悄滑过。在这双鞋里,回响着大地无声的召唤,呈现出大地之成熟谷物宁静的馈赠,以及大地在冬日田野之农闲时神秘的冬眠。这器具浸透着对面包之必需的无怨无艾的忧虑,浸透着克服贫困之后无言的喜悦、临产前痛苦的颤抖以及死亡临头时的恐惧。这器具归属于大地,它在农妇的世界得到保护。正是在这被保护的归属中,这器具本身才得以属于自身。"③海德格尔以充满诗意的描述谈到他在凡·高《农鞋》一画中看到的农妇世界与大地,以及在这世界与大地之间一双农鞋的"存在"。就此,海德格尔批驳了艺术模仿说,后者基于自然实在的态度误以为艺术作品只是逼真地模仿摆在我们面前的东西,误以为摆在面前的东西就是它的全部存在。事实上,任何可见之物的存在都在不可见的世界与大地之间。"这幅画描绘了无",描绘了无形的世界与大地,正是由于作品建立了一个世界并展示了大地,处于其间的存在者才因意义化而显现,因无意义化而隐匿。

①③ 海德格尔:《艺术作品的本源》,见《诗·语·思》,纽约 1971 年版,第 17、34 页。
② 海德格尔:《形而上学导论》,耶鲁 1959 年版,第 35 页。

海德格尔认为作品表面的宁静掩盖着作品中世界与大地的冲突,作品建立的世界要将这世界中的事物意义化,作品展示的大地则要将大地上的一切无意义化,正因为如此,属于农妇世界中的农鞋在作品中给我们讲农妇的故事,属于大地的农鞋则沉默不语将自己展示为不可穿透、充满神秘的物。海德格尔认为作品是世界与大地斗争的场所,作为这一场所,艺术作品才是艺术作品。

海德格尔指出,发生在作品中的世界与大地的冲突是真与非真的冲突。他所谓的"真"指的是希腊词 alētheia 的原初意义:去蔽或无蔽,而不是俗常的"真理",即陈述与陈述对象的符合一致(正确)。alētheia 的词根 lētheia 指"隐蔽",前缀 a-具有否定、去除之意。海德格尔认为,作为词根的"隐蔽"指存在者存在之更为本然的状态:无意义状态,即所谓大地性的状态。所谓"去蔽"就是去除大地性的无意义状态,使大地万物意义化,使之从隐匿状态中呈现出来,此即所谓世界性的状态。故此,发生在作品中的世界和大地的冲突被海德格尔说成是真与非真的冲突。

海德格尔认为艺术创作的真意就是将世界与大地的冲突安顿在作品之中。不过,他强调指出,这一冲突并不是现存于某处的东西,并不是作者拿来放入作品中的某种东西,作品创作的过程就是世界与大地的冲突确立起自身的过程。在此,海德格尔批判了浪漫创作观,后者认为作品是作家的产儿,是作家意志的体现,海德格尔则认为作品的真正作者不是作家而是世界与大地的冲突,是真与非真的冲突,作家只是这一冲突成为作品的中介而已,作家在作品的创作过程中自行消失。海德格尔认为作家创作的具体任务就是在对此冲突的领会中勾勒此一冲突的间隙略图。

由于作品存在于世界与大地的冲突之中,因此,作品一经产生它便吁请人的保护或保存,离开了人的观赏与阅读,被创作安顿在作品中的世界与大地的冲突就会消失,作品也就成了纯粹的物。为此,海德格尔指出,艺术作品的保存既非一种仓库保藏,亦非一种艺术鉴赏,而是投入艺术作品中的世界与大地的冲突,在阅读和观赏中看护这一冲突。

正是经由艺术作品的创作与保存,真之事件(世界与大地的冲突、真与非真的冲突)便以艺术的方式发生了,作为创作者和保存者的人也由此介入了真之事件,进入了世界与大地的冲突,遭遇到既澄明又隐匿着出场的万物,从而进入生存的历史。于是,海德格尔说:"艺术作品的本源,即创造者和保存者的本源,一个民族之历史性生存的本源是艺术。之所以如此说,是因为艺术在其本性上是一种本源:一种真凭此而实现,亦即成为历史的特殊方式。"①

第二,对艺术的现代异化的揭露。

在对艺术进行了一般性考察之后,海德格尔便回到了艺术的现代性问题。海德格尔问:"艺术仍然是对我们历史性生存至关重要的真理发生的基本而必然的方式吗?或者艺术不再拥有这些特征?如果艺术不再拥有这些特征,这里还有一个为什么不再拥有的问题。"②

在海德格尔看来,现代艺术已经异化,它漂离了它的本质,不再是原初的去蔽事件或

①② 海德格尔:《艺术作品的本源》,见《诗·语·思》,纽约 1971 年版,第 78、80 页。

真理发生的基本方式。之所以如此,并非黑格尔式的绝对理念自身发展的逻辑结果,而是由于现代技术统治切断了艺术与自身本源的关联。

1967年,海德格尔在雅典作了"艺术之本源"的讲演。他认为艺术的本源即"存在",而"存在"被海德格尔看作一场真与非真冲突的历史性事件。说"存在"是艺术的本源即是说艺术是作为"存在"发生的一种方式而成其为艺术的,换句话说,只有当艺术成为意义发生的原初事件时,艺术才在自己的本质之中。以海德格尔之见,本真艺术发生在希腊,那时,艺术是意义发生的基本方式即真确立自身的基本方式,因而艺术在希腊时代是人生存得以可能的基础。现时代,随着技术统治的确立,技术成为真正的上帝,艺术也便沦为技术的奴隶,成为一种文化工业,艺术不再是意义发生的原初方式,而成为贯彻技术意志的工具,因此,艺术与自己的本源(存在、意义发生的事件)脱节,成了非本真的艺术。

在海德格尔看来,艺术在现时代的衰落归根于它与自己本源的脱节而误以技术为自己的本源,海德格尔将此看作"遗忘存在"的一种表征。不过,海德格尔也发现,在这个存在被遗忘的时代,仍有一些诗人艺术家坚守在艺术的本源处,看护着艺术与自身本源(存在)的关联,将诗性艺术变成"存在"发送自己的历史性事件。在《诗人何为》一文中,海德格尔借诗人荷尔德林的诗句称现时代为"贫乏的时代",即缺乏"存在"(缺乏意义的原初发生)的时代,其隐喻性标志是"神的隐匿"。海德格尔认为贫乏时代诗人艺术家的真正使命就是重建人们对"存在"的记忆,重建诗性艺术与神圣存在的原初关联,使诗性艺术成为存在的歌唱,成为意义发生的原初事件。

于是,海德格尔认为现代艺术的一般状况是令人绝望的,因为它受控于技术而全面异化;不过海德格尔又认为以荷尔德林等人为代表的诗性艺术却是现代世界拯救的希望,因为它守在自身的本源处而有克服艺术统治的可能。

7.3.3　诗论

海德格尔认为本真的艺术是"诗",诗绝非俗常所谓的浪漫诗化活动,而是意义发生的原初事件或存在之真的事件。海德格尔没有专门的诗学著作,其诗论主要是借助对荷尔德林等诗人诗作的阐释来展开的。综观海德格尔的零散述说,我们可概括出以下三大要点:一是诗以语词确立存在;二是诗便是对神性尺度的采纳;三是人在大地上诗意地栖居。

首先,诗以语词确立存在。

在《荷尔德林与诗的本质》一文中,海德格尔指出:"首先,了然的是,诗的活动领域是语言,因此,诗的本质必须经由语言的本质去理解。"①不过,海德格尔提醒说,人们通常误解了语言的本质,因此,只有语言本质观上的拨乱反正才能为诗歌本质的揭示提供可能。海德格尔说人们通常将语言的本质误解为人用来表达主观意图的符号工具,因而也认为诗的本质是表现自我。以海德格尔之见,这种误解只触及到语言本质的派生性功能而未揭示语言的本质性功能或本质。

---

① 海德格尔:《荷尔德林与诗的本质》,见《生存与存在》,芝加哥1968年版,第307页。

海德格尔认为,语言的本质功能是存在确立自身的方式,或者说是意义发生的方式。德语语词 sein(汉译"存在")指的是一种语言表达关系,即主语和表语之间的意义关系。存在之为存在乃是在语言表达关系中确立起来的。就此而言,存在之可能必赖于语言。故而海德格尔说:"语言是存在的家。"不过,他又指出,语言并不是让存在随时进出的空房子,语言与存在在本质上是一体的,离开了语言即无存在。尤其重要的是,海德格尔认为,语言的发生乃出于一种"存在的天命",我们可以将就把"存在的天命"理解为意义化活动之必然。就此而论,海德格尔说语言言说并非人的言说,即那种表达人的主观意图的言说,而是存在的言说,即意义化活动实现自身的方式。

把握了语言的本质就不难理解诗的本质了,因为在海德格尔看来,诗不是随便什么的语言,而是本质性的语言,作为本质性的语言,本真之诗乃是存在以语词确立自身的方式,简单地说,本真之诗就是展开原初意义化活动的语言言说。在此语言言说中,诗人的言说在本质上只是一种应和或"跟着说"。

在《诗中的语言》一文中,海德格尔分析了诗人特拉克的诗歌言说。在他看来,特拉克所有优秀诗作中都回响着一个未曾明言但却贯穿始终的声音:离去。"离去"作为特拉克诗作中隐晦不明却又支配着特拉克诗歌歌唱的声音,显然不能归结为特拉克个人主体的声音,而是特拉克作为伟大的诗人所听到并传达出来的声音。海德格尔说这种声音是特拉克所处时代的"天命"(天之言说或存在之言说),按此天命说,人必须离开自己异化的躯体,必须离开这个异化的世界才能获得新生。特拉克全部优秀的诗作都是对此"离去"之天命的应和或"跟着说"。因此,在终极意义上看,不是特拉克在写诗,而是天命(存在)在写诗。

其次,诗便是对神性尺度的采纳。

诗作为存在借语词确立自身的活动具有一种始源性或原初性,它表现为存在的"原初命名"和万物本质的"原初命名"。海德格尔将这种"原初命名"解释为"给予"、"奠基"和"开端"。

作为"给予"的原初命名是给本来无名的存在一个名字。这种"给予"是自由的,因为事物的存在与本质绝不能依现存者来计算,也不是经验的归纳,更无现实尺度的限制,因而是自由的给予。不过,海德格尔指出:"此自由不是无原则的任意专断和随心所欲,而是最高的必然。"①因为它受到诸神和人民的双重控制,它是听命于诸神和人民的要求来命名的。为此,海德格尔认为诗的命名虽不遵从任何世俗的尺度,却要服从神性尺度,而借原初的命名以神性尺度来度量一切恰恰是诗的本质。为此,诗在本质上是超越的、原初的。

作为原初而超越的诗性命名是一种历史性"奠基"。海德格尔说:"当诸神得到根本的命名,当万物被命名而首次彰显出来,人的生存便被带入了一种确定的关系,便获得一个基础。"②获得一个基础的历史进入新的"开端",因此,海德格尔说给予和奠基都是原初的直接的一跃,是时间和历史的真正绽开。

---

①② 海德格尔:《荷尔德林与诗的本质》,见《生存与存在》,芝加哥 1968 年版,第 287、283 页。

　　在给予、奠基和开端的意义上的原初命名也就是要给万物以最初的度量，因此，诗性言说必得有一个内在的神性尺度，而这神性的尺度是诗人在对存在的聆听中采纳的。

　　再次，人在大地上诗意地栖居。

　　早期海德格尔关注的中心是"此在"问题，即"人在世界中存在"的问题。在此，"此在"之"此"是作为"世界"来设定的，对"此在"的分析也就是分析"人在世界中的存在"。为此，"世界"作为人生存论上的必然环节与机制是他分析的核心。后期海德格尔有一隐秘的转向，那就是，他不再孤立地谈"在世界中的存在"，而是联系着"大地"来谈什么样的世界性生存才是正当的。正是此一转向使海德格尔对生存的思考与诗性联系在一起。

　　海德格尔认为，迄今为止的西方史上至少有两个决然不同的世界：技术世界和艺术世界。前者是在摧毁大地的基础上建立的世界，后者则是看护大地与大地共在的世界。海德格尔认为，技术是一种在本质上无视大地（自然）的极端世界化要求，技术作为人肆无忌惮地贯彻主观意图以追求最大利润的手段，将大地（自然）置于毁灭的境地。在技术的本质中，没有什么能制止它对大地自然的无度掠夺、占有和耗费，因此，技术意志是一种征服自然的意志。

　　在技术意志的控制下，征服自然以建立世界的伟业常被人津津乐道，殊不知，技术世界愈来愈精彩，自然大地则愈来愈荒芜。海德格尔的忧虑在于，居于世界大厦中的人早已忘了这幢大厦立于其上的自然大地正遭到根本的破坏。

　　在《荷尔德林与诗的本质》一文中，海德格尔引用了荷尔德林的诗句："人，功业卓著，但他却在大地上诗意地栖居。"他在阐述这句诗时指出：人居住在其"功业卓著"的世界大厦中本来是无可非议的，因为"人生产并追求的东西是通过他的努力而应得的，'但'（荷尔德林以鲜明对照的方式说），这一切都未触及人旅居大地的本质，这一切都还不是人生存的基础。人生存的基础在根本上看是'诗意的'。现在我们将诗理解为诸神的命名和万物本质的命名。'诗意地栖居'意味着：与诸神共在，接近万物的本质"①。

　　十分显然，"诗意地栖居"是对立于"技术地栖居"的，这两种栖居的分野在于对"神"和"万物"的态度。在技术性栖居中，神是被嘲弄的，万物是被蔑视和被征服的，在此唯一存在的是由技术所刺激的人的野心或意志。由于神被驱逐，人便可以为所欲为；由于万物被征服，人便可以主宰一切。问题在于：人在根本上能为所欲为吗？回答是否定的。

　　人的有限性注定了他在根本上是无知而盲目的，他必须虔诚地聆听神性的启示，意识到自身的限度而以神性尺度来度量自身才能避免因自身狂妄的过失。此外，人的肉体性存在注定了他归属于自然大地。从根本上看他必与自然万物共在，自然大地才是他真正的家园。因此，人在本质上不应是自然万物的征服者而是看护者，人在本质上不是生存于世界而是栖居于大地。

　　诗意地栖居意味着与诸神共在，接近万物的本质，亦即意味着诗之中有一种全然不同于技术的眼光与态度。在《赫贝尔——家之友》这篇文章中，海德格尔说诗人赫贝尔是"自然之家"的朋友，在这个"技术世界"中，他深切地看护着"自然的自然性"，而不至于让"自

---

　　① 海德格尔：《荷尔德林与诗的本质》，见《生存与存在》，芝加哥1968年版，第282页。

然"彻底消失在数字的计算和欲望的打量之中。

由此可见,在大地上诗意地栖居绝不是一种浪漫诗化栖居,而是一种与技术性栖居艰难抗争的本真栖居。于是,"诗"作为一种本真生存的标志在海德格尔的诗之思中重新恢复了它应有的沉重。

总起来看,海德格尔的存在论文论将诗论和艺术论置于其存在论的视野之中,使之具有了前所未有的理论维度,对近代以来传统文论立足于"美学视界"的思路、范畴、方法都有重大的突破和开拓;特别是其针对现代技术对自然、大地的破坏性掠夺和对人类诗意(艺术世界)的摧毁所作的深刻批判,实际上是对现代资本主义社会严重异化和危机的揭露,因而是有积极意义的。不过,海德格尔的文论也存在明显的局限:一是他把艺术论和诗论都纳入其存在论的哲学框架中,用存在论否定与取代近代以来的主体性认识论哲学,从而实际上排除了艺术和诗与人的主体性的关联,将艺术的存在论本质放在人的现实的、社会的本质存在之外,这显然不符合唯物史观;二是他思想中神本主义倾向和反人本主义努力之间不断纠缠置换,形成其文论的某种神秘主义色彩,因此,如何剥离海德格尔诗之思的启示与其某种误导是一个不容回避的问题;三是他企图用"诗意"对抗、克服和挽救现代资本主义技术至上造成的社会异化,仍然是一种审美乌托邦的变体。

7.4 萨特的存在主义文论

萨特(1905—1980)是法国著名的存在主义哲学家、文学家和文艺理论家。1924年就读于巴黎高等师范学校,1933年曾留学于德国柏林的法兰西学院,深受德国哲学家胡塞尔和海德格尔的影响,并逐步确立了自己的存在主义哲学体系。萨特一生著述颇丰,文学创作主要有《恶心》、《苍蝇》、《自由之路》等,理论著作主要有:《存在与虚无》(1943)、《辩证理性批判》(1960)、《想象心理学》(1940)、《什么是文学?》(1947)等,还有关于福楼拜、波德莱尔和加缪等作家的一系列评论文章。他的文学理论以其存在主义哲学为基础,吸收了某些马克思主义的观点加以融合,从而形成了他独特的存在主义文学理论。

萨特存在主义的核心概念是人的"自由","自由"在萨特那里是作为人的本质来设定的,因此,萨特的存在主义又可以说是一种"自由学说",他的文学理论与批评也是这种自由学说的一部分。

7.4.1 文学本质——对人的存在和自由的揭示

在文学本质问题上,萨特首先把文学的本质与自由、存在联系在一起。他说:"写作,这是某种要求自由的方式。"[①]在他看来,文学写作的深层动机之一"在于我们需要感到自己对于世界而言是主要的"[②],也即在于在世界上实现自己的自由。萨特论证说,人一方

---

① 萨特:《什么是文学?》,见《萨特研究》,中国社会科学出版社1981年版,第24页。
② 萨特:《什么是文学?》,见《萨特论文选》,人民文学出版社1991年版,第115页。

面意识到世界万物必须借助于人的意识而显现，另一方面人又意识到自己对于被揭示的世界而言是微不足道的。为了使自己感到自己对世界而言是重要的，人就通过艺术创作将呈现于意识中的世界固定在画布或文字中，于是这个被固定在画布和文字中的世界就成了人生产的东西，是人的自由的实现。对于被生产的东西来说，生产者是重要的。

同时，萨特也看到，被生产出来的世界并不就在生产过程中自行呈现，必须借助于他人（即读者）的意识这种呈现才有可能，因此，萨特说："写作，这是为了召唤读者以便读者把我借助语言着手进行的揭示转化为客观存在。"①简单地说，当作者的写作把呈现于他的意识中的东西固定在文字中之后，这种东西的再度呈现需要阅读过程中的读者意识。萨特指出阅读在本质上是自由的，读者完全可以这样阅读，也可以那样阅读，甚至可以把书本摆在那里不予理睬。不过，萨特也指出真正的阅读自由是一种负责的自由，是那种尊重作品的吁请并服从艺术品价值要求的自由。要之，"作家为诉诸读者的自由而写作，他只有得到这个自由才能使他的作品存在。但是他不能局限于此，他还要求读者们把他给予他们的信任再归还给他，要求他们承认他的创造自由，要求他们通过一项对称的、方向相反的召唤来吁请他的自由"②。就此而论，无论是写作还是阅读都将文学活动的本质展示为自由：一方面，作家之所以要选择写作，就是为了召唤其他人的自由；他的写作也是对自由的揭示，写作本身就是一种自由的选择。另一方面，读者阅读，既是对作家的自由的承认，又是对读者自身的自由的肯定。

大家知道，萨特存在主义哲学的一个基本观点就是认为人的存在首先是一种自由，这种自由的核心内容是自我选择，人就是他自我选择的结果。因此，作为人所创造的文学艺术也必是对自由的选择和揭示。

尽管萨特将文学的本质看作是自由的，但萨特也指出这只是文学的纯粹本质或一种文学理想，事实上文学都或多或少地存在着自由本质的异化。在阶级社会中，无论是写作的自由还是阅读的自由都受到一定的限制，只有到了无阶级的社会才可能有真正自由的文学。尽管如此，自由作为文学的本质仍然是对写作和阅读的最高要求。

此外，萨特认为，文学的唯一题材就是自由。他指出："不管作家写的是随笔、抨击文章、讽刺作品还是小说，不管他只谈论个人的情感还是攻击社会制度，作家作为自由人诉诸另一些自由人，他只有一个题材：自由。"③这就进一步从文学作品的具体内容构成方面揭示了自由与文学本质的联系。

萨特用自由、存在来界定文学的本质，这充分表明他继承了西方美学高度强调自由的传统，充分肯定了人的自由本性，要求文学写作致力于争取人的自由，体现出鲜明的现代人本主义立场。这样一种观点也鲜明地揭示了存在主义文学理论要求有所作为、要求自由选择的理论取向。

萨特还从想象性、虚构性的角度论述文学的本质，把文学理解为一种非现实的想象性的创造，其媒介是文学语言，并认为文学艺术由于是一种非现实，所以可以是美的。从中

---

① ② 萨特：《什么是文学?》，见《萨特文论选》，人民文学出版社 1991 年版第 121、125 页。
③ 萨特：《什么是文学?》，见《萨特研究》，中国社会科学出版社 1981 年版，第 23 页。

也可以看出他对资本主义现实所持的一种批判的态度,因为"现实的东西绝不是美的"①。

7.4.2 别具一格的"介入说"

萨特对于文学社会作用的理解集中体现在他的"介入说"中。他认为文学家用文学语言说话,通过自己的写作(说话)揭示社会生活,从而干预社会生活,介入社会生活。即使一个作家对世界的某个方面采取沉默态度,其实也是一种揭示,一种介入。因为在萨特看来,只谈这方面而不谈那方面本身就表明了一种态度。

介入说构成了萨特关于文学的社会功能理论的核心,那么,它究竟包含了哪些具体含义呢?

首先,介入说是萨特对文学中"散文"功能的揭示。萨特所谓的"文学"指与"诗"相对而言的"散文"。萨特认为诗与散文虽同为语言艺术,但却有根本差异。散文把语词作为指示性的符号来使用,使人得意忘言;诗却把语词看作自足存在的物,使人们得言忘意。不过,萨特也指出,这并不是说词的意义对诗不重要,而是说它的功能大不相同。对散文而言,词的意义使人们专注于词的指称而迅速忘掉语词本身的存在,在诗中词的意义却与词的物性存在一体而不可分,"意义浇铸在词里,被词的音响或外观吸收了,变厚、变质,它也成为物"②,在诗中,词的意义强化了人们对词本身的关注。

正是这一区分使萨特断言,文学(散文)的本质是对现实的"介入"而诗却不是"介入"的文学。萨特进一步的论证是:散文家使用语词指称某人某物从而导致某人某物的被揭露和改变,因而这种说话方式就是行动和介入。除此之外,在萨特看来,介入不仅是散文写作之"必然",也是散文写作之"应然",它体现着一种文学写作上的道德责任要求:散文作家有责任以指称性言说的方式介入生活。

其次,介入说是萨特强调"行动"的哲学精神在文学上的体现。萨特认为文学创作就是行动,就是介入社会生活,就是战斗:"……文学把你投入战斗;写作,这是某种要求自由的方式;一旦你开始写作,不管你愿意不愿意,你已经介入了。"③与他的文学本质是自由的观点相呼应,他认为介入也就是为自由说话,去争取自由。萨特之所以十分强调文学要为争取自由而斗争,是因为他看到了当代资本主义社会中现实地存在着大量不自由现象、异化现象。文学艺术介入社会生活就应当揭露和批判这些不合理、非正义的现象,发挥社会批评的作用,为现实政治斗争服务。

一般来说,50年代左右的萨特明确主张文学的政治性介入,要求文学成为自由的"战斗",60年代以后的萨特淡化了介入理论上的政治色彩,而是在更宽泛的意义上阐述他的介入理论。萨特认为人是社会整体的"汇总者"和"被汇总者",他对社会现实的介入乃是一种总体上的介入,是一种担当全世界、担当整体的介入,因而,所有的"显示、证明、表现"

---

① 萨特:《想象心理学》,光明日报出版社1988年版,第292页。
② 萨特:《什么是文学?》,见《萨特文论选》,人民文学出版社1991年版,第96页。
③ 萨特:《什么是文学?》,见《萨特研究》,中国社会科学出版社1981年版,第24页。

都是介入。在此意义上,政治上的直接介入只是一种浅层次的介入,而深层次的介入则是一种无形的间接介入,它包括了原先被确定为非介入性的诗。这样一来,介入作为文学的本质具有了更普遍的意义,也正是在此意义上,萨特批评了"为艺术而艺术"的理论的虚妄。

介入说充分肯定文学与社会生活的联系,否定脱离社会生活的唯美主义理论,通过对资本主义社会的种种异化现象的批判,体现出改变资本主义现状的愿望和要求,具有强烈的战斗精神。介入说的根本局限性则在于:首先,萨特要求文学艺术去争取的人的自由只是一种存在主义的自由,即脱离客观必然性的绝对的个人自由。这种追求绝对的个人自由本身就与介入社会生活的要求相矛盾。其次,介入说过分夸大文学艺术的社会作用,通过以文学艺术介入社会生活为手段来达到自由的理想,这显然具有浓厚的空想色彩。

7.4.3　文学接受论

萨特认为:"精神产品这个既是具体的又是想象出来的对象只有在作者和读者的联合努力之下才能出现。只有为了别人,才有艺术;只有通过别人,才有艺术。"①他十分重视文学活动中读者的作用,充分肯定读者的创造性、参与性和主动性。他认为,作品的世界并不是作者一个人创作的结果,而是读者与作者的自由"合力支撑"的。把作品看成是作者和读者共同创造的观点也许受到英伽登的某些启示,但在萨特写作《什么是文学?》的40年代毕竟还是一个很具独创性的观点。

萨特之所以强调作者和读者共同创造了文学作品,其理由首先在于把作品看成是一个开放性的对象。他认为作品还有许多未知数,有待读者充实,这充分肯定了读者对于文学作品的再创造作用,这完全符合文学欣赏的实际过程。更重要的,如前所述,他看到了作为文学活动的总体乃是对作者和读者的自由的双重肯定:读者的自由通过作品得到承认,而作者的自由也在读者的阅读中被肯定。阅读活动同时肯定了作者和读者的自由,因而构成了整个文学活动必不可少的重要环节,这就把读者的接受活动提高到"自由"的高度了。

萨特还进一步揭示了文学接受过程的一个重要特点,即预测和期待伴随着整个阅读。正因为作品不是一个天生的已知数,所以也就为读者的预测和期待提供了基础,并决定了读者和作者对于作品都负有责任。

萨特的文学接受论成为后起的接受美学的重要理论来源之一。

7.5　尤奈斯库的荒诞派戏剧理论

尤奈斯库(1912—1994)的父亲是罗马尼亚人,母亲是法国人。尤奈斯库的童年是在法国度过的,1925年他回罗马尼亚上中学和大学,1938年以后定居法国,二战期间在巴黎

---

① 萨特:《什么是文学?》,见《萨特研究》,中国社会科学出版社1981年版,第6页。

从事出版校对工作。尤奈斯库用法语写作，是一位与贝克特齐名的荒诞派戏剧大师，1970年入选为法兰西学院院士。尤奈斯库的主要剧作有《秃头歌女》、《椅子》、《阿美迪或脱身术》、《犀牛》和《国王死去》等。

尤奈斯库不仅是一位荒诞派戏剧的经典作家，也是荒诞派剧作家中最具理论意识并留下了不少理论批评文字的作家。尤奈斯库的荒诞派戏剧理论明显受存在哲学的影响但绝非这种哲学理论的演绎，而更多地来自于他自己的写作经验。尤奈斯库的理论批评文字大都收在《意见与反意见》(1965)和《与克洛德·波纳弗瓦的谈话》(1966)中。

7.5.1　戏剧表达超现实的真实

尤奈斯库在《戏剧经验谈》一文中表达了他对传统戏剧的极度厌恶，其理由是传统戏剧执迷于"现实的真实"而对"超现实的真实"视而不见，它一味模仿身边眼下的现实而遗忘了自己的根本任务，虽自以为是却一文不值。尤奈斯库认为真正的戏剧是表达超现实之真实的纯戏剧。关于超现实的真实，尤奈斯库并没有明确而系统的论述，但我们可以从其零散的文字中概括出以下两个方面：

一是作为意义之无与物质之有的"超现实的真实"。

尤奈斯库说："我写剧本，经常选择的是写不存在的东西，而不是写诸如社会、政治、性等次要问题。"[①]他说他的《秃头歌女》和《椅子》这些剧本都试图将"空虚"变成舞台上的直观表演，他要以喜剧手法描述一个不存在形而上学的世界，描述人类的空洞无物。

在尤奈斯库看来，意义的虚无乃是一种超现实的真实，是隐蔽在日常意义世界背后的真实。他说："我们每一个人一定会在偶然之间感到世界的实体有如梦境，感到墙壁不再坚不可透，感到我们似乎能够透过每一件东西看到一片纯粹由光和色构成的无垠宇宙，此时此刻，生活的全部，世界的全部历史都变得毫无价值，毫无意义，而且变得不可能存在了。"[②]意义之虚无正是荒诞的本质，因为"在这样一个现在看起来是幻觉和虚假的世界里，存在的事实使我们惊讶，那里，一切人类的行为都表明荒谬，一切历史都表明绝对无用，一切现实和一切语言都似乎失去彼此之间的联系，解体了、崩溃了"[③]。

一旦人们发现意义之无便被堵塞在物质之有面前了。尤奈斯库认为，对意义之无的意识和对物质之有的意识几乎是同时产生的。与意义之无一样，物质之有也是遮蔽在日常意义世界背后的真实，并就是意义之无的直接象征。并且，在尤奈斯库看来，与意义之无相比，我们更容易直接面对无意义的物质之有的挤压。

尤奈斯库说他的一些戏剧就是直接表达无意义的物质之有的，比如在《椅子》、《责任的牺牲者》和《阿美迪或脱身术》等戏剧中，物质充满了各个角落，所有的空间都不断膨胀，将人挤出舞台。

---

① 尤奈斯库：《关于〈椅子〉》，见《外国现代剧作家论剧作》，中国社会科学出版社 1982 年版，第 304 页。
②③ 尤奈斯库：《出发点》，见上书，第 168、168—169 页。

尤奈斯库认为，"现实的真实"不外乎日常意义化世界所确立的真实，这种真实会随着意义世界的解体而解体，而意义之无和物质之有正是被现实真实所掩盖的真实，这种"超现实的真实"在意义世界的解体之后大白于天下，从而是戏剧表达的真正对象。

二是作为永恒之在的"超现实的真实"。

尤奈斯库不仅强调戏剧表达意义化世界之外的意义之无与物质之有，还特别强调戏剧表达时空历史之外的永恒之在。尤奈斯库指出，尽管人的有限性注定了戏剧表达的时空性，即戏剧不可避免地只能演出历史的某个特定的片断，但一时性并不完全与永恒性相反，它可能从属于永恒性和普遍性，因此，戏剧完全有可能而且必须经由瞬间的表达揭示永恒。

尤奈斯库以莎士比亚描写理查第二的死亡为例来说明这一问题。尤奈斯库指出，莎士比亚的戏剧虽然写一个具体的、在历史上叫作理查第二的国王之死，但它的深刻性和真正的价值并不在于它复述了这一史实，而在于它以一个国王的死来写所有国王的死，所有人的死，所有有价值的东西的毁灭。"因此，莎士比亚所写的并不是历史，尽管他把这作为历史来写。这不是具体的历史，而是我的'历史'，我们的'历史'，超出一切时代之上的我的'真理'，它通过一个时代而超越了一切时代，与普遍的、无情的真理合而为一。"①

尤奈斯库认为传统戏剧之失败就在于它不仅执迷于日常现实的模仿，还追求所谓"切合时代"，这就使它随着一个时代的消失而消失。

7.5.2　戏剧的虚构本质与非理性本质

尤奈斯库认为戏剧要表达超现实的真实就注定了要虚构，不仅戏剧，所有的艺术样式在本质上都是虚构的。尤奈斯库指责传统戏剧反虚构和回避虚构的企图，他认为传统戏剧对现实的逼真模仿是不可容忍的，甚至舞台上演员作为活生生的真人去扮演一个虚构人物也是对戏剧虚构本质的破坏。戏剧之衰败就在于它远离了自己虚构的本质。

在尤奈斯库看来，戏剧要达到自身虚构的纯粹性比小说、绘画、音乐甚至电影都要难得多。之所以如此，首先是因为演员道具的实在性和剧中人物场景的虚构性发生冲突，前者始终难以真正成为后者；其次是因为传统戏剧受虚妄的"逼真"信念的支配，尽可能使人为的表演显得像自然发生的那样，并尽可能将戏剧技巧掩饰起来。尤奈斯库指出，要使戏剧回到自己的本质，就要理直气壮地虚构，突出戏剧的虚构性，要"不害怕不自然才对"，"不能把戏剧手法掩藏起来，而要使这些手法有目共睹，明明白白，直趋极端"②。如果说戏剧的本质是虚构，这种虚构则应该是非理性的，尤奈斯库认为这是荒诞派戏剧区别于传统戏剧的关键所在。在尤奈斯库看来，传统戏剧虽然也遮遮掩掩地虚构，但这种虚构常常服从理性法则，因此它不仅不能揭示非理性的存在却反而歪曲了它。相反，荒诞戏剧强调以非理性的戏剧手法虚构非理性的存在，使之成为舞台直观。因此，尤奈斯库说："在戏剧

---

① ②　尤奈斯库：《戏剧经验谈》，见《现代主义文学研究》，中国社会科学出版社 1989 年版，第 628、622 页。

中,一切都是允许的。"①甚至为了破坏理性的干预,可以"不按照剧本演戏,如果所根据的剧本,是没有意思的、荒诞无稽的、喜剧性的,那么在舞台上就能表现出一场严肃、庄严、有气势的戏"②。

7.5.3　悲剧性与喜剧性及其戏剧张力

尤奈斯库认为真正的戏剧本源于存在的洞观和直面绝望处境的勇气,他指责传统戏剧总是把不可解决的事物写成可解决的,把不可容忍的东西表演得可以容忍,而他认为"对于无可解决的事物,人们是解决不了的,而且只有无可解决的事物,才具有深刻的悲剧性,才具有深刻的喜剧性,因而从根本上来说,才是真正的戏剧"③。

尤奈斯库反对传统戏剧观对悲喜剧的绝对分界,他认为"喜剧因素和悲剧因素只不过是同一情势的两个方面,……我发现这两者是难以区别开来的"④。甚至,真正的喜剧在本质上比悲剧更富悲剧性,因为悲剧总是以这样那样的方式给人以出路和安慰,而喜剧则是荒诞的直观,它不提供出路和安慰,因而更绝望,更具悲剧性。同样,真正的悲剧也具有深刻的喜剧性,"因为,如果悲剧要表现被征服的人、被命运压碎了的人的软弱无力,那么它就是承认了存在着某种宿命、某种命运、某种主宰着宇宙的不可理解而纯属客观的法则。但人的这种软弱无力、我们努力的这种徒劳无益在某种意义上,就会显得具有喜剧性"⑤。因此,尤奈斯库认为真正喜剧性的东西总是可悲的,而真正悲剧性的东西又总是可笑的。

尤奈斯库在自己的戏剧写作中有意将悲剧性的东西和喜剧性的东西放在一起,他认为这样可以达到一种新的综合。不过,尤奈斯库强调这种综合并非一种黑格尔式的消除对立的综合,而是始终保持对立的综合,因为这种对立是消除不了的,这种永恒的对立构成了戏剧性张力,它是真正戏剧的基础。

在尤奈斯库看来,这种消除不了的对立与冲突不单是一种戏剧性结构技巧,而且是存在的荒诞本身,荒诞的实质即冲突。为此,尤奈斯库认为戏剧应突出这种不可消除的冲突,不仅要在总体上将喜剧性因素和悲剧性因素对立地放在一起,还要将散文的东西和诗意的东西,将日常的东西和反常的东西,将现实的东西和空想的东西对立地放在一起。尤奈斯库认为只有在这种对立关系中,对立的每一方才能被突显出来,而对立冲突所构成的张力会形成真正的戏剧性。

7.5.4　纯戏剧:戏剧的独立性

在《戏剧经验谈》中,尤奈斯库说:"戏剧只能是戏剧。"这种同义反复的说法在那些戏

---

①②③⑤　尤奈斯库:《戏剧经验谈》,见《现代主义文学研究》,中国社会科学出版社 1989 年版,第 625、623、616、623 页。

④　尤奈斯库:《关于〈秃头歌女〉》,见《外国现代剧作家论剧作》,中国社会科学出版社 1982 年版,第 303 页。

剧学博士们看来可能是可笑的,不过,尤奈斯库认为真正可笑的倒是这些博士们。"对于这些博士来说,戏剧不是戏剧,而是其他的东西,是意识形态、是寓言、是政治、是演讲、是随笔或文学。这就正像有人认为音乐应该是考古学,绘画应该是物理学或数学一样令人不解,网球游戏就是网球游戏,别的什么也不是。"①

尤奈斯库此论首先是针对戏剧工具论而发的。尤奈斯库问:如果戏剧注定只能成为哲学、神学政治、意识形态和儿童教育的工具,它本身的职责何在? 他说,"一部心理剧比不上心理学。读心理学专著要比看心理剧更好。一部哲理剧也比不上哲学。与其去看舞台上图解这种或那种政治,我情愿去读每天的日报,去听我们党派候选人的讲演"②。尤奈斯库并不排斥戏剧应表达某种哲理或思想,他恰恰强调伟大的戏剧家应是伟大的哲学家。不过,尤奈斯库认为戏剧不是思想的直接语言,更不是哲理的图解,戏剧的思想哲理性与其独特的表达形式是一体的不可分的。一种哲学可以概念来表述人必死于孤独的哲理,但莎士比亚的戏剧则将人必死于孤独这一哲理展示为理查第二监禁其中的空空四壁。尤奈斯库认为,独立自主的纯戏剧是一种特殊的舞台虚构艺术,它以舞台形象直观地表现富有戏剧性张力的永恒之在,它的功能与价值是不可替代的。

其次,尤奈斯库的纯戏剧理论又是针对戏剧的文学化而发的。尤奈斯库指出,很多剧本就其文学性而言是不平凡的,但文学特点并不就是戏剧特点,只有当戏剧摆脱那种既非文学又非戏剧的状态而回到纯戏剧状态时,戏剧才是戏剧。为此,尤奈斯库特别强调突出戏剧手法的重要性,尤其是突出夸张与戏拟手法的重要性,因为夸张与戏拟强化了戏剧表演的虚构性,从而使戏剧突显为戏剧。

本章对现象学、存在主义和荒诞派文论作了如上的介绍。那么,应当怎样评价它们呢?

来自于笛卡尔传统的现象学是一种寻求知识确定性基础的努力,也是对建立严密科学的理性精神与方法的呼唤,受其影响的现象学文论力图将文学理论与批评变成一门严密的科学,并借助现象学的方法对此作了卓有成效的尝试。英伽登的现象学文论具有一定的原创性,其文学作品的本体论研究和认识论研究都独具一格,影响深远。不过,由于英伽登始终徘徊在现象学与实在论之间,从而使他的文论不时偏离现象学之路而走向机械的实在论。事实上,英伽登的文论是在实在论的预设下展开的现象学文论,因此,英伽登文论的精彩处不在它的整体理论构架,而在他的个别论述。杜夫海纳的现象学文论只是他现象学美学中的一部分,他的关注中心是美学而非文论。不过,值得注意的是,杜夫海纳对感性审美经验的强调使它的现象学文论别开一路,并与传统美学的精神旨趣相呼应。更为纯粹的现象学文论要算日内瓦学派的理论与批评,这一学派的关注中心始终是"意识",可以说它是现象学的意识分析在文学领域内的具体实施。不过,日内瓦学派的理论与批评除了运用现象学的方法较为有效地分析了文学活动中的意识外,别无更多的创意。

①② 尤奈斯库:《戏剧经验谈》,见《现代主义文学研究》,中国社会科学出版社1989年版,第630、620—621页。

　　存在主义源出于现象学,又是对现象学的超越。存在主义关注历史中的个人生存从而偏离现象学的科学理性精神,转向了人文历史的关怀。为此,存在主义文论并不想建立一门文论科学,而是将文论变成了存在论和生存论的一部分。海德格尔的诗论和艺术论作为其整个存在之思的组成部分意义重大,它不仅尝试了一种立足于存在论视野思考诗与艺术的可能,也揭示了传统美学对诗与艺术之思考的迷误与限度。海德格尔的思想艰深而神秘,其反人本中心的旨趣和皈依天命的意向深深地搅在一起,为此,只有小心谨慎地区分与剥离才能获得其中真有价值的思想。萨特的存在主义文论作为其自由人本主义学说的一部分与海德格尔大异其趣,这不仅因其外在的介入姿态,更在于它内在的人本主义热情。由此我们可以看出同为存在主义文论的萨特文论和海德格尔文论除了在人文关切和现象学之路上有某些共同之处外,别的方面实在相去甚远。

　　荒诞派文论原则上可归为存在主义文论,但由于其专注于荒诞问题,并主要以荒诞派戏剧经验作为自己的理论和批评对象而与一般存在主义文论拉开了距离。不过值得注意的是,由于荒诞派戏剧论有一个存在主义哲学的背景与基础,使它与一般戏剧论区别开来而具有独特的理论深度。尤奈斯库的反戏剧理论严格说来不成体系,但却是一种具有理论洞见的经验之谈。

8　原　型　批　评

　　原型批评是 20 世纪五六十年代流行于西方的一个十分重要的批评流派。其主要创始人是加拿大的弗莱。不少批评家认为,原型批评曾一度与马克思主义批评和精神分析批评在西方文论界起过"三足鼎立"的作用。原型批评的理论基础主要是荣格的精神分析学说和弗雷泽的人类学理论。在批评实践中,原型批评试图发现文学作品中反复出现的各种意象、叙事结构和人物类型,找出它们背后的基本形式。批评家们强调作品中的神话类型,认为这些神话同具体的作品比较起来是更基本的原型,并把一系列原型广泛应用于对作品的分析、阐释和评价。原型批评在 20 世纪 60 年代达到高潮,对文学研究(尤其是在中世纪文艺复兴研究方面)产生了极大的影响。然而自 70 年代以后,原型批评的理论与方法随着结构主义批评的兴起而逐渐失去其影响。近年来国内外文学批评界有人试图从其他角度对原型批评进行重新解读、阐释和重构,研究它与文化研究及其他当代批评理论的关系,尤其是其整体性文化批评倾向及其对当前颇为盛行的文化批评的启蒙影响等问题,这说明弗莱及其原型批评理论对于今天的文学研究仍具有重要的价值和意义。

　　一般认为,弗莱的原型批评理论有两个思想来源,一是英国人类学家弗雷泽的人类学,一是瑞士心理学家荣格的精神分析学。我们认为,虽然弗雷泽和荣格的理论对原型批评的产生均起了不可低估的作用,均可被视为原型批评的理论源泉,但从原型批评形成的过程来看,这两种理论对其影响的角度和强度并非完全相同,下面分别予以介绍。

8.1　弗雷泽的人类学理论

　　詹姆斯·弗雷泽(1854—1941),英国著名人类学家和民俗学家,以研究人类思想文化的发展,尤其是从巫术到宗教再到科学的发展而著称。弗雷泽出生于英国的格拉斯哥,1869 年入格拉斯哥大学学习,1874 年入剑桥大学三一学院,1907 年应聘担任利物浦大学社会人类学教授,后回剑桥大学任教直至去世,1914 年被封为爵士。主要著作有:《金枝》(1890)、《图腾崇拜与族外婚》(1910)、《旧约中的民间传说》(1918)等。

　　弗雷泽的人类学理论的影响主要来自他的 12 卷巨著《金枝》。在此书中,弗雷泽考察了原始祭祀仪式,发现许多原始仪式虽然存在于一些截然不同的、完全分隔开的文化之中,但却显示出一些相似的信仰和行为模式。弗雷泽引用了大量资料来解释、说明为什么会存在这种情况。弗雷泽在此书中公开宣称,他的主要目的就是要探究并解释存在于"金枝国王"这一奇异习俗之后的动机和目的。所谓"金枝国王"习俗,根据弗雷泽的考察,是指居住在内米湖畔的古意大利人如何进行王位交接的奇异习俗。根据这个习俗,王位继承人要从一棵圣树上折断一根树枝,然后在一对一的搏斗中杀死老国王,然后才能继承王位。

弗雷泽认为这个习俗是从远古时代传下来的。根据他的考察,在地中海沿岸的一些原始部落里,人们对他们的部落首领抱有一种神奇的看法:认为部落和自然界的繁荣昌盛有赖于部落首领的生命力,只要他们的首领强壮而有生殖力,他们的部落就能团结在一起,他们的食物供给就有保障。如果首领年老多病而身体衰弱了,那么庄稼也会如此。因此,当他们的部落首领精力衰竭后就应该被杀死,可以吃他的肉,喝他的血,把他的力量继承下来。弗雷泽认为,从这一习俗中发展出了许许多多的宗教,而所有这些宗教的中心人物都是一位以青年男子形象出现的神。他代表各个季节中的繁衍,尤其是农作物的丰产丰收,因此人们把他的躯体和血液与农作物的两种主要产品——面包和酒——等同起来。这种宗教的核心便是祭奠这位神的死亡与再生。这位神在希腊被称为"狄俄尼索斯",在叙利亚被称为"阿多尼斯",在埃及被称为"俄西里斯",在小亚细亚被称为"阿提斯"。这种吃神的"肉"、喝神的"血"的仪式也成了许多宗教的"相同的模式"。

弗雷泽还认为许多古代神话和祭祀仪式都与自然界的季节循环变化有关。自然界的万物春华秋实,一岁一枯荣,生生死死,年复一年,使远古人类联想到人的生死繁衍,便产生了人死而复生的想法,创造了许多神死而复生的神话传说。正如有的学者所说:"这种关于神死而复活的神话和仪式,实际上就是对自然节律和植物更替变化的模仿。"①

弗雷泽在《金枝》一书中的重要贡献在于他发现了处于不同文化背景之中的神话和祭祀仪式的相似性。也正是弗雷泽在这一方面的研究和发现才对于弗莱具有启发意义。

弗莱曾研究过弗雷泽,认为弗雷泽是一位知识极其渊博的学者并受到过多方面的影响,如《圣经》研究专家罗伯逊·史密斯的理论(即认为在原始社会中,祭祀仪式先于神话而存在,人们先把他们的信仰表现出来,然后再为它们想出理由来)就在很大程度上影响了弗雷泽。弗莱认为弗雷泽虽是一位社会人类学教授,但他从未做过任何真正的实地考察工作,他的研究主要是在图书馆和书斋里进行的。因此,对弗莱来说,弗雷泽的《金枝》与其说是一部人类学著作,不如说是一部古典学术研究著作,或者说是一部可供文学批评家参考的知识性著作。这种对于弗雷泽的著作和理论所采取的"离心的角度"的做法,正如弗莱本人在《无意识的象征》一文中所表述的那样:"我没有能力把《金枝》作为人类学的著作来讨论,因为我是一个文学批评家;关于人类学,我并不比其他任何人知道得多。……我倒要说《金枝》看起来与其说是一本为人类学学者写的书,倒不如说是为文学批评家写的书更合适。"②罗伯特·德纳姆也说:"弗莱看弗雷泽的《金枝》,就好像它是一部百科全书式的史诗或一部多卷本小说。"③

弗莱还认为《金枝》的主题是以祭祀仪式表现出的社会的无意识象征,从这一点上说,它与心理学是相关的。他指出:"《金枝》并不真的是关于人们在原始野蛮时代的所作所为,而是关于人类的想象在试图表现它对于最大的秘密,即生、死和来世的秘密时的活动。

---

① 张隆溪:《二十世纪西方文论述评》,三联书店 1986 年版,第 57 页。
②③ 德纳姆编:《诺思洛普·弗莱论文化与文学》,芝加哥 1978 年版,第 88、25 页。

换句话说,它是一部研究社会的无意识象征的书。它与弗洛伊德、荣格和其他心理学家关于个人的无意识象征(如做梦之类)的心理学著作相一致并相辅相成。令人惊奇的是,弗雷泽的模式与心理学模式是如此吻合。"①弗莱借用米尔西·伊利亚德对"金枝国王"习俗的分析,将弗雷泽在《金枝》中所阐述的观点与荣格的心理学理论进行了比较:"神圣的国王被神奇地认为是大自然力量的化身,因此,他的死和复活象征着从黑暗、寒冷、不结果实到新生的自然界的循环。国王复活的方式有两种:在部落里,制造一个躯体,把他的神性传给一位继承人,因此他的继承人就不会被认为是一个不同的人,而是同一种力量以新生的形态的继续。荣格的探索与此相似:自我下降到无意识的底层,与它在那儿发现的黑暗和混乱的力量搏斗,最后作为'个体',以获得新生的原来的生命归来。"②弗莱认为,死亡和再生的主题是弗雷泽和荣格的共同的主题,只是出发点不同而已。弗雷泽从社会祭祀仪式方面去研究,而荣格则从心理学的"变形象征"方面去研究。

　　总之,弗莱没有把弗雷泽的著作和理论当作是纯人类学的,而只是从"离心的角度"即文学的角度去研究后者的著作和理论,虽受到很大启发,但并没有完全形成理论;只是当他接触到了现代心理学,尤其是荣格的心理学理论之后才真正形成他的原型批评理论。结构主义理论家列维-斯特劳斯在探寻各种制度、各种文化、各种习俗下意识中共时的结构时指出:"假如……心的无意识的活动是在于把形式加在内容之上,如果这些形式在所有的心中——不论古今,不论原始人或文化人——基本上都是一样的……我们必须把握住隐藏在各种制度、各种习俗之下的无意识的结构方式,再找出一个可通用于各种制度、各种习俗的诠释的原理。"③弗雷泽只让弗莱看到不同文化背景中存在着相同的神话和祭祀模式这一现象,而未能向他揭示隐藏在这一现象深处的无意识的结构和产生这些相同模式的"原始意象";而荣格则用他的"集体无意识"学说和原型理论为弗莱找到了存在于文学中那些反复出现的意象之下的"无意识的结构",为他提供了阐释这些意象结构方式的理论基础。

　　当然,弗雷泽的许多理论和观点对文学研究也确实产生过较大的影响。较早运用他的理论的是吉尔伯特·默里(1866—1957)。默里发现莎士比亚剧中哈姆雷特的故事与古希腊英雄俄瑞斯忒斯的故事有许多绝非偶然的相似之处。他们两人都是老国王的儿子,老国王被王族中某个亲属谋杀了,而后这个亲属篡位做新国王,并娶了王后即他们的母亲作妻子;然后哈姆雷特和俄瑞斯忒斯又都受到神示去为他们的父亲报仇,最后他们不仅杀死了篡位的新国王,而且也都直接或间接地导致了他们的母亲的死亡。默里深入考察了哈姆雷特和俄瑞斯忒斯两个故事的发源和神话模式,指出,前者出自斯堪的纳维亚的神话传说,后者为古希腊神话,两者不大可能为相互影响或相互模仿。因此,默里认为两个故事之后是"我们可以称之为金枝国王的世界范围的仪式或习俗故事"④,换句话说,就是弗雷泽所说的"老国王被新国王、新国王又被后来的新国王所杀"的循环模式。因此默里

---

①②　德纳姆编:《诺思洛普·弗莱论文化与文学》,芝加哥1978年版,第89—90、101页。

③　列维-斯特劳斯:《结构人类学》,纽约1963年版,第22页。

④　吉尔伯特·默里:《诗歌传统》,剑桥1927年版,第228页。

相信,某些故事和情景"深深地植入了种族的记忆之中,可以说是在我们的身体上打上了印记"①。实际上,默里使用的"种族的记忆"的比喻就有着心理学的含义,只不过他不是心理学家而未作深入研究而已。这种"种族的记忆"的心理学含义则由荣格发掘了出来。

8.2 荣格的原型理论

卡尔·荣格(1875—1961),瑞士著名的心理学家和精神病学家。少年时代生活孤独,喜爱哲学。先在巴塞尔大学学习医学,后去巴黎学习精神病学;1902 年获苏黎世大学医学博士,毕业后在该校任精神病医师。1933 至 1941 年在苏黎世联邦工业大学任心理学教授,1943 年起任巴塞尔大学医学心理学教授。主要著作有:《精神分析理论》(1912)、《无意识心理》(1916)、《分析心理学文集》(1916)、《心理类型》(1923)、《心理学与宗教》(1938)、《心理学与炼金术》(1952)等。

荣格在早期临床实践中,创立了"词语联想"测验法。他使用这种方法去寻找和分析精神病患者的心理隐情,发现了许多精神病患者存在着由性内容引起并被排除在意识之外的情绪,并在此基础上提出了著名的"情结"概念。作为精神分析学派的创始人之一,荣格曾追随弗洛伊德 5 年。1913 年,荣格因与弗洛伊德见解不合而与之中断关系,并创立了自己的理论派系。由于荣格比较热衷于宗教和神话,他的理论和思想具有较强的超验性和神秘主义色彩。总体上说,荣格的理论仍然是以弗洛伊德的精神分析学为基础的,但他在许多基本概念和观点上对后者进行了重大的修正和发展。比如,他对无意识、力比多、自我等概念都作了新的解释。他的关于"内倾"和"外倾"的心理类型理论不仅在心理学界影响很大,而且早已成为一般的常识。由于篇幅所限,这里只就他的文艺美学思想的核心——"集体无意识"学说和原型理论——作一简要评述。

"集体无意识"学说是荣格对弗洛伊德的无意识理论的发展。虽然荣格也承认无意识这一概念,但却不同意弗洛伊德关于无意识是毫无理性的性本能冲动的观点。作为一位心理学家和精神病学家,荣格在临床实践和广泛阅读的基础上,从神话以及他的病人的梦和幻想中,发现许多现象似乎源自原始社会的集体经验而不是个人的经验,因此他相信所有的人不仅都有着"个人无意识",而且也都具有一种"集体无意识",于是他把弗洛伊德的无意识概念加以拓展,将它分为"个人无意识"和"集体无意识"。所谓"集体无意识",用荣格的话来说,是"并非由个人获得而是由遗传所保留下来的普遍性精神机能,即由遗传的脑结构所产生的内容。这些就是各种神话般的联想——那些不用历史的传说或迁移就能够在每一个时代和地方重新发生的动机和意象"②。换句话说,"集体无意识"是指人类自原始社会以来世世代代的普遍性的心理经验的长期积累,"它既不产生于个人的经验,也不是个人后天获得的,而是生来就有的"③。这是一个保存在整个人类经验之中并不断重

---

① 吉尔伯特·默里:《诗歌传统》,剑桥 1927 年版,第 238—239 页。
② 荣格:《心理类型》,伦敦 1924 年版,第 616 页。
③ 荣格:《卡尔·荣格主要著作选》,纽约 1959 年版,第 287 页。

复的非个人意象的领域。罗伯特·戴维斯和罗纳德·施莱弗认为:"集体无意识既属于人类,(在意识层次之下)也属于个人,包含'原型',或曰人类经验的基本模式和形式,如'母亲'、'再生'、'精灵'、'骗子'。"①

荣格把集体无意识的内容称为"原型"。根据荣格的解释,原型是"自从远古时代就已存在的普遍意象"②,是在人类最原始阶段形成的。原型作为一种"种族的记忆"被保留下来,使每一个作为个体的人先天就获得一系列的意象和模式。尽管这种理论显得有些神秘,但荣格觉得没有其他方法能够说明为什么那些处于完全不同的文化和社会背景之中的个人的头脑中会存在或出现相似甚至几乎完全相同的意象和模式。譬如,荣格注意到,在一个新教牧师的梦中和在非洲部落的传说中都把水当作是无意识的象征。另一个十分典型的例子就是荣格在 1906 年治疗了一个病人,这个病人向荣格叙述了他的幻觉,其中包含着一些奇怪的象征图形。而人们直到 1910 年才首次在写在古希腊纸莎草纸上的文稿中译解出一些相似的象征图形来。因此,荣格认为,原型理论不仅可以解释诸如此类的例子,而且可以解释弗雷泽发现的神话和祭祀仪式的相似性,因为神话是从原型这种普遍模式中产生的。

正是通过解释和揭示原型与神话以及神话与艺术的关系,荣格把他的原型理论扩展到文艺领域。荣格认为,原型是人类长期的心理积淀中未被直接感知到的集体无意识的显现,因而是作为潜在的无意识进入创作过程的,但它们又必须得到外化,最初呈现为一种"原始意象",在远古时代表现为神话形象,然后在不同的时代通过艺术在无意识中激活转变为艺术形象。这些原始意象即原型之所以能够遗传下来,在很大程度上得益于文艺这个载体,因为在漫长的历史进程中,它们不断地以本原的形式反复出现在艺术作品和诗歌中;也正是因为如此,荣格说,在文艺作品中,"一旦原型的情境发生,我们会突然获得一种不寻常的轻松感,仿佛被一种强大的力量运载或超度。在这一瞬间,我们不再是个人,而是整个族类,全人类的声音一齐在我们心中回响"③。

在文艺研究中,荣格不同意文学艺术即幻想的观点,不赞成把治疗精神病的精神分析方法直接运用于文艺研究。因此,弗洛伊德从"个人无意识"的角度去解释文艺现象,而荣格则用"集体无意识"理论去解释。荣格认为文艺作品是一个"自主情结",其创作过程并不完全受作者自觉意识的控制,而常常受到一种沉淀在作者无意识深处的集体心理经验的影响,这种集体心理经验就是"集体无意识"。虽然读者不能直接在文艺作品中发现集体无意识,但却能通过在神话、图腾和梦中反复出现的原始意象发现它的存在与意义。因此,批评家可以通过分析在文艺作品中反复出现的叙事结构、人物形象或象征,重新构建出这种原始意象,进而发现人类精神的共相,揭示艺术的本质。

同弗洛伊德的精神分析学一样,荣格以"集体无意识"学说为核心的心理学理论对文学研究也产生了很大的影响。最早运用荣格心理学理论的是莫德·博德金(1875—

---

① 戴维斯、施莱弗:《当代文学批评:文学和文化研究》,纽约 1989 年版,第 278 页。
② 荣格:《卡尔·荣格主要著作选》,纽约 1959 年版,第 288 页。
③ 荣格:《心理学与文学》,三联书店 1987 年版,第 121 页。

1967)。她在 1934 年发表的《诗歌中的原型模式》中便将荣格的"集体无意识"学说及原型理论运用于诗歌研究,从诗歌中某些反复出现的意象、象征和场景中发掘出由来已久的原始意义。比如,博德金在此书中用了整整一章去讨论英国浪漫主义诗人柯勒律治的《老水手》一诗,她认为这首诗的艺术效果在于它与《圣经》中约拿的故事同属一类,表现了"再生"这一原型。约拿不服从神命,乘船逃走,惹得海上风浪大作,被众人扔进大海,被一条大鱼吞入肚内三天三夜,而后他在鱼肚里向神呼救许愿,又被鱼吐出来抛在岸边获得"再生"。《老水手》的故事与此异曲同工——老水手也在海上航行,起初他充满仇恨与罪恶,杀死了一只信天翁,由此招致一连串的灾难,全船水手全部死亡,他也无力动弹,等待死亡,这时他明白了自己的罪过,便开始祈祷,于是一种异乎寻常的力量把船推向岸边使他获得"再生"。

8.3　弗莱的原型批评理论

诺思洛普·弗莱(1912—1991)是 20 世纪加拿大著名思想家和文学理论家。他出生于加拿大魁北克省的舍布卢克,先后入多伦多大学和牛津大学学习,1940 年获牛津大学硕士学位。毕业后回多伦多大学维多利亚学院教授英国文学。曾一度兼任《加拿大论坛》编辑。主要著作有:《可怖的对称:威廉·布莱克研究》(1947)、《批评的解剖》(1957)、《同一性的寓言:诗的神话研究》(1963)、《顽强的结构:文学批评与社会研究》(1970)、《批评之路》(1973)、《世俗圣经:传奇结构研究》(1976)等。他深入地探索了统治西方文化的神话的本质,系统地建立了以神话—原型为核心的文学类型批评理论,为加拿大以及整个世界的文学理论的发展作出了卓越的贡献。他的理论思想不断引起东西方学者的关注;他的《批评的解剖》等几部主要文学理论著作被认为具有里程碑式的作用,在西方文学史和文化史方面产生了广泛而深远的影响。

8.3.1　弗雷泽与荣格对弗莱的不同影响

如前所述,尽管有少数像博德金这样的批评家在弗莱之前就曾尝试在文学批评中使用原型模式,但是原型批评作为一种文学批评理论和手法并产生巨大影响是弗莱的功绩。应当承认,弗雷泽的人类学理论,特别是荣格的"集体无意识"学说、原型理论以及早期批评家在文学批评中运用原型模式的实践,对弗莱有着极大的影响。虽然以德纳姆之见,弗莱在评论荣格的《无意识心理》时形成的一种批评观点后来进入了《批评的解剖》一书中对象征原型的阐述,但是,这并不是说弗莱的原型批评理论完全是荣格式的,或完全受制于弗雷泽的人类学影响,因为弗莱不仅强调文学批评必须与其他学科,如人类学和心理学独立开来,而且在建立其原型批评理论的过程中,弗莱虽以荣格的原型理论为基础,但却把对原型的定义从心理学的范畴移到了文学领域,建立了以"文学原型"为核心的原型批评理论。

此外,还应着重指出的是,尽管弗雷泽的人类学和荣格的心理学对原型批评理论的形成都产生过十分重要的影响,但影响的角度和程度是不同的。作为原型批评的理论基础,前者是"外壳",后者是"核心",也就是说,弗莱的原型批评主要是以荣格的精神分析学,尤其是其"集体无意识"学说和原型理论为理论内涵的,而弗雷泽的人类学理论(主要是其神话理论)只是弗莱原型批评理论的契入点或外壳,前者对后者的影响只是表层的、导入性的,就像弗洛伊德通过梦发现人的无意识领域的内容,进而建立起他的精神分析学说一样,弗莱通过神话发现了文学中的"无意识的结构"——"原型"——而建立起他的原型批评。

我们之所以这样说,是基于以下两点考虑:第一,一般人只看到弗雷泽和荣格的理论对弗莱的影响,而没有注意到弗莱在建立其原型批评时对他们的理论采取了不同的借鉴"角度",用德纳姆的话说,即"离心的角度"和"向心的角度"①。所谓"离心的角度",是指弗莱只是借用他人的一些概念或模式而实质指向不同;而所谓"向心的角度",是指弗莱不仅借用他人的概念或模式,而且在内容实质上,指向也是基本相同的。德纳姆认为:弗莱对荣格的理论采取了"向心的角度",而对弗雷泽,弗莱则采取了"离心的角度"。②第二,从表面上看,弗雷泽的神话模式理论和荣格的原型理论似有相似之处,但他们的根本区别在于:弗雷泽只是在神话中发现了相同的模式,而荣格则说明了这些模式是怎样保存下来的。正如荣格解释了自从远古时代就已存在的"原型"是怎样保存在整个人类经验之中并不断反复的,原型批评的兴趣也在于探寻文学中某些反复出现的意象的由来已久的原始意义以及它们是怎样保存在文学经验之中的。正是从这一层意义上说,我们才认为弗莱的原型批评是以荣格的心理学理论为基础的,才同意罗伯特·戴维斯和劳里·芬克提出的"精神分析学……是原型批评的理论之父"③的观点的。至于弗雷泽的理论对原型批评的影响,主要是弗雷泽在不同文化背景中发现了相似的神话模式,这对弗莱从整体上考察文学中反复出现的意象有所启发。此外,弗雷泽的那种春夏秋冬季节循环变化与远古神话和祭祀仪式有关的理论对弗莱的原型批评也有所影响。

8.3.2 弗莱的原型批评理论

弗莱的原型批评理论涉及的内容很多,这里仅从三个主要方面进行评述。

首先,应该强调的是,弗莱的原型批评理论的核心是"文学原型"。弗莱在构建其文学理论时对原型进行了移位,把心理学或人类学意义上的原型移到了文学领域,赋予原型以文学的含义。原先的原型是一些零碎的、不完整的文化意象,是投射在意识屏幕上的散乱的印象,这些意象构成信息模式,既不十分模糊,又不完全统一,但对显示文化构成却至关重要。现在经过弗莱的移位,原型成了文学意象,一个原型就是"一个象征,通常是一个意象,它常常在文学中出现,并可被辨认出作为一个人的整个文学经验的一个组成部分"④。譬如,弗莱认为,有些常见的自然景象,如大海、森林等,在文学作品中反复出现,就不能被

---

①② 德纳姆编:《诺思洛普·弗莱论文化与文学》,芝加哥 1978 年版,第 25—26 页
③ 戴维斯、芬克:《文学批评与理论:从古希腊至当代》,纽约 1989 年版,第 571 页。
④ 弗莱:《批评的解剖》,普林斯顿 1957 年版,第 365 页。

认为是"巧合"，相反，这种反复显示了自然界中的某种联系，而文学则模仿这种联系。因此，在文学中，一个关于大海的故事就可能有一个潜在的原型模式。

通过转化、运用原型理论，弗莱把一部作品构织成一个由意象组成的叙述表层结构和一个由原型组成的深层结构，并通过原型的零乱的提示去发掘出作品的真正含义。弗莱认为原型不仅可以包容而且可以贯穿文学作品中的人物、情节和背景的发展过程；一些表面上没有联系的文本组成部分和描写细节构成了一个或多个原型模式，而这些模式又可以反映作品的叙述和意象表层之下的内容。

这种原型的移位对于弗莱来说是必要的，因为他试图发现文学的"概念框架"，也就是说，去确定文学领域的组织结构。弗莱说："所谓原型，我是指一个把一首诗与另一首诗联系起来因而帮助使我们的文学经验成为一体的象征。"[①]而原型批评的目标之一就是不仅发现作品的叙述和意象表层之下的原型结构，而且揭示出连接一部作品与另一部作品的原型模式，最终"使我们的文学经验成为一体"。而且弗莱认为，人们不可能到文学之外去完成这一任务，不可能用其他领域——无论是历史学、人类学、心理学，还是社会学领域——的概念来结构文学。相反，人们必须用归纳的方法来考察文学本身。而弗莱的考察结果显示，文学的结构是神话式的，不同类型的文学构成"一个中心的、统一的神话"的不同方面，而在各类文学的具体作品中，人们可以发现相似的原型和模式。

其次是弗莱的"文学循环发展论"。弗莱从前人的理论中，尤其是从生命和自然界的循环运动中得到启发，认为文学的演变也是一种类似的循环。人生有生有死，自然界有日出日落、春夏秋冬的交替更迭，弗莱根据自然界里这种周而复始的循环变化规律，归纳出四种原型：

（1）黎明、春天和出生方面，这是传奇故事的原型，狂热的赞美诗和狂想诗的原型；

（2）正午、夏天、婚姻和胜利方面，这是喜剧、牧歌和田园诗的原型；

（3）日落、秋天和死亡方面，这是悲歌和挽歌的原型；

（4）黑暗、冬天和毁灭方面，这是讽刺作品的原型。[②]

弗莱使用这种原型体系去阐释文学的形态。对弗莱而言，有四种类型的文学或四种叙事模式，每一种叙事模式又是一种更大的模式的一部分。这种大的模式，与春夏秋冬四个季节或者神话英雄的出生、死亡和再生相似：春天与喜剧对应，夏天与传奇对应，秋天与悲剧对应，冬天与讽刺对应；然而冬天过后又是春天，讽刺达到极点又会出现喜剧色彩。文学由神话开始，经历传奇、讽刺等阶段后，又有返回到神话的趋势。因此，文学的发展演变过程呈现出一种循环状态。

最后是弗莱的"整体文学观"。弗莱认为文学是一个有机的整体，是一个自主自足的体系。在"文学的原型"一文中，弗莱把艺术和自然作了比较，认为文艺批评家应像自然科学家把自然当作一个有机的整体那样，把艺术当作一个有机的整体来进行研究。众所周知，原型批评是作为对新批评的一种反驳而兴起的。弗莱认为，新批评对于文艺作品的

---

① 弗莱：《批评的解剖》，普林斯顿1957年版，第99页。

② 王宁等编：《弗莱研究：东方与西方》，中国社会科学出版社1996年版，第161页。

"细读"只是解释了个别的、具体的作品,作为一种微观研究,它虽然对发现文学艺术的个别现象和规律有益,但却忽略了文学作品之间的联系,忽略了文学的广阔的结构性,因而不能发现文学艺术的普遍形式和规律。弗莱主张将一首诗或一部作品放在它与作者的全部作品中去考虑,放到整个文学关系和文学传统中去考虑;也就是说,批评家还必须对文学进行宏观研究,必须找到一种更大的范式,去发现和解释文学艺术的总体形式和普遍规律,这种更大的范式就是原型。因此,弗莱的原型批评实质上是把文学作为一个整体进行研究的批评模式。当然,弗莱在阐述其原型批评理论时并未把宏观研究与微观研究分开,尤其是在其代表作《批评的解剖》一书中,他从五个层面——从微观到宏观——对文学进行了分析,即字面层面、描述层面、形式层面、原型层面和普遍层面。在《批评的解剖》中,弗莱分析或评述了几百部作品,然而他的兴趣并非要"细读"这些作品,而是要通过分析这些作品去研究文学作品的类型或"谱系",并通过这种研究去发现潜藏在文学作品之中的人类的文学经验。弗莱正是从整个文学现象出发,通过对文学的整体研究,建立起他的原型批评理论的。

总的说来,弗莱及其原型批评理论对当代西方文论作出了重要贡献,主要是:

第一,弗莱将文学作为整体来考察,注意观察文学本身的运动发展规律,对我们认识文学的本质、起源、发展和演变有较重大的意义。

第二,弗莱将文学批评作为一门独立的学科,不仅考察各种批评之间的关系,而且考察文学批评与其他学科之间的关系,这种"批评的解剖"有助于我们进一步认识批评的功用,有助于建立科学的文学批评体系。

第三,作为对新批评的反驳,弗莱将文学作品置于一个更大的文化背景中去考察,使我们能够克服狭隘的思维方式,克服极端形式主义的批评倾向。

第四,弗莱对文学形式的区分,为我们清楚地勾勒出文学形式变化的主流,使我们对西方文学的全貌有一个总的认识。

第五,弗莱的原型批评为我们观察文学世界提供了新视角,为我们分析文学作品提供了新方法。

原型批评理论不足之处首先在于,它认为文学艺术只源于原型,否认社会生活是文学艺术的唯一源泉,这在根本上是错误的;其次,它虽注重文学的总体性研究,但却忽视了具体文学作品的审美结构和审美功能,因此,在弗莱那里,文学作品丧失了个性,至多是原始文化的继承,这显然不符合世界文学发展的实际;再次,弗莱用自然界的循环规律来解释文学形态和文学发展史,如将春夏秋冬四个季节与喜剧、传奇、悲剧和讽刺四种叙事模式对应起来,虽不乏创新之意,但实质上,这是用异质同构的方法来整理文学现象,带有很大的主观性、机械性和形式主义色彩。

8.4　原型批评的整体性文化批评倾向

弗莱的原型批评是一种独特的批评方法,随着弗莱研究的深入展开,我们发现,文化批评的成分在弗莱的批评理论中,尤其是在其后期著述中占有很大的比重。综观整个原型批评理论,我们认为,原型批评呈现出一种整体性批评和文化批评的倾向。这是因为,第一,弗莱的原型批评是以荣格的集体无意识学说和弗雷泽的神话理论为基础的。我们认为这两种理论本身就含有相当多的社会文化的因素,而且弗莱的理论兴趣更在于阐释原型的文化含义。弗莱把文学当作大文化语境中的一个整体,使用原型去挖掘文学意象的原始意义,发现文学的原型"概念框架"。第二,我们认为,弗莱在建立其原型批评理论时曾受到多种因素的影响,除了精神分析学和神话理论的影响之外,还主要受到以下两个方面的影响:即马克思的社会历史观(尤其是在此基础上发展起来的 20 世纪西方马克思主义文化历史批评)和奥斯瓦尔德·斯本格勒(1880—1936)的"历史有机(循环)发展论"。弗莱本人曾在《历史形态》一文中指出:"对现代思想的综合是我们时代的点金石,而且任何这种综合如果不是由历史哲学所构成,就必定包含这种历史哲学。马克思和斯本格勒就代表了这个领域里最杰出的现代成就。"①

虽然 19 世纪少数奉行马克思主义的历史批评家存在着被恩格斯所批评的"经济决定论"的缺陷,但进入 20 世纪之后,大多数马克思主义批评家都抛弃了这种庸俗社会学的理论,拓展了批评的视野,从对作为上层建筑一部分的文学艺术与社会经济基础之间的关系的研究转向对社会、历史和文化(包括文学艺术)进行整体性研究,尤其是从历史、文化的角度进行这种整体性研究更是 20 世纪马克思主义文艺批评的主要方法之一。这种研究方法对 20 世纪的文学研究产生了广泛的影响。弗莱曾经说过:"马克思主义是另一种被广泛采用的、扩大了的历史透视法,而且从内在属性上说可能是最重要的一种。"②虽然弗莱把马克思主义归结为一种外部研究方法且认为有一定局限性,但他承认"没有人能够或者应该否认文学与历史的关系"③。实际上,原型批评与文化历史批评就有相互重叠的地方,历史批评家称之为历史背景的东西,原型批评家称为神话原型。这两种批评均承认文学有一种潜在的模式,而且这种模式至少在某种程度上决定文学作品的形态。所不同的是,对历史批评家来说,这种模式产生于历史或者就是历史本身,而对原型批评家而言,这种模式就不那么容易被辨认,它往往存在于文学意象之下,存在于人类的信仰和行为之下,其源头要追溯到史前史、神话或者书面文学产生之前的传说和故事中。譬如美国文学中的"美国梦"主题,对历史批评家来说,是一个产生于 19 世纪美国的社会历史环境之中的文学模式,而对原型批评家来说,则是一个永恒的人类理想的地区性文化表现形式,有着悠久的历史意义。

至于斯本格勒的影响,主要是其"历史有机(循环)发展论"的观点。斯本格勒认为,历史的基本形态既不是单个事件的混乱组合,也不是稳定的线性发展,而是一系列他称之为"文化"的社会发展形态。这些文化像有机体一样成长、成熟、衰老、死亡。他举例说,西方文化的春天在中世纪,夏天在文艺复兴时期,秋天在 18 世纪,冬天则随着法国大革命而开始。而在此之前的古典文化也经历了相同的阶段。荷马时代的英雄相当于中世纪的骑士英雄,古希腊城邦时代相当于文艺复兴时期,雅典的全盛时期相当于巴赫和莫扎特时代,

---

① 德纳姆编:《诺思洛普·弗莱论文化与文学》,芝加哥 1978 年版,第 76 页。

②③ 弗莱:《批评之路》,布卢明顿 1973 年版,第 19、18 页。

而亚历山大时代则相当于拿破仑时代。这种观点无疑与弗莱的文化史中平行阶段的理论及其原型季节循环模式十分相似。弗莱承认斯本格勒为他的《批评的解剖》中第一篇文章的模式概念提供了基础。

总之,弗莱对西方文学的发展及其历史层面进行了整体研究,对西方文学的原型发展——从史前祭祀神话直到当代讽刺文学——作了"原始结构主义"的解读,进而在文化整体之上竖立起单一神话的结构,其目的就是为了给文学批评提供一个整体的原型"概念框架",建立起一种整体性的批评体系。弗莱曾经说过:"我想要的批评之路是这样一种批评理论:首先,它可以解释文学经验的主要现象;其次,它将就文学在整个文明中的地位引出某种观点。"①罗伯特·戴维斯和劳里·芬克也指出:"他的方法是把整个文学作为一个文化结构整体,包括诗歌、戏剧和散文的全部作品。"②

原型批评是 20 世纪最重要的西方文学批评流派之一,然而过去对原型批评的研究有简单化的倾向:批评家们过于注重弗雷泽的人类学理论(主要是其神话理论)和荣格的精神分析学(主要是其集体无意识学说)对原型批评的影响,忽视了对来自其他方面影响的研究,因此批评界或称之为神话—原型批评,或将它划为精神分析学的领域。其实,弗莱的原型批评是诸多复杂因素的产物。除了它的心理学基础和神话因素之外,我们认为,在文学观念上,弗莱受到了马克思主义文艺思想和社会历史观的影响,其原型批评呈现出一种整体性文化批评的倾向;在方法论上,原型批评还吸取了斯本格勒的"历史有机(循环)发展论"和早期结构主义的一些东西;此外,原型批评虽以反对新批评的面目出现,但在某些方面仍带有"文学自足论"的痕迹,需要我们作细致的研究和区分。

①　弗莱:《批评之路》,布卢明顿 1973 年版,第 14 页
②　戴维斯、芬克:《文学批评与理论:从古希腊至当代》,纽约 1989 年版,第 656 页。

9 西方马克思主义文论(上)

在 20 世纪的文艺理论家中,有一批有别于传统马克思主义文艺理论家、一般被人们称为"西方马克思主义"的文艺理论家,他们中有:卢卡契、萨特、葛兰西、马尔库塞、阿多诺等一大批有世界性影响的人物。

必须指出,西方马克思主义文论并不是一个严密的文学理论流派,其代表人物往往运用他们各自所理解的马克思主义基本观点来研究分析文学理论的基本问题,作为他们哲学理论、社会理论的延伸和补充。由于各人理解的不同,他们的观点也多有不一致之处。但有一点是共同的,即他们都明确打出"重新研究"、"重新发现"、"重新创造"马克思主义的旗号,虽然实际上他们常常有意无意地偏离马克思主义基本原理。西方马克思主义文论十分丰富复杂,其中既包含了许多富有新意、发人深省的理论观点,也存在着这样那样的理论错误,需要我们谨慎地分析鉴别。

9.1 理论背景与发展概观

西方马克思主义文论的产生是与西方马克思主义思潮紧密地联系在一起的。西方马克思主义的产生有着特定的社会历史背景。20 世纪初,在苏联"十月革命"胜利的鼓舞下,西方的德国、匈牙利和奥地利等国曾相继爆发革命,但都遭到了失败。而苏联革命胜利后的许多政策和措施则被许多西方国家的共产党人视为"庸俗经济决定论"、"机械唯物主义"的产物。特别是后来斯大林主义的集权主义更引起了许多西方共产党人的不满和抵制。另一方面,第二次世界大战以后西方资本主义国家经济迅速发展,进入了所谓"后工业化"时期,引起了社会结构、阶级结构、意识形态等方面的深刻变化,以致引发了马克思关于暴力革命的学说是否还有意义,列宁关于帝国主义的腐朽性、垂死性的论断是否过时等等的怀疑。正是由于西方许多国家革命的失败、战后西方社会发生的新变化以及对斯大林主义的不满,西方马克思主义者提出了种种不同于传统马克思主义的新理论。

一般认为,西方马克思主义的产生是以卢卡契 1923 年发表《历史和阶级意识》为标志的。其创始人除卢卡契外,还有德国共产党人柯尔施和意大利共产党领袖葛兰西等。这股思潮一出现,就遭到共产国际的抵制,被指责为"理论上的修正主义"。后来,在欧美共产党内外一些想走第三条道路的理论家中间,西方马克思主义思潮继续得到发展,其中影响最大的是德国的法兰克福学派和法国的萨特等。西方马克思主义理论家往往把马克思主义与某些当代哲学或社会理论结合起来,形成了诸如"存在主义的马克思主义"、"精神分析学马克思主义"、"结构主义的马克思主义"等新学说。许多西方马克思主义理论家还把文艺理论和美学研究作为自己创立新理论的一个重要组成部分,这一部分就是本章与下一章要重点介绍的内容。

西方马克思主义文艺理论家的观点存在着很大的差异,但他们都努力按照他们各自理解的马克思主义来研究文学理论问题:他们都主张把文学作品放在社会历史、文化的大背景中加以理解,反对把文学作品与社会和历史割裂开来;他们一般都注意从经济基础与上层建筑的相互关系中审视文学的意识形态性质,对文学的社会功能高度重视。就其广泛性、丰富性、新颖性而言,西方马克思主义文论家们几乎涉猎了所有重要的文艺理论问题,其中包含了许多真知灼见,极具启发性,值得我们重视。

本章主要介绍除德国新马克思主义(主要是法兰克福学派)之外的西方马克思主义文论,其中萨特已在第 7 章作了专门论述,本章从略。

9.2　卢卡契的现实主义文论

卢卡契(1885—1971)是匈牙利著名的西方马克思主义理论家,生于布达佩斯,1903年就读于布达佩斯大学,1909 年获博士学位后前往柏林大学深造。1918 年加入匈牙利共产党,曾因参加匈共领导的革命起义而于 1919 年被奥地利反动政府逮捕。曾两次流亡苏联,第二次世界大战后回到布达佩斯,1956 年匈牙利事件后,由于他曾出任纳吉政府文化部长而被迫流亡罗马尼亚,次年才被允许回国。卢卡契一生十分曲折,在世时人们对他的评价毁誉不一,在他故世后却声誉鹊起。他的一生著述十分丰富,主要有:《心灵与形式》(1911)、《历史与阶级意识》(1923)、《现实主义论文集》(1948)、《德国新文学史纲》(1953)、《审美特性》(1963)、《社会存在本体论》(1970 年完成,1984 年出版)等。卢卡契的著作广泛涉猎了哲学、美学、历史、文艺理论、文学史、政治理论等各个方面,在这些领域中都作出了重要贡献,产生了很大的影响。他的文艺理论具有鲜明的现实主义倾向,在西方马克思主义文论中独树一帜。美国著名文学史家、文艺理论家韦勒克将他与克罗齐、瓦莱里、英伽登并称为 20 世纪西方四大批评家,他的理论影响由此可见一斑。

9.2.1　艺术本质——审美反映论

卢卡契在研究艺术问题的时候,首先强调社会存在第一性的原则,把人的心理看成是第二性的,并随社会历史而发展变化。他坚持唯物论的反映论,认为任何反映都是主观性和客观性的结合,不可能是镜子式的机械反映。他还特别强调社会、人类和理论体系的整体性原则。这样一些基本原则使卢卡契对文艺理论的基本问题持一种鲜明的现实主义立场。

卢卡契认为,文学艺术作为上层建筑的一部分,作为人们的意识形态,是现实的反映,但这种反映是一种能动的反映。他坚决反对把对客观现实的反映武断地毫无根据或不加分析地等同于现实的机械的照相复制。在他看来,文学艺术作为一种审美反映是反映现实与超越现实的辩证统一。文学艺术的内容来自对客观现实的反映,但这种反映又是对客观现实的超越。这种超越具体表现在以下三个方面:第一,审美反映必然渗透着艺术家主观成分。艺术家的审美趣味、思想情感等主观因素不可避免地要伴随着整个审美反映过程,这样,艺术家对现实的反映就是主观性与客观性相结合的反映,这种反映也就超越了客观现实。第二,审美反映包含了主观辩证法,通过有意识的选择而超越客观现实。艺术家对现实的反映是一种有选择的反映,"在意识对现实的反映中就进行了一种决定人与周围环境之间相互关系的选择。也就是说,某些作为基本的要素得到了强调,而其余的则完全或者至少部分地被忽视、被排斥到背景中去"①。这是艺术家主观能动性的表现。第三,审美反映是一种拟人化的反映。艺术与科学、日常生活活动的区别就在于这一点。卢卡契认为,尽管这三者反映着同一个现实,但由于它们"分别按照在人的社会生活中所形成的具体目标的类型——所摹写的内容和形式能够且必定产生不同的结果"。科学反映不具有拟人化的特征,而审美反映则具有拟人化的特征。这种拟人化特征具体表现在审美反映是以人为中心的。艺术作品以人的世界为对象,是人类自我意识的最高表现方式。艺术在本质上是为了满足人类自我认识的需要而产生的。

那么艺术的这种拟人化的审美反映是如何实现的呢?卢卡契认为艺术通过塑造典型来反映现实。他指出,典型是普遍性和个别性的有机统一,是如同黑格尔所说的"具体的一般"。在文学艺术中,典型既具有深刻的个性,又反映了社会演变的趋向。文学艺术中的典型,一方面经过普遍化,把各种个别性纳入综合的联系之中,另一方面又具有多样化的特征,与实际生活中的个人融为一体。典型应当是活生生的形象,既非席勒式的抽象理想的化身,又非左拉式的"平均数"。典型是"将人物和环境两者中间的一般和特殊加以有机的结合的一种特别的综合"③。文学就是通过典型反映现实生活的。

9.2.2　艺术发生——劳动与巫术统一论

艺术发生学是卢卡契现实主义文艺理论的重要组成部分。在对艺术起源的探讨中,卢卡契一方面接受并发挥了马克思和恩格斯的劳动起源论,另一方面又用巫术起源论加以补充。他从劳动与巫术的相互作用中揭示了艺术起源的根本原因。

对于文学艺术的起源,卢卡契指出:"只有揭示了劳动是人类形成的手段,在这里才使问题根本地转向现实。……对人的活动的产生、形成和发展,只有在与劳动的发展、与人征服周围环境、与人通过劳动对自身的改造三者的相互关系中才能理解。"④人类劳动之所以与文学艺术的产生密切相关,首先是因为审美活动的主体条件是在劳动过程中历史地生成的。卢卡契完全赞同马克思提出的五官的发展是全部世界史的产物的观点,认为艺术的形成史只能在人类社会生产劳动的发展史、在"五官世界史"的范围内加以研究。其次,艺术创造的抽象形式是与劳动密切相联的。例如节奏作为一种艺术形式要素是与劳动分不开的,"在劳动与节奏的问题上应该肯定,节奏运动的形成是劳动过程本身改善

---

① ② ④　卢卡契:《审美特性》第 1 卷,中国社会科学出版社 1986 年版,第 299、22、179 页。

③　见《卢卡契文学论文集(2)》,中国社会科学出版社 1981 年版,第 48 页。

的一种结果,是劳动生产力发展的结果"①。再者,劳动生产力的提高,使人类有了闲暇,从而也就有了进行艺术创造活动的可能。同时由劳动的成功而获得的愉悦使人类的自我意识得到提高,这对艺术的历史生成也具有十分积极的意义。

卢卡契还认为,文学艺术的历史生成还借助于巫术的中介作用。在巫术活动中包含着尚未分化的、以后会成为独立的艺术态度的萌芽。卢卡契试图指出模仿的巫术与对现实的艺术反映之间所具有的共同原理,从而揭示审美活动的产生、发展长期不可分割地隐藏在巫术之中的原因,另一方面还指出巫术与艺术的分化是客观的,是经过缓慢的充满矛盾的过程才实现的。在卢卡契看来,"产生模仿艺术形象的最初冲动只是由巫术操演活动中产生的"②。原始人类企图借助巫术操演征服自然,而巫术操演在客观上把操演者激发得如醉如狂。巫术活动具有两种特性:第一,它是对现实生活的模仿,从而具有现实生活的现象形式;第二,它能激发思想感情。而这两种特性正是产生文学艺术的必不可少的条件,这也就是巫术模仿活动与艺术反映之间的共同特征,正是这种特征使巫术模仿活动成为文学艺术历史生成的重要中介。

卢卡契从劳动和巫术模仿活动的结合上寻找文学艺术历史生成的根本原因,强调原始人类劳动与巫术活动的不可分割性,揭示原始人类劳动和巫术模仿活动对于艺术起源所产生的决定性作用,既丰富了马克思主义关于艺术的劳动起源说,坚持了现实主义的文艺原则,又深化了西方以萨洛蒙·赖纳许为代表的艺术的巫术起源说,为艺术起源的研究作出了新的贡献。

9.2.3　艺术功能——激发情感与认识世界统一论

卢卡契对于艺术所具有的社会功能的阐述同样贯彻了现实主义的原则。他以人为出发点来认识艺术所具有的社会作用。他认为艺术主要具有情感激发作用和认识作用。艺术之所以具有情感激发作用,这是与艺术的本质分不开的。既然艺术是艺术家对现实的社会生活能动反映的结果,是对现实生活本质的发掘,艺术提供给人们的是一个独特的世界、一个理想的世界,那么当人们面对着这样的艺术作品时,他就会采取一种静观的态度,这时,"感受者因此把他感受作品时汇集起来、突出在其中的个性集中在作为整体的作品的静观上。……使又回到生活中去的整体的人将这里所获得的新的经验用于生活中,作品在他身上所引起的激动主要是改变和加深了他个人在生活中的体验"③。显然艺术形象能唤起情感,这是因为艺术作品本身在"思维的强度上"表现出这种情感,并相应地传递到感受者那里。这种情感激发作用使感受艺术的人体验到人的整体性,并将从艺术静观中获得的新经验用于生活,努力使自己成为整体的人。

同时艺术又具有认识作用。当然这种认识作用有别于科学的认识作用。因为艺术的认识作用与主观性相联系,它所提供的有关社会和人生方面的知识要比科学来得多。同时艺术具有虚构性,这样艺术可以揭示迄今为止为科学认识所不可能接触的事实。另一

---

①②③　卢卡契:《审美特性》第1卷,中国社会科学出版社1986年版,第211、320、366页。

方面,艺术既可以提供对人类自我的认识,又可以认识外部世界,把对自我的认识与对外部世界的认识结合起来。艺术通过情感激发作用和认识作用,使欣赏艺术的人们获得独特的快感和直接的共鸣,洞察生活联系,扩大生活眼界,深化对世界和对人自身的认识。

总的来说,卢卡契对文艺的社会功能的现实主义阐释是辩证的,他看到了文艺的情感激发作用和认识作用,并把情感激发作为认识世界的基础,看到了文艺在社会斗争中的积极作用,并清醒地认识到,文艺对于社会实践的作用是以人性的陶冶为中介的。这种观点使他在艺术功能问题上与庸俗社会学理论划清了界限。

卢卡契的现实主义文艺理论丰富了马克思主义文艺理论,他坚持用唯物论的反映论探索文艺的本质,把文艺看成是对客观现实的能动反映;他对艺术起源的看法别具一格,深化了劳动起源论和巫术起源论;他对艺术社会功能的观点也非常深刻,既批判了割裂艺术与社会实践相联系的唯美主义观点,又抨击了庸俗社会学的艺术功能论。此外,他对自然主义、现代主义文艺观的批评,对现实主义文学的评论,对文艺批评原则的论述等都包含了许多有价值的理论观点。然而,卢卡契文艺理论中也存在着一些明显的理论错误,例如,他把人道主义与唯物史观等量齐观,把人道主义作为其理论的基本出发点,这是一个重要失误。另外,他以现实主义为批评标准衡量一切文艺作品,也充分暴露了其理论的狭隘性。

9.3 葛兰西的"民族—人民的文学"论

葛兰西(1891—1937)是意大利共产党创始人之一,杰出的无产阶级革命家和文艺理论家。1911 年入都灵大学学习。1926 年被意大利法西斯逮捕,入狱达 11 年之久。他在艰苦的铁窗生涯中,克服难以想象的困难,写下了《狱中札记》(1947)、《狱中书简》(1947)两部著作,为马克思主义理论宝库增添了新的内容。在文学理论方面同样卓有建树。

9.3.1 倡导"民族—人民的文学"

葛兰西十分重视文学与现实社会生活的联系,重视文学与政治的联系,这是为他对文学本质的基本看法所决定的。他认为,文学是对现实生活的反映,"作者应该生活于现实世界,体验它的各种彼此矛盾的要求,而不可表达仅仅从书本上讨得的情感",作者应当"展示在精神和道德方面社会最先进的部分的命运,揭示蕴含于现今世态习俗的历史的发展"①。既然文学的最深厚的根源在于现实的社会生活,那么,文学家就必须深入到现实的社会生活之中去,努力用自己的笔来反映社会生活。当然,这种反映是借助于文学家的想象来达到的。不过,即使想象也受到现实生活的制约。在谈到凡尔纳的科幻小说时,葛兰西指出,想象并不是完全任意的,它受到科学进步的制约。既看到文学与社会生活的联系,又揭示文学反映生活要借助想象这一基本特性,这表明,葛兰西对于文学与社会生活

①　葛兰西:《论文学》,人民文学出版社 1983 年版,第 146 页。

关系的把握是比较准确的,因为他看到文学离不开社会生活,同时又认识到文学又不能完全与社会生活划等号。这样一种基本观点,既反对文学中脱离社会生活的形式主义倾向,又与照抄生活的自然主义倾向划清了界限。

在文学与社会生活的联系中,葛兰西特别重视文学与政治的联系。他认为,文学总是表达着某种政治倾向,通过情感和伦理观念的表达,使欣赏者感受到作者特定的政治态度。因此他要求文学作为"新文化"的一部分,成为"精神、道德革新的表现",为广大的人民大众服务。基于此,他对作家提出了明确的要求,要求他们具有同人民一致的世界观,想人民之所想,喜人民之所喜,体验人民大众的情感,与之融为一体,从而起到"民族教育者"的作用。与此同时,葛兰西也清醒地认识到,尽管文学与政治有着如此密切的联系,但也不能因此就把文学与政治等同起来。文学艺术之所以不能等同于政治,那是因为文学艺术还有自己的本质特点,这主要是它们具有审美品质。这种审美品质的集中表现就是文学艺术具有艺术形象。

"民族—人民的文学"的提出集中体现了葛兰西对文学与社会生活关系的基本观点。这是他结合意大利的社会历史和现实而提出的。他认为,在意大利存在着大众偏爱外国作家而毫不重视本国作家的现象。这种现象之所以产生,原因就在于很大一部分知识分子隶属于"农村资产阶级",他们的经济地位建筑在对农民的剥削之上,因此就与人民大众毫无联系,他们的作品也就缺乏人民性而为人民所不屑一顾。因此,葛兰西提出关于"民族—人民的文学"的思想,要求培养一支人民的知识分子队伍,在包括文学在内的各个文化方面与人民结合在一起,成为人民的代言人。

9.3.2 历史内容与美的形式的统一

对于文学的内容与形式之间的关系,葛兰西的基本观点是强调两者的有机统一,主张从"审美"和"历史"两个层面上来揭示文学作品内容与形式之间的关系。

葛兰西注重的是文学艺术作品内容与形式之间的有机联系,反对片面强调内容的机械观点,也反对只注重形式的形式主义观点。他辩证地看待内容与形式之间的关系,认为在优秀的作品中,内容与形式应当天衣无缝地结合在一起,以至于每个部分的变化都会引起作品整体的变化。这种看法继承了西方文学理论史上"有机整体"说的优良传统,又对这一传统加以发展,要求文学艺术的内容表现人民的愿望和理想,具有鲜明的人民性。

那么究竟什么是文学作品的内容呢? 葛兰西说:"对内容来说,带有根本意义的乃是作家和整个一代人对这个环境的态度。"[①]这种观点强调的是作家感情态度的重要性,具有鲜明的反自然主义倾向。

葛兰西还主张从"审美的"和"历史的"两个层面上认识文学作品内容与形式之间的关系。他认为文学应当既有深厚的历史内容,又能通过各种艺术手段把这些内容恰到好处

---

① 葛兰西:《论文学》,人民文学出版社1983年版,第44页。

地表现出来,使之具有高度的审美价值,从而使读者能从中得到审美快感。这样,从历史的和审美的层面上认识文学作品的内容与形式的关系,既有力地批评了文学创作中干巴巴的政治说教倾向,又对当时意大利文学中盛行的浮夸华丽、矫揉造作的文风进行了有力的针砭。

不过在文学作品的内容与形式关系问题上,葛兰西的论述也有欠准确之处。例如,他认为,"'美'是不够的。需要一定的思想和道德内容,并使之成为一定的群众——即在历史发展的一定阶段的民族—人民——的最深沉的愿望的完美和充分的反映"①。在这里,他把美与"一定的思想和道德内容"割裂开来,这显然是不妥当的。因为美并不只是形式,它同时也包含了思想内容。

9.3.3　坚持真善美统一的文学批评标准

文学作品的内容与形式应当尽善尽美地结合起来,这既是葛兰西对于内容与形式关系的基本看法,又成为他所主张的马克思主义文学批评的基本标准。他深刻地指出:"实践哲学②的文学批评,必须以鲜明的、炽热的感情,甚至冷嘲热讽的形式,把争取新文化的斗争,即争取新的人道主义的斗争,对道德、情感和世界观的批评,同审美批评或纯粹的艺术批评和谐地冶于一炉。"③葛兰西通过对意大利文艺批评的历史经验的总结,特别是通过对克罗齐的批评与德·桑克蒂斯的批评加以比较,进一步深化了他所主张的文学批评应熔道德、情感批评与审美批评于一炉的观点。他认为,桑克蒂斯的批评是一种把道德、情感的批评与美学的或纯粹艺术的批评融为一体的战斗的批评,而克罗齐的批评则把形式等同于内容,割裂了文艺与社会生活的联系,只是一种冷若冰霜的美学批评。

葛兰西认为,文学批评应当结合具体的历史条件来分析、评价作品。他对乌哥·福斯科洛、皮兰德娄等作家以及未来主义等文学艺术流派的分析就是自己理论主张的一些成功实践。他还提出一种文学批评的"距离说",认为对"经典作家"的作品应当保持某种距离,才能对这些作品正确地进行批评。在评价托尔斯泰的《战争与和平》时,他正是采用一种批判的眼光,与之保持一定的距离,所以在激赏托尔斯泰杰出的艺术天才的同时,又对作品中的某些思想内容作出了恰如其分的批判。

从以上的论述中可以看到,葛兰西结合意大利的实际情况提出了许多深刻的文学理论观点,继承和发展了马克思主义的文学理论。不过限于当时恶劣的写作条件,他对不少重要的文艺理论问题未能充分论述,有些观点也存在着片面性。在研究葛兰西文学理论时,这是应当予以注意的。

9.4　马舍雷和戈德曼的结构主义文论

马舍雷和戈德曼都是法国的西方马克思主义文学理论家,而且两人的文学理论都在

---

①③　葛兰西:《论文学》,人民文学出版社 1983 年版,第 55—56、6 页。
②　即马克思主义哲学,这是葛兰西在狱中写作时不得已而采用的代用词。

一定程度上受到了结构主义的影响,当然从总体上说还是有着明显区别的。

9.4.1　马舍雷的"沉默论"与结构观

彼埃尔·马舍雷的文学理论深受阿尔都塞的结构主义马克思主义文学理论的影响,其代表作是《文学生产理论》(1966)。

马舍雷文学理论的一个核心概念便是"沉默",这一概念构成了他对文学本质把握的一个支撑点。他指出:"实际上,作品就是为这些沉默而生的","我们应该进一步探寻作品在那些沉默之中所没有或所不能表达的东西是什么。"①在他看来,沉默是与作品的真正含义联系在一起的。作品中说出的什么并不重要,重要的倒是没有说出的东西,甚至无法在作品中找到的东西,或者说是"沉默"。而正是这种沉默却又无条件地先于创作,并使创作成为可能。马舍雷的这种看法其实是对文学的意识形态性的一种曲折的表述。在他看来,文学作品有着强烈的意识形态性,然而这又不是直接通过作品说出来的。作家创作时,他要按照文学创作的独特方式表现作家所认识到的真理。然而,这种创作过程又往往受到意识形态方面的制约,使作家不可能说出一切。这样,在作品中必然会留下某些空白,保持某种沉默。这就是说,这是作品不自觉地暴露出的所受到的意识形态方面的束缚。然而作品的这种空白和沉默是意味深长的,尽管它们没有明确地去说明意识形态,但实际上它们却间接地表现了意识形态,反映了作品所具有的意识形态性。在此,马舍雷首先揭示了文学的深厚的社会基础。一方面他看到文学是现实生活的反映,另一方面,他又看到文学所反映的现实乃是一种非经验性的现实,是一种意识形态。既看到文学的现实根源,又看到文学的特殊性质,这正是马舍雷的深刻之处。其次,他对沉默的论述表明,他把文学作品看成是开放性的。因为作品所留下的空白、它的沉默所未说出的东西都有待读者去充实,这样,作品的意义便是多样性的。

马舍雷还从文学与生产劳动的联系、文学的语言学特性方面来认识文学本质问题。他把文学看成是一种精神劳动,一种新知识的生产活动,这是对于马克思主义创始人有关文学艺术与劳动的关系理论的继承。

马舍雷也十分注重文学作品的结构与形式问题。他明确地反对结构主义文学批评所主张的作品有一种中心结构的观点,也反对传统文学批评中的有机整体观点。他指出,结构主义批评认为有一核心的结构寄寓在作品之中,这种"结构"有着现代神学的变体之嫌,是"神学审美学的变体"。而古典文学批评中的有机整体观念把文学看成一个有机整体,按照一种形式化的要求来建构作品,并赋予作品以一定的意义和内容。这种观点被马舍雷讥讽为"审美物理学"。马舍雷断然否定了结构主义批评和传统的有机整体论中关于结构的观点,指出它们对于结构的整个描述基于一种逻辑迷误之上。

在批判了上述两种观点的基础上,马舍雷提出了自己对于结构的看法。他认为:"结构就是这么一种东西,它从外部将作品的虚假内部特征以及秘密的原因从作品之中驱逐

---

① 马舍雷:《文学分析:结构的坟墓》,见《现代美学新维度》,北京大学出版社1990年版,第363页。

了出来,而且揭示了那种基本的缺无(没有这种缺无,作品便不能存在)。"①很显然,他对于结构的看法是与他对于文学的本质的总体看法协调一致的,后者构成了前者的基础。正因为他注重"沉默"在文学作品中的极其重要的作用,因此,"沉默"、"缺无"同样也成了说明结构的基本出发点。在他那里,结构乃是揭示作品所没有说出的那些东西的基本线索。他认为作品并不是一个严密的有机整体,作品中的秩序仅仅是一种想象的秩序,通过秩序我们可以找到"缺无",通过"缺无"又可以揭示作品的结构,从而最终把握作品所转换的意识形态。正是基于上述认识,马舍雷认为,文学作品的形式也就是混乱和不完整的,通过这种形式,作品揭示了真理,获得了某种认识。

马舍雷对于文学作品的结构与形式的看法密切联系作品内容来谈问题,实际上包含了一种使形式和内容相结合的努力。明确反对作品有一种中心结构的观点,在论述过程中不断强调文学作品的意识形态性,这些都是他对结构与形式问题论述中的基本特点。

马舍雷还对文学批评问题发表了自己的意见,他认为文学批评的对象是语言的作品——文学作品,文学的一个基本特性是语言性,由此也决定了文学批评的基本特性也即语言性,这构成了文学批评与其他艺术批评之间的区别。文学批评必定致力于对于文学这种独特的语言活动的描述和认识,它不仅仅应当了解语言的诸种既定规则,更重要的是能对"语言是什么?"这个问题作出回答。在这个基础上,文学批评才能着手解决自己的问题:"这部作品是怎样完成的?"而不是去回答"文学是什么?"这样的问题。

马舍雷的上述观点表明他十分重视文学的语言性,并进而重视文学批评的语言性。应该说,这是把握了文学和文学批评的基本特性的。他的上述观点也表明他具有鲜明的现代意识。他注重的不是传统文学批评和文学理论关注的"文学是什么?"的形而上的探讨,而是提出文学批评应当解决"这部作品是怎样完成的?"这一形而下问题,这正是现代意识的表现。

应当看到,马舍雷的文学理论存在的主要问题是由于对"沉默"、"缺无"的过于偏爱,从而未能看到有些文学作品的意识形态性是十分明确、尖锐地表现出来的,而不是通过"沉默"、"缺无"才得到昭示的。以偏概全,这难免会削弱马舍雷文学理论的理论力量。

9.4.2　戈德曼的"发生结构主义"文学理论

吕西安·戈德曼(1913—1970)是罗马尼亚裔的法国文艺理论家,法国"发生结构主义"的创始人。他的主要著作有:《人文科学与哲学》(1952)、《隐藏的上帝》(1956)、《小说社会学》(1964)、《发生结构主义》(1967)、《文学社会学方法论》(1981)等。戈德曼的发生结构主义文学理论与马克思主义的基本原则有着深刻的联系,同时明显带有卢卡契、皮亚杰等思想家的影响。戈德曼注重从文学社会学的角度研究文学的基本问题,吸收结构主义和发生认识论的某些研究成果,从而形成了自己具有独创性的文学理论。

---

① 马舍雷:《文学分析:结构的坟墓》,见《现代美学新维度》,北京大学出版社 1990 年版,第 363 页。

　　戈德曼明确指出:"作品就是一个有意义的结构。"①"有意义的结构"这一概念在他的文学理论中具有举足轻重的地位,构成了其文学理论的一个基本支撑点。他认为"有意义的结构"是判断文学作品内在意义的最有效工具。他指出,文学创作是作家通过自身的努力,制造一个由其思想、情感和行为组成的有意义的连续结构。这种结构一方面涉及某一文学作品的各部分内容要素之间的整体关系,另一方面又与整个社会有着内在的联系。这里,戈德曼借鉴了结构主义文学理论的研究成果,也把"结构"作为自己理论的基本概念,同时又对结构主义的"结构"概念进行了根本性的改造。他的结构概念更多地涉及的是内容方面的要素,而且他打算通过结构这一概念把作品所包含的思想内容与社会历史沟通起来。

　　他认为,"有意义的结构"的另一重要特征是开放性。在戈德曼看来,"有意义的结构"是处在不断的运动变化之中,因而具有历史性、运动性和开放性。它并不是一种静止不变的和僵化的内在结构,而是与更广泛的社会精神结构和政治结构密切相联的动态结构。"有意义的结构"的形成过程乃是一个寻求平衡的过程。戈德曼认为,结构的形成起源于这样一个基本事实,即个体及其所组成的社会集团寻求一种统一一致的方式去处理他们与周围环境发生的种种关系,即他们试图通过他们的实践行为在自身与环境之间建立起一种平衡。这样一种建立平衡的努力在文学上的表现,便是"有意义的结构"的形成,或者说文学作品的被创造。

　　在论述"有意义的结构"的形成过程时,戈德曼深受皮亚杰的发生认识论的影响。他运用皮亚杰"顺应"和"同化"这两个基本概念来说明结构的形成和发展。他指出,在对现存的精神结构的同化与对外在世界结构的顺应之间存在着对抗,这种对抗的结果,往往造成了旧的平衡和旧的结构的解体,并形成了一种新的平衡和新的结构。这样一种基本看法有其合理的一面,即从主客体相互作用中认识文学创作。不过如何更深入细致地用皮亚杰理论来说明文学现象,戈德曼的论述还过于粗糙。

　　另外,"有意义的结构"还有一个重要特征,这就是它处在一个从部分到整体和从整体到部分的不断的循环过程之中。戈德曼认为,文学作品作为一种"有意义的结构",首先是与包含着它的整个社会大结构联系在一起的,另一方面,它还与由创作它的作家的心理所构成的中间结构联系在一起。这样,只有从整体(包含文学作品在内的社会大结构、作家心理的中间结构)与部分(作为"有意义的结构"的文学作品)的不断循环过程中,我们才能深刻地把握住文学作品。戈德曼从整体和部分的循环运动中认识"有意义的结构",这与伽达默尔"解释学循环"理论不谋而合。

　　正因为"有意义的结构"具有上述一些重要特征,所以它对文学就十分有价值。作为一种"有意义的结构",文学作品之所以被社会所接受,就是因为它具有种种功能,而这种种功能就植根于这种特殊结构本身的性质和特征之中。比如,文学作品成为一个更大范围的社会结构的一部分,这样,一方面它对于社会有价值,因为不考虑文学作品这种"有意义的结构"的功能与意义,就不可能理解它本身。而当文学作品与人类的社会生活相联系

---

① 戈德曼:《文学社会学方法论》,工人出版社 1989 年版,第 58 页。

时,那么它的结构便具有了功能性。

戈德曼还结合对社会的经济基础的考察来说明文学现象,提出一种"同构说"理论。他曾通过对于资本主义社会的历史发展的分期与文学上相应的分期的描述,来说明两者之间存在着一种密切的对应关系。在《小说社会学》一书中,他明确地指出,在一个随着市场而进行调整的商品社会中,小说的形式与一般拥有财产的人们的日常联系之间有着密切的对应关系,推而广之,它与人和人的日常联系之间也有着密切的对应关系。在此基础上他提出了"同构说"。他认为,尽管小说作为一种文学样式,具有极端复杂的形式,然而只要仔细分析就会发现,小说的复杂形式其实只是人们每天生活于其中的世界的形式。因此结果证明,重要的小说式样的结构和经济生活中的交换结构是严格同构的。"这种同构达到了这样的程度,以致于人们可以说,同一种结构自身就表现在两种不同层次上。"①显然,极端强调文学与经济基础的同构性乃是戈德曼文学理论的一个最重要的特色。

值得注意的是,在强调上述同构性的同时,戈德曼还致力于引入一种中介因素,即认为在文学与经济基础的同构之间,往往还存在着一种既与文学作品、又与经济基础同构的集体意识。他指出,文学作品并不是一种实际的既定集体意识的单纯反映,而是某一特殊集团的集体意识的升华。

戈德曼的同构说坚持了马克思主义关于社会存在决定社会意识这一基本观点,高度强调了文学的阶级性,在强调文学作品与经济基础、社会集团精神结构的同构时,还看到了文学创作的某些特殊性,如想象性等。不过他的同构说对于作为意识形态内容之一的文学作品所具有相对独立性和反作用则重视不够,具有某些机械论色彩,这不能不说是一个缺陷。

就方法论而言,戈德曼的"发生结构主义"文学理论主要采用的是一种社会学方法,同时又自觉地将结构主义、心理分析、形式分析以及发生学等方法有机地融合于社会学方法之中,这样就形成了其研究方法的丰富性。例如,他充分肯定了人类精神结构中的无意识内容,借助于心理分析方法探讨文学创作中所包含的无意识成分。同时他也看到了心理分析方法的局限性。他认为人在作为生物学意义上的人的同时又是一个有意识的和社会化了的存在物,这就与弗洛伊德等人划清了界限。他对于结构主义、形式分析等方法也都采取同样的态度,既有所取,又有所弃,充分表现了一位造诣很深的理论家既兼收并蓄、又不一味盲从的胸怀和见地。

9.5 伊格尔顿的新马克思主义文论

特里·伊格尔顿(1943——)是英国新马克思主义文学理论家,出生于工人家庭,曾就读于剑桥大学,师从细绎派代表人物利维斯。主要著作有:《马克思主义与文学批评》(1976)、《文学原理引论》(1983)、《批评的功能:从"观察家"到"后结构主义"》等。

---

① 戈德曼:《文学社会学方法论》,工人出版社 1989 年版,第 210 页。

9.5.1 文学的意识形态性质

伊格尔顿曾对文学的意识形态性质作了深入的探讨,认为:"'文学理论'和文学批评不论显得多么公允,从根本上说它们永远具有强烈的政治性——不应该被误解为是企图把文化产品所具有的特殊和独特的东西归结为直接的、宣传性的政治目的。"①在《马克思主义与文学批评》一书中,他更明确地指出:"一切艺术都产生于某种关于世界的意识形态观念。"②在他看来,文学艺术之所以是意识形态,首先在于它们是在特定的社会经济基础之上形成的,属于复杂的社会知觉的一部分;其次,文学艺术又是以其特殊的方式与维护和再生的社会权力有着某种联系。因此,文学艺术也就具有强烈的政治性。从意识形态的角度看文学,伊格尔顿认为文学是观察世界的一种特殊方式,是人们在特定的时间和地点所发生的具体的社会关系的产物。因此,理解文学艺术作品首先就应当理解它们与其所处的意识形态世界之间的复杂关系。

不过,伊格尔顿并不认为文学艺术与经济基础、与意识形态的关系是简单的一对一的关系。他说,"相反,它永远是一种复杂的现象,其中可能搀杂着冲突的甚至是矛盾的世界观"③。同时,文学艺术也不仅仅是被动地反映经济基础的。文学艺术具有积极的反作用,尽管文学艺术本身并不能根本改变历史进程,但是它们仍是历史变化过程中的一种积极因素。从这样一种观点出发,伊格尔顿批判了"文学反映"论,指出文学应当超越现实,文学与客观对象之间存在的并不是反映式的、一对一的关系。其实他所批判的是一种自然主义文艺观。

9.5.2 形式与内容

对于文学艺术的形式和内容的关系问题,伊格尔顿的论述具有两个鲜明的特点:第一,把自己关于文学的意识形态性理论贯彻其中;第二,注重运用辩证法观点揭示两者之间的关系。他认为形式是一种具有意义的结构,它并不仅仅加工处理内容。内容与形式应当有机地统一起来,内容具有决定作用,但形式也具有能动作用。他进一步指出,文学形式也具有意识形态性,意识形态的变化也会在文学形式的变化方面充分反映出来,例如法国戏剧形式从古典主义悲剧向言情喜剧的转变,就是贵族的价值观向资产阶级价值观转变在戏剧文学形式上的一种反映。

不过,文学形式与意识形态的联系并不是一种简单的对称关系。伊格尔顿进一步分析了文学形式变化所具有的自身的规律和特征,指出文学形式具有高度的自主性。他还详细分析了文学形式的具体构成,认为文学形式至少是三种因素的复杂统一体:第一,"它部分地由一种'相对独立的'文学形式的历史所形成";第二,"它是某种占统治地位的意识

---

① 转引自王逢振《今日西方文学批评理论》,漓江出版社 1988 年版,第 102 页。
②③ 伊格尔顿:《马克思主义与文学批评》,人民文学出版社 1980 年版,第 20、10 页。

形态结构的结晶"；第三，"它体现了一系列作家和读者之间的特殊关系"。① 文学形式正是这三种因素（可能还有别的因素）所构成的复杂的有机统一体。因此，伊格尔顿认为，作家对于文学形式的选择并不是一种任意的行为，他一方面受到所要表现的内容的制约，另一方面又受到了文学形式构成因素的制约。他还用艺术生产的观点论述文学艺术的形式，认为艺术生产的不同方式会对作品文学形式本身产生决定性影响。这种观点触及了文学形式研究方面的一个往往被人忽视的环节，很有启发意义。

9.5.3 艺术生产理论

把文学艺术看成商品，这是伊格尔顿的艺术生产理论的一个重要内容。他认为，文学艺术之所以成为商品，首先是因为它们都是人工产品。商品必定是一种人工产品，文学艺术也是如此。从文学是商品这一基本观点出发，他对文学家也有了新的认识：作家同时也是出版公司雇用的人员。从文学艺术的创造者是生产劳动者、他们的劳动成果是商品这一事实出发，伊格尔顿提出了一个新的观点：文学艺术也是社会生产。不过这是一种与经济基础关系最为间接的社会生产。因此，对于文学艺术可以从两个角度去认识：即，既可以被看作是一种意识形态，又可以被看作是一种社会经济生产的形式。

把艺术看成是一种生产，艺术形式在伊格尔顿眼中也具有了新的意义。从艺术生产和艺术消费的相互关系看艺术形式，那么艺术形式的产生就与艺术的生产和消费密切相关了，艺术生产和消费既可以改变艺术形式，也可以改变艺术家与欣赏者的关系，同样还可以改变艺术家之间的关系。

伊格尔顿的艺术生产理论给我们提供了观察艺术的新角度和新思路，为研究文学艺术开辟了一条新路子。其重要意义在于，首先，不仅从艺术与社会生产关系的联系中认识艺术，而且把艺术生产作为社会生产关系的一个组成部分。这样，长期为人们所忽视的一个最简单的事实重新落入人们的视野之内。艺术生产也就不仅仅成为一种意识形态的生产和表现，同时也成为社会生产的一部分。这样他就深刻地揭示了艺术生产的两重性，为我们更深刻地认识艺术提供了重要出发点。其次，他又反对使艺术生产理论蜕变为一种"工艺主义"，提醒人们不要片面夸大艺术生产的物质方面的特征，防止完全忽视文学艺术的意识形态性。再次，艺术生产理论深刻地概括了资本主义社会中文学艺术作品所具有的商品化特征，为我们认识资产阶级文学艺术提供了重要启发。

从上述对于部分西方马克思主义文论的扼要阐述中我们可以看到，卢卡契、葛兰西等一大批西方马克思主义文艺理论家一方面努力运用马克思主义的一些基本观点去分析文艺的基本问题，另一方面又表现出极大的灵活性。他们有的对新的文学艺术现象进行了理论上的总结，提出了自己的新观点；有的吸收了其他非马克思主义文艺理论派别的某些基本观点加以融合；还有的对马克思主义经典作家尚未论述的文艺问题进行了探讨。凡

---

① 伊格尔顿：《马克思主义与文学批评》，人民文学出版社 1980 年版，第 30 页。

此种种,对于丰富、发展马克思主义文艺理论,并对新的历史条件下出现的文艺现象进行理论概括都具有积极的意义。当然勿庸讳言,在这些西方马克思主义文艺理论家的观点中,也出现了这样那样的理论错误,对此我们也应当予以分析批判,作为我们继承和发展马克思主义文艺理论的借鉴。

10   西方马克思主义文论(下)

本章着重介绍以法兰克福学派为主体的德国新马克思主义文论。

法兰克福学派是当代西方马克思主义最重要、影响最大的一个学派。它产生于20世纪30年代的德国,因其主要成员均为法兰克福大学社会研究所成员而得名。该派成员在30年代因受纳粹希特勒迫害而先后迁往日内瓦和美国,理论影响日渐扩大。战后,该学派主要成员回到德国,在法兰克福大学恢复研究所,并培养出第二、第三代理论家,其发展鼎盛时期为60年代,70年代后逐渐衰退。

法兰克福学派以社会哲学为主要研究方向,提出一种"社会批判理论"作为分析当代资本主义社会、批判其异化和反人性的武器。该学派理论家以马克思的批判理论的继承者自居,同时兼收青年黑格尔派的批判理论、存在主义和弗洛伊德的精神分析学,企图调和并综合这些理论,形成以现代人道主义为核心的、尖锐批判现代资本主义的"社会批判理论"。该派理论在1968年欧洲学生造反运动中曾经起了推波助澜的作用。该派的一些代表人物对文艺和美学亦颇为关注,作了大量研究,取得重要成就,有的甚至主要贡献就集中在文艺理论方面。他们的具体文艺主张虽各不相同,但在批判现代社会否定人性、强调现代艺术具有反抗社会、拯救人性、解放人类的特殊职能这一点上却基本一致,体现出鲜明的反异化的社会批判色彩。

本章将主要介绍布洛赫、布莱希特、本雅明、阿多诺、马尔库塞、弗洛姆和哈贝马斯等人的文论和美学思想,其中除布洛赫、布莱希特二人虽非法兰克福学派成员但与该学派关系极为密切外,其余均为该学派重要成员。

10.1   布洛赫乌托邦式的幻想艺术论

恩斯特·布洛赫(1885—1977),出生于犹太人家庭,早年曾就学于慕尼黑、威尔茨堡大学,1908年获哲学博士学位。后结识卢卡契,与之进行频繁的学术交流。1918年出版了奠定他一生哲学探讨主题的《乌托邦精神》,并开始在莱比锡大学任教。1933年纳粹上台,他逃往瑞士,1938至1948年流亡美国。1949年应邀返回已属民主德国的莱比锡大学执教。1957年起受到当局的严厉批判和迫害,被宣布为"修正主义者"。后逃往联邦德国避难,被聘为图宾根大学教授,晚年是在教学和写作生涯中度过的。1967年曾获全德出版和平奖。他同法兰克福学派关系密切,对其成员的思想发生过重要影响。他一生著述甚丰,主要有《乌托邦精神》(1918)、《走过荒原》(1923)、《当代的遗产》(1935)、《主体—客体:论黑格尔》(1955)、《希望的原理》(共3卷,1954—1959)、《间离》(共2卷,1962—

1964)、《音乐哲学论》(1974)等十几种。布洛赫主要是哲学家,但也有自己独特的美学思想,并在 1937 至 1938 年的"表现主义之争"中充当了为表现主义与先锋派艺术呐喊的重要角色。

10.1.1　以"希望"范畴为核心的乌托邦哲学

布洛赫的《乌托邦精神》写于第一次世界大战期间。当时他深感资本主义生活和文化的市侩气与伪善性,严重地压抑着人和人的个性,人们被封闭在"此刻"的黑暗之中,失去了与世界抗争的力量;由此他认定资本主义社会从美学和人类学观点看已丧失了存在的意义和价值,从而转向马克思主义。他认为马克思主义与他的乌托邦理想完全一致,只是在预期一个可能实现而尚未实现的未来方面还不够大胆。该书并未提供一个乌托邦的蓝图,而主要是对乌托邦精神在当代世界的可行性作出论证,强调人是乌托邦的主体,是"尚未"实现的可能性的焦点。"尚未"是指现在尚不存在或仅部分存在而未来可能存在或完整存在的东西。按此观念,人与世界均处于永远向未来敞开的、"尚未"完成的过程中,人本质上不是生活在过去和现在,而是生活在未来。因此,哲学的任务不是描述现状,而是唤醒生活,催生一个尚处潜在状态、要靠人的首创精神才能出现的新世界。

完成于 50 年代中后期的巨著《希望的原理》,集中研究人的最深刻的"希望"的内容与形式。他从大量人类"希望"的表现中发现人类走向完善的趋势和实质。同存在主义用"烦"、"死亡"等来规定人不同,他是以"希望"这一基本范畴来规定人。他认为,人有许多激情,但"希望"这种激情却是最富人性的,仅为人所特有,它使人面向未来尚未产生或尚未被意识到的东西,面向自由王国。他把"希望"看成是"人生本质的结构",人并非其现有诸属性的总和,而是正在走向某种超越他自身的人;人的本质不是既有或固定的,而是开放的、尚未完成和规定了的;这种开放性就是"希望",它是根植于人性之中的人的内在需要,因此,"人是他很前面的那个他"①。布洛赫认为,资产阶级哲学死缠住既定、现有的"事实"不放,无法把握尚未实现的"希望的原理",而马克思主义正体现了"希望的原理"和实践行动。这样,布洛赫用"希望"原理发展、完成了他的乌托邦哲学,他也正是把马克思主义误释为一种乌托邦精神而赞同马克思主义的。

10.1.2　以"幻想"为核心的艺术理论

布洛赫的艺术理论是建立在他的乌托邦哲学也即幻想哲学基础上的。"乌托邦"、"希望"体现了他对人的本质和人类社会的超前把握和幻想精神;同时,这种幻想精神也渗透到他的艺术理论中。

首先,布洛赫把艺术的本质同幻想、同对世界审美的"超前显现"联系起来。他认为,

①《希望的原理》,法兰克福 1954—1959 年版,第 284 页。

艺术能在"历史—存在"层面展现人类自我的秘密，也就是展示人类的至善。如同伦理学的至善是对人类完满存在的完满显现一样，艺术也是"对人内在完满世界的超前显现"①，但两者显现方式不同。伦理学以"希望"和理想方式显现，而艺术则以象征方式，隐约地暗示人的内在世界在实现自身本质过程中对未来非异化的追求与渴望。他强调艺术能揭示被隐匿的、尚未展现的意义，它面向未来，具有一种预示或"预先推测力"②。他说，艺术"能展示它所处时代尚未显现的未来内容"，"伟大的作品能表达一种过去时代于其中尚未察觉的不断预示性的新生事物"。③显然，布洛赫把艺术看成是一种对世界和人的内心的未来发展的可能性的超前显现或预先推测，一种能揭示本质的幻想。

对艺术何以能有这种超前显现的预示功能，布洛赫引用马克思《政治经济学批判》中的某些观点，作出了自己的解释。他认为，艺术是一种非生产性活动，不完全受制于社会劳动的分工和商品生产的规则，它在生产力日益发展、生产方式更加社会化的条件下可以成为精神的一个避难所，因为它依然保存着商品社会所失落和异化的东西，保存着一块审美的净土，但这种保存只是幻想性的，只能以"希望"形态存在。艺术有超前显现功能，原因盖出于此。

其次，布洛赫又吸收了弗洛伊德的"白日梦"理论，提出艺术的幻想实质是对白日梦的改造。在他看来，梦幻本身在某种程度上是艺术想象的材料，因为白日梦具有企图改善世界、创造完满性的幻想的性质，"艺术从白日梦出发获得了这样一种进行幻想的本质"，艺术应"作为未来形态充满热情地去拥抱它"④，幻想和梦幻必定贯穿着走向美好未来的"希望"，它们是符合于自然与历史的发展趋势的。因此，艺术应当去改造它们，"改善世界的幻想是驻足在艺术作品中的"⑤。这样，布洛赫对弗洛伊德的"艺术是白日梦的升华"理论作了革命性改造，使之与他的整个艺术幻想论统一起来，体现着一种通过艺术改造、超越现实，走向完满未来的乌托邦精神。

再次，布洛赫的艺术幻想论也体现在他的音乐理论中。他认为，音乐是幻想所驻足的理想世界，幻想是音乐的主要特征，音乐"作为内在的幻想性艺术，整个地超越了所有经验存在"⑥；而幻想性又使音乐具有一种指向未来、揭示趋势、造就新人的作用，"社会趋势本身在音乐材料中得到了反映和体现"⑦，而且，音乐有"拯救和抚慰作用"，在音乐概念中能确立"一个新的自我"，一个"进行预想的自我"⑧。

由上可见，布洛赫的艺术理论，渗透着幻想原则，这正是他的乌托邦哲学在美学上的延伸与应用。

10.1.3 对表现主义艺术的支持

在30年代，国际左翼阵线内曾就表现主义艺术展开过一场论争。以卢卡契、库莱拉为首的一批评论家对当时以表现主义为代表的先锋派艺术展开了尖锐的批判；而布洛赫、

---

①⑥⑧《乌托邦精神》，法兰克福1964年版，第198、190、198页。
②③④⑤⑦《希望的原理》，法兰克福1954—1959年版，第256、143、106、110、1249页。

布莱希特等人则为表现主义作辩护，与卢卡契等展开了旗帜鲜明的论争。论争主要围绕以下几个问题进行：

第一，表现主义是否代表法西斯主义。卢卡契等人抓住个别表现主义作家一度投靠纳粹的错误而指责表现主义走向了法西斯主义。布洛赫则以希特勒攻击表现主义为"堕落艺术"为据证明表现主义与法西斯主义的对立，并指出表现主义运动中大批艺术家及其作品都是反法西斯主义的，所以卢卡契等人的批评是不实事求是的，是片面的。①

第二，表现主义是否有人民性。卢卡契等人指责表现主义和先锋派脱离人民群众，丧失人民性。布洛赫则相反，认为倒是卢卡契倡导的"新古典主义"太高雅，脱离了人民，而表现主义则"完全回复到人民艺术，喜爱和尊重并在绘画上首先发现了民间艺术"②；它不但"没有表现出疏离于人民的傲慢"③，反而通过借鉴民间艺术补偿了自己的不足，体现了向人民性的回归。

第三，怎样看待表现主义的先锋性与破坏性。卢卡契等人一味推崇古典现实主义艺术，贬低或谴责包括表现主义在内的现代派先锋艺术，批判它的破坏性。布洛赫则以现代意识观照艺术，不是笼统地反对现实主义，而是指出现实主义的目标在于揭示现实的一切内在关系，认为这是可以通过多种途径实现的，表现主义等先锋派艺术也可达到这一目标。布洛赫认为，表现主义的先锋性首先体现在它能为我们展现一个陌生的未来世界，它像一面现实的镜子，从中我们可以看见自己的未来，看见自我的永恒追求的实现；其次体现在对旧现实的破坏上，表现主义是摧毁资本主义世界图像的大胆尝试，是破坏旧关系、发现新事物的艺术。因此，布洛赫认为，应当用发展的辩证的眼光看待表现主义的先锋性与破坏性，不能轻易地加以否定。

第四，怎样看待表现主义的实验与创新。卢卡契等人由于表现主义的实验和创新脱离了古典艺术趣味而批评其"颓废"。布洛赫却竭力为之辩护。他认为表现主义勇于探索和创新，敢于突破古典主义的陈规，大胆实验新的表现手法、技巧等，它"破坏了清规戒律和经院主义"④，而自觉吸纳包括现代派艺术在内的一切有价值的东西，因而能跟上时代的步伐。他批评卢卡契等人"对现代的作品老是看不上眼，而喜欢挑选古典的东西，他们几乎以古典主义的方式赞扬古典作家。他们所发表的意见表明：他们对现代艺术是何等无知、带有偏见、抽象盲目！在他们看来，我们这个时代所发生的一切统统都是腐朽的、粗陋的，先验式的千篇一律。然而不正是现代进步艺术家在勇敢地对抗资本主义没落文化的低级和腐朽货色吗？"⑤

现在回顾这场争论，应当说，布洛赫比卢卡契等人多一些真理，他对表现主义及整个现代先锋艺术的辩护总体上符合历史发展趋势，更有现代意识和辩证精神，这同他面向未来的乌托邦哲学也是一脉相承的。

---

①②③④⑤ 参见格奥尔格·卢卡契等：《表现主义论争》，华东师范大学出版社 1992 年版，第 142、149、147、146、221 页。

10. 2　布莱希特以理性为本的戏剧理论

　　贝托尔特·布莱希特(1896—1956),生于德国南部奥格斯堡一个富裕家庭。1917 年入慕尼黑大学哲学系,次年改学医学,第一次世界大战期间曾被派往战地医院看护伤员。他 20 岁起就开始戏剧创作,1922 年以剧本《夜半鼓声》获克莱斯特奖金,显示了戏剧创作的才华。先后担任过慕尼黑话剧院导演兼艺术顾问、柏林德国话剧院艺术顾问。他大胆进行戏剧实验与改革,创造出全新的"史诗剧"样式。他 1926 年起研读《资本论》,转向信仰马克思主义,并自觉应用到戏剧创作中去,极大地提高了戏剧的战斗性与教育功能。希特勒上台后,他被迫先后流亡到丹麦、瑞典、芬兰、美国。流亡期间仍不懈地创作诗歌、剧本、小说,其中不少都成为传世名作。1948 年返回德国,定居东柏林,领导柏林剧团继续其史诗剧的实验,获得巨大成功。他的主要剧作有《母亲》(1932)、《四川好人》(1940)、《高加索灰阑记》(1945)、《大胆妈妈和她的孩子们》(1939)、《伽利略传》(1947)等。《戏剧小工具篇》(1948)及《补篇》则是他戏剧理论的总结。长期戏剧创作和导演的丰富实践经验的升华,形成了他非亚里士多德的独特的戏剧美学体系。布莱希特早期与法兰克福学派的主要成员来往密切,参与过他们的理论活动。他的剧作曾受表现主义影响,因此在 30 年代表现主义论争中,他与布洛赫取一致立场;在他的史诗剧实验受到批评时,本雅明则给以高度评价与全力支持。

10. 2. 1　具有鲜明无产阶级倾向的理性主义艺术观

　　布莱希特生活在德国大资产阶级走向法西斯主义、两次世界大战相继爆发的动荡时代。法西斯政权竭力宣扬神秘主义和信仰主义,鼓吹反理性主义和享乐主义,敌视科学与理性。当时的文艺作品也充满了低级庸俗和享乐主义的内容。布莱希特作为一个自觉的马克思主义者,以自己的创作实践与理论思考,针锋相对地倡导一种具有鲜明无产阶级革命倾向的、以科学和理性为基础的艺术观。

　　首先,他强调艺术必须与无产阶级共命运,具有鲜明的无产阶级倾向。他认为,任何时代处于上升阶段的阶级都是推动现实发展的先进力量,与这个阶级合作的艺术就是进步艺术,如 18、19 世纪欧洲反映资产阶级上升时期取代封建贵族历史生活的作品,都是进步的;20 世纪无产阶级成为上升阶级,资产阶级日趋没落,只有同上升的阶级密切合作,即同无产阶级共命运,艺术才是进步的新艺术。

　　其次,他与非理性主义思潮相对抗,提出以科学与理性为基础的新艺术观。他认为,科学与理性总是与上升阶级相伴相生,无产阶级要推动历史前进,必然要高扬科学和理性精神,以实现解释世界、改造世界的伟大目标,在此意义上,他宣称"我们的生活""在一个全新范围内是由科学决定的"①。因此,无产阶级艺术也要以科学为指导。在他看来,科

---

① 布莱希特:《戏剧小工具篇》,见《布莱希特论戏剧》,中国戏剧出版社 1990 年版,第 10 页。

学与艺术决非水火不相容，"科学和艺术的共同点，在于二者皆为轻松人类的生活而存在；一个服务于其生计，另一个服务于其娱乐"①，在未来的共产主义时代，科学与艺术将融合在人类的生产劳动中。在现代科学时代里，一切进步艺术都不能离开科学，"只要它是一种表现重大题材的戏剧艺术，就不可避免地要同科学发生越来越密切的关系"②；只有运用马克思主义科学思想才能帮助进步艺术家深刻认识复杂的世界，而假如"整个艺术，能够给人们提供一个符合世界本来面貌的图像，那对人类该有多么大的帮助啊！"③

再次，他针对享乐主义的时尚，突出强调艺术的教育功能。他认为戏剧艺术就其功能来说类似于科学，其首要任务是帮助人们解释世界，改造世界，为此，必须"用艺术手段去描画世界图像和人类共同生活的模型，让观众明白他们的社会环境，从而能够在理智和情感上去主宰它"④，起到教育人民的作用。当然，他强调艺术的教育功能并不是取消其娱乐功能，而是希望使娱乐与教育这两种功能融合起来，通过娱乐功能更充分地发挥教育功能。

10.2.2　以"间离化"为核心的史诗剧理论

布莱希特一生最重大的艺术贡献就是创造了与欧洲传统戏剧完全不同的非亚里士多德体系的全新戏剧体系——史诗剧及其理论。

"史诗剧"，意谓用史诗即叙事方法在戏剧舞台上表现既有广度又有深度的现代社会生活的真实面貌并展示其发展趋势。布莱希特创立史诗剧，是对从亚里士多德到俄国斯坦尼斯拉夫斯基的传统戏剧体系的根本性变革，其最重要的突破，是以"叙事性"（或"史诗性"）取代了传统戏剧的核心范畴"戏剧性"。戏剧性是对传统戏剧诸审美特征如动作、冲突、激变、激情、幻觉、共鸣等的综合概括，其中最核心的是冲突与激情。而布莱希特的史诗剧，则反其道而行之，用以事件和理智为要素的叙事性取代了传统的戏剧性，它主要不像传统戏剧那样通过冲突激发观众的激情、共鸣以达到净化感情的目的，而是借助叙事、评判手段使题材和事件经过"间离化"而引起观众惊愕，取得理智的收获。

史诗剧的实验，是直接针对当时欧洲流行的"体验型"传统戏剧演出的。所谓体验型戏剧，就是借助于强烈的戏剧动作、冲突、激变等手段，制造艺术幻觉，煽动观众激情，使之沉迷于戏剧情境之中，产生情感共鸣体验。在布莱希特看来，这种体验型戏剧就是执意要控制观众情感，让他们在强烈的共鸣体验中放弃理性思考，处于不清醒、无批判力的入迷状态，使他们无法了解他们切实生活于其中的这个世界，不能发挥戏剧帮助人们认识、改造世界的教育功能。布莱希特创立史诗剧就是要用叙事方法打破这种情感共鸣体验，恢复观众的理性思考和评判力，他说："史诗剧的基本要点是更注重诉诸观众的理性，而不是

---

① 布莱希特：《戏剧小工具篇》，见《布莱希特论戏剧》，中国戏剧出版社1990年版，第13页。
② 布莱希特：《K—类型与P—类型》，《布莱希特论戏剧》，中国戏剧出版社1990年版，第144页。
③④ 布莱希特：《论实验戏剧》，见上书，第58、56页。

观众的感情。观众不是分享经验,而是去领悟那些事情。"①

史诗剧的核心特征就是"间离化"(亦译"间离效果"、"陌生化效果"等)。虽然什克洛夫斯基也提出了艺术的"陌生化"概念,但从另一意义上提出这个范畴并在戏剧实践中加以创造性运用,是布莱希特对戏剧美学的重大贡献。所谓间离化就是有意识地在演员与所演的戏剧事件、角色之间,观众与所看演出的戏剧事件、角色之间制造一种距离或障碍,使演员和观众都能跳出单纯的情境幻觉、情感体验或共鸣,以"旁观者"的目光审视剧中人物、事件,运用理智进行思考和评判,获得对社会人生更深刻的认识。正如他所说,间离化或陌生化"首先意味着简单地剥去这一事件或人物性格中的理所当然的、众所周知的和显而易见的东西,从而制造出对它的惊愕和新奇感"②。它"使所要表现的人与人之间的事物带有令人触目惊心的、引人寻求解释的、不是想当然的和不简单的自然的特点。这种效果的目的是使观众能够从社会角度做出正确的批判"③。譬如布莱希特的名剧《潘蒂拉老爷和他的男仆马狄》写的是司空见惯的地主与农民的矛盾,但作者采用间离化的处理:写潘蒂拉老爷患了一种癫痫症,不发病时像狼一样凶残,但他自以为很正常,而发病时倒像正常人一样,但他自己觉得像野兽般不正常,这样就打破人们的习惯思维,变熟悉为"陌生",引起人们的震惊和理性思考:为什么"人"会变成"狼"一样凶残却自以为"正常"呢?从而更深刻地认识剥削制度的罪恶与反常。

这样,布莱希特建立起全新的以间离化为核心的史诗剧体系与理论,与斯坦尼斯拉夫斯基戏剧体系形成鲜明的区别,它具有强烈的现代意识,为西方戏剧美学史揭开了新的一页。

10.2.3　关于现实主义的论争

前述布洛赫与卢卡契的表现主义之争,事实上布莱希特也参与其中。他曾写了《小小的纠正》和《人民性与现实主义》二文寄给《言论》编辑部,与卢卡契商榷,但未被发表,后来他对此问题写了大量笔记与论文,直到他逝世后才得以面世。从这些笔记与论文来看,布莱希特与卢卡契的分歧,不仅仅是对表现主义的看法不同,更不仅仅是为他自己的戏剧受表现主义影响作辩护,而主要是两人对现实主义的观点存在重要分歧。

首先,关于现实主义的出发点。两人都承认现实是文艺的源泉,都要以马克思主义观察现实,但对马克思主义的理解不同。卢卡契认为马克思主义的核心是人的解放,阶级剥削和异化的现实破坏了人的完整性,革命就是改变现实社会物质结构,恢复人的完整性,使人得到真正解放,因此文艺应高举"人道主义"旗帜;布莱希特则认为马克思主义首先是阶级斗争学说,文艺首先应考虑为无产阶级解放斗争服务的问题,不能只讲"人道主义","凡是'捍卫人道主义'的口号还没有补充上'反对资产阶级所有制'的口号的地方,那里的

---

①② 转引自《布莱希特研究》,中国社会科学出版社 1984 年版,第 23、204 页。

③ 布莱希特:《街头一幕》,见《布莱希特论戏剧》,中国戏剧出版社 1990 年版,第 83—84 页。

文学就还没有转向人民"①。把马克思主义理解为"人本论"还是"阶级论",是形成他们对立的现实主义文艺观的根源。

其次,对现实主义的理解。卢卡契认为现实主义应当真实地直接地再现现实生活,酷似生活,使读者很容易从作品中辨认出现实面貌来。而布莱希特则不同意这种界定,他主张"一部艺术作品,它的现实被驾驭得越容易辨认,便越是现实主义的"。意思是,现实主义不要求以酷似生活为标准,而应"驾驭"现实,洞察生活本质,使人们更易认识世界的内在关系与发展趋向,因此,"'现实主义的'就是揭示出社会的因果关系……要强调发展的因素,要既具体又要让人有抽象概括的可能"②。

再次,关于现实主义表现的中心是事件还是人物的问题。卢卡契认为现实主义应以刻画个性鲜明的人物为中心来达到真实地再现生活的目的,因而只赞扬巴尔扎克和托尔斯泰的作品,而对英国意识流作家乔伊斯则持批评态度。布莱希特则从间离化、破除"情感共鸣"体验出发,主张把事件过程置于艺术表现的中心,人物在他那里只是一种符号,并不一定要有鲜明个性,目的在于展示现实的发展过程与趋势。因此,他对乔伊斯等现代主义作家评价颇高。

又次,关于现实主义表现方法,即内容与形式关系问题。卢卡契对19世纪现实主义艺术形式至为推崇,要求无产阶级文艺以之作为典范。而布莱希特则强调形式服务于内容,受制于现实,"如果我们要从艺术角度真正把握住这个新世界,我们就必须创造新的艺术手段和改造旧的艺术手段。今天我们要研究克莱斯特、歌德、席勒的艺术手法,但是当我们要描写新事物时,这些艺术手法就不再够用了"③。因此,他主张现实主义应创造新的艺术形式和手段来表现新的现实,而不应因循守旧,死抱着19世纪现实主义手法不愿前进。据此,他研究了被卢卡契否定的先锋派作品如乔伊斯的《尤利西斯》,认为这是一部伟大的讽刺小说,其中有着比托马斯·曼或肖洛霍夫更多的现实主义。

总起来看,布莱希特与卢卡契的现实主义之争,都有合理性,也都有片面性,但从文艺发展的角度而言,似乎布莱希特的现实主义观点面向未来,大胆吸纳先锋派手法,更富创新性与活力;但忽视文艺再现生活的真实性而过于强调阶级倾向性,也存在一定的片面性。

10.3　本雅明的技术主义艺术理论

瓦尔特·本雅明(1892—1940),出身于一个富有的犹太人家庭,从小受犹太教的深刻影响,1912年进入弗赖堡大学攻读哲学,后又在慕尼黑、伯尔尼等大学就读,并获博士学位。第一次世界大战期间,本雅明结识了马克思主义哲学家布洛赫,开始认真阅读马克思、恩格斯的著作,逐渐走上马克思主义文艺理论的道路。1927年他访苏回国后加盟法兰克福学派。1929年结识布莱希特,在艺术理论上深受其启示。1933年,在希特勒上台

---

① ② 转引自程代熙《卢卡契和布莱希特的现实主义》,载《文艺理论与批评》,1990年第4期。

③ 布莱希特:《把现实主义作为斗争的方法》,见《布莱希特论戏剧》,中国戏剧出版社1990年版,第119页。

后逃亡巴黎,继续为法兰克福学派撰稿。1940 年 9 月 27 日,不堪盖世太保追捕,在西班牙—边境小镇自杀。本雅明的著述集中于文艺理论方面,主要有:《德国浪漫派的艺术批评的概念》(1920)、《歌德的〈亲和力〉》(1924)、《德国悲剧的起源》(1928)、《机械复制时代的艺术作品》(1936)、《书信集·1936》等。从 50 年代到 60 年代由阿多诺等人编辑出版了他的好几本论文集、书信集,使他被重新发现,一时名声大震,形成所谓的"本雅明复兴"。

10.3.1 古典艺术的终结与现代艺术的费解

本雅明从时代和社会现实的发展、变化出发,根据马克思在《政治经济学批判大纲》中关于古今社会对比的观点和艺术最终受到物质生产关系支配的唯物主义历史观,分析了现代社会与艺术的转型。他认为,在工业革命前的"手工劳动关系"中,人际传播方式主要是取决于时间性的叙说,所以"叙事性艺术就驻足在这种关系中"①;而现代资产阶级工业社会则进入了信息时代,信息的特点是"瞬间性",这造成"一切取决于时间的时代已一去不复返,现代人不再去致力于那些耗费时间的东西"②,因而叙事性艺术如传统形式的小说就出现危机,而代之以机械复制艺术如摄影、电影的兴盛。本雅明因此把当代称为"艺术裂变的时代"。正是这种"裂变"导致古典艺术的衰微和现代艺术的崛起。

在本雅明看来,古典艺术由于重叙述,所以意义确定,清楚易解,一目了然;而现代艺术的瞬间性则导致其意义晦涩、不确定乃至费解,须经思考方能领悟。他分别以波德莱尔与布莱希特为例予以说明。他认为,19 世纪法国象征主义大师波德莱尔的抒情诗抛弃了传统的单纯抒情性,而加入了"反思性",并使这种反思性上升到主导地位,从而增加了阅读的费解性;他提出,波德莱尔的诗具有强烈的"惊颤"效果,这种惊颤效果与现代城市生活中人们的惊颤体验相仿佛,也与马克思描绘的现代大机器生产下工人的心理体验相对应,而"消化惊颤是一个比获得惊颤更为重要的任务"③,这就使读者在感受到作者的惊颤效果时要更多地思考以消化惊颤,消化的途径是以毒攻毒,先激起惊颤体验再抵御现实的惊颤,"惊颤因素的特点给人的印象越强烈,意识就越有意识地成为反抗刺激的敏感屏障"④,这也增加了诗的费解性。另外,作为布莱希特的密友,本雅明热情肯定并在理论上支持其史诗剧实验,指出,布莱希特采用的间离技巧,使观众"不是亲近的,而是疏离的。观赏者并不像在自然主义戏剧中那样以满不在乎的心情,而是以极大的惊奇心情看到了剧情是一种真实",并引导观众跳出幻觉,以清醒的理性反思剧情,因而"不是一开始,而是最后"才理解剧作的意义,⑤这是叙事剧费解的主要原因。

在此,本雅明对波德莱尔与布莱希特的分析,不仅是对两位大师的评价,而且是对整个现代艺术走向费解的特征的揭示;他也不仅从艺术形式上看待现代艺术的费解性,而且从内容上发现并肯定了这种费解性背后隐藏着对资本主义现实的严肃的批判性。

---

① ② 本雅明:《论文学》,法兰克福 1969 年版,第 60、43 页。
③ ④ 本雅明:《波德莱尔——发达资本主义时代的一位抒情诗人》,法兰克福 1969 年版,第 120、123 页。
⑤ 本雅明:《试论布莱希特》,法兰克福 1966 年版,第 10 页。

值得重视的是,本雅明无论在论述古典艺术的终结还是现代艺术的费解方面,都注意考察造成文艺现象变化背后的时代、社会条件和阶级斗争状况,努力寻找其终极经济根源,试图把唯物史观贯彻到自己的论述中去。这是难能可贵的。

10.3.2　独特的艺术生产论

本雅明从马克思的艺术生产理论得到启示,把艺术创作看作同物质生产有共同规律的一种特殊的生产活动和过程,即它们同样由生产与消费、生产者、产品与消费者等要素构成,同样受到生产力与生产关系的矛盾运动的制约。在他看来,艺术创作是生产,艺术欣赏是消费。艺术创作的"技术"即技巧,代表着一定的艺术发展水平,构成了艺术生产中的艺术生产力。而艺术生产者与消费者之间的关系则构成了艺术生产关系。根据马克思主义关于生产关系一般地决定于生产力的原理,本雅明提出,在人类艺术活动中,艺术生产关系也一般地决定于艺术生产力即技巧。当艺术生产关系与艺术生产力发生矛盾、阻碍艺术生产力发展时,社会出现艺术革命,新的艺术技巧(技术)就会产生,打破旧的艺术生产关系,把艺术推向前进。

在此,文艺的技巧(技术)作为艺术生产力的代表,在本雅明的艺术生产理论中就占有特殊重要的地位。首先,技巧直接关涉到对文艺作品的分析与评价的唯物主义原则。他说,"我称技巧为这样一个概念,这个概念使文学作品能为直接的社会分析所把握,由此也就能为唯物主义分析所把握"[①]。他认为,对作品肯定还是否定,不只是看其政治倾向革命与否,即不只是看对其时代的生产关系持何态度,更要看其同生产力(技巧)取何种关系,换言之,要看作品的文学技巧是否先进。第二,用技巧概念来消除形式与内容传统的僵硬对立。在他看来,文艺作品的政治倾向即所谓内容,并不在技巧即所谓形式之外,作品正确的政治倾向一词包含着它的文学内质即技巧(生产力),因此,他提出"文学倾向"的新概念来取代"政治倾向"概念,认为这样,形式和内容的无益对立便被超越了。第三,他从技巧决定论出发,推崇摄影、电影等新兴艺术手段,对艺术技巧、形式上努力革新的现代主义艺术,从布莱希特的史诗剧到卡夫卡的小说,从达达主义到超现实主义等先锋派艺术,给予高度评价。

本雅明对艺术消费的考察也是他艺术生产论的一个重要方面。他在《作为生产者的作者》一文中明确提出了应将消费者转化为生产者、将读者或观众转化为艺术生产的合作者的思想。在《什么是史诗剧》一文中,他赞扬布莱希特的史诗剧打破了传统的"第四堵墙"的舞台结构,使观众也参与到演出中去,成为戏剧创作的合作伙伴。他在《爱德华·福克斯:收藏家兼史学家》一文中指出,对于历史唯物主义来说,过去的作品总是未完成的,它必须是在历史的具体过程中由具体时代的读者去实现;这些作品同它们以前和以后的历史都是连接在一起的,而正是它们以后被读者消费、欣赏的历史把它们以前的历史照亮,成为一个不断变易的连续过程;又正是变易的历史决定了艺术作品与其消费者的种种

---

① 本雅明:《试论布莱希特》,法兰克福1966年版,第98页。

关系并提供给不同历史地位的消费者以参与艺术生产的不同可能。这些思想开创了当代接受美学的先声。

应当指出,本雅明把艺术看成一种生产与消费的辩证运动过程,并力图把生产力决定生产关系的唯物史观应用于艺术生产领域,这在方向上无疑是正确的。但是,他把艺术技巧抬至决定一切的地位,并用技巧先进与否取代艺术作品思想内容的进步与否,则是片面的。

10.3.3 "机械复制时代的艺术论"

本雅明在《机械复制时代的艺术作品》一文中提出了著名的"机械复制时代的艺术论"[①]。他认为随着现代科技和生产力的发展,艺术生产也进入了机械复制的时代。这带来了艺术的巨大变革,传统艺术的"光晕"消失了,可用机械复制的艺术却悄然崛起。

"光晕"这个概念,在本雅明那里含义复杂而模糊,同疏离感、膜拜价值、本真性、自律性、独一无二性等都有联系,用来泛指传统艺术的审美特征;而机械复制艺术则指能用先进技术、机械手段进行大量复制的现代艺术品。他认为,传统艺术作品(如一幅名画)具有当时当地性,即在它诞生地的独一无二性,这种独一无二性构成环绕作品的灵光圈;但现代技术如摄影等却可使作品无限多地复制,这样,原作的本真性、唯一性与权威性就丧失了,真正的艺术品可能不会被触动,但艺术品存在的质地却一再贬值,环绕它的光晕也就消失了。

本雅明指出,随着传统艺术光晕的消失,艺术原有的功能与价值也发生巨大变化,艺术的全部功能颠倒过来了,它不再建立在礼仪基础上,而开始建立在另一种实践——政治的基础上了,它原有的膜拜价值(对它独一无二性和光晕的膜拜)也被展示价值所取代。本雅明认为,正是艺术作品的可机械复制性,才在人类历史上第一次把艺术品从它对礼仪的寄生中解放了出来,获得了展示价值的主导地位。与此相应,艺术接受也从侧重膜拜价值的凝神观照接受方式转变为侧重展示价值的消遣性接受方式,凝神观照的人沉湎到该作品之中,而进行消遣的大众则超然于艺术品,沉浸在自我之中:前者被作品所吸收,后者则把作品吸收进来;前者在接受中唤起移情作用,达到净化目的;后者如电影的接受则通过片断、零散的镜头,画面的蒙太奇转换,打破了观众常态的视觉过程整体感,引起惊颤的心理效应,实现激励公众的政治功能。

在机械复制的艺术中,本雅明最为推崇的是电影这门新兴艺术。他对电影的艺术手段与特征作了多方面探讨,认为电影展示了异样的世界和视觉无意识,丰富了我们的观照世界的方式;它对现实的表现是通过强烈的机械手段,实现了现实中非机械的层面,现代人就要求艺术品展现现实中的这种非机械的层面,这个层面蕴含着现实中非异化的、丰富复杂的精神世界的活动和变化。据此,本雅明把电影看作人类艺术活动中的一次革命。

本雅明上述观点鲜明地贯穿着技术主义倾向,一方面体现着他运用唯物主义观点研

---

① 参见董学文、荣伟编:《现代美学新维度——"西方马克思主义"美学论文精选》,北京大学出版社 1990 年版,第170—194 页。

究艺术的努力,另一方面显示出他对新兴的电影艺术的倡导和对现代主义艺术的支持。但是,相对而言,他对艺术的精神性、独创性、个性等有所忽视,则是明显的不足。

10.4　阿多诺的否定性文论

　　泰奥德·阿多诺(1903—1969),出生在法兰克福一个犹太裔家庭,从小受到很好的音乐和哲学教育。1921 年开始读布洛赫的著作《乌托邦精神》,后入歌德大学攻读哲学、社会学、心理学和音乐理论等课程,1924 年获哲学博士学位,1933 年被法兰克福社会研究所聘为讲师。1934 年赴英留学,1938 年因法西斯迫害而流亡美国,在当时的法兰克福社会研究所工作。1949 年应联邦德国政府邀请随所回国,1953 年起主持法兰克福社会研究所工作。1963 年出任德国社会学协会主席。1968 年在西欧学生运动中因不支持学生造反而受到攻击,迁居瑞士,不久便谢世。他一生著述甚丰,集中于哲学、美学和文论方面,主要有:《启蒙的辩证法》(1947,与霍克海默合著)、《新音乐哲学》(1949)、《多棱镜:文化批判与社会》(1955)、《介入:新批判模型》(1963)、《否定的辩证法》(1966)、《社会批判论集》(1967)、《音乐社会学导论》(1968)、《文学笔记》(共 3 卷,1966—1969)、《美学理论》(1970)等。他的著作在西方产生了广泛影响,尤其在文艺理论与美学方面,是法兰克福学派中成就最大的一位。

10.4.1　否定的辩证法

　　阿多诺美学思想中与马克思主义关系最密切的,是通过文艺来彻底否定和抗议资本主义的异化现实,即对资本主义的工业文明和受其支配的大众文化采取不妥协的批判态度。而他美学思想的这种极为鲜明的社会批判色彩,乃是以他独具特色的“否定的辩证法”为哲学基础的。

　　阿多诺早在 1947 年与霍克海默合著的《启蒙的辩证法》中,就从意识形态角度对资本主义残害人性的现实作了强烈的控诉和批判性剖析。到 1966 年的《否定的辩证法》时,则把这种社会批判与哲学反思结合起来,上升为一种以否定性为核心的社会批判哲学。他对从黑格尔到卢卡契的强调“总体性”和“同一性”的辩证法进行了批判的审视,认为“总体”、“整体”、“同一性”等是虚假的、抽象的社会存在的幻影,是强制把社会现实中无法统一的个体性和差异性一体化、整体化,硬要求把不可调和的种种现实矛盾实现统一。他认为真正唯物主义的辩证法是指向差异之物——即矛盾、对立的。“辩证法作为矛盾性坚守我们的意识”,①它只能是“一贯意义上的非同一性”②,其真实含义永远是否定性的,而不具有任何肯定性,否定之否定结果仍是否定,而非肯定,“辩证法是否定的知识的核心,它不容许有其他的东西围绕自己”③,否定的辩证法“就是崩溃”④。按阿多诺的否定性辩证法来衡量,黑格尔、卢卡契对抽象、普遍的整体性、总体性、同一性的维护,实际上是对侵

---

　　①②③④　阿多诺:《否定的辩证法》,纽约 1973 年版,第 6、5、395、156 页。

犯、消灭差异性、个体性、非同一性的那种强制性社会结构(资本主义制度)的维护,所以,他同黑格尔的著名命题"整体是真实的"针锋相对,提出了"整体是虚假的"反叛性口号,其目的在于摧毁强加在客观社会之上的"总体性"囚牢,以调动具有差异性的千万个体来反抗和否定社会的"整体性"压抑。阿多诺的否定性辩证法不是纯粹的形而上思辨,而是与现实的社会批判紧密结合的。他认为,当今资本主义世界比地狱更坏,是一个普遍的社会压制的时代,社会强制地消除了人们的个体性与差别性,人从劳动到需要、享受乃至思维,都被现代工业文明整体划一化了,人被降低为单纯的原子,使人日趋非人化了。否定的辩证法就是如实地揭露现实的人的异化,通过批判、否定现实的总体性,捍卫、争取个体性与非同一性,来拯救人性,消解绝望。据此,阿多诺提倡一种"非同一性思维"或曰"批判思维",即矛盾地思考矛盾,安于不完整性、非同一性,认为这正是现代否定的辩证法的希望所在。

10.4.2　艺术的否定性本质

阿多诺的全部文艺和美学思想,就是牢牢地建立在上述否定的辩证法的基石之上的。

阿多诺从否定的辩证法出发,为艺术下了这样一个定义:"艺术是对现实世界的否定的认识。"[1]在此,否定性成为艺术(主要指现代艺术)的本质特征。

首先,阿多诺把艺术看成完全不同于现实的、非实存的、现象学意义上的"幻象"(不是把艺术形象等同于现实的欺骗性"幻想"),认为现代艺术所追求的是那种尚不存在的东西,是对现实中尚未存在之物的先期把握。这种经验现实中所无的"幻象"是一个疏离、相异于现实的另一个世界,它用易逝、耀眼和表现性的虚构形象来批判、否定现实的虚假同一的假象,"于是,幻象蔑视着现实的统治原则"[2],即专制的总体性、同一性原则,最终"达到对既存经验现实的否定"[3],换言之,"艺术就是达到社会的社会性逆反现象"[4]。在此意义上,阿多诺称艺术是对现实世界的"反题"。

其次,阿多诺指出,与上述对现实的异化和非同一性的否定相适应,现代艺术采取分解、零散化的形式原则,因为只有在解体的状态下,客观世界和艺术的形式法则才是可比拟的。艺术应打破传统艺术追求完美性、整体性的幻想,用不完美性、不和谐性、零散性和破碎性的外观来实现其否定现实的本性。这样,艺术的否定性就牺牲了对完美的感性外观的追求,"艺术作品把魅力置于其外而走向异样事物"[5](否定现实),"艺术作品被塑造得越深刻,它也就否定了人为设置的外观而越难被人们理解"[6]。正是这种对美的外观的抛弃,形成了现代艺术"费解"这种区别于传统艺术的重要特征。

再次,阿多诺提出了"反艺术"的概念。他认为,现代艺术对美的感性外观的否定是艺术走向衰亡的重要标志。这时,艺术已不再是艺术了,"它面临着这个辩证法的挑战,展示出'反艺术'的美学概念"[7]。当然,"反艺术"并非真正消灭艺术,而是在放弃艺术外观美

---

①②③④⑤⑥⑦　阿多诺:《美学理论》,慕尼黑 1970 年版,第 122、197、46、197、195、196、42—43 页。

的同时抗议了滋生伪艺术的异化现实,这是一种否定的艺术,"艺术作品只有通过确定的否定性的中介才是真确的"①,"艺术作品的生命就在灭亡"②,通过否定、消解自身的外观而赋予艺术以新的生命。艺术的否定性本质的上述两层含义统一于对异化现实彻底否定的审美乌托邦中:"这种现实的过剩是现实的取消。通过灭绝主体,现实成为无生命的了。这里的转换就是反艺术中的审美瞬间。"③而这种"瞬间"指向未来的政治变革与和谐,"否定性是忠实于乌托邦的,它在自身中包容了隐秘的和谐"④。当然,阿多诺强调真正的审美乌托邦唯有在纯粹否定性中方可获得,一旦落入肯定性中就会堕为欺骗的幻想。总之,"反艺术"正是通过"消灭"艺术美的外观而使艺术解体,又恰恰在艺术的解体中拯救了艺术。

10.4.3　艺术的批判和拯救功能

从上述对艺术本质的探讨出发,阿多诺提出了他独特的艺术的批判和拯救功能说。

他认为,现代艺术的本质既然是其否定性,那么,其主要功能自然就是社会批判了。他指出,艺术通过追求尚未存在的东西而与既存社会分离、决裂,换言之,"艺术通过其单纯的此在批判了社会"⑤,这里的"社会"指的是资本主义的现代工业文明、异化现实和"野蛮"制度。他把批判的锋芒牢牢对准资本主义异化带来的不幸与灾难,指出"艺术作品的社会批判领域就是产生不幸的领域"⑥。他以荒诞派戏剧家贝克特的《等待戈多》、《快乐的日子》、《终局》等一系列荒诞剧为例进行剖析,指出这些戏剧中的荒诞不是意义的缺失,而是通过戏拟性的讽喻,把意义放在历史上揭示其虚无性,这正是作品对异化的现代社会的无意义性的深刻批判,所以这种"无意义可以成为审美内容和决定性的审美形式"⑦。

与此同时,阿多诺还提出了艺术的另一重要功能即拯救功能。拯救功能与批判功能是密不可分的,是一个事物的两个方面:在某种意义上,拯救功能是批判功能的深化与延伸,批判的目的在于拯救。他说:"我本来就是把拯救绝望的动机视为我所探讨的中心目标的。"⑧在他看来,现代工业社会是一个压抑人,造成人性分裂、异化的社会,"人只是非人化和幻想性意识形态"⑨。面对这样一个走向野蛮和虚无的社会,人们需要一种精神性的补偿来消除绝望,拯救心灵。具有否定性和批判功能的现代艺术正好满足了这种需要,因而获得了拯救人性、拯救现实的功能。艺术能把人们在现实中所丧失的希望,所异化了的人性,重新展现在人们面前,在此意义上,"艺术就是对被挤掉了的幸福的展示"⑩。这样,艺术就"补偿性地拯救了人曾真正地、并与具体存在不可分地感受过的东西,拯救了被理智逐出具体存在的东西"⑪。

---

①②③④⑤⑥⑦⑩⑪　阿多诺:《美学理论》,慕尼黑 1970 年版,第 187、201、45、383、335、353、477、208、191 页。
⑧　转引自古尼尔、林古特《自我确证和形象文献中的霍克海默》,1973 年德文版,第 84 页。
⑨　阿多诺:《最低限度的道德》,伦敦 1974 年版,第 105 页。

阿多诺所阐述的艺术批判与拯救功能都只是在意识、精神领域的层次上,而不具备实践性。他认为,在达到高度工业文明的现代资本主义社会中,已不可能再产生像 19 世纪下半叶的无产阶级革命运动中革命实践的主体了。因此,对现代资本主义社会的否定只能采取意识革命和精神批判的形式(而不是物质的、"武器的批判"),艺术"对社会的批判就是认识的批判和批判的认识"①。同样,拯救也只限于精神领域。这使他未能从根本上超越从精神到精神的唯心史观和审美乌托邦。

10.5　马尔库塞的新感性文论

赫伯特·马尔库塞(1898—1979),美籍德裔哲学家、美学家,是法兰克福学派最重要、最著名的代表人物。他生于柏林一个有教养的犹太人家庭。1917 年曾加入德国社会民主党左翼,1919 年因不满该党对革命的叛变而退出。后到柏林大学和弗莱堡大学攻读哲学,曾受教于著名哲学家胡塞尔与海德格尔,1923 年获博士学位。1933 年加入法兰克福社会研究所。纳粹上台后他流亡法国、瑞士,后转往美国。1934 到 1940 年他在哥伦比亚大学的法兰克福社会研究所任职。二战期间曾为美国战略、情报机构服务。1951 年回哥伦比亚等大学从事教学和研究工作直至去世。他虽未回到德国,但由于他在社会和政治理论上的激进态度,曾在 60 年代末欧洲风起云涌的左派和学生造反运动中成为精神领袖。他一生著述甚丰,主要有:《历史唯物主义现象学概要》(1928)、《辩证法的课题》(1930)、《历史唯物论基础的新材料》(1932)、《文化的肯定性质》(1937)、《理性与革命》(1940)、《爱欲与文明》(1955)、《单面人——发达工业社会意识形态研究》(1964)、《论解放》(1968)、《反革命与造反》(1971)、《作为现实形式的艺术》(1972)、《审美之维》(1977)等。

10.5.1　人本主义的社会批判哲学

马尔库塞的文艺思想,是以其人本主义的社会批判哲学为理论基础的。这种社会批判哲学立足于人的普遍人性结构,认为现代资本主义社会的罪恶与病态,全在于它压抑、扭曲了人的本性,造成了人性的异化。

首先,他批判资本主义的"消费控制"把人变为"单维人"。他认为,现代工业社会推行的"强制性消费",把本不属人的本性的物质需求和享受无限度地刺激起来,使人把这种"虚假的需求"当作"真正的需求"而无止境地追逐。这造成个人在经济、政治、文化等方面都成为物质的附庸而日趋单维化、畸形化,完全为商品拜物教所支配。因此人与产品的关系完全颠倒了、异化了:不是产品为满足人的需要而生产,相反,是人为了使产品能被消费而存在。这就是晚期资本主义对人的消费控制。

其次,他批判资本主义对人的"爱欲"本性的压抑。他接受并改造了弗洛伊德关于人

---

① 阿多诺:《提示语:批判模式之二》,法兰克福 1969 年版,第 158 页。

的本能结构由生、死两方面组成的观点,认为作为生本能的爱欲,是人的真正本质;同时把马克思在《1844年经济学哲学手稿》中关于劳动是人的本质的思想加以歪曲后纳入到其"爱欲论"中来,认为劳动为大规模地发泄爱欲提供了机会,但现代工业社会的高度自动化、高科技水平和精细分工,使人的劳动越来越单调、单一、机械,日益沦为工具的某个部分,把人的存在分裂成片面的机能,这样,劳动从作为人的爱欲本质的实现,蜕变为对爱欲的压抑,劳动的这种"非爱欲化"即非人化,是对人的本质的摧残。

再次,他批判资本主义滋长了"攻击性"罪恶。他吸收了弗洛伊德关于人的生本能(爱欲)与死本能(攻击本能)此长彼消而总能量不变的观点,认为现代工业社会由于压抑了爱欲,必然有利于人的攻击本能的发展,使整个社会变成一个攻击性社会,一切侵略、恐怖、迫害、战争都源出于此。人的攻击性原是本能结构之一,它并无固定目标,晚期资本主义社会却利用与操纵了人的攻击本能,于是,攻击本能越充分发泄,其受控程度也越高。这种被暗中操纵的攻击本能的肆意发泄和无限扩张,是人性异化的另一表征,也是晚期资本主义的病灶之一。

最后,他对资本主义生态、自然危机也从人性异化角度进行了批判。他认为自然界不仅是人的生活来源,也是人的想象、美感和和谐观念的源泉,只有人与自然和谐统一才能保证人性的完满发展。现代工业技术文明却为满足片面的物质享受无限制地剥夺、破坏、污毁自然,结果切断了人与自然沟通的纽带,反过来自然要压迫、报复人,原本是人性得以实现的"天然空间",而今却成为奴役人性的"地狱"。

应当承认,马尔库塞对现代资本主义社会的这一系列批判是相当尖锐的,也是有一定深度的。但他抹杀了马克思在《1844年经济学哲学手稿》中揭示的资本主义社会人性异化的根源在私有制,把对资本主义的批判仅停留在意识形态层面,而丝毫不触及资本主义的经济基础(生产关系);而且他提出的所谓"总体革命"主张只局限于心理、本能结构的"革命",即"创造条件把性欲、生活本能从破坏本能的优势中解放出来",以"使自由、和平和幸福的现存可能性化为现实"[①],这也就是"爱欲"的解放和人性异化的扬弃,也就是当代革命的主要任务与唯一道路。显然,这种不触动现存社会经济、政治结构的"总体革命"只能是一种虚无飘渺的空想。

10.5.2　艺术的实质是"革命"和"造反"

马尔库塞的文艺思想与上述社会批判哲学紧密相关。他着重从艺术与革命、政治的关系来探讨艺术的本质。

首先,他吸收了阿多诺否定性美学的若干观点,认为艺术创造了与既存现实相异的另一种现实,另一个真实,一个属于未来或理想的不存在的世界,因而具有一种"否定的"总体性,这种对现实的否定性是一种美学上永恒的想象的革命。

其次,他批评苏联美学界贬低人的主体性的机械论倾向,强调"革命的主要前提,即对

---

① 马尔库塞:《老模式已不再适用》,载西柏林《批判杂志》1979年2月号。

于根本变革的需求必须扎根在个人的主体性中,扎根在他们的智力和热情中,他们的倾向和目标中",认为在文化艺术中,主体性"已变成一种政治力量,用以抗衡侵略性和剥削性的社会化"①。因此,"很可以作为堡垒来反抗支配人生一切方面的社会"②,成为"资本主义社会的一个敌对力量"③。

再次,他认为艺术可以创造一个现实中所没有的"虚构世界"来疏离、超越既定现实,而艺术一旦"超越直接的现实,就打破了既成社会关系的物化的客观性,展开了经验的一个新方面:反抗的主体性的再生"④。在此意义上,"艺术就是反抗"⑤。

据此,马尔库塞赋予艺术和审美以一种政治性的革命或造反功能。他说:"艺术作品按照它整个的结构来看,就是造反,想和它所描述的世界调和是不可能的"⑥;艺术用"被压迫者的语言"来"抗议和拒绝"现实社会⑦,如黑人文学特别是黑人抒情诗"称得上是完全革命的;它们赋予一种全面的造反以用美学形式表现出来的声音"⑧。由于艺术创造出与既存现实相反、为现实所不容的另一种现实,因而遭现存秩序的拒斥,但通过审美,艺术"却活在人的思想和愿望之中,活在他们的遭遇之中和活在他们反对现存的秩序和现实的造反之中"⑨。正是在此意上,马尔库塞指出,革命构成了艺术的实质,艺术的任务是永恒的美学的颠覆,艺术在今天反对现存社会的政治斗争中是一种武器,是阶级斗争的必不可少的武器。而且,越到晚年,他越把艺术和"审美之维"看成是政治革命的最重要一维,艺术的革命、造反功能甚至成为他晚年社会批判理论的中心课题之一。

10.5.3　艺术造就"新感性"的功能

艺术的革命和造反特性作为马尔库塞"总体革命"的一个重要方面,主要是通过艺术和审美进行人的心理、本能革命,消除异化,造就"新感性",达到解放人的目的。为此,他恢复了"美学"一词在鲍姆伽登创立时的原初意义——"感性学",强调在哲学史上该词"反映了对感性(因而是肉体的)认识过程的压抑性看法"⑩,即不断从理性上去理解它而驱逐它的感性本意,因此,需要恢复这一本意。他的美学理论,基本上是围绕着"感性学"展开的。

首先,他认为艺术的永恒性以普遍人性为基础,而他对普遍人性却作了弗洛伊德主义的解释,说这是"原始精力的领域,即性欲能力和破坏能力的领域"⑪,也即生本能与死本能的领域;而艺术的永恒性就来源于对这种普遍的爱欲的表现,他甚至说,"艺术作为性爱和幸福的升华形态,在根本上就是性爱和幸福的代用品"⑫;艺术表现普遍的爱欲,就是表

①②③④　马尔库塞:《审美之维》,见《马克思主义文艺理论研究》第 2 卷,文化艺术出版社 1984 年版,第 445、466、465、447 页。本书作者对译文略有修改。

⑤⑩　马尔库塞:《爱欲与文明》,上海译文出版社 1987 年版,第 105、132 页。

⑥⑦⑧⑨　马尔库塞:《工业社会和新左派》,商务印书馆 1982 年版,第 163、145、184、155 页。

⑪　见《马克思主义文艺理论研究》第 2 卷,文化艺术出版社 1984 年版,第 453 页。

⑫　马尔库塞:《反革命与造反》,法兰克福 1973 年版,第 38 页。

现了"生命本能在其反抗本能压迫和社会压迫的斗争中对自身的深刻肯定"①。

他的理由是,资本主义现实世界对人性造成了压抑,而艺术由于超越直接现实而展现了一个非压抑条件,使人的感性本能如狭隘的性欲得以升华为广泛的"爱欲",这是"性欲的自我升华";他并说,"性欲的自我升华""这个词意味着,在特定条件下,性欲可以创造高度文明的人类关系,而不屈从于现存文明对本能的压抑性组织"②。艺术的革命功能就体现在这种升华中。

其次,他同样借用弗洛伊德主义,把人的本能需要与文明社会的进步对立起来,认为这种对立是快乐原则与现实原则的对立,也是感性与理性的对立。人生来就追求各种需要的满足,这是人类生活中本能的、感性的快乐原则;而在现代文明社会中,为满足这些需要就必须作出种种限制与让步,快乐原则受到现实原则的压抑,感性本能受到理性功能的压抑。马尔库塞认为这种"压抑性理性统治"应当废除以获得心灵的自由。但要完全摆脱现实原则和理性的统治,在现实中是不可能的,唯有幻想与想象两种心理机能在意识领域内"不受现实的检验,因而只从属于快乐原则"(弗洛伊德语),它们"保护了受理性压抑的、人和自然要求全面实现的欲望"③。而想象与幻想正是艺术和审美的特有领域,所以艺术与审美就具有非压抑性目标和本性。他说,通过想象与幻想,艺术对现行理性原则提出了挑战,这是对理性的"统治逻辑组织生活的持久抗议,是对操作原则的批判"④,它使主体感性摆脱压抑状态,达到感觉与理智的会合,即"感性的解放"⑤。

再次,他提出了通过艺术造就"新感性"的主张,并认为这是一种政治实践,说"这种政治实践必然破除了看、听、感觉和了解事物的惯常方式,使有机体变得善于接受一个非攻击性的、没有剥削的世界的潜在形式"⑥。这就需要改变人们旧的感受世界的方式,造就具有"新感性"的社会主体。这种新感性,就是能"超越抑制性理性的界限(和力量),形成和谐的感性和理性的新关系"的感性,它体现了"否定整个旧制度"、"肯定建立一个新社会的要求"。就此而言,"新感性已成了一个政治要素,它预示着当代社会的一个转折点"。他把当代苏联、东欧青年中用超短裙、摇滚乐等反对认真精神,强调社会主义应当轻松、愉快、好玩等行为,都说成是新感性的实践。

他认为,造就新感性的最佳途径在于现代艺术。"艺术通过对现实的变形造就了新感性,这样同时也就释放了新感性中被束缚的审美力量。"如现代的"反艺术"用"句法的消灭,词句的破碎,普通语言的爆炸性使用,没有乐谱的乐曲"等激进方式体现摧毁旧感性、造就新感性的力量,使人们"把解放同废除普通、守法的感觉连在一起"。同样,审美能解放被理性压抑的感性,使感性与理性达到和谐统一的自由状态,从而形成新的感受方式即新感性。他说,审美"遏制了攻击性",在审美中,人们摆脱了"不自由社会的抑制性满足的感受",消除了"竞争性的剥削或恐怖"因素、"资本主义精神所产生的物质垃圾",以及"这种精神本身",因此,"审美活动就是自由的需要的机能赖以获得解放的领域",造就自由的新感性的领域。

---

① 见《马克思主义文艺理论研究》第 2 卷,文化艺术出版社 1984 年版,第 449 页。
②③④⑤　马尔库塞:《爱欲与文明》,上海译文出版社 1987 年版,第 149、116、104、134 页。
⑥　马尔库塞:《论解放》,法兰克福 1969 年版,第 2 章,以下本节引文未注明出处者均出自该章。

他还强调新感性体现了一种新的价值观,具有改造和重建世界的力量。他说,通过艺术形成的新感性能"产生一种生产力",在重建现实过程中,"其主要审美特质将使现实成为一件艺术品"。所以,在他看来,"社会生产力可能近似艺术的创造力,艺术世界的建设可能近似现实世界的重建",二者是统一的。在此,马尔库塞的思路是:艺术和审美造就了主体的新感性,而新感性能变成一种改造、重建社会的现实(物质)生产力,这种艺术和审美化的生产力能把现实改造为"艺术品"。这种艺术化的现实正是马尔库塞的审美乌托邦的理想国,在那里,"审美事物与现实事物的疏离状态将告终,事物和美、剥削与娱乐的商业性联合状态亦将告终",社会的异化将被彻底扬弃。

10.6　弗洛姆的新精神分析文论

埃里希·弗洛姆(1900—1980),出生于德国法兰克福一个犹太人家庭,先后在法兰克福、海德堡、慕尼黑等大学学习心理学、社会学和哲学,1922 年获博士学位。后去柏林精神分析研究所研究弗洛伊德学说。1928 年起在法兰克福精神分析研究所和社会研究所工作,加盟法兰克福学派。1934 年由于纳粹上台而被迫移居美国,先后执教于哥伦比亚、耶鲁、纽约等大学,1946 年创建威廉·怀特精神分析和心理学研究所。1949 年起应邀赴墨西哥国立大学任教,创立墨西哥精神分析研究所。1971 年移居瑞士,继续勤奋笔耕。弗洛姆一生著述甚丰,主要有《逃避自由》(1941)、《心理分析和伦理学》(1954)、《健全的社会》(1955)、《现代人及其未来》(1960)、《马克思关于人的概念》(1961)、《在幻想锁链的彼岸》(1963)、《爱的艺术》(1979)等。他毕生的宗旨是认识人、改造人、美化人,创造健全的社会,为此,潜心研究马克思与弗洛伊德,企图在两人之间构架桥梁,达到社会学与心理学的合作,开展现代社会中的心理革命。他虽无文论、美学专著,却有关于文论、美学的精辟见解。

10.6.1　以"生产性的爱"为核心的人学

弗洛姆的文论、美学以其人学为基础。他努力用马克思的学说改造弗洛伊德的精神分析学,进而提出自己的人论。

他指出,马克思认为人是由社会形成的,而弗洛伊德则主要从人的家庭遭际、心理分析来看人,马克思的思想比弗洛伊德更科学、深刻、宽广,但缺乏对人的内心世界的精细分析。因此,他想在综合二者的基础上提出自己的人论。

他清醒地看到人面对生与死、实现生命潜能的要求与实际上不可能全部实现的深刻矛盾,即人的存在的二律背反;他同时还看到人在不同历史时代也面临着"历史的二律背反"。这两个二律背反是每个现实的人必须面对并寻求回答的问题。他提出,作为既有思想又有肉体的人,既是社会的人又是有情感、欲望、本能的人,对人的存在问题的唯一回答就是"在于实现人与人之间的融合,在于实现与另一个人的融合,在于

爱"①,爱是"在保存人的完整性、人的个性条件下的融合"②;而成熟的爱应是一种生产性
的爱,一种"给予","给予是潜能的最高表达",是"快乐的"体验,由此"表示了我生命的存
在"③;"给予"有关心、责任、尊重和认识四要素。这就是弗洛姆人论的基本观点。

弗洛姆"生产性的爱"的理论确实体现了人的社会性与情欲、本能的统一,确立了人的
完整性,防止人丧失自我,为文艺找到了主体的人,为文艺问题的解决奠定了人学基础。

10.6.2　展示人类普遍经验的艺术象征论

作为精神分析学家,弗洛姆也十分重视梦的研究,认为梦是人类通用的语言,是基于
人类普遍的生存经验之上的普遍的象征。那么什么是象征?他说,"象征语言是我们表达
内在经验的语言","在它之中,外部世界是内部世界的象征,是我们灵魂和心灵的象
征"④,象征是用感性、外在、物理的东西表达人的内在、普遍、心灵的世界。他并把象征分
为习俗的、偶然的和普遍的三种,前二种均无普遍性,第三种之所以有普遍性乃因它根植
于一切人共有的经验之中。

弗洛姆是将文艺看成一种普遍的象征,一种对人类普遍经验的展示。他从象征与人
类普遍经验的深刻联系出发来分析人类的梦、神话、童话与文学作品。

他认为梦是人类的睡眠语言,在梦中人们脱离了清醒的文化意识和理性,但也摆脱了
理性文化的某些专制、消极影响,有时比觉醒状态更聪明、更有洞见力,其根源还在于梦境
常常象征着人类的普遍经验。

他指出,神话作为人类原始艺术的经典样式,是人类童年时期的梦境,因而也是人类
早期内心经验的象征与展示,"神话和梦一样,讲述一个在时间和空间中发生的故事,这故
事以象征语言来表达宗教和哲学的观念,来表达这个神话真正意义之所在的内心经
验"⑤。据此,他批评了弗洛伊德将古希腊俄狄浦斯神话归结为性欲与乱伦的观点,指出,
"被理解为这个神话之中心主题的,不是性欲,而是对权威的态度"⑥,它"可以被理解为一
种象征,它不是代表母子之间乱伦的爱恋,而是表现在父权制家庭中,儿子对于父亲的权
威的反叛"⑦。

他认为,许多被广泛接受的童话也像神话一样,不单纯是个体经验的表现,其中也包
含着丰富的人类普遍经验。如他不同意弗洛伊德对童话《小红帽》的分析。弗洛伊德把
《小红帽》主题归结为性的危险——受性欲诱惑而背离人类道德终遭惩罚。弗洛姆则认为
它的意义不止于道德,它"叙述了男女性之间的冲突;这是一个女人胜利的故事"⑧,可见,
它传达的是人类历史中两性斗争的普遍生活经验。

10.6.3　"社会无意识论"和文学

弗洛伊德对人类"无意识"领域的发现,荣格对"集体无意识"的强调,是精神分析学的

①②③　弗洛姆:《爱的艺术》,工人出版社 1986 年版,第 19—20、22、24 页。
④⑤⑥⑦⑧　弗洛姆:《被遗忘的语言》,见《弗洛姆著作精选》,上海人民出版社 1989 年版,第 230、257、258、263、269 页。

两大成就,而弗洛姆"社会无意识"概念的提出,则是一个新的理论贡献,体现了他综合马克思主义与弗洛伊德学说的努力。

弗洛姆认为,"每一个社会都能决定哪些思想和感情能达到意识的水平,哪些则只能继续存在于无意识的层次"①。对于前者社会会接受和扶持,对于后者则加以压抑,使之停留于无意识层次,"社会无意识"正是被社会所压抑的那些心理领域。他指出,社会是通过语言、理性逻辑和社会禁忌三个途径来压抑无意识的,它们是社会的过滤器。(1)语言是文化的产物,总是与意识相联系,凡表现为语言的,必是社会意识;由于通行语言无法提供表达人们内心体验的语词,因而必然压抑社会无意识;语言还通过语法、句法等压抑无意识;"整个语言包含了对生活的一种态度,从某一个方面来讲,语言乃是经验生活的一种僵化的表述"②,它只重视纯理性方面而忽视人们内心深处的体验。(2)理性逻辑所体现的思维规律也对社会无意识构成压抑,凡符合逻辑的情感、体验可进入意识层,否则就成为社会无意识的一部分。(3)社会禁忌更把一些感觉、体验压入无意识领域。

弗洛姆强调了文学与社会无意识的密切关联。首先,他认为文学创作如同睡眠状态的梦境一样,是处于无意识层的内心体验,作家把无意识流动表现出来的过程就是用普遍的象征来表现自己的内心体验的过程,也是突破和超越社会意识压抑的过程。一句话,艺术创造状态是社会无意识与社会意识相互冲突、协调的过程。其次,艺术思维也是社会无意识与社会意识,情感、体验与理性逻辑,自由状态与文化制约相冲突、调和的过程。再次,文学语言也是社会无意识与社会意识矛盾运动的结果,因为文学语言是一种久被遗忘的、普遍的象征语言,它侧重于表现人的情感、体验,与社会无意识关系密切,但它只有在作家进入反观自身的自由的创造状态即类似于睡眠中梦境状态时,才会涌现;而文学创作同时还会受到社会意识层的正常语言的压抑和影响。正是这两种语言的矛盾冲突,决定着作家的创作活动及过程,决定着文学作品深层意义的表达方式与程度,也决定着作家的语言功力与风格。

由上可知,弗洛姆的新精神分析文论尝试用马克思主义改造弗洛伊德学说,对后者非社会性和泛性欲论的缺陷有所克服,且能对文学的特性和创作心理活动作出新的较为辩证的阐释,是富有启发性的。

10.7 哈贝马斯的交往合理化理论

于尔根·哈贝马斯(1929—),出生于德国杜塞尔多夫一个中产阶级家庭。40年代后期先后入哥廷根大学、瑞士苏黎世大学、波恩大学学习哲学、历史、心理学、文学、经济学等,1954年获哲学博士学位。1955年进入法兰克福社会研究所工作,成为阿多诺的助手。1961至1964年任海德堡大学哲学教授,1964年起任法兰克福大学哲学、社会学教授。1971年起任施塔恩堡的马克斯-普朗克科技世界生存条件研究所所长,后又转至慕尼黑任马克斯-普朗克社会科学研究所所长,1983年重返法兰克福大学任哲学、社会学教授。

①② 弗洛姆:《在幻想锁链的彼岸》,湖南人民出版社1986年版,第93、123页。

哈贝马斯是法兰克福学派第二代主要代表人物,也是当代西方最杰出、最有影响的思想家之一。他具有百科全书式的知识素养,在哲学、社会学、解释学等多个领域他都曾与一些大学者展开论争,且都取得了独树一帜的成果。他著述极丰,主要有《公众社会结构的变化》(1962)、《理论与实践》(1963)、《认识和人的旨趣》(1968)、《作为意识形态的技术和科学》(1968)、《文化与批判》(1973)、《晚期资本主义的合法性问题》(1973)、《论历史唯物主义的重建》(1976)、《交往行为理论》(1981)、《现代性的哲学话语》(1985)、《新保守主义》(1989)等,至今仍活跃在国际学术界。他虽无美学专著,但对美学与文艺问题仍很关注。他的文艺、美学思想是他"社会批判理论"的重要组成部分。

10.7.1 "重建"以"交往行为"为核心概念的历史唯物主义

哈贝马斯的哲学总体上说仍延续了法兰克福学派的"社会批判理论"的基本框架,但摒弃了第一代成员们单一"否定性"的激进主义立场,而代之以对晚期资本主义合法性危机的分析和对上升为意识形态的科学技术的批判,企图通过构造温和的"社会交往行为"理论,来"重建"历史唯物主义。

哈贝马斯认为,马克思创立的历史唯物主义在当代晚期资本主义社会中已不完全适用了:一是把人类自我产生活动和交往活动仅归结为社会劳动,而没有区分作为工具行为的劳动与人际的交往行为,从而忽视了交往行为,即以符号、语言、意识和文化方式表现出来的人际交互作用;二是没有看到晚期资本主义科学技术已独立成为价值创造源泉,因而马克思的劳动价值论与剩余价值论在现代也已过时,同时,科学技术在当代已不仅是支配自然的生产力,而且成为统治人的意识形态,使人的交往行为愈益不合理化;三是由于当代社会生产力和生产关系的构成和社会功能都发生了重大变化,生产力不再起到解放人类的作用,生产关系已扩大为一般"交往关系",也不再体现劳动与资本的对立,因此生产力与生产关系的矛盾运动已无法说明晚期资本主义的发展;四是当代社会,国家、交往、科技不再以经济基础为转移,反过来却对经济基础起决定作用,因此,经济基础一般决定上层建筑的原理也不再适用了。

据此,哈贝马斯决心要"改造"和"重建"历史唯物主义,于是就提出了"社会交往行为"理论。所谓"交往行为",是指主体之间通过符号协调和相互作用,以语言为媒介,通过对话达到人与人之间的相互理解、沟通和一致。哈贝马斯认为,晚期资本主义由于科技理性的统治造成人性的全面异化,导致人成为"单面人"、"物化的人",人的精神陷入危机,人与人之间缺乏信任和理解,人的交往行为日趋不合理,整个社会出现合法性危机。他的交往行为理论提出了建设一个和谐稳定、实现交往行为合理化的新目标以及实现的途径。其要点是:(1)交往行为合理化要求行为主体之间进行没有任何强制性的诚实交往与对话,以求建立起相互理解、信任的和谐关系。(2)实现交往行为合理化的基本前提是建立人们共同承认和尊重的规范标准,即人的平等权利和尊严不受侵犯的"普遍伦理原则",这须交往者参与对规范原则的商谈、讨论、论证来达成。(3)交往行为以语言为媒介,通过交往者之间的对话来实现。于是,研究语言的交往职能和人工构造理想的语言环境的可能性、客观条件,探讨说者与听者的对话关系以及如何达到相互理解、一致的"普遍语用学"应运而生。(4)对当代资本主义的革命不再用阶级斗争手段,而是采取"纯粹交流思想"的乌托邦模式,即创造一个良好的语言环境,保障人际对话与交往行为合理化来进行,并摆脱国家的干预与控制。

哈贝马斯的上述观点显然是错误的。他认为历史唯物主义"过时"的四点理由都是站不住脚的。他把劳动与人际交往活动人为地对立起来,又极度夸大了科学技术的现代作用,否定了生产力与生产关系、经济基础与上层建筑这两对矛盾是推动社会历史发展的基本的、普遍的矛盾,从而无法正确、深刻地说明晚期资本主义社会的基本矛盾,更不能提出正确解决这些矛盾的社会革命方案。他以社会交往行为理论重建历史唯物主义的努力是不成功的,因为,他的交往行为理论,最终要把历史唯物主义"改造"成实现人们"语言行为"的合理化,建立可能、有效、理想的语言使用的规范问题。这实际上是把社会历史的动力归结为语言、文化交往的"合理化",从而陷入了历史唯心主义的泥坑。可见他在政治上比其前辈更趋于保守,而其理论的空想性质则依然如故。

10.7.2 对"批判美学"的批判综合

哈贝马斯作为法兰克福学派的第二代代表,不但在哲学、社会学上批判继承了该派第一代成员共同构建起来的"社会批判理论",而且在美学上也对其理论前辈的"批判美学"进行了创造性的批判综合,这是他形成自己独特的文艺理论和美学思想的出发点。

首先,他肯定了法兰克福学派创立者霍克海默对马克斯·韦伯文化合理化思想的吸收。他认为霍克海默将韦伯思想中隐含的两个重要论题揭示出来并加以发挥,这是从文化、美学上对晚期资本主义的有力批判,因此值得吸取。这两个重要论题是,晚期资本主义社会合理化原则从经济领域扩大到文化生活,造成:一、思想的丧失,理性为多种信仰所取代,理性艺术瓦解,艺术作品变为文化商品,道德和艺术变得不合理;二、自由的丧失,认识工具理性化使经济和国家变为社会生活的中心,迫使其他生活领域包括文化艺术从属于它们,处于生活世界的边缘,这意味着自由的丧失,意识的物化。

其次,他对本雅明关于艺术在现代社会中起到拯救、批判的功能的观点十分赞同,但对其把拯救的希望仅放在非"光晕"的现代艺术上则表示怀疑。他指出本雅明未看到现代科技带来的艺术作品的批量复制有可能使艺术丧失自主性,退化为宣传性或商品化的大众文化,从而丧失拯救、批判功能。在艺术表现问题上,哈贝马斯吸收了本雅明用"寓言"来概括现代艺术特征的艺术语言论,并发展、改造为建立在意义模仿之上的语言理论。他认为,艺术的批判、拯救就在于发掘出艺术作品中所隐含着的"语义潜能","只要这些潜能的来源并不趋于枯竭,那么,对于幸福的需求就能得到满足"[1]。但他同时指出本雅明的艺术语言论有一种怀旧、保守的倾向,"充其量只能把自己看作是对重要经验和乌托邦内容的验证和重复——而不能看作是结构的反思"[2]。

①② 哈贝马斯:《觉悟的提高或拯救的批判》,载《新德国评论》,1979 年春季号第 48、50 页。

再次,他比较分析了本雅明与马尔库塞的美学思想,力图达到对二者思想的综合和超越。他认为:(1)马尔库塞用马克思主义意识形态批判揭示出艺术超越现实的理想主义本质与艺术让人们安于现实的抚慰功能之间的冲突,是一种"提高觉悟的"反思性理论;而本雅明则坚守、拯救艺术品自身的真实内容,因而是"拯救的"审美经验理论。(2)马尔库塞倾心于象征性的古典艺术作品,本雅明则赞赏寓言式的现代艺术作品。(3)马尔库塞与本雅明在是否单纯因技术改变造成了现代艺术的非光晕化的观点上有差异。对两人观点的以上差异,哈贝马斯并未明确表态,但可以看出,他对马尔库塞的意识形态理论基本赞同,而对其艺术乌托邦思想则有所保留。

又次,作为学生与助手,哈贝马斯对阿多诺十分尊重,但对其理论也是有批判又有吸收。他充分肯定阿多诺对现代资本主义社会文化艺术的商品化现象所采取的文化批判态度,认为阿多诺的《美学理论》强调通过真正的艺术来召唤新的启蒙精神,批判工具理性是正确的。但对阿多诺与本雅明30年代关于现代艺术"光晕"丧失问题的那场辩论,他对阿多诺的批评更多一些。他指出阿多诺对自主的、难以接近的"光晕"艺术的社会批判能力过于迷信,将导致一种悲观消极的防御性的"冬眠的策略";他乐观地认为现代艺术的发展已形成共同接受样式,超越了纯粹的文化工业,保持着启蒙大众的功能。在这一点上,他对本雅明的支持略多一些。

哈贝马斯对理论前辈们的批判吸收,目的在于创建自己的美学理论。

10.7.3　通向"交往合理化"的美学

哈贝马斯的文艺、美学思想是他对资本主义意识形态文化批判的有机组成部分,他同其前辈一样,把摆脱异化、实现人的全面解放的厚望寄托于文学艺术,他的独特处在于坚持美学的现代性,并且把包括美学、文艺在内的文化批判推进到语言批判层次上,最终落实到包括审美体验在内的交往行为的合理化上。

其一,哈贝马斯的批判美学的出发点是其"交往行为"理论。他分析了占统治地位的资产阶级文化世界如何通过文化工业批量制造宣传性或商品化的"大众文艺"而扼杀人的激情,使艺术欣赏退化为纯粹的消费与消遣,以此论证资本主义的合理性的策略,指出这恰恰导致人性的进一步异化与片面化,导致人们交往行为的片面化与不合理化,从而揭露了现代资本主义的合法化危机。

其二,为了实现其通过交往行为合理化来改造现代资本主义社会的目标,哈贝马斯在美学上持捍卫现代艺术的立场。(1)他借用本雅明的术语把传统艺术与现代艺术区分为"光晕艺术"与"后光晕艺术",对现代艺术打破传统艺术的"光晕",引导人们摆脱依附、寻求解放的功能予以肯定。他认为19世纪"为艺术而艺术"的运动是现代艺术走向非光晕化的一次尝试,虽然并不成功。(2)他认为,现代化趋势使资产阶级艺术更独立于其社会环境,从而引发滋生了反正统文化、反资本主义生活方式的先锋派艺术,先锋派艺术所体现的不是资本主义合理化的希望,而是资本主义的合法化危机,是对交往行为合理化要求的潜在期盼。(3)他对现代艺术、特别是先锋派艺术的特征与趋势作了精辟分析,指出其中"光晕"的丧失和"寓言"手法的应用使作品有机一体化被破坏,虚假整体意义被消解,与丑、否定的畸形结合,与传统的有意决裂,使艺术成为一个自主化的实验场所;对先锋艺术的审美体验包含着吸引与拒斥、连续性与中断、沉湎与惊颤等一系列矛盾以及下意识、怪诞、疯狂、物欲与肉欲等反常的范畴。这分明是一种对资本主义正统文化的反叛与挑战。总的说来,哈贝马斯对现代艺术否定传统文化、批判资本主义的特性持基本肯定的态度。

其三,哈贝马斯坚守美学的现代性,抵制后现代主义的冲击。对美学的现代性的捍卫,不仅表现在他对现代主义艺术的首肯上,更表现在他对后现代主义的抵制上。他认为在早期启蒙思想家那里,工具理性与人文理性是和谐统一的,但现代工业文明的发展,导致以科技理性为主导的工具理性的恶性膨胀与对人文精神的严重压抑,导致后现代主义应运而生。它不仅破坏了传统艺术的"光晕",而且消解了现代主义艺术。后现代主义虽然鞭挞了传统理性和现代艺术的主体性,但他们那种断裂、破碎的非理性艺术也无法深入到日常生活实践中去,只得求助于资本主义文化工业大量生产的商业化的"大众文艺",这样反而助长了资本主义的物化、消费主义和官僚制度。因此,哈贝马斯坚守美学的现代性,反对完全抛弃理性的后现代价值取向,使科学、道德、艺术各自按照自己的内在逻辑去发展合理化的制度,建立新的合理的交往行为关系。可见,哈贝马斯希望把现代艺术和美学的建设纳入他用交往行为合理化改造现代资本主义的方案中去。这显然也是一种有乌托邦色彩的浪漫构想。关于哈贝马斯与后现代主义的论争,后面还要专门介绍,此处从略。

总起来看,西方马克思主义文论主要肯定、突出了马克思早期对资本主义异化的批判,结合 20 世纪资本主义社会的现代特点,吸收精神分析学等多种学说的观点,高举社会批判的旗帜,对现代资本主义的全面异化作了深层次的尖锐批判,并对 20 世纪以来文学艺术的新发展、特别是现代主义艺术作了理论上的总结、阐述和美学上的辩护、支持,这是值得肯定的,也应当将它看成马克思主义文论的当代发展的一个重要组成部分,而不应简单化地斥之为"'西马'非'马'"。但是,同时也应清醒地看到,西方马克思主义文论总体上只从抽象人性出发,停留在精神意识层面对资本主义的批判,较少触及现实社会的根本制度,从而未能超越唯心史观;其代表人物中不少人企图把文学艺术作为拯救现实的主要途径,因而陷入审美乌托邦的空想。

11 结构主义、符号学与叙事学

结构主义文论在当代西方文论中具有承上启下的作用,一方面它继承俄国形式主义、英美新批评派注重文学文本的客观分析的科学主义传统,并使这种传统发展到极致;同时,又开启解构主义那种颇具颠覆意味的解构思想。

结构主义文论的一个显著特点在于,它不是一个观点统一的学派,其内部的差异很大;同时,它也可以同其他思想体系联姻,如精神分析的结构主义、西方马克思主义的结构主义等。因此,结构主义主要是一种方法,是"关于世界的一种思维方式";它认为"事物的真正本质不在于事物本身,而在于我们在各种事物之间构造,然后又在它们之间感觉到的那种关系"①。这一注重事物"构造"和"关系"的思维方式,是从整个结构主义思想的基本假设逻辑地推衍出来的,并渗透到结构主义文论的方方面面。

11.1 结构主义文论的理论背景和主要特征

结构主义思潮是一个方法论体系而不是统一的学派,因此,它的理论来源和基础是多种多样的,理论体系也是庞杂的。这里,先简要介绍一下它的理论背景和思想来源。

11.1.1 结构主义文论的理论背景

首先是索绪尔语言学理论带来的革命性范式转换。

索绪尔(1857—1913)是瑞士语言学家。早年求学时他已显露了在语言学研究上的非凡造诣,他的《论印欧语系元音的原始系统》(1879)奠定了他在语言学界的学术地位。他在日内瓦大学开设过普通语言学课程。他逝世后,学生们将课堂笔记作了整理,以他的名义于1916年出版了《普通语言学教程》一书。

该书有一个革命性的范式转换,即在语言学中倡导共时性的观念,而这同传统语言学一贯以历时态的角度来看待语言有根本区别。在传统语言学中,语言被看作是一个命名过程及其产物。而在索绪尔看来这是一种误置。他认为,语言是作为能指的语音和作为所指的概念的结合。如我们说出"树"这个词,它是表达的一个概念,即一种木本植物,语音是同概念相联系而不是同现实世界中的真实的树相联系。因此,在语言中是能指和所指发生关系,两者是同时存在的。他举例说,"可以把语言和一张纸相比,思想在前,声音

---

① 霍克斯:《结构主义和符号学》,上海译文出版社1987年版,第8页。

在后,人们不能切断前面的而在同时不切断后面的。同样,在语言中,人们也不能把声音和思想分开,或把思想和声音分开"①。索绪尔在这一论说中是把共时性观点引入到了语言学中,同时他还指出了能指和所指的关系毕竟是约定俗成的,同一概念可以用不同的词表达,如"马达"和"发动机"表达了同一概念;反之,同一语词也可以表达不同概念,如"汤包"在多数地区是指一种包子,而在个别地区是指人们常说的汤圆。

这一状况促使索绪尔思考所研究对象的复杂性。他把以前普泛地讲的语言对象分为两个方面,一种是作为系统、体制或规范的语言,另一种是受制于前者,并使前者具体化的言语。对这两者的区别,"索绪尔自己的类比是:犹如称为'象棋'的那套抽象的规则和惯例与真实世界中人们实际所玩的一盘盘象棋游戏这两者之间不同。象棋的规则可以说是高于并超越每一局单独的棋赛而存在,然而,象棋规则只是在每一盘比赛中的各棋子之间的相互关系中才取得具体的形式。语言也是一样。语言的本质超出并支配着言语的每一种表现的本质"②。从索绪尔的这一语言观来看,人们说和听的都只是言语,它之所以能形成交流,就在于它体现了语言的规定性,它是人们都共同认可也都明了的规约。索绪尔的这一观念表明,人的言语行为尽管千差万别,但都有共同的内在结构(语言)。这成为了结构主义文论家寻求文本的内在结构的出发点。

此外,对结构主义具有启导作用的还有意大利学者维柯。在其《新科学》中维柯试图找出人文现象的普遍公式,构造一种"人的物理学"。他认为原始人类认识事物时并非常识所言的野蛮无知,而是"富于诗意"的。他在看到了中国的龙图腾图案和象形文字后,曾惊叹道:"这一点值得惊讶,中国和雅典这两个民族相隔那么久又那么远,竟用同样的诗性方式去思考和表达自己。"③那么,这一诗性方式有何特点呢? 他提出了"真实/事实"原则,认为人所看到的世界是他所能理解的世界,事实状况是由他头脑中关于真实的信念来框定的。维柯这一思路实际上是在寻求早期人类思维的"结构",可以说他是结构主义思想的先驱人物。

其次是"深度模式"的寻求与人的主体性的消释。

一是对"深度模式"的追求。在西方的学术思想中,历来有着本质/现象的二元对立的认识。认为任何事物的存在,它的由来和发展,都得由它的内在本质来说明。所以,许多有代表性的学术思想,就在于它对于事物的规定性有着特殊的阐释,这种内在性质是在现象底层的具有深度的东西,并且在阐释它时又是从某一普泛的模式来立论,因此不妨称之为深度模式。例如,柏拉图思想的轴心是理念,理念的论析就成为其理论的深度模式;黑格尔的哲学以绝对精神的辩证转化作为其深度模式,等等。在 20 世纪以来的"语言论转向"中,深度模式的建构在很大程度上遭到冷落,尤其在逻辑经验主义的派别看来,它是形而上学的虚设。由此背景看,结构主义是在事物个别因素的考察中,努力建构出统合个别因素的整体的质,再由它来考察、说明个别因素的特征。因此,结构主义尽管没有统一的

---

① 索绪尔:《普通语言学教程》,纽约 1966 年英文版,第 66 页。
② 霍克斯:《结构主义和符号学》,上海译文出版社 1987 年版,第 11—12 页。
③ 维柯:《新科学》上册,商务印书馆 1989 年版,第 209 页。

深度模式,但它在方法论上是有对深度模式的追求的,在这一点看它同"语言论转向"后的总体趋势有着异趣;反过来说,正是由于对深度模式未作统一规定,使其只是为了说明问题而存在,因此,它就又与"语言论转向"后的深度模式消解趋势相吻合了。

二是当代西方人的主体性面临着消释的状况。在文艺复兴以来的西方思想中,神的主体性逐渐被人的主体性所取代。有时,人的主体性被强调到了几乎无以复加的程度,仿佛整个外部世界都是人所征服、所奴役的对象。在此历史进程中,科技进步无疑起到了助长人的主体力量的作用。但到 19、20 世纪之交时,科技进步在助长人的生产力提高的同时,它在环境污染、生态破坏等方面的副作用也日益显露出来。在这时,开始出现了对科技进步持怀疑和批判的观点,人的主体性的地位也逐渐受到怀疑。第一次世界大战,是人类第一次大规模地采用现代科技从事战争杀戮的行为,它对于否定人的主体性无疑有着推波助澜的作用。法国学者、早期思想中曾存在有结构主义倾向的福科曾回顾说,他的一代对生活现实的兴趣已不及对概念和系统的兴趣,如果说近代以来的思想主潮是用人来代替神的主体性,那么,福科的一代则是用无作者思想、无主体意识、无同一性理论来代替神。这里,实际上通过张扬结构系统自身的自主、自足特性来代替了人的主体能动性,体现了当代西方哲学"语言论转向"之后思想界的主体性消释趋势。

11.1.2 结构主义文论的主要特征

结构主义文论的特征可以从两个方面来谈,一是它的一般性的泛学科特征,二是具体考察其文学理论的特征。

首先看结构主义的一般特征。结构主义者之间在具体观点上可能歧异很大,但在方法上却体现出共同的结构主义特征。可以说,结构主义思潮的一般特征集中表现在对"结构"概念的独特理解上。对此,皮亚杰和列维-斯特劳斯都有过专门阐述。

让·皮亚杰(1896—1980)是瑞士心理学家,曾师从于荣格,后来开创了发生心理学的学说。他的心理学学说具有结构主义倾向,以至于他在撰写心理学论著之余,写过一本《结构主义》来对自己所遵循的方法论作出系统梳理。皮亚杰对"结构"有三个基本概括:即结构有整体性、转换功能和自我调节功能。具体来讲,整体性是指结构整体中的各元素之间存在着有机联系;各元素在整体中的性质,不同于它在单独时或在其他结构内时的性质。转换功能是指结构内部存在着具有构成作用的规律、法则等。以语言来说,正是由于这些规律、法则的构成作用,各个词汇可以组成不同语句,人能用语言来表达意思并使他人理解。自我调节功能是指,在结构执行转换程序时,它有自身的调节机制而无需求助于结构之外的某物,亦即结构相对地封闭和独立。例如一个人的体温大致稳定在 37℃,不管外界气温是 25℃还是 35℃,人只是感到凉或热,即体温由体内的系统调节,不受外部因素的明显干扰。

列维-斯特劳斯在《结构人类学》一书中对结构提出了四点说明。一是结构中任一成分的变化都会引起其他成分的变化;二是对任一结构来说,都有可能列出同类结构中产生的一系列变化;三是由结构能预测出当某一种或几种成分变化时,整体会有什么反应;

四是结构内可观察到的事实,应是可以在结构内提出解释的。

一般认为,皮亚杰和列维-斯特劳斯对结构的阐释是公允的、具权威性的。这里还应补充一点,结构主义者往往将结构分为表层与深层两种,表层结构可被直接观察,深层结构是事物的内在联系,只有通过某种认知模式才可探知。结构主义者所说的主要是深层结构。另外,在结构主义的观念中,往往是凭借成对的概念来建构结构,如索绪尔的语言与言语、能指与所指、历时与共时等。因此,"成双的功能性差异的复杂格局这个概念,或曰'二元对立'概念显然是结构概念的基础"①。总括起来,皮亚杰说到的三点特征,再加以二元对立为基础的深度模式的构建,可以大致概括结构主义的一般特征。

再看结构主义文学理论自身的基本特征。结构主义文论和批评,是结构主义方法在文学领域运用的结果。它要遵循结构主义的一般要求,同时,在针对文学这一具体对象时,又可以有自身的一些特征。这些特征主要有:

第一,寻求批评的恒定模式。

结构主义文论反对印象派一类的主观批评,要求用相对稳定的模式来把握文学,以达到有理性、有深度的认识。它的操作步骤大体是先提出一个假定的结构,或从其他学科中借用某一模式,看它能否说明具体文本。如能,就用该模式作为文本的基本结构;如不甚满意,就另寻其他模式,直到大体满意为止。对同一类文学,可用不同模式来说明其不同方面。如法国结构主义批评家克劳德·勃瑞蒙认为俄国批评家普洛普对俄罗斯童话的结构概括并不完美,而另提出一种小说"三合一体"的假设,即任何小说都可被概括描述成一种原子系列三阶段纵横交错的"三合一体"模式:

$$
\text{敞开一个可}\\\text{能性的情景}\left\{\begin{array}{l}\text{可能性的实现}\left\{\begin{array}{l}\text{成功}\\\text{失败}\end{array}\right.\\\text{可能性的非实现}\end{array}\right.
$$

其中第二、三阶段都有一个选择,小说的叙事结构就在这种选择过程中完成。

第二,强调文学研究的整体观。

与英美"新批评"强调细读、注重对单篇作品乃至单独某句话的分析不同,结构主义文论把文学看成一个整体,强调文学系统和外在于文字的文化系统对具体作品解读的重要性。结构主义者在这里说的整体并非事物本来的整体,而是分割事物找出各元素后再组合而成的整体。罗兰·巴尔特说:"结构主义的人把真实的东西取来,予以分解,然后重新予以组合。"②在这个意义上看,结构主义文论也要求细读,只是它要求将语段的细读与整体参照结合起来。它的整体观可以是就作品整体而言,还可以是对更大范围的文化背景而言。如莎士比亚在《哈姆雷特》第五幕中,有一段写哈姆雷特与雷欧提斯都争着跳入将安葬死者的墓穴,两人由此争执导致了决斗,酿成悲剧结局。单从作品中看不出其中缘由。而放到历史文化背景看,原来它是原始殉葬文化的残留,即殉葬者应是死者生前亲

---

① 霍克斯:《结构主义和符号学》,上海译文出版社 1987 年版,第 15 页。

② 巴尔特:《结构主义——一种活动》,见《西方文艺理论名著选编》下卷,北京大学出版社 1987 年版,第 466 页。

近的人;后来逐渐取消了这一制度,就只是象征性地由死者的亲友在下棺前去墓穴里站一站,作为殉葬的仪式性表达。那么,哈姆雷特与雷欧提斯的争执就在于是否认可哈姆雷特的身份。雷欧提斯认为他杀死了死者父亲,不配下墓穴;而哈姆雷特则认为自己是死者的恋人,最有理由下墓穴。而找出了这种整体联系,两人争执和决斗的意义就清晰了。

第三,追踪文学的深层结构。

结构主义的"结构"一词,通常是指事物内部的复杂关联,它是不能被直观,而是应凭借思想模式来探掘、来建构的,这样得到的是文学的深层结构。在这方面,列维-斯特劳斯对俄狄浦斯神话的分析(详见下文)提供了典型的个案材料。再如,美国结构主义文论家克劳迪欧·居莱恩提出,文学史也"有一种系统或结构化倾向","在那缓慢然而又是不停变化的整个文学领域内存在的一种顽强、深刻的'秩序意志'"[①],这就是文学发展背后的深层结构。

第四,在文学符号学和叙事学上有深入研究。

结构主义文论对于作者、读者、社会生活等几个方面关注甚少,它着重研究的是文学作品的层面。而在对文学作品的研讨中,它注重对作品结构作客观分析,被分析出的作品元素往往用某些符号来表示,这就使它在文学符号学上有举足轻重的地位。另外,往往叙事作品的结构要比抒情作品复杂,因此,对包括神话、史诗、民间故事等文体在内的叙事作品的研究,在结构主义批评中占有很大分量。应该说,从事文学符号学和叙事学研究,可以是采用结构主义方法或立场,也可以不是,二者间没有等同的关系。只是在这种研究视角中,结构主义研究占了相当重要的地位。

11.2 法国结构主义文论

结构主义文论并不是法国所专有的,然而,结构主义文论的主要人物与影响则是在法国,因此,法国结构主义文论是这个文论分支的当然代表。

11.2.1 法国结构主义文论概述

从文论史看,法国结构主义文论是俄国形式主义和布拉格结构主义文论的逻辑延伸。20 至 30 年代,原俄国形式主义的代表人物之一雅各布森移居布拉克之后形成的布拉格学派,一方面仍将文学"形式"作为研究重点,另一方面又开始研究抽象的文学"结构",它是俄国形式主义到法国结构主义的中介。

二战后,捷克成为社会主义国家,布拉格学派因其"形式主义"的性质而受到批评,1950 年该学派解体,不少成员又移居到德、法等国,给西欧学术界带去了新的思想。但当时西欧的思想主潮是存在主义,以海德格尔、萨特等人为代表。1962 年,结构主义者列维-斯特劳斯出版了《野性的思维》一书,该书末章"历史和辩证法"批判了萨特《辩证理性

---

① 居莱恩:《作为系统的文学》,普林斯顿 1970 年版,第 376 页。

批判》的基本观点，引起轰动，此事标志着结构主义取代了存在主义在法国思想界的主流地位，也标志着结构主义思想的中心已迁移到法国。

法国结构主义的崛起不仅在于它对存在主义的有效反拨，而且也在于它涌现了一批理论上的优秀代表人物，取得了一批令人瞩目的学术成果。在 60 年代，法国结构主义涌现了前、后"四子"作为突出代表。"前四子"是列维-斯特劳斯、福科、阿尔都塞和拉康；"后四子"是巴尔特、格雷马斯、托多洛夫和勃瑞蒙。前、后四子共 8 人，其中，前四子加上巴尔特，被人称为结构主义的"五巨头"。这些代表人物中，巴尔特和托多洛夫本章将专节评介；拉康在第 4 章已作了介绍，福柯将在第 13 章中专节介绍。本节仅对列维-斯特劳斯和阿尔都塞的观点作简要评介。

11.2.2　列维-斯特劳斯的结构主义神话学

列维-斯特劳斯(1908—2009)，法国著名人类学家、社会学家，早年就读于巴黎大学，学过法律、哲学和心理学。1935 至 1939 年在巴西圣保罗大学任教期间，曾率一支考察队到亚马孙丛林地区去了解印第安土著的生活，搜集到的材料成为他日后著述的重要资料。二战后曾旅居美国，在此结识了来美访问的雅各布森，开始接触结构主义的思想。1950年起任教于巴黎大学高等研究院。1959 年后在法兰西学院社会人类学教研室主持工作。主要著作有《亲属关系的基本结构》(1949)、《热带的哀伤》(1955)、《结构人类学》(1958)、《今日图腾》(1962)、《野性的思维》(1962)、《神话学》(共 4 卷，1964—1971)、《结构人类学》(共 2 卷，1973)等。

列维-斯特劳斯的研究领域是人类学，其中对神话和土著人文化仪式的研究与文艺理论的课题紧密相关。在《热带的哀伤》中，他以当年亚马孙丛林的考察作为材料，分析原始文化仪式的心理机制。其中有一个叫卡杜浮的印第安部落，他们有一怪异的节日，逢此节日，妇女们从家务中脱身出来聚在一起，在脸部作一种线条复杂、图案对称的面饰图绘。该仪式显得怪诞，其作用相当于一个符咒，即社会中种种男女不平等的社会现象（亦即社会关系的不对称性），可以通过这些对称（亦即平等）的面饰图案加以象征性地克服。他指出："所以我们必须对卡杜浮妇女的图形艺术进行释义，将其神秘的符咒和明显无理的复杂性，解释为一个热切寻求象征式地表现种种弥补性制度的社会幻想，要不是利益和迷信阻碍了人们的话，这些制度本来是可以在现实中确立起来的。"[1]实际上，列维-斯特劳斯是在此剖析了仪式文化与其社会等级制度间的结构关系。

列维-斯特劳斯对俄狄浦斯神话的分析是人们经常述及的。该神话是古希腊神话中的一则，在长期流传中它有好些不同"版本"，其梗概如下：

女神欧罗巴想寻找一块处女地去生殖繁衍。她从小亚细亚来到欧洲，途中被好色的宙斯掳走。欧罗巴的恋人（也是亲兄）卡德摩斯发誓要找到妹妹，于是也踏上了去欧洲的行程。他一路降妖伏魔。一次，一条毒龙挡住去路，被卡德摩斯杀之。为防其复活，卡德

---

① 转引自杰姆逊《政治无意识——作为社会象征行为的叙事》，康奈尔 1987 年版。

摩斯将毒龙牙齿埋入土中。龙牙长出了一批武士，他们相互残杀，最后仅剩五人，由其中的斯巴托统领，建立了城邦国忒拜。忒拜王叫拉布达科斯，意为瘸子；其子叫拉伊俄斯，意为左足有疾；他的儿子俄狄浦斯，意为肿脚，他因被巫师预言会杀父娶母而被弃……

　　列维-斯特劳斯认为，该神话有一个结构，它是不可见的，需要分析才能找出。为了说明他的分析方法，他列出了一串随机分布的数字：1，2，4，7，8，2，3，4，6，8，1，4，5，7，8，1，2，5，7，3，4，5，6，8。这些数字可以比附为一个故事中的若干成分。假如我们一方面将该数字串仍以早先的顺序铺排，同时又使相同的成分归类，则可整理出下列图表①：

$$
\begin{array}{ccccccc}
1 & 2 & 4 & & & 7 & 8 \\
& 2 & 3 & 4 & & 6 & 8 \\
1 & & & 4 & 5 & 7 & 8 \\
1 & 2 & & & 5 & 7 & \\
& & 3 & 4 & 5 & 6 & 8 \\
\end{array}
$$

将图表按横行念出，是它本来的顺序，而从其纵行来看，则就显出了类别分布，如它有三个1，三个2，两个3，等等。

　　列维-斯特劳斯将该故事分为四种要素，按上述数字排列的方法将它分成了四个纵行。他指出，如果我们要想知晓事件过程，就应按横行一行行地阅读（历时），但如要想知道事件中包含的因素，就应按纵行一列列地阅读（共时）。第一纵行包括卡德摩斯寻妹，俄狄浦斯娶母，俄狄浦斯的女儿不顾禁令收葬亡兄，它是强调血缘关系的亲和性。第二纵行包括龙牙长出的武士之间骨肉相残，俄狄浦斯弑父，他的两个儿子因争王位而开战，它是轻视了血缘关系的亲和性。第三纵行包括卡德摩斯屠龙，俄狄浦斯杀斯芬克斯。第四纵行是俄狄浦斯的祖父、父亲和他本人三代的名字，都有行走不便之义。对第三、第四两纵行的关系，列维-斯特劳斯有些语焉不详，但同前两纵行参照来看，第三纵行中的龙和斯芬克斯在欧洲神话系统中都是爬行动物，且龙是穴居的，它们与泥土很近，通过屠龙杀兽，表明了人与土地的疏离。而第四纵行中是人与植物类似地行动不便，是与土地亲近。这四个纵行呈现了两组矛盾关系，它体现了一个困惑人的问题：人来自何处？每个人都是母亲分娩的，但最初的母亲又从何而来呢？许多民族的神话都有人源自泥土的信念。列维-斯特劳斯指出："尽管这个问题显然是不能解决的，但是俄狄浦斯神话提供了一种讲述起源问题的逻辑工具——人起于一源还是二源，其派生的问题是起于异源还是起于同源。"②由这一剖析，列维-斯特劳斯认为就破译了俄狄浦斯神话的结构及其意义。这一实例很鲜明地体现了结构主义方法以二元对立关系来运作的特色，对此后的结构主义文论产生了重要的示范性影响。

11.2.3　阿尔都塞的"意识形态"阐说

　　路易斯·阿尔都塞（1918—1990）生于阿尔及利亚，1936年回法国接受高等教育，其

---

　　①②　列维-斯特劳斯：《结构人类学》，1958年英文版，第213、215页。

间正值二战爆发，他应征入伍，开始接受马克思主义。1980年，他因掐死妻子而被控，但经法院鉴定为精神失常而判无罪，从此退出学界。主要著作有：《保卫马克思》(1965)、《读〈资本论〉》(1956)、《列宁和哲学》(1962)等。

阿尔都塞理论与文学关联紧密的是对"意识形态"的阐说。"意识形态"最早出自法国大革命时期的思想家特拉西，他以此来表达与"科学"平行的、旨在增进人类理性，为社会进步服务的有关思想、意识的人文学科。拿破仑起初也附和此说，但在法国军事失败后，转而贬斥"意识形态"，认为它是为社会的不合理提供辩护的学说。此后，该词运用中就一直存在褒贬两种含义。马克思在其学说中融入了"意识形态"的概念，他起初是在"虚假意识"意义上使用这个概念的，把那种有关现成社会制度的自然的、非历史的、神秘的观点体系称之为"意识形态"，并指出无产阶级的理论是要揭示资本主义社会"意识形态"的伪善性。以后，马克思又将一切思想以至上层建筑都称作"意识形态"。由于"意识形态"一词含义丰富，所以，研究马克思主义的西方学者有不同阐发。其中，卢卡契强调"意识形态"的否定性含义，即它是与"物化"相连的"虚假意识"。而阿尔都塞则认为"意识形态"是对个体与其现实存在条件的想象性关系的再现，也多少承认了它的虚幻而非科学的性质，但更为重要的是又提出了"意识形态国家机器"概念。他认为，正是"意识形态"提供了国家秩序的合法性和每一个体在国家机器中的位置，由"意识形态"给人描绘出一种具有抚慰人心作用的关于社会的想象性幻景。阿尔都塞关于"意识形态"和"意识形态国家机器"的论述，实际上融入了拉康的"想象界"等思想。他极端地断言，"即使意识形态以一种深思熟虑的形式出现（如马克思以前的哲学），它也是十分无意识的"①。这就是说，我们关于社会正义、公正，关于人的权利与义务等等信念，看起来是有法学、伦理学、宗教、哲学等理论提供支撑，但其实是为了满足人"想象"的需要而拟造的体系（意识形态）。

阿尔都塞对"意识形态"的阐释有着含混之处，如我们如何区分进步的与反动的意识形态？意识形态与构造它的思想家的关系如何？等等。但"意识形态国家机器"概念提出了意识形态的生产和再生产的性质问题，这对于后工业社会文化传播尤其是大众传媒的研究具有深远影响。例如，电影叙事方式和节奏将受众的接受速度划一了；电影展示出的另一重生活比历史和现实中的真实生活更能深入人心；电视风光片复制了人们欣赏自然的眼光，在观赏某一景点时，我们已在荧屏上见过它，并亲身从电视镜头的角度来温习早先的印象；充斥于都市的商业广告，引导着人们的购物趋向，并从精神上塑造着人们关于完美生活的观念，等等。这些表面上仅仅属于单纯文艺美学或生活美学的问题，深究起来与"意识形态"和"意识形态国家机器"有着密切关系。

11.3　巴尔特从结构主义转向后结构主义的文论

罗兰·巴尔特(1915—1980)，法国最重要的文论家和批评家之一，也是结构主义向后结构主义过渡的关键人物之一。他生于海军军官家庭，出生不久父亲阵亡，后随母亲移居

---

① 阿尔都塞：《保卫马克思》，商务印书馆1984年版，第202页。

巴黎,度过了他的青年时代,以后又去过阿尔及利亚从事法语教学,1952 年进入法国政府的文化部门参与社会学研究和文学批评。1976 年被聘为法兰西学院教授,1980 年不幸死于车祸。主要著述有《写作的零度》(1953)、《神话学》(1957)、《论拉辛》(1963)、《符号学原理》(1964)、《批评与真实》(1966)、《S/Z》(1970)、《批评论文选》(1972)、《文本的快乐》(1973)、《恋人絮语》(1977)等。

11.3.1　巴尔特的早期思想

巴尔特是一个充满矛盾的人物,他并未自认为是结构主义者,但他的思想立场无疑具有结构主义者的特征,同时在 70 年代以后,他又明显转到了更新颖的后结构主义的立场上去。

《写作的零度》是巴尔特的成名作。在该书中巴尔特提出了写作时“零度”介入的观点。在西方文论传统中,法国学者布封“风格即人”的箴言早已成为一种信条,在浪漫主义文学思潮中,更是把作者的个人风格与作品风格联系起来认识,而巴尔特所说的“零度”写作也就是零度风格,它体现为对作者主体性的遮蔽,这正吻合了结构主义倡导的无作者思想、无主体知识的认识,即以一种超越了个人的结构来凌驾于个人之上的状况。

然而,巴尔特在指出零度写作时又是对其加以批判的,在他看来,作者创作要用一定言语来表达,同时,这种言语是用一定文体形式组织起来的,言语与文体两者从两个维度制约了作者创作。他指出:“语言的水平线和文体的垂直线为作家描画出一种自然属性,因为,作家既不能选择这一个,也不能选择那一个。语言作为消极物使可能的初始条件发挥作用,文体却是一种凝结作家气质和他的语言的必然。在前者那里,作家找到了与历史的亲近关系;而在后者那里,找到了与本人过去的亲近关系。”[①]这一表述其实是指出了写作不只是作者的个人行为,而且还是特定时间地点条件下特定的表达方式。巴尔特所要抨击的,是现有文化将既定的写作风格和秩序说成是自然的、合理的、必不可免之观念,他将这种观念看作是资产阶级一个庞大计划的组成部分,根据该计划,资产阶级的文化秩序就被悄然披上了普遍合理性的外衣,但实际上它并不是自然的。巴尔特在《写作的零度》中认为,有些作者如海明威、加缪等人,他们似乎是在进行一种无风格的、透明的写作,但这种零度的风格本身也就成为了一种风格。由此看来,那种没有倾向的写作风格是不存在的。巴尔特在论及写作的书面话语与口语的区别时更是指出:“写作决不是交流工具,它不是一条可供说话的康庄大道。”[②]按他的意思来讲,写作还是一种判决,一种同权力相关的活动,在这一问题上,可以说他是福科的话语权力理论的先行者。

严格地讲,巴尔特是在《写作的零度》中否定了写作的“零度”,但这种否定是在比作者个人行为更大的范围来看才适用的,也就是说,某一作者在写作时可能确实是以零度介入作为前提,但他的写作会在整个写作系统中被整合,实际上是非零度化了的,从这个意义来看,巴尔特的思想与结构主义关于结构高于个别元素并决定其意义的主张是一脉相承的。

---

①② 巴尔特:《写作的零度》,巴黎 1953 年版,第 20、25 页。

巴尔特的《叙事作品结构分析导论》一文辑入了他的《批评论文选》中,该文在结构主义叙事学理论中占有重要地位,他在文中对叙事文学作品从三个级次上作了分析。

首先是功能级。功能是文学作品最小的叙述单位。在功能级中一种看似漫不经心的描写,其实可能包含了某种意义。如在小说《金手指》中,庞德正在情报处值班,这时电话铃响了,"'他拿起四只听筒中的一只'"。巴尔特认为,"四这个符素单独构成一个功能单位"①。因为值班室内安有四部电话,表明了情报处与外界尤其是与庞大的官僚机构间的联系。其次是行动级,它主要处理人物关系的结构。巴尔特指出在作品中的行动者,无论他是主角还是陪衬者,都是基本人物,他将人物视为事件的参与者而不是有生命的人。也就是说,应从人物行动和关系,而不是从他的心理来把握他。在人物关系上,他主张用语法分析来作分类工具,而不是从人物个性、性格等心理因素来作甄别模式,如许多作品都写了两种对手间的斗争,这就类似于比赛的结构,双方都想争得裁判给予的发球,裁判只是从比赛规则上而不是从球员心理上来作判定,这种道理也理应适用于人物关系的把握。再次是叙述级,巴尔特分析了关于叙述者的不同观点。第一种观点认为叙述者就是作者;第二种观点认为叙述者是超脱于作品人物,同时又充分了解他们所思、所感的全知全能的意识,是从上帝角度来讲故事;第三种观点认为,叙述者的叙述是处于人物所能观察到的范围,因此,叙述者就应由作品中的人物来轮流担任。巴尔特认为这三说都欠妥,他强调了"作者"与"叙述者"的区别:在作品中说话的人不是在现实中从事写作的人,而写作者的角色也不同于他在实际生活中的角色。巴尔特认为,叙述者和作品中人物都是"纸头上的生命",他们应是作为分析的对象而不是分析的出发点。巴尔特还探讨了叙事作品的语境,认为它是叙事作品赖以完成其表达的全部规定。可以见出,巴尔特对叙事作品的结构分析,既不同于 19 世纪时盛行的从作者来研讨作品的思路,也不同于新批评强调作品字词表达特性的方法,他是从作品的普遍结构上来分析叙事作品的基本要素,并以此作为文学批评的着眼点。

罗兰·巴尔特被认为是结构主义最重要的文论家之一。他对结构主义有自己独特的理解,他说:"结构主义是什么?它不是一个学派,甚至也不是一个运动(至少,目前还不是),因为一般被贴上这个标记的多数作者并不感到有任何真实的教义或主张把他们联合在一起。"②在他看来,结构主义在本质上只是一种重建"客体"的活动,或者说是一种精神活动。结构主义活动包含了两个典型动作,即分割和明确表达。分割是要找出客体"机动的部分",找到它的基本元素,该元素本身也许并无意义,但它的置换可引起整体的变化,如语音学家研讨的音素、列维-斯特劳斯所称的"神话素"等,就属于这样的基本元素。明确表达,就是结构主义力图发现与客体建立某种联合的原则,通过对组合的规律性的了解,对客体的意义作出解释。此外,巴尔特早期著作《神话学》、《符号学原理》等,也都多少显示出这一结构主义方法论的特色。

巴尔特前期的结构主义文论对追求文学批评、研究的客观性与科学化作了可贵的尝

---

① 巴尔特:《叙事作品结构分析导论》,见《西方文艺理论名著选编》下卷,北京大学出版社 1987 年版,第 481 页。
② 巴尔特:《结构主义——一种活动》,见《西方文艺理论名著选编》下卷,北京大学出版社 1987 年版,第 464 页。

试,也对叙事学的建设作出了贡献。但这一理论忽视了叙事文学的丰富多样的结构关系,把千变万化的精神现象归结成有限的若干种语言现象,明显有简单化的弊病,也暴露出方法论上机械划一的缺陷。

11.3.2　巴尔特的后期思想

罗兰·巴尔特作为法国思想界的精神领袖之一,其思想的深刻性与丰富性都是世所公认的,尤其是在60年代末法国经历了"五月风潮"之后,结构主义思潮的影响由盛至衰,巴尔特的倾向也同步转向,由典型的结构主义者转到了后结构主义的立场上。

结构主义强调在对客体的分割与重组中,突出客体在某一方面的意义,后结构主义则指出重组意义的不可能性。后结构主义认为,结构之内的各元素各说一套,它们聚在一起就是一座意义的"巴列塔",也许结构也能体现意义,但它只是众声喧哗、杂语共存的世界,而无法简单地以某一主题将其统一起来。

巴尔特的《恋人絮语》单从标题上看像是爱情小说,而实际上是写范围广泛的学术研讨中的问题。该书标题其实是一个隐喻:各种学术问题的议题就像恋人间的会晤那样,议题星星点点,互不统属,根本就难以理出一个体系,只是它的言说有一个相同的场景而已。在《文本的快乐》中,巴尔特指出了有两种阅读文本时的愉悦感——快乐和极乐。这两种愉悦感既同读者阅读经验,也同文本的状况有关,他说:"快乐的文本就是那种符合、满足、准许欣快的文本;是来自文化并和文化没有决裂的文本,和舒适的阅读实践相联系的文本。极乐的文本是把一种失落感强加于人的文本,它使读者感到不舒服(可能达到某种厌烦的程度),扰乱读者历史的、文化的、心理的各种假定,破坏它的趣味、价值观、记忆等等的一贯性,给读者和语言的关系造成危机。"[①]在这两种文本阅读经验中,"快乐"是阅读感受与读者所处的文化之间融洽的状况,读者不会在阅读中经受某种情感上、思想上的煎熬;反之,"极乐"是阅读时读者会感到煎熬的,从纯感受的角度上它给读者一种痛苦的经历,但也正是这种经历,可以使读者的精神境界为之拓宽,就像春蚕蜕皮一样,有一种新生的"极乐"。在这种对极乐文本的阅读中,也理应伴随着读者创意性的理解,它使得任何既有的理解框架都可能受到挑战,由此,找出文本内在结构的思想也就难免显得不合时宜了。

巴尔特约在60年代后半期到70年代经历了由结构主义向后结构主义的转向,其著作《S/Z》是这一转向完成的标志,也是他的代表作之一。《S/Z》有200页篇幅,它是对巴尔扎克的一部仅30页的小说《萨拉辛》的分析。这部论著有其不同凡响之处。在文体上讲,一般的小说批评论文大致为5000到10000字,不管所批评的是短篇或长篇都大抵如此,如果用一部专著来分析一部小说,则该小说就应是重要的长篇小说,可《S/Z》所言说的文本只是一部中短篇的小说。从分析方法来讲,一般的小说批评都是假定文本蕴含了一个特定意义,批评则通过压缩、提炼,将其中的意义展示出来。可是《S/Z》却一反常态,

---

① 巴尔特:《文本的快乐》,转引自霍克斯《结构主义和符号学》,上海译文出版社1987年版,第118页。

它是着眼于该小说意义上的"多元性",文本作为一个能指场,其所指并不完全附着于它。

巴尔特将小说分解成了 561 个词汇单位或叫意义单元,其目的是要证明原小说看来是连贯的意义系统其实只是能指碎片的纠合,这些能指碎片与所指并无直接关系。他进而指出,这些能指是由五种不同的符码所支配,这五种符码分别是:

(1) 阐释性符码,它包括所有以各种方式提出、回答问题及说明事件的单位;

(2) 语义素或能指符码,这是有关各个词的内涵的符码,如"萨拉西涅"中法语的最后一个字母"e"有阴性之义,由此"闪现"出该人物在作品中的某一特性;

(3) 象征符码,它在文本中有规律地重复,是在文化的发展中形成的具有特定含义的意象模型;

(4) 行动性符码,指在文本中能够合理地确立行动结果的序列;

(5) 文化性符码,它指在文化系统中形成的用以证实公理的符码,由于所有符码都必然是文化的,所以这一立项引起颇多争议。[①]

巴尔特将上述五种符码作为分解文本的力量,这五种因素在文本中交织成一张"网",这张网把作品的各个方面分割开,使其裂缝丛生。他在具体操作中不像一般批评那样将文本当成一个共时性序列,从几个基本层次上来界定它,而是以阅读的历时性序列为基本参照,在这种序列中文本结构的整体性就遭到了质疑。如在原小说中,主人公向女歌星献殷勤并亲吻了她,可后来才发现"她"不过是"他",是一位乔装女性的阉人,巴尔特就此发表了议论。他认为,传统批评强调文本的整一性,它的前后连贯和照应,前文有后文的伏笔,后文有前文的呼应,因此对文本的重复阅读可以发掘出文本深层的蕴含,但事实却非如此。在第一次阅读时,主人公亲吻了女歌星的描写,可以使读者产生情感上的激荡,读者同主人公一样以为对方是一位姑娘;但如第二次阅读,则主人公亲吻的对象为谁,读者已有了了解,因此读者这时产生的是情感上的厌恶。巴尔特认为,重复阅读同一文本,是看到了文本的不同侧面,而不是在最初的印象上得到什么更深的体会。这一观点对于作品结构整体具有意义的观点提出了诘难。由此可见,巴尔特的立场自 60 年代末以来,已由结构主义向后结构主义转化。

巴尔特后期的后结构主义文论是对前期结构主义文论的一种逆反,它完全否定文学文本有相对稳定的内涵、意义,他对小说文本的解析,固然展示了文学作品意义的丰富、多样,但又走到了相对主义的另一极端,也有明显的片面性。

11.4 托多洛夫的叙事理论

茨维坦·托多洛夫(1939—)生于保加利亚,在保加利亚读完大学,1963 年移居法国,在法国获得博士学位,1968 年进入法国的国家研究中心从事文学研究,后被聘为该中心研究员,又兼美国哥伦比亚大学客座教授。他的主要著述有:《〈十日谈〉的语法》(1969)、《幻想:对一个文学类别的分析》(1975)、《散文中的诗学》(1977),另外还主编过

---

① 参见霍克斯《结构主义和符号学》,上海译文出版社 1987 年版,第 118—122 页。

《文学理论》(1965),发表了若干篇论文。

托多洛夫的研究主要是围绕叙事作品,从结构主义"科学"的角度对文学加以分析。他在 1969 年提出了"叙事学"的术语,从此早已有之的对叙事作品的研究才有了一个学科名称。在他看来,叙事学应是对"叙述的本质和叙述分析的几条原则,提出几点一般性的结论"[①]。在这种观点看来,叙事学研究的对象是叙事的本质、表现、功能等叙事文本的普遍特征,而不考虑叙事的媒介,即不管它是用文字、图像还是声音来叙事。稍后,另一位法国学者热奈特有感于当代大众传媒的多样性,并各有其不同禀性,就将叙事学划定为只对叙事文学的研究,不涉及影视等部门。此后,关于叙事学的权威定义就大体有此两种。

托多洛夫的文学观受到了 20 世纪以来语言学研究的很大影响,他将法国象征派诗人瓦莱里的一句话视为知音——"文学是而且也只是某些语言属性的扩展和应用。"[②]那么,按这种观点来看也就很自然地会将叙事作品看作是一个陈述句的扩大,同理,抒情作品也不妨说是感叹句、祈使句等的扩大,由此就会在对作品研究中进行"语法"上的分析。他指出,从文学研究"科学性"的角度来看,"文学只是一种中介,一种语言,而诗学用它来表现自己"[③]。他将自己对薄伽丘《十日谈》的结构分析的著作命名为《〈十日谈〉的语法》,书名就很能说明他的研究意向。

托多洛夫对叙事学的关注集中在叙事时间、叙事体态和叙事语式等几个主要方面。叙事时间包括作品讲述的时间对事件时间的压缩和延伸,如"一年过去了",用很短的时间概括了一年,它是压缩,而"说时迟,那时快",将瞬间动作细细道来,则是叙事时对事件、时间的延伸。叙事时间上还包括"连贯、交替和插入",连贯是并列几个不同的故事,上一个故事结束,又开始下一个故事;插入是把一个故事插入到另一个故事里去,形成故事套故事的结构;交替是同时叙述两个故事,头一个故事还未完,就中断了去讲第二个故事,第二个也未讲完,中断了去续讲头一个,交替进行。在叙述时间问题上,托多洛夫还注意到了写作时间和阅读时间的关系。

叙述体态是表达故事中的"他"和叙事话语中"我"的关系,即作品中人物和叙事者的关系。托多洛夫将其分为三种:(1)叙事者大于人物("从后面"观察),这时叙事者知道每个人分别所见到的感受到的,而人物却不知道别人都了解到什么,此外,叙事者还能知晓人们在想些什么,他们内心的愿望等等。如托尔斯泰的小说《三个死者》中,先后写了一个贵族、一个农民和一棵树的死亡故事,他们的事叙事者全知道,而当事人却不知道别人的故事。(2)叙事者等于人物("同时"观察)。在这时,叙述者和人物知道得同样多,在人物对于事件没有找到解释以前,叙述者也就不能向我们提供解释。这种叙述体态可以用第一人称,也可以用第三人称,如卡夫卡《城堡》里就有第一人称到第三人称的转换,但始终保持了"同时"观察的体态。(3)叙述者小于人物("从外部"观察)。在这里,叙述者比作品中任何人物都知道得少,他可以在作品中讲述人物的所见所感,但没有进入人物的意识,他在描写人物活动时,不能写出人物动机,仿佛只是一个旁观者。托多洛夫认为这类叙述

①③ 托多洛夫:《叙述的结构分析》,见《最新西方文论选》,漓江出版社 1991 年版,第 123、130 页。

② 托多洛夫:《散文中的诗学》,牛津 1977 年版,第 19 页。

的系统运用是 20 世纪才出现的,因此在作品表达上的实例比前两种都少得多。

叙述语式涉及叙述者向我们陈述、描写的方式。就是说,作家可以是向我们"展示",也可以只是"说出"事物,这就需用两种语式:描写和叙述,或话语和故事。这两种语式与两种叙事方式有关,即同编年史和戏剧有关。在编年史中是一种纯叙述,人物一般不讲话;在戏剧中,故事就在人物对白中演示,没有叙述者的话语。不过在许多作品中,叙述与描写往往兼杂,甚至就在一个段落中可以既讲述故事,也描写故事的氛围、状况等。

托多洛夫和巴尔特等人都认为,小说的基本结构与陈述句的句法可以类比。在标准语句即主语+谓语+宾语的格式中,小说中的人物相当于主语,他们的行动相当于谓语,他们行动的对象、结果等相当于宾语。在陈述句中的动词谓语可以归纳出若干基本类型,同理,各类小说中也有常见的谓语,如爱情小说中常用"追求"、"接受"等,战争小说常用"隐蔽"、"攻击"、"消灭"等。在小说中的动词谓语可以随着情节演化而有"连结"或"转化"。托多洛夫曾以侦探小说为例,指出它包含了两个基本部分,前一部分为"犯罪",后一部分为"侦破"[①]。正是由于前一部分的实施才引发了后一部分,它们各还可分为若干细部,如犯罪部分可以包括犯罪动机的形成、行动的实施、结果等,侦破部分可以有发现案情、进行侦破、缉拿案犯等。至于动词谓语的转化,则使小说由原来情节的平衡转为不平衡,以后又转为新的平衡,他将此称为叙事转化。

托多洛夫曾以普罗普在《民间故事的形态学》中用过的俄国民间童话《雁鹅》为例来看转化的状况。故事中,小姑娘忘了照顾弟弟,弟弟就被雁鹅趁机掠走,于是小姑娘就去找寻,她依靠小动物的帮助找到了弟弟,又在河流、苹果树等帮助下摆脱了雁鹅的纠缠,终于回家。在普罗普那里,他认为俄国民间故事总共有 31 个功能,其中任何一个故事都不具有全部的功能,就《雁鹅》来说,它具备了 31 个功能中的 18 个功能,而托多洛夫将它简化为五个主要单元,它们依次为:

(1)开始时的平衡状态;

(2)小弟弟被掳而造成失衡;

(3)小姑娘觉察到失衡;

(4)小姑娘找回小弟弟;

(5)回家,重新建立了平衡状态。

托多洛夫认为,上述五个主要单元之间,在时序上、因果上是"连结"的,而在内在逻辑上则有一种转化关系,如该故事中,(5)是(1)的重复,(3)是(1)与(5)的反面状况,(2)和(4)相对称,等等。

托多洛夫对"转化"下过一个定义,指出"转化的实质,就像已经指出的,乃存在于某些项目向它的对立或矛盾的方面转变"[②],具体来说,他还将转化分成了简单型和复杂型两大类别,简单转化有下述六种:

(1)语态的转化,它涉及事件发展的或然与必然等,语词上多由"可能"、"必定"、"应

---

① 托多洛夫:《散文中的诗学》,牛津 1977 年版,第 42—52 页。

② 托多洛夫:《话语中的文类》,剑桥 1990 年版,第 29—30 页。

该"等作为表征；

（2）意向的转化，它涉及发出谓语动作的人的意图，常用"试图"、"设想"等语词为表征；

（3）结果的转化，它标明意向在实施之后的结果，其代表性语词有"终于"、"毕竟"等；

（4）方式的转化，这是谓语动作的修饰成分，常以"急于"、"努力"等为表征，是指明谓语动作实施的方式；

（5）语势的转化，代表性语词有"正在"、"刚刚"、"已经"等；

（6）状况的转化，对某一状况的否定，如"不曾"、"并未"等。

在这简单转化的系列中，只涉及对一个动词的关系，而在复杂转化中，则涉及了两个动词，其中一个动词缺乏单独存在的权利，如"小姑娘请求小刺猬助她一臂之力"、"雁鹅发现小姑娘带走了她的弟弟"。复杂转化也有六种具体格式：

首先是外形的转化，它是一个动词取代另一个动词，如"甲佯装昨晚没有出门"，后一动词显示外形但实际上是虚假的；

以下还有五种复杂转化，即认识转化、描述转化、假定转化、主观转化和态度转化，在这些转化中两个动词之间各有其不同的关系。"小姑娘得知雁鹅掳走了弟弟"，这是认知转化，而"小姑娘认为雁鹅掳走了弟弟"，这是主观转化，因前一转化只是对事实的了解，后一种转化则是表达谓语动作发出者的主观臆测。

托多洛夫认为，在简单的叙事中会用上简单转化，而在复杂的故事中还会用上复杂转化。在托多洛夫对于文学叙事行为的研究中，确实体现出一种要用"语法研究"的方式来探究文学的思路。这种结构主义方法，对叙事学的建设是大有帮助的；同时，也确实从某些角度揭示了叙事文学的客观规律，有其一定的合理性。但同巴尔特一样，托多洛夫的"语法研究"也存在把丰富复杂的文学现象简单化的毛病，其局限性也是显而易见的。

托多洛夫不仅对叙事学研究作了结构主义的研讨，还对文学研究的其他方面也作了类似的探索。如在文学史研究上，他提出了几种文学史模式，其中包括"植物生长模式"，认为文学文体经历了生长、成熟、衰亡等过程，代代承传；"白天/黑夜模式"，即一种文学潮流之后，往往是一种与之相反的另一种文学潮流；"万花筒模式"，即文学史上各种风格、文体、流派的兴衰替继，不过是在原已具有的文学因子上重新排列组合而成，相当于万花筒中那些同样的碎纸屑之类，经转动后就呈现出千姿百态。托多洛夫提出这些模式的用意在于，它是要使看来变化着的不同时期的文学现象在一些基本框架中得到展现，从而使文学研究有规律可循。他还曾指出，"在诗学历史上似乎有从'有机'模式（一种文学形式的产生，发展，成熟，死亡）到'辩证'模式（命题—反命题—综合）的过渡"[①]。如果说，托多洛夫用"模式"的方法来说明文学史的基本状况体现了从共时立场来处理历时对象的方法论特征的话，那么，在这里模式的过渡一说则是将共时的系统重新用历时的方式来编码，从而使得共时与历时的研究有了一种平衡。这也多少可以克服一些结构主义文论非历史化的偏差。

---

① 托多洛夫：《结构主义诗学》，见《西方二十世纪文论选》第2卷，中国社会科学出版社1989年版，第320页。

11.5　文学符号学概况

符号学与结构主义有着很深联系,以至于人们有时会将二者混同,但结构主义所涉及的范围远不止符号学,同时符号学研究也可以不采用结构主义方法。因此,本节专门对文学符号学作一介绍。

11.5.1　文学符号学的缘起

在英语中,"符号学"有两种称谓,即 semiology 和 semiotics,这一状况与符号学学科的产生情形有关。如果作学科的溯源,那么,在西方世界可从古希腊学者那里找到关于符号的论述。而现代的符号学则是由瑞士语言学家索绪尔和美国哲学家皮尔士(1839—1914)分别从语言学和逻辑学的角度创立的,当他们在给符号学命名时,两人分别使用了上述不同词汇。虽同是现代符号学创始人,他们对尚在襁褓中的符号学有不同的设想。索绪尔说:"我们可以设想有一门研究社会中符号生命的科学;……语言学不过是这门一般科学的一部分,将来符号学发现的规律也可以应用于语言学,所以后者将属于全部人文事实中一个非常确定的领域。"[①]皮尔士则表述为:"逻辑学,就其一般意义而言,正如我确信我已指出的那样,不过是符号学的另一种名称,一种关于符号的几乎是必然的或形式的学说。"[②]我们很难说他们谁对符号学的设想更准确,因为在现代符号学的发展中,几乎每一理论家都同时受到了二人的影响。

真正使符号学产生影响并在文艺学领域付诸实践的,是德国哲学家卡西尔和他的美国女弟子苏珊·朗格。美国学界常将他们两人的理论合称为"卡西尔-朗格符号学"。

恩斯特·卡西尔(1874—1945)一生著述达 120 余种,其代表作是三卷本的《符号形式的哲学》[③](1923—1929)及作为其缩写本的《人论》(1944)。卡西尔把人定义为"符号的动物",并把人类文化的各个方面看成是符号化行为的结果,诸如语言、神话、宗教、艺术、科学、史学等,在他看来不过是整个符号化行为的一些部分。关于艺术,卡西尔认为"它不是对实在的摹仿,而是对实在的发现"[④]。他还认为艺术和科学都可称为知识,但科学是诉诸一般,艺术则专注于具体事物的丰富性和多样性,在功能上,艺术也不同于科学,"艺术教会我们将事物形象化,而不是仅仅将它概念化或功利化"[⑤]。

苏珊·朗格(1895—1982)是卡西尔著作的英译者,她将卡西尔的思想介绍到了英语世界,并且在翻译中得到启发,写出了富于创见的《哲学新解》(1942)、《情感与形式》

---

① 索绪尔:《普通语言学教程》,商务印书馆 1980 年版,第 38 页。
② 皮尔士:《文集》,哈佛 1932 年版,第 228 页。
③ 这里的"符号",原文为 symbol,常译作"象征",兼具"符号"(sign)与"象征"两义,卡西尔更强调其"象征"义,故宜理解作"象征性符号"。
④⑤ 卡西尔:《人论》,上海译文出版社 1985 年版,第 182、216 页。

(1953)、《艺术问题》(1957)、《心灵:论人类情感》(1967)等著作。如果说卡西尔是将艺术与神话等都看成是人类生活的符号世界的一些"扇面",那么,苏珊·朗格则是具体剖析了各种艺术符号的具体特性。她把艺术定义为"人类情感的符号形式的创造"[①],此说是对克罗齐"艺术即直觉"观点的反拨,因为该观点把艺术仅仅归结为艺术家头脑里的东西。在她看来,艺术首先是符号体系,其次是一种特殊的符号体系,她说:"所谓艺术符号,也就是表现性形式,它并不完全等同于我们所熟悉的那种符号,因为它并不传达某种超出了它自身的意义,因而我们不能说它包含着某种意义。它所包含的真正的东西是一种意味,因此,仅仅是从一种特殊的和衍化的意义上说来,我们才称它是一种符号。"[②]这就是说,其他符号是指向外在的意义,而艺术中的符号虽也涉及外在事物,但艺术系统作为一种整体的符号体系,它是留驻在符号自身供人体验的。因此,苏珊·朗格专门说明了艺术中的符号与艺术符号本身的区别:"艺术符号是一种有点特殊的符号,因为虽然它具有符号的某些功能,但并不具有符号的全部功能,尤其是不能像纯粹的符号那样,去代替另一件事物,也不能与存在于它本身之外的其他事物发生联系。按照符号的一般定义,一件艺术品就不能被称之为符号。"[③]她的这一表白一方面是秉承了卡西尔的艺术见解,同时,也体现出强调艺术自律的某种唯美主义倾向。

11.5.2 当代文学符号学的新发展

在当代,符号学理论有了进一步的发展。其中一个值得注意的趋向是,人们在对符号形式的研究中,开始把符号与特定的文化/意识形态内涵联系起来。在这方面,意大利符号学家艾柯和苏联塔尔图学派的洛特曼都有相当影响。

艾柯指出,人的文化记号系统具有不同的确定性。其中,自然语言的确定性很强,而"发明型"记号、诸多临时定下的某个记忆符号则确定性很弱,另外则有大量处在中间性质的代码。艾柯强调,在有些情形下,人们很难说某一标记是严格代表某物,但它又不是任意人为的,诸如酒杯在餐桌留下了一圈印痕,该印痕并不反映酒杯的一切物理性质,如高度、杯的壁厚等。但在此时,它的圆环形、湿度等可以显示出这里曾放过酒杯的状况。他用一个图例来显示出了该种关系:

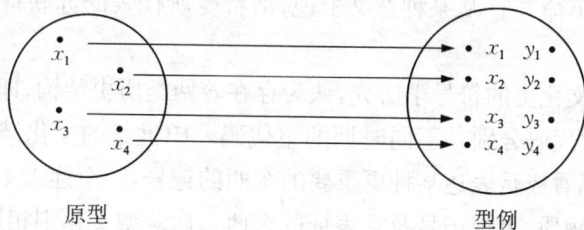

原型　　　　　　　　　　　　　　　　型例

---

① 苏珊·朗格:《情感与形式》,中国社会科学出版社 1986 年版,第 51 页。
②③ 苏珊·朗格:《艺术问题》,中国社会科学出版社 1983 年版,第 134、127 页。

图中的 4 个 x 点表示原型具有的特征,图中大圆的 y 点表示另外的特征,只要某表达物含有原型中的某些"必要"特征,它就可作为原型的型例或代表。以上例来说,酒杯的特征还有许多,但在该印痕中,它的圆形、直径尺寸、湿度等与酒杯的状况相合,人们就可据此判断——该处曾放过酒杯。艾柯还进一步用下一图式表示语义表达中的关系:

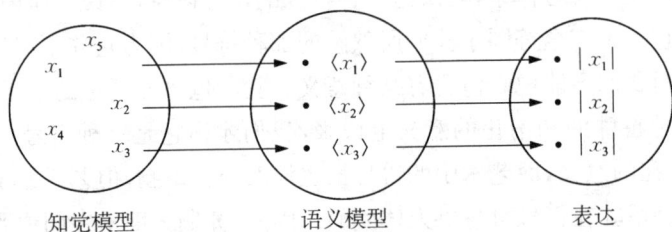

知觉模型　　　　　　语义模型　　　　　　表达

图中知觉模型是某一经验的"集中"表现,它是人从知觉物中可以感受到的若干性质,用 x 表示之,从知觉模型中可产生一语义模型,后者只保留了前者的部分性质,如图中,知觉模型有 5 个性质,而语义模型只包含了其中 3 个。语义模型在表达时可以是语言性的,也可以是形态性的,如属后一类型,它就是通过相似性转换来实现的。[①] 艾柯据此来说明文学作品,尤其是现代派文学的问题。他认为文学作品肯定是一种"表达",但该表达与相应的语义模型的关系难以界定。他认为当代美学研究应对文学作品的意指过程本身进行结构性分析。他还对古典作品与现代创作之间的差异作了勾描,认为古典作品固然也可因读者差异而有不同解释,但其变化的幅度较小,因为它有与相应审美经验配套的世界观;相反,像卡夫卡的《审判》、《城堡》、《变形记》等现代派作品,则可从存在主义、精神分析学等不同角度来阐释,因为作者自己也缺少一个指导中心,一切价值和信念都受到怀疑,这样就使得解释者的信念掺入到作品中以后,并不与作者的表达发生冲突。

　　洛特曼是苏联在 60 年代兴起的符号学学派中的代表。他的理论一方面是俄国形式主义和布拉格学派传统在新的时代下的复苏,另一方面意味着将符号的自主性与符号的意识形态的研究结合起来。佛克马和易布思在合著的书中评述洛特曼时说,他"既分析文学文本的内部结构,又分析文本和社会—文化环境的外部关系。如果这一方法使我们能够填平文学的接受研究以及文学的社会学研究同新批评的自主解释以及内在解释之间的鸿沟,并且把这些高度歧异的方法的研究成果联系起来,那么洛特曼的书将在文学研究中带来了一场哥白尼革命"[②]。从某种意义上说,洛特曼所代表的苏联符号学研究确实具有这种革新力量。

　　洛特曼致力于文化史的符号学研究,认为存在着两类历史结构,即中世纪结构和启蒙型结构,它们的文化代码分别是不同时期的主代码。中世纪的文化结构有高度的符号学性,它把各种事物都看成是表达某种更重要的东西的记号,甚至连人本身也成为上帝的记号。这种文化蔑视物质,重视记号及它表征的东西。启蒙型文化则相反,它重视实在的物质,而代表物质的东西,如金钱、名誉等则被斥为虚构物。洛特曼以列夫·托尔斯泰作品

---

① 李幼蒸:《理论符号学导论》,中国社会科学出版社 1993 年版,第 524 页。
② 佛克马、易布思:《二十世纪文学理论》,三联书店 1988 年版,第 50 页。

作为例析。代表传统文化观的贵族们，他们不愿就某事在去做和怎么做上花费脑筋，而是在言谈中对某事加以评判，他们的人生是由字符引导而不是由实际行为来书写的。洛特曼认为在符号学意义上，中世纪型文化有自己的语言但无言语，即有观念而无行动；启蒙型文化则是使语言与言语的文化代码对立起来，即他们倡导的行动缺乏在文化中的正当地位；而在现代，这种对立更为严重。

在洛特曼看来，符号学应该而且可以反映出各时期文化代码的意识形态蕴含。他以但丁《神曲》中的描写为例作了分析。但丁的地狱相当于古罗马诗人维吉尔作品中的宇宙下界，维吉尔作品中只有两个空间轴：上部与下部。在但丁的世界中，向上和向下可以有若干不同的层次，它与罪恶和道德等级呈同构关系。在他的作品中，淫、贪、盗、诈等不是不同的罪恶，而是同一罪恶的诸种外显形式，一切罪恶都是对道德的偏离，因此可以用数字关系来表示它。由此可见中世纪文化中数字表达系统与当时意识形态的关联。

11.5.3　结构主义与文学符号学

符号学是一门学科，结构主义是一种方法，两者虽然性质不同，但在外延上却时常交叉起来。可以说，文学符号学在当代的影响在很大程度上得益于结构主义运动的实绩和赫赫声势。在60年代结构主义鼎盛期，文学符号学获得较大拓展。

在法国结构主义的前、后四子中，多数人都在符号学上有过理论贡献，这里仅简介格雷马斯的符号学思想。

A·J·格雷马斯(1917—1992)在叙事学研究中采用了符号学方法。他在《结构语义学》(1966)中提出了一个包括六个行动位的模型。六个行动位分别是主体、客体、发者、受者、对手、助者。它们在具体事件中构成两个轴系，一个轴系以主体欲望中的客体为中心，另一轴系以主体欲望反映于助者和对手关系为模型。这个行动位的双轴图式为：

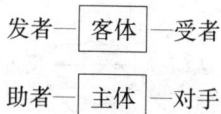

$$发者 —\boxed{客体}— 受者$$

$$助者 —\boxed{主体}— 对手$$

他举出古典哲学家在其认知行为图式中的六个相关的行动位为：主体：哲学家；发者：上帝；对手：物质；客体：世界；受者：人类；助者：精神。他指出，这只是六个行动位的一种经典图式，它还可以有其他的若干变体，如在马克思主义理论中，六个行动位应改写成：主体：人；发者：历史；对手：资产阶级；客体：无产阶级社会；受者：人类；助者：工人阶级。如用前图的关系来表示，则经典图式与马克思主义图式就可作一对比：

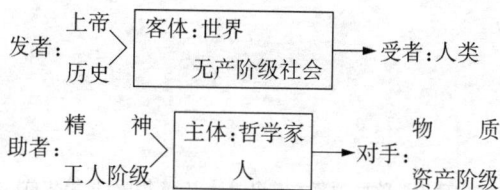

$$\text{发者：}\begin{matrix}上帝\\历史\end{matrix}\searrow\boxed{\begin{matrix}客体：世界\\无产阶级社会\end{matrix}}\rightarrow 受者：人类$$

$$\text{助者：}\begin{matrix}精　神\\工人阶级\end{matrix}\searrow\boxed{\begin{matrix}主体：哲学家\\人\end{matrix}}\rightarrow 对手：\begin{matrix}物　质\\资产阶级\end{matrix}$$

由此图式可见传统哲学中精神与物质的对立,在马克思主义体系中成了工人阶级与资产阶级的对立,但它们有一共同点,即受者都是人类,这体现了要改变人类现实处境的理想。

格雷马斯文学符号学理论中最著名的是"符号矩阵",它源于对亚里士多德逻辑学中命题与反命题的诠释。格雷马斯在此基础上进一步扩充,提出了解释文学作品的矩阵模式,即设立一项为 x,它的对立一方是反 x,在此之外,还有与 x 矛盾但并不一定对立的非 x,又有反 x 的矛盾方即非反 x,即

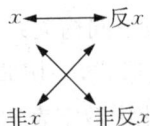

$$x \longleftrightarrow 反x$$
$$非x \qquad 非反x$$

在格雷马斯看来,文学故事起于 x 与反 x 之间的对立,但在故事进程中又引入了新的因素,从而又有了非 x 和非反 x,当这些方面因素都得以展开,故事也就完成。

美国文论家杰姆逊在《后现代主义与文化理论》一书中,用格雷马斯符号矩阵理论对中国古典小说《聊斋志异·鸲鹆》作了如下解析:

故事梗概为,鸟主人养了一只能言的鸲鹆,双方情谊甚笃。一次,主人盘缠用尽。鸟向主人建议售它换钱,主人不舍。鸟说,售出后它会等待时机回到主人身边。主人无他法可想,只好采纳,将鸟售给了王爷。王爷对鸟十分宠爱,同鸟交谈得很投机。鸟在得到王爷恩准放出笼中后,飞出王府回到了主人身边。

从该故事可以看到鸟主人与王爷间的对立,他们都想得到鸟,但鸟主人是在养鸟中同鸟建立了亲密感情,王爷则是靠权势和金钱来得到鸟,它不是人间理想的状况,也不是鸟所认可的状况,由符号矩阵图式可将其演示为下图:

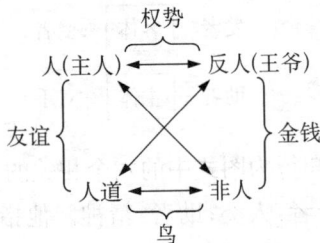

$$
\begin{array}{ccc}
 & 权势 & \\
人(主人) & \longleftrightarrow & 反人(王爷) \\
友谊\{ & \times & \}金钱 \\
人道 & \longleftrightarrow & 非人 \\
 & 鸟 & \\
\end{array}
$$

图中可见,鸲鹆作为动物,它是非人的,同时它又同主人有着相互信任的坚实友谊,具有人性因素。鸟与主人呈友谊关系,与王爷则呈金钱售买关系。由此,就可对作品中人物关系有个清晰的把握。①

---

① 杰姆逊:《后现代主义与文化理论》,陕西师范大学出版社 1986 年版,见第 4 章。

11.6 文学叙事学简述

11.6.1 叙事学的界定

叙事的研讨在西方文论中有久远的渊源。亚里士多德在《诗学》中提到文学的六个要素,情节居于首位。情节就是叙事之事。

但叙事学作为一门学问也可说相当年轻。首先,这是因为叙事学主要的研究对象是小说,它在文学体裁中的出现是从神话、史诗、民间故事,乃至叙事诗的基础上发展而来的。日本学者浜田正秀曾说过,小说文体与其他叙事文学的区别在于,史诗的主人公是英雄,而小说的主人公常常是普通人,并且史诗中大多是歌颂集体性的战斗,而小说中则可能是描写普通人的情感。[①] 这一概括是符合西方近代文学实际的。

其实,由英雄为主人公转为以普通人为主人公,乃是西方近代以来市民社会兴起后才出现的事。西方近代意义的第一部长篇小说是《十日谈》,它与以前叙事文学的差异在于,它是伴随着出版业的兴起而出现的。在史诗中,叙事是与诵、唱相伴随的,而小说的叙事则似乎是叙事人在与读者娓娓交谈,小说的作者可以较为自由地采用不同的写作视角。如《十日谈》中的人物,既是作者的描写对象,又是其中故事的讲述者,而且他们的讲述有不同的视角,这就使原来叙事文学中"专断的讲述"不再适用了。[②] 人们逐渐发现小说可以有不同的视角,从而同一事件在不同讲述中可以凸现不同意义。英国文论家福斯特在《小说面面观》中举例道,"国王死了,不久王后也死去"与"国王死了,不久王后也因伤心而死"可以是对同一事件的描述,但后一描述体现了事件过程的因果关系。[③] 换句话说,前一种描述提供了小说材料,后一种描述则提供了作者对于材料的诠释。在古代文学"专断的叙事"下,其实也有作者对材料的不同加工,但人们往往缺乏对问题的自觉,多是把所叙内容与现实状况或它的可能性加以比较,而在专断的叙事转为开放性的叙事后,人们对叙事的视点、结构等方面作用的认识就比较自觉了。

在"国王死了,不久王后也因伤心而死"的因果关系中,我们可以读到一些东西,即国王在王后生活中的重要性,甚至国王的生死也涉及王后的生死,这一因果关系的背后可以体现什么呢? 或许可理解成他们双方在感情上的依恋,体现了家庭伦理和情感关系的重要性;也可以设想王后的尊贵就在于它是国王的妻子,当国王死后,王后作为王后就有名不副实之虞,这样,从女性文学批评的角度来看也许可读出男性中心主义的痕迹。还可以理解成,国王处在政治斗争的漩涡中,看起来他至高无上,但也时时处在阴谋的包围中,国王之死可能就是阴谋的结果,而王后之死是该阴谋的进一步延伸;或者国王确属自然原因而死,但国王死后,王后失去了庇护,亡夫之痛加上现实中的惊恐,导致了王后之死。在这

① 浜田正秀:《文艺学概论》,中国戏剧出版社 1985 年版,第 59—60 页。
② 布斯:《小说修辞学》第 1 章,北京大学出版社 1987 年版。
③ 见福斯特《小说面面观》,花城出版社 1987 年版,第 75 页。

种种推测中,小说作为虚构的文体,它可以写成上述各种故事,并且还可写成我们无法一一述说到的其他情形,作者在这些不同写法中,就有不同的看待事情的着眼点和方式。

由此可见,叙事学属于以小说为主的叙事文学的理论,它主要研讨作者与叙事人的关系,叙事人与作品中人物的关系,作品的人物特性、叙事视点、叙事方式和结构,作品叙事与外部世界的相关性,等等。其中,叙事视点与结构占有突出地位,是当代叙事学理论关注的重心。

文学叙事学不等于结构主义文论,因为不用结构主义方法也可研究叙事理论。但当代叙事学的发展却与结构主义文论关系极为密切,结构主义文论在叙事理论研究上用力颇多,对当代叙事学的建设和完善作出了最重要的贡献。

11.6.2 文学叙事的视点

叙事视点即叙事人是站在何种角度、以什么方式来叙事的着眼点。按美国文论家艾伯拉姆斯的定义,叙事视点是指"叙述故事的方法——作者所采用的表现方式或观点,读者由此得知构成一部虚构小说的叙述里的人物、行动、情境和事件"[1]。

在叙事视点上,首先是叙事人的人称问题,即他在小说中是以旁观者的姿态来叙事,还是用作品中人物"我"来叙事的问题。在叙事人称之外,再涉及具体的表现意识的方式,即从什么角度叙事,华莱士·马丁称之为"叙述的话法",他曾分别以第一和第三人称用列表形式列举了五种具体类型。

他的例子是,一个名为玛丽的女性到一所房子去,她心中忐忑不宁,担心自己可能迟到了。据此可分别写成:

第一人称———(过去时)当我走近这所房子时,我不知道我是不是来晚了。
————(现在时)就是这所房子。我不知道我是不是来晚了。

第三人称———(心理叙述,过去时)玛丽走近这所房子,她不知道她是否来晚了。
————(叙述人用第三人称,过去时;人物用第一人称,现在时)玛丽走近这所房子。"我来晚了吗?"她想。"我应该告诉他们我为什么来晚了吗?"
————(被叙述的独白,过去时)玛丽走近这所房子。她来晚了吗? 她应该告诉他们她为什么来晚了吗?[2]

叙事视点在作品中有一个基本定位,但它也可以有变动游移,使叙事有一种更广角的摄取故事内容的角度。华莱士·马丁举过海明威小说《弗朗西斯·麦康伯的短促幸福生活》的例子,说"这篇小说漫无逻辑地从一个焦点或透视角度跳到另一个",视点不断转移,"它包括全景,特写,拉开,推近",这是海明威小说"丰富的方法的一次令人眼花缭乱的展览"[3]。

在叙事视点中还有不同的"聚焦"作用。同样通过"我"或"他"来叙述作品中的事,可

---

① 艾伯拉姆斯:《欧美文学术语辞典》,北京大学出版社 1990 年版,第 261 页。
②③ 华莱士·马丁:《当代叙事学》,北京大学出版社 1990 年版,第 173—174、179—180 页。

采用站在人物后面的方式，它能看到人物眼前所见，也能见到他的所感所思，还能知晓事件的各个细节和因果关系，它大于人物的视野；它也可以站在人物的位置，只见到人物的所见所思，等于人物的视野；它还可以站在人物前面，只写出人物所见的客观状况，但对人物所思则不能见出，小于人物的视野。在这不同的聚焦中，体现的不只是叙事技巧，它还会整合出不同内容，如第一种体现了叙事人是"全知"的，这是一种常见的表达方式；一些日记体、自传体或意识流类的作品则常用第二种聚焦方式，它可以拉近读者同人物的心理距离；而第三种聚焦方式较少见，它在一些侦探类小说中较典型，可以展现案件扑朔迷离的特征。

在叙事视点上，叙事人的讲述可能就是作者的讲述，也可能与作者有距离。如托尔斯泰写《安娜·卡列尼娜》，作为作者，他想写成家庭伦理小说，对主人公的行为有所批判，但他作为叙事人深入到了人物内心世界，使得作品更主要地表现出对人物的同情。小说理论家韦恩·布斯(1912—2005)指出："任何阅读体验中都具有作者、叙述者、其他人物、读者四者之间含蓄的对话。上述四者中，每一类人就其与其他三者中每一者的关系而言，都在价值的、道德的、认知的、审美的甚至是身体的轴心上，从同一到完全对立而变化不一。"①在某种意义上也可以说这种对话的关系和层次是叙事作品在文学价值上的重要方面。

11.6.3　文学叙事的模式

叙事模式是叙事学关注的另一个重要的理论问题。俄国文论家普洛普所著《民间故事的形态学》一书就提出，各种神话和民间故事的内容差异颇大，但可以找出共同的"功能"。他把功能定义为"人物的行为，服从人物行动意义的行为"，在这个基础上，他从上百个俄国民间故事中归纳出了 31 种功能，认为，任何一个故事都不同时具备全部功能，但往往要有某几种功能，它的大体轨迹是事件起因促使主人公出走，然后主人公同恶势力斗争，经历重重险阻取得成功，再返家，他的业绩得到承认，等等。普洛普还提出了民间故事的四个基本法则，即："1. 人物的功能是故事里固定不变的成分，不受谁和如何完成的限制。它们构成了故事的基本要素。2. 对神话故事来说，功能有数量上的限制。3. 功能的顺序永远不变。4. 就结构而论，所有的神话都属同一种类型。"②应该说，普洛普对民间故事叙事模式的把握颇有全局性的眼光，它力图看透体现在每一具体的民间故事中同时又超越每一具体文本的基本结构，就此使他被当成结构主义批评家。但普洛普是在俄国民间故事的范围内论证上述规律，就不能涵盖民间故事的全部规律性。如民间故事的主人公大体都有经历斗争再取得成功的事情，但不能说经过了斗争就总能成功。从文化功能上讲，民间故事的这一模式既有寓言的训诫性质，要人有所作为；同时它也是一副安慰剂，

---

① 布斯：《小说修辞学》，北京大学出版社 1987 年版，第 175 页。

② 普洛普：《民间故事的形态学》，转引自罗伯特·肖尔斯《结构主义与文学》，春风文艺出版社 1988 年版，第 95 页。

即告诉人们,现实中的不成功并非命定如此,经过更多努力是有望得到改善的。

雅克·拉康在叙事学上的影响稍逊一筹,但他对爱伦·坡小说《窃信案》的剖析却颇有特色,指出了小说叙事模式与人心理的同构关系。小说中,王后收到匿名信,她不愿国王过问此事,就在藏信不及之时故意将信放在桌上,果然,国王没有在意。大臣在旁将此信调包后拿走,王后见之但不敢声张。王后只好叫警长去追寻,警长在大臣私宅仔细搜查,毫无结果。王后又改聘侦探丢潘去破案,丢潘换一思路,根据"欲盖弥彰"的道理,在大臣家文件架的显眼之处找回了该信。该故事有两个相似结构,拉康用两个三角形来表示,即:

在三角形中,处于 1 号位的人只看到了实则是假象的事物表象;处于 2 号位的人利用了 1 号位人物的无知,看到了事物的内在方面;处于 3 号位的人也看到了事物内部,并知晓 1 号位、2 号位人物之间的尴尬,制约了处于 2 号位的人物。这样只寥寥数笔,就把故事的叙事关系勾勒了出来。

从上面可见,结构主义文论代表了一种倾向,即要在文学系统中建立一种秩序。这一倾向在二战后建立新的世界秩序的进程中有着很迫切的需求。一方面,西方世界在二战后,普遍在经济上迎来了高速增长时期,尤其是西欧的战后重建,使它从战前的经济危机和战后一段时期的萧条中走出来,社会政治也趋于稳定;但另一方面,欧洲各国在亚、非等地的殖民地所爆发的独立运动则愈演愈烈,它动摇了西欧诸国作为国际大家庭成员中的大国地位。于是,西欧各国应如何给自己重新定位,就成了一个时代性的问题。结构主义将事物各元素分析出来再重新组装的思维方式,其实从这个更大的社会背景来说,体现了西欧文化在重构秩序上的一种努力。

结构主义文论的优点,其一是打破了对文学的神秘化观念,它将作品意义同其结构联系起来,而不是同某种超验的个人心灵或神意相联系。这有助于批评的运作,也吻合了社会对文学的世俗化乃至消费化的需求。其二,由于强调能指与所指关系上的偶然性,那么文学就不只是再现现实,还应看成文学作品再造了新的意义,同理,解读作品的可能方式和途径也就是多种的,它拓宽了批评的功能。其三,结构主义文论以作品的结构主义来取代作者主体,虽未必是恰当的,但这一结构整体观毕竟对我们认识文学是有益的。其四,与结构主义文论相关的或作为其分支的文学符号学、叙事学的发展,增强了文学批评的可操作性。

但也应看到,结构主义文论对文学自主性、整体性等等的过分强调,有意无意地切断了文学与社会、与作者的联系,实际上切断了文学之"根",而且这又毕竟建立在并不可靠的假设之上。正由于这一点,导致了后来解构主义文论从其内部来颠覆它。结构主义文论意欲破译关于文学的若干神话,但看来它自己也只是营造了又一个关于文学的神话。

11.7 巴赫金的复调理论和狂欢化诗学

米哈依尔·米哈依洛维奇·巴赫金(1895—1975),是 20 世纪苏联最重要、最引人注目的思想家和文论家之一。他出生于维尔纽斯一个普通银行职员家庭,其祖上是贵族。1913 年进入诺沃罗西斯克大学,1916 年转入彼得格勒大学历史哲学系。1918 年毕业后,与一批朋友组成了"康德研究小组",他主持艺术讲座。1920 年秋,他转到省城维捷布斯克任文学、音乐史和音乐美学教师。这一时期被认为是他学术生涯中的存在主义和现象学时期。1924 年,他到列宁格勒著名的艺术史研究所(形式主义学者重要活动场所之一)工作,这是他的学术上的第二阶段,一般称为社会学和语言学研究时期。1928 年底因学术团体活动被视为非法而遭逮捕,1929 至 1936 年为流放时期。1936 年到萨兰斯克任莫尔多瓦师范学院讲师,开始了他学术活动的第三阶段,即历史文学时期。1941 至 1945 年在莫斯科郊区几所中学教书。1945 年再次被莫尔多瓦师范学院邀请任教,后被授予语文学副博士学位。1957 年起,主持莫尔多瓦大学俄罗斯和外国文学教研室工作。

巴赫金一生经历坎坷,但一直默默地从事研究,思想独特,成果丰硕,主要著作有《走向行动哲学》(手稿,20 年代)、《弗洛伊德主义》(1927,与沃洛希诺夫合著)、《马克思主义与语言哲学》(1929,与沃洛希诺夫合著)、《文艺学中的形式主义方法》(1928,与梅德韦杰夫合著)、《陀思妥耶夫斯基创作问题》(1929)、《小说理论》(1941)、《言语体裁问题》(1952—1953)、《语言学、语文学和其他人文科学中的文本问题》(1959—1961)、《陀思妥耶夫斯基的再研究》(1961—1962)、《陀思妥耶夫斯基诗学问题》(1963)、《拉伯雷的创作以及中世纪和文艺复兴的民间文化》(1965)等。他在哲学、美学、文艺学和语言学等领域都提出并独特地解决了一系列理论界关注的重要问题。巴赫金学术研究的广度、创造性思维的深度引起了国际学术界的广泛兴趣。他在理论研究上的成就已经得到世界上普遍的承认。这位自称是"哲学人类学家"的巴赫金,由于论题繁多,著作浩繁,兼有异语表意与多层理解的充分余地,在现代西方文论界越来越被视为众多学派与理论的代表人物。他常常时而是一位社会学家,时而又是一位历史文化学家,时而被语言符号学家们所推崇,时而又令结构主义者和叙事学家们倾倒。他的思想本身就是一种"多声部"现象,甚至有时人们会怀疑这么复杂的思想是否皆出自同一个人的头脑。巴赫金研究目前已成为一门专门的学问,即巴赫金学。到 1995 年止,国际巴赫金研究年会已开了七届。

11.7.1 复调小说理论

复调小说理论是巴赫金在研究俄国作家陀思妥耶夫斯基小说的基础上提出的。他在《陀思妥耶夫斯基诗学问题》一书中指出:"有着众多的各自独立而不相融合的声音和意识,由具有充分价值的不同声音组成真正的复调——这确实是陀思妥耶夫斯基长篇小说的基本特点。在他的作品里,不是众多性格和命运构成一个统一的客观世界,在作者统一的意识支配下层层展开;这里恰是众多的地位平等的意识连同它们各自的世界,结合在某个统一的事件之中,而互相间不发生融合。"①巴赫金指出的是主人公意识的独立性,主人公之间、主人公与作者之间平等的对话关系。他借用了音乐学中的术语"复调",来说明这种小说创作中的"多声部"现象。

巴赫金还进一步解释了陀思妥耶夫斯基小说创作的这种复调结构特点:"陀思妥耶夫斯基笔下的主要人物,在艺术家的创作构思之中,便的确不仅仅是作者议论所表现的客体,而且也是直抒己见的主体。因此,主人公的议论,在这里绝不只局限于普通的刻画性格和展开情节的实际功能(即为描写实际生活所需要);与此同时,主人公议论在这里也不是作者本人的思想立场的表现(例如像拜伦那样)。主人公的意识,在这里被当作是另一个人的意识,即他人的意识;可同时它却并不对象化,不囿于自身,不变成作者意识的单纯客体。在这个意义上说,陀思妥耶夫斯基笔下的主人公形象,不是传统小说中一般的那种客体性的人物形象。"②

巴赫金的这段叙述表达了这样几层意思:第一,复调小说的主人公不只是作者描写的客体或对象,他并非是作者思想观念的直接表现者,而是表现自我意识的主体。第二,复调小说中并不存在着一个至高无上的作者的统一意识,小说不是按照这种统一意识展开情节、人物命运、形象性格的,而是展现有相同价值的不同意识的世界。第三,复调小说由互不相容的各种独立意识、各具完整价值的多重声音组成。

巴赫金认为,在陀思妥耶夫斯基的小说艺术世界中,主人公都是些意识相对独立的"思想家",如拉斯柯尔尼科夫、"地下室人"、梅思金公爵、卡拉马佐夫兄弟等等。他们并不融合或附属于某一个统一体之中,不受作者思想支配。他们的个性和意识是处于对话的状态之中的。因此,陀思妥耶夫斯基不少小说的故事情节并不很吸引人,甚至往往没有通常小说的那种开头,也没有明确的结尾。如果要给陀思妥耶夫斯基的这种小说艺术世界找一个形象的比喻的话,那么巴赫金认为用"教堂"是最恰当不过了。在教堂里,往往各种各样的人聚集在一起,有圣洁行善的教徒,也有罪不容诛的恶人,有灵魂升华之人,也有死不悔改之徒。教堂通常被认为是那些互相对立、难以沟通的灵魂可以共存的一个场所,就像但丁所描绘的世界一样。

巴赫金强调,在复调小说中不存在作者的统一意识,主人公与作者的关系是平等对话的关系。但这并不意味着巴赫金认为作家就没有自己的艺术构思和审美理想,而是说作家在创作过程中给自己的人物以极大自由,让他们充分发表自己的见解。巴赫金曾经说过:"也许有人会觉得,主人公的独立性与下面一点是矛盾的:整个主人公不过是文艺作品的一个成分,因此他自始至终完全是由作者创造出来的。事实上并不存在这种矛盾。我们确认的主人公的自由,是在艺术构思范围内的自由。"③"如果认为陀思妥耶夫斯基小说中,作者意识完全没有得到表现,那是荒谬的。复调小说作者的意识,随时随地都存在于这一小说中,并且具有高度的积极性。"④

巴赫金还把陀思妥耶夫斯基的小说与托尔斯泰等其他作家的小说进行了比较,把后者的小说结构称为独白型。他认为,独白型小说取决于作者意识对描写对象的单方面规

---

①②③④ 巴赫金:《陀思妥耶夫斯基诗学问题》,三联书店 1988 年版,第 29、29、105、109 页。

定。这里只有一个声音,即作者的声音在说话,一切主人公的语言、心理和行为都被纳入作者的意识,都在作者全能全知的观点中得到外来说明。巴赫金把托尔斯泰列为这类作者的代表,把陀思妥耶夫斯基以前几乎所有的欧洲小说和俄国小说都归入独白型小说。

与独白型小说相反的是复调小说。巴赫金指出,这种小说是陀思妥耶夫斯基首创的。陀思妥耶夫斯基所描写的,并不是单个意识中的思想,也不只是不同思想的相互关系,而是众多意识在思想观点方面的相互作用。再加上各个独立的意识在陀思妥耶夫斯基的世界中,不是作为形成发展过程来写的,也就是说没有历史地写,而是平列起来写的,这样就不可能集中写一个意识,哪怕是一个非常重要的思想观点,不可能集中地写它内在的逻辑发展,其结果必然写出各种独立意识的横向相互作用。陀思妥耶夫斯基笔下的主人公意识很少是意义自足而独立的,而常常是与其他人的意识相互依存的。主人公的每一想法、每一感受都拥有内在的对话性,或具有辩论的色彩,充满对立的斗争,或准备接受他人的影响。陀思妥耶夫斯基作品中的主人公,如"地下室人"、拉斯柯尔尼科夫、伊凡·卡拉马佐夫、娜斯塔谢·菲里帕芙娜、斯达夫罗金等,他们的每一个思想都仅仅只是一场未完成型对话中的一个话语,不同话语间的对话就形成了复调小说的结构。巴赫金认为,这恰恰是陀思妥耶夫斯基小说艺术的创新之处。

在谈及陀思妥耶夫斯基小说的对话形式时,巴赫金认为,陀思妥耶夫斯基对话的基本公式是:表现为"我"与"别人"对立的人与人的对立。这种对话有两种基本方式:一种是人物之间的对话,另一种则是人物自身内心的对话。这后一种对话往往又有两种表现形式,即自己内心矛盾的冲突和把他人意识作为内心的一个对立的话语进行对话。这两种具有不同指向性的对话,被巴赫金称为是双声语对话。这类对话是复调小说中的主要艺术手段。它往往表现为暗辩体、带辩论色彩的自由体、隐蔽的对话体等表现形式。

在长篇小说《罪与罚》中,主人公拉斯柯尔尼科夫的内心充满了与自己以及其他人物的双声语对话。这非常明显地反映在他的叙述语言之中。他常喜欢用"你"字和自己说话。他爱挑逗自己、折磨自己、挖苦和嘲弄自己。他在收到母亲的来信,知道卢仁提亲后,不但没去安抚自己不安的心灵,反而去刺激、嘲弄它。"不让这门婚事成功,你有什么办法呢?你去阻止吗?你有什么权利?……"拉斯柯尔尼科夫的内心世界总是塞满了他人的语言,这里有母亲的来信,马尔梅拉多夫、卢仁、杜涅奇卡、斯维德里盖洛夫的话,也有他转述的索尼娅的声音。他的心灵与这些话语进行着一连串生动而激烈的争辩。每一个人物的话语都代表着某种生活目的和思想立场,是在令他苦恼的问题上代表着某种解决办法,而这些解决办法又与他自己作出的决定相对立,这样每个话语都触及到他的痛处。这些话语同处于拉斯柯尔尼科夫的内心意识之中,相互渗透、相互呼应、相互交叉、相互交锋。主人公内心活动的轨迹恰恰就延伸在与这些话语的激烈争辩之中,这就形成了他的双声语对话。

巴赫金认为,复调小说的世界是一个极其复杂的世界,在这一世界中,一切都存在于同一空间,相互作用,作者在小说中一般不写原因,也没有事物的缘起,而是把各种矛盾对立的思想集中置于同一平面上描写,而不作纵向顺序的思考和排列。由此巴赫金归纳出了复调小说创作的共时性艺术特征。

巴赫金在陀思妥耶夫斯基的创作中发掘出来的,确实是前人没有发现或者是没有充分意识到的艺术特征,从而把叙事学的研究推进一步,开辟了一个新的方向;复调小说理论为小说形式研究开拓了一条新的独特途径,丰富了人类的艺术思维。

11.7.2 狂欢化诗学

狂欢化诗学是巴赫金学说的重要组成部分。虽然巴赫金本人并没有写过全面系统阐述自己这一观点的理论著作,但是他关于狂欢化诗学的研究常常散见于他的许多论著中。可以说,巴赫金从 1929 年独立出版的第一部专著《陀思妥耶夫斯基创作问题》起直至晚年,几乎从未停止过狂欢化诗学的研究。特别是在 1965 年出版的专著《拉伯雷的创作以及中世纪和文艺复兴的民间文化》一书中,他结合拉伯雷的创作,探讨了人类的笑文化和民间狂欢文化现象与文学创作之间的密切关系。

狂欢化的渊源就是狂欢节本身。欧洲的狂欢节民俗可以追溯到古希腊罗马时期,甚至更早。它来源于古代的神话传说与仪式。它是一种以酒神崇拜为核心不断演变的欧洲文化现象。在狂欢节期间,人们可以戴上面具,穿着奇装异服,在大街上狂欢游行,纵情欢乐,尽情地放纵自己的原始本能,而不必顾及人与人之间平时的等级差别。狂欢节的主要特点是:(1)无等级性,就是说每一个人不论其地位如何,不分高低贵贱都可以以平等的身份参加。(2)宣泄性,狂欢节的主角是各种各样的笑。无论是纵情欢悦的笑,还是尖刻讥讽的笑,或者自我解嘲的笑,都表现了人们摆脱现实重负的心理宣泄。(3)颠覆性,在狂欢节中,人们可以无拘无束地颠覆现存的一切,重新构造和实现自己的理想。无等级性实际上就是对社会等级制度的颠覆,心理宣泄则是对现实规范的颠覆。(4)大众性,狂欢活动是民间的整体活动,笑文化更是一种与宫廷文化相对立的通俗文化。

巴赫金沿着欧洲文学发展的足迹,考察了狂欢化文化现象对诗学演变的影响。在文学创作上,巴赫金主要研究了受狂欢化作用影响的一些文学体裁与作家创作。在古希腊罗马时期有古代风雅喜剧、罗马各种形式的讽刺体文学,特别是庄谐体文学。在中世纪出现了大量的讽刺性闹剧、笑剧、诙谐文学以及宗教警世剧和神秘剧等。在文艺复兴时期狂欢化已开始全面影响正统文学的许多体裁,巴赫金甚至认为,文艺复兴实质上是狂欢的古希腊罗马精神的复兴,"是意识、世界观和文学的直接狂欢化"[①]。他指出,拉伯雷、莎士比亚和塞万提斯等人的创作都是狂欢化文学的典范。从 17 世纪至 20 世纪,许多大作家的创作都与狂欢化有着密切的联系。例如,伏尔泰、狄德罗、霍夫曼、巴尔扎克、雨果、乔治·桑等等。在巴赫金看来,歌德的名著《浮士德》是一部具有浓厚狂欢化文化色彩的复调史诗,以普希金、果戈理等为代表的 19 世纪俄罗斯文学中也反映出狂欢化的文化传统。巴赫金还探讨了陀思妥耶夫斯基的复调小说与庄谐体文学的关系,指出复调小说的历史渊源是狂欢化的文化传统。

从欧洲诗学理论的发展传统来看,亚里士多德倡导的以理性、规范为主导的诗学理论

---

① 巴赫金:《拉伯雷的创作以及中世纪和文艺复兴的民间文化》,莫斯科文学艺术出版社 1990 年版,第 300 页。

一直占据着统治地位。根据这一理论,诗学归入一种严格规范性的范畴,审美趣味、文学语言、写作文体和创作风格均有"高雅"和"低俗"之分。在这里,"高雅"部分自然被奉为正宗,拥有绝对权威,比如,诗歌就被视为比小说和戏剧更"高雅"的艺术。笑文学长期以来被认为是俗文学。巴赫金发掘人类的狂欢化文学价值,在很大程度上是在向传统的诗学体系挑战,是要颠覆旧的诗学理论,为传统的高雅体裁"脱冕",而替所谓的低俗体裁"加冕"。应该说,巴赫金的狂欢化诗学理论的意义是显而易见的。这一理论的颠覆性赢得了当代西方文论界的青睐。

具体说来,巴赫金的狂欢化诗学理论的主要内容有以下几点:

第一,重视人类的笑文学。主张从狂欢化的角度来考察文学创作体裁和人物性格的发展变化。强调狂欢化文学传统是人类文学宝库中不可忽视的一个重要部分,为笑文学正名。

第二,提倡平等对待一切文学体裁、语言和风格等,否定或动摇文学艺术创作形式中的一切权威性,反对传统诗学理论重"高雅"文学(如史诗等)、轻"低俗"文学(如小说等)的美学立场。

第三,消除诗学研究的封闭性,加大文学内容和形式的开放性,寻求各种纷繁复杂的文学因素的融合。如各类文体、各种语言(口语、俚语、行话、方言等)、各种手法(反讽、夸张、讽刺、幽默、调侃等)的相互联系。

第四,打破逻各斯中心主义,以狂欢化思维方式来颠覆理性化思维结构,运用超语言学的方法,重视语言环境和话语交际分析,走出传统语言学研究的框架。

第五,发掘人类的创造性思维潜力,把人们的思想从现实的压抑中解放出来,用狂欢化的享乐哲学来重新审视世界,反对永恒不变的绝对精神,主张世界的可变、价值的相对。

巴赫金的狂欢化诗学理论由于没有全面系统的严格阐述,所以具有明显的未完成性与解读的多义性。它可以说是一种诗学理论和研究方法,也可以说是一种独特的文学思维方式与世界观。难怪当代西方众多的文学理论流派与学说都在巴赫金的学说里得到了这样或那样的启发。

与任何一种学说一样,巴赫金的复调理论和狂欢化诗学也存在着一定的理论缺陷。其中最主要的不足是,在强调自己的理论观点时,往往会走极端。由于巴赫金过分夸大了复调结构的独立作用,狂欢化文学的价值,于是给人以否定其他创作体裁和诗学理论的印象。其实,无论是复调小说结构或狂欢化诗学都只是众多文学体裁和诗学理论中的一种,是构造小说、研究文学的一种途径,尽管是一种非常重要的途径,但不是唯一的。其次,巴赫金回避了许多无法回避的理论问题,例如,复调小说中作者的世界观作用、狂欢化文学的负面作用等等。

然而,巴赫金的理论与方法尽管存在着某些不足和偏差,只要我们注意到这些问题,那么从整体上看,巴赫金的理论与方法无疑是诗学理论与方法的一个重要成就,它们拓展了诗学研究的视野,促进了文学研究方法的多样化,丰富了当代西方文学批评理论。

11.8 当代俄罗斯文论的最新发展

从文学研究本身的发展来看,以重大的文学事件为依据,当代俄罗斯文学批评的最新发展大致可以看作是始于 1989 年。在这一年的 5 月 11 日至 12 日,俄罗斯科学院高尔基世界文学研究所和苏联作家协会在莫斯科联合主办了题为"苏联文学史:新观念"的学术研讨会。会上世文所所长 Φ·库兹涅佐夫在题为"真理的探索"的发言中明确指出,应该拓展苏联文学批评的范围,把侨民文学等都纳入进来。与会者就文学批评标准、创作方法等理论问题和对一批经典作家的再评价问题展开了热烈的讨论。会议还规划了今后几年的苏联文学研究工作,提出了一系列具体的任务。

这次会议对当代俄罗斯文论的发展起着非常重要的作用。它实际上是在社会主义现实主义理论体系被打破以后,从思想理论上对许多重大文学问题进行了重新阐释,从而深刻地影响了当代俄罗斯文学批评理论。从此,俄罗斯文论的发展进入了一个新的历史时期。

当代俄罗斯文论的最新发展主要表现在各种批评流派的蓬勃发展。现实主义批评仍在继续前进,力图对经典作家和作品作出重新评价,在许多理论问题的探讨上已迥然不同于原来的社会主义现实主义,艺术标准已成为判断一部文学作品价值的首要标准。文艺心理学批评已由对作者和人物心理的分析,转向了包括读者在内的三维心理分析。世纪之初兴起的象征主义在沉睡了一段时间之后,在当代俄罗斯再次复活。他们的"审美至上"和"象征最佳"的艺术主张得到进一步发展。

在众多的文学批评理论流派中,最有影响的主要是三大文论派别,即历史诗学批评、塔尔图-莫斯科符号学派和宗教批评。本节将对这三个流派的主要代表人物和理论特征分别加以概述。

11.8.1 历史诗学批评

建立历史诗学的批评体系最早是由俄罗斯科学院院士维谢洛夫斯基在 19 世纪末提出来的。他认为,历史诗学的任务在于,从诗歌的历史发展中抽象出诗歌创作的规律和评论这一创作的标准。这一批评理论是要使原来从诗歌历史发展中阐明其历史本质,转向研究文学艺术本身的规律。

历史诗学的发展经过了一段坎坷的历程。在苏联的早期,它并未得到文艺学界的承认和重视。它的研究只是散见在普洛普和巴赫金等人的著作与手稿之中。到了 60 年代,出现了历史诗学发展的一个小高潮。巴赫金从历史诗学的角度探讨了拉伯雷的艺术创作,并且修订和再版了《陀思妥耶夫斯基诗学问题》。利哈乔夫出版了论述古代俄罗斯文学的诗学问题一书。学术界涌现出研究神话诗学、民间创作诗学、现实主义诗学、浪漫主义诗学和一些关于经典作家创作的诗学问题的学术专著。正是在这一时期,历史诗学才逐渐形成一个学术流派。

在 80 年代初期,赫拉普欣科院士宣布要把历史诗学作为一门新的学科来建设,并在

1982年第9期的《文学问题》上明确指出,历史诗学的目的就是要研究形象地把握世界的各种方法和手段演变,研究它们的社会审美功能的演变以及各种艺术发现的命运。

　　进入90年代以后,历史诗学批评进一步深化,俄罗斯科学院高尔基世界文学研究所成为历史诗学研究的主要中心。该学派目前的主要代表人物有梅列金斯基、米哈依洛夫、马恩等。莫斯科的"遗产"出版社和高尔基世界文学研究所于1994年联合出版了《历史诗学——文学时代与艺术意识的典型》一书,国立彼得罗扎沃茨克大学出版社出版了《历史诗学问题》(1992),还有许多关于历史诗学的学术论文刊登在各类批评刊物上。

　　从总体上来看,90年代的历史诗学批评发展的主要特点是,首先由对具体作家创作的艺术形式的具体分析,逐渐转向对文学创作体裁演变作历史的宏观研究;其次在研究过程中拓展了研究的范围,增加了对不同国家、不同历史时期文学艺术形式发展的研究,比如对中国古代文学等方面的研究。历史诗学批评还有一个显著的特点,就是在借鉴和运用当代人文科学研究的许多新方法如语言学分析方法时,仍然注意从历史和社会变化的背景中去考察。创作体裁、叙述结构、人物关系、艺术风格等,在历史诗学批评那里,都与历史环境有着密切的联系。当然,这种联系已不再是简单的因果关系,而是复杂的多向联系。

　　历史诗学在当代俄罗斯仍方兴未艾,俄罗斯科学院高尔基世界文学研究所把它定为今后研究的最主要、最有价值的方向之一。

11.8.2　塔尔图-莫斯科符号学派

　　1994至1995年,在莫斯科出版了代表塔尔图-莫斯科符号学派最新研究成果的一套"语言·符号学·文化"丛书。该丛书主要包括了《洛特曼和塔尔图-莫斯科符号学派》、《乌斯宾斯基选集第1卷·历史符号学、文化符号学》、《乌斯宾斯基选集第2卷·语言与文化》、托波罗夫《俄罗斯宗教文化中的神秘性和圣徒》、雅可夫列娃《世界的俄罗斯语言图画片断(空间、时间和接受模式)》等学术论著。这套书充分反映了该学派在最近几年的主要发展特征。

　　从组织形式上来看,塔尔图-莫斯科符号学派形成于1962年的"符号系统的结构研究"学术研讨会上。虽然洛特曼本人没有参加这次会议,但后来被公认为是这一学派的主要代表人物。以洛特曼为代表的符号学派经历了艰难的发展过程,在国际符号学界确立了自己的地位,并得到了迅速的发展。

　　总的说来,塔尔图-莫斯科符号学派最新发展的主要特征大致可以归纳为几个方面:

　　第一,语言、文学、文化等研究的交叉。以乌斯宾斯基为代表的莫斯科学派,主要是站在语言学家的立场上来从事文学理论研究,而塔尔图学派则基本上是从文学理论的角度来研究语言学。双方互为补充,到后来大都转向符号与文化联系的研究上。

　　第二,由对语言符号体系的研究,转向文化符号体系研究。俄罗斯符号学与西方的结构主义符号学不同。如果说后者表现出的是符号研究的逻辑倾向,那么前者则代表着语言学倾向。80年代后期以来,塔尔图-莫斯科学派已从运用语言学方法探讨非语言学客体,转向研究作为研究对象的文化符号体系。他们关心的是符号研究的客体体系,即现实的文化符号结构。他们一般不去讨论抽象的符号分析方法论。

第三,宗教符号学研究的深化。从后来出版的该学派的主要著作中来看,宗教符号研究的比重在加大。这不仅表现在对宗教符号本身的研究上,而且更主要地反映在用宗教思维去看待艺术符号。

塔尔图-莫斯科符号学派无论在俄罗斯还是在西方都有着较大的影响。从俄罗斯当代文论的发展来看,洛特曼及其追随者在努力与传统的纯认识论方法对立,在揭示艺术符号体系的结构方面作出了贡献。从与西方的符号学文论的联系上来看,他们试图克服结构主义的理论缺陷,把艺术创作、艺术作品和艺术知觉作为一个系统来考察,深入探讨了艺术的符号性质和作为交流系统的特点。

塔尔图-莫斯科符号学派还在不断地向前发展,正在涌现出越来越多的青年学者及其论著。

11.8.3　宗教批评

在当代俄罗斯文论发展的潮流中,宗教批评是唯一的一支距今历史最短的批评力量。从宗教的角度来研究文学,自古有之。然而,在当今的俄罗斯,由于原有信仰的动摇或毁灭,不少文学评论者已转向宗教,力图完全从宗教研究的角度来解释文学现象,甚至撰写文学史。

1995 年,俄罗斯联邦高等教育委员会和国立彼得罗扎沃茨克大学联合出版了由叶萨乌洛夫撰写的《俄罗斯文学中的宗教范畴》。这本书后来成为不少高校的文科教科书。著者完全从宗教的角度研究了俄罗斯文学史的发展。他主要探讨了《伊戈尔远征记》与东正教的关系、普希金诗学中的宗教因素、果戈理笔下的圣徒形象、托尔斯泰的宗教思想等等。

在当代俄罗斯,也就是在被称之为"后苏维埃"的时期,宗教批评在文学论坛上的声势越来越大。该流派的理论家们大都把宗教意识,即俄罗斯人所信奉的东正教意识,作为认识世界、分析文学创作活动的一种认知范式。他们在哲学思想上受到索洛维约夫和梅列日科夫斯基的影响,把尘世的现实看作只是彼岸世界的一种反映,认为文学的功能在于帮助人们摆脱世俗的羁绊,去接近永恒的彼岸世界。也正是在这一点上,宗教批评与象征主义批评是一致的。所不同的是,宗教批评直接揭示文学艺术创作活动的宗教底蕴,强调文艺创作以宗教活动为目的。

在当代俄罗斯,宗教活动已成为人们日常生活中不可分割的一个重要部分。这就为宗教批评的繁荣和发展,提供了土壤和必需的条件。宗教批评已成为当代俄罗斯文学批评中的最主要的力量之一。

应该说,俄罗斯文坛目前呈现出各种文艺思潮、创作方法、批评流派和理论共生的多元化格局。这一格局的形成是与俄罗斯社会意识形态的变化密切相关的,是整个俄罗斯社会处在价值重构、文化再造的转型时期的必然结果。对于这种变化,我们应当有清醒的认识,应当给予密切的关注,并用马克思主义的观点加以细致的研究。

12 解释学与接受理论

长期以来,西方文论忽视读者及其阅读接受对文学研究的意义,这一意义在 20 世纪解释学文论和接受理论那里得到了明确的揭示与强调,此外,这两种文论也富有启示性地尝试了从读者理解与接受的角度研究文学的方法,建立了一套新型的文学理论,实现了西方文论研究从所谓"作者中心"向"文本中心"再向"读者中心"的转向。

解释学文论是现代哲学解释学的一部分,后者揭示了文本理解与解释的本体论和生存论意义,从而将"历史性"和"时间性"引入哲学思维,同时为文学研究的读者立场及历史态度奠定了基础。在较为宽泛的意义上,接受理论是解释学文论的一部分,尤其是姚斯的接受美学。不过,解释学文论作为哲学解释学的有机组成部分,其主导意旨是哲学,接受理论则是更为严格的文学理论。此外,接受理论的思想资源中不仅有解释学,还有俄国形式主义现象学和存在主义等。

12.1 理论背景与发展概况

12.1.1 解释学的历史演进与当代解释学文论

在西方,解释学的初始样态是出现在中世纪后期的经文释义学和文献考证学。到了18 世纪,德国哲学家施莱尔马赫从具体的解释学经验中抽取出一般的方法与原则并以之为研究对象,从而建立了一般的方法论解释学,传统的经文释义学和文献考证学则成了它的具体运用。稍后的德国哲学家狄尔泰进一步阐发了施莱尔马赫的思想,认为一般解释学就是区别于自然科学方法论的整个精神科学的方法论。

由施莱尔马赫和狄尔泰确立起来的方法论解释学有以下三个方面值得注意:(1)一般解释学脱离了具体的学科门类成了一般方法论;(2)解释学方法的基本原则与目标仍然是在自然科学认识论的框架内来设想的,即消除误解以达到正确客观的理解,因而它又被称之为客观解释学;(3)在一般解释学那里,理解与解释只具有方法论意义而与本体论无关。

从方法论解释学向本体论解释学的现代转向是由海德格尔引发的。在《存在与时间》一书中,海德格尔认为理解是"此在"(人的存在)在世的基本方式,或此在自我确立的基本方式,因此,理解就不是一个方法论问题而是此在的本体论问题了。以海德格尔之见,理解作为此在在世的基本方式总是从人的既有之"此"(人生存的时间性和历史性处境)出发的,这既有之"此"在理解中表现为理解的"先行结构"或"先入之见",因此,理解是一种在时间中发生的历史性行为,不存在由客观解释学所设想的那种超越时间和历史的纯客观理解。不过,令海德格尔头痛的是,如果一般地强调"先行结构"对理解的控制,就无法说明人是如何突破"解释的循环"而获得本真理解(对新的生存可能性的理解)或新知的。如果本真理解或新知的发生得不到说明,此在作为向未来生存的无限可能性开放以及存在显现的无限可能性就是一句空话。为解决这一问题,海德格尔提出清除流俗之见,从事情本身出发来组建理解之先行结构的现象学方法。然而,如何从事情本身出发来组建先行结构则是一个谜,或者说人如何从时间与历史中跳出来仍是一个谜。后期海德格尔发现这个谜藏在语言之中,尤其是他所谓的诗性语言之中。海德格尔认为,理解的先行结构总是有语言方式在场的,语言的双重性在于:非诗性语言仿佛来自过去,它牢牢地封闭在时间的连续性中,使我们蔽于流俗之见而失去与事物的初始关联;诗性语言仿佛来自未来,它打断了时间的连续性而在另一空间向度上使我们直接面对事物本身以领悟语言启示的原初意义。为此,海德格尔从早期的此在本体论解释学转向了后期对"诗语"的思考。

系统的现代哲学解释学是由海德格尔的学生伽达默尔建立起来的。海德格尔对伽达默尔的启示主要有二:理解的本体论性质和理解的历史性。伽达默尔的哲学解释学乃是对这两大原则的系统发挥与阐说。值得注意的是,伽达默尔对海德格尔后期转向诗语的沉思缺乏真正的理解,他的哲学解释学实际上是以海德格尔的早期思想为基础的。

对伽达默尔来说,艺术是最为基本而了然的交往理解活动,因此对艺术的思考就成了哲学解释学的主要任务之一。从艺术理论史的角度看,这一点十分重要,因为它导致了艺术理论的研究视域从科学认识论向哲学解释学的现代转向。

前解释学的艺术研究视域基本上是由近代认识论所规划的。在这里,首先,艺术要么被设定为非认知性活动而与知识无关,要么被设定为感性认识活动而与低级知识相关,总之,艺术与知识的关系是判定艺术价值的基础;其次,艺术作品被设定为摆在那儿的认知客体,对作品的阅读与理解即是对内在于作品中的作者意图或客观指义的认识;再次,艺术研究的目的被设定为获得有关艺术的知识。在认识论模式中展开的艺术研究在根本上与科学认知活动混为一谈了。而在伽达默尔哲学解释学视野中展开的艺术研究则完全不同,它首先将艺术活动看作非认知性的历史性理解活动,将作品存在看作是向未来的理解无限开放的历史过程;其次,艺术活动的目的不是获得客观知识而是确立解释学的真理。因此,文本的阅读与理解活动成为解释学艺术理论关注的焦点,理解的历史性成为这一理论的基本原则。伽达默尔的解释学文论后来遭到代表传统解释学的美国文论家赫施的批评,为此,两人发生了一场争论(详见下一节)。

此外,法国哲学家利科(1913—2005)的解释学文论也独具一格,值得重视。利科曾就读于巴黎大学,获哲学博士学位。曾先后任教于斯坦斯伯格、巴黎、雷特诺、鲁汶等大学,1973年任美国芝加哥大学客座教授。早期曾受现象学和存在主义影响,60年代起集中研究解释学。主要著作有《雅斯贝尔斯的哲学和存在》(1947)、《意志哲学》(1950)、《弗洛伊德和哲学:论解释》(1965)、《解释的冲突》(1969)、《隐喻的规则》(1975)、《解释学与人文科学》(1981)等。

利科的解释学研究大体可分三个阶段:60年代前是"象征解释学"阶段,主要从神话、宗教中的象征现象入手,研究对意义的解释问题;60 年代起为"综合化现象学解释学"阶段,以现象学为基础,博采精神分析学、结构主义、日常语言哲学等流派之长,加以综合改造而融入其解释学框架中;70 年代以后,重点转向语义学和语言学的哲学研究,此为"语言哲学解释学"阶段。他的解释学对伽达默尔的本体论解释学有所吸收,但认为后者回避了认识论和方法论,造成了方法论的贫乏。因此,他企图从语义学、认识论和文学批评理论等方面吸取营养,以充实、完善解释学。这显然具有浓厚的折中调和色彩。

利科的解释学文论的主要内容是象征理论和文本理论。

首先是象征理论。利科认为解释学应从语言的象征形式研究出发,具体分析象征的结构。在他看来,语言文本尤其是文学文本的意义,具有一种象征性。因为文学文本所使用的语言是不同于一般语言的"话语",话语的基本特征就是一词多义和具有寓意功能,它构成了文学文本象征和隐喻的基础。利科从本体论高度把对象征的分析与对于存在的追寻结合起来,认为语言的象征能揭示存在的多重意义:"如果有象征之谜的话,那么它就完全在于显示的层次上,在那里,在话语的多义性中,存在的多义性被说了出来。"①由于文学文本中象征是基本结构的组成部分,所以就更能揭示存在的多义性。对文学文本的理解和解释因此也更需通过对象征的分析去揭示字面背后的深层意义。他还认为,对文学文本中象征所创造的意义,只有从字面和直接意义出发,经过想象才能获得,想象的世界也就是作品的世界。理解者在想象中参与了作品意义世界的创造。由上可见,利科的象征理论充分肯定了文学文本的开放性和读者对意义创造的参与性,这一点与伽达默尔是一致的;不同的是,利科不仅从本体论上而且从语义学上来论述这一思想,因而带有更广泛的综合性。

其次是文本理论。利科的文本理论有如下要点:(1)吸收弗洛伊德精神分析学观点,主张文本的广泛性(包括梦、症状、神话、民间故事、俗话谚语等),强调文本的符号建构与创作者潜意识状态的深刻统一;(2)吸收结构主义观点,认为文本具有自身内在结构和自律性,解释就是遵循文本的内在结构并予以揭示的过程;(3)强调文本的整体性,认为文本不只是句子整体,更是复杂的意义整体;(4)从语义学角度阐述文本的本质即"任何由书写所固定下来的任何话语"②,认为文学文本不只是表层句子所构成,还有体现在话语中的深层意义,而话语需通过解释者的"整理"和理解,才能变成一首诗、一个故事等,在此意义上,整理也成为一种文学样式;(5)指出文学文本能脱离创作它的具体语境,具有作品自身的语境,因此,文本的意义就不局限于作者的意图或意思,它是向读者的理解开放的,文本的"语境只有就它是想象的而言才是现实的","读者的主观性只有就它被放在不确定的、未实现的、潜在的位置上而言才能实现自己"③;(6)认为文学文本的指称和语境都是虚构、想象的,决非现实的,在利科看来,文学作品"可能消灭了对既定实在的全部指称",其"作用是毁坏语境"④,即通过消灭和毁坏现实的指称与语境,创造出另一个虚构、想象的艺术语境;(7)文学阅读作为解释,是读者借助想象创造一种想象的语境,实现本文独特的

---

①② 洛斯编:《艺术和它的意义》,英文版,第 409、398 页。

③④ 利科:《解释学与人文科学》,河北人民出版社 1987 年版,第 147、144 页。

意义指称,揭示话语背后的隐喻或象征意义。总之,利科的文本理论强调了文学文本的开放性,把读者对文本的解释看成是文本意义的有机组成部分,极大地提高了读者和理解在文学活动中的地位,与接受美学共同完成了文学研究的重点从作品向读者的历史性转移。

解释学文论兴起于 20 世纪 60 年代,其后产生了很大影响,在后起的接受美学和 70 年代以后的解构主义文论中都能看到它的影子。

12.1.2　接受理论的兴起与发展

兴起于 60 年代后期的接受理论可以说直接源于解释学文论,尽管它与现象学、存在主义和俄国形式主义也有密切的关系。不过,从 20 世纪西方文论史的总体背景上看,接受理论乃是更为宽泛的读者反应批评的一支。"读者反应批评"这一术语出于美国文学批评,它通常指所有以读者为中心的文学理论与批评,它包括 60 年代以来的现象学意识批评、解释学批评、精神分析学的自我心理学派、结构主义、解构主义和接受理论。值得注意的是,读者反应批评也被用来专指受德国接受理论影响的英美读者反应批评。不管怎么说,接受理论都是读者反应批评的突出代表。

接受理论又称接受美学,因为它不仅是一种文学理论,也是一种美学理论。兴起于 60 年代后期的接受理论在 70 年代达到高潮,它的主要代表是德国南部康士坦茨大学的五位教授。他们是姚斯、伊瑟尔、福尔曼、普莱斯丹茨、斯特里德,被称为"康士坦茨学派"。

康士坦茨学派的创始人是姚斯和伊瑟尔。姚斯主要受伽达默尔解释学的影响,他从更新文学史研究方法的角度提出建立接受美学的主张,其关注的重心是重建历史与美学统一的文学研究方法论,尤其强调文学接受的历史性,并对文学史作了具体的历史性接受研究。

伊瑟尔与姚斯齐名,被称为接受理论的双星。不过,伊瑟尔与姚斯不同,他的理论基础是现象学,其直接的思想资源是英伽登的现象学文学理论。伊瑟尔不关注对文学接受作具体的历史研究,而主要致力于对文本结构内部的阅读反应机制作一般的现象学分析。在《阅读行为》一书的中文版序言中,伊瑟尔将姚斯的理论称之为"接受研究",将自己的理论称为"反应研究"。他认为接受研究强调"历史学—社会学的方法",反应研究则突出"文本分析的方法"。"只有把两种研究结合起来,接受美学才能成为一门完整的学科"[①]。

英美读者反应批评成员很多,并无严密的组织,观点也不尽一致,其中观点较系统、影响也较大的是美国文论家费希与卡勒。

斯丹利·费希的批评理论又称"感受文体学",他提出了读者反应批评的方法,即"把读者当作一种积极地起着中介作用的存在而予以充分重视,并因此把话语的'心理效果'当作它的重心所在的分析方法"[②]。首先,他提出了"意义是事件"的重要论点,认为阅读是一个读者做的事,而意义或理解则是阅读"事件"的结果。在他看来,文学文本中的句子

---

① 伊瑟尔:《阅读行为》中文版序言,湖南文艺出版社 1991 年版,第 18 页。
② 费希:《读者心中的文学:感受文体学》,见《读者反应批评》,纽约 1980 年版。

不提供作品的客观意义,文本的意义乃是读者阅读作品这一"事件"及阅读时的经验和反应,费希称之为"意义经验",文学批评就应是对这种"意义经验"的分析。这种理论重视了读者的阅读活动,但又走向另一个极端,即把文学批评变成批评家(理想读者)个人主观阅读经验的忠实描述,否定了批评中的价值评判,并易于导致批评的主观随意性和相对主义。

乔纳森·卡勒不像费希那样走极端,他研究的重点不在阅读行为,而在读者的潜在能力。他从读者阅读文学作品的需要和能力出发来探讨文学作品的特性和意义,指出:"文学作品具有结构和意义,其原因在于人们用一种特定的方式来阅读它,在于这种可能的特性,隐藏在对象自身之中,被运用于阅读活动中的叙述原则所现实化了。"[①]其意是,文学作品的结构、意义、特性只是一种潜在的可能性,只有当读者按文学原则或阅读文学作品的方式去阅读时,这种可能性才转化为现实性。他又提出"文学能力"的概念,认为使读者按文学原则去阅读的前提条件是他具有一定的"先入之见"即"文学能力",也即一种带有群体性的文学接受的习惯系统,文学作品"只存在与一种被读者接受的习惯系统发生关系以后,才会有意义"[②]。显然,卡勒的观点比费希较为稳健,也较为辩证,既强调了读者的文学阅读方式对作品实现其文学特性的重要作用,又注意了群体阅读习惯对个体主观性的制约。但他对文本自身文学特性的忽视也存在片面性。

12.2　伽达默尔的解释学文论

汉斯-格奥尔格·伽达默尔(1900—2002)生于德国马堡,曾在大学攻读文学、语言、艺术史和哲学,1922 年获博士学位,1929 年后在马堡大学、莱比锡大学、法兰克福大学和海德堡大学任教,主讲美学、伦理学和哲学,1968 年退休后仍为海德堡大学名誉教授。自1940 年起,伽达默尔先后任莱比锡、海德堡、雅典和罗马科学院院士,德国哲学总会主席,国际黑格尔协会主席。伽达默尔一生著述甚丰,主要哲学著作有《真理与方法》(1960)、《科学时代的理性》(1976)等,主要美学与艺术论著有《柏拉图与诗人》(1934)、《美学与解释学》(1964)、《美的现实性——作为游戏、象征、节日的艺术》(1977)、《诗学》(1977)等。

12.2.1　以哲学解释学为基础

伽达默尔的解释学文论是其哲学解释学的一部分。在老师海德格尔的启发下,伽达默尔将人类的理解活动归入与生存、存在以及真理等重大哲学问题相关的活动,由此建立了与 19 世纪的方法论解释学相区别的哲学本体论解释学。

伽达默尔认为,"理解"并非方法论解释学所说的那样是一种达到类似于科学认识的方法,而是真理发生的方式。不过,伽达默尔指出,在理解活动中发生的真理不同于科学认识的真理,科学认识的真理是一种命题真理,它指的是陈述与陈述对象的符合一致,在

---

①② 卡勒:《文学能力》,见《读者反应批评》,纽约 1980 年版。

理解活动中发生的真理则指意义的发生与持存,后者是更原始的真理样式。伽达默尔认为,最直接而了然的解释学真理是发生在艺术理解活动中的真理,因此,伽达默尔说:"艺术的经验在我本人的哲学解释学起着决定性的,甚至是左右全局的重要作用。它使理解的本质问题获得了恰当的尺度,并使免于把理解误以为那种君临一切的决定性方式,那种权力欲的形式。这样,我通过各种各样的探索把我的注意力转向了艺术经验。"①就此而言,伽达默尔对艺术的思考显然不是出于一般艺术学学科研究的需要,而是他整个解释学大厦的一部分。

在伽达默尔看来,传统美学因受认识论真理观的支配而偏离了艺术思考的正道。在认识论真理观的视野内,艺术因不能提供命题真理而被宣布为与真理无关。美学一方面附和这种判决,另一方面又试图证明艺术陈述的准陈述性质而攀附于科学真理,尽管如此,艺术相对于科学总要等而下之。事实上,艺术之真义和价值的揭示必赖于真理观的根本改变,只有彻底放弃艺术和科学真理的关联,将艺术和存在的真理(意义显现的真理或解释学真理)联系在一起加以思考,才能走近艺术的实际本身。伽达默尔认为,这一全新的思路是由海德格尔开创的,他自己只是在哲学解释学的范围内对这一思路作了充分的展开而已。

12.2.2　艺术作品的存在方式

在《真理与方法》一书中,伽达默尔接受了海德格尔的艺术作品观,将艺术作品的存在方式看作是真理发生的方式或意义显现与持存的方式,而不是将作品看作是摆在那里以供科学认知的对象。伽达默尔的创意在于,他巧妙地抓住作品存在方式与游戏的内在一致性来说明这一问题,并由此突出了艺术作品的理解问题。

伽达默尔认为艺术作品的存在类似于游戏。通常人们认为游戏的主体是游戏者,游戏是游戏者的产物,正如作品的主体是作者,作品是作者的产儿一样。但我们进一步思考却发现,游戏者只有在摆脱了自己的主观意识与目的,消除了自己的紧张情绪之后才能真正游戏,游戏本身作为一种有吸引力的存在和有限制性(规则)的存在将游戏者身不由己地卷入其中并制约着他的游戏方式。于是伽达默尔说,游戏的真正主体不是游戏者而是游戏本身,是游戏本身在游戏。与之相应,作品的真正主体不是作者而是作品本身,是作品本身借作者的写作来表现自己。正如游戏的存在方式就是自我表现一样,作品的存在方式也是自我表现。游戏和作品的自我表现都需要观众,只有在观看中这种自我表现才能实现并持存下去。就此而言,观众和游戏者都是游戏的参与者,尤其重要的是,对游戏的表演和持续表演而言,观众的观看是决定性的,不然,表演就失去了意义。与此相应,艺术作品的接受理解对艺术作品的意义显现和持存也是决定性的。

伽达默尔将艺术作品的存在方式类比于游戏是旨在说明:第一,艺术作品不是一个摆在那儿的东西,它存在于意义的显现和理解活动之中。在此,至关重要的是,作品显现的

---

① 伽达默尔:《美的现实性》中译本前言,见《外国美学》(7),商务印书馆 1989 年版,第 357 页。

意义并不是作者的意图而是读者所理解到的作品的意义。第二,由于作品的存在具体落实在作品的意义显现和读者理解的关联之上,所以对作品的存在而言,作者的创作已不重要,重要的是读者的理解,读者的理解使作品存在变成现实。值得注意的是,伽达默尔的作品存在论受英伽登的启发又根本上不同于后者。英伽登将作品的阅读理解排除在作品存在之外,认为作品在阅读理解中变成了审美对象,作品本身的存在是前阅读的。以伽达默尔之见,英伽登所谓的艺术作品还不是本来意义上的艺术作品,艺术作品之所以为艺术作品取决于它的本质功能得到实现的过程。一把斧头只有在用它来劈东西时,它才作为斧头而存在,否则它只是摆在那里的一物,我们完全可以用它来压什么东西,它仿佛是一块石头。同样,一部艺术作品只有在审美阅读的理解中它才作为艺术作品而存在,否则也只是摆在那里的一物。第三,艺术作品存在于一切可能的阅读理解之中,它将自己的存在展示为被理解的历史。

12.2.3　对艺术作品的理解

伽达默尔经由对艺术作品存在方式的分析牵引出理解对作品意义发生与持存的至关重要性,而作品之意义的发生与持存又被认为是真理之事件,因此,伽达默尔对理解本身进行了深入的探讨。伽达默尔思考的重心是理解的历史性,其直接批评对象是方法论解释学。

按方法论解释学观点,理解的目的是要消除误解以达到对文本中作者意图的准确理解,因此,正确的理解必须消除成见,跨越时间距离。伽达默尔则认为所谓“成见”不过是一种“前见”,或海德格尔所说的理解的“先行结构”,这种前见或先行结构对理解并不是消极的,它是理解得以可能的首要条件。因为前见或先行结构是理解者进入理解之先的特殊视域或眼界,离开了这一视域或眼界,作为历史流传物的文本意义就无法显现和理解。

伽达默尔区分了使本真理解得以可能的“真前见”和导致误解的“伪前见”。伽达默尔认为,“伪前见”往往是在某种现实关系中受各种功利目的和主观兴趣影响而形成的前见,这种前见因蔽于现实关系,而见不到文本的真义。“真前见”不是来自功利性的现实关系,而是来自一种整体的历史传统,它将被理解的文本带出现实关系而纳入相对封闭的历史视域,从而保证我们对历史流传物本真意义的理解。伽达默尔认为,使我们有可能放弃伪前见而获得真前见的条件恰恰是方法论解释学要消除的“时间距离”,因为一定的时间距离使理解者有可能摆脱现实关系而以整个历史传统给予他的真前见去理解文本。因此,我们常说伟大的作品总是写给未来的,正是时间距离使我们成了历史文本的知音。

时间距离不仅使我们有可能摆脱伪前见而获得真前见,也使真前见的不断产生成为可能,因此,伽达默尔说时间距离导致的理解的过滤“不仅是指新的错误源泉不断被消除,以致真正的意义从一切混杂的东西中被过滤出来,而且也指新的理解源泉不断产生,使得意想不到的意义关系展现出来”①。就此而言,时间距离乃是文本的意义向理解的无限可

---

① 伽达默尔:《真理与方法》上卷,上海译文出版社 1992 年版,第 383 页。

能性开放的基础。

由于理解者的前见意味着理解者的视域，而文本在其意义的显现中也暗含了一种视域，因此，文本理解活动在本质上乃是不同视域的相遇。伽达默尔认为，任何特殊的视域并不是自身封闭而一成不变的，它们都从属于一个无所不包的大视域（传统），因此，不同视域的差异性恰恰导致自身界限的跨越而向对方开放，此即所谓"视域融合"。"理解其实总是这样一些被误认为是独立自在的视域的融合过程。"①伽达默尔将这种视域的融合看作读者与文本间的平等对话，在此，文本不是一个纯然客体而是一个准主体，它向读者提问并回答读者的问题。伽达默尔说："某个流传下来的文本成为解释的对象，这已经意味着该文本对解释者提出了一个问题。"②为了回答这个问题，解释者必须设想文本讲述的一切是对某个问题的回答，因此，解释者的任务首先是重构这个潜在的问题，以便向文本提问。只有当解释者将文本作为对此提问的回答时才能理解文本，也只有理解了文本才能回答文本的提问。因此，"理解一个问题，就是对这问题提出问题。理解一个意见，就是把它理解为对某个问题的回答"③。在此，至关重要的是如何重构那个潜在的问题。伽达默尔指出："一个被重构的问题决不能处于它原本的视域之中。因为在重构中被描述的历史视域不是一个真正包容一切的视域。其实它本身还被那种包括我们这些提问、并对流传物文字作出反应的人在内的视域所包围。"④要重构对文本提出的潜在问题就要超出它呈现给我们的视域，在解释者的视域中进行。由此可见，理解中的问答逻辑乃是视域融合的具体展开。

伽达默尔认为，视域融合不仅是历时性的，也是共时性的。在瞬间的视域融合中，过去和现在，客体和主体，自我和他者的界限被打破而成统一的整体。因此伽达默尔说："真正的历史对象根本就不是对象，而是自己和他者的统一体，或一种关系，在这种关系中同时存在着历史的实在以及历史理解的实在。一种名副其实的诠释学必须在理解本身中显示历史的实在性。因此我就把所需要的这样一种东西称之为'效果历史'。理解按其本性乃是一种效果历史事件。"⑤照此看法，艺术作品不是别的，正是一种效果历史事件，它存在于交互理解的历史过程之中。的确，《哈姆雷特》这部作品存在于哪里呢？存在于纸张墨迹或莎士比亚的意图中吗？否！《哈姆雷特》存在于《哈姆雷特》的理解史之中，任何个人对它的理解都是对这一历史的介入，受此历史的影响并汇入这一历史。

12.2.4 艺术的人类学基础

艺术作品作为效果历史而存在意味着它是历史性的交往理解方式，而历史性的交往理解作为人类共在的人类学要求正是艺术活动得以发生的根本基础。

在《美的现实性》一文中，伽达默尔考察了艺术发生的人类学基础。伽达默尔的思考是由这一问题引发的：现代艺术在各方面都与传统艺术形成冲突，按照人们对艺术的传统理解，现代艺术似乎不再是艺术，然而，现代艺术事实上又以特有的力量将自己显示为艺

---

① ② ③ ④ ⑤ 伽达默尔：《真理与方法》上卷，上海译文出版社 1992 年版，第 393、475、482、480、384—385 页。

术。究竟是传统的艺术观出了问题还是现代艺术有了毛病？能否于传统的艺术观之外证明现代艺术存在的合法性？按照传统的艺术观,艺术存在的合法性在于它以图像帮助人们理解难以理解的神启(基督教),或者艺术存在的合法性在于它以感性形式显现理念(黑格尔),而现代艺术明显地反图像化和形象化,更不表现神启或理念,因而,以传统的艺术观来衡量,现代艺术已非艺术。如果把现代艺术的艺术性放在传统的艺术观之外,我们当如何说明呢？更重要的是,如何找到一种既适合于传统艺术又适合于现代艺术的人类学基础呢？伽达默尔的策略是考察与我们的经验直接相关的游戏、象征和节日,因为艺术在本质上与其有内在的相似性。

在《真理与方法》中,伽达默尔曾通过对游戏的分析来说明艺术作品的存在方式,分析的重心在游戏的独立自在性和表演的观赏性。在《美的现实性》中,伽达默尔再次分析了游戏的内在特征以说明艺术发生的人类学基础,分析重心是游戏的自身同一性和交往活动性。伽达默尔明确地将游戏的特征概括为四点:(1)无目的性,即游戏是不被运动目的束缚的自由运动;(2)自动性,指游戏是无目的的过剩精力的发泄;(3)自律性,指游戏能把人类理性纳入其中,它自己制定规则,自己遵守规则,似乎有目的,但又巧妙超越这一目的回到自身表现的状况;(4)同一性,既指游戏是受无目的的理性所支配的与绝对自身等同的重复运动,又指游戏具有将游戏者和旁观者都纳入自身之中的整体合一性。

在游戏的四大特征中,伽达默尔突出强调并分析了游戏的同一性,由此揭示出游戏的交往共在本质。伽达默尔说:"游戏并不是一位游戏者与一位面对游戏的观看者之间的距离,从这个意义来说,游戏也是一种交往的活动","游戏始终要求与别人同戏","观看者显然不只是一个观看眼前活动的看客,他参与游戏,成为其中之一部分",伽达默尔认为游戏的同戏交往性质是我们理解艺术人类学基础的"一个更为重要的契机"[①]。伽达默尔的意思主要是:首先,艺术作品的同一性存在是离不开理解者参与的同一性存在,"艺术作品的结构本身和这作品结构所引起的体验之间原则上是不可分离的"[②]。这一看法又一次明确与英伽登的作品本体论划清了界线,后者认为艺术作品的本体存在在理解者的理解之外。其次,艺术作品的同一性存在具体展示为作者与读者、读者与读者之间的交往理解活动,这种交往理解活动的内在同一性是由一个共同的传统来保证的。

为了进一步说明艺术作为交往理解活动的本质,伽达默尔谈到了"象征"。

在古希腊,象征指的是主人和客人在分别时把一块陶片破为两半,各得一半,以便多年之后,双方的后代能凭这两半的合二为一而相认。伽达默尔认为艺术作品的言说方式在本质上是一种象征,它的真正意指并不能直接把握。从表面上看,它在说 A,其实它在说 B,当我们以为它在借 A 说 B 时,又感到它说的不仅如此,它还在说那将 A 和 B 连在一起的 C。伽达默尔指出,比喻和象征的区别就在于:比喻只是单纯地借 A 说 B,A 和 B 的关联是临时的,马上会消失的;象征则借 A 说 B 而说 C,C 是那将 A 和 B 整合在一起的东西,是主人打破为两半之前的那一块整全的陶片,它意味着 A 和 B 之间的原始关联。就此而言,艺术作品的象征性言说是给理解者一个信物(A),使之与理解者心中的另一信物

---

①② 伽达默尔:《美的现实性》,三联书店 1991 年版,第 37、45 页。

(B)合二为一,最终将理解者引入被整合为一的文化传统(C)中。为此,伽达默尔说:"对象征性的东西的感受指的是,这如半片信物一样的个别的、特殊的东西显示出与它的对应物相契合而补全为整体的希望。"①于是,艺术作品的象征性言说引发的理解活动乃是向分裂物之原初整体回归的运动,这种回归将人们重新聚集在"世界整体"之中。

伽达默尔讲到了柏拉图对话录中的一个美丽的故事。据说人类原本是球形生物,后来因行为恶劣而被神劈成两半,从此,每个人作为被劈开的半个始终在寻求着生命的另一半,这便是爱。"爱"与"象征"一样,描述的都是一个整体破裂而重返整体的故事。不过,伽达默尔认为爱的故事"对于我们阐述艺术有着更深的含义"②,因为它以美丽动人的方式揭示了人类共在的原初本质,而艺术作为交往理解活动,作为借象征而返回整体、补全整体的运动,它是人类重建原初共在的基本方式。"这种交往的特征是艺术向我们提出的要求,在其中我们人类得以统一起来。"③

为了更明确地说明艺术的这一特征,伽达默尔最后谈到了节日。伽达默尔说:"假如有什么东西同所有的节日经验紧密相联的话,那就是拒绝人与人之间的隔绝状态。节日就是共同性,并且是共同性本身在它的充满形式中的表现。"④"节日是把一切人联合起来的东西。"⑤而艺术的原始样式就是一种节庆活动,它是原始节庆的展现方式。

伽达默尔说节日意味着一个特殊的时刻,这一时刻从日常各自繁忙的时间流中漂离出来而具有自己的时间结构。作为一个特殊的时刻,节日有这样一些特征:第一,它是一切人的共同时刻,此刻,平常因工作或利害而拆散的人群重新聚集起来,彼此相亲,充满爱意。第二,它是被人们真正占有的时刻,此刻,时间不再像日常繁忙中那样悄悄流失,它变成了真正可触的欢乐与幸福,节日时间作为时间本身而被人们所体验。因此,节日意味着与日常生存方式不同的生存方式,如果说日常生存使人们彼此分离,节日则将人们重新聚集起来;如果说日常生存使人们沉沦于繁忙而任时间流逝,节日则让时间停止,使人们重新体味时间(生命)。艺术,尤其是伟大的艺术乃是本真意义上的节日,它将人类聚集在一起共享那节日的时间。

经由对作为游戏、象征和节日的艺术分析,伽达默尔将艺术的人类学基础展示为:人类共在的原初要求。在伽达默尔看来,艺术的发生与持存不仅出于交往理解的人类共在要求,并以共同交往的世界(传统)为存在的前提,而且其本身就是一种交往理解的共在方式,因此它又构成这种交往的共在性。如果在此意义上来审视现代艺术,其存在的合法性就能得到适当的理解。伽达默尔指出:"现代艺术的基本动力之一是,艺术要破坏那种使观众群、消费者群以及读者圈子与艺术作品之间保持的对立距离。无疑,最近五十年来的那些重要的有创造性的艺术家们正是在努力突破这种距离。……在任何一种艺术的现代试验的形式中,人们都能够认识到这样一个动机:即把观看者的距离变成同表演者的邂逅。"⑥就现代艺术作为一种新型的交往理解活动而言,它与传统艺术基于同一个人类学基础,这便是伽达默尔为现代艺术存在之合法性的辩护。

---

①②③④⑤⑥ 伽达默尔:《美的现实性》,三联书店 1991 年版,第 52、51、64、65、83、38 页。

12.2.5　赫施对伽达默尔的批评

伽达默尔的解释学文论虽思路出奇,新见迭出,但细察之却发现有不少问题。对伽达默尔的批评主要来自两个方面。来自左的批评指责伽达默尔保守,认为他是一个形而上学的同一性论者,因为他赋予历史和传统(整体、共同世界)以无所不在的至上权威,将理解看作传统内的、早已注定的行为,尽管他强调理解向未来开放的无限可能性,但这也是在传统同一性范围内的开放。在此,偶然、差异、断裂、不确定、偏离在终极意义上是可消除而不存在的。对伽达默尔的这些指责主要来自法国哲学家德里达和德国哲学家哈贝马斯。这些指责有一定的道理。伽达默尔受黑格尔影响很深,虽然他也深受海德格尔的影响,但他对海德格尔后期转向"诗语"以寻求中断"前理解"之同一性的思想不甚理解,因此,他的解释学的历史主义实际上是早期海德格尔的前理解学说与黑格尔理念决定论的混合物。来自右的方面的指责认为伽达默尔是一个偏激的相对主义者和虚无主义者,因为他通过强调一个无所不在而又实际虚无的传统对理解的限制来为解释的相对主义大开方便之门。对伽达默尔的这种责难主要来自美国的解释学家赫施。

关于德里达和哈贝马斯的思想本书另有专述。而赫施作为一个严格意义上的解释学家对伽达默尔的批评更能展示现代解释学文论的整体空间,因而,这里重点介绍赫施的观点及其对伽达默尔批评的情况。

赫施(1928—　)于 1965 年发表《伽达默尔的解释理论》一文开始批评伽达默尔,1967年又出版了《解释的有效性》一书,一方面继续这一批评,另一方面也系统地阐述了自己的解释学思想。

赫施认为伽达默尔解释学的可疑性充分体现在它回避和取消"解释的有效性"这一问题。当康德说他能比柏拉图本人更好地理解柏拉图的意图时,伽达默尔说不存在更好的理解,只存在另一种可能的理解。伽达默尔认为任何一个历史流传物都将对所有可能的理解开放,而每一种可能的有效理解都源出于传统,都有自己的合理性,不存在优劣的问题,更不存在客观有效的唯一合法解释。此处有两点遭到了赫施的责难:第一,说一个文本对多种有效的解释开放就等于取消了解释的客观性与解释的有效性问题,因为在赫施这里有效性即客观性。第二,以传统为衡量解释有效性的标准等于取消了客观标准而陷入了虚无主义和相对主义。因为按伽达默尔的说法,传统本身就是由不断更新的文本解释积累而成的,它变动不居,不足以成为衡量解释有效性的客观标准。尽管伽达默尔心目中还有一个超验的、自身同一、恒常不变的传统,但这个传统乃是一个形而上学的本体虚设。

以赫施之见,要真正回答解释的有效性问题就必须保卫由伽达默尔取消的作者原意。他认为作者原意不仅是客观存在的,而且是正确解释的唯一合法标准,正确的解释就是符合作者原意的解释。十分显然,赫施重新回到了受伽达默尔批判的传统解释学的客观主义立场。不过,赫施对此作了新的辩解,主要是对意思和意义作了区分。"意思"指包含在文本中的作者原意,"意义"指在对意思的历史性理解中发生的新意。意思是恒定不变的,意义则变动不居。

赫施认为对作者原意(意思)的客观存在性的否定主要起因于对意思和意义的混淆。这种混淆表现在两个方面:一是将意思本身混同于对意思的体验与理解,即混同于意义,从而将意义的不可复制性混同于意思的不可复制性。二是将确切理解意思的不可能性混同于理解意思的不可能性,因为不能确切理解作者原意不等于不能部分理解作者原意。而且,以赫施之见,语言的约定性和共同交往性保证了作者原意可以在相当大的程度上被正确理解。

赫施认为伽达默尔的解释学基于这种混淆,因而夸大了解释的历史相对性,淹没了解释的客观有效性。要克服伽达默尔的理论盲视就必须严格区分意思与意义,理直气壮地以意思(作者原意)为衡量解释有效性的客观标准。

不过,赫施的努力也是可疑的。因为作者原意(意思)永远在实际的理解过程之先之外,一旦进入理解它便成了意义。所以,用作者原意来衡量解释的有效性就是一句空话,至多是一种理想。试设想 A 说 B 对文本的解释不符合作者原意,这意味着 A 对文本的理解符合作者原意。而实际上这是不可能的,因为作者原意并不直接呈现在某处,任何人都不可能有充足的理由证实他的理解符合作者原意,即使是作者本人也不可能完全复原他当初写作的意思。也正因为如此,意思不可能成为衡量解释有效性的标准。对解释有效性的衡量永远只是另一解释,而意思在解释与理解之外。

就此而言,将一个永远隐匿不彰的作者原意作为理解向此回归的意义中心与本源,实际上是将理解交给虚无。不过,赫施对伽达默尔的批判仍然是有启发性的,这种启发性在于:如果解释的有效性依据既非伽达默尔的"传统",亦非赫施的"意思",这种依据何在?或者说解释的有效性问题当如何适当地提出?是否真有一个解释的客观有效性的问题,抑或解释的有效性不在一般认识论的主客观视野之内?

12.3 姚斯的接受美学

汉斯·罗伯特·姚斯(1920—1997)是接受美学的主要代表,康士坦茨学派的创始人之一。姚斯 1953 年获文学博士学位,1961 年晋升为文学教授,曾任教于德国康士坦茨大学。姚斯的主要论著有《文学史作为向文学理论的挑战》(1967)、《艺术史和实用主义史》(1970)、《风格理论和中世纪文学》(1972)、《审美经验小辩》(1972)、《审美经验与文学解释学》(1977)、《在阅读视界变化中的诗歌本文》(1980)等。

12.3.1 接受美学:作为文学史研究的方法论

姚斯对接受美学的研究最初并不是出于纯粹的理论兴趣,而是为了解决文学史研究的方法论危机。姚斯认为,60 年代以来的德国文学史研究之衰败归根于研究方法上的失误。他在《文学学范式的改变》(1969)一文中勾勒了文学研究方法的历史,并将迄今为止的文学研究方法归纳为三种主要范式:古典主义—人文主义范式、历史主义—实证主义范式和审美形式主义范式。古典主义—人文主义范式以古代经典为范本来衡量其后文学作品的优劣，并以此为依据描画文学的历史。此一范式在18世纪和19世纪开始衰落，取而代之的是历史主义—实证主义范式。历史主义—实证主义范式将文学史看成整个社会历史的一部分，并在因果关联上将文学史看作社会政治变革和思想发展的必然结果，此一范式的主要代表是马克思主义的文学研究，它在第一次世界大战时开始衰败，取而代之的是审美形式主义范式。审美形式主义范式专事对文学作品本身进行内在研究，从而将文学史看作是与一般社会历史分离的自足封闭的历史。这一范式的主要代表是俄国形式主义，它在二战结束之后开始衰落。

姚斯认为，这三种文学史研究范式的要害在于割裂了文学与历史、历史方法与美学方法的内在关联，从而无法揭示文学史实本身。为了撰写真正的文学史，姚斯认为必须有一种新的方法将文学与历史、历史方法和美学方法统一起来，这种新的文学史研究方法论他名之为"接受美学"。

在《文学史作为向文学理论的挑战》一文中，姚斯首次深入地阐述了他的这一思想，该文也因此成了接受美学的宣言性文献。姚斯的思考主要基于英伽登和伽达默尔有关"文学作品的存在方式"的学说，甚至全部接受美学的理论基础都隐藏在这一学说之中。英伽登认为文学作品一经产生就进入了它自己的生命史，伽达默尔进一步清除了在英伽登那里还存在的文学作品与审美对象的二元对立，认为文学作品就是在理解过程中作为审美对象而存在的，文学作品的存在展示为向未来的理解无限开放的效果史。伽达默尔对文学作品的存在方式的思考启示了两条思考文学作品的基本原则：第一，文学作品不是一个摆在那儿恒定不变的客体，而是向未来的理解无限开放的意义显现过程或效果史，因此，作品是一种历史性存在。第二，文学作品的历史性存在取决于读者的理解，因此，读者的理解是作品历史性存在的关键。

基于上述原则，姚斯认为文学研究应落实为文学作品的研究，文学作品的研究应落实为文学作品的存在方式研究，文学作品的存在方式研究应落实为文学作品的存在史的研究，而文学作品的存在史也就是文学史研究的真正内容。

在姚斯那里，文学作品的存在方式显示为紧密相关的双重历史。其一是作品与作品之间的相关性历史。这种相关性历史被古典主义描述为以古典为范本确定作品文学性的历史，在俄国形式主义那里，这种相关性历史被描述成新形式取代旧形式以获得文学性的历史。姚斯显然赞同后者。其二是作品存在与一般社会历史的相关史。姚斯认为马克思主义文学理论最先注意到这种相关性，但它不仅忽略了作品与作品的相关史，也对文学与社会历史的关系作了决定论的理解。姚斯指出，虽然在俄国形式主义和马克思主义文论中都可以找到文学研究中的历史意识和美学意识，但前者的美学方法脱离了一般历史意识，后者的历史方法又脱离了特殊的美学意识，只有将这两者结合起来才能形成文学史研究的适当方法——接受美学的方法。

在姚斯看来，文学作品的存在史不仅是上述的双重历史，也是作品与接受相互作用的历史。过去，人们将文学作品的存在看作先于读者接受的已然客体，它只与作者的创作有关，作者是作品存在的根源，读者只是被动接受一件存在于那里的东西，他与作品的存在无关。因此，一部文学史不过是作家的创作史和作品的罗列史，读者在文学史的视野之外。在谈到马克思主义文论和俄国形式主义文论时,姚斯说这两种文论虽然也论及读者,但"正统马克思主义美学对待读者与对待作者毫无区别:它追究读者的社会地位,或力图在一个再现的社会结构中认识它。形式主义学派需要的读者不过是将其作为一个在文本指导下的感觉主体,以区别(文学)形式或发现(文学)过程。……两种方法中都缺少真正意义上的读者"①。姚斯所谓"真正意义上的读者"是接受美学意义上的读者,这种读者实质性地参与了作品的存在,甚至决定着作品的存在。的确,离开了读者的阅读,摆在桌上的《堂·吉诃德》与摆在桌上的灯有什么两样呢?离开了读者创造性的阅读,今天的《堂·吉诃德》与一千多年前的《堂·吉诃德》有什么两样呢?"文学作品从根本上讲注定是为这种接收者而创作的。"②在姚斯看来,由于对"读者"的误解,过去的文学研究从未真正意识到读者是什么,更未意识到读者对作品存在意味着什么,因此这种文学研究对"真正意义上的读者"视而不见。由于对读者视而不见,这种文学研究不可能讲述真正的文学史,因为文学史不是别的,就是作品的接受史。对姚斯而言,文学史研究引入读者之维与引入历史之维是一回事,这种引入是接受美学作为文学史方法论基础的关键所在。

12.3.2 期待视域与文学接受

姚斯对文学接受的研究是从对"期待视域"的分析入手的。期待视域这一概念并非姚斯的独创,胡塞尔和海德格尔就谈到了"视域"的问题,在伽达默尔的解释学中,"视域"这一概念具有关键作用,并得到了深入阐说。最先将"期待"与"视域"合起来加以使用的是科学哲学家卡尔·波普尔和社会学家卡尔·曼海姆。艺术史家贡布里奇在《艺术与幻觉》一书中借用了这一概念,并把它定义为"思维定向,记录过分感受性的偏离与变异"。

姚斯将期待视域看作是自己思考接受理论的"方法论顶梁柱",他试图由此贯通文学接受的主要问题。在姚斯那里,期待视域主要指读者在阅读理解之前对作品显现方式的定向性期待,这种期待有一个相对确定的界域,此界域圈定了理解之可能的限度。期待视域主要有两大形态:其一是在既往的审美经验(对文学类型、形式、主题、风格和语言的审美经验)基础上形成的较为狭窄的文学期待视域;其二是在既往的生活经验(对社会历史人生的生活经验)基础上形成的更为广阔的生活期待视域。这两大视域相互交融构成具体阅读视域。

期待视域既是阅读理解得以可能的基础,又是其限制。姚斯说:"一部文学作品,即便它以崭新面目出现,也不可能在信息真空中以绝对新的姿态展示自身。但它却可以通过预告、公开的或隐蔽的信号、熟悉的特点,或隐蔽的暗示,预先为读者提示一种特殊的接受。它唤醒以往阅读的记忆,将读者带入一种特定的情感态度中,随之开始唤起'中间与终结'的期待,于是这种期待便在阅读过程中根据这类文本的流派和风格的特殊规则被完整地保持下去,或被改变、重新定向,或讽刺性地获得实现。"③姚斯将作品的理解过程看

---

① ② ③ 姚斯:《文学史作为向文学理论的挑战》,见《接受美学与接受理论》,辽宁人民出版社 1987 年版,第 23、23、29 页。

作读者的期待视域对象化的过程。当一部作品与读者既有的期待视域符合一致时,它立即将读者的期待视域对象化,使理解迅速完成,这是阅读一般通俗作品时的状况;当一部作品与读者既有的期待视域不一致甚至冲突时,它只有打破这种视域使新的阅读经验提高到意识层面而构成新的期待视域,才能成为可理解的对象,这是阅读所谓先锋艺术作品时的状况。就此而言,姚斯认为,衡量一部作品的审美尺度取决于"对它的第一读者的期待视野是满足、超越、失望或反驳",作品的艺术特性取决于"期待视野与作品间的距离,熟识的先在审美经验与新作品的接受所需求的'视野的变化'之间的距离"①。也是在此意义上,文学作品的接受史实际上表现为读者期待视域的构成、作用及变化史,因此,文学史的研究应该落实为对期待视域的历史性考察。

姚斯区分了个人期待视域和公共期待视域,并认为研究后者是接受美学的主要任务。公共期待视域指在一定的历史时期占统治地位的共同期待视域,它以隐蔽的方式影响着个人期待视域的构成并决定着文学接受在一定历史时期中的深度与广度。对公共期待视域的研究方式主要有二:垂直接受的研究和水平接受的研究。垂直接受的研究旨在通过分析考察某些作品在不同历史时期的接受状态而揭示某一时期公共期待视域的方向与性质;水平接受的研究试图考察同一时期人们对同一作品的不同理解以及不同的人对同一作品的共同理解,以此区分出不同读者群的期待视域和占主导地位的公共期待视域。姚斯本人曾致力于研究 19 世纪 50 年代左右英国社会的公共期待视域,但成果并不令人满意。

与此相关,姚斯提出了考察文学历史性的具体方案。

首先,考察文学作品接受的相互关系的历时性方面,这"要求人们将个别作品置于所在的'文学系列'中,从文学经验的语境上去认识其历史地位和意义"②。姚斯指出这是由俄国形式主义所启示的方法,不过,接受美学与俄国形式主义有一定的区别。那就是后者关注的是由文学形式新旧对比而导致的文学演变史何以构成文学性的基础,因此,"新"主要是一个美学范畴;前者则主要关注文学形式的新旧对比如何成了不同文学接受的依据,因此,"新"主要是一个历史范畴。

其次,考察同一时期文学参照构架的共时性方面以及这种构架的系列,即"利用文学发展中一个共时性的横切面,同等安排同时代作品的异质多重性,反对等级结构,从而发现文学的历史时刻中的主要关系系统"③。姚斯认为只有找出共时性的主要关系系统,并将之置入历史性的关系系列,在历时和共时的交叉点上才能揭示文学演变的历史性。

再次,考察文学的内在发展与一般历史过程之间的关系。以上所谓的历时性考察和共时性考察都是在文学系列内部的考察,即把文学史看作相对封闭自足的历史来从事的考察,这种考察还不足以揭示文学的全部历史性。因为"只有当文学生产不仅仅在其系统的继承中得到共时性和历时性的表现,而且也在其自身与'一般历史'的独特关系中被视为'类别史'时,文学史的任务方可完成"④。在此,姚斯主要考察了文学与社会的功能性

---

①②③④　姚斯:《文学史作为向文学理论的挑战》,见《接受美学与接受理论》,辽宁人民出版社 1987 年版,第 31、40、45、48 页。

联系,因为只有当文学接受转化成一种社会实践而影响社会构成时,文学的存在才最终实现。姚斯以福楼拜《包法利夫人》一案的审判为例来说明这一问题。福楼拜以不动情的非个性化叙述风格精确地描述一个外省女人通奸的故事,这种叙述风格超出了读者大众在浪漫主义传统内形成的阅读期待,在这一期待视域中,作者描述什么与赞同什么是分不开的,因此福楼拜被控"有伤风化"、"美化通奸"。然而在具体的审判过程中,审判官却在作品中找不到作者明显赞同通奸的证据,因为作者的立场是中立的,他只是客观地叙述一个故事。法庭最后宣布福楼拜无罪,并且大众也逐渐适应、接受,最终迷上了这种叙述风格。姚斯认为这个例子最为典型地说明了艺术如何以新的审美形式冲击社会道德问题,如何改变人们的观看方式从而重构历史。

12.3.3　审美经验论

《文学史作为向文学理论的挑战》发表之后,姚斯逐步意识到将否定性的审美经验作为本真意义上的审美经验,并以此为基础来探讨文学的历史性和文学接受的问题是不适当的,因为否定性的审美经验并不是最为基本的审美经验。1970年阿多诺的遗著《美学理论》出版,它进一步激发了姚斯对审美经验的深入反思,因为该书以尖锐的理论样式集中阐述了姚斯正欲矫正的美学误解,这种美学误解不仅构成了19世纪以来的美学传统,也事实上支配着姚斯早期对接受美学的思考。

1977年姚斯出版了《审美经验与文学解释学》一书,该书借助对阿多诺否定美学的批判来展开自己有关审美经验的反思。阿多诺认为艺术与社会实践的关系是否定性的对立关系,只有当艺术对社会现实的否定导致其改变时才能显示出艺术的社会功能,因此,否定性是艺术的本质,它与审美愉快无关,甚至否定这种愉快。姚斯的早期思想明显受这种否定性美学的影响,他将作品与期待视域的冲突看作文学史演变的基础,从而将文学与社会的关系史看作打破期待视域以重建新期待视域的过程。70年代的姚斯意识到否定性美学的可疑性,而阿多诺在《美学理论》中的极端表述更是坚定了这一怀疑。

姚斯认为阿多诺艺术理论的明显失误在于它否定了人类艺术审美经验的一个基本事实:愉悦。在姚斯看来,艺术审美经验中的否定性痛感并不是一般审美经验的基本感受,而只是一种特殊的艺术感受,一般审美感受的突出标志恰恰是快乐与享受。此外,艺术的否定性只是所谓"自足艺术"的特征,而自足艺术不仅是全部艺术的一部分而且是特定历史时期的产物。姚斯认为,要避免否定性美学的盲视与片面性,清除自己早期研究的偏颇,就必须以全部艺术尤其是前自足艺术的审美经验为研究的基础。

姚斯将审美愉快及相关审美经验分为三个方面,并用三大范畴来标志。

第一,审美生产方面的愉快及相关审美经验,即"审美创造"(poiesis)。poiesis是一个拉丁词,与之对应的希腊词是poiein。在古希腊,poiein指技巧性制作,它包括我们今天所谓的创诗和实用工艺制作。到了柏拉图、亚里士多德时代,表示创诗的poiein作为模仿艺术,与实物制作艺术区分开来而主要指模仿再现活动。从文艺复兴到18世纪,这一概念的内涵发生变化,它开始指一种诗人艺术家创造或生产"美的外观"的活动。到了20世纪,这一概念不仅指诗人对诗作的创造,也指接受者对诗作的创造,作品被看作艺术家和接受者共同创造的产物。借助于 poiesis 这一概念含义的历史演变,姚斯展示了在艺术生产方面人类审美经验形成的历史,并指出这种审美经验体现为生产者实现自己创造性的愉快。

第二,审美接受方面的愉快及相关审美经验,即"审美感受"。姚斯指出,在古希腊人们将对象作为形象与意义的统一体来感知,在他们那里,审美的好奇心和理论的好奇心还没有分开。中世纪由于宗教反偶像化而对形象与意义的分离,导致了审美接受偏重于意义而摒弃形式。近代自然科学倾向于分割自然现象,而审美接受则保持着对自然整体的把握。随着科技文明对自然的破坏,浪漫时代的审美接受偏重于静观自然并在回忆中怀念过去。姚斯认为现代的审美接受有两大样式:其一是否定性的审美接受样式,这主要是由福楼拜、瓦莱里、贝克特和罗伯-格里叶等人的作品引起的审美接受。姚斯认为这些作家作品具有一种批判的语言学功能,它破坏人们既有的接受模式从而消除审美愉快,它拒绝一般性交流从而暗中破坏审美经验的形成。其二是间接肯定性的审美接受样式,这主要是由波德莱尔和普鲁斯特等人的作品引起的审美接受。姚斯认为这些作家作品具有一种宇宙论功能,尤其是普鲁斯特的作品通过唤起读者对既有接受经验的回忆而使读者重获愉悦。姚斯肯定后者,否定前者。

第三,审美交流方面的愉快及相关审美经验,即"审美净化"。在《审美经验与文学解释学》一书中,姚斯对"净化"的概念史作了一番清理,认为它在指称审美经验的交流方面具有代表性。其后,姚斯还借助弗莱在《批评的解剖》中确立的五大英雄类型来设想五大交流模式。姚斯认为这五大交流模式是经由接受者对作品主人公的识别来进行的:一是联想模式,这种模式通常发生在低层社会组织,其特点是观众在游戏或仪式中借助联想把自己置身于所有其他参加者的角色中,共享欢乐。二是敬仰模式,其特点是对作品中十全十美的英雄的识别,由此产生敬佩仿效的心情。三是同情模式,其特点是由于对英雄的敬仰而将自己置于英雄的位置并与之共同受难。四是净化模式,其特点是与作品中的人物保持一定的审美距离,由此获得非功利的审美自由以达到心灵的解放。五是反讽模式,其特点是与作品疏远、对立,以至于失望和冷淡,这是现代文学与读者关系的典型样式。姚斯用上述五种模式来暗示西方文学接受交流关系的历史进程,显然,他肯定的是净化模式。

从寻求文学史写作的方法论基础,提出接受美学的问题,到转向审美经验的全面研究进而反思接受美学的经验基础,这便是姚斯的主要思想轨迹。相比之下,姚斯早期对接受美学的方法论意义的探讨似乎更有价值和影响,尤其是在历史方法和美学方法的结合方面,他作了有效的尝试。后期姚斯的审美经验理论虽更有理论色彩,但失之平庸和死板,尤其是对审美愉悦的机械肯定走向了另一极端,从而未能揭示否定与痛苦对于审美经验的真正意义,为此,有人指责他后期理论的保守性是有一定道理的。

12.4 伊瑟尔的阅读理论

W·伊瑟尔(1926—2007)是接受美学的另一代表人物,其主要著述有《文本的召唤结构》(1970)、《隐在读者》(1974)和《阅读行为》(1976)等。与姚斯不同,伊瑟尔的接受美学注重"反应研究",其根本问题有二:"一、文学作品如何调动读者的能动作用,促使他对文本中描述的事件进行个性的加工? 二、文本在何种程度上为这样的加工活动提供了预结构? 提供了怎样一种预结构?"①从"作品"和"文本"的结构分析出发来研究阅读活动是伊瑟尔接受理论的主要特点,在此,阅读活动不是外在于作品和文本的活动,它内在于作品的存在和文本的结构之中。

就此而言,伊瑟尔的理论有两大要点尤其值得注意:(1)"文学作品是一种交流形式"②;(2)"审美反应论植根于文本之中"③。

伊瑟尔认为,文学作品由文本和读者两极构成。文学作品既不同于阅读前的文本,又不同于在阅读中的文本的实现,它在文本和阅读之间。伊瑟尔的思想明显来自英伽登,不过,英伽登将作品看作文本,将阅读中的文本的实现看作审美对象。伊瑟尔区别了作品与文本,强调了文本潜在的意向性存在与作品向现实的意向性存在转化的区别,从而将阅读的具体化包含在作品存在之中。英伽登那里的作品只是伊瑟尔这里的文本,它作为作品存在的一极与另一极读者阅读的互动共同构成作品,而在英伽登那里不属于作品存在的审美对象就是伊瑟尔作品存在的另一极读者阅读的产物。因此,伊瑟尔的作品存在理论经由区分作品与文本而将英伽登的作品理论和审美对象理论综合为一体,使阅读的审美具体化成为作品存在的一部分。在这里,伊瑟尔克服了英伽登作品理论中实在论的机械倾向,更为彻底地贯彻了现象学的构成学说。文学作品被看成是文本与读者之间的动态交流形式,而不是自在的东西。

由于读者的阅读不是外在于作品存在的东西,它与文本间存在着一种互动关系,因此对阅读的研究就不能脱离文本研究,反之亦然。具体而言,要回答读者对文本的不同阅读如何成为可能,或者文本向不同阅读的敞开如何成为可能这一问题,必须将阅读的可能性作为文本的内在结构机制来加以研究才行。最初伊瑟尔用"文本的召唤结构"这一术语来探讨这一问题,后来又用"文本的隐在读者"这一术语来探讨这一问题。

"文本的召唤结构"指文本具有一种召唤读者阅读的结构机制。在此,伊瑟尔改造了英伽登的作品存在理论和伽达默尔的视域融合理论,在新的综合基础上形成了这一术语。英伽登认为作品是一个布满了未定点和空白的图式化纲要结构,作品的现实化需要读者在阅读中对未定点的确定和对空白的填补。伊瑟尔接受了英伽登这一看法,并强调空白本身就是文本召唤读者阅读的结构机制。此外,英伽登认为作品句子结构的有限性使它的意向性关联物只是一些图式化的东西,要使这些不连贯的图式化的东西成为一个完备的整体就需要读者阅读的想象性加工。伊瑟尔将文本句子结构和意向性关联物的非连续性称之为"空缺",并强调空缺也是文本召唤读者阅读的结构机制。伽达默尔"视域融合"的学说对伊瑟尔也有所启示,他据此而认为文本的"否定性"是一种召唤读者阅读的结构性机制。伊瑟尔指出,文学文本不断唤起读者基于既有视域的阅读期待,但唤起它是为了

① 伊瑟尔:《阅读行为》中文版序言,湖南文艺出版社1991年版,第21页。本书作者对译文略有修改。

②③ 伊瑟尔:《阅读行为》英文版序言,同上书,第26、27页。

打破它,使读者获得新的视域。如此唤起读者填补空白、连接空缺、更新视域的文本结构,即所谓"文本的召唤结构"。在此,对阅读的召唤性不是外在于文本的东西,而就是文本自身的结构性特征。

为了进一步探讨阅读作为文本构成的内在性,伊瑟尔又提出了"文本的隐在读者"这一术语,以便更明确地标示出读者内在于文本的特征。文本的隐在读者与文本的召唤结构可以说是两个对等的概念,完全按文本的召唤结构之召唤去阅读的读者即文本的隐在读者。因此,隐在读者不是指具体的实际读者,而是指一种"超验读者"、"理想读者"或"现象学读者",它在文本的结构中是作为一种完全符合对阅读的期待来设想的。换句话说,"隐在读者"意味着文本之潜在的一切阅读的可能性,它回答的是文本的各种阅读如何成为可能的问题,实际读者则始终是对文本中隐在读者的不充分的实现,或者说,实际阅读只是实现了阅读的一种可能性而已。

伊瑟尔对读者阅读行为的研究始终是在现象学的视野中进行的,他不关注具体的、历史的阅读行为,他关注的是超验的、可能的阅读条件,而这种阅读条件又是内在于阅读对象(文本)之中的。因此,伊瑟尔的阅读理论在本质上又是一种现象学的文本理论,他是严格将文本作为一种潜在的意向性客体来分析的,在此,阅读作为可能的意向性行为是内在于文本而与意向对象一体相关的。

与姚斯相比,伊瑟尔的理论并无更多创意,但它借助现象学的理论将各种读者反应理论系统化,并上升到现象学描述的高度,从而对英美的读者反应批评产生了更大的影响。

从解释学文论到接受理论,我们可以看到西方现代文论的一种突出倾向:从读者阅读理解的角度来探讨文学的一系列问题。由于解释学文论和接受理论卓有成效的探索,使西方文论实现了从"作者中心"和"作品中心"向"读者中心"的现代转向。此一转向意义重大,因为它为文学研究提供了一种新的思维范式,那就是,以现代哲学解释学的历史性思维方式取代传统文论的非历史性思维方法,以现象学的非对象性思维方式取代传统文论的对象性思维方法。自解释学文论和接受理论之后,再将文学作品看作一种超历史的、与读者理解无关的对象性存在就不可思议了。

的确,解释学文论和接受理论使我们走近了活生生的、在历史中存在的文学,不过,具体的理论探讨也引发了一系列难以解决的问题。就伽达默尔的解释学文论而言,如何摆脱以"传统"为中心的形而上学又不至于陷入相对主义和虚无主义就是一大难题。就姚斯的接受理论而言,如何将美学方法和历史方法结合起来又不失于机械拼合,如何处理审美经验之肯定性和否定性之间的关系也是一大难题。不过,正是这些难题激发着后来者的进一步思考。

13 解 构 主 义

　　解构主义是法国哲学家德里达倡导的一种反传统思潮。自 1967 年德里达《语音与现象》、《论文字学》、《文字与差异》三部著作的出版标志这一理论的正式确立以来,它的影响已经波及哲学、文学、艺术、神学等等几乎每一个文化领域。以至有人说,虽然很少有人通读过德里达《论文字学》、《丧钟》这类十分艰涩的著作,但似乎每一个人都受到了它们的影响。解构一语系在法语建构一词前加否定前缀构成,写于 80 年代初叶的《一篇论文的时间》一文中,德里达谈到,"解构"主要不是一个哲学、诗、神学或者说意识形态方面的术语,而是牵涉到意、惯例、法律、权威、价值等等最终有没有可能的问题。由于德里达本人对文学的偏爱,以及这一理论之广泛用于文学,使解构主义逐渐成了一种阅读和批评的程式,在文学中较在哲学中更一路畅行。如果说在不同批评家手下表现得异态纷呈的解构主义有什么共同的特点,那么这个特点无疑就是反权威、反成规、反理性、反传统。

13.1　理论背景和发展概况

　　德里达为代表的解构主义是西方整个后结构主义思潮最重要的组成部分。后结构主义总体上说是对结构主义的不满、失望乃至否定、反叛。它兴起于 60 年代末,盛行于 70 年代。

　　从社会背景看,解构思潮与 1968 年法国与欧洲的学生造反运动直接有关。当时,"五月风暴"曾使法国资产阶级国家机器一度受到威胁。虽然学潮很快平息下去,但情绪受到严重压抑的大学生首先对在学潮中持冰冷的中立态度的结构主义者表示不满,曾讥之为"结构、结构,从不上街参加战斗"。同时,结构主义强调"结构"稳定性、整体性的思想和眼光也遭到怀疑与冷落。于是,解构主义思潮应运而生:学潮未能颠覆资产阶级政权结构,但转入另一领域颠覆语言的结构却完全可能。有些人就从怀疑、否定现存社会转向怀疑、否定秩序、结构和现存语言体系。后者实质上是前者的延伸或另一种形式。

　　从哲学思潮看,自从尼采提出"上帝死了"、"重新估价一切价值"以来,西方一直涌动着一股否定理性、怀疑真理、颠覆秩序的强大思潮。60 年代法国一些文论家、作家、哲学家组成的"太凯系"集团,明确打出"后结构主义"旗号,对法国学术界产生了强大影响。德里达也是其重要成员和经常撰稿人之一。该集团在思想上与尼采的非理性主义有着密切的联系。

　　就对语言的批判而言,对德里达影响最大的就是尼采。德里达吸取的主要是尼采文字超越一切观念形态的思想。如在《白色的神话》中他引尼采的话:真理就是一支隐喻、双关、拟人等等修辞手段组成的大军。换言之,哲学和一切观念形态,首先是文字。无怪乎德里达要人抛弃卢梭式的感伤怀旧情绪,而像尼采那样笑着、舞着来肯定文字的自由游戏。1976 年出版的《马刺:尼采文体论》一书中,德里达还对尼采的辩论风格有专门探讨。尼采对古希腊语文有很深的造诣,其对希腊哲学的批判,所用的策略也直接对德里达发生了明显的影响。

海德格尔被公认为是解构主义的另一个直接渊源。就解构西方形而上哲学传统而言,海德格尔与德里达有很多相似处。其中语言第一的观点,以及以文学和艺术来解构并拯救哲学的观点,则对德里达发生了直接的影响。

除德里达外,70 年代法国还有一批文论家从结构主义阵营退出,转向解构主义。其中最突出的代表是罗兰·巴尔特。巴尔特对自己原先奉行的结构主义进行了清算与嘲讽,他说:"据说某些佛教徒凭着苦修,终于能在一粒蚕豆里见出一个国家。这正是前期的作品分析家想做的事:在单一的结构里……见出全世界的作品来。他们认为,我们应该从每个故事里抽出它的模型,然后从这些模型里得出一个宏大的叙事结构。我们(为了验证)再把这个结构应用于任何故事:这真是令人殚精竭虑的任务……而且最终会叫人生厌,因为作品会因此显不出任何差别。"[①]巴尔特的转向解构主义与德里达不全相同,他提出了自己独特的文本理论与文本阅读理论。

首先,巴尔特从消解索绪尔的符号理论入手,认为文本语言能指与所指并不能构成索绪尔所谓的完整、固定的符号,因为他发现,语言中每一所指的位置都可能被其他能指取代过,能指所指涉的与其说是一个概念(所指),不如说是另一些能指群,这就导致能指与所指的分裂,能指的意指活动还未及达到其所指前就转向了其他能指,能指因而只能在所指的岩层表面"自由飘移"。这样,文本中的语词符号就不再是明确固定的意义实体,而是一片"闪烁的能指星群",它们可以互相指涉、交织、复叠;文本中出现的虽只是有限的能指符号,却像水珠般折射出无边际的能指大海,所以巴尔特说"文本无所谓构造","文本没有任何句式","文本是能指的天地"。巴尔特还把结构主义的"作品"与他心目中的"文本"加以区分,认为"作品"是"单数"的,"文本"则是"复数"的。因为任何语词单独存在时不可能有任何意指活动,当它真正成为语词时,它四周已是一个由无数语词构成的无形"词典";同样,任何文本真正成为文本时,四周已是一片无形的文本海洋,每一文本都从中提取已被写过、读过的段落、片断或语词,从来不存在"原初"文本,每个文本都是由其他文本的碎片编织而成;文本这种"复数"特点导致文本意义的不断游移、播撒、流转、扩散、转换和增殖,文本本身只是开放的无穷无尽的象征活动,任何意义只是这一活动过程中即时的、迅速生成又迅速消失的东西。这是对结构主义"作品论"的有力消解。

其次,巴尔特提出了与其文本理论相对应的阅读理论。他认为,第一,阅读结构主义"作品",只需理解性思维,而阅读"文本"则需转喻式思维,即把文本每一部分和每一象征都看作对另外更大部分和象征群体的无限的替代品;第二,判断"作品"间的区别主要依据我们所理解的确定的意义内容,而判断"文本"间的区别,则要依据它们不同的能指意指的

---

① 巴尔特:《S/Z》,伦敦 1970 年版,第 9 页。

活动路线与意义播撒过程；第三，阅读"作品"是按兴趣享受意义的文化商业消费，而阅读"文本"则是一种创造的双重"游戏"，既遵循文本意指活动玩文本"游戏"，不断再生产文本的意义，又把文本当乐谱演奏文本，这种演奏不是解释，而是工作、生产，是合作式的创造。在此意义上，阅读即写作，即批评。

显而易见，巴尔特的文本和阅读理论对结构主义文论的彻底否定与消解，也是对他前期理论的自我否定和消解；其价值在于看到了文学艺术作为"活动"的过程性，看到了读者的参与性与创造性。其不足之处，一是未跳出文学与生活割裂的形式主义窠臼，二是存在某些相对主义和虚无主义的倾向。

随着德里达60年代末起连续赴美讲学，其解构主义思想在美国许多大学和知识界广为传播，很快取代了新批评长期以来的支配地位，成为颇有声势的思想文化运动，其中最负盛名的是"耶鲁学派"的解构主义文学批评。

80年代后半期，解构主义开始逐渐退潮。

13.2 德里达的解构理论

雅克·德里达（1930—2004），法国哲学家、文论家。出生在阿尔及利亚近郊的一个犹太裔家庭，据说孩提时代最早的回忆，便是一种刻骨铭心的孤独感。19岁获学士学位后，旋即赴法国，入巴黎高等师范学校攻读哲学。1960年任教于巴黎大学。1965年回母校巴黎高等师范学校，任教哲学史。主要论著除了前面提到的1967年出版的三部扛鼎之作外，另有《播撒》（1972）、《白色的神话》（1974）、《真理供应商》（1975）、《有限的内涵》（1977）、《著名活动的语境》（1977）、《继续生存》（1979）、《联系的补充》（1979）、《类型的法则》（1980）等十余种。

13.2.1 文字学和"逻各斯中心主义"

德里达1967年出版的《论文字学》，被公认为解构主义的经典之作。其中德里达明确宣布，"文字学"是解构主义作为一门科学的名称，它的目标是颠覆以"逻各斯中心主义"为别名的西方理性主义的读解传统。德里达后来的大量著述，基本上是循着这一线索源源不断流出，所以有必要对德里达文字学的来龙去脉作一介绍。

德里达的"文字学"，顾名思义，是一门关于"字符"的"科学"，即指不考虑具体语言或文字系统，只针对文字和书写符号的形状所进行的研究。说白了，它就是一种"白纸黑字学"。这与我国许慎《说文解字》以降的文字学传统判然不同。但言虽不能言，非言无以传。德里达讲到文字，其表情达意的功能和白纸黑字性质的反表情达意功能，经常是兼有所指的。这使他的理论本身出现不少矛盾，也增加了这一理论接受过程中的艰涩程度。

文字作为一门科学意味深长。德里达说，假定科学的概念是诞生在文字的时代；假定文字不光是科学的一种辅助手段，而且是它的对象，是它的客观性的先决条件；假定历史和全部知识都取决于文字的可能性，那么文字学毫无疑问便将是一门关系到科学本身有无可能的科学。德里达认为传统语言学是刻意用口说的话即言语来压制书写的话即文字,从而阻碍了文字作为一门科学的建构。因此,肃清言语加诸文字之上的阴影,就成了解构主义的当务之急。

德里达认为西方文化对文字的压抑由来已久。《论文字学》题为"书的终结和文字的始端"的第一章中,德里达砍头去尾引了尼采的半句话作为题记:"苏格拉底,没有写作",并评点说:"不论怎么来看这个话题,语言问题从来都不单单是诸多问题中的一个问题,尤其今日它史无前例地普遍突入到旨趣、方法、意识形态上大相径庭的各门学科后,更是这样。"①语言问题的确是当代西方文论中一个引人注目的大问题,但是德里达认为其中亟待明确的是言语和文字何为本原的问题。

德里达以扎实的希腊学术功底,大量引征了从古希腊开始的以言语压制文字的现象,如柏拉图称文字只是小孩子的发明,断难同言语这成人的智慧抗衡,又如亚里士多德的《解释篇》声称,口说的话是内心经验的表征,书写的话是口说的话的表征;等等。然后他指出,这表明西方思想在自然而然表达真理的大旗下,建构了一种能够消抹自身的普遍语言,认为声音是最接近所指即思想或者事件的媒介,而书写的记号则成事不足败事有余,是声音的派生物。德里达对此进行了批评。《播撒》一书中他以"柏拉图的药"为题,再一次解构过柏拉图重言语、轻文字的立场。

西方自柏拉图以来以声音、言语来直接沟通思想而贬抑书写文字的传统,德里达称它为"逻各斯中心主义"。柏拉图的"理念"是逻各斯,亚里士多德奉为宇宙第一动因的"隐德莱希"也是逻各斯。基督教传统中,逻各斯则是通过人子体现的上帝的大智慧。在他看来,逻各斯中心主义是坚信有一种存在于语言之外的宇宙精神,生生不息地支配着自然和社会的进程。逻各斯的别称是存在、本质、本原、真理、绝对等等,它们都是一切能指最终所指向的"超验所指",也是全部思想和语言系统的基础所在。德里达认为,西方逻各斯中心主义传统的要害,是认定意义不在语言之内,而在语言之先,语言本身无足轻重,不过是表达意义的一种工具。这样,近似人的思想出口便渺无踪影的言语("活的声音"),便成为直传逻各斯的"本原";而力不从心地记录言语的文字,则只是后到的"补充"。所以德里达强调,逻各斯中心主义的另一个名称,就是语音中心主义。

由此,"书的终结"的命题,便也不难理解。语音中心主义或者说逻各斯中心主义的时代,固然是一个排斥文字的时代,文字降格为媒介的媒介,永远游荡在意义的外围。此外,德里达发现在西方传统中文字还进一步被分为好的和坏的两种文字,前者如《斐德若篇》中苏格拉底所说的写在灵魂中的文字;后者则是堕落的、词不达意的,尤其是文学的文字。好的文字总是按其本然被人理解,而理解则是发生在一个永恒的现时态的框架之中。德里达指出,这个"好的文字"的理解发生于其中的框架,就是书。书的概念不同于文字的概念,它是纳定一系列能指的一个人为的整体,前提是有一个理式先于这些能指而存在。所以设定意义在文字之先的书的概念,只能是逻各斯中心主义的御用工具。建立文字的科学,势必要扫清这个障碍。对此德里达说:"总是指涉自然的整体的书的概念,完全相异于

---

① 德里达:《论文字学》,伦敦 1974 年版,第 6 页。

文字的涵义。它是神学和逻各斯中心主义的一把百科全书式的保护伞,用来防范文字的堕落,控制它百无忌惮的胡作非为,而且如我后面还要谈到,防止普遍意义上的差异发生。假如我把文字和书区别开来,我将会说,书的毁灭,如今天在一切领域中已悄悄发生的那样,是揭去了文本的表层。"[1]强加于文字之上的束缚框架一经移去,文字的自由游戏便有了一个远为广阔的天地。这便是文字学何以必须在它的通途上扫开"书"的概念的原因所在,也是"书的终结和文字的始端"的含义所在。

但是,"书"的概念果然那么容易摧毁吗?皮之不存,毛将焉附。文字离开书将是一些什么东西?难道《论文字学》本身不是一本书吗?面对这些常识问题,德里达多少有些犹豫。在"作为实证科学的文字学"一节中德里达就喟叹文字学的条件自然是逻各斯中心主义的解体,但是这个条件反过来又成了不可能条件,因为这将意味着科学这个概念将要毁于一旦。无可奈何之下,对传统的批判,便只能满足于在传统内部来进行。这个舍此别无他途的选择,可以说正是诸如异延、补充、播撒、踪迹,乃至在删除号下书写等等一系列典型的"德里达式"术语的由来。

德里达进而提出了"原型文字"的概念。他在《论文字学》中解构索绪尔对文字所持的排斥态度时,引《普通语言学教程》中的许多说法,指出索绪尔对文字的态度其实是反反复复、左右为难的。因为文字事实上不可能被简单打发开去,而且《普通语言学教程》本身也是一部用文字写成的书。所以"文字本身作为语言的本原,是将它自身写进了索绪尔的话语"[2]。

文字作为语言的本原和原型,不是指它在发生学上的意义。孩童先学会说话,然后学会书写,迄今还有一些原始民族有语言而没有文字。但问题在于,被索绪尔视为文字专有的特征如距离性、间接性、含混性等等,在德里达看来恰恰正是语言的本质特征。语言并不那么温顺透明,它的实质与其说是直传逻各斯的言语,不如说是蒙障重重的文字。所以德里达说,文字不是语言的"形相",不是符号的符号,相反,符号、媒介、表征、语言等等一系列概念,都是在文字的机制中成为可能的。

作为"原型文字",它是包括一切文字和言语在内的一切语言现象的先决条件,是语言的基础而不是后来添加上去的附庸,是建构意义的生产模式而不是先已成形的意义的某种载体。语言的这一指东道西、南辕北辙的"原型文字"的特点,最明显不过地表现在文学之中。文学曾经是哲学面前的二等公民,但是德里达将要证明哲学反过来是文学的一个分支,在一定意义上,文学也是一种"原型文学"了。

13.2.2 对传统哲学/文学二元对立的解构

如上所述,德里达把文字和言语这个二元对立项的传统次序颠倒了过来。德里达发现,二元对立其实是传统哲学把握世界的一个最基本模式,而且,两个对立项并非是平等的,他说:"传统哲学的一个二元对立中,我们所见到的唯有一种鲜明的等级关系,绝无两

---

[1][2] 德里达:《论文字学》,伦敦 1974 年,第 18、44 页。

个对项的和平共处,其中一项在逻辑、价值等等方面统治着另一项,高居发号施令的地位",要颠覆传统哲学,就必须"解构这个二元对立",其策略"便是在一个特定的时机,将这一等级秩序颠倒过来"①。这其实是德里达最基本的解构策略。在德里达看来,二元对立诸如真理/谬误、理性/感性、言语/文字、自然/文化等等,其先项的所谓本原意义莫不是行迹可疑的。而解构批评,便是首先把每一对概念之间的主次、先后关系颠倒过来,然后再说其他。1971 年首先刊于《诗学》杂志,后又收入《哲学的边缘》一书的长文《白色的神话》中,德里达对哲学/文学这个二元对立的解构,显得相当引人注目。

按照西方词物相吻的真理尺度来看,哲学是一门关于判断和命题的学科,哲学的语言由于再现了世界某个方面的本质,因而是真理。反之,文学则不然,它常常闭门造车,天马行空,或者干脆描写子虚乌有的东西。文学所描写的东西既无法也无须证明它的真假,文学语言与真理的缘分,中间自然就隔了一层迷雾。从历史上看,自柏拉图独尊哲学家为其理想国中的第一等人开始,文学为自身辩护的呼声虽然时有所闻,但从锡德尼引明屠尔诺"诗人不肯定什么,因此他是从不说谎的"之语,到瑞恰兹文学用的是一种"情感"语言,有别于可用经验实证的哲学话语的说法,其实都很难说越出了柏拉图的传统:只要文学遵循护卫者即哲学家们制定的法则,尽可以去编织它的无中生有的故事。

德里达对哲学与文学这个二元对立的解构,靶子对准的是西方的理性主义思想传统。《白色的神话》有个副标题:"哲学文本中的隐喻"。而隐喻意味着文学性,它是文学而不是哲学的主要特征。文学和哲学都是一种符号系统,两者的差别在德里达看来是文学坦率承认它植根于隐喻之中,而哲学虽然同样也是隐喻和其他修辞手段的产物,同样要考虑风格和效果,却总自以为是超越了文本的隐喻结构,是在同一个更为真实的世界直接交往。这导致哲学梦寐以求一套自明的词汇,可以无须再作解释,即能明白无误地直传真理。但哲学这一苦心孤诣的追求,反而引来自身的封闭性,同文学通过描绘一枝一节给人以无限联想的开放性恰恰相反。

德里达指出,哲学作品中并不仅仅是存在作为文学性象征的隐喻,用来帮助说明某些概念,相反,哲学本身是一门深深植根于隐喻的科学,假如把其中的隐喻或者说文学性清除出去,哲学本身势将空空如也,一无所剩。哲学的症结在于它不似文学那样清楚地意识到自身的隐喻性,自以为是在陈说不言而喻的公理,这其实是更加天真,是用一种"白色的神话"掩饰了它的真实面目。

"白色的神话"一语有双重含义。其一是指一种白色墨水写出的神话:明明是哲学的基础却偏偏被哲学刻意压制成隐喻结构,恰似用白色的墨水写成的隐文,平时虽然目不可见,但是一有风吹草动,便显形而出,构成了哲学文本中蠢蠢欲动的潜文本,因为任何一种抽象概念的表达,只能是一种比拟和类推。其二是指欧洲白种人的神话。对此德里达说:"形而上学,这白色的神话反映并且重组了西方的文化:白种人把他自己的神话,印欧语系的神话,他自己的逻各斯,即他自己的方言的'范式',当成了他必须依然希望称作'理性'

---

① 德里达:《立场》,巴黎 1972 年版,第 39 页。

的普遍形式。"①这段话是发人深思的。它批判了欧洲中心主义,同时坚决反对理性是一个亘古如斯的超验结构,而视其为西方文化培植出的一种特定的规范形态和价值标准。这一点恩格斯在分析启蒙运动时期被推崇为至高的人文尺度的理性时,已经有过精辟的论述,他说,哲学家们所推崇的"永恒的理性实际上不过是正好在那时发展成为资产者的中等市民的理想化的悟性而已"②。在德里达的理论中,理性主义是设定意义先于语言的逻各斯中心主义的代名词。但逻各斯中心主义作为西方思想的既定传统,要推翻它谈何容易,因为无坚不摧的力量正是传统而不是反传统。

德里达本人对解构理论面临的困境是深有体会的。他承认他面临的是一个两难选择:要么跟从传统,视游移无定的语言符号所传达的"真理"只不过是种白色的神话;要么打破传统,转而拥抱语言的"自由游戏",把意义纳入无止境的扩散和延宕过程。这样来看,西方的哲学乃至语言的观念,已走到了穷途末路。出路何在? 对此德里达虽然没有明确宣示,但实际上他是把目光转向了东方。东方,尤其是中国文字的文化,在他看来是一种未受逻各斯中心主义沾染的伟大文明,其间发散出的诗的神韵,有可能使西方步入困境的思想传统得以再生。

13.2.3 向慕汉字

德里达关于文学与哲学对立、哲学刻意抑制文学造成两败俱伤的结论,是专指西方而不指东方。相反,他认为东方文化中物我通明的诗性认知特征,是给被符号的任意性折磨得无可奈何的西方人指出了一条希望之路。《白色的神话》中德里达提到东方共有三处,基本上是一言带过。如他讲到感性的太阳本是升起在东方,在它旅程的黄昏,却落入西方人的心中而目不可见了。这基本上是照搬了黑格尔《历史哲学讲演录》中历史如太阳从东方走向西方的比喻,亚洲是起点,欧洲是终点。但黑格尔这个比喻源出他关于东方人不会抽象思辨的偏见,德里达则是真心转向东方寻求灵感,他征引卢梭《论语言的起源》中的一段话:人类最初的说话动机是出于情感,最初的表达是比喻,这生动勃发的、形象的语言,就是东方的语言。

德里达对东方语言的景慕主要表现在他对汉字文化的向往上。他在不同语境中多次论及汉字,比较集中的是在《论文字学》中对汉字文化的介绍和分析。由于汉字不必亦步亦趋来摹写语音,德里达认为汉字超越了时间和空间,从而摆脱了西方的逻各斯中心主义传统。德里达说这就像中国前些年的考古发现(不清楚他指的是哪一年),发掘出的古代文字对今人几乎没有什么障碍,横亘在中间的漫长岁月涣然冰释。这对西方语文来说是很难想象的。西方哲学直接呈现"在场"的梦想,也许竟在中国的语文中得到了实现。

以汉字为东方文化的象征,可明显见出莱布尼兹对德里达的影响。在《论文字学》中德里达多次引述了莱布尼兹对汉字的看法,如 1703 年莱布尼兹在一封信中对埃及文字和

---

① 德里达:《哲学的边缘》,芝加哥 1982 年版,第 213 页。
② 恩格斯:《反杜林论》,《马克思恩格斯选集》第 3 卷,人民出版社 1972 年版,第 297 页。

中国文字作了比较,得出埃及文字是通俗的、感性的、比喻的,中国文字是哲学的、理智的这样的结论:"中国字也许更有哲学意味,它们似乎是建立在更为成熟的,诸如数、秩序、关系等等的思考上面。因此,除了偶而有几笔例外,它们的结构很像人体。"①德里达引用此话驳斥了一些西方人认为汉字尚停留在初级象征阶段的看法。

德里达发现汉字不仅仅是一种表意文字,它同样也能表音。所不同的是,在这一系统中,言语/文字这个二元对立被颠倒了过来。用他本人的话说,是汉语、日语这样的非表音文字,虽然很早就有了表音的因素,但在结构上表意始终居于主导地位,这样我们就看到了一个发展在一切逻各斯中心主义之外的伟大文明。为阐明这一立场,德里达进而对本国哲学家热尔奈《中国:文字的心理侧面和功能》一文中的一段话作了解构分析。热尔奈认为汉字也借助了表音成分,如形声字,但表音用法从未反客为主,所以,"文字在中国,从来没有成为对语言的一种语音分析,从来就不是对言语的一种忠实的或不那么忠实的转达。这就是为什么书写的符号,某种同样是这般独特的现实的象征,一直保持了它的居先地位。没有理由相信古代中国,言语不具有同文字相仿的功能,很可能它的力量是部分地为文字所遮蔽了"②。从地中海到印度的古代文明中,都可见到像汉语这样词语中蕴含神秘的宗教创造力,同时又与言语、音节等因素达到巧妙平衡的文化现象,但唯独在中国此种文明未遭夭折,热尔奈对此感到不可思议。

德里达产生的疑问主要是古代中国言语可能曾经居先的观点。他认为这说到底还是以"语音的语音分析"和表音文字当作规范的结果。另外,热尔奈说汉字象征了"某种同样是这般独特的现实",有用西方观念框架东方文明之嫌,因为自符号出现之日始,现实即同时为符号染指,不复有纯而又纯的状态了。所以西方人没有权利设定古代中国在汉字发明之前,言语拥有今日西方意义上的本原地位。

德里达对汉字文化的理解,应当说有误解的成分在内。《易传》说"书不尽言,言不尽意",庄子说"得鱼忘筌,得意忘言",这意、言、书等级秩序的排定,与德里达认为是西方独有的逻各斯中心主义传统没有多少差别。东西方两种文明的思维习惯,看来也并不像德里达想象的那样泾渭分明。但是德里达对汉字文化的向往不能说没有道理,因为在汉字背后是中国天人合一、物我交融的审美的哲学传统,这与古希腊以降以形而上学为本真价值的西方传统确有不同。这一点当德里达称中国文字是发展在逻各斯中心主义之外的伟大文明时,应当说是充分意识到了。

汉字与西方文字的差异是两种文化的差异,因此也是前文所说的文学和哲学的差异。关于中国文字对西方产生的影响,《论文字学》中德里达提到了费诺罗萨和庞德的名字,这使人想起了名传一时的意象诗派。而且据德里达说,庞德已经觉察到了法国诗人也很早有了从汉字具有鲜明形象的审美特征中汲取灵感的发展趋势,只是象征派诗人一面在追求中国文字的力量,一面却未明确意识到这一点罢了。对此德里达的感触是,打破西方尾大不掉的逻各斯中心主义传统,将不可能是一种哲学的或科学的活动,这是因为对于语言基本结构的解构而言,理论的一般倾向往往具有封闭性,而唯有在文学的文字中,这一突

①② 转引自德里达《论文字学》,伦敦 1974 年版,第 79、91 页。

破所具有的震撼力量，也许可以从根本上推倒"存在"的超验权威，他因此说："这就是费诺罗萨著作的意义，他对庞德与其诗学的影响是尽人皆知的；这一无以化解的意象的诗学，有如马拉美的诗学，最先打破了最为坚固的'西方'传统。中国表意文字赋予庞德文字的那种瑰奇想象，因此是具有无法估量的历史意义。"①

13.2.4 "德里达式"术语举譬

德里达把西方哲学传统称作"在场的形而上学"，宣布他的解构理论，就是要颠覆这一把目光紧盯住一个本原、一个中心、一种绝对真理的"在场的形而上学"。由于这个雄心不小的解构工程只有靠语言来进行，而语言在德里达看来又早已成了传统哲学的合谋和帮凶，德里达于感叹传情达意非语言不能，而信任语言又难免与形而上学同流合污的同时，别出心裁发明了不少新词，并且按照他旧词新用的独特方式，赋予一些传统词语以全新的解构主义含义。这些新词和被"新用"的旧词，就是典型的"德里达式"的术语。

德里达发明的新词中最有名的是"异延"（différance）。法语中这个词与"差异"只有第七个字母 a 和 e 一处之差。德里达解释说，"差异"只指空间上的差别，无法表现意义在时间过程中一环环的向后延宕，所以他要改写"差异"为"异延"。但异延的意义中包含一些不可言说的东西。美国批评家文森特·雷契的《解构批评》一书，就列举了德里达本人对异延的许多解释：

> （异延是）差异的本源或者说生产，是指差异之间的差异、差异的游戏。

> 我们所注意到的"异延"，因此乃是"生产"（不是通过某种活动）这些差异、这些差异后果的游戏运动。这并不意味"异延"促生了差异，便是先差异而存在，是一种纯而又纯、未经雕饰和分化的在场。"异延"是不完全的、不纯正的"本原"；它是先已形构及延迟的差异之源。

> 它不是一种存在——在场，无论它被描述得多么优越，多么独特，多么重要，或者多么超验。它什么也不支配，什么也不统制，无论哪里都不卖弄权威，也不以大写字母来炫示。不仅没有"异延"的领地，而且"异延"甚而是任何一块领地的颠覆。

> 它既不存在也没有本质。它不属于存在、在场或缺场的范畴。

> "异延"既不是一个词，也不是一个概念。②

---

① 德里达：《论文字学》，伦敦 1974 年，第 92 页。
② 以上引文见雷契：《解构批评》，纽约 1983 年版，第 42 页。

这些话说得很玄。当一个词自称自己不是词语,当一个概念自称自己不是概念的时候,我们很难设想它还能是其他什么东西。然而据德里达确切无误的说明,这就是"异延"。

雷契的引文其实都出自德里达题为"异延"的著名文章,这是德里达 1968 年 1 月给法国哲学学会所作的一次讲演,同年刊出后,被收入《哲学的边缘》一书。以字母 a 来改写"差异"一词,德里达说,这并不是对读者和语法学家故弄玄虚,而是旨在用文字来解决文字的问题。这是因为法文中差异和异延两词读音完全相同,其间 a 和 e 两个字母的差别,只能见于文字,却无法在言语中体现出来。实际上德里达本人在这篇讲演中,也不得不常常以附带说明这里是用 e、这里是用 a,来告诉听众他谈的是差异还是异延。所以在德里达看来,异延一词当中的字母 a,就像一块默默无言的墓碑,宣示着语词本义的死亡。至此,以言语为先以文字为后的逻各斯中心主义传统,已经不攻而破了。

"异延"为什么不是一个概念?德里达说,这是因为异延是无以表现的。凡是可以表现的东西,都是某一个点上的"在场",从而如其本然表现自身。但是异延同这类表现模式格格不入。它的在场就是缺场,它就是无,它压根儿就不存在。所以异延没有存在的形式,也没有本质可言。而如上文所述,异延是差异的本源、差异的生产、差异的游戏,乃至差异的差异等,表明它又是充盈宇宙之间而无所不在的一股异己力量,是一种非本原的本原。虽然德里达把话说得很玄乎,但异延确实可大致不差地理解为一种原型差异,它渗入每一种实在、每一个概念之中,通过无声地颠覆每一种实在和概念的既定结构,来显现自身的存在。

异延的概念用于阅读,意味着意义总是处在空间上的"异"和时间上的"延"之中,而没有得到确证的可能。除此以外,异延还有从它的拉丁文词源中生发而来的"播撒"一义:意义仿佛播种人抓起一把种子,四处漫散撒开去,落向四面八方而没有任何中心。这里,播撒一语是德里达旧词新用法的杰作。据他本人的解释,播撒是一切文字固有的能力,它不传达任何意义,相反永远是在无休止地瓦解文本,揭露文本的零乱和重复性,从而雄辩地证明,每一种意义的产生,都是差异和延宕的结果。这样,文本不再是一个超验所指即在场所给定的结构,而是导向更为曲折幽深的解构的世界。每一次阅读都是一次似曾相识的新的经验,然而永无到达本真世界的可能。

因此,"异延"替代了"逻各斯",也替代了"在场的形而上学"。

德里达旧词新用的另一个范例是"补充"。"补充"是卢梭的原话,他认为文字是对言语的补充。《论文字学》中,"补充"成为解构卢梭的一个焦点,也极为典型地具有解构批评的一般特征。德里达的逻辑是,补充之所以有可能,是因为那个被补充的本体原本就不完全或者说不完善。这就像卢梭返归自然的浪漫主义理式,把自然视为未经沾染的本体,把文化视为后到的并且破坏了自然纯正形态的补充。但是德里达说,那一类原生原发、浑朴天成、未经任何"补充"的"自然",其实根本就不存在。它是一个神话。事实是并非文化补充自然,而是自然本身总是一种先已被补充过了的存在。文化带来的种种弊端,早在那个黄金时代里就先已埋下了种子。至于"补充"怎样能够反客为主,德里达发现卢梭本人其实就充满了矛盾:一方面,卢梭痛心疾首地数落了教育、手淫、文字等等的罪状,以教育为自然的补充、手淫为正常性行为的补充、文字为言语的补充等等,总之是本体不可求,乃由补充来勉而为之；但是另一方面，德里达说，《爱弥尔》中卢梭本人以教育家自居，《忏悔录》中读者看到手淫的故事，而《新爱洛绮斯》中卢梭分明又成了一位雄心勃勃的文学家。这便是"补充"的逻辑；似是后到，实则居先。

德里达为说明卢梭本人怎样陷入补充的网络中不能自拔，采用典型的以子之矛攻子之盾的策略，援引了卢梭《忏悔录》中的一大段文字：

> 我要是把自己这位亲爱的妈妈不在眼前时，由于思念她而做出来的种种傻事详细叙述出来，恐怕永远也说不完。当我想到她曾睡过我这张床的时候，我曾吻过我的床多少次啊！当我想起我的窗帘、我房里的所有家具都是她的东西，她都用美丽的手摸过时，我又吻过这些东西多少次啊！有时，当着她的面我也曾情不自禁地作出一些唯有在最激烈的爱情驱使下才会作出的不可思议的举动。有一天吃饭的时候，她把一块肉送进嘴里，我便大喊一声说上面有一根头发，她把那块肉吐到她的盘子里，我立即如获至宝地把它抓起来吞了下去。[1]

这个片断是在叙说青年卢梭对华伦夫人的感情。当华伦夫人不在场的时候，卢梭是求助吻床、吻窗帘、吻家具这些补充性质的行为，来替补华伦夫人的在场了。但是事情并没有到此完结。因为下面我们看到，即便华伦夫人在场，活灵活现坐在他面前的时候，卢梭还是犹感不足而要求"补充"。而作为卢梭情人的华伦夫人，本身又是一种补充，替补了卢梭潜意识里的一位母亲的形象。为此德里达说，这并不意味华伦夫人的在场和不在场无甚差别，实则这差别在日常经验中还是举足轻重的。但是关键在于，在场的和历史的现实效果，只能由"补充"使然。"补充"永远是在在场和历史的现实结构之中，起着居先的作用。

但是问题在于，既然在德里达看来，"自然"已先为"文化"所蛰居，那么，"自然"这个概念的确凿意义究竟指什么呢？或者说，怎样才能把这个概念表达出来，同时又避免传统思维对它的误解呢？德里达确实敏锐地看到了这个言虽不能言，但是非言无以传的问题。他建议仿照海德格尔在《论存在的问题》一书中给存在一词加上删除号的方式，即用"在删除号下写作"的办法，来解决难题。德里达说，这个删除号并不仅仅是否定的符号，它是一个时代的最后的文字，在它之下，语词的传统含义一方面是被删除了，一方面依然留下了清楚的痕迹。这样，"自然"就成了"~~自然~~"。删除号成了一个把柄，随时可在语词的传统涵义之间搅起轩然大波。

但是问题依然存在。面对一个被加上删除号的语词，读者如何知晓这个词还剩下多少涵义来供他领会？如上文"~~自然~~"的例子，一笔勾销"自然"这个词的传统内容之后，让人盯住纸面上的符号，却不去考虑这符号背后的所指，这有可能吗？鉴于以上疑问，德里达尝试借用"踪迹"的概念来解决问题。"踪迹"还是旧词新用的德里达式术语。德里达解释说，通过给特定的语词加上删除号，虽然是消抹了这个词，但是同时也留下了形迹，而正是这形迹，赋予语词以即兴式的转瞬即逝的意义。这就是"踪迹"的含义。于是，传统的概念

---

① 德里达：《论文字学》，伦敦1974年版，第152页。

和范畴踪迹犹在,但是从内涵到外延却无不是云谲波诡,不断变动,与先时大不相同了。

踪迹也就是异延的必然结果,它意味着意义永无被确证的可能,读者所见到的只能是意义的似是而非或似非而是的"踪迹"。《语音与现象》中,德里达承认引入"踪迹"的概念不过是一种策略,"是选择唯一可供我们使用的语言,同时又不认同它的前提的一个策略"①。这在一些批评者看来,其实是理论碰壁,求诸修辞。故而用他本人解构柏拉图的术语来说,上述策略与其说是一剂良药,不如说是一帖自欺欺人的苦药。

13.3 耶鲁学派的解构主义批评理论

耶鲁学派是法国解构主义、尤其是德里达的解构主义在美国发展传播的产物,也是解构主义在文学批评、研究中的成功应用。耶鲁学派在批评理论和实践上的丰硕成果在美国和西方世界产生了巨大影响,也把解构主义文论推向鼎盛时期。

在50年代,美国耶鲁大学曾是新批评最重要的中心,罗伯特·潘恩、罗伯特·沃伦、克林斯·布鲁克斯、威廉·维姆萨特等一批著名新批评家的卓越工作,使新批评成为当时美国文学批评界最强大的一股势力。如前所述,新批评把注意力从传统的对作者及其传记的研究,转到对单个作品的文本研究上。他们把文本(主要是诗歌文本)当作一个封闭自足的语言结构系统,认为作品的意义就在这语言结构之中,批评家就是通过"细读"文本,阐释其语言学诸构成要素,如语音、词语、比喻、象征等,来发现"意象",提示作品的美学意义,说明文本的语言构造如何能激发起读者形成意象、产生愉悦的审美功能的。

但是,60年代起,新批评已受到阐释学派、读者反应批评等广泛的挑战,其囿于文本"细读"的封闭式批评遭到越来越多的非议。在此背景下,1966年德里达来到美国,首先在约翰·霍普金斯大学作学术讲座,又到耶鲁大学传播其解构主义思想。从那时起,以耶鲁和约翰·霍普金斯大学为中心,一批年富力强的学者迅速聚集起来,从各个方面吸收欧陆解构主义新思潮,冲决新批评的森严罗网,在文学研究乃至整个文化领域形成一股富有锐气和活力的新潮。其中,耶鲁大学在解构主义的传播和发展中起了关键性的作用。该校每年邀请德里达来访并主持学术研讨会。该校的一批优秀的学者和批评家纷纷在不同程度上接受了德里达的解构主义思维方式,并努力应用到批评实践中去。他们的成就很快在全美乃至西方激起巨大反响,被誉为"耶鲁学派"、"耶鲁批评派"或"阐释帮",名噪一时。其中,成就最大、声誉最高的,是被戏称为"耶鲁四人帮"的保尔·德·曼、希利斯·米勒、哈罗德·布鲁姆和杰弗里·哈特曼四人以及德里达在1979年合作出版了《解构与批评》(*Deconstruction and Criticism*)一书,产生了很大影响,成为美国解构主义批评的主要代表。

13.3.1 德·曼的修辞学阅读理论

保尔·德·曼(Paul de Man, 1919—1983),生前是耶鲁大学老资格的文学教授。他

---

① 德里达:《语音与现象》,埃文斯顿1973年版,第130页。

是美国最早、最完整地接受德里达解构主义思维框架的理论家,又是最全面、成功地应用解构主义于文学批评和哲学,从而发展了德里达思想的批评家,同时成为一位有国际影响的知名学者。在耶鲁学派中,德·曼的思想对其他几位同行也产生过重要影响。他的主要著作有:《盲视与洞见》(1971)、《阅读的寓言》(1979)、《抵制理论》(1986)、《批评写作》(1989)等。对于德·曼在当代文学批评中的地位,德里达说,"在大学和大学之外,在美国和欧洲,他改变了文学理论这块耕地,而且丰富了所有灌溉这块耕地的水源。他使文学理论接受一种新的解释、阅读和教学方式"①。

同耶鲁学派其他成员一样,德·曼也是从美国浓烈的新批评文化氛围中走出来的,所以不可能不受到新批评的影响。他20世纪50年代写的论文《美国新批评的意向和形式》就对新批评持认同的态度。但即使在那时,他已同新批评产生了原则上的分歧,他认为新批评家设想每首诗是一个自然或有机的客体、每一个文本是一个自主的统一的语言形式,因而认定有可能达到对诗歌有机整体形式的完全把握和理解的观点,是一种"本体论的谬误",并用海德格尔的解释学理论予以含蓄的批评。在接受了德里达的解构主义之后,德·曼的思想发生了根本转折,他一方面运用解构的思维框架,对普鲁斯特的小说,里尔克的诗歌,尼采的论著,以及卢梭的小说、自传和宗教、政治、法律著作一一进行解构性阅读批评,另一方面,在这种批评实践中,进一步深化、发展了德里达的思想,建立起自己独具特色的解构理论——修辞学阅读理论。

首先,德·曼提出了一种与新批评派完全对立的文本观。他吸收了海德格尔关于对文本意义的完整的、总体性理解永远不可达到,因而文本意义不可能是确定不变的解释学思想,提出:"如果我们不再认为一篇文学文本可以理所当然地被认为具有一个明确的意义或一整套含义,而是将阅读行为看作是一个真理与谬误无法摆脱地纠缠在一起的无止境过程,那么,在文学史中经常运用的一些流行的方法就不再适合了。"②这就是说,第一,文学文本不可能有确定不变的一套完整含义(意义);第二,文学文本及其意义不再是可以独立于读者阅读行为的纯自然客体;第三,对文学文本意义的理解,是一个阅读文本的过程,是文本与阅读交互作用的无止境过程;第四,阅读和理解文本的过程,是一个真理与谬误相交织的过程,永远不可能有完全"正确"的阅读;第五,文学史研究,就不应把文学文本当作有永恒不变的确定意义的客体来加以阐释,新批评的形式主义"细读"不可能穷尽对作品意义的理解。一句话,"文学不可能仅仅作为一个其指称意义可以被完全破译出来的明确的单元被人们接受"③。这就是解构主义的文本观,即文本与阅读不可分,文本意义不确定的文本观。

其次,德·曼强调了文本语言符号与意义的不一致性,这是他解构思想的重要依据之一。他部分继承了新批评和结构主义把文学或其他文本看成一个语言符号(代码)的结构

---

① 雅克·德里达:《多义的记忆——为保罗·德曼而作》,蒋梓骅译,中央编译出版社 1999 年版,第 6 页。本书译自法语,将 Paul de Man 译为保罗·德·曼。

② 保尔·德·曼:《盲视与洞见》前言,明尼苏达大学 1983 年版。

③ 保尔·德·曼:《阅读的寓言》,沈勇译,天津人民出版社 2008 年版,第 4 页。

或形式的论点,即把文本归结为一个语言符号系统,从而把文学批评和研究集中在对文本语言符号的研究上。然而,同新批评(也同社会学批评)相反,他不相信语言符号和意义之间有确定不变的指称关系的"神话",因而当新批评家致力于从语符结构中揭示文本的审美意义时,或当社会学批评"屈从指称的权力",努力解释语符指称的社会学内容意义时,他却从语符与意义的不一致出发,来消解这种无谓的努力。他说,要"破除""符号和指称的语义一致的神话","粉碎""来自两个方面拥有这个神话的愿望,即在早晨作为一个形式主义批评家,在下午作为一个社会道德家来解释《德意志意识形态》中的马克思,既为形式的技术服务又为意蕴的主旨效力这两种愿望"①。

德·曼不是一般地指出符号与意义之间有不一致的方面,而是把这种不一致看成语言本身的特性。他说:"能够将意义掩藏在一个令人误解的符号中,这是语言的独特权力,正如我们将愤怒或憎恨掩藏在微笑背后一样。"②这就是说,语言符号与意义之间的不一致乃至对立,并非语言中特殊、罕见的现象,而是语言的普遍规律和独特品性,正是这种不一致,导致文本意义的不确定性和充分阅读理解的不可能性。从符号与意义分裂这一语言的特性出发,德·曼得出了"阅读的可能性永远不能被认为是理所当然的"③结论。

再次,德·曼集中探讨了语言的修辞性问题。在《阅读的寓言》中,他用大量的文本阅读论证了如书的副标题"卢梭、尼采、里尔克和普鲁斯特的比喻语言"所提示的,各种文本的语言在本质上是修辞的、隐喻的,而不是指称或者表达的。"我毫不迟疑地将语言的修辞的、比喻的潜在性视为文学本身,尽管这样做也许有点儿与普通的习惯相去更远。我能够举出许多前例来证明文学与修辞手段的这个等同"④,不但文学的根本性在于修辞,连批评的语言也是修辞的,"文学和批评——它们之间的区别是骗人的——被宣告(或被赋予特权)说是永远最精确的语言,而结果却是最不可靠的语言,人类正是按照这个最不可靠的语言来称呼和改变自己"⑤。同样,文学的、哲学的、法律的语言都是修辞性的。

德·曼是从尼采那儿获取这一重要启示的。在他看来,尼采把修辞性视为语言的最真实性质,是语言本身所特有的本质,因此,语言的典型结构不像传统语言学所说的那样是表现或指称表达(意义)的结构,而是一种修辞结构,这不啻是对传统语言观的一个颠覆。他还引证了尼采消解"真理"概念的一段话:"真理是一群移动的隐喻、换喻和拟人说,总之是人类关系的总结。人们正从诗学和修辞学上对这些人类关系加以理想化、更换和美化,直至在长期反复运用之后,人们感到它们已经可靠、规范和不能废除。真理是其假象性已被遗忘的假象,是已被用尽、丧失其特征、现在仅作为金属品而不再作为硬币起作用的隐喻。"⑥德·曼认为,尼采这里主要强调的是一切语言的比喻性,"真理"概念的比喻性、象征性即修辞性,表明真理不过是谎言的隐喻、骗人的假象,而由此可推定:一切语言都有修辞(隐喻、象征)的特性,因而一切语言都有欺骗性、不可靠性或不确定性。

①④⑤　保尔·德·曼:《阅读的寓言》,沈勇译,天津人民出版社,2008 年版,第 6、11、21 页。

②　保尔·德·曼:《盲视与洞见》第一章,明尼苏达大学 1983 年版。

③　保尔·德·曼:《盲视与洞见》第七章,明尼苏达大学 1983 年版。

⑥　尼采:《论道德感之外的真理与谎言》,转引自《阅读的寓言》,沈勇译,天津人民出版社,2008 年版,第 117 页。

把修辞性列为语言的根本特性,这是对西方传统形而上学的反叛。根基于传统语言观的西方形而上学传统奉行"逻各斯中心主义"即语词中心主义,认为语言的权力源于语言同它的指称或意义的符合一致,因而语言服从于思想或意义的表达,语言可与认识和纯粹直接的意识经验相一致,由此可直接推导出从柏拉图到黑格尔的种种形而上学观念。而现在德·曼不仅否认语言与其指称或意义相一致的"神话",而且把修辞性(从而为不确定性、虚假性、欺骗性等)视作语言本身固有的根本特性,认为语言在其本身范围内存在着语法和修辞之间的张力,即不确定的关系。在此基础上,德·曼建立起他的解构主义理论。

为了论证这一点,德·曼举了一个著名的反诘例子:当阿尔奇·邦克的夫人问丈夫要从鞋孔上系他的保龄鞋、抑或从鞋孔下系鞋时,邦克反问:"有什么区别?"其妻天真、耐心地解释了两者的区别,却惹怒了邦克,因为他的反问并不真要询问区别,而是表达"我根本对区别无所谓"之意。德·曼把此例所显示的语言与意义间的双重(字面和比喻)关系称为"修辞学的谜",指出:"并非在我们一方面懂得了字面义,另一方面懂得了比喻义的时候,而是在我们无法依据语法手段或其他语言学手段来确定可能完全不相容的两个意义究竟哪一个占有优势时,疑问句的语法模式才变成修辞模式。"[①]其意是,语言的修辞性根本将逻辑悬置起来,因而语言的指称或意义变得变化莫测,难以确定。德·曼由此推及文学文本的语言结构,认为其修辞性更为突出,其意更难确切地把握,因此,文学阅读中完全可能存在着两种无法调和,甚至相互消解的阅读。他以叶芝的名诗《在小学生们中间》为例:

> 栗树呵,根系粗壮、花朵盛开,
>
> 你是树叶、花朵,抑或树身?
>
> 啊,伴随乐曲晃动的躯体,啊,明亮的眼神,
>
> 我们怎能分辨舞蹈和舞蹈着的人?

他抓住最后这一句诗进行读解,一方面认为传统的从修辞(比喻义)角度的读解是可行的,假设"最后一行诗应读作反诘,诗的主题的、修辞的语法产生一种从第一行到最后一行的连贯阅读","这种连贯性使提喻变成最有诱惑力的隐喻:以类似反问的平行句法来描述树的有机美,或以舞蹈来描绘性欲与音乐形式的交融";另一方面又认为仅从字面义上读解末行诗也可成立,"由于符号和意义这两个本质上不同的成分非常错综复杂地缠绕在诗人所描写的形象化'存在'中,因此,我们怎么可能作出区分,从而避免犯分辨根本无法分辨之事的错误呢?……字面义的读解则导致主题和陈述更加复杂化",其结果是,"比喻义读解所建立的整个结构可能被按字面义的读解暗中破坏或解构"。德·曼由此认为,"两个完全一致但又完全对立的读解可能被绞合在一行诗中,这行诗的语法结构清晰,但它的修辞方式却颠倒了整首诗的语气和模式","两种意义不得不互相直接对抗,因为一种读解恰恰是被另一种读解所斥责的罪过,并且不得不被它所消解。我们也不能以任何方式就两种读解的优劣问题作出正确的决定:没有一种读解能够缺少另一种读解而存在。

①② 保尔·德·曼:《阅读的寓言》,沈勇译,天津人民出版社 2008 年版,第 11、13 页。

没有舞蹈者就不可能有舞蹈,没有指称就不可能有符号"[2]。德·曼由此认为阅读面临的总是这种意义悬置不定的困境。

德·曼对文学文本解构的另一范例是对普鲁斯特的《追忆逝水年华·斯万的道路》中一段有关阅读行为的描写的读解。这段文字是:

> 我手里拿着本书,在床上伸了个懒腰,一丝透明的但微弱的凉意在下午的烈日下还是颤颤地遮隐在我的房间里,在几乎关着的百叶窗后面,一线阳光还是设法射了进来,落在一个角落的窗框子与玻璃之间,像一只静止的蝴蝶。光线暗得几乎不能看书,我对光线的感觉仅仅是靠凯默顿敲打满是灰尘的板条箱,在炎热天气特有的耀眼的大气层中引起回声来判断的。它们似乎放出了耀眼的火花,同时苍蝇也在演奏着小小音乐会,夏季室内乐。这在夏季偶尔能听到。但不是以人类声音唤醒人们,以后又使你回想起它,但它以一种更必要的环节与夏季联接起来,它们在舒适优美的季节诞生,只有回归时才重新出现,包含着它们的本质,这不仅唤醒了我们对夏季形状的回忆,并且证实了夏季的回归,夏季实在的、持久的、直接的存在。

德·曼认为,这段叙述利用了室内乐、蝴蝶、火花、书等不可否认的客体的隐喻(修辞方式),同时又规范地评论了获取这种比喻效果的最佳方式(这是超修辞的),因此,显示了"修辞语言和超修辞语言的并用";这段叙述还表示了在审美上"隐喻优于换喻"的意向,但这种肯定隐喻的意向恰恰是靠着"换喻结构的运用"。这里存在着换喻与隐喻的对立,语法与修辞的对立,语法的修辞化与修辞的语法化的对立,"乍看起来,这段叙述似乎在颂扬一个主体固执己见的、独立自主的创造力。修辞手段被假设为创造力……反之,无人会称赞井井有条的语法模式。然而,我们对普鲁斯特这段叙述的阅读表明,恰恰是在我们对隐喻的统一力量提出最高要求时,这些非常形象化的比喻事实上却依赖于对半自动的语法模式的欺骗运用。隐喻和一切把相似性作为掩饰差别的方式的模仿、双关或拟人化这类修辞模式的解构,使我们重新回到语法和源于语法模式的符号学的非个人色彩的'精确性'",普鲁斯特的这段叙述体现了"修辞的语法化",它"似乎达到了真实,尽管是通过暴露一个错误而虚假的存在的否定道路而达到的"[1],它使我们最终怀疑"隐喻优于换喻"的正确性。德·曼由此进而推出三个结论:

一是认为阅读不可与文本分割开来,一切文学文本都因修辞性而具有自我解构的功能。他指出,由于语言的上述这种修辞性而造成的文学文本在表达一个意思的同时又否认这个意思的效果,显示文本本身具有修辞性解构的功能,"当修辞学被当作是雄辩术时,修辞学是行为性的,但是当它被当作修辞手段的系统时,它便解构了它自己的行为。修辞学是一个文本,因为它允许两种不相容的、相互自我毁灭的观点存在,因而在任何阅读和理解方面设置不可克服的障碍"[2]。他还说,"阅读不是'我们的'阅读,因为阅读仅仅利用文本本身提供的语言成分;把作者与读者区别开来是阅读所证明的错误区别之一,解构不

---

①② 保尔·德·曼:《阅读的寓言》,沈勇译,天津人民出版社 2008 年版,第 18、138 页。

是我们把某种东西增加到文本中去，而是解构原本的文本。一个文学文本同时肯定和否定它自己的修辞模式的权力，而且通过阅读我们所解构的文本，我们只是试图像不得不首先以写句子为目的的作者一样，较为接近地成为一个严谨的读者。诗歌写作是最先进、最精致的解构模式"，应当充分看到修辞性这个"构成一切文学语言的解构要素的存在"。①

二是指出了文学阅读不可克服的基本矛盾和解构的不可避免性。他说，"阅读提示了一个基本的悖谬：这段叙述将隐喻化为'正当的'文学修辞手段，但接着又利用认识论上相矛盾的换喻这个修辞手段来解构自己。批评话语提示了这个欺骗的存在"，即破了"隐喻优于换喻"的迷信，但通过进一步读解，发现其中"把隐喻的不可能告诉我们的叙述者他自己或它本身又是一个隐喻，是语法句段的隐喻"，这样又对"换喻优于隐喻"提出质疑，"于是这个主体——隐喻接着又开始了这种二度的解构"②。在德·曼看来，由于文学文本语言的修辞性，造成它具有语法与修辞、字面义与比喻义、隐喻与换喻……之间的永恒的内在矛盾和张力，因而决定了文本自我解构的特征和对文本的读解永远是意义的悬置不确定，永远只能是解构性阅读。文学批评的任务就是对文本进行解构，对文本严密语法背后的神秘修辞性进行分解。

三是文学阅读由于语言的修辞性而成为"阅读的寓言"即"正确的"阅读的不可能性。通过分析普鲁斯特《追忆似水年华》当中的一个片段，即上引马赛尔阅读一篇小说的行为，德·曼试图探讨"文学文本是否就是关于它描写、讲述或表达的东西"，结果，德·曼看到语言的修辞性所带来的文学（包括批评）语言的欺骗性、不确定性和不可靠性。他认为阅读实际上是审美反应的阅读和修辞意识的阅读同时发生的过程，二者对文本的理解具有一种分裂作用并展示了文本逻辑的不一致，这种分裂的作用指明，"至少不可避免地产生两种互相排斥的阅读，并断言在比喻和主题的层次上真正的理解是不可能的"③。而语言的这种不可靠性又造成"正确的"阅读的不可能性（unreadability），即前述语言的修辞性造成一切文学文本的自我解构特征与读解的无所适从、意义悬置；同时也由于语言的虚构性和欺骗性，造成阅读的终极永恒的困境，"阅读的最重要的点已经证明，最终的困境是语言的困境，而不是本体论的或解释学的困境"④，正是语言的修辞性导致了阅读的不可能性即"阅读的寓言"，也即阅读的解构性。

再次，德·曼从德里达对卢梭的解构批评中受到启示，他在《盲视与洞见》一书中提出了文学批评中"盲视"（blindness）与"洞见"（insight）之间具有相生相克的辩证关系的观点。通过对若干文学批评家和哲学家的分析，德·曼发现，这些批评家和理论家们在对文本的批评当中常常出现一种"悖论"，即其独到的"洞见"往往与其所强调的内容背道而驰，因而这种洞见被作者自己所忽略。阅读中这种由批评家的无意的移置中心所形成的、并在自身解构中不断出现的矛盾就是一种"盲视"，而批评家只有借助某些盲视才能获得洞见。盲视是洞见的前提，洞见寓于盲视之中。盲视是作者刻意强调的东西，而洞见则是暗含在文本之内并与作者的明确意图相左的意见。为了说明这种盲视与洞见的关系，德·曼分析了新批评派、卢卡奇、普莱、布朗肖、德里达等的批评著作，"所有这些批评家似乎有

---

① ② ③ ④　保尔·德·曼：《阅读的寓言》，沈勇译，天津人民出版社2008年版，第19、20、77、318页。

些奇怪地言不由衷,他们注定要表达的非常不同于他们本意想要表达的。他们的批评姿态,卢卡奇的预言家风格、普莱对本源之'我思'的力量的确信、布朗肖对'元马拉美式'的非人性的宣称,都被自己的批评结果所挫败,随之而来的是一种精辟但又艰难的对文学本性的洞见。但是,似乎批评家只有被这些奇特的盲目性所支配时才能得到这些洞见:他们的语言能摸索着走向一定程度的洞见只因为他们的方法对这些洞见保持漠视。洞见只对处于优势地位、能够注意到这种以它自己的方式存在的盲视的读者存在,而他自己的盲视问题是他所无力去质询的,因此他能辨别陈述(statement)和意义(meaning)的差别"。因此,他认为,批评家只有经过对文学、历史等文本的盲视,最后才能获得对文本的洞见;同样,读者在阅读这些批评理论的时候,也应该透过字面意义(statement)来寻找作者的弦外之音(meaning)。

德·曼还对盲视和洞见的辩证关系对于文学批评和文学史研究的意义作了独到的阐述。在他看来,所谓"盲视",即阅读的"偏离"或误读。德·曼认为:(1)批评家由于面对的是由语言构成的文本,而语言,如前所述,不仅有能指与所指、符号与意义间的不一致,而且以修辞性为根本特性,因而对读者(包括批评家)来说,必然有模糊性、欺骗性、不可靠性,这就决定了任何阅读必然"偏离"文本,必然都是误读;(2)批评家总要发表评论意见,也不能不使用语言,而语言的修辞性,不仅使他总是误读文本,而且使他在表达误读后的看法时也总会与意图发生偏离,说一些文本未说过甚至自己本不打算说的话,这就是"偏离"之"偏离"了。就此而言,批评永远是误读,永远是谬误的"生产"和叠加,所以他说:"作品可以被反复地用来证明批评家在哪些方面和以怎样的方式偏离作品,但是在证明这点的过程中,我们对作品的理解被更改了,因而谬误的观点被证明是具有生产性的。"[①]一部批评史就是盲视、误读的历史。但盲视可以转化为洞见。德·曼认为,正是在对作品不断的偏离、误读甚至一代又一代的盲视中,批评家们逐渐产生了最深刻的洞察力,他们通过这种否定运动而获得了批评的洞见,"这就是说,我们对作品的理解实际上构成误读的历史,任何一位后来的批评家都可根据作品来证明前辈批评家对作品的误读,而正是这样不断地误读,批评家对作品的洞见才会不断地产生"。他的结论是,"批评家对于他们自己的批评假设产生最大的盲视的时候,也就是我们获得最大洞见的时候"[②]。这个观点是辩证而深刻的。他还进而提出,误读是文学史和批评史的必然组成部分,整个批评史可以说是由盲视与洞见的相互作用构成的。这一观点对传统文学史、批评史观当然是很大的冲击,但也是很深刻的启示。

最后,德·曼还把他的解构理论推广到非文学的各种文本中去,认为即使以严密推论为基础的、科学性强的哲学、政治、法律等文本,在语言上同样因根本的修辞性而有矛盾性、虚构性、欺骗性,从而也具有自我解构因素并导致最终不可阅读。他对卢梭著作的读解堪称范例。在读解卢梭的《信仰自白》时,他分析了其中"判断"概念的隐喻结构,揭示了在卢梭文本中"判断"意义的不确定性、多样性和矛盾性,得出了《信仰自白》的"不可阅读性"的结论,并推断出,文学文本与非文学文本在隐喻结构及其解构上是无本质区别的:

---

① ② 保尔·德·曼:《盲视与洞见》,明尼苏达大学 1983 年版。见"盲视的修辞学"一章。

"我们发现《信仰自白》和结构实际上同《新爱洛绮丝》(卢梭的小说——引者)一样:隐喻模式(在《新爱洛绮丝》中被称为'爱情',在《信仰自白》中被称为'判断')的解构导致这个隐喻模式被类似的文本系统所取代。"因为,"从以修辞模式为基础的作品类型理论的观点看,两个文本之间不可能有区别"①。这就从语言修辞性上彻底消解了小说语言与推论语言、文学与一切非文学文本的界限。

德·曼对卢梭《略论语言的起源》文本的读解更有典型性。卢梭在该文中叙述了"人"(man)一词的产生历史:原始人在遇到他人时首先感到恐惧,把他人看成比自己更高大、强壮,因而赋予他人"巨人"(giants)的名称;后来发现他人并不比自己高大、强壮,才发明了"人"(man)这个他与他人共有的名称,同时,保留了过去受骗时创造的"巨人"一词。对卢梭的叙述,德·曼进行了解构分析。他认为,在此例中,原始人遇到他人的恐惧源于不信任的感情,他人其实并不比他高大、强壮,他人是"巨人"只是一种假设。可见在卢梭那里,一切感情(爱、怜悯、恐惧、愤怒等)并非基于认识到这种差异的真实存在上,而是基于这种差异可能存在的假设上,而这种可能性是无法用经验或实证分析证明的,它具有永恒假设的性质。这样,卢梭实际上证明了隐喻先于命名。因为隐喻可以是不自觉的,"它所描述的事实上仅仅是某种可能性",原始人假设他人比自己高大、强壮就是一种可能性即隐喻,而"巨人"则是这种隐喻的命名,这里隐喻在先、命名在后。德·曼进一步分析,在实际语言中,人们发明了"人"的概念,这里概念化经历了双重历程:先由原始、自发的隐喻"巨人"构成,后由数的比较(即他人身高等在数量上与自己差不多)产生。这又是一种双重的错误:一方面"巨人"一词源于盲目的感情错误要素(某种可能性的假设),另一方面"人"一词是来自于数的比较的错误要素。

德·曼由此推论,一切概念语言与"人"的概念化过程一样,都是隐喻替代过程,都体现了语言的修辞性这一根本特点;一切概念语言都是添加在错误之上的诺言,"人"的概念的产生过程证明了语言(包括概念语言)的虚构性和欺骗性。他进而认为,作为文明社会的基础的语言既然有虚构性、欺骗性,那么文明社会本身的虚构性、欺骗性就不证自明了。当德·曼得出"人类的特性,也许根植于语言的欺诈之中"的结论时,他实际上已由对语言修辞性的论证转化到对人类自身特性的深刻怀疑和对人类命运的洞悉关怀了。他把语言的自我解构、自我毁灭同人类社会制度的自我解构、自我毁灭隐喻性地联系起来,认为,如果说"使语言成为可能的照字面的解释,同时也就使对语言的滥用成为不可避免",这是语言的自我解构方式,那么,卢梭所说的"使社会制度成为必要的那些腐化同时也就使对社会制度的滥用成为不可避免"则是社会制度的自我解构。②

这样,德·曼就把他的解构理论从单纯的文学文本推广到一切非文学的推论性文本,并进而推广到人类自身和整个社会制度。这就是隐含在德·曼的语言解构理论深层的颠覆性力量所在。

德·曼的解构理论,进一步发展了德里达的解构主义思想,使之在美国社会的人文学科中得以扎下根来,传播开来。它冲破了长期以来束缚人们头脑的关于世界具有整体性、

①② 保尔·德·曼:《阅读的寓言》,沈勇译,天津人民出版社 2008 年版,第 264、167 页。

统一性、稳定性的结构主义观念,表达了西方一批激进学者对社会政治、历史、哲学、文化的现象乃至整个资本主义政治制度内部的矛盾性、变动性和非同一性的深刻洞察和怀疑一切传统价值、消解一切"中心"结构的反叛精神,有其积极、合理的方面。德·曼从揭示语言的修辞性入手,对传统的语言观、真理论、文本观、文学观、批评观、历史观等进行了全面的清算,得出了许多全新的独特看法,其中不乏深刻、合理之处,但其彻底的怀疑主义、虚无主义和反科学主义的倾向也包含着明显的偏激、片面的错误。第一,他把修辞性列为语言的根本特性,认为语言从产生时起就有虚构性、欺骗性和不可靠性,这就完全否定了语言具有基本稳定的指称意义从而能负起人类表达思想、进行交流和记录、延续文化的根本功能,实质上也就全盘否认了全部人类文明史。这显然是荒谬的。第二,人类理性思维和科学理论的发展,是人类走向成熟的标志,也是人类文明的硕果,德·曼却把一切科学文本世界统统归入修辞世界,予以解构,这种对科学和理性的敌视也是反历史主义的。第三,他根本否认任何文本的可阅读性和可理解性,这也是片面的;任何文本的基本方面应当是可读解的,否定了这一点,也就否定了人类交流、沟通的可能性了。如果以子之矛,攻子之盾,则德·曼自己的全部解构理论也是用语言写成,也面临着"不可读解"和自我解构的困境。历史一再证明,彻底的怀疑主义、虚无主义,最终必然走入怀疑、否定自己的"陷阱"而不可自拔。

13.3.2 布鲁姆的"影响即误读"理论

哈罗德·布鲁姆(Harold Bloom,1930—2019),当代美国著名文学批评家,耶鲁学派主要代表之一。他生于纽约,1951 年毕业于康奈尔大学,获英语学士学位。1955 年在耶鲁大学获英语博士学位,并留耶鲁任教,1965 年晋升为教授。由于在文学研究和批评方面的卓越成就,他被授予多种重要奖项,并被多所大学授予荣誉博士称号或聘为客座教授。他勤于治学,著述甚丰。布鲁姆的学术生涯大致可分三个时期:20 世纪 50 年代至 60年代末为第一阶段,主要研究英美文学中的浪漫主义传统,取得了丰硕成果,并为第二阶段奠定了坚实的基础。这个时期主要著作有:《雪莱的神话创造》(1959)、《幻想的伴侣》(1961)、《布莱克的启示》(1963)、《叶芝》(1970)、《塔中鸣钟者:浪漫主义传统研究》(1971)等。第二阶段为自 70 年代起,为解构主义批评阶段,其间虽仍以英美浪漫主义诗歌为主要研究对象,但在理论上提出并发展了著名的"影响即误读"论,成为耶鲁学派富有创见的一位批评家。这一时期他出版了引起重要反响的"影响—误读"诗学四部曲,即四种代表性的批评理论著作《影响的焦虑:一种诗歌理论》(1973)、《误读图示》(1975)、《卡巴拉与批评》(1976)和《诗歌与压抑》(1976),以及《瓦莱士·斯蒂文斯》(1977)等,特别是其《影响的焦虑》一书,在批评界引起巨大的反响。第三阶段是 90 年代以后,是他回归传统的时期,这一时期其影响较大的著作为对于"经典"的批评之作,如《西方正典:伟大作家和不朽作品》(1994)、《莎士比亚:人的创造》(1998)、《如何阅读以及为什么阅读》(2000)等。

布鲁姆前期对英国浪漫主义诗歌作了系统、深入的研究,提出了与艾略特完全对立的独特观点,即赞扬浪漫主义诗歌传统中基督教正统的古典主义和保守主义,而对那种梦幻诗和 17 世纪的宗教诗则较贬抑。他对弥尔顿、布莱克、华兹华斯、柯勒律治、拜伦、雪莱、济慈一直到叶芝、斯蒂文斯等人的浪漫主义诗歌都作了深入的思考和研讨,特别关注这些大诗人之间的影响关系。如他在《雪莱的神话创造》一书中,吸收马丁·布伯的新虔教派的泛神主义思想,把雪莱的诗看成预言的和宗教的诗,对其诗《神话创造》中的造神力量倾注了热烈的情感,认为这种力量是雪莱所有有力度作品的内在精神的展示,同时,他认为雪莱最重要的诗集《解放了的普罗米修斯》受其浪漫主义前辈布莱克、华兹华斯的影响,展示了与他们一致的企图取代弥尔顿《失乐园》的地位的强烈意愿和抱负,他认为这种超越前辈影响的努力是一种克服人类局限的真正的梦幻的斗争。又如在《布莱克的启示》一书中,他着重研究了 20 世纪浪漫主义诗人叶芝及其与布莱克等人的影响关系。他认为,叶芝是一个非常善于幻想的诗人,其诗风是英国诗歌传统的继承,特别受到布莱克和雪莱的重要影响,但是,叶芝的成就并不来自对布莱克和雪莱的模仿和照抄,而恰恰来自对这两位前辈的反叛和超越。他提出,叶芝最终是反对两位前辈的,叶芝与其前辈的影响关系正是在反对前辈中建立起来的。这些研究,不仅在英国浪漫主义诗歌研究中独树一帜,而且直接为其第二阶段的"影响即误读"理论作了铺垫。

布鲁姆学术研究的第二阶段的主要贡献,就是吸收了德·曼的"误读"论,并运用于对英美浪漫主义诗歌传统的影响研究,创立了举世闻名的"影响即误读"理论。这是他对耶鲁学派解构主义美学的独特贡献。

布鲁姆最初提出"影响即误读"论,是在《影响的焦虑》一书中。这一理论,主要是就英美浪漫主义诗歌史上一些"强者诗人"(strong poet,亦译"强劲有力度的诗人")接受前辈的影响而言的。他认为,这种"影响"不是对前人的承继,而主要是对前人的"误读"、修正和改造。他对诗和诗论的传统总体上持否定态度。他认为当代诗人就像一个具有俄狄浦斯"恋母情结"的儿子,面对着的是"诗的传统"这一"父亲"形象。两者是绝对的对立,后者企图压抑和毁灭前者,而前者则试图用各种有意识和无意识的"误读",来贬低前人,否定传统的价值观念,从而达到树立自己的诗人形象的目的。这是一种故意反常的"修正主义"。据此,布鲁姆认为,误读实际上是后辈与前辈的斗争和冲突,一部诗歌史,至少部分是伟大的诗人们同他们的伟大前辈们之间的斗争,譬如布莱克就是在为摆脱弥尔顿的决定性影响和"重写"《失乐园》的斗争中确立起来他自己的天才地位的;同样类型的创造性的冲突或张力也存在于维吉尔与荷马、但丁与维吉尔、弥尔顿与斯本塞、华兹华斯与弥尔顿之间。布鲁姆部分地吸收了弗洛伊德精神分析学的观点和术语,把诗歌史上这种后辈反抗前辈的"创造性冲突"看成类似于儿子与父亲间的必然冲突,它通常包括儿子否认父亲的父权或父亲身份这样一个阶段。布鲁姆把这类冲突比喻为《失乐园》中的撒旦反抗上帝。他认为,在这种冲突中,诗人们开拓并"修改"了他们"前辈天使"的作品,以便为他们自己清理出发展的空间。他还总结了一些杰出诗人在开拓和修改其"前辈天使"的作品时所用的策略和方法,认为自莎士比亚以来的诗歌史,可以概括为一张"误读图示",指示出一部误读的历史,而所有这些"误读"背后共同体现出优秀诗人们竭力突破父辈影响的阴影的焦虑。布鲁姆在《影响的焦虑》中概括道:"诗歌的影响——当这种影响涉及两位强劲有力度的、权威的诗人时——总是通过对较前一位诗人的误读而发生的,误读这种创造性的衔接、联系行为,确实是、并且必然是一种译解(或译误释:misinterpretation)。一部丰硕多产的诗歌影响史,即从文艺复兴起西方诗歌的主要传统,就是一部焦虑和自我适合的歪曲模仿的历史,一部曲解的历史,一部反常、任性、故意的'修正主义'的历史,而若无这种'修正主义',现代诗歌本身也不可能存在。"①就这样,布鲁姆不仅把文学影响归结为创造性误读,而且把一部文学影响史归结为不断对文学前辈误读、误释和"修正主义"的历史。这同传统文学史的影响论把影响仅仅看成前辈对后辈的传授、统治、左右、支配,以及后辈对前辈的单纯吸收、学习、模仿、继承,显然完全不同,在某种意义上可以说对传统影响论的叛逆和颠覆。

在《误读图示》中,布鲁姆进一步完善和发展了他的"影响即误读"理论,十分鲜明地体现出某种解构主义的意向和色彩。

首先,他认为阅读总是一种"异延"行为(典型的德里达解构术语),因而实际上阅读几乎是不可能的。解构主义认为文学的文本是语言的文本,而语言的意义是不确定的,能指与所指之间不存在固定的对应关系,只有能指之间永无止境的意义转换、播撒、异延,而这一切发生在阅读过程中。因此,文本意义是在阅读过程中产生的,它同作者原先写作文本时的意图不可能完全吻合,总是一种延迟行为和意义偏转的结果。所以,寻找文本原始意义的阅读根本不存在,也不可能存在。阅读在某种意义上也就是写作,就是创造意义。正是基于这样一个解构主义思路,布鲁姆提出,"阅读,如我在标题里所暗示的,是一种延迟的、几乎不可能的行为,如果更强调一下的话,那么,阅读总是一种误读"②。

其次,他重申了"影响即误读"的观点。他坚持认为,"影响""不是指从较早的诗人到较晚近的诗人的想象和思想的传递承续",相反,"影响意味着,压根儿不存在文本,而只存在文本之间的关系,这些关系则取决于一种批评行为,即取决于误读或误解———一位诗人对另一位诗人所作的批评、误读和误解"③。这里又涉及解构主义另一重要观点,即不存在任何原初的其他文本由以派生的原文,一切文本都处在互相影响、交叉、重叠、转换之中,所以,不存在文本性,而只存在"互文性",只存在种种文本之间的相互关系或互为文本的关系。据此,虽然文本出现的时间有早有迟,但早出的文本不一定就是影响者,晚出的文本不一定就是被影响者。因为,晚出者对早出者的误读或修改,实际上就是对早出者的影响。布鲁姆把这一解构主义"互文性"观点用于考察文学影响问题,就得出了"影响即误读"的结论。既然影响意味着互文性,也即意味着诗人间的关系,那么,这种关系的实质也就是诗人间互相阅读、更确切地说是误读的关系。布鲁姆认为,这种一诗人对另一诗人的批评和误读行为,"实质上同每一位有能力的读者对他所遇到的每一个文本所作的必然的批评行为并无不同。这种影响关系支配着阅读,就像它支配着写作一样,因而阅读是一种误写,就像写作是一种误读一样"④。误读是全部诗歌史乃至文学史的影响关系的实质。这是解构主义对传统文学史观的反叛,即对把文学单纯看作是传递、承续、延伸的观念的巨大冲击。它更强调的是文学发展中的创造、更新和突破。

再次,布鲁姆还从心理学角度研究影响关系中的误读行为。他认为诗人的创造性阅读(和写作)"将关系到别人,也关系到他自己,于是,他被置于修正主义者的两难困境之中:他既希望发现他自己同真理的原始关系究竟是在文本中还是在现实中(无论他是否把

---

①②③④　哈罗德·布鲁姆:《误读图示》,朱立元、陈克明译,天津人民出版社2008年版,第2、3、4、4页。

现实也当成文本）；但是他也希望向所接受的各种文本展露他自己的痛苦，或者展露他想要诉诸历史的痛苦之事情"①。这就从心理矛盾的角度揭示了误读的必然根源，也为文学影响关系中的"互文性"提供了心理依据。

布鲁姆特别对创造性的误读即"修正论"进行了阐释，认为修正主义"是一种导致重新估量或再评价的重新瞄准或重新审视"，"修正论者力图重新发现以便作出不同的估量和评价，以便进而达到'准确'地瞄准"。他并用辩证法的观点发挥道："发现是一种限定，重新评价是一种替代，重新瞄准是一种表现。"② 这个看法是相当深刻的。后辈诗人、作家在审视、阅读前辈的作品时，往往能发现他人未发现的东西，而这种独特的发现，实际上又是一种对前人作品意义的限制和确定，限定了只有他一人看得到的意义域（或范围）；而对前人的重新评价就是对以往其他种种评价的一种替代，即以一种新的评价代替了旧的评价，因而又拓展了前人作品的意义域；至于重新瞄准，乃是后辈作家对前人作品的中心点的重新选择和阐释，而这种选择和阐释何以集中于此点而不集中于彼点，完全取决于误读者（后辈作家）主体的思想、意图、视界、心境等，换言之，往往正是主体的上述诸心理因素的表现或外化。这些观点显然是富有启发性的，是对误读理论的充实和丰富。

尤其具有独创性的是，布鲁姆进一步从强者诗人的生命循环中，"追踪出"了六种有效的修正方式即修正比：偏移（clinamen）、碎片（tessera）、由高到低（kenosis）、魔鬼化（daemonisation）、自我约束（askesis）和重现（apophrades）。这六种修正比也就是后来者诗人与前驱诗人的六种文本间的关系。布鲁姆所说的"对抗式批评"就是通过揭示这些关系来显示诗人之间的关系，在破碎的文本互涉形式中恢复诗歌的意义。

第一种是偏移。这个词借自哲学家卢克莱修，原意是指原子的偏移能使宇宙发生变化。布鲁姆用它来指对诗歌的有意的偏移和误读。后来的诗人要对前人的诗歌进行有意的误读，从而确立自我的神话，因而诗歌的影响也就是通过误读而进行的，它是一种创造性的校正，以此来和自己的前辈相分离。也就是说，诗人给前驱者定位，然后从这个位置上偏离。可以说，文艺复兴以来的西方诗歌的主要传统乃是一部歪曲和误解的历史，是反常和随心所欲的修正的历史，现代诗歌就是在此基础上形成的。③

第二种是碎片，意思是"续完和对偶"。这个名词借自古代的神秘仪式，来表示认可身份的凭证，布鲁姆是用来指以一种逆向对照的方式来续完前人的诗篇。这里所说的"对偶"，是指寻求自身对立面的探索者，并以此来寻求自己的"自我"。布鲁姆认为，新人和前驱的关系就好像某种强迫型的神经官能症，它的特征是一种强烈的双重情感，从这种情感中派生出的是一种挽救和救赎的模式，这种挽救和救赎的模式在诗的误读过程中成了制约着强者诗人生命循环的各阶段的联系的准仪式。因此，在 Tessera 中，后来的诗人提供自己的想象力告诉他自己能够使原来被缩短的前驱的诗歌变得完整。所以这种修正是一种救赎式的误读，它使后来的诗人相信，"如果不把前驱的语词看做新人新完成或扩充的语词而进行补救的话，前驱的语词就会被磨平掉"④。

---

① ② 哈罗德·布鲁姆：《误读图示》，朱立元、陈克明译，天津人民出版社 2008 年版，第 4 页。
③ ④ 哈罗德·布鲁姆：《影响的焦虑：一种诗歌理论》，徐文博译，江苏教育出版社 2006 年版，第 31、68 页。

第三种是由高到低。该词取自圣·保罗,原意是指基督自我放弃神性,接受了从神到人的降级。此处是指打碎同前驱的连续性的运动。布鲁姆认为,批评家在内心深处偏爱连续性,但是一辈子都和连续性生活在一起的人是不可能成为诗人的。经过了 Clinamen 和 Tessera 两个修正阶段后,作为父亲形象的前驱者已经被吸收进了后来诗人的"本我"之中,变成了一种无意识,诗人追求创造而拒绝重复,因此就产生了 Kenosis,它是一种同前驱有关的"倒空"现象,是把自身中已经内化到无意识中的前驱的力量进行收回,也可以是自我从前驱的姿态中"分离"出来,这种行为是一种解放式的不连续性,产生出仅仅凭借对前驱的简单的重复所无法产生的诗篇,从而用这种方式使新诗人获得拯救。所以,后来的诗人表面上是在放弃自身的灵感和想象力(其实它们是已经内化到无意识中的前驱的力量),其实这也把前驱者的灵感和神性倾倒一空了。所以,无论诗人中的强者显得多么的唯我主义,但事实上他并不是一个真正的自主的自我。每个诗人的存在都已经陷入到和另一个或者几个诗人的辩证关系中了,这些关系包括转让、重复、谬误或者交往,等等。

第四种是魔鬼化。此词取自新柏拉图主义,意为一个既非神亦非人的中间存在附在新人身上来帮助他。本书指对前驱的崇高的反动,"迟来的诗人伸开双臂接受这种他认为蕴涵在前驱的诗中但并不属于前驱本人而是属于稍稍超越前驱的某一存在领域的力量"[①]。诗歌创作不是反抗压抑的斗争,它本身就是压抑。布鲁姆在此作了一个生动的比喻。一个人能够成为诗人的力量是一种魔鬼的力量,这种力量是一种分布和分配的力量(这是"魔鬼"一词的原始含义),分布我们的命运,分配我们的天赋,然后在空出来的命运和天赋之处塞入自己的东西。这种分布和分配带来了秩序,传授了知识,还赐予我们无知来创立另一种秩序。这些魔鬼就是"影响",它们被撒旦放出来,赋予天才以丰富的悲哀之情,使他们成为强者诗人。但是魔鬼不能拥有这些强者诗人,因为当天才变成强者诗人后,就变成了魔鬼,又对后来的人产生了影响。也就是说,当新人被魔鬼化之后,前驱者就被凡人化了。在这种情况下,出现了一种"逆崇高",伟大的原作依然崇高,但已经失去了独创性。说它是逆崇高,是因为不可能彻底否定前驱。诗人为了把前驱者的场景化为己用,就要将其更加陌生化。而为了达到比前驱者的自我更为内在的自我,诗人就要让自己愈加唯我主义。为了回避前驱的想象力的那一瞥,诗人就试图将自己局限在一个范围之内,但是这样反而使得前驱的一瞥更加难以回避了。因此,这种魔鬼化以一种使前驱者失去个性的修正比开始,又以一种并不肯定的胜利结束。这样的话,后来的诗人使自己又进入了一个新的压抑状态,而那些"被遗忘"的前驱者则变成了想象中的巨人。

第五种是自我约束。这是从苏格拉底的萨满术士那里借来的词语,是指一种旨在达到孤独状态的自我的净化运动。这不是"倒空"式的修正,而是一种缩削式的修正,使自己和前驱相分离。在这里布鲁姆使用了弗洛伊德的"升华"的概念。在"魔鬼化"的过程中,当诗人陶醉在个人化了的"逆崇高"的新的压抑力量的时候,他会把一种孤独状态作为自己的净化目标,因此会不断地攻击自身,对自身的模式进行修正,寻求净化。这也是通过前驱的主体和前驱的"自我"达到真正的主体、真正的自我的过程,是一种终于获得了优先

---

① 哈罗德·布鲁姆:《影响的焦虑:一种诗歌理论》,徐文博译,江苏教育出版社 2006 年版,第 15 页。

权和自我的诞生喜悦。因此,布鲁姆把巅峰状态的诗歌看作是一种本能的侵略性的升华,只有真正的诗人才能够在创造出自己的文化、关注自己在这一文化中所占据的中心位置的同时,为达到这种观照而作出牺牲,因为通过回避而进行的创造必然要作出牺牲,因此也就产生了诗的谬误。这是一种"以我为中心"的对想象力的训练,牺牲了的部分会使诗人更加富有个性,所以,"每一首诗不仅仅是对另一首诗的回避,而且也是对这首诗本身的回避。换句话说,每一首诗都是对它曾经有可能成为的另一首诗的误译"①。如果说Clinamen 和 Tessera 的目的在于纠正和续完已逝者,Kenosis 和"魔鬼化"是努力压抑对已逝者的回忆的话,那么 Askesis 则是与已逝者的殊死搏斗,从而实现诗人的自我的升华。

第六种是重现,或者叫做"死者的回归"。它出自雅典城邦的典故,指死去的人每年都会回到他们原先居住的房子里居住一段时间。这里是指一个奇异的过程,就是诗人经过前几个阶段的修正之后,会让自己的诗作完全向前驱者敞开,初看以为是历史又回到了原处,但仔细阅读才会发现,新诗的成就使前驱者的诗歌仿佛不是前驱者所写,而是后来的诗人写出了前驱者那颇具特色的诗作。博尔赫斯曾经说过,是艺术家创造了他们的前驱者。但布鲁姆指出,这里所说的和博尔赫斯所说的有所区别,它是指后来的诗人的创作那更伟大的光芒削弱了前驱者的力量,强者诗人虽然回归了,但好像他的作品中并没有预示着后来者的降临,因此,强者诗人是打着后来的诗人的旗号回归的,这证明的是后来的诗人的胜利。因此,"'阿波弗里达斯'当它为有能力的想象力所操纵的时候,当它被一直保持其自身强劲的强者诗人所操纵的时候,与其说是死者的回归,毋宁说是早年的自我高扬的回归的一次庆典,而正是这自我的高扬使得诗成为可能"②。

应当重视的是,《误读图示》一书不仅在理论上发展了"误读"说,而且更注重把"误读即影响"的观点应用到诗歌批评和浪漫主义诗歌史的研究实践中去。他花费了许多篇幅研讨了勃朗宁的长诗《恰尔德·罗兰》,考察了弥尔顿和爱默生对他们后继者们的影响,涉及的诗人还有雪莱、济慈、丁尼生、华兹华斯、惠特曼、狄金森、史蒂文斯、沃伦、爱蒙斯、阿西伯雷等。通过这种批评示范,布鲁姆把他的误读理论具体化、操作化了。

尽管西方学者把布鲁姆看作是耶鲁学派的重要成员之一,但布鲁姆本人却曾经否认这一点,他宣称自己是个"学术流浪汉",甚至对解构主义还有过批评。他坦率而清醒地说道:"至于我自己的观点,在解构主义者看来是传统主义的,而在传统主义者看来又是解构主义的。"这是处于后现代批评语境中的布鲁姆批评理论复杂性的体现。对布鲁姆来说,批评是一种诗的规则的再现,他虽和解构主义者一样,认为文学史必须论及文本,论及文本间的关系,而论述又要经过一个只能由修辞方式表达的不能置换的过程:他们都抛弃把诗人看成是意义的创造者这种主观幻想,抛弃个人主体能够表现自己想象的真理的看法。解释一篇文本就是要找出它的"战略和防御的比喻",以此来正视或回避在它之前的其他文本。布鲁姆与德里达的相似之处是,他认为在构成诗史继承主线的一系列修辞"遭遇战"里,文本的渊源不断向前追溯,甚至超出了人们的回忆;他们的不同之处是,布鲁姆认为诗人必须努力为他的想象创造一个存在的空间,也就是说,他仍然能用诗人的表达意志

---

① ② 哈罗德·布鲁姆:《影响的焦虑:一种诗歌理论》,徐文博译,江苏教育出版社 2006 年版,第 122、154 页。

来判断他们的创作情况。布鲁姆批评理论的复杂性表现在,一方面他承认解构主义的力量,他把这种力量称之为"先进的批评意识";但是另一方面他认为,只有承认有意识的创作,这种批评才能有真正的出路,所以必须产生一次飞跃:从认识一切解释是一个比喻网,到相信可以用某种方法为现代想象辟出一个活动空间。也就是要把修辞学看作超出比喻的认识,并重新进入创作意志的范围。也正是在这点上,他与耶鲁学派的其他成员产生了原则性的分歧。

布鲁姆批评理论的这种内在矛盾性,从根本上说,主要表现为:既有明显的后现代特征,也有传统的精英主义和人文主义的影子,突出体现为后现代性特征与反后现代性特征的矛盾:

一方面是后现代性特征:首先是强调诗歌文本的互文性。布鲁姆的理论从一开始就用互文性作为修正比来打破文本的封闭性。因为在布鲁姆看来,诗(或文本)并不存在,只有"互涉诗(或文本)"存在,只有文本之间的关系存在,"一首诗的意义只能是另一首诗"。而"批评是摸清一首诗通达另一首诗的隐蔽道路的艺术"。我们在诗歌之中读到的不是这个诗人的作品,却是另一个人的诗歌,换句话说,我们只能在另一个诗人的作品中去阅读这位诗人,我们永远不可能阅读到单个的人,而只能阅读到他或者她的家庭罗曼史,问题在于如何去还原,"一首诗的意义只能是另一首诗"。[①] 这种对"互文性"的强调,既有结构主义理论的影响,也吸取了解构主义和后现代主义的传统,强调了文本本身的断裂性和不确定性。从而打破了文本中心主义的窠臼,以形式分析为切入点,但最终让视线扩展到整个文学传统和文化影响的视域之内。

其次是泛文本化倾向。布鲁姆没有满足于仅仅做一个专门的诗歌批评家,他的研究除了英美诗歌之外,后期弗洛伊德的精神分析理论和基督教、犹太教等宗教的教义也被作为想象性的文本,受到影响诗学的"有意误读"。他的误读理论本身就有来自德·曼的理论影响,他的"影响的焦虑"的概念也来自于弗洛伊德的"家庭罗曼史"理论、尼采的超人理论,也掺杂了宗教神秘论的观念。他这种打通各学科的界限的批评方式,以及把宗教理论等都作为一种文本的观念,可以看出,他把人类的一切活动都作为一种文本活动,在其中都可以找到心理活动尤其是防御与压抑活动的机制。

另一方面是反后现代特征。布鲁姆的许多理论与解构主义文学批评观相左。例如他不认同断言所有的文学文本与文学影响无关的批评观,在布鲁姆看来,"诗的历史是无法和诗的影响截然区分的",因为一部诗的历史就是强者诗人为了廓清自己的想象空间而相互"误读"对方的诗的历史。此外,在对意义的相信与追寻上,布鲁姆走出了解构主义的阴影,创造出了自己所独有的一套影响诗学或者说修正理论。在与耶鲁学派的关系上,他和德·曼也一直争论不休。德·曼和其他解构主义者强调语言意义的不稳定性,而布鲁姆却认为人们的想象力应该独立于语言之外。此外,布鲁姆坚持的文学批评理论,也有几个明显与后现代主义思潮相逆的特征。

一是试图把浪漫主义树立为文学批评的正统。布鲁姆早期对浪漫主义诗学的研究,

---

① 哈罗德·布鲁姆,《影响的焦虑:一种诗歌理论》,徐文博译,江苏教育出版社 2006 年版,第 96 页。

通过讨论浪漫主义的持续性,体现了其在后文化复兴的英国文学中试图将浪漫主义树为中心的雄心壮志。这与打破正统与权威的后现代思潮截然相反。

二是强调审美自律性与反对多元文化主义的文学观。布鲁姆在 90 年代以来关于"经典"的论著中,试图恢复以"审美"为中心的经典观,认为文学应该坚持个体孤独"自我"取向的审美价值观,阅读的目的或作用就是为了增进与改善自我,阅读经典是为了获得一种崇高形态的审美乐趣和愉悦。在文学观方面,他坚持审美的自律性,认为文学之所以伟大是因其精神升华和美感强度,而与政治和道德无关,"审美只是个人的而非社会的关切"①。这无疑是从康德到唯美主义一以贯之的审美自律观念的再次阐释,从这种精英主义的美学倾向来看,布鲁姆应该属于现代主义美学的阵营,这无疑与其所处的后现代主义语境格格不入。对布鲁姆文学理论的这种两重特性,艾布拉姆斯从传统人文主义的视角作出了非常精当的评价,"布鲁姆重新赋予作为人的作家和读者在文学交际中的影响力地位",他把布鲁姆和同样被认为是"新阅读理论"主张者的斯坦利·费什(Stanley Fish,1938—)进行比较,"假如说费什的理论是'半人性的',那么布鲁姆的理论就是'太人性的',因为它从'强势的'文学书写与阅读中撇开一切动机,只留下关于自我的考虑和关于对自我权利意志不加约束的一切内疚……"②

但说到底,布鲁姆主要还是一位解构主义批评家,他的最大贡献还是"影响即误读"理论。

布鲁姆的"影响即误读"理论问世以后,受到英美乃至国际批评界和美学界的高度重视。这里不可能全面评价布鲁姆,但至少有一点可以肯定,那就是这一理论包含着局部的真理性。布鲁姆强调"影响"过程中误读、批评、修正、重写的一面,即创造、更新的一面,而打破了"影响即模仿、继承、接受、吸收"的传统理论格局。从辩证法观点来看,发展总是新陈代谢,只有继承而无创造、更新,就只能原地踏步而没有发展。在继承和创新这一对矛盾中,后者是主要方面,是事物发展的内在动因。这一观点运用于文学批评和文学史研究,无疑会形成一种新的眼光、新的视野,从而带来重大的突破和创新。当然,全面地看,布鲁姆的理论也有片面性,一是忽视了影响关系的另一方面——继承;二是把"误读"绝对化反而导致了某种相对主义倾向,取消了影响关系中的客观标准和价值尺度。这也正是解构主义的局限所在。

13.3.3 米勒:从意识批评到解构批评

希利斯·米勒(J. Hillis Miller,1928—),是耶鲁批评派的另一员主将。米勒曾在欧柏林学院就读,他的文学理论生涯始于 1954 年,当时刚由物理学专业转到英美文学专业,开始接触新批评。后转到哈佛大学攻读博士学位,受教于布希(Douglas Bush),1952年以博士论文《狄更斯的象征意象》获博士学位。先后在威廉姆斯学院、约翰·霍普金斯大学、耶鲁大学等校任教。1972 年至耶鲁大学,同德·曼、布鲁姆、哈特曼等一起组成"耶

---

① 哈罗德·布鲁斯:《西方正典》,江宁康译,译林出版社 2005 年版,第 12 页。
② M·H·艾布拉姆斯:《以文行事》,赵毅衡、周劲松等译,译林出版社 2010 年版,第 266 页。

鲁学派"。1976—1979 年任该校英文系主任。1986 年起,他转赴加州大学厄湾分校英文和比较文学系任教直至退休。同年,德里达也从耶鲁到厄湾分校任教。1986 年当选为全美英语文学会主席。他著述勤奋,主要著作有:《狄更斯的小说世界》(1958)、《神的隐没:五位十九世纪作家》(1963)、《现实的诗人:六位二十世纪作家》(1965)、《维多利亚小说的形式》(1968)、《哈代:距离与欲望》(1970)、《小说和重复:七部英国长篇小说》(1982)、《语言的时刻:从华兹华斯到史蒂文斯》(1985)、《阅读伦理学》(1987)、《毕美莱恩诸貌》(1990)、《霍桑和历史》(1991)、《维多利亚时期的诸主体》(1991)等。

米勒的学术生涯可分为三个阶段:第一阶段是 1953 年以前"新批评"时期;第二阶段是 1953—1968 年现象学或意识批评时期;第三阶段从 1968 年起转为解构主义批评。

20 世纪四五十年代,新批评在美国文学批评、理论界是占优势的主流派。米勒在求学于欧柏林学院和哈佛大学时,接触到"新批评",开始了最初的"阅读"训练。米勒说他在哈佛期间最感兴趣的主要是柏克(Kenneth Burke)、燕卜荪(William Empson)、I·A·理查兹(I. A. Richards),并且他最赞赏的并不仅仅是他们极富创见的理论,更是他们作为读者,对文本敏锐的洞察和精细读解的天赋。米勒认为柏克和燕卜荪对他个人的学术发展起到真正的重要影响,而这影响甚至比当时身为新批评理论主流的理论家如兰色姆(John Crowe Ransom)、塔特(Allen Tate)的影响还要大得多。米勒由此对新批评给予高度评价:"把注意力放在意义如何由语言产生之上,比起单纯地讨论主题意义的提取,已远非一般的理论进步,它具有深远的意义。"①新批评所提倡的文本"细读"对米勒影响极大,可以说,从语言学角度对文本进行"细读"和分析的训练,使他一生受益匪浅。他后来虽然在美学和批评理论方面经历过两次大的转折,但善于对文学作品文本细读深解的习惯和本领却始终未变。即使在解构主义时期,这一初衷仍未改变。他在 20 世纪 80 年代曾说,自己研究文学、读解文本语言文字的"主要动机在我刚开始研究文学时就已成形:设计一个方式,有效地察觉文学语言的奇异之处,并试图加以阐释说明"。不过,即使在这一阶段,米勒对新批评也不是盲目崇拜,而是已有所不满,酝酿着某种突破。

1953 年米勒到约翰·霍普金斯大学任教后,结识了当时法国的著名现象学批评家、日内瓦学派主要代表、以倡导"意识批评"著称的乔治·普莱(Georges Poulet)。普莱的"意识批评"与新批评根本不同,不是执着于单个文本的语言,而是回到作者,认为作家的意识有其整体性,一位作家的所有作品是其整体意识的不同面貌和方式的展示或显现,因此,文学批评的目的不在于阐释、评判个别文本,而是要完整地"界定作者的心灵":批评家应当透过一位作家看似纷繁复杂乃至自相矛盾的众多作品,"找出创作者内心原初的整体"。普莱指出,阅读的特殊之处在于它给人以接近他人思想的独一无二的机会:"无需离开自我,也无需放弃自己的内心,如人们所说,'投入'阅读的人仅凭此就可以进入另一个人的内心深处,他的精神与之相呼应"②。普莱的观点对米勒影响极大,并促成了他学术

①　易晓明编:《土著与数码冲浪者——米勒中国演讲集》,吉林人民出版社 2004 年版,第 128 页。
②　J·希利斯·米勒:《乔治布莱的认同批评》,见《重申解构主义》,郭英剑等译,中国社会科学出版社 1988 年版,第 1 页。

生涯上的第一次转折。这在他的《狄更斯的小说世界》一书中表现得十分明显。

米勒"敬献给普莱"的这部著作，就自觉遵循了普莱的"意识批评"的原则。米勒认为狄更斯的"所有作品构成一个整体，有上千路径从此整体中辐射而出，从其作品的每一事件与意象中，可以看见作家连续创作的核心是一种无法触摸到的组织形式，正是这种组织形式不断地支配其遣词造句"。具体来说，他通过分析狄更斯全部小说文本之后，认为作者的关心集中于"一个单一的问题：寻找能赖以生存的地位身分"，这在其早期小说中，集中表现为"人与人之间截然不同，被深锁在个人怪癖的扭曲现象中"这一总主题，如《马丁·邱治威特》表现除了依附于社会"取得伪装身份外，别无他途，虽然这种伪装身份是欺骗行为和寻求自我的作假"；《大卫·科波菲尔》与《董贝父子》则展现出"从依赖于亲子关系转为依仗成人的浪漫爱情来逃避孤独"这样一个意向；《凄凉之屋》、《小多瑞》、《孤星血泪》等，透露出狄更斯对社会邪恶的控诉及对单凭自身力量（特别是爱情）难以自救的思考；而到《知心朋友》中，狄更斯更流露出对心灵美、善的超越性的绝望哀痛①。米勒就这样在解剖狄更斯众多早期小说的基础上，发现了他那苦苦探求人们生存之路的心灵的整体。比起其博士论文《狄更斯的象征意象》来，《狄更斯的小说世界》一书显然达到了更高的水准。米勒自己坦承受到普莱的影响："他的著作对我的著作很快产生了强烈的影响，譬如我努力修改我的博士论文，让它成为一本出版著作。我花费了大量的心血来改写，包括在威廉斯学院那年以及在霍普金斯的第一年里，以至于我的第一本书，尽管也是论狄更斯的，但与博士论文已经面目全非。"②在稍后的《神的隐没》中，米勒也用意识批评方法对五位维多利亚时代的作家——托马斯·德昆西、罗伯特·勃朗宁、艾米丽·勃朗特、马修·阿诺德和曼雷·霍普金斯——的作品进行整体性分析。他从海德格尔提出的神人同在、可经验到神力的"原始世界场景"出发，认为在近代作家那里，神已隐没、消失，只有孤独的自我和相对的历史主义世界，而上述五位作家面对无神的世界，采取浪漫主义态度。他说，这些"浪漫主义者仍然信神，他们无法忍受神的退隐。他们不惜代价仍然企图重建与神的交往沟通"；"浪漫主义把艺术家定义为创造或发现迄今尚未被人理解的象征的人，正是这些象征跨越鸿沟，建立了人与神的新关系"③。按照这一总的精神，米勒具体分析了每位作家如何在自己作品中开辟与神沟通的道路，以部分回复对原始世界场景的体验④。不过，米勒在接受普莱的影响时，并未忽视对文本语言的细读，而只由此入手，来窥视每一位作家的心灵整体。

到60年代中期的《现实的诗人》，米勒把《神的隐没》的基本思想进一步应用到现代诗人如叶芝、史蒂文斯等人身上，认为他们的"起点与基础从神的隐没转为神的死亡"，他们受现代科学的影响，忽视了谋杀神的正是他们自己，结果，当神及天地的创造成为意识的对象，人便成了虚无主义者，人只有放弃自我，并像史蒂文斯所说的那样"赤脚走进现

---

① 参见《狄更斯的小说世界》1958年英文版。

② 易晓明编：《土著与数码冲浪者——米勒中国演讲集》，吉林人民出版社2004年版，第165页。

③ 参见《神的隐没》1963年英文版。

④ 参见《现实的诗人》1965年英文版。

实"——在这"现实"中,"物体以原本的面貌、以其存在的整体展现自己","在这新的空间里,心灵散布于万物中并与之结为一体",而不再是心物二元对立——这"就是20世纪诗的范畴",是每位伟大诗人逃离虚无、获得诗情的根源:"每位诗人各以其道进入这个新现实:叶芝肯定有限时刻的无限丰饶;艾略特发现使道赋形显现就在此时此地;托马斯接受死亡,使诗人成为拯救万事万物的方舟;史蒂文斯在存在之诗中确认了想象力与真实。"①这仍是从一个时代的总体意识来概括每位现代诗人的总体意识。米勒这些论述把意识批评发展到了一个新的水平。

在德里达思想的影响下,从60年代后半期起,米勒开始了向解构主义思想的转折。《维多利亚小说的形式》(1968)和《哈代:距离与欲望》二书就是这个转折期的成果。他后来回忆道,《维多利亚小说的形式》"是一本转型期的书,它写于1968年,之后便是讨论哈代的书。那些书是对话式的,因为它们与我后来采用的批评与著述观点只有一线之隔。这些书有两个参照中心:意识与语言"②。显然,这时的米勒一只脚已迈出意识批评之门而踏上解构批评之路。如果说,他的批评生涯从语言(新批评)起步,尔后离开语言走进意识(意识批评),那么,当他接受解构主义之后,他重新回到了语言,用米勒自己的话来说,就是"运用语言谈语言"。

在《维多利亚小说的形式》中,一方面,意识批评的思路仍然承续了下来,他仍以神之死亡作为核心意识的假设,认为"维多利亚小说的基本主题可说是探索在无神的世界里,寻求把他人尊为神的种种途径"③;另一方面,小说语言形式和修辞学问题受到了关注,诸如小说中的时间使用、叙述者的地位、语态及其与作者的关系等,米勒都作了认真研究,这些都为日后的解构批评铺平了道路。《哈代:距离与欲望》一书也大致相似。该书首先对哈代的所有小说作了意识上的总括,认为"哈代看待世界的方式是以意识的超然无涉为基础,这使他及其代言人能窥见未经扭曲的现实的原貌",他把爱欲作为"从唯一可能的地方找到秩序的源泉",用爱欲来"建立衡量一切事物价值的尺度"。然而,爱欲却需要情侣间的距离,所以哈代的所有小说都在爱欲中设置了距离。接着,米勒又从意识批评转向小说语言文体形式的探讨,他说:"哈代的每部小说的时间构架都是上述形式的变化。随着情侣们相互贴近或分离,小说也像活动的力场般变化着。每个角色都是力的交叉点,小说的进展也由一群情侣间的接近或疏远来决定。越是有距离,欲望就越强烈。"④这一时期的米勒,正处在从意识批评向解构批评转轨的途中,因而具有兼重意识和语言的两重性特征。

70年代,米勒完成了向解构主义的转折。他步尼采、德里达之后尘,公开提出"阐释预设所用的'逻各斯中心主义'应该彻底摒除,因为德里达、尼采等人已揭示出文本绝无单一的意义,而总是多重模糊不确定意义的交汇"⑤。他认为,解构主义批评的基础是,文学

---

① 参见《现实的诗人》1965年英文版。
② 转引自台湾《中外文学》杂志,第20卷第4期,第17页。
③ 参见《维多利亚小说的形式》1968年英文版。
④ 参见《哈代:距离与欲望》1970年英文版。
⑤ 见《自然的超自然主义》书评,载美国《批评扫描》杂志1972年冬季号。

或其他文本是由语言构成的,而语言基本上是关于其他语言或其他文本的语言,而不是关于文本之外的现实的实在,因此,文本语言永远是多义的或意义不确定的,这些意义"彼此矛盾,无法相容。它们无法构成一个逻辑的或辩证的结构,而是顽强地维持异质的混杂。它们无法在词源上追溯到同一词根,并以这单一根源来作统一综合或阐释分析。它们无法纳入一个统一的结构中"。米勒曾以弥尔顿《失乐园》中第四部《藤蔓缠绕她的鬈发》为例,进行解构性阐释,他说:"一方面,弥尔顿把夏娃纳入整个创世系统,说她像亚当一样尚未堕落,是否堕落并不一定。虽然在她身上像在亚当身上一样,'他们光辉的造物主的形象闪耀',但他们'并不相同,因为他们的性别看上去不同':她生来就注定属于亚当,再通过亚当属于上帝;'他只属于上帝,而她通过他属于上帝'。"①这句诗里比喻干扰了神学,独立性冲击了从属性,解构批评就应这样从文本语言中找出各种互相干扰或对立的矛盾来,揭示文本的多义性及其各种意义之间的互相矛盾和互相"破坏"。

米勒在《像"主人"的批评家》一文中对"主人"和"食客"二词的解析是另一适例。他通过二词孪生的语源分析,一步步提示二词意义的分化、隐喻、直至对立的过程,指出,一方面,"主人"(文本)像"食客"(批评家)一样,另一方面,批评家并不比其所解释的文本更像"食客",因为文本本身就像食客一样要依靠其主人的愿望那样去接受它。这里,他玩弄的是"比喻的游戏"。米勒在修辞性的阅读、批评实践中,总结了许多解构的方法,如骤变句法、偏斜修辞法、既显又隐、异貌同质、僵局、挪移对比法、旁述、拟人法等等。解构的修辞学批评,使文本语言呈现的世界变得捉摸不定乃至不真实。任何模仿论批评的根据也就丧失殆尽,于是,语言反倒成了真正的现实。与德·曼一样,米勒把语言的比喻(修辞)性看成语言的与生俱来的本性,因此,批评只能是解构,"解构主义与其所属之长久传统的主要预设,可以说与比喻语言一脉相承,这不是在分析的语法上添加的",而是"一切语言都是比喻的,这是基本的,不可改变的",因此"一切好的阅读都是要解读比喻,同时也要分析句法和语法形态"②。

米勒还在《作为"寄主"的批评家》一文中提出了"寄生"与"寄主"的概念,并以此来说明文本的历史的链条。他认为,每一部作品都是"邪恶的"寄生物,寄生于以前的文本,对此前的作品既有摹仿、修正和升华,也有否定、误读和歪曲,作品里充满了"先前文本的模仿、借喻、来客、幽灵"。新的作品"既需要那些老的文本,又必须消灭它们。它既寄生于它们,又贪婪地吞食它们的躯体,……这条链锁中的每一个先前的环节本身对于其先行者来说,也都曾扮演过寄主兼寄生物的相同角色。"③"寄生"和"寄主"的关系存在于一切文本,贯穿着整个文学过程,并且不断重复、延续以至形成一个无穷的历史的链条。而这也正是米勒所看重的文学的特征和它的奇妙之处,它能连续不断地打破批评家预备套在它头上的种种程式和理论,一个文学文本自身并不是一个封闭自足的有机统一体,对某一个文本

---

① 转引自王逢振《今日西方文学批评理论》,漓江出版社1988年版,第62页。
② 转引自台湾《中外文学》,第20卷第4期,第20—21页。
③ J·希利斯·米勒:《作为"寄主"的批评家》,见《重申解构主义》,郭英剑等译,中国社会科学出版社1998年版,第104页。

意义的解读和开敞必然要在与其他文本的关系中来进行；相应地，其他文本与另外的文本之间的关系同样也给解读提供了背景和张力。

米勒把解构批评看成为将统一的东西重新拆成分散的碎片或部分，就好像一个小孩将其父亲的手表拆成一堆无法照原样再装配起来的零件。这是解构主义读解文学或其他文本的基本策略和方法。其根据是文学或其他文本的"言词（逻各斯）中心主义"基础已不复存在，虽然种种"形而上的假设存在于文本本身中，但同时又为文本本身所暗中破坏。它们被文本所玩弄的比喻游戏所破坏，使文本不再能被视为围绕'逻各斯'而构成的'有机统一体'。……比喻游戏暗示我们必须停止为内心的疑惑或畏惧而去寻找某个完全合理的意义，因为这种疑惧导致意义的摇摆不定。辩证的两极虽能综合，但也可能由同中之异瓦解为互相冲突的成分"①。显然，这种解构主义思想蕴含着推翻逻各斯中心主义和二元对立的传统思维模式，颠覆现存文化秩序的巨大破坏力量。

米勒在解构主义阶段的代表作是《小说和重复》。这部书是他在上世纪 70 年代运用解构主义思想对英国几位著名作家的七部小说研究和评论的结集，书中提出了具有独创性的"重复"理论。他在该书序言中说，他的目标是要"设计一整套方法，有效地观察文学语言的奇妙之处，并力图加以阐释说明"。他抓住的"奇妙之处"便是小说中的"重复"现象。他认为，在一定程度上，重复正是意义产生的来源。"无论什么样的读者，他们对小说那样的大部头作品的解释，在一定程度上得通过这一途径来实现：识别作品中那些重复出现的现象，并进而理解由这些现象衍生的意义。"②读者们往往习惯将作品当作一个完美和谐的整体，并在整体中寻找各种重复现象、同时梳理其复杂的活动方式，试图以此来发现作品权威的、固定的意义内核。但米勒并不承认文学作品有这样的一个意义中心，而读者对文本核心意义的朝圣必然会失败。"他永远无法找到一个最重要、原初（或首创）的段落，将它作为解释至高无上的本原。更确切地说，意义在每个因素间的相互作用中被悬置了起来，它是内在的，并不是先验的。这并不意味着这个解释与另外一个解释毫无二致，而是说意义不能被阐释为一个等级系列，顶端最初的解释是一切真实的解释中最为真实的，它只能被看作是一组有限的、可以加以限定的可能因素间的相互作用……"③他对七部小说的分析正是通过发现和描述种种重复现象出发，揭示作品中完全无法归纳和统一在一个中心下的多种意义。小说中各种可用于解释的各主题中没有一个拥有对其他主题的优势，能自命为这部小说意义的真正解释。谬误就在于假设了意义是单一的、统一的、具有逻辑上的连贯性，而最好的解释恰恰与此相反，"它们最能清晰地说明文本的多样性——这种多样性表现为文本中明显地存在着多种潜在的意义，它们相互有序地联系在一起，受文本的制约，但在逻辑上又各不相容"④。这可以说是清晰地勾勒出了解构主义批评的要旨：不存在唯一的形上的真理，形而上学意义上的必然性应当被悬置，表现意义的多样性才是对文本最真实的解读。

---

① 见《当代理论向何处去》，载《美国人文与科学院期刊》1979 年 1 月号。
②③④ J·希利斯·米勒：《小说与重复：七部英国小说》，王宏图译，天津人民出版社，2007 年，第 1、144—145、57 页。

　　该书所遵循的解构策略，是从揭示小说中出现的种种重复现象入手，进行细致入微的读解，将其大体归为三类：(1)细小处的重复，如语词、修辞格、外观、内心情态等等；(2)一部作品中事件和场景的重复，规模上比(1)大；(3)一部作品与其他作品(同一位作家的不同作品或不同作家的不同作品)在主题、动机、人物、事件上的重复，这种重复超越单个文本的界限，与文学史的广阔领域相衔接、交叉。他指出，人们阅读时常忽略这些重复现象，但许多文学作品的丰富意义，恰恰来自诸种重复现象的结合，因为"它们组成了作品的内在结构，同时这些重复还决定了作品与外部因素的多样化关系，这些因素包括：作者的精神或他的生活，同一作者的其他作品，心理、社会或历史的真实情形，其他作家的其他作品，取自神话或传说中的过去的种种主题，作品中人物或他们祖先意味深长的往事，全书开场前的种种事件"①。换言之，各种重复现象及其复杂的活动方式，是揭示作品丰富、多样、复杂意义的秘密通道。如上所述，米勒并不承认文学作品有一权威的、固定不变的意义内核，他对七部小说种种重复现象的描述，正是为了揭示这些作品复杂多样、变幻莫测，甚至互相矛盾的意义，从而将文本分解成碎片。

　　在该书第一章"导论"中，米勒还吸收了德勒兹的有关观点，总结出重复的两种基本形式：一种他称之为"柏拉图式的重复"，另一种是"尼采式的重复"。柏拉图式的重复是指以理念为万物原型的模仿式重复，这种重复强调在真实性上与模仿对象的吻合一致，这是19至20世纪英国现实主义小说和批评的首要预设，成为有强大势力的"规范式理论"；而尼采式的重复则假设世界建立在差异基础上，认为"每样事物都是独一无二的"，"相似以此'本质差异'为背景而出现。这个世界不是摹本而是德勒兹所说的'幻影'或'幻像'。它们是些虚假的重影，导源于所有处于同一水平的诸因素间的具有差异的相互联系。缺乏某些规范或原型的根基，意味着这第二种重复现象具有某种捉摸不定的神秘色彩"②。米勒还借用本雅明用"记忆"对普鲁斯特作品意象的分析来进一步说明这两种重复形式的区别。他认为，不同的重复形式存在于记忆结晶的不同形式中。一种"白昼里自觉的记忆"通过貌似同一的相似之处合乎逻辑地周转运行着，这与柏拉图式的重复相对应；另一种"不自觉的记忆"，本雅明称之为"珀涅罗珀式的遗忘的结晶"，虽"也是以众多的相似点织成的，但本雅明将它们称为'不透明的相似'。他将这些相似点和梦联系起来，从中人们体验到一样事物重复另一样事物，前者与后者迥然不同，但又惊人地相似"，这与尼采式的重复相对应。米勒还对这两种重复形式的关系作了深刻的阐述。他说，重复的第二种形式的"内在必然性，在于它依赖于有坚固基础的、合乎逻辑的第一种形式。重复的每一种形式常使人身不由己地联想到另一种形式，第二种形式并非第一种形式的否定或对立面，而是它的'对应物'，它们处于一种奇特的关系，第二种形式成了前一种形式颠覆性的幽灵，总是早已潜藏在它的内部，随时可能挖空它的存在"③。这也正是解构批评的理论根据。米勒据此假设"所有的重复样式都以这样或那样的形式体现了"上述两种基本"重复现象之间的复杂关系——既互相对立，又互相缠绞成一体"④。下面以米勒对勃朗特《呼啸山庄》的分析为例，简要介绍他的解构主义"重复"理论在批评实践中的应用。

---

①②③④ J·希利斯·米勒：《小说与重复》，王宏图译，天津人民出版社 2007 年版，第 3、7—8、11、5 页。

米勒描述了批评家和读者在读解文学作品时的真实处境:他们相信会有一种完满的解释,能使人从整体上把握和理解作品,但在阅读过程中,当他们想构造一个首尾连贯的阐释模式来完整解释作品时,这种期望却不断受挫。米勒通过《呼啸山庄》中许多重复现象的分析,指出以往无数批评、阐释的文献都走入了误区,"所有的文学批评展现的是所谓的对论述的文本所作的明确而有条理的解释,而《呼啸山庄》批评的特色正在于形形色色的阐释间的互不相关达到了这样一种罕见的程度,凭借这种方式,每个解释捕捉到了这部小说的某些因素,并由此推衍出总体上的阐释",他认为,"所有这些解释都是错误的",每个解释都有其"片面性"。其共同的谬误在于预先假设了"意义是单一的、统一的,具有逻辑上的连贯性"。米勒指出,"认为《呼啸山庄》中存在着唯一的神秘真理这一假设本身便是个谬误"。解构批评则相反,它"最能清晰地说明文本的多样性——这种多样性表现为文本中明显地存在着多种潜在的意义,它们相互有序地联系在一起,受文本的制约,但在逻辑上又各不相容"。米勒具体论述道,"《呼啸山庄》对读者的影响是通过构成作品的重复现象——它和其他作品里理性永远无法将它分解为某种令人满意的阐释本源的重复现象相同——来实现",就是说,小说中许多重复属于尼采式的重复现象,而不只是模仿原型的柏拉图式的重复,这种非逻辑、非理性的重复,是整体化、理论化的传统读解方式所无法完全把握的,"这一解释过程总将遗留下一些东西,它们正巧位于理论视野圈的边缘,不在该视野的包纳范围之内。这被忽视的因素显然是重要的细节,……由此我们发现文本实在过于丰富"。米勒就抓住这些被遗忘或忽视的重复细节,展开解构批评,证明该小说文本的丰富多义及多种意义都能成立又互不相容,因而压根儿不存在唯一的、统一的、神秘的意义中心和本原。语言、符号仅仅存在于一个事物与其他事物的分化对立中,就连认为存在原初统一整体的观念本身也是从此分化中衍生出来的、同时这种错觉又为各种语言的修辞手段所强化。正因为如此,《呼啸山庄》成为充满重复和神秘莫测的文本。据此,米勒总结道:"在期望这部小说成为重复具有根基(即本原——引者)的第一种形式的典范的诱惑和这种期望不断受挫的来回摇动中,《呼啸山庄》成了第一章中叙述的两种重复形式缠结交叉的一个特殊实例。"①

更晚近的《语言的时刻》,是米勒读解华兹华斯、雪莱、勃朗宁、霍普金斯、哈代、叶芝、威廉姆斯、史蒂文斯等诗人的诗作的论集,其主旨仍在揭示其中语言背后意义的暧昧不明、模糊不定或自相矛盾,证明语言是无根无源或阐释是无穷无尽的,因此,一切诗在逻辑上都是无法理解的。他说道:"诗歌文本中止的时刻,不常在开头或末尾这些对其自身媒介作反映或评论的时刻……而是一种旁述的形式,粉碎了把语言视为能透明地传达意义的幻觉",如在霍普金斯等诗人那里,"语言也是分隔的媒介,而非调解结合的媒介。同时,所有的事物汇集于语言中却只有步入消散之途"②。

此外,在米勒自称为"反叙事学"的《解读叙事》一书中,米勒把"反讽"这一最基本的叙事辞格作为解读和解构古今文学作品的主要策略和切入点。他说:"反讽是任何叙事线条和读者阐释中永远潜在的灾难。反讽指称一种非连贯,它总是已经发生,或正在发生或将

---

① J·希利斯·米勒:《小说与重复》,王宏图译,天津人民出版社 2007 年版,第 77 页。
② 参阅《语言的时刻》1985 年英文版。

要发生。从叙事线条的第一步开始,反讽无处不在。"[①]他并以自己的批评实践为依据,指出"反讽"是消解批评寻求作品固定本意的关键,"在我站立的这根叙事理论的线条上,无论我在哪一个点上转向何方,都会不断地与反讽这一怪物遭遇,它挫败了我寻求坚实理论基础的努力"[②]。比如,对《俄狄浦斯王》这部被亚里士多德的《诗学》奉为作为理想悲剧和典型地体现悲剧诗学原则的作品,米勒作了反讽性解读。在俄狄浦斯杀父(拉伊俄斯)的真相尚未最终揭开时,俄狄浦斯说,"我从未见过他",而观众却知道俄狄浦斯不仅见过拉伊俄斯,而且为他所生,还自己亲手杀了他。俄狄浦斯说自己会积极捉拿杀害拉伊俄斯的凶手,"就是(我是在)为自己的父亲(复仇)"。在说这句话时,他不知道拉伊俄斯就是自己的父亲,自己就是凶手。当他诅咒凶手时,他不知道他诅咒的就是自己,并且这些诅咒最后都会在他的身上应验。米勒认为,俄狄浦斯的话自始至终都充满了反讽性,俄狄浦斯说的话被飘送至超凡的多重逻各斯的控制之中,从而表达出他自己尚未察觉的真理。俄狄浦斯在说一件事时,往往无意之中表达了另一种意思。再如在分析《克兰福德镇》时,米勒认为,叙述者包括作者本人盖斯凯尔夫人一直在"如何对待男性权威"这个问题上摇摆不定,一方面她们厌恶男人,反对父权制,对男人充满不满和蔑视,另一方面她们又对男性权威不无反讽地表示敬意,不时有溢美之词,并且最后大团圆结局也是依靠男人的回归,这种疑虑和摇摆贯穿全书。叙述者和作者在位置上和态度上来回摇摆的双重性,反射出女性写作采用反讽性摹仿的方式来拆男人的台,最终只能表达另一种反讽。所以《克兰福德镇》旨在表达的并非是两种态度取其一,而是两者无法调和的反讽式共存。米勒进而指出,"《克兰福德镇》以一种颠覆性的女性挑战力为基础,这种力量禁止确定无疑的封闭。这一开放性使故事永远处于未完成状态,……这种颠覆性的挑战力量有一个最为恰当的名称:反讽。小说离心性质的反讽主要在于,它既让读者看到女人可以离开男人而生活,又显示出她们无法离开男人。这一态度上反讽性的摇摆不定,让认真阅读的读者困惑不已,感到难以确定。这种非确定性导致故事走向另一个方向,使人无法对它作出确定无疑、单一和独白性质的评论"[③]。就像"重复"一样,"反讽"也成为米勒文学批评的一个重要解构策略。

近年来,有人批评米勒的解构主义陷入了语言的泥淖,而与历史、社会、伦理相疏离。米勒拒绝了这种指责,以《阅读伦理学》(1987)等论著阐释了自己的主张。他虽然并不反对文学的"外部"研究,但仍然坚持语言文本阅读的首要性:"我还是认为,在文学研究中返回历史、政治和伦理的唯一正确的途径是通过文本自身,通过对书页上语词积极主动的读解。"[④]"当今许多人宣称:修辞性的阅读已经过时,甚至是反动的,已经不再必要或需要。面对这样的宣言,我对原文仔细阅读的方法仍然抱着一种顽固的、倔强的,甚至是对抗性的申辩。即使是在当今全球化的情境之下,仔细的阅读对大学里的研究来说依然是非常重要的。"[⑤]这种坚持"细读"文本为文学研究第一要务的态度,在学术浮夸风甚嚣尘上的

---

①②③ J·希利斯·米勒:《解读叙事》,申丹译,北京大学出版社 2002 年版,第 153、175、223 页。

④ J·希利斯·米勒:《小说与重复:七部英国小说》,王宏图译,天津人民出版社 2007 年版,第 2 页。

⑤ J·希利斯·米勒:《论全球化对文学研究的影响》,见《重申解构主义》,郭英剑等译,中国社会科学出版社 1988年版,第 161 页。

今天,无疑是值得尊重的。

米勒从新批评走向意识批评,再走向解构主义,一步一个台阶,不但使他的文学批评充满着锐意进取的创新精神,而且在把解构思想传播到美国学术文化各界方面起了重要作用。他的学术道路,也代表了美国战后文学批评发展的轨迹,具有相当大的典型性。

米勒的文学批评始终紧紧围绕着英美文学传统中的优秀的、经典的作品,并不赶现代派、后现代派的时髦,但他的批评思路和视野是全新的、开阔的。他的重复理论和解构批评的实践揭示了经典作品的丰富多样的内涵和意义,和读解文学作品的无穷可能性、潜在多样性,与德•曼和布鲁姆一样,对文学批评理论的开拓和建设作出了不可磨灭的贡献。但是,米勒的解构主义重复理论和批评,把语言的"比喻游戏"看成语言的本性,抬到文学语言的基础性地位上,完全否认和取消了语言意义也有相对明确、稳定、继承的一面,抓住作品重复现象的细小枝节大做文章,颠覆文学文本所具有的客观、基本的意义和主旨,把文学的主题、意义的历史性和相对确实性化为虚无,这种明显的相对主义和虚无主义倾向,对文学批评的健康发展是不利的。虽然他对此有所觉察,但无法改变其解构主义的基本倾向。此外,人们批评他有反历史主义倾向,也是持之有故的。

13.3.4 哈特曼的解构主义批评理论

杰弗里•哈特曼(Gerffery Hartman,1929—)是美国当代最有影响的文学批评家和美学家之一,耶鲁大学英语系和比较文学系教授,对英美浪漫主义诗歌和犹太文化研究具有很深的造诣。他出生于德国一个犹太家庭,十岁逃离纳粹德国,随后在英国接受教育。十六岁前往美国与家人团聚,随后他就读于纽约市皇后学院。在这期间哈特曼先后学习了英语、西班牙语、希腊语和意大利语等多种语言,并显现出对诗歌和小说的浓厚兴趣。1949年,哈特曼进入耶鲁大学学习,先后师从于三位著名的文学批评家(勒内•韦勒克、奥尔巴赫、亨利•佩勒)。1953年,哈特曼在耶鲁大学获博士学位。1955年起哈特曼开始任教于耶鲁大学英语系和比较文学系。自50年代初开始步入文坛、进入美国批评界以来,哈特曼就以其颇具个人特色的批评理论和批评风格对文学批评界产生了深远的影响。他笔耕不辍、著述甚丰,其主要著作有:《未经调节的视像》(1954)、《华兹华斯的诗1787—1814》(1964)、《超越形式主义:文学散文》(1970)、《阅读的命运及其它散文》(1975)、《荒野中的批评:今天的文学研究》(1980)、《拯救文本:文学/德里达/哲学》(1981)、《横渡:作为文学的文学批评》、《未成熟的预言:文化之战中的文学散步》(1991)、《最长的阴影:写在对犹太人的大屠杀之后》(1996)、《文化的灾难性问题》(1997)、《批评家的历程》(1999)等。其中,《华兹华斯的诗》曾获得克利斯蒂安•高斯奖。这些著作基本上反映了哈特曼漫长而多变的学术生涯。作为一名文学理论家和文学批评家,哈特曼的思想并非一成不变,他在不同的时期往往有着不同的关注点,并且不断调整自己的批评立场和理论角度。对多种语言的掌握,使得哈特曼能够将法语与德国观念、德语歌谣和英国浪漫主义诗歌广泛联系起来;扎实的哲学素养和理论基础,尤其是与欧陆哲学的渊源也在某种程度上奠定了他批评作品的基调;深厚的文学素养与开阔的理论视野使他的文学批评实践更加丰富多彩。

哈特曼的学术经历大体上可以分为三个阶段：第一阶段大致是20世纪50年代至60年代。在这一时期哈特曼主要专注于对浪漫主义诗歌，特别是华兹华斯作品的研究。第二阶段大约是20世纪70年代至80年代，在这一时期，哈特曼作为"耶鲁学派"的重要代表人物之一，逐步形成其独特的文学批评观，进一步发展了解构主义批评理论。第三阶段为20世纪90年代至今，在这一时期，哈特曼的研究中心主要集中在创伤研究上。当然，哈特曼学术生涯的三个阶段并不是截然区分的，他在不同时期的研究兴趣往往是互相重叠、互相渗透的。

与希利斯·米勒一样，哈特曼的批评历程也始于对"新批评"的扬弃。哈特曼理想的文学，是作为有机体的文学形式与充盈着想象力的文学思想的结合。如有的学者所说，"一方面，他觉得不能完全放弃文学形式作为一个有机统一体的想法，另一方面，最好又能让思想出来透一透气，不要那么认死一个目的，多来一点有趣的想法，阐释的接受，接受一点精神的问候和风雨的洗礼。"①和这种文学观念相应的是，哈特曼对"新批评"一味强调形式的批判。哈特曼认为，"新批评"习惯于将文学活动简化为写作和阅读两方面，文学批评只强调文学的内部要素，而遗弃其外部因素。而正是这样的批评方法使得文学的领域被人为限制、文学的概念被人为狭隘化。在其早期著作《未经调节的视像》中，哈特曼对"新批评"只强调文本内在因素的解读方式发出了质疑，对"新批评"所倡导的极端化的"细读"批评方法提出了批评。作为一个批评家，哈特曼坚持认为"外在批评"必须与"内在批评"结合，两者各有短长，应在批评实践中有效结合。但是，哈特曼在否定"新批评"的同时，也难以避免地受到了英美新批评风格的影响。在这一点上哈特曼和希利斯·米勒很相似，在"新批评"对阅读的系统训练中成长起来的批评家们往往在反对"新批评"的同时，也无法回避他们所受的影响。"正如哈特曼所承认的，尽管他倾心于欧陆的批评风格，他仍强烈地感受到詹姆斯所谓的'形式诱人的魅力'。"②

在其学术生涯的第二个阶段，哈特曼同意并借鉴了德里达对于语言的看法，逐步形成了其独特的解构主义文学批评观。

在传统理论中，语言具有明确的含义，具有稳定不变的特性。哈特曼首先借鉴德里达的解构思想，把自己的批判锋芒指向这一传统观点。他认为，语言并不是确定不变的，而是多义的、复杂多变的，就像一个"迷宫"一样。他指出，文学的语言在不断地破坏自身的意义，解构自身。所有的语言必定是隐喻式的，依靠比喻和形象来说明问题。如果以为任何语言都是从字面上体现本义，那就大错特错了。即使以谨严著称的哲学、法律等方面的著作也与诗歌一样，深深地依赖隐喻和虚构。隐喻从本质上看是"无依据的"，只是用一套符号取代另一套符号。因此，语言恰好在那些它试图表现得最具说服力的地方显露出自己的虚构和武断的本质。文学是这种语义模棱两可特征表现得最为明显的领域。但是，和德里达偏重于形而上的理论探讨不同，哈特曼更关注于将德里达对于语言的哲学阐释具体地运用在文学批评实践中。他指出，"德里达的阐释更加具有形而上意味，而耶鲁学派则注重在形而下的文学领域进行解构理论的操作实践"③。

---

① ② 转引自盛宁：《后结构主义的批评："文本"的解构》，《文学理论与批评》，1994年第2期，第114—129页。
③ 杰弗里·哈特曼：《批评家的历程》，耶鲁1999年版，第7页。

　　哈特曼紧密结合文学批评实践,探讨了把语言看成是一种多义的对象、认为语言不断地在自我解构的主要根据和理由。首先,他认为象征是语言的基本特性。由于象征,语言的字面意义就与它的实际含义相分离,从而使语言变得不确定。哈特曼举了卡夫卡的《审判》中年迈的父亲扔掉毯子这个情节来说明象征在文学语言中的作用。在他看来,扔掉毯子,在生活中是一件很平常的事。可是在小说中,这一情节却具有深刻的象征意义,其中包含了父亲与儿子、创建者与强夺者、创作者与模仿者之间的全部可逆的关系。

　　其次,他认为语言本身是一张错综复杂的网络,其中每一个词、每一句话不仅必须联系上下文才能确定其含义,而且还必须与全部语言相联系才能把握其意义。因为"……词并不依赖于它们自身,而是依赖于其他的词"①。哈特曼以美国女诗人爱米丽·狄金森的抒情诗《在三点半》为例指出,诗中的"要素"、"器具"这些词的意义是不确定的,对于它们的理解的唯一办法就是联系狄金森的其他较早的抒情诗,甚至还应联系更广泛的语言学背景,考察其语源学的意义,这样才有可能获取其意义。

　　再次,他看到语言是与社会生活相联系的,实际上,语言触及了社会中的每一事物。就其本身而言,"语言是作为一种变动性的媒介物出现的,这种媒介物既超越、又否定了它对于现象世界的关系"②。这样,语言一开始就处于一种复杂的境地之中:一方面,它与社会生活不可分割,它应当表现社会生活,另一方面,它又不断地超越和否定它对于现象世界的关系,从而具有变动不居的特性。显然,"词语不仅阐明生活,而且也像生活本身一样,在它们之中包含着含糊和死亡"③。因此,把语言看成是具有稳定的结构、明确的含义,那只是结构主义、新批评派以及整个传统语言学理论的一种不现实的奢望而已。

　　从文学语言具有不确定性、隐喻性、虚构性这一基本观点出发,哈特曼进一步把视线转向对于文学文本意义的探索,从而揭示出文学文本意义的不确定性。德里达认为,文学文本的意义是不确定的,没有哪一篇文本是整一的,"一般说来,没有现在的文本,甚至没有往昔的现在的文本。一篇文本是过去的,但它也曾是现在的。文本是不能以一种存在的最初的或修饰过的形式来加以想象的。"④他指出,文本的意义只能通过各种各样的参照系来把握。与德里达的思路相一致,哈特曼也充分肯定了文学文本意义的不确定性。他认为,文本的意义是难以确定的,就拿德里达的《格拉斯》来说吧,"不仅很难说《格拉斯》是'批评'、'哲学'还是'文学',而且也很难说它是一本书。《格拉斯》呼唤出各种文本的幽灵,它们是这样地纷乱、混杂、虚妄和远离了正常的位置,以至单纯的作者的观念也黯淡无光了……"⑤德里达的《格拉斯》是如此,狄金森的抒情诗是如此,一切文学文本莫不如此,它们的意义都是不确定的。文本的意义之所以是不确定的,根本原因在于它与别的意义是互相交叉、互相渗透和互相转换的:"一种意义不仅仅与别的作为一种可作多种解释的意义类型共存:一种意义就是别的意义,所以在相同的话语中,两者都仍然处于相同的地位。"⑥

　　哈特曼还从两个方面分析文本意义不确定的原因。一方面因为文本是作者写作的结

---

①②③⑥ 杰弗里·哈特曼:《荒野中的批评》,张德兴译,天津人民出版社 2007 年版,第 142、174、260、151 页。
④ 德里达:《写作和差异》,1978 年英文版。
⑤ 哈特曼:《横渡:作为文学的史学评论》,载《比较史学》,1976 年第 28 期,第 268 页。

果,而写作则是"超越文本界限的行动,是使文本不确定的行动"①。既然如此,那么文本意义的不确定性乃是作者有意或无意地造成的。就文本而言,其中包含了比作者耳闻目睹更多的东西,因而即使对于作者而言,它也是多义的。显然,哈特曼的这个观点与本体论解释学美学的某些观点十分接近。在本体论解释学美学的主要代表伽达默尔那里,艺术文本是开放性的,其意义是不可穷尽的。艺术文本的意义既不是凝定在作者的原意上,也不是凝定在它的最初的读者的理解上。"研究诗歌文本或哲学文本的文学批评家也知道这些文本的意义是不可穷尽的。两者都是由于事件的进展而显示出历史材料所蕴含的意义的新方面。"②哈特曼也把文本意义看成多义的、开放性的,这与伽达默尔有一致之处。所不同的则是,伽达默尔主要是从历史与现实相统一的立场出发揭示艺术文本意义的这种开放性特征的,而哈特曼则侧重于从语言学的角度根据语言的多义性特征以及作者创作的具体特点来揭示艺术文本的开放性特征。

另一方面,哈特曼还从艺术文本的相互依赖性中揭示艺术文本意义不确定性的根源。他指出:"艺术依赖于其他的艺术,也依赖于批评,同时艺术被它们所修改。"③而就批评家来说,他则明确承认他对于先前的词语的依赖,认为其他文本也可以回答他在探讨特定文本意义时提出的问题。这样,艺术文本既然依赖别的艺术,又依赖批评家,那么在探寻其意义时,就不能不考虑到这两者对于它本身的影响,正是这种影响使得它的意义复杂多样化了。这里,哈特曼实际上已进入了解构主义的一个重要概念:"互文性"。这一概念表明,作品的意义并不是由作者加以限定的,它的意义只能永无止境地在文本之外去追索。一文本与其他种种文本实际上是互为文本的,即它是其他文本的吸收和转化。正因为这样,艺术文本在哈特曼那里就是"一种持久的变项",对于其意义的把握需要几代人的理解。

需要特别强调的是,哈特曼在吸收德里达解构思想基础上,消解了传统意义上的文学类型观,提出了文学批评本身就是一种文学(literary commentary as literature)的重要观点。"语言学转向"之后,文学批评逐渐"向内转",研究者的兴趣往往从对文学作品及其外部世界诸如社会、历史、宗教的联系以及创作主体身上转向了文学内部。这种研究对象和研究方法的变革,使得对作品语言的细致分析成为批评的主流,文学批评逐渐走上科学化、专业化的道路。因此,文学批评日益与人们的日常阅读脱节,与普通人的生活疏离。因为无法掌握这些专业的技能和术语,文学批评这一领域成为了少数理论家凭借其理论素养才能循径进入的领域,而常人则很难进入。哈特曼明确反对这样的情形,他提出要让文学批评重新回归文学当中。在他看来,文学批评并不是一种被动工作,它与文学创作一样,具有鲜明的思考性和创造性。正是这种创造性,使得文学与批评相互沟通,融为一体,文学批评也应该具有同样的打动人类情感的性质和功能。作为两者和谐融合的典型代表就是随笔。因为随笔所使用的语言能够摆脱各种僵化的术语和陈规,能够真正自由地表达思想和情感,所以随笔具有双重性,它既是一种文学评论,又是一种文学作品。

哈特曼文学批评理论的独到之处,在于他试图消除批评与文学的界限,把批评文本与

---

①③ 杰弗里·哈特曼:《荒野中的批评》,张德兴译,天津人民出版社 2007 年版,第 234、254 页。

② 伽达默尔:《真理与方法》,1975 年英文版。

文学文本同样看待,在文学的视野中来把握和思考文学批评。这样的探索与尝试,不仅是从更宽广的意义来理解批评,更是从宽广的意义上来理解"文学",拓宽了传统意义上的文学领域。"最广泛意义上的文学,作为被我们的法律、我们的报刊、我们的政治作品呈现出来的特质,像我们的诗和批评一样。"①哈特曼认为,由于受我们与生俱来的追求条理性、确定性观念的影响,我们把批评看得过于狭隘,认为批评既不是哲学,也不是法律或宗教,甚至不是文学,那么批评到底是什么? 在将批评与哲学、法律、宗教、文学一一隔离开来以后,批评还能够剩下什么? 哈特曼反对这种孤立的、狭隘的批评观,他认为这种批评观在不断明确自身界限的同时也逐渐丧失了自身广阔的领地。所以,和这种观念相反,哈特曼的目标是致力于具有独立性、拓展性、完善性的批评,不必忧虑于任何理论的隔阂。他在《荒野中的批评》一书中提出"个人化和混合性的做法",这种做法旨在实现个人诗意化的分析和批评理论杂糅化的统一。他崇尚即时感悟,不追求"从理论到理论"的系统性。哈特曼认为,"对我来说,理论是一种仔细阅读的方法,一种分析的技巧"②。"现在在和你谈话的人,他认为自己首先是一个评论家,在探索那些已经云集在他四周的想法,以及直接源自他的感受力的问题。"③具有理论的思维力却避免僵化推论,拥有即时感悟的洞察力又能够避免盲目,这正是哈特曼对于"作为文学的文学批评"的期望所在。哈特曼也正是借此努力消解批评与文学的界限,扩大批评的领域,力求使新的文学批评更具开放性和包容性,使文学批评内涵更为厚重。

把文学批评看作是一种文学,强调批评与文学的同一性,理由何在呢? 哈特曼认为,首先,批评不仅仅是被动地阐释文学文本,而是与文学作品一样,具有创造性。文学批评不应当在文学世界中处于二流的地位,仅仅具有非创造的和附属的功能,"因为所有的批评都必定需要一种再思考,这种再思考本身就是创造性的,其他的人也认为它是创造性的:在研究和生活的每一个方面,这种再思考是一种对非真实的事物的存在和对关于存在的虚构的一种细察"④。显然,正是具有创造性这一基本特征,把批评与文学相沟通,使两者处于同一领域之中。

其次,批评与文学作品一样,可以具有打动情感的性质。理论家们普遍认为,文学作品包含丰富的情感,具有打动读者情感的作用。哈特曼则进一步指出,文学批评同样也可以具有这一特点。他认为艾略特的《神圣的丛林》就是一个典型的例子。在该书中,艾略特充满热情地阐述了批评和诗对于宗教的关系问题,而这些论述本身又是十分感人的,因为它们和艾略特本人的经历密切相关。

再次,批评和文学本质上并没有第一手作品和第二手作品之间的差别。人们之所以把两者严格地区分开来,并把批评剔除出文学的疆域之外,那是由于他们把文学理解得太狭隘了。在哈特曼看来,德里达的《格拉斯》、罗兰·巴特的《恋人絮语》都十分雄辩地证明,它们都既是文学的文本,又是文学的评论。它们属于"文学"的领域而不属于纯"批评"

---

① ④ 杰弗里·哈特曼:《荒野中的批评——关于当代文学的研究》,张德兴译,天津人民出版社2008年版,第203、17页。

② 杰弗里·哈特曼:《批评家的历程》,耶鲁1999年版,第10页。

③ 谢琼:《从解构主义到创伤研究——杰弗里·哈特曼教授访谈》,《文艺争鸣》,2011年第1期,第74页。

的作品。因此，不能把文学的概念弄得太狭窄了。

又次，就文学事实来看，批评与文学也是统一的，两者属于同一领域。哈特曼认为，一方面，"在艺术家的劳动中，批评活动在一种与创作的统一中，找到了它的最高的、它的真正的实现"。另一方面，"创作和批评的这种融合正在当代批评家的作品中产生"。① 如前所述，哈特曼认为，随笔这种文体最好地体现了批评与文学的统一。随笔既具有作为评论的诸功能，同时又作为一种文学作品而呈现在读者的面前。这就表明，批评的纯理论的手段现在正在运用自己作为文学文本的力量，而不仅仅只是在说明或具体化现存的文学文本。因此，承认作为文学的文学批评，这既不是以损害创造性的作品为条件的批评的膨胀，也不是把批评与文学随意地混合起来。显然，文学批评正在创造着它自己的文本。

最后，批评与文学的其他形式一样，具有同样的社会背景，从心理学的角度来看，批评和虚构都是人类心灵的习俗。因此，人们并不能预言创造精神可能在哪里显现自身。将来的一代人很可能把自从阿诺德时代起就写下的文学批评看作像那个时代的诗歌和小说一样有趣。这是因为，批评也在写作自己的文本。因此，当我们对于文学的理解不那么狭隘时，就会看到，像弗洛伊德的《梦的解析》、基督教的经典《圣经》这样的作品都可以被作为一种文学作品来看待。文学与批评的交融、统一并不是孤立的现象，在其他艺术领域中同样也存在。比如，瓦莱里曾指出，达·芬奇就是一位批评家—艺术家，或者是一位科学家—艺术家，他的每一幅绘画作品同时也是一种构图的哲学。

正因为以上理由，哈特曼大声疾呼：文学批评也是一种文本，它属于文本世界，与文学文本并无本质的差别。他指出："如果对批评加以细读，在它对于文学的关系中，把它看作是与文学共生的，而不是寄生于文学之上的，那么这就会使我把目光转向过去的丰富多彩的批评。"他反复强调"应当把批评看作是在文学之内，而不是在文学之外"②。

把批评作为文学看待，充分反映了哈特曼解构主义文论彻底性的一面，这样，不仅在文学语言、文学文本中，其含义是可以转换、变动不居的，而且在文体方面，不同的文体也是可以转换、相互包容的。这既是哈特曼的一个别出心裁的见解，又是对于文学领域中一些特殊文体（样式），如随笔的基本特征的概括。这种概括有其合理性，因为它准确地揭示了随笔等文学文体（样式）所具有的融批评和文学表现于一体的基本特征，同时也看到了文学批评作品所具有的文学作品的某些重要特征，有力地反对了把文学批评与文学创作绝对割裂开来的错误观点。然而，把一切批评作品都看作文学作品，看不到两者之间的某些根本区别，那就难免以偏概全、失之片面了。

哈特曼认为，在过去的三十年中，英美批评传统与欧洲大陆批评传统之间的相互抵触在文学研究中带来了深刻的迷惑，造成了一种批评的"荒野"。英美批评，尤其是新批评派的谨严制造了许多条条框框，限制了批评的范围和创造力。它把批评附属于学术的和形式主义的目的，阻止批评与哲学思维的接近。哈特曼深刻地感受到英美实用批评与大陆哲学批评之间的巨大鸿沟，并企图弥合这一鸿沟。哈特曼问道："在哲学的批评和实用的批评之间存在着一条鸿沟，为什么前者会在大陆繁荣，而后者则被孤立在英国和美国的教授们的著作

---

① ② ③ 杰弗里·哈特曼：《荒野中的批评》，张德兴译，天津人民出版社 2007 年版，第 217、1、4 页。

中?"③盛行于英美的实用批评与在欧洲大陆上占据主导地位的哲学批评之间的区别是明显的:只要把阿诺德放在尼采旁边,或者把艾略特、瑞恰兹和利维斯放在卢卡契、本雅明和瓦莱里旁边,那么他们之间的差别是显而易见的。哈特曼指出,哲学批评在席勒、费希特、谢林和史莱格尔兄弟的著作中获得了最初的繁荣,它主要是在一种德国模式中发展的。在哲学批评中,智慧和神秘被结合在一起。它的最独特的特征是沉思和细读之间的困难的结盟。大陆批评注重的是概念的演绎。相比而言,英美实用批评则注重阐述的简约,强调细读。

哈特曼对于两种批评传统之间的重大差异和各自的优点作了深刻独到的分析。比如,大陆哲学批评注重概念的演绎、推理的严密。就哲学批评而言,的确包含了许多实用批评所缺乏的优点,特别是它的深刻性和理论性。例如,在英国要找到一种像卡尔·雅斯贝尔斯论述谢林的著作那样深刻的哲学批评是不可能的。而萨特对热奈特和福楼拜的评论则包含了一种对于哲学的、社会的和文学的观点的有力综合。而实用批评则以对于文学作品的缜密分析见长。同时,两者也都具有各自的缺点。大陆哲学批评传统对作品分析略嫌粗略,而英美实用批评传统则又过于琐细和偏狭。

哈特曼认为,在英美实用批评中,包含着一种对于理论抵制的倾向,而这一点实际上包含着对于从非英语国家或者从其他研究领域、特别是社会科学中引进的观念的抵制。而这一点恰恰是造成英美实用批评的偏狭的重要原因。因此,哈特曼主张实用批评与哲学批评应当相互交流,取长补短。事实上,两种批评传统也不是绝对隔裂的,越过大西洋,不同的观点在流动、交错着。像肯尼思·伯克和埃德蒙·威尔森这样重要的英美批评家保持着与欧洲大陆的联系,即使艾略特也得到了法国学术发展的有力帮助。实用批评和哲学批评之间的冲突持续了几十年之久。哈特曼认为,应当结束两者之间的"战争",把它们结合起来。而作为沟通两种批评传统的中介便是这样一个基本观念,即理论文本也是文本世界的一部分,应当把文学理论看成是文学的一部分。尽管两种不同的批评传统都与特定的文化和社会背景相联系,然而,把两者沟通起来,从而进一步推动批评的繁荣是可能的,对此,哈特曼寄予了厚望。

20 世纪 90 年代之后,哈特曼的兴趣主要集中在了大屠杀研究和创伤研究上。创伤研究和建立耶鲁的大屠杀证词的录像档案,这两者是杰弗里·哈特曼在 20 世纪 80 年代和 90 年代的主要工作。作为耶鲁大学大屠杀和犹太文化研究的创建者和负责人,哈特曼花费大量时间精力收集纳粹大屠杀幸存者证言实录,将其作为第一手资料并结合自己的童年的亲身经历来进行研究,探索生命价值和文化意义。这一时期哈特曼出版的著作有《最长的阴影:写在对犹太人的大屠杀之后》、《文化的灾难性问题》等。实际上从文学批评转向创伤研究,对哈特曼而言并不突然。哈特曼自己在接受采访时曾指出,早在他转向大屠杀研究之前,他就已经开始关注以文学为对象的创伤研究。"我首先要确认的是,就像你提到的,在转向大屠杀研究并认识到媒体见证的作用之前,我对以文学为焦点的创伤已经有多年的研究。我主要的文学资源是华兹华斯,他在成年以后重访童年经验,此时正值一个危机时期,他感到自己的个人身份和集体身份(英国的)都受到了威胁。"①"简单地

① 谢琼:《从解构主义到创伤研究——杰弗里·哈特曼教授访谈》,《文艺争鸣》,2011 年第 1 期,第 70 页。

说,语言永远是一些残留下来却又无法彻底贱价处理掉的东西。这是任何话语主体无法丢弃的一部分,而不仅仅是通向一个终点、一个超越性的意义或概念的方法。文学这一特殊主体,则和词语与伤痛之间错综复杂的关系密切相关。"①

人们很容易把哈特曼简单地归入解构主义批评家的行列,然而,就在那部被称为"耶鲁批评家宣言"的《解构与批评》的"前言"中,哈特曼实事求是地说过,德里达、德·曼和米勒是解构主义的领军人物,而他本人则还算不上是严格的解构主义者。他在接受采访时也曾明确指出,"人们常常将我与解构主义联系起来,而我至多只是在解构主义成为一种公众意识之前是一名解构主义者。我并非遵循某种教条主义的批评家。对我而言,重要的是批评的风格,这绝不是简单意义上的风格审美学或是一种表现模式。文学批评不是文学的一部分,它不是一套思维准则,不能简单地归纳为女性主义、历史主义或是结构主义……"②哈特曼认为,文学批评对文学作品的阐释应该是不断敞开的,用某种主义来标志文学批评,显然是将文学批评的复杂丰富简化和抽象了。他指出,"我对文学尤其是诗歌怀有热情,对一种阐释过程怀有热情。这种阐释过程通过质疑已经被断言了的确定性来使既有的尝试无效,并始终尽可能地向意义的新的确立敞开"③。"我们用'主义'来树立我们的标签,但是我总是对'主义'这个词充满警惕。这些'主义'是因为市场或政治的目的而强加在我们身上的。……在建构宏大理念的过程中我会发现一种美感;但是被建构的同样也能被解构。拆解、揭露或批评一些潜在的假想,并不一定会让它失效:它表明我们需要发现一个阿基米德的支点,它足够强大稳定,能够为思想——为一种叫做理论的杠杆作用提供一个真正的中心或杠杆。所以,没有所谓的理论之后,只有比通常更多或更少的理论。"④由此可见,单纯用"解构主义"来概括哈特曼的批评理论和实践,至少是不够全面的。他的批评视野和领域要宽广得多,不但超出解构主义,也超出文学领域,常常进入与文学交织的各种领域中,例如媒介、信息等等。随着信息时代的到来,哈特曼也开始关注信息化时代艺术传统如何生存的问题。随着大众传播媒介如电影、电视、网络的兴起,小说、诗歌等传统艺术形式面临"技术理性"的挑战。这种"技术理性"已经广泛地渗入到当代人类的生活和存在方式中,以传统文学文本所不具有的大规模复制优势,迅速传播开来。文学传统的生存空间被压制和挤占,作为文学活动中占有主体地位的人蜕化成了机械时代的奴役。文学中的人文因素被过滤掉之后,具有生命力的文学要素被抽象为公式、条件,文学传统遭遇到"技术理性"的全面否定。他在一次访谈中明确指出,"这让我可以回到你提的第一个问题:什么是我在解构之后感兴趣的问题(尽管我从来都不是那种死硬的解构主义者)。我觉得,媒体的见证,以及一般意义上地思考媒体的意义,在今天都是很重要的,需要我们经常有批评的觉察。……媒体学的必要性在于,我们对它传递的内容进行真实性检测的能力正越来越受到危害。……我们有必要去探讨媒体表面的真实性和

---

① ③ ④ 谢琼:《从解构主义到创伤研究——杰弗里·哈特曼教授访谈》,《文艺争鸣》,2011年第1期,第75、74、74页。

② 罗选民、杨小滨:《超越批评的批评——杰弗里·哈特曼教授访谈录》(上),《中国比较文学》,1997年第3期,第98页。

不太表面的失真性"①。

以下这句话可以看作哈特曼对当代文学批评的乐观愿景的概括:"我是个多元论者,我喜欢这种'千花齐放'或是'百花齐放'的局面。造成这一现象有对每一次批评运动所做的大量而详尽的研究工作的原因,也有批评自身的原因。每一次文艺批评运动各领风骚10 至 15 年,但这之后它们并不会自行彻底消失。在某一时期内,它们或是消失或是与其他事物相融合,但也许有一天它们还会重新粉墨登场。"②

13.4　文学解构主义

上面我们对从德里达的解构思想到耶鲁学派的解构批评作了较详细的述评,下面我们将结合实例,对解构主义文学批评的一般特征和阅读批评模式作进一步论述。

13.4.1　解构批评简释

乔纳森·卡勒在《论解构:结构主义之后的理论与批评》一书中认为,德里达解构主义对文学产生的影响,主要表现在四个方面:首先,它影响了一系列有关文学和文学批评的概念,包括文学本身的概念。其次,它为文学批评提供了新的话题,诸如对在场和不在场这类"二元对立"概念的解构。再次,德里达本人的解构阅读实践,为一个新的读解模式树立了样板。最后,它还影响了人们对文学批评的性质和目标的看法,比如,它显示了结构主义雄心勃勃的理性图式不过是一场白日梦;显示了文本永远是在自相抵牾,没有定解;显示了构建体系的雄心终成泡影之后,批评老老实实回到阅读和阐释的基本层面上来的必要;等等。

卡勒的体会是不无道理的。德里达本人无疑是一个极有文学气质的哲学家。在《一篇论文的时间》一文中他回忆说:"我最恒久的兴趣,那是甚至在我喜欢上哲学之前即已发生的,应当说如若可能的话,是对文学,对叫作文学的那类文字的兴趣。"③这兴趣足可解释当德里达的影响传入大洋彼岸之后,何以在文学界一路走红的原因。

就文学本身的地位而言,可以毫不夸张地说,经过德里达的引申,它业已不是比历史,而是比哲学本身更有哲学意味了。历史上文学作为哲学的对立面,是被挡在了"日常语言"之外。修辞性、虚构性被视为文学的基本特征。在文学中语言变得自由了,可以恣意游戏而不用承担责任,用英国言语行为理论哲学家 J·L·奥斯丁的说法,这是因为文学使用的是一种非真亦非假,故而只是"不认真"而已的语言,只须把它悬搁起来,不使染指哲学话语的纯洁性,便于事无妨。但是解构主义的文本理论既出,这个局面实际上是被颠

---

① 谢琼:《从解构主义到创伤研究——杰弗里·哈特曼教授访谈》,《文艺争鸣》,2011 年第 1 期,第 72 页。

② 罗选民、杨小滨:《超越批评的批评——杰弗里·哈特曼教授访谈录》(上),《中国比较文学》,1997 年第 3 期,第 97 页。

③ 蒙特伏瓦编:《今日法国哲学》,伦敦 1983 年版,第 35 页。

倒了过来：文学向无限播撒的"异延"性质，致使"认真"的话语如哲学反倒仿佛成了无稽之谈的诗的一个分支。正如海德格尔说的，日常语言是一首被用竭了的诗，真理是其虚构性被人忘却的虚构故事。由此观之，文学便成了历史、哲学等等其他一切话语形式皆从中而出的"原型文学"。德里达曾意味深长地转引过象征主义诗人瓦莱里的一段话："如若我们摆脱习惯的思想方法，而就知识领域现状来看，不难发现，由它的产品即文字所界定的哲学，客观上是文学的一个特殊的例子。"①瓦莱里接着说，哲学的定位绝不能离诗太远。这实际上已把哲学当作文学的分支和派生物了。

另外，关于解构主义对文学批评的性质和目标发生的影响，也许和结构主义的阅读模式作一比较，能更清楚地说明问题。希利斯·米勒在他为解构主义作辩的《斯蒂文斯的石头和作为疗术的批评》一文中，把批评家分成两种类型：其一是苏格拉底式的"敏慎型"，其二是狄俄尼索斯式的"盲乱型"，这大致也是结构主义和后结构主义的分野。推究其中的差异，米勒说，在于前一派批评家言必称科学，相信约定俗成的方法、给定的事件和可予测量的结果，随语言的科学知识不断成熟，最终可引导人们发现文学研究中的理性秩序。而另一方面，盲乱型批评家并不是放浪形骸、百无禁忌地鄙视理性。就一个问题的论证过程而言，米勒指出事实上没有谁比德·曼更严密、更见出理性。但是德·曼也好，德里达也好，其逻辑线索依然是把人引入漫无逻辑可言的云里雾里，让人不知所云，砰然碰壁而归。然而正当逻辑无能为力之际，恰是洞察文学和语言的真谛之时。

与重归实证的结构主义批评相比较，解构批评是以割断科学梦，致力于阐释、阐释再阐释而重归了细读。新批评也强调细读。但是解构批评不再像新批评那样以文本中的反讽、悖论等等修辞上的特征为依据，来证明作品内涵的丰富性，相反是以其人之道还治其人之身的典型的德里达作风，殚思竭虑从文本的意指结构中抽取出互为冲突的力量来。就这一解构的过程具有面向无穷的开放性而言，它意味着：第一，一切文本都不具有确定意义。第二，一个文本虽然有可能指涉其他文本，然而它绝不指涉文本之外的任何事物。第三，一个文本的同样合理的各种阐释，可能会互不相容，甚至毫无共通之处。第四，由于文本并不反映作者的意识状态，故而从任何意义上看，文本均不成为作者与读者之间的"交流"。第五，批评家的使命因此不在于解释文本意指何物，而在于考虑怎样把文本铸入一个新的文本。

很显然，上面五点作为解构批评一般特征的一个勾勒，其一刀切断作者与作品的联系，鼓吹文本的意义没有可能得到确证的立场，很难摆脱形式主义之责。耐人寻味的是英国批评家伯纳德·哈里生在他《解构德里达》(1985)一文中，却从另一种角度为德里达的非理性主义作了辩护，认为上述形式主义之责原是一种误解，或者说它恰恰是被德里达批判的那一类逻各斯中心主义的产物。

哈里生从两个方面作了解释。其一，他认为德里达应被视为在劝人不必耿耿于"现实主义"和"形式主义"之间的分界，以前者为引导人直接接触现实的洛克式的白板，以后者为与真实格格不入的滥用修辞的自由游戏。进而文分两类：前者有《克拉丽莎》、《儿子与

---

① 德里达：《哲学的边缘》，芝加哥1982年版，第29页。

情人》,后者有《项狄传》、《到灯塔去》等等。而文本的符号性质即播撒开去漫无边际的解构性质,其实是没有哪一种文本可以幸免的。所以不妨认同这样一种意义模式:如果说意义生成于文本内部,那么文本自身即是意义中全部"现实"的载体。因此,如读《项狄传》,其间的修辞手段固然是光怪陆离的,但读者并不因而忘却作者斯坦恩和他的世界,相反是在修辞之中去面对那个被扑朔迷离地变形又同样可以被扑朔迷离地认知的世界。哈里生认为这一理解更切近德里达的原意。虽然在我们看来更像是给解构主义披上了一件传统的外衣。

其二,德里达被认为是在倡导一种主动的、积极的阅读模式,而这一模式早已为许多批评家,特别是美国的批评家心领神会,把它看作针对新批评刻意追求一种终极、权威阐释的反平衡。哈里生认为问题主要在于这一主动的、积极的解构主义风格经常被误解为随心所欲的主观性,与据信是忠实记录对象的"客观"批评形成对照。比方说,文本的意义既然不是现实世界中任何一种语言外部的意义所能控制,意义便势将成为读者任意专断的意向和目的的产物。然而这任意专断的意向和目的,岂不同样是现实世界中语言外部的一种意义结构?于此可见,所谓主观和客观两种立场之间的分界,其实并不是那样清楚明白的。

要之,德里达毫不妥协的反逻各斯中心主义的立场,本身显然也难以跳出逻各斯中心主义的传统。德里达曾埋怨说,他所谴责的东西,反过来也被人用在他自己的身上。对此德里达辩白说,解构主义的阅读孜孜不倦于把文本的多重结构和意义走向铸入一个新语境的做法,最终有助于把阅读的中心从读者移到文本上来。阅读中的作者中心论早已被消解了,这不必赘述。以读者为中心,则无非出现两种局面:一是以读者为高高在上的认知主体,坚信关于文本的知识终可被穷尽,这是德里达不遗余力予以攻击的一个目标;二是赋予读者无限的阐释权利,使之成为意义的最终源泉;由此导致的天马行空、漫无边际的批评,则被认为是解构主义本身酿出的一个恶果,但德里达等并不承认这一点。

德里达本人多次强调应以文本为阅读和批评的中心,因此解构式阅读和批评理应是读者与文本之间的一种双向交流,读者所关心的问题每每可以见于文本之中,其结果也每每是殊难预料,乃至读者和批评家,反过来常会有一种被文本所"读"的感觉,而不是读者单向的胡思乱想。一个有名的例子是德·曼昔日的学生,美国女批评家巴巴拉·琼生在《麦尔维尔的拳头:处决比利·巴德》一文中对麦尔维尔著名小说《比利·巴德》的精彩分析。巴巴拉·琼生发现,在小说中,传统分别被视为善和恶化身的比利和克拉加特两人,正是体现了分别追求字面义和反讽义的两种批评立场,而这两种批评立场又最终为文本本身,具体说是小说同名主人公打出的那一拳所挫。巴巴拉·琼生的批评视角当然是解构主义的,因为她要说明的是文本没有一个确定的意义,但是她又论证了每一种批评立场反馈到文本中以后如何为文本本身所否定的程序和方法。这样的分析,显示了批评的客观性与文本交流的双向性以及对假设作小心求证的努力。可见,解构批评并不是异想天开、随心所欲式的阐释,它同样需要辛勤的劳动与思考,只是不再做搜索规律、举一反三的科学梦罢了。

13.4.2　诗无定解:批评举例

解构主义鼓吹用文学象征的多元性来替代传统哲学象征的一元性,形成后工业社会中对诗和文学的有力辩护。解构批评在此意义上就不但不是一种取消主义,相反成为当代文论中通过走极端形式的重新界说来维护文学独特地位的一种相当积极的批评模式。下面试举一个批评实例来说明。

美国解构主义批评家但尼斯·道诺霍1980年在《纽约书评》上发表了一篇题为"解构解构"的文章,分析了美国诗人罗伯特·弗洛斯特如下一首小诗:

与夜相识

我是一个与夜相识的人
我曾雨中踱步——雨中回
我曾走到街灯渺灭的地方

我曾俯视最凄凉的小巷
我曾路过巡夜的更夫
低垂双目,不愿解释

我曾立定让脚步声停息
当远远地传来一声呜咽
从邻街飞渡过重重屋宇

但不是唤我回转不是告别
再往前在那缥缈的空中
有一架明亮的钟倚着天穹

报知时间非错也并非对
我是一个与夜相识的人

道诺霍区分了这首诗的两种读法:正统读法和解构读法。按正统读法,读者会一路追随叙说人的情感,会体会到诗中"我"一词表达的不容置疑的肯定语气,"相识"一词所体现的知识的精确程度,以及"相识"的明确性和它的对象"夜"的含混性之间的关系等等。总之是读其诗如见其人,这一定程度上也是新批评的读诗模式。但如果换一个解构主义的读者,则完全不同了,首先他会来质疑第一行中的"我"一词:"我"意味着笛卡尔的"我思故我在"吗?它意味着必然存在一个叙说人,甚至是存在于"我"字之先吗?这就使问题复杂起来。不仅如此,这个读者还会问他自己,第一行中斩钉截铁的第一人称"我"一下子滑到含糊其辞的第三人称"人"一词,是否诗人在故弄玄虚玩障眼法,以便为晦暗不明的"夜"的闪离打下埋伏？或者，它只是适如其分地坦白了对"我"之确凿性的疑虑？道诺霍说，这个解构主义读者随后通读全诗时，会来细细咀嚼诗人与他的语言关系之中的每一个盲点，从而来批驳诗人自以为模仿一种语态，就可以实证一种存在的错误自信。毕竟印刷的语词是作为白纸黑字给出的，读者须把它们转化为有声的符号，进而掺入个人的感受来作理解。这样，读者读到的东西，自然就会与诗人的本意面目全非。

　　耐人寻味的是，道诺霍的上述解构主义读法，在另一些解构批评者看来，并不是正宗的解构读法。澳大利亚批评家霍华德·费尔珀林在《超越解构：文学理论的运用和滥用》一书中，就称道诺霍固然是呼应了解构批评一些"离经叛道"的特征，如主体的消解、作者权威的死亡、文字率先攫住读者视线等等，但是它却没有为作品重新勾勒出一个形象来。另外在"我"一词上倾注那么大功夫，似也没有必要，因为时至今日，只有最天真的读者才会把叙说人等同于作者或哪个具体人物，才会把诗看作诗人的宣言。至于解构主义视文字为白纸上面的印刷符号，据费尔珀林说，其用意不在于取消文本，而在于重新确立文本的意义走向。因为传统的阅读模式太坐享其成：它一目了然看出意义，然后把它圈定起来，便草草收兵，实际上充其量只接触到意义的皮毛和幻相。而文本的意义永远存在于阅读、阐释、批评之中，它是动态的。费尔珀林用了一个譬喻来说明：解构批评不同于破坏式批评，正如中子弹不同于氢弹。中子弹轰炸过后文本的构成部件依然完好，可以从容搭起新的构架。所以解构之后生命依然存在。费尔珀林的这一类看法，不失为解构批评中最为乐观的一种。

　　弗洛斯特这首诗的正宗的解构批评又为何物？费尔珀林说这要看由谁来读。他一一猜测了德里达和耶鲁学派四位主将将会怎样来读这首看起来太为平常的小诗。重点猜测了德里达与德·曼的读解方式。

　　首先，费尔珀林猜度德里达也许会把目光转向奥地利诗人里尔克和美国诗人史蒂文斯，也许会把他们的诗并置打印出来，把自己的评论写在页边或写进脚注，也许会利用文字游戏来进一步伸张这首诗的文本性："最后，背着所有这些双关语和踪迹的重负，他会消失在黑格尔和尼采之间的互文间隙里，又会在遥远的胡塞尔一端重又冒出头来。他甚至不无可能把他的批评插在诗行中间，或者干脆写出后打上叉叉，把它们置于删除号下，以便使它们在陈说的同时又消抹自身。"①

　　其次，费尔珀林又假设了德·曼的阅读模式。他说，对于德·曼，这首诗同样是提出了一个语言问题，而且语言问题从根本上说将是一个修辞学的问题：究竟应当从字面义还是比喻义来读解这首诗？就诗中的"夜"一词来说，费尔珀林指出，事实上对这首诗的任何一种读法，都会在一定程度上读出比喻义来，更不用谈"呜咽"，以及报知时间不对也不错的那架"明亮的钟"的象外之意。不论"夜"被理解为可怖的夜幕下的城市、宗教意义上的灵魂的暗夜，或者哪一种痛苦的内省心理，很显然它们都超越了一次城中散步的实际经验。可见在诗里能指和所指之间的关系有极大的游移性，故而需要求诸一种法则、一种逻辑，来说明语言符号偏离本义的游移活动。这个法则就是语言的比喻性。

---

　　① 费尔珀林：《超越解构：文学理论的运用和滥用》，牛津 1985 年版，第 120 页。

费尔珀林对德·曼和德里达的阅读模式作了解释。他说,字面义和比喻义的界线又在何处? 一个句子有可能纯粹按照它的字面义来读吗? 回答恐怕只能是否定的。或者说,语言中只有比喻义和修辞义的不同表现形式,而这形式又是一环接一环延伸下去,永远没有止境的。这就是德里达所说的意义的异延。前述德里达可能把它的评论穿插写在诗行中间,置于删除号之下,假如文本本身已有如是动作,这将说明,不管是坐享其成的正读模式还是刻意挑剔的误读模式,都可在文本中找出底本来。就《与夜相识》这首诗而言,费尔珀林发现还可以见出其他一些诗的踪迹。这些踪迹不是孤立的、过去的诗文,它被弗洛斯特同时写出又抹去,存在于这首诗的听觉范围之中。如诗中的"我"一词,同时唤起了但丁《神曲》中于人生途中迷路的"我",后者同样是相识了地狱之城的漫漫黑夜;同时唤起了威廉·布莱克《伦敦》一诗中的"我",后者同样是一个苦夜中踟蹰街头的行人……这些于阅读的同时诉诸听觉的诗文是文本与读者、文字与言语的合璧。它们被写在原诗的字里行间,就像原诗被写在这些诗文的字里行间,两者是相互渗透、难分难解的。意义在这互文性中,因而也呈现出头绪纷繁的多元性来。应当说,费尔珀林的上述阐释,把握了解构批评的要义,对于人们理解解构批评的性质、特点是有意义的。

但是也应当指出,解构批评在实践中并非是畅行无阻的。首先,解构批评主张一切反传统而行之,但实际生活中新与旧、传统与更新等很少呈现非此即彼的二元对立关系。其次,解构主义针对字面义高扬隐喻义、针对"权威的"定解鼓励离经叛道的新解,这个"度"很难把握,因为对文本、尤其是对文学文本的理解,从来就是见仁见智、众说纷纭的,所谓"一千个读者便有一千个哈姆雷特"的说法,便可证明文学本来就很少存在一成不变的"权威的"阐释。再次,对某一文本的任何一种有一定基础的理解,事实上都极少停留在字面义的理解上,而必然渗透了其他文本的回响,所谓字面义和比喻义之间或异或同的关系,其实比德里达所说的要微妙复杂得多。德里达把意义的确证派定给他不屑一顾的字面义,把自由游戏派定给他鼎力鼓吹的隐喻义,从而鼓励离开文本作没有边际的层层联想的做法,反而会在批评实践中产生误导。因为寻求意义永远是批评阅读的一个目的,哪怕这意义是相对的、不稳定的。而解构批评本身,尽管它把自己说得玄之又玄,也无非是换一个角度阐释一种新的意义而已。鼓吹完全消解意义,实际上把解构批评自身置于被解构的尴尬境地。

13.5 艾伯拉姆斯对解构主义的质疑

艾伯拉姆斯是美国当代著名文论家,他探讨浪漫主义文评的《镜与灯》(1953)蜚声西方批评界,现为英美文学批评界德高望重的前辈。从70年代后半叶起,艾伯拉姆斯写了一系列文章,与解构主义代表人物论战,其中尤以1977年发表的《解构的安琪儿》一文,被认为是传统阵营反击解构主义的一个经典,它对解构主义批评模式的负面效应作了较深入的剖析。

《解构的安琪儿》一文的源起是这样的:艾伯拉姆斯1971年出版了《自然的超自然主义》一书,次年希利斯·米勒发表题为"传统与差异"的书评,称《自然的超自然主义》是现代人文主义传统中的一个范式,而此一传统本身的一整套前提和程序是大可质疑的。继而批评家韦恩·布思撰文反驳米勒。艾伯拉姆斯的《解构的安琪儿》,则为针对米勒上述发难的第二个答复。全文大体可分为三个部分,其一是作者为他的人文主义传统立场辩护,其二为驳斥德里达,其三为反驳希利斯·米勒。引人注目的是这篇文章的第一和第二部分。

在该文中,艾伯拉姆斯相当系统地阐述了自己的立场,表示他并不反对多元化,多元化不但合情合理,而且于理解文学史和文化史是一个必然的结果。但问题在于解构批评的原则已经超过了多元化的极限,致使文学和文化史中的任何内容统统成了一个问号。假如这仅仅事关一本书倒也罢了,但米勒对《自然的超自然主义》的攻击对象连带整个人文主义传统,这就有必要认真来作一番讨论了。

艾伯拉姆斯强调他的立场是立足于米勒予以攻击的三个前提:

第一,历史的基础物质是书写的文本,作者虽然偶而有例外,但大体是利用他们所使用的语言所具有的各种规范和可能性,来言说明确的内容;并且假定有能力的读者,就他们使用同一种语言而言,能够理解作者所说的话。

第二,史学家们在大多数情况下,不但能够解释他们引用的文字意指什么,同样也能解释这些文字的作者写下它们的时候,意指什么。由于史学家与作者使用的是同一种语言,前者的阐释倘若在理,大致便能吻合作者的意向。

第三,史学家把他的阐释公布于众,是期望读者对同一段话语的阐释与他的阐释大致相仿,从而印证他的阐释的"客观性"。作者预见到对他的阐释中有一部分将被证明是误解,但这类误解若被限制在一定范围内,于他的历史观将无损大雅。但是,误解如果成为主流,他的著作便不再是历史,而成为一种历史的虚构。

艾伯拉姆斯阐释的上述三个前提,虽然并非无懈可击,尤其是前提之二实际上依然未超出作者的意图为意义准绳的传统读解模式;但是,如果像解构主义那样把一切理解都看成与作者的意图全然无关,似乎更难成立。艾伯拉姆斯并未把文本意义仅仅归结为作者意图,也不认为一个文本只有一个明确的意义,对它只能作一种阐释。他为自己辩护说,他从来就没有说过他的阐释是穷尽了文本的一切意义,所以米勒攻击他主张一个文学或哲学的文本只有一个明确的意义,委实是一种误解。同时,他坚决否认米勒所认定的他的语言理论是一种变相的模仿理论,是反映现实的一面镜子的说法。艾伯拉姆斯指出,德里达断定凡不在解构主义的模式之内便一定是种模仿论的关于语言的看法当然是错误的。而他的语言观主要是功能的和实用的:"语言,不论它是口说的还是书写的,是运用各种言语行为来完成人类形形色色的各种目的。在这许多目的之中,只有其一是宣示某物的某种状态,而且这一语言的宣示并不是反映,而是把人直接引向那状态中的某些特定的方面。"[①]这一观点,应当说早在他 50 年代的《镜与灯》中,即已初见端倪了。

艾伯拉姆斯因而认为他与米勒分歧的焦点,不在于承认不承认对一个文本可以有多种不同的阐释,而在于米勒完全否认有"正确"的阐释。他认为这是受了尼采虚无主义思

---

① 艾伯拉姆斯:《解构的安琪儿》,见《当代文学批评》,纽约 1986 年版,第 430 页。

想的影响，他指出米勒和德里达都是在尼采的庇护下写作，是效法尼采《权力意志》所宣扬的把意义输入一个原本并无意义的文本的做法。如米勒以肯定态度引了尼采的话：阐释本身是一种手段，它使人成为一件事物的主人。艾伯拉姆斯认为，如此弃文本于不顾，仅以读者的权力意志来解释文本，暴露出解构主义的任意性和主观性。

在《解构的安琪儿》中，艾伯拉姆斯层层深入地解构了德里达的语言哲学。

他首先分析了德里达的语言观与现代哲学和文学中以"语言论转向"命名的语言探索热情的不同，指出：第一，德里达与法国的结构主义一样，是把理论探索的重心从语言移向"文字"，即书写或印刷的文本。第二，德里达是用一种异乎寻常的狭窄目光来看待文本，以为无须考虑文本的作者是谁，无须考虑它同外部世界的关系，而以直接诉诸视觉的"白纸黑字"为文本的全部内涵。这意味着阅读的终点就是白纸上面的黑色标记，而埋伏在这标记之后的想象、虚构、形而上或形而下的世界，统统消失无踪了。因为文字有它自己的游戏规则，于是就有诸如"边缘"、"重复"、"差异"、"空间"等等典型的德里达式的术语将这些黑色的标记进行分割和组合。艾伯拉姆斯称这是一种"文字中心"的阅读模式（文字当然是就德里达白纸黑字的专门含义而言）。

接着，艾伯拉姆斯指出，德里达这个"文字中心"模式的要害在于，比赛还未开始就迫不及待地推出了游戏。他这里指的是德里达关于一切语言行为就其根本上说"都先已是一种文本"的著名观点。在德里达看来，作者的意识和意图，无论以何种形式出现，均被视为语言生成的一种虚设构架而在解构的利刃下分崩离析了。艾伯拉姆斯对此表示坚决反对，指出，作者在德里达那里不过是位居文本首尾的一个更多的符号而已；而文本不过是依据某个签名的所有权拥有者被认同的作品。假如说这一点德里达还多少继承了结构主义的传统，那么句法，这个意指序列中语词的组构原则，一个曾经被结构主义批评奉若至宝的基本法则，则显然被德里达抛到九霄云外了。

艾伯拉姆斯对"差异"、"踪迹"一类德里达式的术语也作了分析。他指出，德里达的"差异"概念与索绪尔的不同，它不是指此物和彼物之间的差异，而是指差异自身的差异。所以它是一个动态的概念，来补充文本的静态的构成，在似乎是静止不动的白纸黑字之间，搅起了永无宁息的轩然大波。于是又有了"踪迹"，它在又不在，叫人无从理解，最终使文本变得殊难把握。一个能指当初由"差异"生成的意指功能，在阅读的时刻已成一种"踪迹"，而且在将来也永远只是这海市蜃楼般不可捉摸的踪迹。他转引了德里达《异延》一文中关于踪迹是在呈现自身的同时又消抹了自身的说法，接着指出：这意味着任何一种界说符号意指功能的企图，都被无限止地延宕了下来，只能成为阐释者用一批符号对另一批符号的替代，而令作品的明确的意义，终成镜中之花，水中之月。

艾伯拉姆斯进而指出，德里达得出的文无定解的结论，其论证的方式同样有赖于一种本原、一种基础，而且这本原和基础同样是"目的论的"，只不过是换了一个文字中心的前提。对此他用了一个回音室的比喻："由此我们到达如前所述的结论。德里达的文本密室是一个全封闭的回音室，其间意义被化解成一种无穷尽的言语模仿，一种从符号到符号的纵横交错的反响，这些符号似幽灵般渺无踪影，不是源出任何声音，不具有任何人的意向，什么也不意指,只是在真空中跳荡。"①这个比喻被公认为是对解构主义的最为严厉的批评;它揭露了解构主义抛弃对语言的日常读法、听法和理解方式,一头钻进这形似真空的回音室里,来认同符号在其间鬼魂般自由游戏的真相,艾伯拉姆斯认为这就是解构主义的要害所在。

对于希利斯·米勒在当代批评家中作苏格拉底式和狄俄尼索斯式的划分,艾伯拉姆斯也极不以为然,认为米勒本人作为一个"盲乱型"的批评家,当他像德里达一样,把文本看成"白纸黑字"之时,也只能是在意义渺无终极的自由游戏中解构自身。但究竟怎样来看待这个神鬼莫测的解构世界? 正是在这里艾伯拉姆斯道出了《解构的安琪儿》篇名的由来。安琪儿的典故出自 18 世纪英国诗人威廉·布莱克的名作《天堂和地狱的婚姻》。是时布莱克讲到他与安琪儿摸索良久,走进一个曲折幽深的山洞,在安琪儿的指点下,布莱克看到了地狱:但见一个可怖的无底深渊,当中有一个太阳,阴森森却放着光芒,太阳周围是熊熊燃烧的火焰带,上有庞大的蜘蛛旋转不停。然而布莱克说,他的朋友安琪儿离开须臾,眼前这恶梦般的景象便消失无踪了。他发现自己是坐在河岸边,在月光下听一位歌手弹琴唱歌。安琪儿非常奇怪诗人何以转眼便逃了出来,布莱克答道:我们方才所见的一切,全是仗着你的形而上学呀。

翻出这个典故,艾伯拉姆斯的用意是显而易见的:地狱即那个无底的深渊便是德里达的文本世界;而无中生有把平静的客观世界描画成穷凶极恶模样的安琪儿的,便是德里达和希利斯·米勒一辈解构主义批评家。

当然,对艾伯拉姆斯与德里达、米勒等人的这场论战作简单的是非判断是不可取的。艾伯拉姆斯本人也表示愿与对手对话。其实,艾伯拉姆斯本人对文字的看法,也较德里达攻击的逻各斯中心主义要实际、通达得多。如他指出,在文字的理解中,事实上常较言语的理解要更透彻,因为印刷的符号可赋予说话人飞掠而过的语词以一个恒定的对应形式,从而突破时空的限制,让人一读再读,直到满意即自度大致把握了作者的要义为止。这已不同于卢梭和索绪尔推崇言语、贬抑文字的传统态度,因而有与解构主义对话的条件。艾伯拉姆斯预言他和希利斯·米勒的分歧将会延续下去,但是如果双方致力于读懂对方的话,将有可能达成一种更好的相互理解。

事实证明他们这场对话非常有意义。意义不仅在于艾伯拉姆斯站在西方文艺复兴以来人文主义传统的立场上,对德里达解构主义急于破坏传统,却又无法摆脱传统的困境作了十分形象的揭露,还在于它同时也暴露了传统立场自身一些致命的薄弱环节。传统立场不等于传统本身。传统作为历久弥新的文化现象,本身具有可变性和可塑性的基本性质,故而传统的对立面反传统,亦未尝不能成为传统本身的一个组成部分。因而,传统的精华在于变革而不在于固步自封。这样来看,艾伯拉姆斯之坚持以作者的意向为作品阐释的权威意义,坚持作者为对作品拥有全权的传统主义观点也存在某种片面和保守的局限性。

---

① 艾伯拉姆斯:《解构的安琪儿》,见《当代文学批评》,纽约 1986 年版,第 433 页。

13.6　福科的后结构主义文论

　　米歇尔·福科(1926—1984)是法国哲学家,对当代西方文论的深广影响迄今不衰。福科曾就学于巴黎高等师范学校,获巴黎大学哲学、心理学、心理病理学学位。福科成名于 1961 年出版的《疯狂史》,该书后来几乎成为众矢之的。其他主要著作有:《事物的秩序》(1966)、《知识考古学》(1964)、《性史》(1977)、《权力/知识》(1980)等,波及史学、医学、经济学乃至犯罪学等等各类学科。福科的理论曾被归入结构主义,但是他从来不承认自己是个结构主义者。一度福科还被拉进过解构主义行列,但是福科与曾投学他门下的德里达早就成了论敌。福科与新历史主义的关系,也还只能算是一位前驱。或许唯有后结构主义这个含义太为广泛的概念,才是毋庸置疑适用于福科的标签。福科理论的反中心、反权威、反成规习见的特征,与解构主义明显有异曲同工的消解传统的旨趣,这是我们把福科放到本章介绍的主要原因。

13.6.1　关于话语理论

　　福科理论的一个显著特点是视历史为话语的构造,故而可笼统称之为“话语理论”。福科认为个别话语的形成过程中,会出现一些规则来界定这个领域的相应对象,从而建构起基本概念,形成理论构架。这一话语组构中的规则组合,就形成话语的组构系统,分别属于不同的历史阶段。此一理论表面上看与索绪尔《普通语言学教程》中“言语”和“语言”的两分有相似处,由此福科一度被拉进结构主义阵营;但是福科真正要强调的并不是哪一种可以中立于历史和社会的深层“结构”,恰恰相反,他要突出的是:在话语即历史所标示的客观性背后,具有某种鲜明的意识形态性质。换言之,在一个时期内,一门学科是凭借话语圈定了一个对象领域,树立起一个合法的视角,由此建立起不断变更的历史法规,作为价值取舍的准则。福科本人的《疯狂史》之所以不遗余力要说明疯癫和精神病人是被统治意识形态排斥在外的“异端”话语,乃至立志来写向来被决不是中立的历史压抑得沉默无言的疯癫本身的历史,正是以上理论的一个绝好的注脚。

　　福科理论中的一个核心概念就是“认识价”。在《事物的秩序》中福科指出,认识价是存在于基本文化代码(它支配着语言、观念、交换模式等等)及其所产生的科学和哲学阐释之间的那一秩序的未经阐发的经验,而此种经验正是一个特定历史时期权威理论的出源。但在《知识考古学》中他的解释又有了改变,认为认识价不是思想构成深部的基本范畴,而是某种整体关系,故而反映了一个时代的知识总体和它的基本构成原则。值得注意的是,每个时期的认识价,即它的认识论领域,在福科看来都只能在特定的学科及其话语实践中才能得到表征。这恐怕也是福科孜孜不倦于精神病学、临床医学、人文科学,以及犯罪学、囚牢学等研究的理论背景所在。认识价的概念使福科的语言观不同于解构主义,对此有人作如是分辨:“解构论者的能指分立于任何一种超验意指或立场,自由漂浮而破解了逻各斯中心主义的封闭中心;福科的能指则在认识价的调节有序的交流内部发生作用。换言之,福科在建树一个有界限的能指和文本理论,为话语提供了一个虽然差异纷呈、错综复杂,却是可予确定的历史语境。"①

福科认为,在可予以言说的东西和实际上说出的东西之间,横陈着整整一个时代的话语领域,它是无以由语言学、逻辑以及一味好古的历史来加以说明的。福科将这个他再三强调的领域命名为"档案"。在《知识考古学》中他说,档案不是各式话语的统一或不问区别的化合,相反,它是高度差异化的命题的形成和转化的总系统。进而视之,档案对人来说只能体现为"他者"即差异。人没有可能发现自己的档案,因为它产生在话语规则的内部,而话语的对象不过是它的外显形式。这听起来同样颇有结构主义的意味,但福科的档案概念实际上是在强调历史的断续性和差异性,在含蓄否定历史领域中任何一种一元单传的目的论解释。这与解构主义则是异曲同工的。

"档案"如何予以发掘?福科求诸他的考古学理论。早在《疯狂史》中他就声明:精神病学的语言是理性关于疯狂的独白,它的基础是疯癫本身的沉默,故而他不想来写精神病学的语言史,却想写一写那属于沉默之音的考古学。8 年后出版的《知识考古学》中,福科又称,他坚决反对搜索本源,以使理性成为人类的目的。考古学的目光所向因此不在"作者"和"书"的一统话语,而是进行话语规则的组构、排斥和转化,是对一系列学科中构成一种文化档案的断续性的考察。这意味着阅读不必寻求话语之中或背后或隐或显的意向、意愿或意义,既然文本无涉作者,其建构法则和阐释模式亦不足一提。这样,福科的考古学是有意识地避开了现象学、结构主义和解释学,其分析对象亦以构成一个学科有关话语的一系列文本,替代了对作者、语言代码、读者,乃至个别文本的分析。虽然考古学的宗旨同样是突现西方文化基础中的裂隙、缺陷和不稳定性,因而具有同解构主义类似的强烈的批判意识,但是面对超越理性所遇到的重重困难,福科显然是较德里达选择了一条更具有人文色彩的路径。有人说:"福科求助了一种历史主义,坚持理性在历史上的不同时期是有不同的形式。德里达则将这样一种历史化策略的结果,描述为'理性考古学',认为它较之沉默的考古学更是来得雄心勃勃。"②这话不无道理。

13.6.2　权力理论

与话语理论密切相关的是福科的权力理论。这一理论十分强调文本和历史的关系,被学术界认为可与弗洛伊德的性理论比肩。福科本人因此曾被称为"权力思想家"。

在福科看来,权力是档案的负面的社会政治现实,是一种无所不在、无以摆脱的社会罪恶。权力总是与知识携手并进,利用知识来扩张社会控制,故而知识并不是客观的、中立的,它是拉起"真理"来做虎皮、包裹起统治阶级意识形态的东西:"即便在今日它所呈现的极大地扩张了的形式中,知识的追求也没有达成一种普遍真理,赋予人类以正确、宁静把握自然的能力。相反,它无止境地倍增风险,在每一个领域中制造险象。……它的发展

---

① 雷契:《解构批评》,纽约 1983 年版,第 150 页。
② 罗伊·博伊恩:《福科与德里达》,伦敦 1990 年版,第 64 页。

不是旨在建立和肯定一个自由的主体,而是制造一种与日俱增的奴性,屈从它的狂暴本能。"①福科的这一观点,显然具有强烈的批判资本主义意识形态的性质。

福科以知识和权力为一对共生体,这个共生体的表象是知识,实质是权力。福科那里,"权力"有它特别的含义。福科在《性史》中指出,权力不是获得的、夺取的,亦不是分享的,而是弥漫生成于各种关系的一种转替无定的游戏,这些关系波及经济、性、知识、政治、情感等等人类存在的所有领域。在他看来,权力是基础而不是上层建筑的产物,它播撒到各种社会关系之中,永远不可能显现为一个特定的母题,这就超越了统治者和被统治者的话题。权力有意向却没有主体性,即便权力促生抵制力量,后者也只能存在于权力关系弥散无边的游戏之中。福科说道:"就像权力的关系网最终是形成了一张渗透入各类机制的稠密网络,而不被定位在它们中间,对权力的漫不胜数的抵制点,同样也横贯了各个社会阶层和个人团体。毫无疑问,使革命成其为可能的对这些抵制点的系统编码,一定程度上正像国家是各种权力关系的机制整合。"②福科认为,对权力的抵制点不失为差异的一种特定形式。有权力必有抵制存在。因此无所不在、无孔不入的权力既是压抑的力量,又是建设的力量。反观文学,它意味着每一个文本都参与了知识和权力的游戏。伟大的文学作品的理想形象,是超越自身生产时空的世界图式,是超越时代的预言和神话。如果一个古代文本在后来的年代中复生,它就再一次进入了知识和权力的游戏。联系福科的话语和档案理论来看,福科被认为是将文本性的概念扩大到了经济、社会、意识形态、道德、制度等等社会生活的全部领域。这个大一统的文化话语,不仅决定了每一个新的文本的生产,而且把它的当代性带进了所有新形成文本的发行和消费之中。这样一种认为每一个文本皆出自、贯穿,并且回到一个文化大网络的思想,显然具有一定的历史意识,而与结构主义相区分;同时,它也对后起的新历史主义思潮有直接的启示。

13.6.3　作者作为话语的功能

福科直接讨论文学的比较突出的是《作者是什么?》(1969)一文。文章很显然是对德里达"文字"理论的批判。

文章对传统的作者概念作了层层辨析,进而提出作者不是一般的专有名称,而是话语的一种功能,是把一个有血有肉、活生生的人从话语的内部引向外部。作者这一名词因而与作品形影相随,它划定作品的界限,显示它们的存在方式及其特征:"因此我们可以说,在我们的文化里,作者的名字是一个可变物,它只是伴随某些文本以排除其他文本:一封保密信件可以有一个签署者,但它没有作者;一个合同可以有一个签名,但也没有作者;同样,贴在墙上的告示可以有一个写它的人,但这个人可以不是作者。在这种意义上,作者的作用是表示一个社会中某些话语的存在、传播和运作的特征。"③对于作者作为话语的

---

① 福科:《尼采、系谱学、历史》,见《语言、反记忆、实践》,康奈尔1977年版,第163页。
② 福科:《性史》第1卷,纽约1978年版,第96页。
③ 福科:《作者是什么?》,见《最新西方文论选》,漓江出版社1991年版,第451页。

功能的问题,福科主要从四个方面作了阐释。

第一,作者的功能是法律和惯例体系的产物,此一体系限制、决定并且明确表达了话语的范围。话语因而是被占有的客体,其合法的编纂多年前先已完成。这一方面福科特别指出,当话语成为一种罗织罪名的对象之后,其所有权形式才趋完备。当作者成为惩罚的对象,当话语有触犯刑律之虑时,作者、作品或话语才被冠以作者的名称。话语最初是处于神圣与世俗、合法与非法、虔诚与亵渎之间,是充满危险的一种姿态,18世纪末叶所有制和严格的版权制度确立之后,写作行为固有的违法特征变成了强有力的文字规则。

第二,作者的功能在整个话语中并不具有普遍和永恒的意义。故在我们的文化中,每个时期是在为不同类型的文本寻找作者。福科以文学和科学两类文本为例,指出古代的文学作品,诸如小说、民间故事、史诗、悲剧等,至文艺复兴时期得到承认和广为传布,根本无须探究它们的作者是谁。反之在中世纪,科学的文本,诸如天文、医学、地理等等著作,则唯有指出作者的名字,方才显得真实,诸如"希波克拉底如是说……"、"普里尼告诉我们……"等等。而17、18世纪以来,科学的知识既然得到实证,其文本有无作者就变得无关紧要,科学话语可以单凭内容而为人接受。反过来文学话语却必须说明它们的作者、写作时间以及其他背景。即便有匿名的文本传下,读者也会想尽办法来考证出它的作者。可见作者在话语中的功能,中世纪和现代社会正好是颠倒了过来。要之,作者功能影响话语的方式随时代和不同文化形态而改变。

第三,作者的功能并不意味着单纯在话语中探究作为个人的作者来源,实际上它是一种复杂的运动,建构出我们称之为"作者"的一种特定的理性存在,如批评家寻找作者的深层动机、独创性等等的努力。另一方面,福科指出,读者建构一位哲学家作者所采用的方法,与建构一位诗人并不相同;同样,18世纪人们建构一位小说家所采取的方法,与当今所采取的方法也不相同,虽然在支配作者构成的法则里,也还是有着一些超越历史的持久的东西。这意味着作者功能并非单纯是为话语寻找作者,同时读者也必须通过一系列特定的、繁复的努力来界说它。

第四,作者功能因而并不是把话语视为被动的静止的材料,以从中建构一个真实个体的形象。因为文本总是含有许多指向作者的符号,它们是个人的名词、动词以及时间、地点副词的各种变化形式,对于有作者功能的文本和无作者功能的文本分别生发不同的意义。如文学作品中的第一人称代词,可以既不指实际上的写作者,又不指虚构的叙述者,相反它代表一个第二自我,这个自我与作者的相似关系从来就不是固定的,即使在同一本书里也是如此。作者的功能因而是产生并存在于作者和叙事者之间的裂缝当中,是在两者的距离之间运作。这不但适用于小说和诗,同样也适用于科学话语。

福科承认创作主体不应该被完全抛弃,但是强调它应被重新考虑,即不是复现它作为创作主体的荣光,而是探究它的功能、它对话语的介入,以及它的从属系统。故而问题不在于作者如何将意义赋予文本,以及作者如何从内部调动话语的规则来完成构思,相反应当是:在话语中作者主体在何种条件下以何种形式出现? 它占据什么地位? 表现出什么功能? 在每一种不同类型的话语中,它又遵循一些什么规则? 简言之,作者的创造功能将由远为复杂的话语功能所替代,由此作为分析和阐释的对象。而所有这些问题的背后,人们几乎只能听见漠然无衷的低语:"谁在说话又有什么关系?"

美国批评家艾伯拉姆斯认为马克思主义和福科的权力理论、话语理论是当代新历史主义的两个主要渊源。两者当中艾伯拉姆斯声明他更感兴趣的是马克思主义的传统。至于福科的传统,美国当代批评家默里·克里格1991年应台湾"中央研究院"之邀所作的系列讲演中,也有细致交待。照克里格的说法,"旧历史主义"批评是用已知历史来求解未知的文学。但是后结构主义勃兴以后,这个被认为是太为天真的历史观产生了危机:假如历史并非仅仅是某种外在的、"客观的"事实的集合呢?难道历史同样不也是一种话语形式,一种叙事文本,是一系列本身已经是种阐释的所谓事实?以福科下衍的新历史主义传统来反观他的后结构主义理论,可以发现,福科是在鼎力鼓吹一种文本性和互文性,以话语现象涵盖从哲学、文学、史学、伦理学、人类学到意识形态、国家机器等等上层建筑的一切领域。批评和阅读因此与其说是去发现现成的文本意义,不如说是一种建构,是让过去和现时跨越断层进行对话,因为据说非此不足以洞察权力关系的本相。其实这个本相究竟能够本真到何种程度本身也还是个问号。文学固然不可能摆脱意识形态的渗透,另辟一个世外桃源,但是文学可以对意识形态作出它自己的反应,应有它自己的独立性;而正是这一反应的特殊性,使它有别于哲学和历史。应当说,这一点恰恰是为福科所忽略的。

解构主义文论出现之后,一度曾风靡欧美,声势显赫,大有扫荡传统文论和批评之势。但随着解构批评实践的发展,其局限性也逐渐暴露出来。如解构批评专门从文本中搜索矛盾,并几乎是千篇一律地企图推翻定论的做法,常常显得捉襟见肘,生硬勉强,难以令人信服。在传统主义阵营看来,这样做不说是刻意引人走火入魔,至少也是毫无意义。连小说家厄普代克也认为德里达是在鼓吹"艺术中没有健康的东西"。即使在左翼中,反对解构主义的呼声也很高,虽然德里达自喻为民主左派。左派们认为,解构主义是诱人沉湎于永远没有结果的玄想,而无视现实世界的不公。

应当指出,解构主义确实存在左、右翼所批评的种种局限性,但它们还未指出解构主义文论的根本缺陷,一是过分强调语言文本的隐喻性和修辞性,从而实际上彻底否认了语言的表意和交际功能,由此对语言文本的一切阅读实际上也面临无所适从的困境;二是从怀疑、破坏、反抗一切权威、中心、传统的怀疑主义出发,彻底否定、颠倒、消解一切现有的秩序、界限、传统和框框,其中虽包含一定的辩证因素,但终于走向相对主义和虚无主义,走向充满自相矛盾的谬误,最后,怀疑、颠覆、消解一切的解构主义文论本身也难逃被怀疑、颠覆、消解的命运。

但应当指出,解构主义文论决非一派胡言乱语,它的种种局限并不能否认它在一定条件下的合理性,不能否认它在理论上作出的重要贡献:

第一,它推翻了逻各斯中心主义,从根本上动摇了西方全部哲学传统赖以安身立命的始源范畴的语言学基础。从柏拉图的"理念"到黑格尔的"绝对精神"再到海德格尔的"存在",经解构主义的解剖,其作为终极的、始源的范畴已无可能,这无疑对企图为世界寻找某个终极根源的整个西方传统哲学是一个根本的反叛和致命的打击,体现出一种极其鲜明的反传统色彩和大胆变革、锐意创新的强烈愿望,为西方哲学、美学、文学理论的现代变革打开了全新的思路。

第二,它发现和揭示了文本的无始源性、开放性和互文性,把包括文学文本在内的一切文本都看成无限开放和永恒变化的动态过程。这是辩证而深刻的,对于说明一切优秀文学作品的无限生命力具有重要的理论价值。

第三,它的分解式阅读理论强调了阅读、批评的创造性,把阅读等同于写作,与接受美学遥相呼应,也与当代主张文学平民化的方向相一致。

最后要指出的是,解构主义文论彻底反传统、反中心、反权威、反社会的超前倾向,表现出后工业文明时代知识分子对抗资本主义现存秩序的一种普遍心态,与西方马克思主义反对现代资本主义异化的思潮异曲同工,有一定的积极意义。

13.7　德勒兹的后结构主义生成论文论

吉尔·德勒兹(1925—1995)是法国哲学家,他以差异、生成为核心的哲学理论对西方文艺理论产生了深远影响。德勒兹以对尼采的研究成名,他于 1962 年出版的《尼采与哲学》一书在法国知识界产生了重要影响,被认为直接推动了尼采研究在法国的复兴。其后在哲学史研究的基础上,德勒兹出版了《差异与重复》(1968)、《意义的逻辑》(1969)等一系列重要著作,奠定了他作为后结构主义哲学家的地位。从 1972 年开始,德勒兹与精神分析学家菲利克斯·瓜塔里(1930—1992)合作出版了《反俄狄浦斯》(1972)、《千高原》(1980)、《卡夫卡:为了一种弱势文学》(1975)、《什么是哲学?》(1991)等著作,这些作品直接开启并推动了后现代主义思潮的发展,在哲学、美学、政治学等各学科都取得深远影响。在德勒兹所有著作中,对包括文学在内艺术理论的探讨都占据了非常重要的地位。这首先体现在他关于普鲁斯特、萨克-莫索克、卡夫卡等的研究专著中,这些专著在对相关作家作品的研究中都达到了一种新的高度。其次,即使在其哲学著述中德勒兹对文学作品、作者的引用也占据了相当大的比例,甚至达到了与对哲学作品、作者的引用旗鼓相当的程度。事实上在德勒兹看来,艺术、科学和哲学本身即是思想的三种不同形式,并始终纠缠在一起,无法分离。[①]

德勒兹思想是一种很典型的后结构主义思想。与德里达的解构主义哲学相比,德勒兹思想呈现出一种鲜明的"建构性"。但这种建构同样是在同一性之外,在差异和差异之生成等基础上的建构,在这一点上,德勒兹与德里达分享了后结构主义最重要的思想特质,即对差异的强调。具体地说,德勒兹思想最终的落脚点是生命,生命就是由差异、生成、感知、感受等建构起来的,而德勒兹对艺术作品的定义同样与他的生命理论密切相关。由此,对德勒兹文学理论的探讨也必须从生命这一角度以及德勒兹思想的建构性出发。

---

① 参考德勒兹、瓜塔里:《什么是哲学?》,巴黎 1991 年版,见"结论"部分。

13.7.1　文学与生命

生命与文学创作的非个人性

在德勒兹看来,写作是一种生命进程,而文学创作的最终目标即在于达到一种非主体、非个人的生命。在其生前所发表的最后一篇文章《内在性:一种生命》中,德勒兹对他的生命概念做了阐发,这种阐发是以狄更斯小说中的一个例子开始的。在《我们共同的朋友》中,当书中的无赖赖德胡德坠河又被救起在病床上处于生死之间的时候:

> 每一个在场的人都全心、全意、全力地参与(救助)。对这个人谁也不抱有丝毫的敬重:对所有这些人来说,他一向是一个躲避、怀疑和厌恶的对象;然而他身上的生命的火花现在却奇特地和他本人分离了,他们对于这点儿火花深深感到兴趣,也许因为,这是一条命,而他们是活人,并且又有朝一日必须死掉吧。①

在德勒兹看来,即便当这个无赖被救活后人们会再度嫌恶他,但当其处于生死之间时,这个无赖的个体生命却让位给一种非个人的、但又是个别的生命,后者已经从内在或外在生命/生活的偶然性、从主体性和所发生事情的客体性中解放出来,这就是德勒兹意义上的生命。他认为,这种内在的、非个人的生命不仅体现在面对死亡的一刻,它时时处处都在。比如,非常小的婴儿彼此都很像,他们没有个体性,但却不缺少个别性(singularité):一个微笑,一个姿势,一个鬼脸等都是这种非主体的个别性。② 总的说来,德勒兹意义上的生命就是一种非个人、非主体的力量,它充满了如事件一般的个别性。由此,生命正可以等同于德勒兹在《千高原》中着力探讨的"个别体"(heccéité)。在德勒兹看来,源于苏格兰神学家邓斯·司各特的"个别体"概念指定的正是"迥异于个人、主体、事物或实体的另一种个体化方式",就此,一个微笑、姿势、鬼脸以及处在生死之间的生命都是"个别体"。他认为,"个别体"是一种仅由其所占据的质料元素间的动静关系以及其作为潜能的感受能力所定义的个体化方式,它强调的正是上述个别性中那种非特定的力量:一个、一个、一个(即,不是定冠词 le/la,而是不定冠词 un/une)。在这种意义上,"一个季节,一个冬季,一个夏季,一个小时,一个日期"等都具有一种完美的个别性。在德勒兹看来,文学中充满了如此这般的"个别性",而东方文学在这方面更是拥有丰富的例证,比如日本的俳句。但"个别体"当然不限于东方文学,比如夏洛特·勃朗特小说中的风、物件、大众、面孔、爱或词语都是如此。而在洛尔卡的诗作中,"凌晨五点半"指定的正是爱情消逝而法西斯崛起的这一独特的个别时刻、个别体。同样,在劳伦斯、福克纳等作家那里,一天中的某个时刻也是这样的个别体。③ 我们可以说,在个别体中,文学达到了那种非个人、非主

---

① 狄更斯:《我们共同的朋友》下卷,智量译,上海译文出版社 1986 年版,第 39 页。
② 德勒兹:《疯狂的两个领域:1975—1995 年间的文本与访谈》,巴黎 2003 年版,第 359—364 页。
③ 德勒兹、瓜塔里:《千高原》,巴黎 1980 年版,第 318—321 页。

体的生命力量,并与其融而为一。

生命是一种非个人、非主体的力量,如果把这种生命概念应用到文学创作上,我们就很容易理解德勒兹对其所谓"记者小说"的摒弃。所谓"记者小说",正是将个人经历、生活体验、私人感受、一己想象等视为文学创作指归的小说。德勒兹引述罗西里尼的话,将这种小说观念视为艺术中的幼稚病和暴行。① 那么,如果不从个人的生活经历和体验出发,我们该如何创作呢? 德勒兹认为,只有当在表面的个人之下发现一种非个人的力量时,文学才能够存在。而如上面所说,这种非个人的力量不是普遍性,而是处在其最高点上的个别性:一个男人,一个女人,一只野兽,一个孩子等等。举例来说,莫泊桑小说中的吝啬者已经不再是一个个体的人,相反,他成为一个吝啬者,他的眼中只有一些金子,更多的金子。② 这里我们切不可把"个别体"等同于普通意义上的"典型"。可以说,典型是静态的,它建立在(对理念的)模仿这一形而上学基础上,而在德勒兹那里,"个别体"体现的则是一种非个人的、非主体的、非个体的力量。德勒兹认为,即使作品中的人物是平庸的,但作为这种力量,他们却变成了(devenir)巨人。比如福楼拜笔下的布瓦尔与贝居歇、乔伊斯笔下的布鲁姆和毛莉、贝克特笔下的麦尔谢与加米叶,都是这方面的例子。更进一步说,寻找某位文学人物的生活原型也是完全没有意义的,比如,我们当然可以说普鲁斯特笔下的夏吕斯先生和孟德斯古很像,"但说到底,这两人之间的关系和天狗星座与一条吠犬之间的关系没什么不同"③。

这种非个人的生命当然有其明确的伦理意涵。如上引"内在性:一种生命……"标题所示,生命与内在性或内在性平面这一德勒兹哲学中的重要概念联系起来。德勒兹认为,内在性平面就是哲学中的超验领域,确切地说,排除了意识的超验领域就是内在性平面,而这一内在性则消除了所有主体及客体的超越性。对他来说,内在性意味着对任何超越性的摒弃,无论超越性是柏拉图意义上的理念,笛卡尔、康德意义上的先验主体,还是胡塞尔及现象学意义上的意向性客体、主体间性或生活世界。内在性不内在于任何超越性,也不内在于任何事物或主体,它仅内在于自身。最终说来,内在性就是生命,生命就是内在的内在性,一种绝对的内在性:"并不是内在于生命,不内在于任何事物的内在性自身就是生命。"④我们看到,德勒兹正是从这一内在性出发,批判了一切以更高的道德价值或真理的名义对生命所进行的评判。在这一点上,他的思想与尼采思想联系起来。德勒兹认为,尼采对虚无主义的批判其意义正在于推翻对生命的判断体系,而在他对尼采的解读中,生命是无辜的,是一种主动的力。生命不能被置于某种外在理念的评判之下,它本身就是一种肯定。由此,在德勒兹文学理论中,"与判断做一了结"就成为非常重要的一个主题。在一篇同题文章中,德勒兹将尼采、劳伦斯、阿尔托和卡夫卡列为现代文学或哲学中做出这种"了结"的代表人物,而这份代表人物的名单当然不限于此。⑤对这种"了结",我们或许可以举德勒兹对卡夫卡作品的解读为例来加以说明。

①③ 德勒兹、瓜塔里:《什么是哲学?》,巴黎 1991 年版,第 160—161、162 页。
②⑤ 德勒兹:《批评与临床》,巴黎 1993 年版,第 13、158—170 页。
④ 德勒兹:《疯狂的两个领域:1975—1995 年间的文本与访谈》,巴黎 2003 年版,第 361 页。

德勒兹认为,在对卡夫卡作品的解读中存在着三种主导性论题,即否定神学(或关于不在场的神学)、法律的超越性及负罪感的先验性,而这三种主题都是错误且荒谬的。其中最突出也是最为常见的,就是对卡夫卡作品中负罪感或卡夫卡本人之内向性的强调(悲剧性、内心悲剧、内心法庭等)。对此,德勒兹首先将卡夫卡作品区分为三种主要的表达成分:书信、短篇小说、长篇小说。他认为,书信的情感基调是恐惧,短篇小说的情感基调是一种逃遁,而长篇小说的情感基调则是"一种对司法和技术参半的拆卸工作的意识,这是一种真实的情绪,一种性情"。由此,无论在哪种表达成分中,卡夫卡作品与负罪感或所谓的内向性都毫无关系。实际上在德勒兹看来,法律、负罪感或内向性仅构成卡夫卡作品中的表面运动,而在表面运动之下,卡夫卡所做的完全是另外一件事。比如,长篇小说中超越性的、不可知的法律其实只是一幅图像、一部抽象的机器,而在这一主题下,卡夫卡所做的是对诉讼、法庭等机器及其机能性配置进行拆解。更进一步,德勒兹认为,卡夫卡作品中起作用的是一种欲望的内在性:"凡是人们认为有法律的地方,其实只有欲望,仅此而已。"在卡夫卡那里,德勒兹分辨出写作所具有的双重功能,这就是"把一切写进配置,拆解配置"。而这两种功能是统一的,它们统一于作为进程、作为内在性平面的欲望。最终说来,上述三种主要的情感基调:恐惧、逃遁与拆卸,也只有在与欲望这一生命力量联系起来时才能得到理解。由此,德勒兹认为,正是从欲望出发,卡夫卡才能以其全部作品对生命的判断体系"做出最终的了结"[①]。

那么,如果我们不能以超越性的名义判断生命,各种形态的生命就没有区别了吗?当然不是那样,这就把我们引入对生命概念更深一层的探讨中。

作为生成的生命

如同在尼采那里"'善与恶的彼岸'……这至少不意味着'好与坏的彼岸'",同样,在德勒兹那里,"问题并不在于以一种更高权威——真或善——的名义来判断生命,相反,问题在于以其所包含的生命来衡量每一存在,每一动作或激情,甚至每一价值"。德勒兹认为,尼采意义上的"坏"指的正是一种被耗尽的、退化的生命,它倾向于繁衍自身,并因此更为恐怖。与之相反,"好"指的则是一种充溢着的、上升的生命,它知道如何依据所遭遇的力量转换自身、使自己变形,并总是与这些力量组合成一种更大的力量。也就是说,这种生命永远在增强力量,并永远在开创新的"可能性"。[②] 我们看到,如此定义的生命就是生成(devenir)。因为生命是一种生成,它才能够从力与力的关系这一角度、在其变形中得到评价。而如果说生命是非个人的,这也正是因为生成是非个人的:生成总是意味着主体或个体的瓦解,它总是包含着两个项,并永远是一种生成——他者。德勒兹认为,生命是对生成的肯定,它是一种生成之在。[③] 更进一步,这也正是生命之内在性的意义所在,因为如理念、主体等超越性都是对生成的否定。

---

① 德勒兹、瓜塔里:《卡夫卡:为了一种弱势文学》,巴黎 1975 年版,第 79—96 页。

② 德勒兹:《电影 2:时间—影像》,巴黎 1985 年版,第 184—185 页。尼采引文见《论道德的谱系》,第一章第十七节,谢地坤译,漓江出版社 2000 年版,第 35 页。

③ 是(在)与生成似乎是相矛盾的两个概念,而在德勒兹看来,"生成之在"(l'être du edvenir)实际上所涉及的是一种双重肯定。参考德勒兹:《尼采与哲学》,周颖、刘玉宇译,社会科学文献出版社 2001 年版,第一章第十节。

最终,作为生成的生命即意味着创造:"只有当我们尽其所能地发明生命的新形式而不是将生命与其能力分开时,才会有创造。"①而无论在德勒兹还是在尼采那里,终极意义上的生成者、创造者都是艺术家。具体到文学创作,德勒兹认为,写作就是一个生成问题,永远未完成,永远在成形之中,并超越所有可能与既往的生活质料。用他的话来说:"写作与生成密不可分:在写作中,我们生成女人,生成动物或植物,生成分子,直到达到那一生成不可感知的点。"②具体地说,生成即是创造新的生命可能性和新的生活形式,正是从这一点出发,德勒兹将英美文学与法国文学对立起来,并对英美文学的"优越性"大加褒扬。德勒兹曾写道,"文学的最高目的,用劳伦斯的话来说,正是'离开、离开、逃逸,……穿越地平线,进入另一种生命'"。而相比之下,德勒兹认为"法国作家对此并不是很了解"。这里所谓离开、逃逸,正是逃离对生命的囚禁与桎梏,逃离我们的主体性与个人性,但它绝不意味着对生命的舍弃,相反,逃离是对新的生命形式的创造,是与生命的非个人力量联结在一起。换句话说,逃离就是德勒兹意义上的生成。更进一步,德勒兹从多个方面、多个角度对英美文学与法国文学做了对比,这包括法国作家对开端与终结、对秘密与诠释、对历史、对编年史、对血统和艺术的重视以及与此相反,英美作家对间性、对神秘与体验、对地理、对图式、对联姻和生活的重视等等。而无论哪一方面和角度,只有当我们将其与作为生成的生命这一标准联系起来时,才能得到理解。③

综上,在德勒兹那里,生命不仅是一个重要的哲学概念,也是其文学理论的支点。这一点或许在其最后一部著作,也是其唯一的文学论文集中得到了最好体现:《批评与临床》。在德勒兹看来,对文学作品的分析不能局限在文本阐释等"批评的"框架内,更为重要的是我们要辨析文学作品对生命、生存或生活所起的作用及其态度:它是肯定生命还是否定生命? 它会促进我们的生命力量还是削弱我们的生命力量? 正是在这种"临床的"意义上,德勒兹才继承了尼采的观念,认为艺术家就是文明的医生。更进一步,德勒兹认为批评与临床严格意义上应是同一的,两者的目的都在于通过个别体、生成等勾勒出生命这一内在性平面。这里无疑体现了生命与创作、作品与人生的同一,而如我们所知,这种同一只有在一种建构性的生命思想中才有可能。

13.7.2 文学与感觉

感知、感受与文学

在《什么是哲学?》中,德勒兹曾为艺术作品下了一个经典的定义:艺术作品是"一个感

---

① 是(在)与生成似乎是相矛盾的两个概念,而在德勒兹看来,"生成之在"(I'être du edvenir)实际上所涉及的是一种双重肯定。参考德勒兹:《尼采与哲学》,周颖、刘玉宇译,社会科学文献出版社 2001 年版,第一章第十节,第 271 页。

② 德勒兹:《批评与临床》,巴黎 1993 年版,第 11 页。

③ 吉尔·德勒兹、克莱尔·帕内:《对话》,巴黎 1995 年第二版,第 47—63 页。对德勒兹来说,"英美文学的优越性"体现在一系列作家身上,"托马斯·哈代,麦尔维尔,斯蒂文森,维吉尼亚·吴尔夫,托马斯·沃尔夫,劳伦斯,菲茨杰拉德,米勒,凯鲁亚克。在他们之中一切都是离开,生成,过程,跳跃,魔鬼,与外部的关系"。而相对来说,在生成这一点上,德勒兹经常引用的唯一一位法国作家大概就是克莱齐奥。

觉的聚块"、"一个感知与感受的复合体"（un composé de percepts et d'affects）。在德勒兹看来，"感知（percept）已经不再是感知物（perceptions）了，它不再依赖于感知它的人的状态；同样，感受（affect）也不再是感情（sentiments）或情感（affections）了，它超出了经历者的掌握"。这也就是说，德勒兹意义上的感知与感受（感觉）已经摆脱了它的个人性、经验性，并成为超验的、非个人的存在。感觉、感知与感受都是拥有自身价值的存在物，它们自在存在并超越了一切经验。由此，感知与感受正可以与上面讨论的生命概念联系起来。也就是说，正因为生命是非主体、非个人的，文学作品中的感知与感受才能是非主体、非个人的。在德勒兹看来，艺术的目的即在于"从对客体的各种知觉和主体的各种状态之中提取感知，从作为此状态到彼状态的过渡的情感之中提取感受"。具体地说，德勒兹认为"感知"就是"先于人存在的景物，人不在场时的景物"。比如，哈代笔下的荒野已经不是作品中人物对荒野的知觉，而是作为感知的荒野。同样，在麦尔维尔、吴尔夫等作家的作品中也存在一种"海洋—感知"、"都市—感知"或"镜子—感知"。不仅如此，德勒兹认为每一位伟大的作家都曾创作出这种"在自身当中把某时某日或某一瞬间的热度保存下来的感觉生存物"：福克纳的丘陵，托尔斯泰或契诃夫的草原。可以说，"感知"就是我们在文学作品看到的那个自在存在的世界。但问题在于，景物无法独立于作品中人物的感知或作者本人的知觉、回忆，我们如何能说感知"先于人存在"，是"人不在场时的景物"呢？对此，德勒兹指出："人物只有当不感知，而是融入景物，本身变成感觉组合体的一部分时才能存在，作家才能创造他们。"这种融入正涉及感觉组合体的另一半：感受。在德勒兹看来，"如果说感知是非人类的自然景物，那么感受恰恰是人的那些非人类的生成"。换句话说，感受即生成。而如果说感知能够从人物和作者的视角中被提取出来，这正是因为作者与人物一道进入了写作这一生成进程。举例来说，麦尔维尔之所以能为我们提供一种"海洋—感知"，正是因为他与他笔下的埃阿伯船长一起进入到一种"生成—白鲸"之中，而这种生成把作为读者的我们也卷入其中，这一点也适用于吴尔夫或哈代等其他作家。更准确地说，如果感觉组合体中的感受是生成，那么感知就是一种"生成中的感知"（perception）。由此，德勒兹认为，在文学作品中，"一切都是视觉，一切都是生成"，而"艺术家是观看者和生成者"。[①] 通过其作品，艺术家把感受和视觉交给了我们，并使我们和他一起生成、一起观看。

在《千高原》中，德勒兹（与瓜塔里）曾用整个一章的篇幅讨论生成问题："生成—女人"，"生成—儿童"，"生成—动物"，"生成—植物"，"生成—矿物"，"生成—分子"，……"生成—不可感知"。对所有这些生成的讨论德勒兹都是紧密结合文学作品进行的，也正是在这种讨论的基础上，他进一步归纳了生成（与感知）的诸多特性。这一节里我们将首先以"生成—动物"和"生成—女人"为例来说明生成与文学创作的关系，而对生成的各种特性我们将在下一节中予以总结。

首先，德勒兹认为卡夫卡的短篇小说就是"生成—动物"的绝佳例子，甚至即使并非每

---

① 以下参考德勒兹、瓜塔里：《什么是哲学?》，巴黎 1991 年版，第 154—161 页。

篇小说中都有动物,卡夫卡的短篇小说本质上也是动物性的。① 他认为,动物生成或成功或失败,但它们都成为卡夫卡的创造对象和逃离这个世界的出口。前面我们已经强调了欲望在德勒兹的卡夫卡解读中所起的关键作用,而事实上如德勒兹所说,"生成是欲望的过程"。② 由此,如果说动物生成有成功有失败,这正取决于生成或欲望的进程是否被阻。就此来说,《变形记》或许是一个代表。德勒兹认为《变形记》代表了一种失败的动物生成,而之所以如此,是因为这种生成仍被束缚于俄狄浦斯式的家庭三角中。在他看来,精神分析对俄狄浦斯情结的过度依赖恰好阻碍了欲望对社会领域的直接投注,而在其本人所提倡的精神分裂分析中,欲望的投注总是"世界—历史性"的,欲望领域直接与社会领域相连。③ 当然,"生成—动物"不仅限于卡夫卡的短篇小说,比如劳伦斯的《乌龟》诗中就有一种"生成—乌龟"、克莱斯特的《潘特西雷》中则存在着一种"生成—母狗"等,而上文所举埃阿伯船长的"生成—白鲸"更是德勒兹最为钟爱的一个例子。

其次,就"生成—女人"而言,女性作家在英国小说中的崛起似乎最具有代表性。但在德勒兹看来,"生成—女人"绝不仅限于女性作家,它是包括男性作家在内的一种进程。甚至就女性作家自身来说,她也必须首先在写作中"生成—女人"。事实上,女性并不是一种既存的主体或个体状态,她只能存在于作为写作的生成之中。正是因此,德勒兹才能说:"英国小说中女性的崛起并未将男人排斥在外:即使是那些被认为最具有男性气质、最为男性中心的作家,比如劳伦斯和米勒,也以他们的方式……在写作中生成—女人。"④ 这里无疑是德勒兹对女权主义思想最有启发性的地方。

对德勒兹来说,问题从不在于列举文学作品中已存在的生命或为已存的各种生成寻找具体例证。相反,真正的小说家或文学家总是那些能为我们提供新的感受或创新的生成的人,他们总是能够为我们提供新的可能性、新的生命气息。不仅如此,也正是从生成的特性出发,作家才能够为我们提供新的视觉、新的感知。因为最终说来,感知与感受也只有通过非个人、非主体的生命才能结合为一个感觉的聚块或组合体。

感受/生成的特性

首先,德勒兹认为,所有的生成都是分子性的,这里涉及他对"分子性的"(moléculaire)和"克分子性的"(molar)的区分。可以说,分子性的指定的就是非个人、非主体的"个别性",而克分子的指定的则是主体、客体及其形式。在德勒兹看来,我们向之生成的动物、花或石头都是分子的集合体,是个别体,而作为拥有器官和功能的主体,克分子的实体则是生成的反面。他认为,正因为生成是分子性的,它才切断了与任何模仿、类比、相似或同一性的关联,而取代这些范畴的则是一种邻近、共存或不可区辨(indiscernable)原则。⑤ 具体到作为感受的生成,德勒兹认为它正是"一种极度的毗邻性,发生在两个不相似的感觉彼此相拥之时"。换句话说,感受就是两种感受间"既非刻意模

---

① 下面的分析参见德勒兹、瓜塔里:《卡夫卡:为了一种弱势文学》,巴黎1975年版,第63页以下。
②④ 德勒兹、瓜塔里:《千高原》,巴黎1980年版,第334、338页。
③ 这也正是德勒兹与瓜塔里合著《反俄狄浦斯》一书的主要论题。
⑤ 同样,德勒兹认为,正是基于生成的分子性,欲望才能够与生成等同起来,见《千高原》,第334页。

仿,亦非曾被体验的同情心,更非想象中的认同"的邻近、共存或不可区辨。①

其次,生成本质上即具有一种强烈的政治性、革命性,这是因为生成只能是一种弱势生成,而在德勒兹那里,生成的政治性也正是文学创作的政治性。事实上这里涉及德勒兹对"强势的"(majoritaire)和"弱势的"(minoritaire)所做的另一种区分。在他看来,社会中的强势或弱势族群不仅以一种量的方式对立,相反,"强势的"本身即包含着一种表达或内容的常量、标准。比如,"异性恋的一说一种标准语言的一欧洲的一居住在城市的一男性的一白种的一人"就是这样一个常量或标准,而正是对比于此,儿童、女人、黑人、农民、同性恋等才被视为弱势族群。更进一步,因为强势族群被分析性地包含于一个抽象标准中,所以它不是任何人,它谁也不是(personne);相反,弱势族群就是所有人潜在的生成,因为它背离了原型。这就是说,生成只能是一种弱势生成。比如,只存在"生成—女人"、"生成—儿童"、"生成—动物",但绝不存在"生成—男人",因为在德勒兹看来,男人尤其是强势的代表。② 更进一步,正是在其弱势性中包含着生成全部的政治力量,而德勒兹文学理论的政治性也正来自于此。这体现在他提出的著名的"弱势文学"概念中。在《卡夫卡:为了一种弱势文学》中,德勒兹通过对卡夫卡作品的讨论定义了一种弱势文学(literature mineure),它具有三个特点:首先,弱势文学是一个弱势族群在一种弱势语言内部缔造的文学;其次,在弱势文学中,一切都与政治有关;最后,在弱势文学中,一切都带上了群体价值。通过这些特点,德勒兹将弱势文学与所谓"主流"文学或大师、巨匠文学对立起来。事实上在前面对卡夫卡作品的分析中,我们已经能够体会到这种弱势文学的含义,而通过对上述特点的分析,德勒兹认为"弱势的"已经不仅限于做某些文学的修饰语,而是指在任何文学内部所产生的文学之革命性的条件本身。换句话说,文学创作的政治性和革命性正是来自于它的弱势性,来自于生成的弱势性。甚至,德勒兹认为所谓边缘文学、大众文学或普罗文学等等也只有与弱势生成联系起来才有可能。用他的话来说,"弱势正是一种光荣,它对于任何文学都意味着革命"。而在德勒兹看来,无论是卡夫卡、贝克特还是乔伊斯,其创作中体现的正是这种弱势文学的革命性和光荣③。

最后,德勒兹认为在各种具体生成间存在着某种独特的关联,在他看来,一种生成能够通向另一种生成,各种生成之间也能够进行转化。他认为,"生成—女人"是生成的第一个分子节段,换句话说,所有生成都开始于、并通过"生成—女人"进行,这或许是因为男女之别正是我们每个人首先要面对的"先天"事实。紧随"生成—女人",则是"生成—儿童"、"生成—动物"等等。最终,德勒兹认为所有生成都趋向于"生成—不可感知",或者说,不可感知是生成的内在目的和宇宙法则。那么,"生成—不可感知"意味着什么呢?我们又该如何变得不可感知?在德勒兹看来,"像众人般存在"是"生成—不可感知"的首要途径。他认为,无论是克尔凯郭尔那里的"信念骑士",还是菲茨杰拉德最后的"崩溃",指的都是

---

① 德勒兹、瓜塔里:《什么是哲学?》,巴黎 1991 年版,第 163—165 页。

② 以上参考德勒兹、加塔利:《资本主义与精神分裂(卷 2):千高原》,上海书店出版社 2010 年版,第 356—358 页。德勒兹对文学语言的讨论也是通过"强势的"与"弱势的"之对立进行的,这里限于篇幅就不具体展开了。

③ 以上参考德勒兹、瓜塔里:《卡夫卡:为了一种弱势文学》,巴黎 1975 年版,第 29—35 页。

这种"像众人般存在"。① 但需要加以强调的是，这并不是说每个人都变得和另一个人一样，也不是某种普遍的同一或一致。相反，重点在于生成："因为，众人就是克分子的聚合体，而生成众人则不同"，它意味着去除"所有那些使我们扎根于自身中，扎根于我们的克分子中的事物"。换句话说，"像众人般存在"或生成众人就是个人化、主体化与个体性的消弭，就是使众人进入生成之中。更进一步，"生成—不可感知"也即"生成—世界"、"生成—宇宙"，因为正是在众人、世界和宇宙的生成中，我们才能够摆脱自己的个人性、个体性与主体性，并最终变得不可感知。也正是因此，德勒兹认为"像众人般存在"或生成众人就是世界化（faire monde），就是创造一个世界（faire un monde），换句话说，一个新的世界、一种新的感知也只有在"生成—不可感知"中才能够被创造。②

事实上这里我们已经能够理解"生成—不可感知"作为生成之"终点"的重要性，换句话说，只有通过"生成—不可感知"，我们最终才能够感知："生成—不可感知"是感知的绝对条件。在"生成—不可感知"中，感知与感受、生成再次连结在一起，并构成了作为感觉组合体的艺术作品。在德勒兹看来，不可感知也正是写作的最终目标："在'女人—生成'，'黑人—生成'，'动物—生成'等所有'弱势—生成'之上，最终还存在着'生成—不可感知'这一事业。"③我们可以说，正是"生成—不可感知"使得艺术家达到了那种非个人、非主体的生命力量，并将生命提升到非个人的状态；同时，也正是借助这种生命力量，他们才能够为我们创造、提供一个个崭新的感知世界。如德勒兹所言，写作在于生成，艺术家正是一个观看者和生成者。那么最终说来，艺术家看到了什么呢？"由于达到了感知这一'神圣源泉'，由于在生命体中看到了生命，在体验里看到了生命体，他最终落得两眼充血，呼吸急促。"在德勒兹看来，艺术家与哲学家没有什么不同，他们的健康状况往往不妙，但这并不是因为他们身患疾病或体质虚弱，而是因为他们"看到或听到了某种对他们来说过于强大、过于有力的事物"。这个事物"把隐藏不露的死亡标记安放在他们身上"，但与此同时，也赋予他们那些实体性的健康使之不可能的生成。换句话说，如果说艺术家是文明的医生，那么对他们自身来说，正是那些生成、感知、感受"使他们能够熬过所体验的各种病患"。④ 由此，我们可以总结说，艺术家所看到的过于强大、过于有力的事物，正是那种非个人、非主体的生命，或者说，作为生成的生命。

---

① 克尔凯郭尔在《恐惧与战栗》中对"信念骑士"做了描述，而菲茨杰拉德的"崩溃"则见之他的自传性文字《崩溃》。
② 以上参考德勒兹、加塔利：《资本主义与精神分裂（卷 2）：千高原》，上海书店出版社 2010 年版，第 342—344 页。
③ 《对话》，巴黎 1995 年版，第 56 页。
④ 德勒兹、瓜塔里：《什么是哲学？》，巴黎 1991 年版，第 163 页。

14 女权主义批评

女权主义文学批评诞生于 20 世纪 60 年代末 70 年代初的欧美,至今仍在继续发展。它是西方女权主义运动高涨并深入到文化、文学领域的成果,因而有着较鲜明的政治倾向。它是以妇女为中心的批评,其研究对象包括妇女形象、女性创作和女性阅读等。它要求以一种女性的视角对文学作品进行全新的解读,对男性文学歪曲妇女形象进行了猛烈批判;它努力发掘不同于男性的女性文学传统,重评文学史;它探讨文学中的女性意识,研究女性特有的写作、表达方式,关注女作家的创作状况;它声讨男性中心主义传统文化对女性创作的压抑,提倡一种女权主义写作方式。女权主义批评在发展过程中广泛改造和吸收了在当代西方影响很大的新马克思主义、精神分析、解构主义、新历史主义等批评的思路与方法,体现了它的开放性,增强了它对父权中心文化的颠覆性。

女权主义批评大体上分为英美派和法国派。此外,黑人和女同性恋的女性批评,也以独特的内容丰富了女权主义批评。

14.1 女权主义批评的现实背景和思想来源

女权主义批评是与西方妇女解放运动的发展分不开的,特别是 20 世纪 60 年代西方第二次女权运动的高涨,直接引发了女权主义文学批评。

西方妇女解放运动第一次浪潮出现在 19 世纪后半叶到 20 世纪初期,以 1920 年至 1928 年美英妇女获得完全的选举权为达到高潮的标志。60 年代后,出现了第二次女权运动。这次女权运动的大背景是法国和西欧的学生造反运动,以及美国的抗议越战的和平运动、黑人的反种族歧视运动和公民权运动。欧美政治斗争的风起云涌,成为这次妇女解放运动的直接导火线。这次女权运动已超越了第一次女权运动争取妇女财产权、选举权的范围和目标,逐步深入到就业、教育、福利和政治、文化各领域,并努力上升到对妇女的本质和文化构成的探讨,"它包括一名妇女应是什么的真正问题,我们的女性气质和特征怎样界定,以及我们怎样重新界定的问题,它包括反对妇女作为供男性消费的性欲对象的战役,反对色情描写、强奸等暴力形式;妇女解放运动关心妇女的教育、福利权利、机会的均等,工资、工作环境选择的自由,妇女有了孩子后的生活,是否要孩子以及什么时候要孩子的权利;关注父权制的压迫方式,它和阶级及种族对妇女的压抑等等"[1]。显然,这次女权运动的深广度远远超过了第一次。

---

① 克莉丝·维顿:《女权主义实践和后结构主义理论》,大不列颠 1987 年版,第 1 页。

在这样的社会政治背景下,女权主义批评应运而生。它首先发现了文学创作和文学批评中根深蒂固的男权中心主义的存在(如在作为主流文学的男性文学作品中有大量的性别歧视存在;就是女性作家的作品,多数也受到男性中心话语的控制),从而对之加以批判。女权主义文学批评正是这样依托着争取女权的政治斗争的强大动力而发展起来的,它同时又反过来为女权政治运动提供了独特的思想武器,作出了自己的重要贡献。正如女权主义批评家艾德里安娜·里奇所说:"政治观点与人们强调的文学新观点之间呈现着一个清晰的动态:没有日益发展的女性主义运动,女性主义的学术运动就不会迈出第一步。"①巴巴拉·史密斯谈到黑人女权主义批评时也说,它"合乎逻辑地起源于黑人女性运动,同时它又为参加运动的妇女贡献自己的思想"②。

女权主义批评的形成不仅有当时现实的社会和政治背景,而且也有其文学理论、批评方面自身的思想来源。正如肖瓦尔特所说:"如果说女权主义文学批评是妇女运动的一个女儿,那么它的另一个父母则是古老的父权制的文学批评和理论成果。"③这种思想大致来自两个方面:

一是60年代起西方文学理论、批评发生重大变化和转折,给女权主义批评提供了理论思路和方法上的多方面启示。20世纪二三十年代起,英美等国一直是新批评和其他形式主义批评占主导地位;五六十年代,法国以索绪尔语言学为基础的结构主义理论取代存在主义而盛行。但自60年代后半期起,新批评和其他形式主义日益捉襟见肘,结构主义也向解构主义迅速转变,阐释学及随后的接受美学异军突起,消解了作者、文本的权威,新马克思主义在欧美影响日增。女权主义批评正是在整个文学理论、批评发生这样一种深刻变动的时刻出现的,它顺应了这种变动,并且多方吸收各派的理论营养,从中获得了有力而多样的思想武器。譬如,一些女权批评家冲破了新批评的形式主义方法,注意吸收被新批评所摒弃的作家生平资料,并重视进行社会学和文化学的分析;对新马克思主义的接受,也对她们洞察妇女自身的地位及女性文学与阶级、种族斗争的密切关系提供了帮助;解构主义则为她们消解文学创作和作品中的男女二元对立提供了方法论基础。

二是女权主义批评还继承了一些重要先驱者的理论创造。20世纪前半期,英国的弗吉尼娅·沃尔夫和法国的西蒙·德·波娃便是其中最重要的代表。

弗吉尼娅·沃尔夫是著名的意识流作家。她不但在创作上取得了重大成就,而且为女权主义批评奠定了坚实的基础。她出版于1929年的长篇论文《一间自己的屋子》及其他一些文章,以宏大的历史目光与开阔的思想视野,对女性文学进行了一系列深入的思考,给当代女权主义批评以多方面的启迪:(1)她肯定了女性文学有不同于男性文学的独特题材、语言、风格等,并努力寻找妇女自己的文学传统。她追述了18世纪以来以阿弗拉·贝恩为代表的许多妇女作家长期遭到排斥和遗忘的事实,并以自己的切身体验肯定

---

① 艾德里安娜·里奇:《当我们彻底觉醒的时候:回顾之作》,见《当代女性主义文学批评》,北京大学出版社1992年版,第123页。

② 巴巴拉,史密斯:《黑人女性主义评论的萌芽》,见上书,第108页。

③ 肖瓦尔特:《新女性主义批评》,纽约1985年版,第8页。

了这些女前辈所开辟出来的文学道路,从而为妇女文学创作在文学史中争得了一席地盘。这初步体现了对传统男性中心论文学史观的反叛。(2)她明确提出"双性同体"的思想,认为"在我们之中每个人都由两个力量支配一切,一个男性的力量,一个女性的力量。……最正常,最适意的境况就是在这两个力量一起和谐地生活、精诚合作的时候"①。这种双性和谐合作是文学创作成功的重要保证。这个观点也在一定程度上同男性中心的单一批评标准相对抗,而且也可看作是对性别二元对立进行解构的一种最初尝试。(3)她对妇女创作的考察常常注意从她们的经济地位、社会阅历、文化教养等入手,认为在父权制社会中,不仅广泛的生活经验之门对妇女关闭,而且法律和习俗也严格限制了她们的感情生活,这是妇女创作难以发展的根本原因。这种社会学批评,既抨击了男权中心社会对妇女创作的压制,又在方法论上直接启发了当代女权主义批评。

西蒙·德·波娃(1908—1986)出版于1949年的著作《第二性》,主要讨论妇女的生存状况,后被奉为"女权主义的宝典"。该书上卷深入探讨了女性的生活、地位和种种神话,下卷主要说明当代妇女从少到老的实际生活经历,研究她们的共同身心状况与生存处境,提出:"一个女人之为女人,与其说是'天生'的,不如说是'形成'的。没有任何生理上、心理上或经济上的定命,能决断女人在社会中的地位,而是人类文化整体,产生出这居间于男性与无性中的所谓'女性'。"②这个"女人形成"论点无论在观念上还是在方法上都对后来全世界的女权运动发生了重要影响。该书从存在主义观点出发,对蒙泰朗等五位男性作家笔下的女性形象作了精辟的剖析。波娃认为,在蒙泰朗作品中,男人是超人,女人只是作为低下的参照物来证明男人的高尚,这是一种因果的颠倒;劳伦斯的作品虽在性上肯定了男女的完美结合,但其中男性是引导者,女性只能充当被引导者,体现了变相的男性骄傲;克劳代笔下,女人更接近上帝,但她们只是用来拯救男人的工具;布勒东虽对女性竭力赞美,但仍将女人看作是男性之外的另一性;司汤达的作品能用更加人性的眼光来看待妇女,但最终女性仍须依附于男性。这样,波娃就首次较系统地清算了男性作者的文学作品所虚构的种种"女人的神话",批评了他们对女性形象的歪曲表现。严格说来,波娃的这种分析还只是静态的,但却为后起的女权批评提供了极好的范例。

作为先行者,沃尔夫与波娃的思想中都还存在不少矛盾,如沃尔夫对妇女作家作品中的性别意识较强略有微词,认为这会损害文学的美学风格;波娃有时又用男性的文学批评标准来衡量、评价女性的文学作品;等等。但总的说来,她们在思想观念和批评实践上,都为女权主义批评树立了榜样,开辟了方向。

14.2 英美派女权主义批评

英美派女权主义批评的发展,大致经历了三个阶段。第一阶段是60年代末到70年代中期,其代表人物为凯特·米勒特;第二阶段是70年代中期至80年代中期,代表人物

---

① 沃尔夫:《一间自己的屋子》,三联书店1989年版,第120页。
② 波娃:《第二性》,湖南文艺出版社1986年版,第23页。

有卡普兰、莫尔斯、吉尔伯特、格巴和肖瓦尔特等人；第三阶段是 80 年代中期以后。

凯特·米勒特于 60 年代末推出了标志着女权主义批评正式诞生的重要著作《性政治》，该书从男女生理差异出发，重点揭露男性中心文学对女性形象的歪曲，抨击传统的"阳物批评"，进而批判男性的父权制社会。作者选用文学作品作为性政治分析的依据。全书分为三部分：第一部分"性政治"，重点揭露在两性关系中，男性拼命维护父权制，控制和支配女性的政治策略和行为，表达了作者对性别之间权力关系的认识；第二部分"历史背景"，概述了 19 至 20 世纪女权斗争及其对手的命运；第三部分"文学上的反映"，集中剖析在 D·H·劳伦斯、亨利·米勒、诺曼·梅勒和让·热奈特四位作家作品中表现出来的性别权力关系，即大男子主义的性暴力和女性的受压迫、遭损害，并对四位男性作家的"阳物崇拜"态度给予了严厉批评。米勒特主要是从男性作家笔下的女性形象在性别权力关系中所处的受支配、受奴役的地位入手，来揭露父权制社会男性控制、支配女性的政治策略，其重要性在于首次引入了一种女性阅读的视角，"我们第一次被要求作为女人去阅读文学作品，而从前，我们，男人们，女人们和博士们，都总是作为男性去阅读文学作品"①。

锡德妮·简尼特·卡普兰 1975 年发表了《现代英国小说中的女性意识》。作者以 20 世纪前期英国小说，主要是多罗茜·里查森、弗吉尼娅·沃尔夫等女性小说为研究对象，考察了其中女性意识的觉醒，并揭示了女性小说发展同 20 世纪第一个 10 年第一次女权运动高涨的内在联系。作者认为，如果打破传统研究视角，从女性作家角度来审视，也许能对某些文学史现象作出全新的解释。譬如对现代主义，一般文学史著作都从第一次世界大战及工业化的高速进程带来普遍异化、文学中实验方法的兴起和对维多利亚主义的反叛等角度加以描述，但作者却别出心裁把现代主义的形成与女权主义运动联系起来考察。她举英国重要的现代主义文学刊物《自我主义》为例，指出它是从女权主义杂志《新自由妇女》发展而来的；再如现代主义力作《荒原》、《太阳照样升起》等在文体、风格和结构等方面的实验，与女权运动带来的男女两性关系的新变动及性的觉醒和骚动等，都有密切联系。这就不但提高了女性文学的地位，而且为文学史研究提供了新的视角和思路。

艾伦·莫尔斯 1976 年出版的《文学妇女》首次描述了女性文学写作的历史，她逐个研究分析了 18 至 20 世纪英、美、法被称之为"伟大"的女作家的简·奥斯汀、哈利邪特·比切·斯托、乔治·艾略特、夏绿蒂·勃朗特、薇拉·凯瑟和 G·斯泰恩等人的创作，把她们看作是富有生命活力的女性写作的先驱，认为她们的作品汇成一股与男性主流文学传统不沾边却同样不断前行的湍急而强大的潜流，形成一种女性写作自己的传统，女作家们可以从中汲取力量和信心。该书还考察了女作家之间的相互友谊和共同兴趣，认为正是男性社会的拒斥促使女性作家互相关注、交互阅读作品，这有助于女性创作的进步，作者指出："对女作家来说，那种通过简单地从男性文学成就中吸取营养的做法已被阅读相互的作品取代，已被一种密切的交混回响的阅读所代替"②；"就以奥斯汀为首的女性作家而

---

① 见张京媛主编：《当代女性主义文学批评》，北京大学出版社 1992 年版，第 50 页。

② 见玛丽·伊格尔顿编：《女权主义文学理论》，湖南文艺出版社 1989 年版，第 15 页。

言，女性文学是她们的主要传统"，即使到了 20 世纪，"妇女好像仍然从加入在不断扩展的女作家的队伍中获得好处"①。在莫尔斯看来，进入 20 世纪以来，女性写作的传统正日趋壮大，影响也逐渐扩大。该书在批评方法上，也突破了新批评把文本看作封闭系统的形式主义框架，对女作家的生平、传记和个人情况十分重视。该书的缺点是略嫌零乱、不系统，但它作为率先寻找、探讨女性写作传统的开拓性著作，对后起的女权主义的文学史研究，起到了奠基作用。

桑德拉·吉尔伯特和苏珊·格巴于 1979 年推出了她们的女权主义名著《阁楼上的疯女人——女作家与 19 世纪的文学想象》。该书一方面研究了西方 19 世纪前的男性文学中的两种不真实的女性形象——天使与妖妇，揭露了这些形象背后隐藏着的男性父权制社会对女性的歪曲和压抑。作者指出，从但丁笔下的贝雅特里齐、弥尔顿笔下的人类之妻、歌德笔下的玛甘泪到帕莫尔笔下的"家中的天使"等都被塑造成纯洁、美丽的理想女性或天使，但"她们都回避着她们自己——或她们自己的舒适，或自我愿望"，即她们的主要行为都是向男性奉献或牺牲，而"这种献祭注定她走向死亡"，这"是真正的死亡的生活，是生活在死亡中"。②作者认为，这种把女性神圣化为天使的做法，实际上一边将男性审美理想寄托在女性形象上，一边却剥夺了女性形象的生命，把她们降低为男性的牺牲品。作者又分析了男性作品中的另一类女性形象即妖女或恶魔，如斯宾塞笔下半人半蛇的 Errour、莎士比亚笔下的高奈瑞尔和丽甘、萨克雷笔下的贝基·夏普等形象，认为她们体现了男性作者对不肯顺从、不肯放弃自私的女人的厌恶和恐惧，然而，这些女恶魔形象实际上恰恰是女性创造力对男性压抑的反抗形式。可见，在吉尔伯特和格巴看来，历来男性作家笔下的女性形象，无论是天使还是恶魔，实际上都是以不同方式对女性的歪曲和压抑，这反映出父权制下男性中心主义的根深蒂固和对女性的歧视、贬抑。该书另一方面又分析了从简·奥斯汀到爱米莉·狄金森等 19 世纪女作家的创作，探讨了她们采取的在遵守父权制文学标准的方式下向父权制发起挑战的复杂而微妙的写作策略。该书举出当时许多女作家作品中都出现了像夏绿蒂·勃朗特《简·爱》中的疯女人那样的形象，而这些疯女人形象就是被压抑的女性创造力的象征，也就是向父权制叛逆的作家本身；然而，这一反抗男权中心的思想和意义却是在表面顺从男权主义的形式下实现的："这类作品的表层含义模糊或掩盖了更深层的、更不易理解的（更不易为社会所接受的）意义层次。这些作家以遵守和屈从于父权制文学标准的方式，获得了真正女性文学的权威，这是一种何等难以完成的任务啊！"③概而言之，该书不但批判了男权文化下被歪曲和压抑的女性形象，而且以一种新的女权视角重新阅读并阐释了 19 世纪一些著名女性作家的作品，对女权主义理论的发展、完善起了重要作用。

伊莱恩·肖瓦尔特是英美派女权主义批评的第二到第三阶段的重要代表之一。肖瓦尔特于 1977 年出版的《她们自己的文学——从勃朗特到莱辛的英国女性小说家》，是英美派女权主义批评第二阶段的代表作之一。该书与莫尔斯等人在观点上的一个重要区别

① 见玛丽·伊格尔顿编：《女权主义文学理论》，湖南文艺出版社 1989 年版，第 17 页。
②③ 吉尔伯特、格巴：《阁楼上的疯女人》，耶鲁 1979 年版，第 25、73 页。

是,不再把女性文学传统仅仅看成少数几个"伟大"的女作家及其作品的突现,而认为女性文学传统是持续的,既有青史留名的大作家,也有更多被湮没的一般作家,应该同时注意到历史上"女作者的文学声誉稍纵即逝的现象"和"一小群女作家在世时几乎不停地在文学上走红,身后却从后世记录上消失"这样的事实;由于 60 年代以前忽视这些事实,造成"每一代女作家都在某种程度上发现自己没有历史,而不得不重新寻找过去,一次又一次地唤醒自己的女性意识"①。作者写此书的目的就是要"描述从勃朗特时代起到当今的英国小说中的女性传统"②,以填平奥斯汀、勃朗特、乔治·艾略特、沃尔夫等大作家之间的断裂与鸿沟。由于该书发掘了过去许多长期被湮没的英国女性创作资料,有力地展示了女性文学的持续不断的传统,被称为女权主义"划时代的著作"。该书的另一贡献,是把女性文学传统看成一种"文学的亚文化群"③,并根据亚文化的共性,将女性作家的创作分为女人气(1840—1880,模仿主流传统)、女权主义(1880—1920,反抗主流传统的价值、标准,争取自己独立价值与权利)和女性(1920 以来,摆脱依赖对立面而转向内心、自我发现)三个阶段,而对女性阶段的创作最为肯定。这部著作在理论与史实两方面都对女性文学史研究有较大突破。肖瓦尔特出版于 1985 年的《女性之病:妇女、疯狂与英国文化,1830—1980》,虽不是文学批评专著,但对英国文学的研究仍有深化,作者借用精神病学与文化理论,讨论了英国文学、文化传统中女性生理、心理上的内在连续性,这部著作是女权主义批评在文化领域的延伸。她于 1991 年出版的《姐妹们的选择:美国妇女写作的传统和变化》,是英美派女权主义批评第三阶段的代表作之一。该书的一个重要变化是注意了以前女权主义批评所忽视的种族因素,书名中"姐妹们的选择"就是美国黑人妇女缝被子时的一种图案。该书专门研究美国女性文学历史,书中仍然贯彻了她早先的女性亚文化的观点,强调"确实存在不同的妇女文化,这是妇女在生育、养育子女中的相互帮助,是她们分享情感,甚至是她们之间产生的比同她们的丈夫在一起时更强烈的情欲"④。她从这种女性亚文化视角,研究了美国女性创作中的各种主题、形象、文体、文化实践和历史选择,内容广泛,涉及女性哥特小说、斯托夫人的《汤姆叔叔的小屋》、凯特·肖班的《觉醒》、爱丽丝·沃克的《紫色》等美国女性文学与文化的方方面面;并高度赞扬美国女性创作产生了"我们自己的文学",宣称由此"我们的新文学史开始了"⑤。肖瓦尔特的这些研究,也显示了女权主义批评进入跨学科的文化研究,并深入到"性别诗学"的研究,她的《走向女权主义诗学》也可见出在这方面的开拓。在该书中,肖瓦尔特以哈代的小说《卡斯特桥市长》开场主人公卖妻、女的场景为例,对欧文·豪为代表的男性批评进行了反批评,对男性批评家的幻想对文本的歪曲作了揭露。肖瓦尔特指出,哈代小说主人公的上述行为实质上"在象征地卖掉他对妇女世界的整个拥有","他选择了在男性社会生活,用父权制金钱与法律合同的男性代码去界定人们的种种关系";同时,肖瓦尔特还指出哈代这部小说的女主人公(被主人公卖掉之女)与他笔

---

①② 肖瓦尔特:《她们自己的文学》,伦敦 1977 年版,均第 11 页。
③ 托里·莫依:《性/文本政治》,伦敦 1985 年版,第 56 页。
④⑤ 肖瓦尔特:《姐妹们的选择》,牛津 1991 年版,第 13、21 页。

下的其他女性人物一样"有点理想化,她们是被抑制的男性自我的忧郁的投影";经过这样一种女性视角的批评,就可以看出"男性批评家的性别歧视"①。上述分析为女权主义批评方式提供了示范。在此基础上,肖尔特提出了建立新的、独立的女权主义批评的基本思路:"妇女批评的宗旨是为妇女的文学建构一个女性的框架,发展基于女性体验研究的新模式,而不是改写男性的模式和理论",要"摆脱男性文学"的束缚,不再"使妇女适应男性传统方法",而要创建"女性文化的新的、蓬勃发展的世界"②。她还提出在方法论上把女权主义文学批评"与历史、人类学、心理学及社会学等领域的女权主义研究"结合起来,通过跨学科、多学科的研究,来"发展""女性亚文化"的研究,把女权主义批评上升到文化研究的新高度,而这反过来又"为我们提供了一些新的方法去阐释"女性文化"及其主要的表现形式的文学"③。

目前,英美女权主义批评仍在跨学科的女性文化研究层面上继续发展。

总起来看,虽然英美派女权主义批评代表人物的见解有种种差别,前后期观点有许多变化,但有一点是一以贯之的,即努力发掘、寻找女性文学自己的传统,给予重新评价,以建立独立的女性文学史;同时,揭示出女性作者之间存在着的亲密关系,鼓励当代妇女加强联系和团结,挣脱父权中心文化的压抑。

14.3 法国派女权主义批评

与英美派不同,法国派女权主义批评更关注女性写作的语言和文本,更多地体现出解构主义的特色。其代表人物对"女性本质论"和"女性文学传统"的命题均持怀疑态度,认为如果一定要寻找固有的"女性文学传统",客观上反而有可能维护父权制的文学史观。她们的批评吸收了德里达的解构主义和拉康解构化的精神分析理论的某些思想,面向未来,重点放在"女性写作"上,希望建立一种标举差异的文学乌托邦式的符号学。其主要代表人物有克莉丝蒂娃、西苏和伊瑞格瑞等。

朱莉亚·克莉丝蒂娃(1941—)原籍保加利亚,大学时学习文学,担任过一家报纸记者,1966 年获得法国一所大学博士奖学金,遂移居巴黎至今。在巴黎,她得到过托多洛夫、戈德曼、巴尔特等结构主义大师的指导和帮助,从中吸取了符号学、语言学的许多思想,但她并未受此局限。后来她加入了法国后结构主义理论团体"太凯尔",成为其主将之一。她广泛学习、研究当代西方各种重要的学术思潮的成果与方法,对精神分析学、马克思主义、结构主义、符号学、语言学、解构主义,她都加以研究,有所吸收,有所扬弃,形成了她自己不遵循任何一种学说和思路的独具一格的理论风范。1974 年她访问中国,后出版了《关于中国妇女》一书,提出了要历史地、文化地看待中国妇女,阐明了"中国共产主义的历史同妇女解放的历史是一致的"④的观点,并发挥了毛泽东的观点,认为离开了妇女解

---

①②③ 见玛丽·伊格尔顿编:《女权主义文学理论》,湖南文艺出版社 1989 年版,第 333—334、334—335、335—336 页。

④ 转引自韩素英:《早晨的洪水》,波士顿 1972 年版。

放,男人也不可能获得真正的自由。

作为女权主义者,克莉丝蒂娃首先着重分析语言上、文化上妇女被压抑、被排斥的地位,她说:"我知道'女人'不能代表什么,不能说什么话,她被排斥在术语和思想外,而确实有些'男人'熟悉这种现象,因为这是有些现代文本从不停止表示的东西:验证语言和社交行为的限制性,如法律和犯罪、统治与(性)快感,而从不规定一种是男人的,另一种是女人的。"①换言之,一切都属于男性,女性连在语言、术语中也无丝毫的位置。但克莉丝蒂娃并不一般地主张男女平等,而显得更为激进,她甚至认为不应也不可能界定"女人","认为'一个人是女人'和'一个人是男人',几乎同样荒谬,并且具有同样的蒙昧主义色彩","因此,我对'女人'的理解是'女人'无法逾越、无法言传,存在于命名与意识形态之外","在更深的程度上,女人不是一个人能'成为'的某种东西"②。她认为要界定女人实际上是把女人当物看待,就是贬低了女性的价值与地位。而且认为,女性的这种不可界定的边际地位,模糊了男女的明确界限,也就具有了消解父权制男女二元对立的特殊意义。其次,克莉丝蒂娃提出了一种对男权中心具有颠覆性的符号学。她吸收、改造了拉康的精神分析的象征理论,认为象征秩序与父权制的社会文化秩序相联系,而符号学则产生于前俄狄浦斯阶段,与母亲、女性密切相关;符号学不是取代象征秩序,而是隐匿于象征语言内部,组成了语言的异质、分裂的层面,颠覆并超越象征秩序,这也正如同女性既处在男性社会内部又遭到其排斥,被逐至它的边缘,从而模糊了父权制男女二元对立的界限而产生颠覆父权制社会的作用。这样,符号学就具备了解构父权制二元对立的女权主义的意义。再次,她也重视母性的意义,认为女人生育子女并不意味着她不能从事专业工作,相反,生育始终与文化活动相一致,因为在孕育生命过程中女人能更深刻理解生命的内涵,所以她不同意波娃认为母性功能有罪的观点,而是从解构主义消解二元对立的立场出发,"将母性看作是对男性中心主义的一种挑战;怀孕和生育打破了自我与他人、主体与客体、内部与外部的对立"③。这样,她的符号学就具有某种反抗男权中心的革命性意义。

埃莱娜·西苏,是法国另一位著名的女权主义批评家。她认为在男权中心社会中,男女的二元对立意味着男性代表正面价值,而女性只是被排除在中心之外的"他者",只能充当证明男性存在及其价值的工具、符号,正如伊格尔顿所说,"也许她是代表着男人身上某种东西的一个符号,而男人需要压制这种东西,将她逐出到他自身的存在之外,驱赶到他自己明确的范围之外的一个安全的陌生区域"④,男人为维护这种二元对立始终需要压制与排斥女性。为了消解这种顽固的二元对立,西苏提出了以实现"双性同体"为目标的女性写作理论。

西苏认为,在父权制社会里,女性在二元对立关系中始终处于被压制的地位,她的一切正常的生理心理能力、她的一切应有的权利都被压抑或剥夺了,她被迫保持沉默,只有写作行为才能改变这一被奴役的关系:"写作""这一行为将不但'实现'妇女解除对其性特

---

① ② 转引自卡勒:《论解构》,天马图书有限公司 1993 年版,均第 174—175 页。

③ 转引自《自成一家:女权主义文学理论》,麦森公司 1985 年版,第 85—86 页。

④ 伊格尔顿:《当代西方文学理论》,中国社会科学出版社 1988 年版,第 193 页。

征和女性存在的抑制关系,从而使她得以接近其原本力量;这行为还将归还她的能力与资格、她的欢乐、她的喉舌,以及她那一直被封闭着的巨大的身体领域;写作将使她挣脱超自我结构,在其中她一直占据一席留给罪人的位置"①。在此,西苏赋予女性写作以女性解散的特殊功能。

西苏就女性写作提出了"描写躯体"的口号,这是与男性写作完全不同的,因为女性"通过身体将自己的想法物质化了;她用自己的肉体表达自己的思想"②,女性"用身体,这点甚于男人。男人受引诱去追求世俗功名,妇女则只有身体,她们是身体,因而更多的写作"③。这里西苏表达了两层意思:一是表达了一种男女性别的隐喻,男性追求世俗功名,隐喻着父权制象征秩序的要求,而女性的"身体"本身摆脱了象征秩序,更多地投入"写作",写作在此就有了女性的隐喻;二是认为女性写作的特点是"描写躯体",揭示出通过描写躯体而在肉体快感与美感之间建立起密切联系,它的内涵是,女性"描写的全是渴求和她自己的亲身体验,以及对她自己的色情质激昂而贴切的提问。这一丰富而具有创造力的实践,……发展了或伴随着一系列的创作方法和真正的美学活动,每个迷人的阶段都塑造出一些令人回味的幻境和形象、一种美的东西。美得不再遭禁锢"④。这是为女性写作和"描写躯体"所作的旗帜鲜明的美学辩护。

西苏还指出,女性写作有其独特的、区别于男权文化的语言,这是一种无法攻破的语言,这语言将摧毁隔阂、等级、花言巧语和清规戒律,它是反理性、无规范、具有破坏性和颠覆性的语言;然而它又并不完全排斥男性话语,相反,它一直在男性话语之内活动。因为在西苏看来,女性是具有无尽包容性又不排斥差异的新的双性同体,她能通过模糊男女界限、包容男女于一体来解构男女二元对立,这种双性同体的女性用女性语言打乱男性话语的秩序,"炸毁它、扭转它、抓住它,变它为己有,包容它、吃掉它,用她自己的牙齿去咬那条舌头,从而为她自己创出一种嵌进去的语言"⑤,一种包容男性语言在内的双性同体式的女性语言,一种颠覆了父权制中心话语的"新"语言。

西苏充满激情地号召妇女拿起笔来写作:"写吧!写作属于你,你自己也是你的,你的躯体是你的","写吧,让任何人都无法阻止你,……不要让男人拖垮你;不要让蠢笨的资本主义机器拖垮你,……也不要让你自己摧垮你"⑥。西苏希望通过写作活动引导妇女觉醒,走向妇女真正的解放。应当肯定,西苏这种女性写作理论有颠覆、批判当今男权主流文化和语言,发展女性自己的文化,深化妇女解放运动的现实意义,但归根结蒂,把妇女解放建立在一种女性写作活动基础上,局限在"语言"颠覆的范围内,只能是一种写作乌托邦;特别是其中包含着的女性双性同体论,更是一种软弱无力的妥协思想,并未真正与父权制主流观念划清界限。

露丝·伊瑞格瑞,是法国派女权主义又一位重要批评家,她提出了独特的"女性谱系"和"女人腔"主张。同许多女权主义者一样,她对父权制社会坚持的男女二元对立作了尖

①②③⑤ 西苏:《美杜莎的笑声》,见张京媛主编:《当代女性主义文学批评》,北京大学出版社1992年版,第194、195、202、202页。

④⑥ 见玛丽·伊格尔顿编:《女权主义文学理论》,湖南文艺出版社1989年版,第397、398—399页。

锐的批判。指出，在这个社会中，人的肉体被符码化了，人的生物学、生理学结构被赋予了不合理的文化意义，"无论男性还是女性，人类的身体已经被符码化地置于社会网络之中，在文化中，并且被文化赋予意义，男性被认为是雄健和有阳具（按：意谓有创造力），女性则是被动的和被阉割的。这不是生物学的结论，而是身体的社会和心理学意义"①。她在《他看女人的反射镜》一书中，对此作了更深入的分析，认为从柏拉图经黑格尔到弗洛伊德、列维-斯特劳斯的整个西方哲学，都是一种理性主义传统，在这种传统中，女性被定义为非理性——一种需要和应当被超越的否定性——他者，一个被阉割的不完整的男人，一个男人可以随意变更和交换的对象（客体）。在男权社会中，男性作为文化发言的主体虽然竭力作出中立、公正的姿态，但在作品中，这个主体总是被表达为男性，反映在语言上，法语"人类"一词是阳性而非中性就是明证。在这个社会秩序下，女性无任何主体性，只是纯粹的客体，这样才能保障男性主体地位的稳定。但伊瑞格瑞发现，如果女性不安于这种被想象、被思索的纯客体地位，努力成为主动想象和思索的人，那么男性的主体地位就会被破坏，女性的颠覆力量就在于此。于是，伊瑞格瑞提出建立"女性谱系"的主张。所谓"女性谱系"，是伊瑞格瑞吸收精神分析学的某些思想提出来的主张，核心是要建立一种新型母女关系，以取代俄狄浦斯三角关系中的男性中心。精神分析学以古希腊俄狄浦斯杀父娶母的神话故事为依据，提出所谓男孩"恋母"、女孩"恋父"的看法，然而基本倾向还是男性、父权中心。而伊瑞格瑞的女性谱系论则追溯到前俄狄浦斯阶段，认为那时母亲是无性别之分的，是一个同时具有男性创造力和母性的双性同体形象，而其女儿对双性同体母亲是完全认同的，这才是人类起始的女性谱系。但由前俄狄浦斯阶段过渡到俄狄浦斯阶段，女孩也由对母亲的认同转为"恋父"，这一方面是对双性同体母亲的遗弃，另一方面却是对被阉割的、被动的母亲的认同，实际上是对父权制的认同。这样一种过渡是父权制对女性谱系的压制与剥夺。父权制又创造出上帝这个男性形象来充当母亲的母亲，从而把母亲排斥到社会价值之外，使之只能生养孩子，而不能给孩子提供语言、法律等属于男性的文化；同时，这也是对女儿的放逐，因为女儿通往女性母亲的道路被切断了，她与女性潜在力量的关系也被切断了。伊瑞格瑞的女性谱系主张就是要否定这种父权制，重建起类似前俄狄浦斯阶段的女性谱系，恢复一种新型的母女认同关系（而不是"恋父"）。在这种女性谱系中，女性之间的关系上升为主体与主体间的关系，女性不再沦为单纯的客体。

与"女性谱系"理论相联系，伊瑞格瑞还提出了颠覆父权制的"女人腔"主张。"女人腔"是指与男性理性化语言相对立的一种非理性的女性话语方式。她认为，在男权理性化社会中，女性被看作从行为到语言都是非理性的，"人们说她是神经质的，不可理解的，惶惑不安和满脑子奇思怪想的，更不用提她的语言，'她'说起话来没有中心，'他'也难以从中分辨出任何连贯的意义。用理性的逻辑来衡量，那些矛盾的话显得是胡言乱语，由于他按先入为主的框框和规则听她说话，所以他什么也听不出来。……她说出的话是喋喋不休的感叹、半句话和隐秘。……一个人必须以不同的方式倾听她的话，以便听出'另一

---

① 转引自伊丽莎白·格鲁兹：《性别颠覆：三位法国女权主义者》，艾伦和尤温出版社 1989 年版，第 111 页。

种意义'，这种意义通常在过程中编织自己，在同一时间内不断拥抱和弃置词语，以免变得固定化，不再运动。她的言论永远不能定义为任何东西，它们的最大特征是在是与不是之间，只稍微提到某事而已"①。这种非理性的女性说话方式永远在滚动、变化中，意义不定、无中心、跳跃、隐秘、模糊等是其特征，这就是与女性语系相对应的"女人腔"。正是这种"女人腔"话语方式具有一种包容二元对立的特征，像女性语系包容双性的母亲一样，伊瑞格瑞描述这种女人腔道："在我们的唇间，你的和我的，许多种声音，无数种制造不尽的回声的方法在前后摇荡。一个人永远不能从另一个人中分开来。我/你：我们总是复合在一起。这怎么会出现一个统治另一个、压迫另一个的声音、语调、意义的情况呢？一个人不能从另一个中分开，但这也不意味着它们没有区别。"②正因为"女人腔"具有包容对立双方于一体的功能，就消解了父权制坚持的男女二元对立，否定了父权制对女性的统治与压迫。

伊瑞格瑞的上述主张与西苏对女性写作的呼唤，都以"双性同体"思想为依据来对抗和解构父权制的二元对立；她们也都注意从女性语言、话语方式上加以论证，并认为语言不是超验的物质存在，而是代表着人类经验的累积，是权力压迫的场所；但她们共同的弱点是将妇女解放的社会斗争问题心理化、生理化、语言化，实际上既是对政治实践的逃避，又带有明显的空想色彩。这也是整个法国派女权主义批评的弱点所在。

14.4 其他女权主义批评

在西方女权主义批评中，除了英美和法国两大派以外，美国的黑人和女同性恋女权主义批评也是一股不可忽视的力量。它们总体上也归属于并丰富了女权主义批评，但同白人、异性恋的女权主义批评又显然不同，正如一位女批评家所说："白人女权主义批评不能框定和领导黑人女权主义。"③而黑人女权主义批评与女同性恋女权主义批评之间，既有不同之处，也有不少共同点，一些重要的女权主义批评家如巴巴拉·史密斯和奥吉·劳德就既是黑人又是女同性恋者；而且，两股力量关系密切，互相影响，"在美国，女同性恋话语所受到的 60 年代中期的黑人运动的影响与其所受的被女同性恋看作先锋的妇女运动的影响同样巨大"④。

黑人女权主义批评的崛起，是与黑人妇女遭受到种族和性的双重压迫分不开的。黑人妇女一方面与黑人男性一样长期受到种族歧视，另一方面，在黑人圈里，她们还要受到男性的压迫。经受双重压迫体验而写出的黑人女性文学作品自然与白人和男性的文学有着显著的区别，但在男权中心社会中，黑人女性文学却经常受到冷落、漠视或曲解。在这种情况下，"由于黑人女批评家和作家意识到白人男性和女性、黑人男性都在将自己的经

---

① 转引自康正果：《女权主义与文学》，中国社会科学出版社 1994 年版，第 148—149 页。本书作者据原文对译文略有修改。

② 转引自伊丽莎白·格鲁兹：《性别颠覆：三位法国女权主义者》，艾伦和尤温出版社 1989 年版，第 132 页。

③④ 玛吉·保姆：《女权主义批评：作为当代批评家的妇女》，纽约 1986 年版，第 114、106 页。

验作为标准而视黑人妇女的经验为异端,这促成了黑人女权主义批评的诞生"①。

巴巴拉·史密斯是黑人女权主义批评最重要的代表之一。她最基本的出发点是"承认黑人妇女创作中性政治与种族政治和黑人妇女本身的存在是不可分离的"②,即承认黑人女性文学创作与黑人女性在政治上所受的性与种族双重压迫密不可分,强调"评论者应该时刻清醒地认识自己作品的政治含义而且将其与所有黑人妇女的政治状况联系起来"③。这就把文学批评自觉地同社会政治斗争紧紧联系在一起了,也就把女权批评定位为一种涉及性与种族政治的社会政治批评。其次,史密斯还同许多女权主义批评家一样,努力寻找、发掘黑人女性创作的传统,她明确宣称"必须承认黑人女作家们已经形成了一个有其自身特点的文学传统"④,她通过对大量黑人女作家作品的分析,揭示出她们在文体、主题、意象、审美上形成了一些共同的区别于白人、男性作家的特点,如她们作品中常常不约而同出现挖掘植物根茎、挖草药、念咒祈祷、当接生婆等相似的主题意象,这在包括黑人男性、白人女性作家作品中都很难见到。再次,史密斯还强调女权主义批评家应重视研究自身和黑人女性作家的创作经验,而不要受白人男性创作标准的束缚,她说:"评论者首先应该了解并分析其他黑人女作家的作品,换句话说,就是她应该从自己本身的经历出发进行思索和写作而不是用白人男作家的文学思想和方法去认识黑人妇女可贵的艺术资料。"⑤

此外,苏珊·威利斯对黑人女作家的作品进行了富有独创性的研究。她在反对晚期资本主义的大前提下,着重从"团体"、"旅行"、"情感与性欲"三个主题考察黑人女性文学。威利斯指出,"当代黑人妇女作家倾向于将团体的存在与她们的母亲一代联系起来,她们自己则以战斗和写作反对晚期资本主义社会的坏影响"⑥;对于黑人女性作品中的旅行,应该"把它与历史的展现与个人意识的发展联系在一起。这样,在一个地理空间中旅行就有了深广的含义,它就是一个女人走向认识自我的过程。当然,这个自我并非作为个人,而是作为一个集美国黑人的群体经验于一身的主体被认识的"⑦;至于性欲,在黑人女作家作品中,一种反抗传统的性爱观正在生长。

另外,迈克多威尔从较广阔的视角出发,认为黑人女权主义批评不应只局限于黑人女性范围,也应从白人女性批评家那里吸取有益的东西;同时,在批评中也不应局限于主题、意象研究,还应重视语言研究,"调查'女性'语言的问题是重要的,这也许是等待着黑人女权主义批评家的最有挑战性的工作之一"⑧,她主张应吸收其他学科的女权主义者在语言研究方面的成果;她甚至认为黑人男性作家作品的研究也应纳入黑人女权主义批评的范围。这些意见对黑人女权主义批评显然十分有益。

女同性恋女权主义批评在理论界中地位最低,受到许多指责和污蔑;但实际上,它仍然是女权主义批评的一脉。

---

① 肖瓦尔特:《新女权主义批评》,纽约1985年版,第187—188页。
②③④⑤ 巴巴拉·史密斯:《黑人女性主义评论的萌芽》,见张京媛主编:《当代女性主义文学批评》,北京大学出版社1992年版,第107、108、107、108页。
⑥⑦ 转引自《自成一家:女权主义文学理论》,麦森公司1985年版,第214、220页。
⑧ 转引自肖瓦尔特:《新女权主义批评》,纽约1985年版,第188页。

对于何为女同性恋文学和批评的问题,历来存在严重分歧。一般认为作者或批评家本身是女同性恋者,她们的作品或批评就是女同性恋文学或批评。但是,对怎样才算"女同性恋",也有不同看法。一种观点认为女同性恋特指女性之间的性关系。另一种观点则力图扩大此概念的含义,如艾德里安娜·里奇提出了不同于女性性关系含义的"女同性恋连续统一体"的概念。她认为,"女同性恋"泛指"一个贯穿每个妇女的生活、贯穿整个历史的女性生活范畴","包括更多形式的妇女之间和妇女内部的原有的强烈感情,如分享丰富的内心生活,结合起来反抗男性暴君,……那末,我们就领悟了女性历史和女性心理的深邃涵义"①。这样女同性恋生活方式就具有了反抗男权中心的意义,女同性恋文学与批评也就具有了女权主义的性质。但这种泛化的观点又使女同性恋文学和批评与一般女权主义文学没有重要区别,因而也无单独标举的必要了。还有第三种观点,是调和上述两种观点的,如莉莲·费德曼说:"'女同性恋'描述了一种关系,这是一种两个女人之间保持强烈感情和爱恋的关系,其中可能或多或少有性关系,抑或根本没有性关系。共同的爱好使这两位妇女花大部分时间生活在一起,并且共同分享生活中的大部分内容。"②这种折中的看法既使女同性恋主义不至局限于性关系的狭窄范围,又不至于过分泛化而失去其特殊性,因而较为合理。

女同性恋主义的文学批评大体有以下几个特点:第一,它把异性恋主义观念与父权制联系起来,对之采取激烈批判态度。它认为父权制的二元对立预先规定了妇女只能在异性恋方式下生活,而异性恋体现为男权中心、女性受压,因此,反抗父权制,不能忽视对隐蔽在异性恋方式下的男性中心主义的批判。如艾德里安娜·里奇认为:"我们陷入了二分法的迷误,致使我们不能把这个制度作为整体去理解。我们总是以'好'婚姻对'坏'婚姻;以'恋爱结婚'对包办婚姻;以'自由'的性关系对卖淫;以异性恋的关系对强奸。这个制度内的经验固然差别甚大,但没有妇女选择的余地依然是被隐瞒的重要事实。"③换言之,妇女只能在父权制异性恋的方式中选择,同性恋完全被排斥了。在这个意义上,标举"女同性恋"就有利于打破父权制下异性恋的单一模式。据此,女同性恋主义批评对充斥于各种文学作品、批评中的异性恋主义观点进行批评,甚至对一些持异性恋主义观点的女权主义的文学选集也持否定态度。第二,它力图寻找和建立起一个女同性恋文学的传统。如简·鲁尔的《女同性恋者形象》、爱丽·布尔金的《女同性恋小说》和《女同性恋诗歌》、莉莲·费德曼的《超越男人的爱》等著作都对文学史上的女同性恋创作进行发掘和重新阐释,以建立起一种新的女同性恋主义的文学传统。第三,它努力建立一种女同性恋主义的批评原则。如试图寻找女同性恋作品中的形象、典型、想象形式等方面的共同特点;又如对女同性恋文学作品进行深入细致的文体研究,希望找到一种女同性恋主义独特的文风,以至有的批评家认为凡女同性恋主义文学都致力于文体风格的变革,都有现代主义倾向;再如它在批评理论和方法上采取开放的态度,提出可以通过马克思主义、结构主义、符号学、精神

---

① 见玛丽·伊格尔顿编:《女权主义文学理论》,湖南文艺出版社1989年版,第39页。
② 转引自肖瓦尔特:《新女权主义批评》,纽约1985年版,第206页。
③ 转引自康正果:《女权主义与文学》,中国社会科学出版社1994年版,第122页。

分析批评来丰富其理论。由于以上几点，女同性恋批评在女权主义批评阵营中虽力量较为单薄，却也独树一帜，产生了一定影响。

西方女权主义批评目前还在发展。它伴随着妇女解放的政治斗争而诞生、发展，因此具有强烈的社会政治色彩。相比较而言，英美派较为现实，更多地将女权主义文学批评同提高妇女觉悟的社会实践行为结合起来；法国派则受后结构主义影响较大，以语言变革为目标，试图通过对男性话语权力结构的颠覆来完成女权主义任务。从总体上看，女权主义批评顺应了西方社会妇女解放运动逐渐深化的趋势，对父权制社会给予了全面、深刻的批判，而且其批评、研究的成果也有许多新的创造与拓展，为西方文学史研究提供了新的视角、发掘出许多新的资料，在理论的概括和阐述的方法上也多有创意，无论在文学理论、批评史，还是在思想史上，都作出了独特的贡献，应占有一席重要地位。但无论英美派或法国派，还是黑人、女同性恋主义者，都有各自的局限，最根本的局限是，她们都未把批判男权中心的触角深入到社会阶级斗争的层面，而且消解男权中心的策略大都停留在语言、文化层面，因而带有相当大的乌托邦色彩，很难与现实的妇女解放斗争真正结合在一起。

15 后现代主义

后现代主义是 20 世纪中叶出现的一种世界性的文化思潮。在对后现代主义的评判上，引起了哲学、社会学、神学、教育学、美学、文学领域经久不息的论争，当代世界许多重要思想家都卷入了对后现代主义精神的理论阐释和严重关注之中。后现代主义所具有的怀疑精神和反文化姿态，以及对传统的决绝态度和价值消解的策略，使得它成为一种"极端"的理论，使其对资本主义的批判以彻底虚无主义的否定方式表现出来。后现代主义的悖论性格，使其理论本身包含着含混、偏颇的谬误，需要我们既非简单批判，又不盲目认同，而应该从大处着眼、小处着手加以区分、批判和扬弃。摆在我们面前的重要课题，不是回避关于后现代主义的重大论争，而是直面各种层面上的尖锐问题，对后现代主义中的富有建设性、批判性的思维向度加以肯定，对其虚无主义和价值消解加以批判，对其在中国当代文化上的影响作出恰当分析，从而使我们对这一世界性文化思潮保持一种清醒的学术批判眼光。

15.1 后现代主义的源起与发展概况

20 世纪 60 年代初，随着科技和经济的迅速发展，现代西方社会进入了后工业阶段，而现代西方文化也经历了一次次新的裂变，随之全面推进到后现代时期。这个时期，各种文化哲学理论都陷入偏激的争执和论战之中，各种理论群体和流派杂色纷呈，各种文化（艺术、文学、美学、哲学等）倾向更迭汰变。随着一次次理论撞击和兼容，后现代主义逐渐崭露头角并迅速崛起，反映出西方文化流向的新变化，也标示出它对现代主义的"反动"和"承续"的逻辑必然性。因此，从现代主义到后现代主义成为 20 世纪文化发展和精神流向的内在轨迹。

从现代主义到后现代主义这一发展轨迹中，现代主义与后现代主义之争成为整个文化逆转问题的焦点。这个问题又分为两个方面，一是后现代主义源起的时间及其分期；二是后现代主义究竟是对现代主义的反动，还是现代主义的继续？现代主义与后现代主义的文化精神究竟是什么？

现代主义在西方文化近半个世纪的激荡之后，使西方文化氛围和思维逻辑产生了巨大的变化。然而 20 世纪 30 年代以后，由于内部诸多流派松散组合产生的离心力以及自我困境的难以摆脱，加速了现代主义运动的解体。后现代主义从现代主义的母体中发生、发展起来，它一出现，立即表现出对现代主义的不同寻常的逆转和撕裂，引起哲人们的严重关注。

　　在后现代主义兴起的时间上,理论家们各持己见,至今未达成一致看法。但撮其要,主要说法有以下几种:美国后现代主义文艺美学家伊哈布·哈桑在《后现代转折》(1987)中认为,后现代主义一词的"源头"最早可以追溯到弗·奥尼斯,奥尼斯在 1934 年出版的《西班牙暨美洲诗选》中,首先采用 postmodernism 一词。随后,费兹在 1942 年出版的《当代拉美诗选》中再次使用此词。这个词同样也曾出现在汤因比的《历史研究》中。哈桑一直是后现代主义这一术语和概念的最坚决的捍卫者,他认为,后现代主义真正兴起的时间是以乔伊斯的《芬内根的守灵》(1939)为其上限。而评论家奥康诺在《大学新才子和现代主义的终结》(1963)一书中,将英国 20 世纪 50 年代以"大学新才子"为中心的文学运动作为后现代主义的开端。理查德·沃森在《论新感性》(1969)中,则把魔幻现实主义作家品钦和"新小说"家罗伯-格里耶看作后现代兴起的标志。德国当代文论家米切尔·柯勒在《后现代主义:概念史的考察》(1977)中则更进一步地探讨了"后现代主义"一词的历史沿革,提出了对"现代"、"后现代"、"当代"三个术语划分的标准。

　　当代重要思想家和理论家丹尼尔·贝尔、哈贝马斯、利奥塔、杰姆逊、斯潘诺斯也对分期问题提出了自己的不同看法。贝尔认为后现代主义是随后工业社会的来临而兴起的,是社会形态在文化领域的反映,因此,后现代主义产生于 20 世纪 60 年代。哈贝马斯认为后现代主义兴起于二战以后,是一股反现代性的思潮,必须加以对抗。利奥塔认为后现代主义是后现代知识状态的集中体现,因此,后现代主义的根本特征是对"元叙事"的怀疑和否定,所以,他把后现代的兴起看作是 20 世纪 60 年代中期的事。杰姆逊认为后现代主义是晚期资本主义的征候,标志着对现代主义深度模式的彻底反叛,其兴起时间是 20 世纪 50 年代,与消费的资本主义有着内在的逻辑一致性。当代美国思想家斯潘诺斯认为后现代主义的本质是"复制",它重偶然性,重历史呈现性的"机遇",其兴起时期应追溯到海德格尔的存在哲学。

　　在后现代主义兴起问题上,提出比较中肯切实意见的,是荷兰学者汉斯·伯顿斯。他在与佛克马合编的《走向后现代主义》(1986)一书中,认为后现代主义的概念经历了四个衍化阶段。1934 至 1964 年,后现代主义这一术语开始应用并歧义迭出;20 世纪 60 年代中期和后期,后现代主义表现出一种与现代主义作家的精英意识彻底决裂的精神,禀有了一种反文化和反智性的气质;1972 至 1976 年,出现存在主义的后现代主义思潮;20 世纪70 年代末至 80 年代中期,后现代主义概念日趋综合和更具有包容性。这一发展轨迹,显示出这样一种内在逻辑:"后现代主义并非一种特有的风格,而是旨在超越现代主义所进行的一系列尝试。在某种情境中,这意味着复活那被现代主义摒弃的艺术风格,而在另一种情境中,它又意味着反对客体艺术或包括你自己在内的东西。"①

　　总结上述种种说法,基本上可以认为,后现代主义思潮是后现代社会(后工业社会、信息社会、晚期资本主义等)的产物,它孕育于现代主义的母体(30 年代)中,并在二战以后与母体撕裂,而成为一个毁誉交加的文化"幽灵",徘徊在整个西方文化领域。后现代主义的正式出现是 20 世纪 50 年代末至 60 年代前期。其声势夺人并震慑思想界是在 20 世纪

---

　　① 柯勒:《后现代主义:概念史的考察》,载《美国研究》,1977 年第 22 期,第 13 页。

70 年代和 80 年代。这一阶段,在欧美学术界引起一场世界性大师级之间的"后现代主义论争"。到了 20 世纪 90 年代初,后现代主义开始由欧美向亚洲地区"播撒",使后现代主义成为一个当代社会的热门话题。

后现代主义作为一种风靡欧美的文化思潮,使当代西方各种问题和困境在大暴露的同时,又在整个思想文化领域进行了一场"后现代转折"。这种颠覆性的逆转和标新立异,已远远超出艺术领域和文学领域,而深达哲学、科学哲学、心理学、宗教、法学、教育学领域。我们不妨对后现代主义主要范围及领域的代表人物加以扫描式的鸟瞰,以期对后现代主义文化的理论与实践获得一个大致的印象。

哲学和社会学领域的重要思想家及其学者有:丹尼尔·贝尔、利奥塔、鲍德里亚、哈桑、鲍莫、凡蒂莫、布尔迪厄、斯潘诺斯、海登·怀特、库恩、费耶阿本德、查尔斯·纽曼、布朗等等。

文学理论和美学领域的著名思想家和学者有:罗兰·巴尔特、伊哈布·哈桑、洛奇、洛德威、克莉丝蒂娃、德·曼、米勒、布鲁姆、哈特曼、G·格拉夫、阿兰·威尔德、J·V·哈拉里、霍尔·福斯特、林达·哈奇、诺米·谢奥、莱斯利·费德勒、理查德·沃森等等。

文学(小说、诗歌、戏剧)领域的后现代作家有:约翰·巴思、W·布洛格、T·品钦、D·巴特姆、W·埃比希、J·艾什伯里、大卫·安亭、S·什帕特、R·威尔森、K·冯内库特、J·霍克斯、尤奈斯库、J·波格斯、M·本森、塞缪尔·贝克特、欧也尼·奥尼斯科、乔杰·路易斯、鲍杰斯、F·纳波科夫、哈罗特·品特、B·S·约翰逊、雷纳·海彭斯托尔、加西亚·马尔克斯、罗伯-格里耶等等。

艺术(音乐、美术、舞蹈、建筑、电影、摄影)领域的后现代主义艺术家有:约翰·凯奇、斯托克豪森、P·布雷兹、劳申伯格、J·丁格里、J·布衣斯、J·施那伯、皮戎、L·查尔兹、T·布朗、M·蒙科、R·文途里、C·詹克斯、B·波林、C·摩尔、M·郭瑞夫斯、E·波菲子、K·杰可布什、A·瓦里尔、A·库克斯、D·里昂、H·卡拉汗、E·温斯顿、J·扎柯斯基等等。

当然,这份名单是不全面的,但起码通过这份名单,可以看到后现代主义文化和美学方面的理论与实践,可以看到当今世界沸沸扬扬的后现代主义思潮的基本轮廓;同时,必须指出,一些当代西方重要思想家如伽达默尔、哈贝马斯、杰姆逊、伊格尔顿等,尽管他们本身并不属于后现代主义阵营,但是他们有的与后现代主义思想家直接进行辩论,有的则对后现代主义有深刻的洞察和批判,了解他们的思想有助于我们对后现代主义文论有更全面深刻的把握。

发展到 20 世纪 70 年代至 80 年代,后现代文论已进入到了一场论争,这一论争时间长、范围广,但仔细分析,仍可以看到最具有代表性的是当代思想家丹尼尔·贝尔、哈贝马斯、利奥塔、杰姆逊、斯潘诺斯、哈桑、鲍德里亚、鲍曼、凡蒂莫、布尔迪厄。而且,他们之间所形成的排斥性哲学话语,构成了后现代哲学诗学论争的重要理论景观,他们相互的驳难和答疑勾勒出后现代的文化逻辑曲线。可以认为,只有对他们的思想有了较深入的了解,才有可能对这构成美、法、德众多学者多边冲突的论争有一个清晰的认识,才能在某种程度上把握后现代主义的文化逻辑和诗学精神。

15.2　贝尔对后现代社会文化矛盾的揭示

美国著名社会学家和政治哲学家丹尼尔·贝尔(1919—2011)是得后现代风气之先的学者。1973年,贝尔推出自己最新的研究成果《后工业社会的来临》,率先从后工业社会理论入手,直观后现代文化,占据了对后现代主义研究中全景阐释的优越地位。

15.2.1　后工业社会理论

贝尔指出,之所以提出"后工业社会"概念,而不叫作知识社会、信息社会或专业社会,乃是侧重于指出西方社会仍处于一种巨大的历史变革之中,旧的社会关系、现有的权力结构,以及资产阶级的文化都正在迅速销蚀。动荡的根源来自科技和文化两个方面。如果说,过去社会的"伟大修饰语"总是一个"超"字:超悲剧、超文化、超社会,那么,今天我们似乎已经用尽"超"字,而只能以"后"字取而代之。诸如后现代社会、后工业社会、后意识形态、后文学文化、后历史人类、后匮乏社会。因此,在社会发展问题上用"后"这一个缀语,一方面是对业已逝去、另一方面也是对尚未到来的未来先进工业社会感到迷惘的"生活于间隙时期的感受",意在说明人们正在进入的一种过渡性时代。正是基于这样一种不前不后的"过渡间隙感",贝尔意识到世界正处于变革的前夜,而美国则已经先行看到了新的曙光。据此,贝尔否定以生产关系划分社会形态,而主张按工业化程度把世界分为三种社会,从而展开了他自己的后工业社会理论。在他看来,后工业社会(美国)是不同于前工业社会(亚非拉各国)和工业社会(西欧、苏联、日本)的新型社会。三者之间存在巨大差别。前工业社会的"意图"是同"自然界的竞争",它的资源来自采掘工业,受到报酬递减律的制约,生产率低下;工业社会的"意图"是"同经过加工的自然界竞争",它以人与机器之间的关系为中心,利用能源来把自然环境改变成为技术环境;后工业社会的"意图"则是"人与人之间的竞争",在那种社会里,以信息为基础的"智能技术"同机械技术并驾齐驱。从时间视点看,前工业社会具有面向过去的倾向;工业社会着重考虑适应性调整,强调根据趋势作出推测和估计;后工业社会具有面向未来的倾向,强调预测。因此,贝尔认为,"后工业社会"的概念强调理论知识的中心地位是组织新技术、经济增长和社会阶层的一个"中轴"。后工业社会意味着新中轴结构和中轴原理的兴起:从商品生产社会转变为信息或知识社会;而且在知识方式上抽象的中轴从经验主义或者试验成败的修修补补转变为指导发明和制定政策的理论和理论知识的汇编。

他在《资本主义文化矛盾》(1978)一书中,更进一层地展开对后现代文化的研究。贝尔将现代社会当作不协调的复合体,认为它由经济、政治、文化三个领域相加而成。他提出三领域对立学说,作为自己文化总体批判理论的出发点。他认为历时200多年的资本主义的发展,已经形成在经济、政治、文化之间的根本性对立冲突。随着后工业社会的来临,三个领域之间价值观念和品格构造方面的矛盾将更加尖锐。

贝尔的高明之处在于,他并没有简单地排列社会领域的矛盾形式,而是紧紧围绕"文化"这一中心，展开后现代文化剖析。在经济主宰社会生活、文化商品化趋势严重、高科技变成当代人类图腾的压迫局面下，变革缓慢的文化阵营步步退却，强化自身的专利特征和自治能力。人文科学在自然科学全面侵占的处境下，呼吁为科学技术和人文科学"划界"，以争得一块合法生存的地盘。但文化本身的积淀性和扬弃性，完全不同于科技的革命性和创新取代性。科技以不断推翻陈说、标新立异而高歌猛进；而文化却不能完全丢掉自己立足其间的历史和传统，相反，它步步退却（寻根），不断返回存在的本源去发现生活的意义。

贝尔从"新保守主义"立场出发，对现代主义的精神裂变、文化危机和信仰危机展开批判。他认为，对于资产阶级来说，其经济冲动力被导入高度拘束性的品格构造，其精力都用于商品生产，并导致一种惧怕本能、自发和浪荡倾向的工作态度。在美术和文学中，资产阶级的趣味也倾向于平庸无聊的英雄崇拜。而艺术家则不断自我膨胀，以人取代上帝，对功利、专利、拜金主义深恶痛绝，大加挞伐，并以其全新的叛逆姿态，否定和批判资本主义传统价值体系，逐步形成与经济体制分庭抗礼的"文化霸权"。造成这一畸形状态的根本原因在于，资本主义精神的两面中的"宗教冲动力"因遭科技理性的打击和"世俗精神"的贬斥（剥离神学外壳和斩断超验纽带）而耗尽了能量，经济冲动力成为社会冒进的尺度本身，发展与变革即是一切，渎神成为社会世俗化的节日，这个畸形的社会因丧失了终极意义的给出而使人生变得没有目标和意义。

15.2.2 现代主义与后现代主义

现代主义不断宣布新的美学，新的形式，新的风格。然而这些"主义"现在成了"明日黄花"，所有"主义"现在都成了"过时论"。没有中心，有的只是边缘。现代主义在这疯狂的一浪压一浪的宣泄中耗尽了自己，创造的冲动逐渐松弛，反叛已经成为秩序，批判也已沦为空谈。现代艺术开始丧失它的反叛力量，像一只泼尽了水的空碗，徒落下一个反叛的外壳，其原有的刚健的震惊力萎缩成花哨浅薄的"时尚"，它借以哗众取宠的实验性和超脱感也日益琐碎无聊，甚至艺术试验形式也变成了广告和流行时装的符号象征。

贝尔对现代主义的进一步推进而达到的巅峰状态——后现代主义进行了分析和批判。他认为，60年代的后现代主义发展成一股强大的潮流，它把现代主义逻辑推到了极端。贝尔站在新保守主义的立场上，通过对后现代精神、文化、美学、文艺批评等多方面考察，认为作为反文化的后现代主义是现代主义极端扩张而导致的文化霸权主义，它意味着话语沟通和制约的无效，它鼓励文化渎神与信仰悼亡。

在贝尔看来，后现代主义比现代主义更"现代"，是现代主义的推进。它具有以下几个特征：(1)后现代主义反对美学对生活的证明和反思，张扬非理性，这必然导致对本能的完全依赖；(2)艺术成为一种游戏，后现代主义打破了现代艺术的界限，认为行动本身即艺术，艺术即标新立异；(3)艺术和生活的界限消失了，艺术所允诺的事，生活就会加以实践；(4)抹煞艺术和生活的界限是艺术种类分解的更深入的一个方面，绘画转化为行动艺术，艺术从博物馆移入环境中去，经验统统变成了艺术，不管它有没有形式。这一进程大有毁灭艺术之势。

贝尔指出,后现代主义文化是一种反文化。其目的是通过对人的感觉方式的革命,从而对社会结构本身加以改革,以反文化的激进方式,使人对旧事物一律厌倦而达到文化革命的目的。因此,这是一种以反文化为其内容的新文化,对传统文化而言具有特殊的历史蕴含,它既是终结,又是开端。

贝尔认为,后现代美学是一种视觉美学。视觉美学否定艺术的单一等级观念,视觉文化成为现代文化的重要方面。电影、电视造成的巨大冲击力、晕眩力,成为审美主导潮流。视觉艺术为现代人看见和想看见的事物提供了大量优越的机会,这与当代观众渴望行动、参与,追求新奇刺激、轰动效应相合拍。至此,传统艺术解体了。后现代主义抨击传统艺术所保持的观念:艺术不是生活,因为生活是短暂的、变化的,而艺术却是永恒的。后现代主义则认为艺术和文化的轨迹,已经从独立的作品转移到艺术家的个性上,从永恒的客体转移到短暂的过程中。艺术不再是观照的对象,而是一个行为,一个事件。这标志着艺术家感情化魅力的匮乏,已经退化到直接震动感官的地步。

贝尔在分析了后现代文化特征以后,对其文化混杂倾向和所谓"反文化"的偏激冲动表示深切的忧虑,指出后现代主义的真正问题是信仰问题。贝尔认为,后现代社会中人所具有的两种体验世界的方式均造成心理危机:外部世界的迅速变化导致人在空间感和时间感方面的错乱;而宗教信仰的泯灭,重生希望的失落,以及关于人生有限、死后万事空的新意识则铸成自我意识的沦丧。后现代艺术的冲动原是想超越这些苦恼:超越自然,超越文化,超越悲剧——去开拓无限。可惜,它的动力仅仅出自激进自我的无穷发展精神,因此,当它以破碎的艺术去对抗破碎的世界时,就已注定它最终无法将心灵的碎片重新聚合起来。这样,人们就走到一个生命意义匮乏的"空白荒地的边缘"。

因此,必须重新拥有一种新宗教或文化学科。因为尽管现代文化处于混乱之中,我们仍能期待某种宗教答案出现。在贝尔看来,宗教是人类意识的一个组成部分,是对生存"总秩序"及其模式的认知追求;是对建立仪式并使得那些概念神圣化的感情渴求;是与别人建立联系或形成一套将要对自我确立超验反应的意义发生关系的基本需要以及当人面对痛苦和死亡的定局时必不可少的生存观念。

然而,贝尔的新宗教似乎并不能解决后现代文化失落的问题;他那新保守主义的立场和对后现代主义文化的矛盾态度也引起了另一些学者的不满,更多的学者加入沸沸扬扬的后现代主义论争之中。

15.3 哈贝马斯用现代性向后现代性的对抗

如果说,贝尔从社会学的角度提出了后工业社会理论,揭示出后现代文化的矛盾并最终以走向新宗教为归宿的话,那么,哈贝马斯则是从批判哲学的角度出发,考察为什么人们急于通过"现代"这一历史处境走向"后现代"。也就是说,哈贝马斯力图弄清楚,现代性为何成了问题? 它遭遇到何种危机? 现代性是否已经终结? 哈贝马斯坚持认为,现代性是一项尚未完成的宏伟工程,它具有开放性,远未终结。因此,后现代性是不可能存在的。

哈贝马斯认为,不能走向贝尔所谓的"新宗教",而只能走向重建"新理性",在知识的可靠性和意识形态批判上(合法性问题),建立交往行为理论,从而重振现代性。哈贝马斯后期集中讨论后现代问题,他在《现代性对抗后现代性》(1981)和《现代性的哲学话语》(1985)中,抨击贝尔和利奥塔不同方面的反现代主义倾向,呼吁从左右两个方面抵制后现代主义的进攻:一方面是以贝尔为首的美英新保守主义将现代危机归罪于文艺现代性,并对其加以驯化规约;另一方面是法国后结构主义者福科、德里达、利奥塔的过激反叛和消解。而问题的解决展示出对现代和后现代截然不同的看法。

哈贝马斯继承法兰克福学派的批判理性精神,考察工具理性膨胀后启蒙意识形态的强硬推进造成社会制度的颓变。他认为,历史哲学所持存的历史发展必然产生进步的乐观主义观点是不足取的,而马尔库塞关于科技发展而人性沦落的技术悲观主义的观点同样是片面的。在哈贝马斯看来,问题的症结并不在于科技,而在于日益官僚化的行政机构。哈贝马斯看到了西方现代文化所面临的危机,但他不同意到近代文化母体中去寻找原因,将标志西方近代文明的"启蒙"、"理性"当作祸源的做法。他并不认为近二百年来带领整个西方文明进入现代文明高峰的现代性大潮——启蒙、理性、正义、主体性、人本学就此会突然枯竭。他要考察现代性危机,同时,也要彰明向现代性进攻的进程。哈贝马斯不认为后现代性的提出,就意味着现代性的终结,他认为,必须首先弄清楚向现代性进攻的历史发展脉络,才能更深一层地去审视现代性的命运。

哈贝马斯强调,现代性从启蒙运动诞生以后,就不断遭到进攻,黑格尔是使现代性产生动摇的关键人物。而到了近代,这种进攻在黑格尔后学、尼采,以及尼采后学那里愈演愈烈。哈贝马斯通过谱系学分析,指出20世纪后尼采主义从两个方向进一步发展了后现代性:一是法国哲学家巴太勒、德勒兹等人的"新尼采主义",二是德里达、福科等人的"解构主义"。

哈贝马斯对黑格尔、尼采、后结构主义这一条对现代性进攻的历程加以清晰地勾勒,指出这是就主体性、总体性、同一性、本源性、语言深层结构性所进行的全面颠覆,而代之以非中心、非主体、非整体、非本质、非本源,最终导致"哲学的终结"。

在对向现代性进攻的历程研究之后,哈贝马斯感到后现代思潮自有其来源,不可轻视。为了捍卫现代性,哈贝马斯对向现代性"进攻"进行批判,在批判的基础上,提出后现代性不可能存在,必须重建现代性的观点。

哈贝马斯强调指出,后现代性是不可能存在的,因为,主体性在现代尚未充分发展,它仍在"权力"概念中闪现出"生命"的底色。启蒙以来的理性也未被完全消解,它仍与"话语"粘连。而且,现代性是一项尚未完成的计划,它是向未来敞开的,它的启蒙理想尚未实现,它的使命尚未完成,它的生命远未终结。加上"后"这个词缀去超越现代性,就目前来说,尚为时过早,一切研究都应沿着现代性的道路前行。

哈贝马斯认为,自己必须成为"现代性"法庭上的辩护人,以捍卫其合法性,并以此来抵抗以贝尔、利奥塔为代表的"新保守主义"。他认为那些标新立异的年轻人,打着后现代的旗帜,行反现代之实,他们敌视理性、主体性、总体性,抛弃现代主义的未竟大业,抛弃启蒙时代以来所标榜的理想。对哈贝马斯而言,后现代主义就是明目张胆的反现代主义传统——是中产阶级品味庸俗者搅起的大逆流。后现代主义以反现代主义形式和价值为其特征,背叛、遗弃了大量保存于传统文化中的希望、价值和真理。社会的巨变使得植根于前技术社会的道德伦理、审美意识、语言逻辑、价值特性纷纷归于无效,失去其合法性根基和同社会对立的异己与超越能力。

他承认,传统意义上的理性已显出诸多弊病而招致毁弃,但同时指出彻底否定理性又不可能。现代化如韦伯所说的"理性化"的蓝图是一项未完成的工程,从启蒙时代开始设计定向,但却在具体实践中一再出现偏差而走入歧途。问题的实质在于,未能按照科学、道德、艺术各自不同的范式去发展合理的理性化制度。哈贝马斯的选择是:不放弃启蒙理想,而是反过来纠正原设计的错误和实践的偏差,调整和完成理性的重建和修复,建立新理性图式——交往理性。

总之,哈贝马斯将科学、科学哲学、语言哲学中有益成分吸收到批判理论中,表现出西方人文主义思潮与科学哲学思潮合流的趋向。他扬弃了人文思潮和科学思潮的片面性,进而创立一种全面系统的"交往行为"理论。

哈贝马斯的"交往理论"特别注重"话语"的分析。他注意到在晚期资本主义社会中,国家干预主义倾向不断加剧,经济制度和行政制度发布的命令已侵入了交往者赖以生存的"生活世界",因而造成了一些矛盾和冲突。虽然这些矛盾不再呈现出阶级冲突的形式,但是它限制、控制了人的交往,因而造成主体之间的相互"不理解"。这时,主体之间本来进行的"对话"变成了"争辩",交往的双方"各自为自己的主张或行为进行辩解,因而随意对待作为行为基础的规范。……这时,规范似乎成了辩解的需要"[①]。这样的交往行为哈贝马斯认为是不合理的,它是一种被歪曲的交往行为,社会的弊端、矛盾、冲突均由此产生。因此,哈贝马斯要求交往合理化,即要求交往不受国家、不受经济制度和行政制度的干预,使交往者生活在一个美好的、没有任何强制的世界上。在这合法性要求下,哈贝马斯认为,必须把阻隔言路的后工业文化逻辑链条打断,使人们关闭的心灵敞开,通过语言使人们的"争辩"转化为"对话"。

可以认为,在晚期资本主义社会的危机中,通过对话、交往获得具有共识的价值观,通过理解达到合理的意见一致的真理,通过社会阶层的成员之间相互理解和平相处而达到社会和谐的目标,就是哈贝马斯精心构架的"新理性"图景,其乌托邦色彩十分明显。

哈贝马斯尤其重视语言所具有的对文艺美学的生命意义的揭示作用。他认为,语言是我们需要的构成要素,语言烛照并向我们启露情境(情境往往带有情绪色彩)。语汇的改变,影响语言的世界图像。在此维度上,艺术与文学从整个语言的世界图像分化出来,进入一个自成逻辑的领域,禀有了自主性。于是,文学与艺术批评的传统建立起来,这个传统努力重新整合创新的美感经验,把这些原本"无言"的经验转化为寻常语言,进而成为日常语言的沟通实践。

哈贝马斯对后现代性的对抗,引起了法国哲学家利奥塔的激烈批驳,这一方面可以看出法国式的"解中心"和德国式"整体性"的哲学向度的对立,另一方面也可窥见其禀性差

异和精神上的历史宿怨。

15.4 利奥塔对后现代知识状况的研究

当哈贝马斯以一种"新理性"眼光在文化领域逡巡,并依据"整体性"原则构筑起交往理论,以期打通人与人、人与社会的隔膜而达到交流的认同和普遍共识时,利奥塔以独特的"去中心"视界,将后现代是否可能存在的问题转化为对后现代时期知识状态的研究。他在对后现代知识状况的叙事危机的考察中,一方面批判了哈贝马斯的整体观、交往理论和共识真理观,另一方面展示了一个后现代主义学者独特的敏锐的时代感受力和消解同一性、向整体性开战的决心。

15.4.1 后现代知识状况

作为一个思想家,法国哲学家利奥塔(1924—1998)在 70 年代就敏锐地把握到"后现代主义"问题。但他与哈贝马斯的观点正好相反,认为应重新检验"合法性"问题,揭露哈贝马斯所张扬的"交往理论"和"普遍共识"下面掩盖的回归统一、重树霸主地位的实质。沿着这条路走下去,必然使利奥塔在众多的研究方向中,确立唯一的方向:对后现代知识状态的考察,看看这牵涉到社会、人、知识分子、未来世界、科技、进步、幸福的"知识"在进入后现代时期时,究竟出现了什么病态征候? 究竟发生了什么危机? 对应的策略是什么? 这些就是他《后现代状况:知识报告》(1979)这一富于挑战的著作的主要内容。[①]

知识的地位发生了变化,这一转变,在时间上可以说从 50 年代末期即已形成,在性质上,则主要表现为以下几个方面:

首先,科学知识是一种"话语"。现代科学的新进展无一不与"语言"相关,尤其是电脑技术的应用,已经改变了传统知识两大功能即知识研究功能和知识传递功能。任何无法变成数字信码而加以传递的知识都将被淘汰。这样,不易精密化、电脑化的人文科学似乎前途未卜。

其次,随着电脑霸权的形成,一种特殊的逻辑应运而生。知识者过去由心灵和智慧的训练获知的方法已经式微,现今的知识者以一种彻底"外在化"、符号化的方式,淡漠道德灵魂之维的修养而奉行商品世界那冷冰冰的操作伦理。后现代知识不再以知识本身为最高目的。知识失去了传统的价值而成为商品化的重要领域。

再次,科学如今与社会进步的距离加大了,前沿科研领域(诸如量子论等)呈现出规律反常、验证证伪、前后矛盾、中心消散等非稳定随意状态,因此,科学一变积累模式和稳定形态,为求新而求新,生产未知成为当代科技的第一需要和首要目的。

利奥塔的总体目标是以"叙事危机"为中心,展示后现代的文化变迁图景。因此,他将

---

① 本小节和下一小节关于利奥塔的观点,均见利奥塔:《后现代状况:知识报告》,明尼苏达 1984 年版,不一一注明出处。

知识问题放在高度发展的工业社会构架中,在叙事知识与科技知识之间作出区别。

叙事知识和科学知识构成人类文化相辅相成的双元,作为具有不同内在规则和合法性的两类知识,不可以前者来判断后者是否成立以及效能如何,也不能以后者断定前者。这是因为两类知识的评估标准不同。然而,科学禀有一种强劲的"知识意志",当它从萌芽时期的叙事知识母体中衍生出来时,便一再对叙事话语的正确性提出质疑和挑战。叙事知识将科学话语看作叙事文化家族里的一个"变种",因此总是对科学的侵吞和否定采取宽容退让的态度,并逐步放弃整体维系功能,割让自己的地盘。而科学却步步进逼,认为叙事知识缺乏根据,永远无法用证据来证明其合法性。这种人文科学容忍退让、自然科学步步扩张的过程,成为"文化帝国主义的全部历史"。这种"不平等关系"导致当代西方的不治之症:科学知识在否定叙事知识之后,因其单一的话语和仅仅指涉真实的观念,而无法完成文化意识的替代,也无法具有人文科学的多种价值关怀和多种社会效益。科学独霸的内在冲动在损毁叙事知识的历史根基时,也使自己置身一个共时性平面上,导致包括它自身在内的普遍知识的"非合法化状态"。

利奥塔对合法性问题进行了极广泛的研究。进而认定:传统的合法化因时过境迁而失效,只有通过"解"合法化,走向后现代的话语游戏的合法化。换言之,那种以单一的标准去裁定所有差异并统一所有话语的"元叙事"已被瓦解,自由解放和追求本真的"两大合法性神话"或两套"堂皇叙事"已消逝。如此一来,科学真理只不过是多种话语中的一种"话语"而已,与人文科学"话语"一样,不再是"绝对真理"。因此,把当代科学重新加以合法化,意味着应该尊重各种话语的差异,依照不同的游戏订出不同的规则。各种话语是平等的,无高低之分,不可互相侵吞。

在利奥塔看来,启蒙运动促使科学求真与自由解放齐头并进,造成两套堂皇的合法化叙事。一是以法国革命为代表的关于自由解放的"堂皇叙事",富于激进的政治性,其特点是注重人文独立解放的思考模式;二是以德国黑格尔传统为代表的关于思辨真理的"堂皇叙事",注重同一性、整体性价值的思维模式。这两种"神话"观念以冲突对立和交互出现的状态,为制度化的科学研究辩护。这种"解放的英雄"和"知识的英雄"以一些堂而皇之的叙事,如精神辩证法、意义的阐释、理性主体的解放、财富的创造,为追求真实和追求正义作了承诺,并导致了科学的迅猛发展和主体性极端膨胀,出现了始料未及的后果:科学在追求真理的要求中,一方面逐步解拆牛顿式宇宙论殿堂,同时,使科学更进一步地占领人文科学地盘,并宣告作为同源叙事的人文最高范式和整体叙事的失效。

利奥塔指出,后现代的来临,使知识领域悄悄地进行了一场哥白尼式的革命:(1)研究的范式发生了逆转,由外在呼唤人性解放、理想、正义等堂皇话语转入人的意识拓进、语言游戏和结构分析,由追求传统同一性辩证法转到现代否定辩证法。(2)学者的使命变了,由"元话语"的使用转向日趋精细的剔解与局部论证,由知识的启蒙变为知识专家控制信息。(3)教育的本质变了,学生不再是关切社会解放的"自由精英分子",而是在终端机前面获取新类型知识的聆听者;教师再也不是传统的传道授业解惑的精神导师,其地位将被电脑信息库所取代,出现在学生面前的不再是教师,而是终端机;学校中心场所不再是教室、图书馆,相反,数据库成了明日的百科全书,其所存信息,超过了任何听者的容量和接受力。数据库成为后现代人的本性。

后现代知识最为推崇的是"想象力"，具有这种不断创新的想象力，就具有了将分离的知识有系统地组合并迅速清晰地表达的可能。"想象力可以包容整个后现代的知识领域"。这使得后现代知识追求"不稳定性"而拒斥稳定系统和决定论。

提出上述观点以后，利奥塔对哈贝马斯的合法性和共识理论进行清算，认为人类话语交往的目的，并不在于追求共识，而在于追求谬误推理。

究极而言，后现代的特色不是求同（所以不需要什么共识），而是求异；达到正确思想的实现靠的不是同一性的中心维系作用，而是靠语言游戏的异质多重本质。一切都是可能的，怎么都行，只要语境变了，结构变了，关系就变了。在游戏规则上则打破中心论和专家式的一致性，以更深广的气度去宽容不一致的标准，以一种多元式的有限元话语，创立后现代知识法则：追求创造者的谬误推理或矛盾论，倡导一种异质标准。这就是利奥塔在承认知识的非合法状态后，重新确立的后现代合法方式。

15.4.2　后现代美学特征

后现代境况的不同往昔，使后现代文艺美学发生了变化。那么，后现代是什么呢？后现代主义美学特性是什么呢？利奥塔认为，"后现代属于现代的一个组成部分"，"如想成为现代作品，必须先是后现代的才行。因此，后现代主义并不是现代主义的末期，而是现代主义的初期。而且，这一状况是不断地持续下去的"。利奥塔这一论点，表面上看似乎矛盾，其实，包含了一个非常深刻的思想，是其后现代精神的集中体现。

毫无疑问，利奥塔认为存在两个划分后现代的标准：(1)历时态标准。后现代主义是不同于现实主义、现代主义的一个历史时期，它自 60 年代起发生发展，将随历史而不断地向后延展。(2)共时态标准。后现代是一种精神，一套价值模式。它表征为：消解、去中心、非同一性、多元论、解"元话语"、解"元叙事"；不满现状，不屈服于权威和专制，不对既定制度发出赞叹，不对已有成规加以沿袭，不事逢迎，专事反叛；睥睨一切，蔑视限制；冲破旧范式，不断创新；等等。

后现代文化精神是利奥塔衡量任何文化现象是否具有后现代性的圭臬。据此，他认为，"后现代主义是现代主义的初期状况"。这就是说，现代主义创生初期，以独标新说、反叛权威陈说、从事消解和否定，不断为自己的新生扫平地基。这时，现代主义理论和艺术，朝气勃勃，充满活力，充满破坏和创新精神，以走向新世纪的崇高和豪迈，宣告旧世界和旧规范藩篱的彻底瓦解。因此，它具有典型的后现代精神。然而，当现代主义一经全面占领了文化和思想阵地后，它就不再声言反叛和否定，却讲求新范式、新权威，讲究肯定、秩序、等级、和谐（优美），而成为现存制度辩护人的保守的现代主义，最终彻底丧失后现代精神。于是又有更新的现代主义以后现代精神为武器去反抗它，然后再放弃后现代精神而成为秩序和等级的拥护者。

以这一后现代美学标准考察，则现代美学与后现代美学的区别在于：现代美学注重表现人对再现能力的无力感，以及伴此而生的以人性自由解放为主题去感受生命存在状况引发的怀旧情绪。现代美学属于崇高的美学,它对那不可表现之物以无内容的形式表现出来。而后现代是在现代中,以表现自身的形式使不可表现之物表现出来。后现代不再追求形式的优美愉悦,不再凭借趣味上的共识,去达成对永难企及之物的缅怀。

利奥塔虽然在拉康、德里达、福科的影响下,反对主体性,转而质疑现代知识的充分条件,但他坚持怀疑否定精神,以独特的学术视界,代表着西方人文科学自语言学转向以来的最新趋势。他与同一性决绝的态度是坚决的,因他是以这样的话来结束《后现代状况:知识报告》一书的:"让我们向同一整体宣战;让我们成为那不可表现者的见证人;让我们持续开发各种差异并为维护'差异性'的声誉而努力。"

利奥塔理论的意义在于,他将后现代文化的状况清晰地展示出来,逼迫人们从知识领域的巨变看到后现代的巨变,并提醒慧者哲人为其找到更坚实的哲学基点。从这个意义上说,后现代哲人的时代和困境已同时来临。

15.5　杰姆逊的后现代文化逻辑研究

当哈贝马斯与利奥塔的后现代主义论争达到白热化程度时,美国当代著名马克思主义文论家杰姆逊从左派激进立场出发,加入了这场讨论。

弗·杰姆逊(1934——　)长期执教于耶鲁大学、加州大学、杜克大学等高等学府,主要著作有:《马克思主义与形式》(1971)、《语言的牢笼:对结构主义和俄国形式主义的批评》(1972)、《政治无意识》(1981)等。1985 年曾来华讲学,讲稿以《后现代主义与文化理论》为书名于 1986 年用中文出版。在这一系列著作中,杰姆逊在总结前说的基础上提出了一种后现代主义的文化理论,对后工业化时代资本主义社会的文化艺术现象以及其他社会现象进行了整体研究,提出了许多新颖、独创的理论观点。

15.5.1　三种文化形态

杰姆逊将三种文化形态与三种社会形态一一对应,认为市场资本主义时代出现的是现实主义,垄断资本主义阶段出现的是现代主义,而晚期资本主义(或多国化资本主义)出现的是后现代主义。这三个社会阶段既相联系,又相区别,它们分别代表了不同的对世界的体验和自我体验。而与之对应的现实主义、现代主义、后现代主义亦分别反映了一种新的心理结构,标志着人的性质的一次改变。

杰姆逊论述了后现代主义文化逻辑的三个主要表现:

首先,表现为空前的文化扩张。文化已经完全大众化,高雅文化和通俗文化、纯文学与俗文学的界限基本消失。商品化进入文化意味着艺术作品正成为商品,甚至艺术美学理论和文化理论本身也成为商品,商品化的逻辑浸渍到人们的思维中,也弥散到文化的逻辑中。至此,后现代文化宣布自己已从过去那种特定的文化圈层中扩展出来,打破了艺术与生活的界限,文化彻底置入了人们的日常生活,并成为众多消费品中的一类。

其次,表现为语言和表达的扭曲。后现代人已不同于现代人,其原因是,他赖以立身于世的语言发生了重大变化。后现代语言已经完全不同于现代主义语言。从后现代语言观看来,存在主义式的人说语言、语言是人存在的家、人是语言的中心的看法业已失效。在后现代,并非我们控制语言或我们说语言,相反,我们被语言所控制,说话的主体是"他者",而不是"我"。换言之,说话的主体并非把握着语言,语言是一个独立的体系,"我"只是语言体系的一部分,是"语言说我",而非"我说语言"。人从万物的中心终于退到连语言也把握不了而要被语言所把握的地步,其结果表现在艺术家那里,则是昔日那种写出"真理"、"终极意义"的冲动,退化为今日的"无言"。

再次,表现为其理论作为一种"后哲学",不再宣布发现真理是自己的天职和使命。后现代社会是一个"他人引导"的社会,理论不再提供权威和标准,而是以一种怀疑的态度进行不断的否定。理论不再讨论什么真理、价值之类的话题,而是在一种"语境"中,谈论语言效果,是一种关于语言的游戏、关于语言的表述、关于文本的论争。

15.5.2 后现代文化与美学逻辑

将后现代主义置于历史和社会基础上加以考察之后,杰姆逊得出结论:后现代主义是当代多国化的资本主义的逻辑和活力偏离中心在文化上的一个投影。这决定了后现代主义同现代主义相区别。杰姆逊提出,后现代主义的表征为深度模式削平、历史意识消失、主体性丧失、距离感消失等几个方面:

第一,深度模式削平导向平面感。总体上说,后现代主义平面感所要打破或削平的是四种深度模式:第一种深度模式是黑格尔式的辩证法对现象与本质的区分,这种内与外的对立,使人们的思维总是要由外向内深拓,现象被抛弃,内部深层才是目的。后现代主义与之相对,专门注意表面,只讨论作品文本,不涉及内层(象征、寓意),不承认内外表面的对立,拒绝挖掘任何意义。第二种深度模式是弗洛伊德的表层—深层的心理分析模式,后现代主义彻底抛弃表层下面的深层压抑的说法。第三种深度模式是存在主义关于真实性与非真实性、异化与非异化的二项对立。后现代主义坚决拒斥所谓可以从非真实性下面找到真实性的说法,并宣布"异化"这一概念值得怀疑。第四种深度模式是索绪尔的符号学所区分的所指与能指,后现代主义取消了这种对立和区分,从而也取消了深度。

后现代理论与后现代艺术逻辑一致,它已削平深度而回到一个浅表层上,获得一种无深度感:它只在浅表层玩弄能指、对立、文本等概念;它不再相信什么真理,只是不断地进行抨击、批评,但抨击的对象已不再是思想,而是表述。在思想匮乏的时代,理论已不再批评思想的对错,而只批判文字和表达的错误,并立即用自己的文本取代别人的文本,这使得新理论不断翻新,层出不穷。真理被搁置不顾,而整个世界成为一堆关于表述的文本;思想不复存在,只有文字写满纸张。

毫无疑问,削平深度模式就是消除现象与本质、表层与深层、真实与非真实、能指与所指之间的对立,从本质走向现象,从深层走向表层,从真实走向非真实,从所指走向能指。这实际上是从真理走向文本,从为什么写走向只是不断地写,从思想走向表述,从意义的追寻走向文本的不断代替、翻新。

第二,历史意识消失产生断裂感。这使后现代人告别了诸如传统、历史、连续性,而浮上表层,在非历史的当下时间体验中去感受断裂感。对历史的态度实质上是一种对时间的哲学观。历史感的消退意味着后现代主义拥有了一种"非连续性"的时间观。

第三,主体性的消失意味着"零散化"。后现代人在紧张的工作后,体力消耗得干干净净,人完全垮了,处于一种非我的"耗尽"状态。于是,那种现代主义多余人的焦虑没有了立身之地,剩下的是后现代式的自我身心肢解式的彻底零散化。在这种后现代主义的"耗尽"里,人体验的不是完整的世界和自我,相反,体验的是一个变了形的外部世界。人是一个已经非中心化了的主体:无法感知自己与现实的切实联系,无法将此刻和历史乃至未来相依存,无法使自己统一起来,这是一个没有中心的自我,一个没有任何身份的自我。

主体零散成碎片之后,以人为中心的视点被打破,主观感性消弭,主体意向性自身被悬搁,世界已不是人与物的世界,而是物与物的世界,人的能动性和创造性消失了,剩下的只是纯客观的表现物,没有一星半点情感、情思,也没有任何表现的热情。后现代画家沃霍尔的名言就是:"我想成为机器,我不要成为一个人,我像机器一样作画。"只有当艺术家变成机器时,作品才可能达到纯客观的程度。

第四,距离感消失皆肇因于"复制"。复制,宣告所谓的"原作"已不复存在。电影和电视作为一门复制的艺术,人们所看到的任何一部影片的拷贝都是相同的,谁也没有见到过电影或电视的"原作"是什么。原作消失了,独一无二性消失了,艺术成为"类象",即没有原本东西的摹本。类象成为后现代文化的徽章。照片、电视、电影,以及商品的复制和大规模的生产,所有一切都是类象,这注定了当今世界已被文本和类象所包围,丧失了现实感,形成事物的非真实化:艺术作品的非真实化,以及形象、可复制的形象对社会和世界的非真实化。

其实,从文化哲学层次上看,"复制"的核心在于本源的丧失,也就是没有一个导源出若干他物的本源,这就从根本上消除了唯一性、独一无二性和终极价值的可能性。一切都在一个平面上,没有深度,没有历史,没有主体,没有真理,甚至没有原本。所谓同一性、整体性、中心性纷纷失效。人终于被各种人造的类象包围起来,人创造了文化,而文化的扩张使现实退隐,使主体丧失,世界成为了物的世界。

在杰姆逊看来,后现代文化氛围下的文艺与美学,无一不打上后现代的时代烙印。而后现代的艺术轨迹似乎并没有给人以希望,相反,艺术感知模式的支离破碎,艺术感性魅力(或本雅明的"光晕")的丧失,先锋的革命性和艺术家的风格性的消逝,使艺术一步步成为非艺术和反艺术,审美成为"审丑"。艺术不再具有超越性,艺术成为适应性和沉沦性的代名词。艺术等同于生活,生活成为了后现代人无底的艺术棋盘。

15.5.3 "辩证的批评"理论

杰姆逊从后现代主义文艺观出发,还倡导一种"辩证的批评"理论。按照这种"辩证的批评",杰姆逊提出一种新的解释理论。他认为,对文艺作品的解释构成了批评的一个最重要的内容。而"解释可以被当作一种基本的寓意行为,它是由根据一种特殊的解释性的主导符码对于一特定文本的重写所构成的"[①]。杰姆逊首先强调艺术文本的作用,即认为任何解释都必须依据文本所提供的解释性的主导符码来进行。其次,他进一步肯定,对艺术文本可以有多种多样的解释,尽管这些不同的解释依据的都是解释性的主导符码,但在"重写"文本的过程中,仍会产生种种分歧。这样,这些不同的解释就会发生或明或暗的冲突。他还要求结合社会背景来解释艺术作品,把从社会经济出发解释艺术作品看成是文学艺术的"终极代码"。显然,杰姆逊的解释理论是把马克思主义文艺理论的某些观点与解释学、符号学的基本观点相结合的产物,从中可以看到他的批评理论所具有的开放性和综合性的鲜明特点。

杰姆逊的"辩证的批评"还十分注重"整体性"或"总体性"概念,他要求从艺术作品的整体中,从艺术作品与社会的政治、经济、文化等方面的总体联系中展开批评。他还从一个更大的范围中讨论艺术作品的整体性问题。他说,文化应该是个整体,文学艺术从属于这一整体,同时又属于整个社会生活这个整体。只有从整个文化、整个社会生活中观察文艺作品,才有可能准确地分析其价值。

杰姆逊还吸收了精神分析学的某些观点,认为"辩证的批评"应当显示文艺作品的内容,揭示被压抑的潜意识和原始经验。不过与精神分析学不同,他的立足点不是放在人的生理本能方面,而是放在社会生活方面,认为社会生活的压抑导致了艺术作品的表层经过"一种结构的神秘化处理",而其真正含义则有待批评家和欣赏者去挖掘。

后现代主义之"后"会是什么?世界文化的未来走向何方?人类精神灵魂的归宿在哪里?这是杰姆逊目前思考的焦点。他相信,后现代主义并非人类最终归宿。近来西方文化界出现了一种倡导返回历史的新历史主义。这是一种走出"平面"重获"深度"的努力,一种告别解构走向历史意识的新的复归。新历史主义将重新呼唤新的历史意识,它的旗帜上写着"文化"和"意识形态"。

15.6 哈桑对后现代主义审美特征的透视

在艺术和诗学领域,后现代主义的研究日益深入。1987年,哈桑出版《后现代转折》一书,这一著作对文学领域的后现代主义特征精辟、独到的解剖和透视赢得学界的首肯。

15.6.1 后现代社会转折

哈桑提出,现代社会到了60年代出现了一种全面的、根本的转折。然而这种转折并不意味着传统的中断,相反,它带动着传统和定型的事物一起进入新的包容和流动状态。在这个意义上说,"后现代主义虽然算不上20世纪西方社会中的一种原创型知识,但对当代世界却具有重大的修订意义"[②]。

---

① 杰姆逊:《政治无意识》,伦敦1981年版,第10页。
② 哈桑:《后现代转折》,俄亥俄州大学1987年版,第84页。

哈桑为后现代艺术的确立设置了一种全面、辩证的互补性,即将持续性与间断性、历时性与共时性融为一体。在他看来,既不能在时间上将后现代主义看成是某年突然诞生的,也不能在本质上将后现代主义看成仅仅是反形式的、无秩序的、反创造的。因为后现代除了具有一股解构、解创作的疯狂自我消解意欲力以外,它还包含着去发现"总体感性"(桑塔格语)的要求,去"跨越边界、填平沟壑"(费德勒语)的要求,去获得对话的内在性、扩展强有力的理性仲裁和达到"心灵新知直观"的要求。

关于后现代主义与现代主义的区别,在哈桑看来,后现代主义的所有特征都是从相反方向对抗现代主义特征的:达达主义、反形式(分裂的、开放的)、游戏、偶然、无序、无言、即兴表演、参与、反创造、解结构、对立、缺席、分散、文本间性(互文性)、修辞学、句法、平行关系、转喻、混合、表层、反阐释、误解、能指、反叙事、稗史、踪迹、反讽、不确定性、内在性。哈桑认为,后现代主义的两个核心构成原则是"不确定性"和"内在性"。这两个倾向不是辩证的,不完全对立,亦未引向整合,它们既相矛盾又相互作用,表明盛行于后现代主义中的一种"多元对话"活动。

哈桑认为,"不确定性"主要代表中心消失和本体论消失之结果。在缺少本质和本体论中心的情况下,人类可以通过一种语言来创造自己及世界。不确定性是后现代主义根本特征之一,这一范畴具有多重衍生性含义,诸如模糊性、间断性、异端、多元论、散漫性、解合法化、反讽、断裂、无声等等。哈桑指出,正是不确定性揭示出后现代主义的精神品格。这是一种对一切秩序和构成的消解,它永远处在一种动荡的否定和怀疑之中。这种强大的自毁欲影响着政治实体、认识实体以及个体精神——西方整个权力话语。仅在文学中,我们所有一切关于作者、读者、阅读、写作、文本、流派、批评理论以及文学自身的思想突然间遭到质疑。而在文艺批评方面,罗兰·巴尔特认为文学是"失落"、"倒错"、"消解";伊瑟尔以文本的"空白"为基础创造了一种阅读理论;德·曼认为修辞学(亦即文学)是一种力,它"根本抛弃逻辑而展现出令人眼花缭乱的关联偏差的可能性";而杰弗里·哈特曼则断言"当代批评的宗旨是不确定性的阐释学"[①]。哈桑提出,与不确定性相联系的另一个特征是"内在性"。内在性代表使人类心灵适应所有现实本身的倾向(这当然也由于中心的消失而成为可能)。这意味着后现代主义不再具有超越性。它不再对精神、价值、终极关怀、真理、美善之类超越价值的事物感兴趣,相反,它是对主体的内缩,是对环境、对现实、对创造的内在适应。后现代主义在琐屑的环境中沉醉于形而下的卑微愉悦之中。

15.6.2 解构性与重构性

哈桑认为,作为一种普遍的艺术和文化哲学现象,后现代主义调转了方向,它趋向一种多元开放、玩世不恭、暂定、离散、不确定性的形式,一种反讽和断片的话语,一种匮乏和破碎的"苍白意识形态",一种分解的渴求和对复杂的、无声胜有声的创新。毫无疑问,哈

---

① 哈桑:《后现代转折》,俄亥俄州大学 1987 年版,第 92—93 页。

桑是带着一种充满疑惑的价值观在进行现代主义与后现代主义的比较，而比较的结论又使他在多元开放的喜悦中，隐隐感到精神超越性丧失的沮丧。

哈桑对后现代文化艺术特征的第一个概括是"解构性"，这是一种否定、颠覆既定模式或秩序的特征。在这方面后现代主义表征为：(1)不确定性；(2)零散性；(3)非原则性；(4)无我性，无深度性；(5)卑琐性。其中"不确定性"前已述及，"零散性"、"无我性"、"无深度性"是从杰姆逊那里借鉴来的，剩下的"非原则性"、"卑琐性"在此作一介绍。

所谓"非原则性"是对一切准则和权威的"合法性"加以消解。其实在这一问题上，哈贝马斯与利奥塔等已经进行了旷日持久的争论。利奥塔的意见是既定的社会规范和意识形态出现了"合法性危机"，应消解"元叙事"和"堂皇叙事"，而保留语言游戏异质性的"小型叙事"。这样一来，从"上帝之死"（尼采）到"作者之死"（巴尔特）到"人之死"（福科），从对权威的嘲弄到学校课程更换，"我们取消了文化，消解了知识的精神性，消解了权力语言、欲望语言和欺诈语言的结构"[1]。非原则化导致了价值倒置、规范瓦解、视点位移。这种变化在艺术上显示为表现"卑琐"。后现代在消逝神性以后的大地上将人自身那见不得人的卑微性展示出来。它反现实、反偶像崇拜，它拒斥模仿，力图寻找边缘（即总是寻找非中心、非典型性），接受"衰竭"，以有声的"沉默"瓦解自己。它趋向于自身的有限，因为它同自己的表现模式以及同一切崇高的东西相较量。它不再狂躁，而是在冷漠的视界中，展示后现代艺术家眼中的恐怖和卑琐的世界。

哈桑揭示的后现代文化艺术的第二个特征是"重构"趋势。它具体表现为以下几个特征：(1)反讽；(2)种类混杂；(3)狂欢；(4)行动，参与；(5)构成主义；(6)内在性。其中"内在性"前面已谈到，这里对其他几点作一介绍。

种种迹象表明，哈桑所谓的"反讽"已不复是传统美学意义上的反讽，内容已被置换，仅剩下一个名目的空壳罢了。哈桑认为反讽亦可称为"透视"，这是一种泯灭了基本原则和范式后的无方向，一种离开了制约的彻底的"自由"，一种没有重量的、不可承受的轻飘。在这种失重状态中，人无目的并不断地游戏或对话。哈桑把"反讽"分为三种模式：中介反讽（前现代）、转折反讽（现代）和中断反讽（后现代）。"中断反讽"系指这样一种境况：多重性、散漫性、或然性、荒诞性。反讽或透视，表明了真理终于断然躲避心灵，只给心灵留下一种富于讽刺意味的自我意识增殖或过剩。

哈桑所谓的"种类混杂"可称之为"四不像"或"大杂烩"。这是一种专事拼凑、仿作的"副文学"。"题材的陈腐与剽窃，拙劣的模仿与东拼西凑，通俗与低级下流使艺术表现的边界成为无边的边界。高级文化与低级文化混为一缸，在这多元的现时，所有文体辩证地出现在一种现在与非现在、同一与差异的交织中。"[2]

哈桑借用巴赫金创造的"狂欢"一词来表现后现代的反系统的、颠覆的、包孕着苏生的要素。以"狂欢"指涉后现代性，其旨不在于非理性的狂热，因为那是现代主义的品格。哈桑在这里指涉的似乎是一种"一符多音"的荒诞气质，一种语言的离心力所游离出来的支离破碎感，一种拉康意义上的精神分裂症，或杰姆逊所说的吸毒的感觉。

---

[1][2] 哈桑：《后现代转折》，俄亥俄州大学1987年版，第170、171页。

　　哈桑强调后现代艺术是一种行动和参与的艺术。后现代文本不论是语言性文本或是非语言性文本都要求行动和参与。艺术不再是静观的对象,而是一种行动的过程;它要求被书写、修正、回答、演出。后现代艺术以参与和行动为旗帜,它在僭越自己的种属和突破藩篱的同时,宣布了其面对时间、死亡、观众和其他因素时的多变的质素。没有一成不变的文本,文本即行动。艺术文本存在于每次不可重复的参与之中,存在于每次行动所产生的新的意义中。

　　在构成主义作为后现代主义的特征这一问题上,哈桑语焉不详。揣其意似乎是说后现代主义文艺表现出对科学技术的崇拜。将科技作为创作灵感的激发物,这种"新灵知主义"在当代艺术中相当普遍。科学与艺术、社会关系与高科技日益紧密结合,艺术家崇尚技术,不再像西方马克思主义那样对科技发展深恶痛绝。后现代艺术家运用科技的一切成果为自己提供新的艺术创作素材,努力应用现代科技成果制成作品,或利用电脑进行制作。甚至有人以科技成果为艺术的极境,如雕塑家卡普罗就声称:"洲际导弹比任何现代雕塑更新颖。"

　　总之,哈桑归纳后现代的审美特征,无非想要说明,对后现代的任何概括,也许都只能采取后现代的游戏方式,任何以一驭万和追根究底的企图都将落空。

　　哈桑对后现代主义的评价比较全面。他指出,就积极意义上讲,"后现代主义的学说锤炼了我们的感性,使之善于感受事物的差别,使我们更能包括诸多无常规、无标准的宇宙事物"①。然而,从另一个角度看,人们无处不遭遇到影响后现代话语的缝合或分裂的科技暴政,遭遇到日常话语、政治话语的暴政。置身于语言暴政、文化沙漠之中,犹如步履蹒跚地彷徨在精神的不毛之地。何时才能从历经磨难的沙漠到达绿洲?哈桑的回答是首鼠两端式的:"我没有先见之明,有的只是些许预感,在此表达出来为提醒自己:交感信仰的匮乏,不但丰富了我们知识与行为的全部遁辞,也加强了我们的性情和意志。这就是我们的后现代境遇。我不知如何让我们的精神沙漠,多增添一点生命的绿意。"②

　　不管怎么说,哈桑仍在文化的沙漠里寻找精神的绿洲。他仍想通过艺术这位缪斯恢复人类失去的美好记忆,仍想让本雅明式的"光晕"渗入艺术想象力,重塑西方审美人格,重建富有意义的生活。

15.7　斯潘诺斯的后现代主义诗学理论

　　如果说哈桑通过现代主义与后现代主义的比较,寻绎出后现代的"不确定性"和"内在性"这两个重要特性,并在对后现代主义的价值判断上出现矛盾的话,那么斯潘诺斯则在哈桑所扩展的后现代主义范围中,进一步将后现代主义范围国际化,从而提出一种与其他后现代主义完全不同的后现代世界观、宇宙观,并以存在主义后现代主义思想家的身份,为后现代主义呐喊叫好。

---

① 哈桑:《革新/更新:人文科学研究的新视角》,1983 年英文版,第 27 页。
② 哈桑:《后现代转折》,俄亥俄州大学 1987 年版,第 181—182 页。

威廉·斯潘诺斯,美国后现代文艺理论家。受海德格尔现象学解释理论的影响,成为美国"新解释学"的主要代表。1972年创立并主编《边界2:后现代文学杂志》,在美国的后现代思潮中,成为一个推波助澜的人物。

15.7.1　后现代世界观与诗学观

斯潘诺斯曾受美国60年代文论家费德勒和桑塔格的反文化、反解释、反理性的后现代观影响,同时,思想上也打上沃森激进的认识论、怀疑论的烙印。

斯潘诺斯前期的主要思路,是从时间、空间上拓展后现代主义的疆界,形成一个不同于原来仅限于美国和文学领域(边界1)的更廓大的领域(边界2)。他否定后现代主义仅限于美英两国的说法,认为从空间上看,后现代主义遍及全球,是一场真正的国际性运动。后现代主义源起的时间是海德格尔和萨特的存在主义。正是基于这种独特的后现代视野,斯潘诺斯获得了一种新的世界观,一种在后现代哲学诗学语境中透视后现代文化精神的阿基米德支点。

同时,他认为后现代主义决不仅仅局限于文学领域。作为后现代文化精神和后现代意识形态的表征,后现代主义有着强烈的本体论怀疑特征。这种怀疑标定了那种现代主义式的"超越"成了问题;同时,这种本体论意义上的怀疑又同现代主义对自我和对历史意义的怀疑有着某种程度的承续性。怀疑导致"解构意识"。斯潘诺斯正是在这一点上,超越了一般诗学、美学理论而获得一种后现代世界观:"解构意识意味着存在——包括文学话语的存在——组成了一种不可分解的横向的连续性。这一连续性从本体论开始,尔后通过语言和文化而止于政治。在这里,无论不同的横向域是如何不平衡发展,无论在何种特定的历史时期,它们都是平等的。"①也就是在这个意义上,斯潘诺斯认为,不可能单独在文学领域革命,只有哲学话语、文学话语、社会学话语、政治话语这一横向域都获得一种解构意识,解构方才有效。因此,后现代精神是一种泛文化精神,其领域遍及人类生活的各个方面和各个层次。

历史意识是后现代主义论争中的难点所在。斯潘诺斯与其他以反历史意识为己任的后现代主义者不同,他总是在存在主义的"历史性"与反文化的一切转为"空间"之时,坚定地站在前者立场上。斯潘诺斯所理解的"历史"并非是传统的同义语,而是一个领域,一个"机遇"。历史不仅是一个创新的领域,而且也是一个革新的契机。历史不同于矢量的时间,历史是一个过程,在这一过程中,不可逆转性却一再重复出现,过去与未来会在当下的处境中接通。历史是一种既连续又断裂的认识和反思,是行动和反行动的亲合体,是传统积淀的变体,而不是现代主义者凭借一种虚设的已丧失根基的同一性去反抗假设的传统。

一言以蔽之,历史是一个不断解释、又被解释的螺旋体,只有具有当代的视点,才能对历史的意义作出重新解释。在这个意义上,一切历史都是当代史,而解释的创新成为历史的灵魂。历史充满机遇,充满新的可能性。

---

① 斯潘诺斯:《复制:文学与文化中的后现代机遇》,1987年英文版,第247页。

　　斯潘诺斯认为,海德格尔的"生存—理解—语言"结构,是后现代的蓝图,是真正的后现代主义精神。只有通过理解和解释,生存的意义才是敞开的。只有通过语言的把握,才能看到人与世界的本体结构。而且海德格尔已经先人一步地看到,解释的危机在于解释者总是面对不可解释之物,这一令人困惑的境况正是后现代人的根本处境,同时也是解释的自我消解结构的原初状态。

　　后现代解释学是一种消解黑格尔逻辑中心主义的历史意识解释学,它注重理解的"先行结构"(海德格尔),注重主体的历史印痕——"成见"或"前见"(伽达默尔),注重"松散结构规则"(即福科的"档案知识"),注重后现代机遇的本体论"对话"。后现代文本的意义是由读者解释而增殖的"新的意义"。作品的意义只对向它敞开自己历史的人呈现自身,读者的体验和理解是对艺术作品的本真意义揭示的关键。文本的意义是无限的,因为它永远处于与理解者对话的意义生成过程之中。

　　在斯潘诺斯眼中,后现代文学具有很高的审美价值。然而,他这个结论却是对现代主义作品加以削平和简化而得到的。首先,他将现代主义还原到仅有几位作家的作品,并进一步削平和简化为几个特点,诸如附庸风雅、严肃庄重、精英意识,最后将这些特点作为反动的东西而排除掉。而他又将乔伊斯、艾略特作为后现代文学的源头,认为这种文学沉溺于"从存在主义时间中的宗教审美退却,而进入完美艺术的永恒的共时性中"①。这种文学从存在主义的层面上接受了因境而异的历史性,由于获得历史意识和本体存在反思而使作品具有熠熠光辉。它颠覆传统的情节模式,分化消解沉闷的遮蔽存在状况的语言,试图"把本真的个体带出那集体的僵化意识,带出那已渐次丧失生命力的被整体世界归化了的、科学指向的和组织化的沉瀣氛围之中"②。只有这种对人的存在处境的揭示和昭明的文学,才能担当后现代主义文学的荣耀。

　　一方面把乔伊斯、艾略特这类通常意义的现代主义作家归入后现代作家之列,另一方面又将人们普遍认为属于后现代文学的"新小说"(罗伯-格里耶和米歇尔·布特)逐出后现代主义的阵营,这就是斯潘诺斯的"新解释学"策略。如此一来,斯潘诺斯可以理直气壮地斥责现代主义不过是"西方文学传统"那丧失了历史意识的逻辑顶点,声称现代主义只是用空间形式代替了亚里士多德的目的论叙述概念,始终没有逃离封闭的逻各斯中心主义的窠臼。而他所认为的这种后现代主义则重新恢复了历史意识,以一种新的存在的历史眼光"摧毁了封闭性",它消解任何已成定局而朝"未然"敞开,它旨在通过语言而揭示人的存在之维,并"在读者和文本间激起无止境的对话"③。总之,结论必然是这样:现代主义僵化、封闭,窒息人性,遮蔽存在;而后现代主义则开放、多元,敞亮存在的意义,还原存在的历史性。因此,在斯潘诺斯看来,这类试图使文学代表现代人的真正历史意识的恢复,并介入与世界的本体论对话的"真正的后现代主义作家"包括:萨特、伊丽斯·默多克、巴思、巴塞尔姆、博尔赫斯、品钦等。而后现代文学则包括存在主义文学、荒诞派文学和戏剧、"黑色幽默"文学、魔幻现实主义文学以及当代新涌现的一些文学形式。

---

①② 斯潘诺斯:《探测与分界:后现代文学想象札记》,1972 年英文版,均第 158 页。
③ 斯潘诺斯:《解构和后现代文学问题:走向一种定义》,载《平等关系》,1979 年第 2 期,第 115 页。

毫无疑问，后现代文学形式的尺度是"关于其机遇的尺度"，是无中心的、分散的尺度的观点，这是斯潘诺斯所提出的一种强调个体存在的偶然性、讲求差异性的"机遇论"。他认定后现代人要真正理解处身其间的后现代世界，必须面对这一境况：把自己重新置于同更大的意义力量相关联的位置，以更开放的态度接受偶然性、片断性和历史性。从这种典型的后现代思维中，可以听到存在主义哲学诗学的余音回响。

15.7.2　后现代艺术本体论

斯潘诺斯在走向海德格尔式本体论的运动中，将存在主义加以后现代主义化，从而创造了一种重偶然性、历史性的新本体论。

在斯潘诺斯看来，后现代主义形式并非仅仅是一种内容的扩展，而是一种存在状态的尺度，那么，后现代主义本体论意义上的"本真"，就绝不会是一种超感官的、恒定不变的和绝对的逻各斯。无论这种逻各斯是理想的还是实证的，是主观的还是客观的，是象征的还是现实的，是有机的还是机械的，是空间的还是时间的，它都使得存在的差异虚构化和层次化，并呈现为一种确定的外部真理。这种后现代本体论，既非神性本体论，又非理性本体论，而是一种生命过程本体论，一种相对的、偶然的、非连续性的本体存在。因此，斯潘诺斯的后现代本体论是一种重生命过程性、偶然性、历史性的本体论，它排除了任何历史决定论和逻辑必然性，赋予个体以无蔽本真的意义。

关于作者之维的问题是斯潘诺斯关注的一个重要方面。他一反罗兰·巴尔特的"作者已死"的说法，坚持认为，作者不仅没有消逝，而且是后现代文学本体不可或缺之维。后现代作家不再像现代主义作家那样高居文学圣殿之上，发出深重的忧患之声，以一个全知全能的视界去看这世界上的芸芸众生，以一种恢弘的气度去写一部无所不包的"宇宙大书"。后现代作家已不是非凡的"创世者"，他同生活中的平凡人一样充满数不清的困惑和对困惑难以言传的无所适从。他已不再担负揭示历史必然性的使命，而只是将人生悲剧、生命的偶然性的一角掀起，向人们（包括他自己）展示人存在的处境而已。"后现代作家不明言小宇宙，他本人从世上的瞩目中悄然隐退。他在无比消极冷漠的距离之中，在一种客观性的呈示之中，漠然地修剪他的指甲。后现代作家是个人生的旅行者，一个明白他或她自己的文化组成角色的男人或女人，而且总是这样去扮演自己的角色。这样一位作家的创造性或破坏性行为，带有开拓和探寻不确定性的印痕。"①

在斯潘诺斯看来，现在作者已经卸下了"天才"的桂冠，不再是超越凡人之上的叙说着"远景"的"诗人"，作者的权威消泯在文本的平凡琐屑之中。作品文本揭示出作家仅仅是一个存在于世界之中的"常人"，一位身处历史中的说话人，一个从事颠覆和否定的"写作者"。他不再是传统意义上道貌岸然、向世人训诫的"完人"，一个禀有天地之气、为神代言的"超人"，一位知悉历史之因、洞察未然之境的"先知"。后现代作家丧失了神谕的声音、全知的视角，不复有真理见证者的身份和为大众寻求归宿的使命。后现代作家以自身非

---

① 斯潘诺斯：《复制：文学与文化中的后现代机遇》，1987年英文版，第244页。

天才的写作活动向作者的权威性提出质疑。这样,后现代作者完成了从"诗人"向"写作者"的转化,他不再是一个超越历史的人,而是身处历史偶然性机遇中的人物。他以写作与他那个时代的人们对话。他不管说什么,都必得为其历史境况所决定、所制约,并毫无例外地打上时代文化的烙印。

斯潘诺斯指出,后现代作家的历史性,决定了作品文本不再具有永恒性,作品的意义存在于不断解释和再解释之中。后现代文艺的本体是活动本体、过程本体,"这种本体论话语最终建立在一种经常和随时都准备消失的表现之中,所以,它总是暂时的、不可靠的、中断的和分散的,总需要阐释,总要求助于系统分析和解构"①。这是后现代文艺本体的不幸,也是它的万幸。因为,它在失去神性和灵气的同时,获得了现世普通人的平凡性和现实性;后现代文艺本体仍在发展中,它通过每个人展示着他自己的处境和个体的生命意义。

15.8　鲍德里亚的后现代大众传媒理论

当代一流思想家已经关注到人与人交流的阻绝和影视广播等现代传媒的单向"中断"作用,对传媒在后现代文化中的地位和作用作了精辟分析,但总体上看仍只是理论层面的言谈,而尚未彻底进入传媒的社会文化层面的纵深分析。真正全面深入地研究后现代主义传媒理论,并引起当代学者普遍关注的,是法国当代哲学家、后现代文化理论家鲍德里亚。

让-鲍德里亚是与利奥塔齐名的思想家。他在利奥塔考察后现代知识状态及其转型中受到启发,又在哈贝马斯的交往行为理论中看到当代人缺乏交流、闭锁心灵和充满误解误读的现状,使其将思考的焦点放在后现代信息传播的主渠道——电视的研究上,从而为当代信息播撒和心灵整合的研究提供了一个可资重视的文化视点。

这位颇有建树的后现代大师一针见血地指出,当今社会,文化已经商品化,而商品又已经符码化。也就是说,文化只有成为商品进入市场,才能被炒作和被关注,而商品的价值已不再是商品本身是否能满足人的需要或具有交换价值。后现代时期的商品价值,来自交换体系中作为文化功能的符码。任何商品的消费(包括文化艺术),都成为消费者社会心理实现和标示其社会、文化品位,区别生活水准高下的文化符号。

鲍德里亚认为,事实上,大众传媒如今重新界定着传播,并打破了表层与深层二元对立的深度模式。传媒以一种"真实的内爆"使出现于屏幕的图景等同于在场的真,这种"真实"使人停留在画面的切换上,镜头代替了任何批判理论模式,因为符号已不再指涉外在的真实世界,而仅仅指涉符号本身的真实性和产生符号体系本身的真实性。

就本质而言,人们需要传媒是因为人们需要彼此间的信息交流。然而,如鲍德里亚所说,大众传媒却在不断地造成信息发出、传递、接受三维间的"中断"。传媒"炒"文化的负效应使人们再也没有心灵对话和审美沉思的可能,而只能跟着影视的感觉走,跟着广告的

---

① 斯潘诺斯:《复制:文学与文化中的后现代机遇》,1987年英文版,第246页。

诱惑去选择,跟着影视之星去潇洒。传媒的介入中断了人的内省和人与人相互间的交谈。大众传媒的播出是单向度的,不像对话那样有情感性的交流回应,这种"无回应"的播出缺乏沟通,使大众传媒成为"为了沟通"的"不沟通系统"。这种不平等的话语输出,实质上掩盖了这种"无回应话语"的话语权力实质。传播与回应的不均等关系,使权力属于能施予而又使对方无法偿付回应的一方。当然,现实中的观者也可以转换频道或关掉电视机而行使自己的选择权,这似乎也可以算是一种回应,但这仅仅是对施予的接受或不接受而已,仍然没有足够的权力运作方式给施予者以对等的回应。就这一关键性问题而言,传播是对接受者自由选择的限定,因为说到底,大众传媒的受众只有收看或不收看的自由,而没有对答回应这种平等交流对话的自由。

鲍德里亚承认,从更深一层看,电视的确使我们与世界的距离拉近了,它通过编辑过的"实况"的真实世界,使人能够看得更远(tele-)并更为多样地观看这个感性世界;然而,人与世界之间因为有了媒体而"远视"的同时,看的方式却因媒介的中介作用而被限定。媒体具有"敞开"(呈现)和"遮蔽"(误导)二重性(只要想想当今世界通过镜头组接以后的弥天大谎就够了)。媒体构成真实,媒体造成事件,媒体制造热点,媒体也忽略那些不应忽略的价值,甚至媒体也制造虚假和谎言。人们看世界的立体多维的方式如今剥离得只剩下墙上的"窗"——电视了。人们长时间地凝视它,看到的却是它与其他媒体之间不断参照、传译、转录、拼接而成的"超真实"的媒体语境,一个"模拟"组合的世界,一个人为"复制"的世界。这种复制和再复制使得世界走向我们时,变得主观而疏离,媒体成了沟通的"不导体"。

鲍德里亚强调,无可怀疑的是,传媒指出的事件是打上了权力话语的烙印的。媒体让我们看到的世界以牺牲世界的丰富性为代价。人成为媒体的附属物或媒体的延伸。媒体将人内化,使人只能如此看、如此听、如此想。人从接受的主体成为媒体的隶属品——终端接受器。人这种"终端机"可以在多频道中不断地调换频道,并数小时一动不动地凝视斑杂的画面和芜杂的信息。这种人将自己物化(接受器化、选台器化)的结果是,人接受储存了很多信息,而这些信息却无法处理,因为人脑已被这些信息塞得满满的,人从思想的动物退化为储存信息的动物,并因超负荷的信息填塞而导致信息膨胀焦虑症和信息紊乱综合征。电视始终将不同文化、不同习俗、不同品位、不同阶层的人,连结在传媒系统中,并在多重传播与接受过程中,将不同人的思想、体验、价值认同和心理欲望都"整流"为同一频道、同一观念模式和同一价值认同。在这里,人与世界、人与自我、人与他人的对立似乎消失了,似乎不再有主体与客体的对立,不存在超越性和深度性,不再有舞台和镜像,只有网络与屏幕,只有操作的单向涉入和接受的被动性。[①]

鲍德里亚进一步指出,人们凝视电视而达到一种出神忘我的状态,这实际上是一种"窥视欲"的生产与再生产。人们借助电视可以窥视他人的生活,乃至犯罪的过程、性与暴力的过程。人们的私有空间成了媒体聚焦之所,整个世界方方面面的事不尽必要地展现在家里。尤其是那些矫情的、色情的、无情的、凶杀的、恐怖的片子,更是使人在迷醉中得

---

① 鲍德里亚:《交流的心醉神迷》,纽约 1988 年版,第 12 页。

到下意识欲望的满足又膨胀出更刺激的欲望。

不难看出,这种传媒介入所造成的私人空间公众化和世界类象的家庭化,导致了传媒(尤其是卫星电视)的世界一体化,从而使紊乱的信息传播全球化。这一方面有可能使信息扩张和误读造成文明的冲突(亨廷顿预言 21 世纪的冲突将是不同文化和文明之间的冲突),另一方面,传媒信息的膨胀因失去控制而使当代人处于新的一轮精神分裂和欲望猥亵的失控状态之中。

就思想价值取向而言,鲍德里亚对电视传媒的负面效应是持冷峻批判态度的。因此,他在西方后现代文化语境中被认为是持"非乐观态度"的后现代学者。应当肯定,鲍德里亚已经洞悉后现代传媒在加剧人们心灵的异化、在肢解社会心理和个体心性的健全方面所造成的严重威胁,并进而对传媒在"文化工业"生产中消蚀意义的功能加以清算,这是颇具独到眼光的。可以说,他在传媒热衷于制造"追星"群体和消费"热点"之中,给当代失重的人们亮出了另一种价值尺度。

15.9 鲍曼的现代性与后现代性文化理论

作为当代最有影响力的社会学家之一,齐格蒙·鲍曼(Zygmunt Bauman,1925—2017)对他所经历过的各种社会制度来说,都是一种"另类"的存在。他经历过法西斯主义,曾在波兰社会主义制度下生活过,1968 年从波兰被驱逐,1971 年到资本主义国家英国定居,然而,他始终同所有这些制度保持一种批判性的距离。可以说,社会学的文化资源、西方知识分子传统的遗产、各种爱恨交织的矛盾心理和独特丰富的生命体验,构成了鲍曼既富于想象力又极具社会学洞察力的力量源泉。鲍曼的主要著作包括《立法者与阐释者:论现代性、后现代性与知识分子》(1987)、《自由》(1988)、《现代性与大屠杀》(1989)、《现代性与矛盾状态》(1991)、《后现代性的通告》(1992)、《后现代伦理学》(1993)、《碎片中的生活:关于后现代道德的论文集》(1995)、《后现代性及其不满》(1997)、《工作、消费主义与新穷人》(1998),以及《全球化:人的后果》(1998)等。

15.9.1 现代性、后现代性与知识分子

在鲍曼的社会学研究中,他关于知识分子的社会学,特别是有关现代性与后现代性语境中知识分子的角色与作用的论述,无疑是最引人注目的成果之一,这些成果集中体现在《立法者与阐释者:论现代性、后现代性与知识分子》一书中。鲍曼认为,"知识分子"的概念是从启蒙时代的集体记忆中获得意义的,正是在启蒙时代权力与知识的结合过程中,知识分子的概念才得以确立,而这种"权力/知识"的结合恰恰是现代性最显著的特征。鲍曼认为"权力/知识"的结合也是现代性与后现代性的联合产物。

在知识分子实践中,现代性和后现代性这两个术语之间的对立意味着在理解世界,特别是社会生活方面的差异,意味着在理解知识分子工作的相关本质和目的方面的差异。在鲍曼看来,典型的现代性世界观,意味着把世界看作基本有序的整体;可能性不均衡分

布的模式的存在,使一种对事件的解释得以存在,这种解释,如果正确的话,既是一种预见的工具,同时又是一种控制的工具。不管是在实验室的实验中,还是在社会实践中,控制的有效性与知识的正确性是紧密相联的,后者解释前者,前者进一步证实后者。现代性世界观认为它所提供的标准是客观的,能够公开测试和展示的,能够区别实践的优劣,而无法客观证实的实践则是低劣的,因为它扭曲知识,限制控制的有效性。将由"控制/知识"的结合来衡量的实践普泛化,也就意味着移向普遍性的、远离"地方性的"、"特殊性的"、"局限于局部的"实践。

典型的后现代性世界观则把世界看作是由数量不受限制的秩序模式组成的,每一个模式都是由一套相对自主的实践所产生的。秩序并不先于实践,因此,不能作为实践的有效性的外部衡量标准。众多模式中的每一个模式都只有从使其生效的实践的角度来看才有意义。在每种情况中,有效性都引进了在特定传统中被发展起来的标准;这些标准由"意义共同体"的习惯和信仰来确证,不接受其他合法性测试。前面被作为"典型现代性的"来描述的标准,在这条总体规则中也毫不例外;有效性完全是由众多可能的"地方性传统"中的一条来达成的,它们的历史命运依赖于它们所处的传统的命运。不存在衡量处于传统之外的、特定"地点"之外的局部性实践的标准。

值得注意的是,鲍曼并不是从截然对立的角度来看待"现代性"与"后现代性"的。他认为不能用区分"工业社会/后工业社会"、"资本主义/后资本主义"的方式来理解他所说的"现代性"与"后现代性",另外,"现代性"与"后现代性"也不对应于"现代主义"和"后现代主义",即使它们之间存在着对立,那也只不过是从知识分子实践的角度,对最近三个世纪西欧历史(或西欧统治下的历史)进行理论化总结的结果,正是这种知识分子的实践,可以被看成是现代性的或后现代性的。事实上,这两种实践在历史中是并存的,因而即使将"现代性"或"后现代性"作为知识分子实践的历史分期标准,也只意味着在某一历史阶段中某种实践模式占据了统治地位,形成了某种趋势或潮流。

15.9.2　立法者与阐释者

鲍曼认为,知识分子工作的典型现代性策略,可以由"立法者"角色这个暗喻来最佳地体现出来。立法者角色是由权威性的陈述所构成的,这些权威性的陈述充当了意见不一的争论中的仲裁者,并选择和确定哪些意见是正确的和有约束力的。在这种情况下,进行仲裁的权威性,是由知识分子比非知识分子掌握更多、更高层次的客观知识所合法化的。也就是说,知识的拥有程度从程序性的规则角度,确保了仲裁的权威性,因为程序性的规则保证了真理的获得,保证了有效的道德判断的到来和恰当的艺术品位的选择。这样的程序性规则具有普遍的有效性,而运用它们所产生的结果也具有了普遍的有效性。

在鲍曼看来,知识分子工作的典型后现代性策略,是由"阐释者"角色这个暗喻来最佳地体现出来的。"阐释者"角色所要做的是翻译以某个团体为基础的传统内部所作的陈述,使这些陈述能够在以其他传统为基础的知识系统中被人理解。这条策略不是为了选择最佳的社会秩序,而是为了促进自治的参与者之间的交流。它关注的是阻止意义在交流过程中被扭曲。它激发出深入到相异的知识系统中去的需要,并力图维护两个相反传统之间的微妙平衡的需要,这种微妙的平衡对于信息(从发送者发送意义的角度看)不被扭曲和被(接受者)理解是必需的。

鲍曼认为我们所处的这个世纪,对于作为立法者的知识分子来说是不合适的,正是这种不合适使知识分子构筑了当代的信心危机。虽然知识分子的这种悲观和防范的心理是以欧洲文明的危机这一形式呈现出来的,但其实质是一种特定的立法者角色的深刻危机,以及专门扮演这个角色的知识分子的"集体多余"的对应性体验。场所的缺席是导致知识分子自信心危机的一种因素,也就是说立法者知识分子找不到用来发表权威性陈述的场所。造成这一现象的一部分原因是西方社会权力的外部限制的变化,但另一部分原因却是西方社会内部社会性权力的独立性的不断增长,以及知识分子能够提供的、急切想要提供的和希望提供的服务的不断增加。事实上,这种新的权力和控制技术需要知识分子的积极加盟,但是"知识分子—立法者"们根本没有认识到这种新的社会需求。

在这种新权力的运作中起作用的是自我演进、自我永存、自我分裂、自主性的和自给自足的专家知识的机械主义,而立法者的传统角色所需的那种一般化的专门知识,在新权力的运作中完全无用武之地。事实上,新权力促成的现实,也可以被看成是受过教育的专家们的官僚性位置的移动,它没收了"知识分子—立法者"一直看作是属于自己的那些功能和权力。

导致知识分子自信心危机的另一种因素是,一种适用于"知识分子—立法者"的希望正在消失,也就是现代西方社会的发展并没有朝向他们所期盼的方向,即理性管理的、高度能产性的、以科学为基础的世界最终将产生普遍适用的社会组织模式。相反,一种清醒的认识倒是在不断加剧:迄今为止在现代世界内部产生的各种模式,没有一个可能回应"知识分子—立法者"实践所寄予的期望,也就是说社会世界不再可能向适合知识分子传统角色的方向发展了。

不过,有一点是可以确定的,即知识分子凭借历史性地积累的智慧和技巧足以胜任阐释者这一新的角色。事实上,知识分子也是承担这一角色的最佳人选。正是这一问题将此类专家放到了当代生活所需的专家们的核心位置,这种专门化的趋势体现了文明之间的对话艺术。

鲍曼认为在后现代性哲学和社会科学中,"共同体"(Community)已经取代了理性、普遍真理的地位而成为核心概念,因为正是在共同体(传统、生活模式)中,而不是在人类的普遍进步中,西方知识分子试图寻找他们职业角色的基础。伯恩斯坦(Richard Bernstein)在《哲学的侧影》(*Philosophy Profile*, 1986)一书中,也认为正是在不同的"共同体"之间,知识分子被召唤去承担阐释者的角色。而在他们自己的共同体内部,他们依然扮演着多种立法者的角色。在共同体内部,哲学家有权力、有责任说清规则,而这些规则决定了谁是理性讨论的参与者,谁不是;他们的角色是评价观点的正当和客观与否,为批判提供标准,而有了标准,批判肯定会是有约束力的。换句话说,知识分子的角色具有双重性,在自己的共同体内部他们仍可扮演立法者的角色,而在自己的共同体以外他们则是不同的共同体之间的阐释者。不过,决定"谁是理性的参与者"的经历,完全不同于作为敌对阵营的发言人之间的谈判经历,这类谈判往往假定利益、目的、观点、相关事实的选择等等方面都存在着矛盾;在这类谈判中很少有人会奢望拥有赋予真理以权威的能力,或拥有超越权力资源不对称性的逻辑一致性的能力。这两种经历使知识分子角色内在与外在之间的区分变得可行,使立法者和阐释者两种角色之间的区分变得可行。

鲍曼认为,西方知识分子传统的普遍性优势所遭受到的侵蚀,揭示了这一传统的有效性与"生活形式"的共同性或"意义的共同体"之间,存在着原先看不见的联系。现在的问题是:知识分子怎样才能区分兼于一身的这两种角色? 知识分子所处的共同体到底有多大? 它包括谁? 界线应该划在哪儿?

鲍曼认为,西方知识分子历史中存在着一个显著的特征,那就是知识分子总是从他们自己的集体经历和特别的生活模式出发,去假设和描绘一个更好的、更文明的或更理性的蓝图。

最后,需要说明的是,鲍曼并不认为后现代性模式构成了对现代性模式的超越,也不认为这两种模式可以安排在一种进步的次序中。同样,鲍曼并不认为,现代性作为一种知识分子实践模式已经被后现代性的到来而确定性地取代了,也不认为后现代性已驳斥了现代性的有效性。总之,鲍曼仅仅是对理解使那两种模式的出现成为可能的社会条件感兴趣,仅仅对使得它们改变命运的因素感兴趣。鲍曼的研究目的在于探索现代性世界观和知识分子策略形成的历史条件,探索它们受到后现代性世界观和策略的挑战以致被部分取代,或至少被补充的历史条件。鲍曼认为,将现代性与后现代性两种明显不同的知识分子实践的出现及其影响放在下列变化中来思考,就可以最好地被理解,这些变化是,工业化的西方与世界其余国家之间的关系的变化、西方社会的内部组织的变化,这一组织内部知识及知识生产的地位的变化、知识分子本身生活方式的变化。可以说,通过鲍曼独创性的社会学研究,西方知识分子的元叙述中的连续性趋势得到了揭示。在这种元叙述中,知识分子作为它的生产者,是看不见的、"透明的",而鲍曼的社会学的阐释学,使这种透明最终变成了不透明,变成了能够观察并能接受检验的现象。

15.9.3 美学与后现代

鲍曼认为,所有那些进入后现代时代的感受,都应归功于知识分子的"美学"分支,正是通过文化领域广泛地重新部署,知识分子世界以及他们的工作才变得像是真正开始了。在社会生活的所有领域中,没有一个领域像文化领域那样,如此完整地和不容置疑地保存着知识分子的权力。可以说,高雅文化领域并不是知识分子领域的薄弱部分,而是堡垒内部的最不易攻破的防线。因此,当后现代的震撼击碎了最固若金汤的文化神话时,知识分子感到了最深远、最剧烈的变化。

如果说现代性曾经统辖过一种"惊奇的美学",那么此刻似乎是它完全失败的时刻。各种小叙事奇怪地、癌症般地激增,而现代性的伟大思想意识正在丧失其连贯性,而且越来越难以确立起令人信服的价值等级制。鲍曼认为多元论究竟是世界结构中的一个转折性的变化,还是知识分子认知世界中的一个变化,仍有待于考查,但是沉浸在无法治愈的生活形式的多元性中的知识分子,的确正在放弃对终极判断的追求。

鲍曼认为,在整个现代性时代,知识分子坚定地控制着文化领域,他们发布权威性的陈述,为文化现实加上有约束力的定义,知识分子的权力是垄断性的,至少在西方没有其他的权力场试图干预那些由"熟知内情"的人所作出的裁决。当然,文化精英们始终有着他们的对手,这个对手就是与知识分子权力相忤的种种"粗陋庸俗"的文化现实,不过,这个对手在知识分子的强大权力面前,可以说是不堪一击。"粗陋庸俗"始终是一个谩骂性的术语,它涵盖了那些胆敢在文化实践中作出审美判断而同时却又不承认文化权威的小资产阶级、中产阶级以及某些知识的门外汉。在知识精英看来,中产阶级常常将金钱的权力与才智的权力并列起来。如果让他们自行其是,他们可想而知地会把才智的权力变得空虚和无效,甚至都不会思考一下有关趣味的理论判断。知识精英认为,这种暗渡陈仓的判断标准的替换术,是对知识分子权力的真正威胁。

但是,伴随着后现代一起降临的西方消费社会却从根本上改变了知识分子独霸一方的文化格局。在西方消费社会中,人类欲望的所有盖子都揭掉了,因而没有空间留给价值判断这一限制性的角色,相反,倒是培养了一种与无法停止的、不断膨胀的商品等量齐观的不断增长的不满足情绪,价值要么变成了商品的属性,要么变成与人们生活毫不相干的东西,而市场的机械主义则直接担负起了对价值进行判断、发表意见和检验的角色,知识分子的传统角色再一次被剥夺了,甚至在知识分子无可争辩地权威性地独占了几个世纪的中心领域,即文化领域,尤其是高雅文化领域中,知识分子的地位也已被取代了。

鲍曼认为在后现代时代,裁决的权力从知识分子的手中流逝了,知识分子只能把这个世界当作一个缺乏"担当得起价值之名"的价值世界来体验。他们总体上将会同意格奥尔格·齐美尔(Georg Simmel)在第一次世界大战的前夜草草写下的那个忧郁的预感:"与所有早些时期的人们不同的是,我们已经在没有任何可供分享的理想的状态下生活了一段时间,也许甚至是没有任何理想地生活了一段时日了。"①在这样的心境下,要把某人选择的价值当作具有绝对约束力的价值,就需要很大的勇气。"毫无疑问,有人将担负起那个在荒野中呼号的角色,把自己推向这个崇高的然而并不明显有效的角色,而其他许多人则把实用主义的谦逊看作更为理智的选择……这种不确定性涉及与我们的主题最为相关的问题:知识分子的社会地位以及角色的转变。有许多迹象表明,由'立法者'这个暗喻所描绘的传统角色(扮演的或向往的)正逐渐被由'阐释者'这个暗喻所体现的角色所取代。"②也许,我们和鲍曼一样迫切想知道:这究竟是一种不可逆转的改变,还是一种暂时的不知所措?

15.10　凡蒂莫后现代性美学理论研究

作为当代意大利最重要、最具国际性影响的思想家,乔万尼·凡蒂莫(Gianni

---

① 齐美尔:《现代文化中的冲突及其他论文》,纽约 1968 年版,第 15 页。
② 齐格蒙·鲍曼:《立法者与阐释者:论现代性、后现代性与知识分子》,上海人民出版社 2000 年版,第 125 页。

Vattimo，1936—)以其独特的理论贡献,不仅成为了后现代主义思潮一位杰出的理论代表,而且为后现代主义理论的发展开辟了一条崭新的思路。凡蒂莫的思想搅乱了整个20世纪80年代的意大利思想界,他在1983年结集出版的论文集《衰弱的思想》,当即引发了一场尖锐的公开论战。1985年凡蒂莫出版了著名的论文集《现代性的终结》,三年后出版的该书的英译本,成为凡蒂莫在英语世界出版的第一本著作,而他1992年出版的英译本《透明的社会》更是激起了英语世界读者极大的关注。凡蒂莫标志性的贡献在于,他试图为理解现代性的终结及其对艺术和科学的影响提供了一种哲学基础和理论阐释。

15.10.1　现代性的终结与后现代性

现代性,无疑是一个意义复杂并且难以精确界定的概念,德国思想家哈贝马斯认为"现代"一词的拉丁文形式产生于10世纪末的欧洲,最初只是一个宗教性的术语,以后逐步扩展到文化和知识领域之中,作为一种广泛的观念形态的"现代性"意味着人类在知识领域内的进步,它是一个开启于启蒙时代的文化合法性的工程,它包括科学、道德、艺术等领域的全面的理性化的建设。[1] 德国思想家齐美尔被认为是第一个深入研究现代性问题的思想家,他对现代性本质的理解也许是发人深省的,他认为现代性的本质就是没有本质。不过,大多数思想家都同意:现代性的开始引来了历史上独一无二的社会形式,而这一形式又在现代文化的多样性中得以呈现出来。现代性本质上是动态的,使人们能够控制自然,能积极地改变社会生活,能通过民主政治来管理个人利益之间的冲突。现代西方政治自然地假定:诸如多数主义的决定与少数人基本权利之间的紧张,将在政治—宪法领域内得到解决。现代性在实现人类可能性方面的现象上的潜能远远超过以往任何文明,但它同时也带来各种各样的挑战与危险。

凡蒂莫在《透明的社会》一书的第一章中指出:"我们谈论后现代,是因为我们感到,现代性在某些关键方面已经结束。要理解现代性已经结束的陈述意味着什么,首先必须理解现代性意味着什么。在众多的定义中,有一个可能是大家普遍同意的:现代性是一个时代,在这个时代里一件事物简单地'成为现代'变成了它本身的一个决定性的价值。我认为,在意大利语中,正如在其他许多语言中一样,称某人是'反动派'依然是一种羞辱,因为'反动派'带有来自过去的价值,隶属于传统,隶属于已经被'克服'的思想形式。在我看来,广义地说,这种对'成为现代'的赞颂是体现现代文化整体特征的东西。"[2]

与吉登斯(Anthony Giddens)对现代性的理解不同,凡蒂莫仅仅将现代性理解为一种态度,而不是17世纪以来的社会生活方式与组织方式,这样,凡蒂莫就将在欧洲出现的现代性又向前推进了一个多世纪。他认为这种现代性的态度是到15世纪结束时(官方的现代性的开始)真正开始的,那时艺术家开始被认为是具有创造性的天才,同时还出现了前所未有的对新事物和原创性的不断增长的强烈崇拜。几个世纪过去了,越来越清楚的是:

---

① 哈尔·弗斯特主编:《反美学:后现代文化论集》,华盛顿1983年版,第3—15页。
② 乔万尼·凡蒂莫:《透明的社会》,伦敦1992年版,第1页。

这种在艺术方面对新事物和原创性的崇拜,是与某种更具有普遍性的观点联系在一起的。根据这种观点,人类历史,就像在启蒙运动时期那样,被看作是不断运动着的解放过程,好像这一个过程本身就是对人类理想的不断完善,在这个意义上,如果历史意味着进步的话,那么,更大的价值将会清楚地附加到更先进的东西上去,附加到更接近过程终结的东西上去,这种观点要求人们把历史看成是分阶段线性发展的。

凡蒂莫进一步指出,现代性的态度实际上假定了一个中心的存在,在 19 世纪和 20 世纪,这种线性发展的历史观就已受到激烈的批判。按照凡蒂莫的观点,当现代性不再可能把历史勘测成为分阶段线性发展时,现代性就终结了,而后现代性就是对现代性终结的体验。他从尼采和海德格尔得到启示,把非形而上学的真理概念和存在概念界定为探索历史终结和现代性终结体验的根本性的一步,因而得到凡蒂莫肯定性评价的后现代性就令人惊讶地出现在 19 世纪最后的 25 年,即尼采的哲学文章发表和他对欧洲虚无主义表示拥护的年代。也许凡蒂莫在最初思考这个问题时,隐含了现代性哲学结束之后,后现代性哲学才开始的观点,但凡蒂莫更为强调的不是这种历史分期的观点,他认为后现代性是对"历史终结"的一种体验,而不是一个不同的,或更新的历史时期本身的出现。在现代性终结之时,任何命名一个确切的历史时刻的尝试都是注定要失败的,因为现代性和后现代性必须在相同的概念空间和历史空间中共存,在那种特别"批判性的"关系中被绑在了一起,而在那种关系中后现代性没有,也不可能完全把现代性抛在后面。

15.10.2 艺术的死亡

艺术的死亡或解体,并不是一个新鲜的话题,黑格尔就曾专门讨论过,黑格尔认为他所处的市民社会的时代,是不利于艺术发展的时代。如果撇开黑格尔的体系性的努力,我们会发现非常有趣的一点,黑格尔所处的时代是资本主义的时代,也是现代性展开的时代,黑格尔坚信在这样的时代里艺术必然会走向死亡,走向解体。

凡蒂莫认为,艺术的死亡,恰恰是这个时代终结的标志,也就是现代性终结的标志。凡蒂莫在《现代性的终结》第三章"艺术的死亡或衰弱"中认为"艺术之死是一个短语,它在形而上学终结时构成了一个纪元",也就是说,艺术之死标志着现代性终结的时代的到来。然而,具有悖论色彩的是,这个同样的时代就是真理完全以艺术的体验的面目而出现的时代。表面上看来,凡蒂莫陷入了一种理论困境:即同时谈论艺术的死亡与艺术的真理。其实不然,因为艺术的死亡是一个复杂的现象,它至少表现出三种不同的形式。

首先,如果说唯心主义或理想主义美学曾经声称艺术是一个脱离所有其他话语模式的领域,艺术作品理所当然地存在于博物馆、剧院、音乐厅等机构中;那么,当现代性终结之时,艺术作品就不再是某种特定的事实,同时一个自治的艺术领域也已消亡。在艺术死亡的时代,艺术作品对其自身的身份和传统的制度性框架都提出了质疑,从人体艺术到街头剧院的当代文化中,艺术向话语的多元性敞开了界线,在这一过程中,艺术一方面吸收了他者的话语,另一方面艺术也已不再是一个自治性的领域或独立存在于某些机构之内,艺术自身特有的"本质"或"独创性"也正趋于消亡。

第二,西方文化中批量复制的新技术(如摄影),也在很大程度上促进了艺术的死亡。在这一方面,凡蒂莫坦承他极大地受惠于本雅明 1936 年开拓性的著作《机械复制时代的艺术作品》,在机械复制的时代里,潜在的数量上无限的、被同样复制出来的图像可以共存。本雅明称之为艺术作品的"光晕"的消失,即艺术的独一无二性和真实性的消亡,机械复制现象至少颠覆了 17 世纪以来西方美学一直认定的观念,即艺术存在于一个摆脱了其他存在的领域之中。凡蒂莫认为 20 世纪西方大众文化同时制造了对"体验"本身的一种"普通的美学化",这主要是通过印刷和电子媒介的播撒得以实现的,而印刷和电子媒介在日常生活中的作用正越来越具有决定性。通过电视、广告等大众层面的体验的"普通的美学化",艺术领域隔离于大众文化的其他领域这一固有的观念正在分崩离析,可以说大众文化本身,包括大众的政治学已经历了一次深远的美学化。事实上,随着电脑技术的发展,在世纪末的数码复制时代,问题将会演变得更为复杂。

第三,凡蒂莫认为,在 20 世纪高雅艺术正有规律地寻求自杀,这是艺术死亡的第三种形式。许多艺术家拒斥大众文化的矫揉造作,他们在沉默的美学中寻求庇护,或通过否定"美的快感"、"崇高"等传统美学体验来逃避。可以列出一长串这样的艺术家的名单,阿多诺就曾以贝克特为例作过精辟的分析。

20 世纪"艺术制品"的世界体现了艺术死亡的各种形式,它们构成了后现代性的真理体验的基础。凡蒂莫认为,我们在观照这些人工制品之前,必须先抛弃从浪漫主义和现代主义那儿继承来的先入为主之见,即有关艺术天才和原创性等等的看法,我们不能用传统意义上的艺术作品的概念来看待这些艺术制品,因为它们故意歪曲了艺术的传统定义,并以一种后现代姿态、用一种大众化与大众媒介的形象饱和的世界来缠绕艺术的传统定义。安迪·沃霍尔 60 年代的代表作"坎贝儿的汤罐",就生动地体现了大众文化对高雅艺术的这一污染。

尽管我们在不断地谈论艺术的多种形式,但艺术在 20 世纪并未完全消失,它们仍然存活了下来,尽管只是存活在"艺术制品"之中,因此凡蒂莫认为更合适的字眼也许不是"死亡",而是"衰弱",艺术正在融入一个杂种的受污染的"艺术制品"的世界。虽然这种艺术制品削弱了艺术作为个体才华独特表现的定义,但是对这种制品的艺术体验的确构成了后现代真理观念的基础。

在 20 世纪的技术制品中,艺术家观点的独创性和真实性已经衰弱和消耗在与大众文化世界的接触过程中。凡蒂莫指出,必须用一种"衰弱的本体论"来阐释艺术的衰弱:在现代性终结之时,艺术作品与存在本身一样,都共同分享着一种消逝的、被弱化的存在的短暂特性,电视屏幕上闪烁摇曳的图像,正是这种被弱化的存在的写照,后现代艺术作品在大众传媒时代已被剥夺了表现"真"与"永恒"的权利。艺术就像伴随着它的"衰弱的存在"一样,揭示了我们所生活的时代的真理,艺术作品不是一种永恒的形式,而只是一种记载"时间流逝"效果的形式,就像希腊神庙石砌的门面或文艺复兴时期壁画上那些褪了色的人物一样。

15.10.3　艺术中的真理体验

尽管凡蒂莫与他的老师伽达默尔一样,都把对艺术中的真理的体验与阐释学紧密地联系起来,但凡蒂莫却批评伽达默尔的理论忽视了海德格尔虚无主义哲学的意义。在《现代性的终结》第七章"阐释学与虚无主义"中,凡蒂莫以为"审美意识"辩护的形式论述了虚无主义与阐释学的同一性。这篇论文是凡蒂莫1981年在耶鲁大学所作的一次讲演。如何看待"审美意识"的地位与作用,正是凡蒂莫与伽达默尔的分歧所在。他们都承认阐释学试图通过一种阐释的艺术来发现或重新发现一个文本或一件艺术作品的真理。为了这个理由,阐释学理论通常倾向于在话语中重构意义,或更广义地说,倾向于探讨人类之间,即作家或艺术家与读者之间的理解是如何产生的问题。而审美意识,按照康德最初的定义是"对一件艺术作品的审美态度",我们正是从这种审美态度出发,按照我们对艺术本身的观念的理解来判断作品的(如"美丽的","真实的"等等)。伽达默尔在《真理与方法》一书的第一部分将审美意识批评为过于"抽象",或换句话说,过于唯心主义,认为它对于我们体验艺术作品的历史本质关注不足。对伽达默尔而言,艺术作品主要是"一个历史事件,而我们与之相遇也是一个历史事件,因为在这一历史事件中我们为阐释它和为重新发现其真理所作的努力改变了我们自身"。按照伽达默尔的观点,艺术作品和它的阐释者们这两者都属于同一个连续的文化的/历史的传统,这一观点导致了他在自己的阐释学理论中把主要的重点放在"经典"艺术作品的意义上。凡蒂莫则不同,他认为审美意识是与阐释学紧密关联的,审美意识是"对真理的一种体验,而确切地说这又取决于这种体验本质上是虚无主义的",而不是历史性的,他批评伽达默尔将阐释学与赋予人道主义以历史意义的举措相联系的尝试,从根本上忽视了海德格尔哲学的虚无主义内涵。可以说,凡蒂莫对审美意识所作的辩护,为对真理的体验的论述开辟了一条新的思路,贯通了阐释学与差异哲学之间的联系,贯通了阐释学与虚无主义之间的联系。

在《现代性的终结》第四章"诗歌文字的散落"中,凡蒂莫顺着这一思路,具体探讨了诗歌与时间流逝效果及存在的短暂性的关系,并由此深入地论述了艺术中的真理体验。这篇论文是凡蒂莫1979年3月在纽约大学举行的有关意大利诗歌中的本体论的讨论会上宣读的论文,也是《现代性的终结》一书中完成得最早的一篇论文,在这篇哲学色彩非常浓厚的论文中凡蒂莫复杂地修正了海德格尔的诗歌理论,他关注的核心问题是:当海德格尔说一件艺术作品创建了或开创了一个世界,他的意思究竟是什么?对于海德格尔来说,艺术作品总是涉及短暂性效果,或更具体地说,涉及所有遭受时间创伤、岁月留痕的事物的"必死性",艺术作品,尤其是诗歌作品通过让我们"体验语言与必死性之间的联系",能够建立或开创一个有意义的世界。这是因为海德格尔从"尘世的"角度赋予了诗歌作品纪念碑性质的特征。也就是说,诗歌作品之所以被创造出来,只是为了保留某人跨越时间的痕迹和记忆,就像一座纪念碑所起的作用一样。

凡蒂莫认为作为记忆和痕迹的承载者,作为发自过去的语言信息的承载者,艺术作品总是跨越时间地、从充满死人声音的过去、从属于那个过去的传统向听众诉说,它就像纪念碑或墓碑,不是为了击败时间而建造的,而只是为了在时间中忍受而建筑的,就像埃及的金字塔,是为了向将来的人传递一种痕迹和记忆。这种与死亡性的联系为我们界定了诗意词汇那种脆弱、实质上虚无主义的本质;它只是作为某种会毁坏、会死亡的东西持续着,而不是作为一种天才的永恒表现而存在着。因为诗意词汇的纪念碑性与毁坏性向我们表明,尽管科学与技术有不同的声称,如今对真理的体验本质上是一种诗意的和艺术性的体验,这是因为当代对真理唯一可能的体验就是作为一种痕迹或一种记忆的出现,而这种痕迹或记忆从传统中跨越过时间的距离走近我们,就像纪念碑或墓志铭。因此,由形而上学指派给真理的属性就一度被否定掉了。

当真理或存在一旦被剥夺了所有的根基,两者都不可能完全成为现在。它们只能以某种曾经存在过的东西这样一种面目出现,只能以一种过去的痕迹或回忆的形式回归现在。因此,对真理进行后现代、后形而上学体验的模式就是由诗人们所提供的那种模式,诗人则是通过诗意语言的纪念碑性使真理产生作用的那一类人。在哲学的虚无主义年代,真理被当作与神话相同的东西,而理性的形而上学则总是把神话理解为"劣于"真理。神话对于原始人类来说曾经一度是一种知识,但对于理性的头脑,神话似乎拥有一种非常诗化的意义;现在,在现代性衰弱的时候,我们也许也可以这样来看待形而上学的真理。在对待诗歌的体验中,我们也许会"回忆"形而上学的真理,但我们遭遇它只是把它看作某种已经失去往日辉煌的东西,某种表现出会死亡这一特性的东西,就像所有痕迹、神话和记忆都是会消亡的那样。因此,由诗歌建立起来的意义世界也就是一个在体验死亡性中失去根基的世界,而这一死亡性,也就是真理的死亡性,则是由诗意的语言所提供的。

因此,艺术作品是后现代、后形而上学时代真理出现的地方或场所,这种后形而上学真理永远无法从一种稳定的、客观的、可证实的知识的角度来加以思考,而且这种真理必定是脆弱的、非中心的真理。凡蒂莫由此出发,深刻探讨了颠覆艺术中的本质与装饰的二元区分的可能性。

在现代性终结的时刻,人类活动的所有领域,就像在被现代文明剧烈改变了的自然界一样,"沙漠"正在急剧扩大,而凡蒂莫所关注的知识能否对付当今技术文明的异化条件,依然是一个严峻的问题。凡蒂莫思想最精彩之处在于,通过将美学与历史的连接向我们提供了理解后现代性的独特线索,正是历史性的美学修辞模式展现了一幅完全不同的图景。

15.11 布尔迪厄美学与文化理论研究

皮埃尔·布尔迪厄(Pierre Bourdieu, 1930—2002),当代法国社会学家、思想大师。布尔迪厄几近百科全书式的作品(他写了近30本书,近300篇文章,其中不包括翻译和被收入各种不同语言文集的文章),完全无视学科界限,从人类学、社会学和教育领域,到历史、语言学、政治科学、哲学、美学和文化研究,他都有所涉猎。布尔迪厄向当今的学科分类提出了多方位的挑战,他在涉及范围极广的不同领域中提出了很多专业性的质询:从对农民、艺术、失业、教育、法律、科学、文学的研究,到对亲属关系、阶级、宗教、政治、体育、语言、住房问题、知识分子、国家等的分析。布尔迪厄还具有融合各种不同的社会学风格的能力,从艰苦的人种论阐述到统计学模式、抽象的元理论的哲学论辩等等,布尔迪厄一律照单全收,他向已被公认的社会学的思维模式提出了多方位的挑战。其著作有:《实践理论概要》(1972)、《实践的逻辑》(1980)、《区分：趣味判断的社会批判》(1984)、《学术人》(1988)、《换句话说》(1990)、《摄影：中产阶级艺术》(1990)、《教育、文化和社会再生产》(1990)、《热爱艺术：欧洲的艺术博物馆及其公众》(1991)、《反观社会学的邀请》(1992)、《语言与符号暴力》(1993)、《文化生产场：艺术与文学论文集》(1994)、《学术话语：语言学的误解与学者的权力》(1996)、《艺术的规则：文学场的起源与结构》(1996)、《论电视》(1998)、《实践理性：论行为理论》(1998)、《抵抗行为：反对市场的暴政》(1999)等。

15.11.1 文化资本理论

在布尔迪厄博大精深的跨学科研究中，文化资本理论是最引人注目的成果之一。布尔迪厄的资本概念，具有很大的独创性，它包含了对某人自己的未来和他人的未来施加控制的能力，因而是一种权力的形式。布尔迪厄的资本理论揭穿了自由主义的神话，在自由主义眼中，社会世界就像一场碰运气的轮盘赌，犹如一个完美竞争或机会均等的幻想世界。在轮盘赌中，前一轮赢的赌注可能在每一次新的旋转中再次失去，轮盘赌既提供了在短时间内赢得大量钞票的机会，也允诺了在短时间内改变人们社会地位的可能性。布尔迪厄认为，资本的存在打破了这一神话，因为资本需要花时间去积累，资本是以同一的形式或扩大的形式去进行自身再生产的潜力，在资本的作用过程中，一切事物并不具有同样的可能性或同样的不可能性。资本是铭写在现实中的一整套强制性因素，它以一种持久的方式控制了它所产生的作用，并决定了实践成功的可能性。资本的概念也能在理论上调节个人与社会，布尔迪厄认为，一方面，社会是由资本的不同分配构成的，另一方面，个人又要竭力扩大他们的资本，个人能够积累的资本，界定了他们的社会轨迹，也就是说，资本界定了他们的生活的可能性或机遇，更主要的是，资本也被用来再生产阶级区分。

布尔迪厄认为资本可以表现为三种基本形态：经济资本、文化资本和社会资本。经济资本是资本的最有效的形式，表现了资本主义的特性，这种资本本身就可以以普通的、匿名的、适合各种用途的、可转换成金钱的形式，从一代人传递给下一代人，它是以财产权的形式被制度化的。文化资本是以教育资格的形式被制度化的，它在某些条件下能转化为经济资本。社会资本是以社会义务（"联系"）组成的，在一定条件下也可以转换成经济资本，它是以某种高贵头衔的形式被制度化的。社会资本是实际的或潜在的资源的集合体，而这些资源又是和一种体制化的关系网络紧密联系在一起的，社会资本既可以通过运用一个共同的名字（如家族的、班级的、部落的、学校的、党派的名字）而在社会中得以体制化并得到保障，也可以通过体制性的行为得到保障。

文化资本的概念，最早是作为一种理论假定出现在布尔迪厄的研究工作中的，布尔迪厄试图通过这一假定来解释：出生于不同阶级的孩子取得不同的学术成就的原因，即出生于不同阶级的孩子在学术市场中所获得的特殊利润，是如何对应于阶级之间的文化资本的分布状况的。布尔迪厄的分析，超越了把学术成就的高低归因于个人自然能力的常识性观点，并深刻地指出了学术能力本身就是时间与文化资本上投资的产物，教育行为中产生的学术性收益,依赖于家庭预先投资的文化资本,这也是最隐蔽、最具社会决定性的教育投资。布尔迪厄认为,文化资本可以以三种形式存在:具体状态、客观化状态和体制化状态。

文化资本的积累首先是处于具体状态之中的,即我们称之为文化、教育、修养的形式,这一状态是与身体密切相关的,必须由投资者亲历亲为,它包含了劳动力的变化与同化,而且极费时间,就像肌肉发达的体格或被太阳晒黑的皮肤无法由他人代劳一样。这一个人性的投入,除了时间的投资外,还包括社会性建构的力比多(性欲)形式的投资,如你在从事某项活动时,可能需要克制自己,忍受某种匮乏,需要某种牺牲。这种具体化的文化资本是转化成为个人的组成部分的外部财富,它与金钱、财产权、贵族头衔等不同,无法通过馈赠、购买或交换来即时性地传递。文化资本的获取不需要经过精心策划,它是在无意中被获取的,而且总是被烙上最初条件的痕迹,例如某一阶级或地区的发音特征等烙印,往往决定了某些文化资本区别于其他文化资本的价值。

文化资本的象征性功效的最有力的原则,无疑存在于它的传递逻辑之中,文化资本的传递是资本的继承性传递的最佳隐蔽方式。布尔迪厄认为,我们能够观察到的文化资本与经济资本的联系,是获取资本所需的时间的差异,即家庭所传递的文化资本,体现在传递和积累的工作是在什么年龄开始的。某个特定的个人是否能够延长其获取资本过程的时间长度,取决于他的家庭为他提供的自由时间的长度。从经济必需中摆脱出来的自由时间,是最初积累的先决条件。

布尔迪厄还集中研究了社会资本、文化资本和经济资本之间的相互作用,经济资本可以更轻易、更有效地被转换成象征资本(社会资本和文化资本),反之则不然,虽然象征资本最终可以被转换成经济资本,但这种转换却不是即时性的。布尔迪厄认为,虽然经济具有至关重要的决定性,但它必须被象征性地调解。经济资本不加掩饰的再生产揭示了权力和财富分配的武断性特征,而象征资本所起的作用是掩盖统治阶级的经济统治,并通过表明社会地位的本质以及使之自然化,而使社会等级制合法化。

布尔迪厄的文化资本理论,借用了马克思的术语,思考了文化和历史所受到的物质决定性的方式,并把阶级放到了他对现代社会分析的中心。布尔迪厄力图通过文化资本理论来揭示社会运作的机制,他把文化资本看成是人们生活于某种特定的文化或亚文化群的结果,深刻地指出了:文化资本已经注入到人际关系中人们对要求什么和能够得到什么的预见之中。行动者即使在特定境遇中的"即兴"发挥,依然是在文化资本的背景中展开的。因而,一个白领人士比一个普通打工者更容易与经理、律师等权威人物相处,因为他们共享了某些价值观念、生活体验和教育背景。这些文化资本甚至不需要被真正地意识到,就会简单地显现在个人的行为之中。总之,布尔迪厄的文化资本理论的意义在于,从文化资本这一最隐蔽的资本存在入手,深刻剖析了社会资源排他性占有与社会权力结构的关系,从而窥破了资本主义社会平等竞争和自由主义的幻象。但是,令人遗憾的是,布尔迪厄的文化资本理论在分析资本的积累和传递的时候,有过于强调客观性力量之嫌,在一定程度上忽视了行动者主体性的创造力量。

15.11.2　摄影与艺术博物馆

《摄影：中产阶级艺术》和《热爱艺术：欧洲的艺术博物馆及其公众》这两本 20 世纪 90 年代初才被译成英语的著作，其实都是布尔迪厄在 60 年代中期完成的工作，它们不仅展示了布尔迪厄对于文化场长久的兴趣，而且描绘出了布尔迪厄从阿尔及利亚的人种论研究到《区分：趣味判断的社会批判》之间的思想发展轨迹。另外值得一提的是，这两本书所选择的讨论对象具有特别的意义，因为博物馆与摄影这两种文化形式，从经济角度看都很便宜，因此在理论上可以说是平等地向所有的团体和阶级敞开了大门。

《摄影：中产阶级艺术》是一本有关摄影的论文集，由布尔迪厄和他的得意门生波尔坦斯基（Boltanski）等其他一些研究者合作完成，具体研究了三组照相机使用者，他们分别是比安的村民、雷诺工厂的工人和里尔摄影俱乐部的成员，研究结果表明：阶级决定论通过"通体象征主义"和个人实践的调解，建构了"什么是可以被拍摄的"、"什么是可以接受的"主题。这部分的是由关于"构成"（composition）规则的概念所界定的，即什么场合可以或应该被作为荣誉性的摄影的认识对象。显然，摄影与家庭生活及其相关内容有着紧密的联系。在农村，照相机的界定作用就是：隆重庆祝和记录婚礼、洗礼仪式，以及其他一些重要仪式（葬礼除外）。而神职人员也常以农民的方式来从事摄影活动，因而他们也同样不再能够享有那种与摄影简单、直接、也许是舒适的关系。

对于白领工人来说，虽然这个团体知道存在着"学术性文化"，但他们却不能确定他们对它的态度是什么或者应该是什么，而摄影恰恰揭示出了这个团体与"学术性文化"之间的这种暧昧关系。更宽泛地说，摄影本身的文化地位也是暧昧的，而且充满歧义。如果说摄影是一门艺术，那么它也只能算是一门小儿科的艺术，正是这一歧义性或暧昧性，使得"特权阶级"远离了摄影。然而，有趣的是，摄影同时又允许中产阶级中有艺术倾向的异类把它当作他们没有能力涉足的神圣的艺术实践的替代物。

布尔迪厄还由此发展出了一个"合法性等级制"模式，它与文化物品、趣味密切相关，在这个合法性等级制的顶部，是"合法性区域"，由音乐、绘画、雕塑、文学和剧院所占据，在这一区域里，消费者的判断是由博物馆、大学等合法的权威来界定的；最底下的是"任意性（或武断性）区域"，在此个人趣味是对时尚、食物、家具等的选择的自我意识的仲裁者；中间是"可合法的区域"，由爵士乐、电影院、摄影等来界定。

如同理查德·詹金斯所说，《摄影：中产阶级艺术》一书所提供的"合法性等级制"模式，"还只是一个粗糙的模式，尤其是它掩盖了布尔迪厄无疑会在更为详细的讨论中揭示的东西，即三个区域都从趣味的粗俗性或不规则性角度内部等级制化了，例如在高级烹饪与农民的什锦砂锅之间存在着一个差异的领域（a world of difference），更重要的是，当我们越远离文化合法性，越接近个人趣味的武断性，对于粗俗性或不规则性的定义的社会竞争也就越激烈，地位问题正是在此表现了出来"①。不过，从《摄影：中产阶级艺术》一书，

---

① 理查德·詹金斯：《皮埃尔·布尔迪厄》，伦敦 1992 年版，第 132 页。

我们可以明显地观察到趣味问题已经成为了布尔迪厄分析文化场的主要焦点,而且《区分:趣味判断的社会批判》一书中的分析思路与主要论证模式,在此也已初露端倪。

《热爱艺术:欧洲的艺术博物馆及其公众》一书是布尔迪厄与艾伦•达贝尔(Alain Darbel)、多米尼克•希纳珀(Dominique Schnapper)合写的,法文版出版于 1969 年,本书的分析所依赖的数据,来自于作者们 1964 至 1965 年间开展的一系列调查,这些调查主要是针对法国和其他地方各种艺术画廊、博物馆及其参观公众的,其意图是把参观者的社会特性与博物馆的本质和特性、与参观者对艺术和博物馆的倾向性(orientation)联系起来考察,这将涉及参观者对于艺术画廊和博物馆的态度以及他们本身的参观实践行为等。调查与研究的结果,与布尔迪厄的事先的预料是基本一致的,当然,这些事实对于一般的艺术爱好者来说,并不是显而易见的。值得注意的是,在《热爱艺术:欧洲的艺术博物馆及其公众》一书中,布尔迪厄对于统治文化的批判是从康德美学批判开始的,这一思路显然直接孕育了布尔迪厄日后《区分:趣味判断的社会批判》的构思。

布尔迪厄认为艺术欣赏是人们学习得来的东西,而学习发生的地方通常是学校,因此对艺术的崇拜并不是先天安排好的,它是适用于上层阶级和某些中产阶级家庭的教育制度的产物,它体现了带有特征性的反复灌输的特别过程的武断性,换句话说,对艺术的崇拜是文化的产物。有教养的个人喜欢把自己的"区分"性特征,看成是自然的和理所当然的,看成是他们社会价值、地位的标记。布尔迪厄认为,只有真正精通"趣味判断"才能超越文化上的控制,正是出于这一思路,布尔迪厄得出了这样的结论:唯一能把工人阶级和农民排除在艺术享受之外的人就是他们自己。

显然,在《摄影:中产阶级艺术》和《热爱艺术:欧洲的艺术博物馆及其公众》这两本书中,趣味、区分以及文化的武断性问题已经浮出水面,布尔迪厄已经打通了通往《区分:趣味判断的社会批判》的思想之路。

15.11.3 趣味与文化分类

布尔迪厄 1979 年出版的《区分:趣味判断的社会批判》,是一本内容翔实、篇幅冗长、在技术上又令人望而生畏的社会学巨作。但是令人惊奇的是,这本长达 600 多页的研究著作不仅销量惊人,而且引发了一场声势浩大的公共争论。布尔迪厄在这本书中的攻击目标并不仅仅是个人主义,而主要是纯粹的或天生的文化趣味,在布尔迪厄看来,文化分类系统是植根于阶级系统之中的。

布尔迪厄在《区分:趣味判断的社会批判》一书中,为自己设定的另一任务是对韦伯的社会分层模式概念进行重新界定,尤其是阶级与地位之间的关系。布尔迪厄用阶级分支(classfraction)和生活格调(life-style)等概念来展开他的分析,并详细论述了不同阶级分支的生活格调的差异,他还在书中详细阐述了文化趣味的"三层"模式:"合法"趣味、"中产阶级品位的"趣味和"大众"趣味,这是一幅与教育程度和社会阶级相一致的趣味与嗜好的"地图",是阶级生活格调模式的开始。这本书的经验性论述是建立在 1963 年、1967—1968 年所做的两次大调查的基础上的,这两次调查通过对 1217 名巴黎、里尔和一个外省小镇的人士的访问获得了大量的数据。此外,《区分:趣味判断的社会判断》还补充了大量从其他众多的调查中获得的数据。

布尔迪厄认为,在他所论述的生活格调与文化趣味的模式中,工人阶级美学是一种被统治的美学,它不断地要参照统治美学(文化仲裁)来定义自身,工人阶级不像中产阶级或上流社会那样能对构成或定义涉及美学判断的物品采用一种具体的美学观点,这些物品可以是一辆汽车,也可以是一个 CD 播放机或一张照片。在布尔迪厄看来,上层阶级已经摆脱了必需品的困扰,可以有一种“玩耍的严肃性”(playful seriousness)。布尔迪厄进而一针见血地指出:趣味是社会身份的主要表示者和主要成分,是阶级内部婚姻主要的相互影响的决定因素之一,因为个人更倾向于与生活格调(也就是社会阶级)内部,而不是生活格调(社会阶级)之间的人交往和结婚。

在布尔迪厄看来,小资产阶级则不幸地两头落空,他们自认为与阶级体系内低于他们的人截然不同,但与高于他们的人相比,他们又面临两个问题。首先,他们缺乏作为动员合法趣味基础的那种教育;其次,也许更为重要的是,他们缺乏“自在的或培养出来的自然”,与上层阶级不同,他们缺乏那种家庭教育所熏陶出来的特有的习性,因而无法把自己学来的东西掩饰成自己与生俱来的东西。

布尔迪厄还对统治阶级所占有的经济资本(以拥有房子、拥有高级豪华汽车以及收入等作为指示物)和文化资本(阅读报纸、上剧院的频率、对古典音乐的热情等等)的全国调查统计数字进行了研究,发现这两种形式的资本之间呈反比关系,也就是说,经济资本多,文化资本就少,这条规则对中产阶级也同样适用,由此布尔迪厄根据两种资本的不同分布结构制定出了“社会地位空间”模式,这个模式比简单的上下等级的分层模式要复杂得多,这也就是韦伯所说的阶级与地位的交互作用。在这种社会空间中,除了上下运动以外,还有其他多种可能的运动,布尔迪厄认为横向运动就很重要。这是转换和再转换策略的结果,经济资本被用来换取下一代的文化资本,或倒过来用文化资本来获取经济资本,当然,用经济资本来换取文化资本也许更常见。这些策略加剧了为接受精英教育而引起的竞争,例如导致了“文凭膨胀”。

在《区分》一书中,布尔迪厄的中心论点是关于事物意义的斗争,具体地说,布尔迪厄认为关于社会世界意义的斗争是阶级斗争的一个方面。这一点与《教育、文化和社会再生产》一书中的论点是一致的,即确定秩序的社会再生产很大程度上是受到象征性暴力保护的,所谓象征性暴力也就是文化再生产的一个过程。

布尔迪厄的分析似乎有过于强调决定论的倾向,尽管在描述系统的运作时,决定论可能不是那么强烈,但他的基本理论与问题仍然一如既往,即关于社会的文化和社会再生产模式似乎必须诉诸文化决定论。

综观布尔迪厄的思想,美学与艺术问题在他的“反观社会学”理论中占据着重要的地位,可以说,文化场不仅构成了布尔迪厄剖析社会问题的一个典型语境,而且文化场复杂的运作机制,直接将一般的社会理论导向了深层模式的分析,这也就是布尔迪厄为什么总是将眼光聚焦在教育、艺术、文化、媒体等领域的原因。

15.12　苏卡尔事件与后现代的限度

15.12.1　关于"高级迷信"的意气之争

1996年春夏之交,美国杜克大学出版的著名的"文化与政治分析"学术季刊《社会文本》(Social Text)的专号"科学战争"发表了纽约大学物理学教授苏卡尔(Alan Sokal)的一篇论文,题为"逾越边界:迈向量子重力学的变革性阐释学"(Transgressing Boundaries: Toward a Transformative Hermeneutics of Quantum Gravity)。苏卡尔是公理场论之父怀特曼(Arthur Wightman)的学生,他深以自己的左派和女性主义立场为荣,并曾在美国威胁下的桑定革命政权中的尼加拉瓜大学教过数学。

文章的开篇以挑战的笔调写道:"很多自然科学家,特别是物理学家,一贯否认社会与文化批判的学科能够对他们的研究起任何作用。没有多少人承认他们世界观的根基必须依照这种批判来重建。他们宁愿固守一种信条,一种由长期的启蒙主义霸权在西方知识格局中所形成的信条,可以将之概括如下:存在一个外在的世界,其性质独立于任何个人或人类整体,而隐含于一些'外在的'物理规律之中;通过由(所谓的)'科学方法'配置的'客观'程序及严格的认识论检测,人们可以获得可靠的(虽是不完备和暂时的)关于这些规律的知识。"

苏卡尔继而声称,20世纪科学所经历的深刻观念转移,有力地挑战了这套笛卡尔—牛顿式的形而上学;科学哲学与历史的新近研究进一步质疑其可信性;而最近女性主义及后结构主义的批判已经揭开了西方主流科学实践的神秘外衣,暴露了其隐藏在"客观性"表象之下的意识形态控制。他自己的论文试图在这条路径中迈出新的一步:通过讨论量子重力学(一门据称是综合了量子力学和广义相对论的物理学新分支)的最新发展表明:科学所依赖的时空、几何等根本性的概念框架已成为相对的、可疑的。这一观念革命对未来"后现代的、解放的科学"和社会政治运动都具有深远的影响。

这篇论文引用了从爱因斯坦、波尔、海森伯格到德里达、拉康、德勒兹、利奥塔、哈拉维等的219篇文献,有109个注释,并以雄辩的文风"论证":量子重力学摆脱了"绝对真理"与"客观现实"之类的传统观念束缚,是一门"后现代科学"。它应和了后现代文化理论的重要主张:独立于文化之外的所谓"客观世界"并不存在,"物理现实"正像社会现实一样,本质上也是一种"社会和语言的建构",所谓"科学知识"绝无它所自称的"客观品格",而是产生这种知识的文化中权力关系的产物。后现代科学的崛起有力地否定了传统科学中的权威主义和精英主义,为进步的政治事业提供了强健的理论依据,"在最广泛的意义上,它将逾越边界、打破壁垒,有力地支持社会、经济、政治和文化生活等各方面的激进民主化进程"。

苏卡尔的文章可以说是投《社会文本》所好,难免令杂志喜出望外,以为不费功夫找到了一个"反水"的科学家。《社会文本》的这期"科学战争"专号原本是为了批评科学而策划的,试图从社会文化或女性主义的观点来论证科学中各种意识形态的偏差,并强烈反击近来一些科学家说他们是"高级迷信"的指控。此事的起因是数学家列维特(N. Levitt)和生物学家格罗斯(P. Gross)合作撰写了一本名为《高级迷信:学院左派及其对科学的叫嚣》,他们以 20 世纪初期古典的"科学进步"观点,并引用罗素"迷信是一切残酷的根源"的话,对二三十年来的"新学院左派"和"科学研究"的人文与社会学者的思想大加讨伐,认为这些人都喜欢将自己的意识形态霸道地强加于原本是自由的科学。于是,20 世纪 60 年代"五月风暴"以来的整个新左派,受库恩、福柯、法国后结构主义影响的"科学研究",受谢平(Shapin)、谢佛(Schaffer)、拉图尔(Bruno Latour)、女性主义、环境生态主义等等影响的各种声称"科学研究"的人文与社会学研究,都被扣上了"高级迷信"的帽子。值得一提的是,这里所谓的"科学研究"(science studies),是指近一二十年西方兴起的整合性批判研究,它企图综合当今科学史、科学哲学、科学社会学乃至科学的民族志以及社会学研究等的各种取向。列维特和格罗斯尤其不能忍受的是《社会文本》编辑洛斯(Andrew Ross)这样一个英文系教授在批评"科技文化"时所表现出来的傲慢与敌意。洛斯在他一本名为《奇异的气象》的书中这样写道:"这本书是献给我从未有过的所有科学教师,没有他们,这本书才有可能写出来。"显然,《高级迷信:学院左派及其对科学的叫嚣》是一本人文学者与科学家之间意气之争的产物,这本论证广泛、全面出击的著作虽然生动有趣,但由于作者固守启蒙真理的立场,不愿意深入探讨 60 年代以来许多"后实证"、"后结构"的"科学研究"的核心问题,而只满足于指责人文学者简单化的研究弊病,因此,《高级迷信:学院左派及其对科学的叫嚣》还算不上令人信服的著作。但是,苏卡尔声称他正是受了这本书的启发,才有了这次惊人之举。苏卡尔的文章堪称一具成功的特洛伊木马,它通过扮演"科学研究"的假援军最后给"科学研究"阵营以致命的一击。

15.12.2　后现代与知识分子的欺诈

苏卡尔在《社会文本》发表他的檄文后不到三个星期,在一家专事学术界趣闻轶事的杂志 *Lingua Franca* 登出了他本人的一篇"坦白书",声明那篇论文完全是他蓄意编造的荒谬之作,投寄给《社会文本》是想以恶作剧的方式进行一次"物理学家对于文化研究的实验":测试一份在北美具有权威地位的、由著名学者杰姆逊和洛斯等参加编辑的文化研究刊物究竟有怎样的学术标准,看看它是否会采纳一篇漏洞百出、荒诞之极但编造得貌似有理且投编辑所好的文章。不幸的是,事实证明了他的猜测——"人文研究的某些领域,严格的学术标准正在下跌"[①]。

苏卡尔的声明刊出后引起一片哗然,立即激起热烈的反响和争论,形成了所谓"苏卡尔事件"。《纽约时报》、《新闻周刊》、《华盛顿邮报》和英国《泰晤士报》等主要媒体对此竞相报道;《异议》(*Dissent*)、《新政治》(*New Politics*)及《梯坤》(*Tikkun*)等文化政治评论刊物也纷纷卷入讨论。而互联网上更是"群情沸腾",各种交流小组发出上百篇各抒己见的

---

① 阿兰・苏卡尔:《一个物理学家对文化研究的试验》,《法兰西语言文化》,5 月/6 月,1996 年,第 62—64 页。

· 341 ·

电子通讯。就在苏卡尔事件爆发的第二天,后现代派学者菲什(Stanley Fish)率先在《纽约时报》上撰文反击。1996 年 8 月 8 日主流派物理学家、诺贝尔奖得主温泊格(Steven Weinburg)在《纽约书评》上发文为苏卡尔的成功叫好,抨击后现代派不懂科学,并从文化/科学二元论的角度论述"物理研究的结果没有文化上的后果,而且物理研究不需要其他文化上的资源"。随即一些生物科学家与物理史家在 10 月 3 日的《纽约书评》上对温泊格的批评发起了强烈反击,认为与后现代的"泛文化主义"一样,温泊格的论调走向了另一个极端,他从二元论出发,将经他化约过的科学与文化完全隔离开来了。近代物理史家怀斯(Norton Wise)认为《社会文本》的编者只是愚蠢,而温泊格的影响则更坏,他以诺贝尔奖得主的身份大肆宣扬天真的化约论。虽然怀斯的近代物理史研究非常出色,但他却为批评温泊格付出了惨重的代价,他在一些科学家联合阻挠下,最终未能获得普林斯顿高等研究院的终生教授职位。拉图尔为此颇为愤慨,并在互联网上向苏卡尔叫板,认为他既然以维护知识操守自居,那么现在就应该站在科学研究这一边,严厉批评一些科学家的反知识的态度。

1996 年 11 月在世界科学哲学学会两年一度的大会上,还组织了一场专题讨论会,由苏卡尔与后现代科学史家皮克林(Andy Pickering)就科学知识的本质展开辩论。皮克林托故避战。世界科学哲学学会前任会长、后现代科学哲学家法因(Arthur Fine)和现任会长弗里德曼(Michael Freedman)等人在专题讨论期间以及会后与苏卡尔展开长达数小时的舌战。苏卡尔任职的纽约大学也组织了一场公开辩论,让苏卡尔与洛斯当面交锋,将此事件推向戏剧性的高潮。"苏卡尔事件"还很快波及了法国等国家。

正当辩论方兴未艾之际,苏卡尔又在 1997 年 10 月推出了一本与比利时鲁汶大学的理论物理教授布里可蒙(Jean Bricmont)合作的法文版新书《知识分子的欺诈》(Impostures Intellectelles),出版后立即登上了非小说类的畅销书排行榜,在法国知识界掀起轩然大波。法国《解放报》、《世界》周刊及《研究》杂志组织了专题报道,包括德里达在内的一些著名学者纷纷发表观感,使"苏卡尔事件"成为欧美知识界近两年来最为令人注目的热门话题。

苏卡尔和布里可蒙在《知识分子的欺诈》一书的序言中,不无得意地评点了苏卡尔的恶作剧所产生的重大影响:"不少文学和人文学界的青年(还有不太年轻的)写信给苏卡尔,感谢他表达了他们对统治他们的领域的后现代主义和相对主义的反驳:例如,有一个自费大学生表示他的感觉就像是花钱买了童话中那位赤身裸体的皇帝的新衣。另一个学生说他和他的同学们都感到欢欣鼓舞,只是要求不要透露姓名,因为他们希望有朝一日能将他们的学科彻底改造,不过在此以前必须先得到永久职务"[①]。苏卡尔解释了自己的动机是:对于广大的文学研究和人文学界似乎都皈依了后现代主义感到既惊讶又恼火,因为这一思潮的特点无非是对启蒙运动的理性主义或明或暗地拒斥所有经验的测试作出自行其是的理论发挥,以及在认识论和文化上的相对主义——其表现之一就是把科学当作"叙事"或社会结构来对待。随后,苏卡尔和布里可蒙还指责了后现代主义对于物理学—数学

① 参见发表于《万象译事》卷一(资中筠等译,辽宁教育出版社 1998 年版)的《知识分子的欺诈》一书序言的译文,第 1—16 页。

· 342 ·

名词的概念一而再、再而三地滥用，已经到了作伪的程度，并试图推而广之地分析充斥于后现代派著作中的某些思想混乱，而这种混乱在后现代主义的科学话语的内容和哲学思考中都是同时存在的。苏卡尔和布里可蒙在书中打算重点讨伐后现代派的四种"滥用"现象：

（1）侈谈自己实际上最多只有模糊观念的科学理论。在大多数情况下，作者只是使用一些科学（或表面上科学的）名词，而对其含义并不关心。

（2）把精确科学的概念原封不动地引进人文学科，而丝毫不经过任何经验的或观念的论证。一位生物学家如要把拓扑学的基本概念（例如环面的概念），或是（数学）集合论乃至解析几何的理论运用到他的研究领域，是会被要求作出解释的，单是模糊的类比，同行们将不屑一顾。这里可是相反，拉康告诉我们说，神经官能症患者的结构正好就是（拓扑学的）环面（甚至说这就是现实本身！），克里斯蒂娃（Kristeva）告诉我们，诗的语言属于连续统的幂，鲍德里亚（Baudri llard）说现代战争是在非欧几里德的空间展开的。

（3）作渊博状，厚着脸皮硬把与上下文完全无关的科学术语往读者头上堆，其目的显然是要震一下或者吓唬非科学界的读者。有些评论家真的给唬住了：莱希特（Lechte）盛赞克里斯蒂娃的严谨，《世界报》对保尔·维里留的渊博表示钦佩。

（4）玩弄毫无意义的语句作文字游戏。这是一种对文字异常着迷而对意义异常漠视的综合征。

苏卡尔和布里可蒙认为问题出在："这些作者说这些话的态度似有绝对把握，而凭他们的能力决无理由有此把握。拉康自诩运用了'拓扑学的最新发展'，拉图尔大约是从爱因斯坦那里学到了些东西。他们显然是想借精确科学的威望来给自己的话语涂上严谨的外衣。而且，他们似乎心安理得地认为没有人会注意到他们滥用科学概念。没有人会叫道：皇帝没穿衣服。我们的目的恰恰就是要点破皇帝没穿衣服。我们决无意对人文学科和哲学进行普遍的攻击，而是想要唤起在这领域内工作的人（特别是年轻人）的警惕。我们特别想'解构'这类文本所享有的盛名——号称因为深奥所以难懂。在许多案例中我们都能证明，其所以看起来晦涩难懂正是由于它什么也没有说"①。

在整个苏卡尔事件的发展过程中，我们可以看到一些非常尖锐的对立。有人指责苏卡尔以欺骗的手段愚弄编辑和读者，这种"恶意的玩笑"本身已经违背了最基本的学术道德，是哗众取宠、博得虚名的负面典型，对科学与文化之间的对话毫无建设性的意义。也有人激赏这是一次"绝妙的实验"，认为当一知半解却以把玩晦涩的名词术语来假冒深奥成为时尚，当所有"外来的"批评质疑都被拒斥为"观念陈旧"或"政治保守"的傲慢气息日益膨胀，恶作剧式的嘲弄是有效的、也许是唯一有效的批评策略，将某些"后现代理论家"披着"皇帝新装"的真相大白于天下。而更多的评论者力图与情绪性和戏剧化的纷争保持距离，希望通过冷静的讨论澄清迷惑和误解，在不同学科、不同学派之间建立有效的对话。

① 参见发表于《万象译事》卷一（资中筠等译，辽宁教育出版社1998年版）的《知识分子的欺诈》一书序言的译文，第1—16页。

15.12.3　后现代的限度

苏卡尔在他的声明——应答中多次引用了劳丹(Larry Lauden)写在《科学与相对主义》(*Science and Relativism*)序言中的一段话:"从相信事实与证据的至关重要,到认定一切都可归结于主观的利益与看法,这样一个观念转换是我们时代反智主义最为突出和有害的表现。"苏卡尔感到,美国人文学界的某些领域正是在这种时髦的"观念转换"中失去了应有的严格学术标准,特别是一些人文学者在他们的"科学学"研究论著中,对自然科学新成果的误解和滥用达到了令他吃惊的地步,多年以来他一直为此而困扰。但作为一个物理学家,他无法确定他对某些人文研究的迷惑不解是由于自己身处外行的理解局限,还是因为那些"文本"自身的混乱离奇。

于是,他决定做一个实验,蓄意编造一篇荒谬的"论文",没有确凿的证据、没有明晰的逻辑论证,而只是将一些被任意歪曲了的科学发现成果与某些后现代大师的陈述用含糊不清的语言相互圆说,进而武断地否认外在世界的存在,否认以科学方法获取客观知识的可能,并推论这样一种"后现代式的否定性批判"将对进步的左翼政治产生积极的影响,以此迎合编辑的知识取向和意识形态偏好。

那么,《社会文本》对这篇奇文的采纳究竟证明了什么? 它不过证明了一次编辑失误。这是《社会文本》的编辑对此事件的解释,或者说是他们希望公众能够接受的解释。失误的原因是由于他们对物理学知识的局限造成了"暂时的盲目",使他们在处理一篇出自物理学家之手却挑战传统科学观的论文时失去了准确的判断,他们对其探索性和独特性的欣赏淡化了他们作为编辑应有的审慎。

在苏卡尔看来,这是后现代理论在知识问题上的傲慢走向了它的逻辑极致的例证。这种傲慢是盲目的,它并没有坚实的知识论基础,而是由被他称为"草率思想"的荒谬性所致。苏卡尔将其要害诊断如下:否定客观现实的存在,或者,承认其存在但否定其在知识实际中的相关性,一切都只是社会、语言和意识形态的建构,事实和证据并不能用来鉴别知识的可靠性,在社会科学和自然科学中都不存在客观真理,任何陈述的有效性都是相对的(相对于陈述者个人或其所属的族群和文化)。这是后现代主义、社会建构主义和认知相对主义所依赖的"草率思想"。

苏卡尔进一步推论,以这种荒谬的草率思想作为知识论前提的文化研究,当然不可能确立严格的学术评判标准:"如果一切都是话语和文本,那么对于真实世界的知识就是多余的,物理学也只是文化研究的另一个分支;如果一切言辞都是语言游戏,那么内在的逻辑自洽也就无关紧要。于是,不可理解成为美德,引述、隐语和双关语代替了证据和逻辑。"苏卡尔认为,在这种日渐流行的后现代文风中他所编造的论文只是"一个非常温和的例子"。

对于苏卡尔事件背后的真正成因,傅大卫在《"两种文化"的迷惑与终结》一文中作过精彩的解读,作为"科学研究"的历史与哲学研究者,傅大卫认为苏卡尔颠覆的真正目标其实是人文科学领域中的"科学研究"学者。虽然《社会文本》杂志的这期专号是针对科学的,但它只是一本人文科学领域的文化研究杂志,远不是一本严谨的"科学研究"杂志,因此苏卡尔的成功也许是要打折扣的。但是,这一事件本身的确反映了保守的科学家对于人文科学领域界的"科学研究"的敌意。这除了两者之间的长期结怨外,也许与当今科学发展的自身处境有关。由于冷战的结束,科学已不再享有过去的优厚地位,科学与国家、社会之间的关系,需要有一个新的"社会契约"。今天科学的价值应该体现于给人民带来具体的福利和保障,而不再是如何更有效、更精确地摧毁敌人,或是追求更昂贵、更抽象的真理。再加上激进的动物保护主义者、生态主义者的活动,以及反核运动、宗教活动等等的开展,还有"科学研究"切入科学现实的精彩成果也在不断涌现。这些不仅使得科学的"任意发展"受到了限制,而且科学家的工作安全也受到了威胁。因此,许多科学家也深信新的"社会契约"必然会到来。在这样一个过渡时期,科学家的确会对来自于人文科学领域的"科学研究"更为敏感和不满。不过,傅大卫同时也乐观地认为"科学研究"将会获得更多科学家读者,会有更大的机会与寻找新出路的科学家进行真正的对话①。

刘擎在《后现代主义的困境——"苏卡尔事件"的思考》一文中,则从后现代主义的限度精彩地分析了苏卡尔事件的真正成因,他深刻地指出:不能从一个特定的刊物在处理一篇特定的来稿时的编辑失误的角度孤立地理解这一事件,考虑到《社会文本》在文化研究方面的权威地位,考虑到苏卡尔所仿效的后现代观点和文风在近几年的文化研究领域中有相当的代表性,我们有理由进一步探讨这一"失误"背后更深刻的知识学与社会学原因。首先,刘擎认为这场论战具有丰富的意义,"焦点错位"的主要原因不在于学科之间理解与表达的障碍,而是双方论点所针对的"问题域"不同所致。苏卡尔一方集中攻击的对象是激进的理论——那种将后现代言路延伸到自然科学领域中的"越界批判",已经对各种知识的有效性不加区分,完全否定的"总体批判",而另一方所能变化的是温和的后现代言路——那种对知识生产环境及应用效应的社会文化批判。但是,从这场论战中,我们仍然能够得到一些重要的启示:

(1)后现代理论对自然科学内部知识有效性的否定是一个严重的"越界"失误。

(2)后现代理论有必要澄清其批判话语在知识论意义上的确切意义。

(3)后现代理论有必要认真反省对当代科学成果的误解和滥用。

(4)人文及社会科学对自然科学的研究有其必要性和重要性。

苏卡尔在最后一点上的看法是平和、公允的,他承认人文及社会科学家对自然科学提出的许多问题是非常有意义的,他甚至同意,在一定意义上,科学讨论的某些内容是受到文化制约的。②

后现代主义是一个庞杂、松散,而又歧义纷呈的思潮,除了利奥塔几乎没有人承认自己是后现代主义者或后结构主义者,福柯曾经这样问道:"什么是人们说的'后现代'？我有点跟不上形势了","我不理解有什么样的问题对于被称为后现代或结构主义者的人们是共同的。"正如刘擎指出的那样,苏卡尔的粗疏之处在于他并没有区分在歧义纷呈的后现代话语中,究竟是谁宣称了"客观世界并不存在",谁只是暗含了这个设定,谁仅仅是"悬

---

① 傅大卫:《"两种文化"的迷惑与终结》,载《万象》创刊号,辽宁教育出版社,1998年版。
② 刘擎:《后现代主义的困境——"苏卡尔事件"的思考》,载《二十一世纪》,1998年6月号。

置"或回避了这一问题,而谁又是接受了客观世界的存在而仍是一个后现代主义者。

因此,苏卡尔的"诊断书"具有过于简单化和概括化倾向,苏卡尔在有效地攻击了后现代理论中最为极端、也最荒谬的版本时,却以偏概全地否定了整个具有后现代倾向的文化研究。当然,苏卡尔对于"庸俗后现代主义"倾向的有力批判,仍然是值得所有坚持后现代言路的学者严肃思考的,对于后现代理论的限度的探究,应该是苏卡尔事件留给人们的最有价值的启示。

在思想者和批评家激烈论争之后,后现代主义问题不是变简单了,而是变得更为复杂,涉及范围更宽更广了。就后现代主义文化逻辑而言,体现在哲学上,是"元话语"的失效和中心性、同一性的消失;体现在宗教上,是对焦虑、绝望、自杀一类课题的关心,以走向"新宗教"来挽救合法性危机的根源——信仰危机;体现在美学上,是传统美学趣味和深度的消失,走向没有深度、没有历史感的平面,从而导致"表征紊乱";体现在文艺上,则表现为精神维度的消逝,本能成为一切,人的消亡使冷漠的纯客观的写作成为后现代的标志。后现代文化逻辑的复杂性,直接显示出这个时代的复杂性。

后现代文化哲学的论争,在文艺美学领域内引起弥散性的影响:美国的斯潘诺斯、查尔斯·纽曼、阿兰·威尔德、伊哈布·哈桑、约翰·罗素,英国的伊格尔顿、阿兰·洛德威、洛存,荷兰的杜威·佛克马、汉斯·伯顿斯、塞奥·德汉,德国的米切尔·柯勒、奥尔克斯,法国的罗兰·巴尔特等,都各自在诗学美学领域对后现代精神作了深入探讨。

不管人们赞同也罢,反对也罢,作为一种突出的社会现实,后现代主义思潮确确实实已经来临。西方的哲人、学者对后现代的基本态度不外乎反对、赞同和折中三种。反对者将其视为人类的自戕行为,一种宣泄以后的匮乏,一种"耗尽"以后的迷茫;赞同者则看到其多元主张和重视历史的机遇性,以及信息时代人的整体思维方式的飞跃;折中者则一方面觉得后现代作为一种"走极端"的文化现象,存在种种问题,但同时又感到它以全新的姿态,冲击了西方资本主义秩序,暴露出其社会和文化的内在矛盾,可以给人以反省,从而重新形成更合理的社会形式,建立更健康的文化品格。

应当指出,后现代主义虽然表面上同现代主义相对立,甚至在某种程度上成为对现代主义的反动。但实质上它同现代主义一样,是对晚期资本主义制度的抗争,是当代西方"焦虑"、"无言"的痛苦的畸形表达。后现代主义采取了一种比现代主义更极端的形式,打破一切,进行价值重估,以消解一切"深度"为由走向"平面",以自己的无价值的毁灭展示世界的荒诞和无价值。因此,我们对后现代主义文化的评价,必须以历史的辩证的观点为基点,从而使简单的肯定或否定的回答让位于具体的分析和批判。

后现代文化思潮的出现,有其历史原因和现实原因。我们应清醒地面对这一潮流,反思它的得与失,而不是盲目加入这一潮流中,丧失自己的判断力。我们应在历史与逻辑相结合的思维焦点上,紧紧抓住后现代主义的两难处境这一关键,去真切透视其根本境况,并在这一泥沙俱下的潮流中,重新找到哲人、诗人失去的位置,找到新世界的意义。

16 新历史主义

新历史主义是一种不同于旧历史主义和形式主义批评的"新"的文学批评方法,一种对历史文本加以释义的、政治解读的"文化诗学"。

在"主体"与"结构"二元上,形式主义批评选择了结构和语言,历史主义批评选择了历史的客观决定论,而新历史主义选择了主体与历史。并且,新历史主义在对文本中心论和历史决定论的清算中,使"文本的历史性"与"历史的文本性"得到关注,使"历史与叙述"、"政治解读与文化诗学"成为当代文论的热门话题。

16.1 理论背景和发展概况

新历史主义诞生在20世纪80年代的英美文化和文学界。它在70年代末已经初露端倪,即在文艺复兴研究领域中逐渐形成了一种新的批评方法,而且这种阐释文学文本历史内涵的独特方法日益得到西方文论界的认可,一大批新历史主义批评家也日益受到批评界的关注,其中较引人注目的有:格林布拉特、海登·怀特、多利莫尔、蒙托斯、维勒等等。

一种新理论往往产生于学科需要自我反思、自我更新的历史时刻。新历史主义之"新"是相对于历史主义之"旧"和形式主义批评之"冷"而出现的。

历史主义是研究历史(包括文化史、文学史和思想史)的历史哲学方法。近代以来,其代表人物主要有意大利的维柯、法国的卢梭、德国的赫尔德、英国的柏克、德国的黑格尔,以及现代历史哲学家柯亨、克罗齐、狄尔泰、斯宾格勒、奥铿等等。尽管各人的理论基础不同、命题不同、视域不同,但在历史主义的基本内涵上,大致都强调历史的总体性发展观,坚持任何对社会生活的深刻理解必须建立在关于人类历史的深思熟虑之上;强调社会发展规律支配着历史进程并容许作长期的社会预测和预见;注重思辨的历史哲学为被看作一个整体的人类历史总方向提供一种解释的模式;注重批判的历史哲学将历史最终看作一种独立自主的思维形式。

这种"总体发展"的历史观,在20世纪初叶遭到形式主义和政治哲学家的批评。政治思想家卡尔·波普尔在《历史主义的贫困》中认为:历史整体论、乌托邦主义、历史决定论存在着思想的盲点,"历史命运之说纯属迷信,科学的或任何别的合理方法都不可能预测人类历史的进程"[1]。他甚至相当偏激地认为:"不可能有一部'真正如实表现过去'的历

---

[1] 卡尔·波普尔:《历史主义的贫困》,伦敦1957年版,第1页。

史,只能有各种历史的解释,而且没有一种解释是最后的解释,因此每一代人都有权利去作出自己的解释。……历史虽然没有目的,但我们能把这些目的加在历史上面;历史虽然没有意义,但我们能给它一种意义。"①波普尔反对历史主义,他强调历史主义的总体计划要求权力集中,这种集中的权力因难以控制会侵害个人的权力,这种"封闭社会"的乌托邦工程必然导致极权主义。波普尔的这一反历史主义理论,对 20 世纪上半叶的历史主义的打击是相当沉重的,其"开放社会"的非中心论、非权威论已被西方学术界普遍接受。

对历史主义发起进攻的另一主力是俄国形式主义、结构主义、新批评和解构主义。

可以说,20 世纪初,俄国形式主义的走俏使文艺理论越出"历史"的轨迹而滑入"形式"的漩涡。经过新批评、结构主义、解构主义、后现代主义,文艺批评在文本无叙述和无关联语义的支离破碎的文学片断中进行着一种互文性实验。随"作家—作品—读者"的中心位移,"作家权威"业已失效,"文本崇拜"已成逝梦,批评家成为文本意义的再生之父,"误读成为现代解读的独特锁钥"(布鲁姆语),至此,历史意义、文化灵魂都在语言的解析中变成了意义的碎片。历史主义终于让位于形式主义。

解构主义对历史主义的清算使得"历史"只能以其至大无言的沉默在浮躁的文本游戏中显现着自己的身影。当解构主义者砸碎偶像、立尽异说之后,蓦然回首,发现自己从语言哲学之壁掘进的隧道似乎并没有找到历史哲学的出口。文本世界被批判的武器弄得千疮百孔之后,仍然玄奥莫测地在历史语境中道出自己不可取代的意义。事实上,就在解构思潮席卷整个文学批评领域之时,解构大师仍然常常撞在"文学史悖论"的暗礁上。罗兰·巴尔特的《是文学还是历史》、哈特曼的《超越形式主义》、德·曼的《文学史与现代性》颇能透出个中消息。似乎可以说,在"写作—文本—批评"之维上仅仅注重批评之维,则必然在艺术意义与历史语境、文学本质与历史意识诸问题上造成观念的对立和偏激化。因此,历史意义对文本中心论具有纠偏去弊之效,换言之,历史意识是文本解读意义的不可缺少的维度。

在新历史主义正式命名以前,美国的文化符号学、英国的文化唯物主义、德国的法兰克福学派(尤其是第二代代表人物哈贝马斯)、法意新历史学派等,已经将"历史意识"、"历史批判"、"文化诗学"作为自己文化解释和审美分析的底蕴。这种完全不同于旧历史主义的文化历史诗学思潮,直接冲击着解构主义和后现代主义的语言操作和意义拆卸,使那曾一度湮没不彰的"何谓文学?"、"文学与历史的本质意义何在?"、"文学史的功能何在?"等根本性问题,又重新显露出来,逼得人们在艺术和生存世界的交汇点上,找到了失落之源,朝新的历史意识迈进了一大步。这无疑为新历史主义的出场创造了良好的氛围并作好了精神准备。

1982 年,新历史主义作为形式主义和解构主义的新的挑战者走向了历史的前台。格林布拉特在为《类型》学刊撰写的集体宣言中,正式确立了这一流派及其称谓,并成为该派

---

① 卡尔·波普尔:《公开社会及其敌人》第 2 卷,伦敦 1957 年版,第 259—260 页。

的精神领袖。① 新历史主义者聚集在这一松散的流派之中，并将其工作重点放在对半个世纪以来的形式主义批评和历史主义批评的清算上。新历史主义作为文化历史批评的当代形态其实并非全"新"，它只是在 20 世纪中西方文艺美学文本"共时态"研究成为时髦时被推入历史的盲点而已。80 年代初，当解构主义乃至后现代主义在"语言论转向"的旗帜下斩断了文本与社会的联系，强调文本间关系比文本自身更重要，进而热衷于从文本的裂缝和踪迹中寻绎压抑语型和差异解释，并借此推导出激进的"洞见"时，新历史主义突然进行"历史—文化转型"，强调对文本实施政治、经济、社会综合治理，并将其工作重点放在对半个世纪以来的形式主义批评的清算上，他们将形式主义颠倒的传统再颠倒过来，再重新注重艺术与人生、文本与历史、文学与权力话语的关系。他们不满新批评仅仅将目光停留在文本结构和语言技巧的精细剔解上；也不满结构主义诗学所热衷的"从一粒蚕豆里见出世界，以单一结构概括天下作品"的做法；更不满解构主义以形式分析去瓦解传统的作家与文本的权威，把文学批评变成揭示符号的差异本质和语言的含混歧义的无休止的逆向消解的循环运动游戏。新历史主义将形式与历史的母题加以重新整合，从而将艺术价值（恒常性）与批评标准（现时性）、方法论上的共时态与历时态、文学特性与史学意义等新母题显豁出来，使当代批评家开始告别解构的独标异说的差异游戏，而向新的历史意识回归，实现了文学研究话语的转型。

新历史主义者发展了一种"文化诗学"观，并通过批评实践而不断形成一种"新历史诗学"。他们从解释学和接受美学那里获得启发，从西方马克思主义那里吸收术语并获得历史视野，从而铸成一种新历史主义体系和思路。他们将理解和阐释构成作品的意义和价值这一命题作为自己理论的基石，认为文学史的意义在于总结一代人对以往文学的见解并打上当代人的烙印。

新历史主义者致力于恢复文学研究的历史维度，把注意力扩展到被形式主义忽略的、产生文学文本的历史语境，即将一部作品从孤零零的文本分析中解放出来，将其置于与同时代的社会惯例和非话语实践的关系之中。这样，文学作品、作品的社会文化语境、作品与其他文本的关系、作品与文学史的联系，就成为文学研究的重要因素和整体策略，并进而构成新文学研究范型。

这样，"历史"和"意识形态"就在全新的文本意义解读上，进入了当代文化艺术的政治批评视野。历史是一个延伸的文本，文本是一段压缩的历史。历史和文本构成了生活世界的一个隐喻。文本是历史的文本，也是历时和共时统一的文本。历史不同于矢量的时间，历史是一个意味深长的过程，在其中不可逆转性一再重复出现，过去与未来在文本意义生成中瞬间接通。历史视界使文本成为一个不断解释而且被解释的螺旋体。历史语境使文本构成一种既连续又断裂的感觉和反思空间。历史高于文本，过程大于结果。如果说，文本将不确定性和转瞬即逝的飘逝存在加以形式化，将存在的意义转化为可领悟的话语符号的话，那么，历史诗学则还原存在的历史性，敞开存在的意义，在介入与世界的本体

---

① 事实上，早在 1972 年，W·莫里斯就以"新历史主义"来命名德国史学家朗克、狄尔泰，以及美国史学家帕林顿和布鲁克斯的文学史研究方法。米肯乐在 1980 年也用此术语指文艺复兴文化研究派。

论对话中恢复现代人业已萎缩的历史意识。历史延伸了文本的维度,使文本的写作和阅读成为生命诗性的尺度。在尺度的历史测量中,人透过文本而寻绎到生命的诗性意义。

新历史主义的血管里,流着西方马克思主义理论、福科哲学、女权主义的血,这一庞杂含混的血缘使某些学者认为它是一个只知其母(美国土产)而"无法确认其父"的学派。它诞生于美国,而受欧陆思想的熏染,并呼应德法思想的冲突演进。这使它有可能跳出狭窄的文本视界,获得新的更为客观的视野,去洞悉后现代文艺的意识形态性、现代文化工业的生产—消费规律,并通过时代意识的调节和文本分析与历史透视的方法,制衡后现代文化灵肉分裂的畸形发展,以期有可能在解构思潮"为了文本而放逐历史"的喧哗中,造成新一轮波及整个人文科学的范式革命,使人在文本与历史的透镜中,把握后现代社会中物化隐秘和意识形态控制的真相,增进否定意识和批判性文化实践。

历史主义的危机是欧洲人丧失精神本源和价值关怀后非历史和反历史的必然结果。后现代主义思想发展史,就是一部颠覆历史意识、历史叙事,否定目的论、因果律、阶段说和理性启蒙,瓦解主体、意义、元话语的历史。这一历史标明,元哲学命题、历史知识的合法性成了问题并遭遇到危机。在"非历史化游戏"的边缘地带,新历史主义参破了解构派矫枉过正而抹杀历史的做法,于是借用西方马克思主义理论,重新张扬历史化、意识形态化,以破除文本中心论和语义操作论,纠正文学的偏激化,挽救正在消隐的主体和历史。

在新历史主义者看来,卢卡契、葛兰西等西方马克思主义思想家推行的"意识形态"研究模式,在后现代文化境遇中并没有丧失生命力;相反,当代资本主义所具有的虚伪性和欺骗性在文化工业和商品化大潮中改写着自己的身份,以期在人们习焉不察的情形下渗透进每个人精神深处并主宰社会文化意识。它重新受到重视,被应用来对后现代主义文化进行"意识形态话语分析",对各类精神控制和学术教规发出质疑,以期从西方文化内部改造入手,批判、对抗后现代意识形态霸权的物化、制度化、日常化及语言异化等"窒息性压迫性质"。

作为边缘批评,像女权主义、后殖民主义、西方马克思主义一样,新历史主义直面权力、控制、社会压迫,强调性别、种族、阶级、心理方面存在的对立和冲突,从历史的对抗中把握文化精神。他们一反"零度写作"的冷漠,挺进文本中意识形态话语矛盾交织之处,以其灵活多变的解读挖掘出正史掩盖下的资本主义语言暴政和意识形态压抑。同时,通过本雅明、马歇雷、戈德曼文化生产与再生产理论,重新审视消费社会经济再生产与文化表征的互动,揭示出生产和消费对后现代的精神领域的制约再造功能,进而重视艺术的生产交换的文化错位和在后现代状况中日益严重的表征危机。新历史主义正因为举起"历史"和"思想"的大旗,使之在对后现代文化平面模式的批判上,在对主体精神扭曲和精神虚无的"价值削平"的战略抵御上,重新具有了明晰性和深度性。这一深度在当代文化思想史的研究中显示出新的价值取向。

新历史主义作为文学批评是源于 80 年代文艺复兴研究领域的。它重新剥离并命名不同种类的写作实践,以政治化解读的方式从事文化批评,关注文化所赖以生存的经济和历史语境,将文艺复兴的轶事趣闻纳入"权力"和"权威"的历史关系中,以边缘、颠覆的姿态拆解正统学术,以怀疑否定的眼光对现存政治社会秩序加以质疑,在文本和语境中将文学和文本重构为历史客体,最终文本历史化变为历史文本化,政治批评变为批评的政治。

16.2　格林布拉特的文化诗学

历史问题作为人类本体存在的时间维度,它是绕不开的。尽管形式主义风靡一时,但最终"主体与语境"、"历史与文学"仍会浮上历史地表。在70年代以后文艺复兴研究中,"历史问题"旧话重提并引起广泛关注,说明了西方文论界对形式主义批评的厌倦,以及对历史语境中的文学本质具有了新的兴趣。当然,从文艺复兴研究入手提出自己的新文学批评主张,绝非是钻故纸堆,相反,正是通过一些不起眼的小地方——一些轶事趣闻、意外的插曲、奇异的话题,去修正、改写、打破在特定的历史语境中居支配地位的主要文化代码(社会的、政治的、文艺的、心理的等),以这种政治解码性、意识形态性和反主流性,实现去中心和重写文学史的新的权力角色认同,以及对文学史思想史的全新改写的目的。

新历史主义的领袖人物是美国著名学者斯蒂芬·格林布拉特(1943—　)。他为伯克莱大学教授,以研究文艺复兴时期的英国文学见长。主要著作有:《文艺复兴人物瓦尔特·罗利爵士及其作用》(1972)、《文艺复兴时期的自我塑造:从莫尔到莎士比亚》(1980)、《再现英国的文艺复兴》(1987)、《莎士比亚的商讨》(1988)、《向灾祸学习》(1990)、《不可思议的领地》(1991)等。他在政治上对60年代风靡一时的新左派运动抱有好感,对西方马克思主义者本雅明和早期卢卡契也有偏爱,曾主讲"马克思主义美学"课,后改授"文化诗学"课。这位教授是一位"错位"式的人物。他的"文化诗学"研究似乎取了"与政治和与马克思主义思想毫不相干的文学视角"[①],殊不知到了80年代却日益成为一种热门的政治文化批评;他在解构主义成为"热门"的70年代,却一头扎进文艺复兴的"冷门"研究中,1980年出版的《文艺复兴时期的自我塑造:从莫尔到莎士比亚》一鸣惊人,大有以新历史主义取代强弩之末的解构批评的趋势。他强调新历史主义应是"一种实践,而不是教条",力图以自己的批评实践为世纪末文学批评寻找一种新的走向。

16.2.1　文艺复兴研究的真实意图

按照解释学的观点,一切历史都是当代史,一切历史意识的"切片"都是当代阐释的结果。格林布拉特对文艺复兴的研究也是以此为宗旨的。他要在"反历史"的形式化潮流(形式主义、结构主义、解构主义)中重标历史的维度,要在"泛文化化"的文学批评中重申文学话语范式对历史话语的制约,要在后现代"语言游戏风景"中,张扬历史现实和意识形态的权力话语关系。

格林布拉特研究文艺复兴"自我造型"的出发点在于,他相信16世纪的英国不但产生了自我(selves),而且这种自我(注意:不是"ego")是能够塑造成型的意识。自我问题,历来是哲学上一个相当重要的话题,有人将自我等同于柏拉图的灵魂概念,而笛卡尔《方法

---

① 维萨:《新历史主义》,纽约1989年版,第1页。

论》中的"我"本质上是一个思维实体，休谟《人性论》中的我是一种"心灵知觉"，而相当多的当代哲学家都回避这一问题，认为经验只能是血肉之躯的人的经验。格林布拉特的这一核心概念，显然受新黑格尔主义者格林的影响。在他那里，"自我"通常指自我意识，强调人能进行自我对象化和自我区分，在认识活动和道德活动中具有主体的作用。"自我"问题实质上就是"人的主体性"问题。人的主体性是在生命活动中力图塑造自我而实现真正的善，自我意识将自身和一定欲望相统一，就产生了行为的动机，而"动机是行为中的意志"。人之所以具有意志，就是因为人不满足现状，力图通过自我塑造而趋向善。

据此，格林布拉特提出两条定义：一、自我是有关个人存在的感受，是个人借此向世界言说的独特方式，是个人欲望被加以约束的一种结构，是对个性形成与表达发挥塑造作用的因素。二、文艺复兴时期的确生成了一种日益强大的自我意识，它相应地把人类个性的素质塑造作为一种艺术升华性过程。[①] 在格林布拉特看来，自我塑造是在自我和社会文化的"合力"中形成的。其主要表征为：(1)自我约束，即个人意志权力；(2)他人力量，即社会规约、精英思想、矫正心理、家庭国家权力；(3)自我意识塑造过程，即自我形成"内在造型力"。而"造型"本身就是一种本质塑形、改变和变革。这不仅是自我意识的塑造，也是人性的重塑和意欲在语言行为中的表征。

那么，去发现文艺复兴时期众多为人所注目的人物内在心灵意识的变化，看人性改变、自我重塑和意识表现的目的，是不是要将人物放回到历史中去，将历史作为人物活动的背景，以纠正形式主义斩断"感受谬见"和"意图谬见"做法的偏向呢？是否仅仅是对文艺复兴时期人物进行传记式研究、文学史研究、文学社会学研究、文化史研究呢？回答当然是否定的。格林布拉特并不愿走旧历史主义的老路，即在与研究对象保持"距离"中获得对对象的所谓"客观真理性"把握。相反，他要做的是在文艺复兴研究中烙上他自己现在所体验和意识到的人性印迹，排除对象式的"单向"研究，而进入过去(16世纪)和现在(20世纪)"双向"辩证对话之中。在这种人性自我塑形的奥秘揭示中，在与对象对话的主体双向"流通"中，我们得以窥见格林布拉特研究文艺复兴自我塑形的真实意图是：打破传统历史—文学二元对立，将文学看作是历史的一个组成部分，一种在历史语境中塑造人性最精妙部分的文化力量，一种重新塑造每个自我以致整个人类思想的符号系统；而历史是文学参与其间，并使文学与政治、个人与群体、社会权威与他者权力相激相荡的"作用力场"，是新与旧、传统势力与新生思想最先交锋的场所。在这种历史与文学整合的"力场"中，让那些伸展的自由个性、成形的自我意识、升华的人格精神在被压制的历史事件中发出新时代的声音，并在社会控制和反控制的斗争中诉说他们自己的活动史和心灵史。

"文学与历史"的关系就这样提到格林布拉特的"工作平台"上来了。这分为两个层面，一是文学与社会的关系，二是文学人物与现实权力之间的关系。当然，这两个层面又是呈胶着状态的。格林布拉特认为，文学与社会具有一种不可截然划分的关系，正是在这复杂的关系网络中，个人自我性格的塑造，那种被外力强制改塑的经验，以及力求改塑他人性格的动机才真正体现为一种"权力"运作方式。自我造型，正是一套权力摄控机制，因

[①] 格林布拉特：《文艺复兴时期的自我塑造》，芝加哥1980年版，第1页。

为不存在独立于文化之外的人性,所以人性和人性的改塑都处在风俗、习惯、传统的话语系统中,即由特定意义的文化系统所支配,依赖于从抽象潜能到具体历史象征物的交流互变,创造出了特定时代的个体。

文学并非游离于文化话语系统之外,相反,文学是其中坚力量,并以三种相互关联的方式在文化系统中发挥独特功能:作为特定作者的具体行为的体现,作为文学自身对于构成行为规范的代码的表现,作为对这代码的反省观照。文学的这种独特功能使格林布拉特告别了传统的文学社会学研究、文学传记研究、一般文学史研究的旧模式,而运用福科的"权力话语"分析方法,一种他自称为更为文化的或人类学的批评。其具体方法是批评者必须意识到自己作为阐释者的身份,而有目的地将文学理解为构成某一特定文化的符号系统的组成部分,进而打破文学与社会、文学与历史之间封闭的话语系统,沟通作品、作家与读者之间的内在关联,并发现作为人类特殊活动的艺术表现问题的无限复杂性。

格林布拉特认为文学永远是人性重塑的心灵史。伟大的艺术是对于复杂斗争与文化和谐的极为敏感的记录。文学阐释是一种人性的共鸣,尽管由于历史的非透明性并不能为文学文本的漂流的语义提供一个坚实的"客观"的停泊地,尽管阐释者在"共鸣"中不可能完全重新建立或进入16世纪的文艺复兴文化场景中,甚至尽管阐释者不可能在文学解码中"遗忘"自己所处的20世纪的历史语境,但这一切恰好是新历史主义力求"召唤"的特殊境遇。

据此,格林布拉特强调说:"我不会在这种混杂多义性前后退,它们是全新研究方法的代价,甚至也许是其优点所在。我已经尝试修正意义不定和缺乏完整的毛病,其方法是不断返回个人经验和特殊环境中去,回到当时的男女每天都要面对的物质必需和社会压力上去,并落实到一小部分禀有共鸣性的文本上。这类文本的每一篇都将被看作是16世纪文化力量交汇线索的透视焦点。它们对于我们的意义并不是说,我们能够透过它们见到深藏其下或作为其前提的历史原则,而是说,我们依赖这些作者生涯与较大社会场景的透视点,便可阐释它们之间象征结构的交互作用,并把它们看成是构成了一个完整而又复杂的自我造型过程。通过这种阐释,我们才会抵达有关文学与社会特征在文化中形成的那种理解。这就是说,我们是能获得有关人类表达结果的具体理解的,因为对于某个特定的'我'来说——这个'我'是种特殊的权力形式,它的权力既集中在某些专业机构之中——如法庭、教会、殖民当局与宗法家庭——同时也分散于意义的意识形态结构和特有表达方式与反复循环的叙事模式之中。"①毫无疑问,这一段话是理解格林布拉特新历史理论的关键,也是整个新历史主义理论纲领性的文件。因为,它申述了以下几项理论主张:

首先,任何理解阐释都不能超越历史的鸿沟而寻求"原意",相反,任何文本的阐释都是两个时代、两颗心灵的对话和文本意义重释。在这里,我们不难看到解释学的"视域融合"和解构批评"意义误读"的影子。

其次,任何对个别特殊的文学文本的进入,都不可能仅仅停留在文辞语言层面,而是要不断返回到个人经验与特殊环境中去,也就是回到人性的根,人格自我塑形的原初统

---

① 格林布拉特:《文艺复兴时期的自我塑造》,芝加哥1980年版,导论。

一,以及个体与群体所能达到的"同一心境"层面,只有这样,一切历史才能是当代史,一切文学对话才能是心灵的对话。

再次,任何文学文本的解读在放回到历史语境中的同时,就是放回到"权力话语"结构之中,它便承担了自我意义塑形与被塑形、自我言说与被权力话语所说、自我生命"表征"与被权力话语压抑的命运。因此,进入历史和文学文本,就意味着对自我意识在主导意识形态下被同化进而丧失应保持清醒的理论自觉,对压制文本的"权力"加以拆解,剥离文本中那些保留个体经验的思想、意义和主题的存在依据,揭示其背后被压制的权力结构,并且挑明意识形态结构与个体心灵法则对抗所出现的种种新异意识和思想裂缝。

在这个意义上,对文艺复兴的研究,就不是考古式的研究,而是阐释式的"文化人类学"的研究,因为它发现人类不能不靠文学为逝去的历史留下活生生的心灵化石,不能不靠文学文本密码来揭示那曾逝去的自我塑形遭到敞开或压抑的历史,更不能不靠文学符号系统来"复活"那些业已逝去的人们所经历过的一切并使当代人产生心灵"共鸣"。这无疑表明,文学是历史空间中最易被激活的思想元素,它参与了历史的发展进程,参与了对现实的文化思想塑造。

正是基于上述考虑,格林布拉特从文艺复兴几千个故事里捕捉了一小批有吸引力人物(即六位作家:莫尔、廷德尔、魏阿特、斯宾塞、马洛、莎士比亚),期望通过这种个人化的研究,"通向更宽大的文化模式"。其采用的方法主要有:(1)对每个人气质的追问和应答,甚至发掘人物身上故意做作、变形和变化的不确定性部分;(2)发现这些人想成为"文化歌手"的上升式流动和隐藏的"高度紧张"的地缘性和意识形态性流动;(3)通过人物的价值选择和自我变革,看他们在当时文化中最敏感的境遇中,所表征或体现出的该文化的主导性满足和焦虑;(4)关注这些人物创作中字词与生存权力结构的"错位"状态,以及其作品中呈现出的那种未经解决而又持续冲突的历史压力。

格林布拉特用大量篇幅对以上几位作家的内在心灵和外在环境的权力冲突和角色认同作了详尽的分析并得出结论,认为作家自我与权力相关联的运动方向是:莫尔、廷德尔、魏阿特三人,有一种从教会到书本、再到专制政体的迁移;而斯宾塞、马洛、莎士比亚三人是由颂扬反叛转向颠覆性的表面恭顺。而这些作者的作品与社会相关联的运动方向是,由作者本人完全被社区团体、宗教信仰或外交事务所主宰的局面,渐渐转向一种把文学创作当成自有其责的专业的固定意识,从而揭示了个体权力在整个权力话语中的运作状况。

其实,格林布拉特的研究,发现了作家人格力量与意识形态权力之间的非一致倾向,即特定时代社会中占统治地位的意识形态话语都并非必然地成为作家和人们实际生存方式中的主要方式。尽管整个权力话语体系规定了个体权力的行为方向,但规约强制的话语与人们尤其是作家内在自我不会完全吻合,有时甚至会在统治权力话语规范与人们行为模式的缝隙中存在彻底的反叛和挑战。

这种反叛权力、挑战权威和对等级制的强烈仇视又往往以表面柔顺服从的方式出现。于是格林布拉特总结说:自我塑造不是顺向获得,相反是经由那些被视为异端、陌生或可恨的东西才逆向获得的,而异己形象是透过权威意识而加以辨识并作为其对立面而出现的;一个人的权威正是另一个人的异己,而且任何一方被摧毁都会立即为其对立面所取代;面对权威和异己的自我,会将顺从和破坏内化在人性之中,权威的威胁性经验,有时会使自我遭到抹杀和丧失。因此,"自我塑造发生在某个权威与某个异己相遭遇的时刻,而遭遇过程中产生的力量对于权威和异己两方面都意味着攻击。因此,任何被获得的个性,也总是在它的内部包含了对它自身进行颠覆或剥夺的迹象"①。这除了对"历史中的文本"或"文本中的历史"的复杂权力运作过程加以解释以外,事实上,格林布拉特还彰明了这样一个问题,即文艺复兴时期乃至任何人类社会时代,文学与政治、个体与群体、权威与异己、历史与文本之间的关系都呈现为一种社会控制模式,但是,这种控制是一种压制与反抗所形成的合力的曲折过程。权力权威对文学的控制使文学顺从其意志,并被利用来化解和消泯社会中变异性反抗力量,使全社会整合在同一轨道上;但有时在主导意识形态控制的严密网络下,往往会产生更多的异己力量,而文学的独创性往往成为产生异己力量的温床。因此,文学在历史中呈现出这样一种重要品质:对既有权力结构具有内在颠覆作用,但与主导意识形态保持其相对独立性时,又只能依靠这一权威构成自己的"他者"力量。无疑,格林布拉特的研究使新历史主义实现了自己的承诺,即成为一种具有政治批评倾向和话语权力解析功能的"文化诗学"或"文化政治学"。

16.2.2　文化诗学的基本特征

由上可知,新历史主义实质上在"历史"的研究方面体现着鲜明的当代文化批判意向。但是,我们需要提出的问题是,为什么新历史主义恰恰要选择文艺复兴时期作为自己研究的领域呢?

事实上,新历史主义的诞生标志着处在后现代时代的哲人们的内在困惑。也就是说,人们处在前现代、现代、后现代的尖锐冲突以及第一世界与第三世界的隔膜冷战之中,因此,有关人性、心灵、人道主义、历史价值、人类前途都使得处于"过渡时代"的当代哲人频频回首,去看历史经验能给处在"历史豁口"上的人类以怎样的启迪。于是,文艺复兴时期这一横跨中世纪僵化静止的自我形象与现代自由人文主义自我塑形之间的"过渡时代",这一前工业社会的人的最后避难所,引起了后工业时代的学者的广泛兴趣。他们要从自己生存的时代断层中去探究文艺复兴这个时代断层,进而分析解读过去以理解和把握今天,并在过去的认识范式业已打破,而新的认识范式尚未建立之时,充分展开不同意识形态、价值观念、思想范型之间的冲突、批判和对话,使之在这"间隙"之中伸展出一种正当的自我重塑和自我启蒙的文化诗学空间。于是,我们就不难理解格林布拉特等新历史主义批评家为何总是热衷于讨论叙述的断裂、矛盾、张力、权力冲突等问题,展示关于人的自由这一文艺复兴意识形态与实际上作为决定权力关系的主体这种文艺复兴的人之间的分裂的真正目的所在了。

格林布拉特的文化诗学概括起来,具有以下几个特征:

---

① 格林布拉特:《文艺复兴时期的自我塑造》,芝加哥1980年版,导论。

第一是跨学科研究性。格林布拉特大胆地跨越文学与非文学、历史学与人类学、艺术学与哲学、政治学与经济学等学科的界线。不仅如此,在这一杂色纷呈、体系混合的"谱系"中,不难看到西方马克思主义的批判武器、女权主义的激进话语、解构主义的消解策略、拉康的新弗洛伊德主义、后现代主义的游戏方略、福科的权力话语。这一"开放性",既使其具有多维视野研究的方便,但也因缺乏自己的中心范畴而为人所诟病。

第二是文化的政治学属性。文学和文学史研究走出了象牙塔式的学院式研究,而成为论证意识形态、社会心理、权力斗争、民族传统、文化差异的标本。对此有人惊呼:"文学研究被引上了非道德的歧途",认为对莎士比亚的误读和对文艺复兴的政治化解释,是"对西方文明知识遗产的总体拒绝",是足以与"纯粹的焚书之举相比"的"野蛮主义"①。当然,这些说法不无偏激。但新历史主义的政治化批评特征的确是相当鲜明的。

格林布拉特明确地说:"不参与的、不作判断的、不将过去与现在联系起来的写作是无任何价值的。"②新历史主义具有的政治性,并不是在现实界去颠覆现存的社会制度,而是在文化思想领域对社会制度所依存的政治思想原则加以质疑,并进而发现被主流意识形态所压抑的异在的不安定因素,揭示出这种复杂社会状况中文化产品的社会品质和政治意向的曲折表达方式,以及它们与权力话语的复杂关系。在格林布拉特看来,统治权力话语对文学和社会中的异在因素往往采取同化与打击、利用与惩罚并用的手段去化解和消弭,而文化产品及其创作者则往往用反控制、反权威对意识形态统治加以消解破坏,于是在反抗破坏与权力控制之间出现一种张力并达到一定的平衡,甚至为平衡而达到某种妥协。"那些真实而猛烈的破坏因素——原应因其严重而将作者押进牢房而动刑——却被它们所威胁的权力化解消弭了。可以说,这种破坏,正是那权力为自我巩固而预先设置罢了"③。不难看到,新历史主义作为一种文化政治批评,的确是超越了西方激进主义思潮那种二元对立思维模式,不再满足于在官方意识形态与社会生活形态、权力话语与个体话语、文化统治与文化反抗、中心与边缘之间作出非此即彼的选择,而是看到二者之间不是单纯的对抗关系,而且有认同、利用、化解、破坏等一系列文化策略和交错演化。因为,单纯反抗往往是对复杂的权力运作和文化控制简单化处理和过低估计对象的结果,是一种充满激情但却盲目、看到对抗的阶级冲突形式却没有看到统治策略控制人们思想的实践方式的非理性行为。新历史主义作为一种政治批评,不同于西方马克思主义、女权主义、黑人批评的地方,就在于其对统治思想如何控制人、二元对立的能力如何转化、文化意识形态控制的严与宽的辩证法,有了清醒的、精密的分析,并具有了一种历史发展变化的辩证策略眼光。

第三是历史意识形态性。通观格林布拉特的多部著作,可以看到一种明显的历史意识批评征候。在格林布拉特看来,人是对个体控制怀有对抗性的非人化的各种历史合力的产物,而人的文学在文化中具有颠覆性和抗争性作用,而文化颠覆就是一种文化通过策

① 维萨:《新历史主义》,纽约1989年版,第29页。
② 格林布拉特:《回声与惊叹》,康奈尔1990年版,第76页。
③ 格林布拉特:《看不见的子弹:文艺复兴的自律性及其颠覆》,见《政治的莎士比亚》,英文版,第22页。

略向主导意识形态挑战。这种产生颠覆又包容颠覆的特殊情况,"不是出于笼统意义上对戏剧力量的理论需要,而是一种历史现象,是这种特殊文化的特殊形态。……统治者的权力构成,是通过戏剧舞台上对皇家崇拜的推崇以及对这种崇拜的敌人在舞台上施以暴力惩罚来加以表现的"①。这种所谓权威之所以得以维持是有赖于某个恶魔式异己的存在的思想是相当重要的,因为它在新的层面上测量了"社会状况思维范式和行为习俗的网络系统",使人获得"对一切意识形态的超越"②,形成对立两极互相兼容转化的格局。

格林布拉特的文化诗学善于将"大历史"(History)化为"小历史"(history)。他总是将视野投入到一些为"通史家"所不屑或难以发现的小问题、细部问题和见惯不惊的问题上,而成为一个"专史家"。这样,格林布拉特不再轻易采用文学史研究中诸如暗喻、象征、模仿、表现等概念,而是从其他研究领域寻找得心应手的新概念,最后在"文化文本"与"经济事实"之间找到具有沟通性和商贸性的术语,如"流通"、"商讨"、"交换"等。格林布拉特使用这套术语有自己的目的,在他看来,新历史主义批评不是回归历史(大历史),而是提供一种对历史(小历史)的阐释,那么这种小历史就不会是自律的,而是实实在在进入社会各生活层面的。"成者为王,败者为寇",为王者写的大历史是充满谎言的,而小历史的具体性,使新历史学家只能将文学看作是他律性的。艺术作品与政治经济在现实生活中有着千丝万缕的联系,文学实践同样进入"流通"领域,参与利润"交换"。而艺术创作者之间的"商讨",使作品得以诞生并充满"意义",从经济域向文化域转化。因此,"艺术作品本身不是我们沉思的纯净的火源。……艺术作品是一番谈判以后的产物,谈判的一方是一个或一群创作者,他们掌握了一套复杂的、人们公认的创作成规,另一方则是社会机制和实践。为使谈判达成协议,艺术家需要创造出一种在有意义的、互利的交易中得到承认的通货"③。因为,作为上层建筑的艺术不仅受经济基础的制约,而且反过来参与经济基础的构成。在上层建筑与经济基础之间,新历史主义通过"小历史"的发掘重新修复了文学的社会流通的双重性。这促使当代文艺理论必须调整并重新选择自我的位置:不是在阐释之外,而是在"谈判"(商讨)和"交易"的隐秘处。

不难看到,格林布拉特的"文化诗学"既有跨学科的血源杂交品质,又有政治性批判姿态,既有以文学和非文学共同解读历史内层的"小历史"策略,又有由文学话语转移到经济话语的新术语网络。就此而言,新历史主义乃在"路途上",它的主帅尚未形成自己的稳定的理论性格和特征,但是也正因为如此,它才具备更多的发展可能性。在这个意义上,海登·怀特说新历史主义从"文化诗学"向"历史诗学"的概念发展,是有道理的。

16.3　海登·怀特的元历史构架

另一位自己并不承认是新历史主义者,却被学术界看作新历史主义的重要理论家的

---

① 格林布拉特:《文艺复兴时期的自我塑造》,芝加哥1980年版,第57页。
② 格林布拉特:《李尔王与哈斯奈特的〈魔幻虚构作品〉》,载《体裁》,1982年第15期。
③ 维萨:《新历史主义》,纽约1989年版,第12页。

学者,是海登·怀特(1928—　),他是美国著名批评理论家,圣克鲁兹加州大学思想史教授。其主要著作有:《自由人文主义的出现:西欧思想史》(1966)、《历史之用》(1968)、《论维柯》(1969)、《元历史:19 世纪欧洲的历史想象》(1973)、《话语转义学:文化批评论文选》(1978)、《论肯尼恩·勃克》(1982)、《形式的要旨:叙述话语与历史表征》(1987)等。

与新历史主义众多理论家专治文艺复兴文学不同,海登·怀特专攻 19 世纪欧洲意识史。由于他众多的著作和不同凡俗的理论创见,使他成为文学理论和历史学界的著名人物。当然,奠定他学术地位的是其代表作《元历史》和《话语转义学》。

16.3.1　元历史的历史话语与文学话语

海登·怀特对自己的《元历史》的创见非常自负,认为在美国自己是首先承认这种理论的。一般而言,"元历史"广义上指历史哲学,尤指"思辨的历史哲学"(与分析批判的历史哲学相区别),其方法论原则是力图建立一套阐释原则框架,以说明历史发展的进程和规律。因此,在元历史理论的强光照射下,历史不再是非连续的、偶然的事件展开,而是在阐释理论下连续的、必然的发展演进,于是,对"作为整体"的人类历史提供一个自圆其说的解释模式,从而为历史进程的"整体"提供一种"意义"并展示一种总方向,就成为元历史的根本目的。当然,在怀特之前,已有不少元历史的理论设定,如中世纪的"历史所发生的一切都是按照一种神定的计划展开"的说法,文艺复兴的"历史的前进建立在纯粹经验基础上"的说法,启蒙运动与后启蒙运动的"历史发展据理论而预测"的说法,以及现代斯宾格勒、汤因比、伽达默尔、罗兰·巴尔特等人的历史发展阐释理论,均提供了各自的"元历史"理论假设。

海登·怀特在此基础上,系统而创新地研究了元历史理论,他对元历史提出了一系列自己的见解。

在怀特看来,必须先将对历史的理解看作一种语言结构,通过这种语言结构才能把握历史的真实价值。历史是一堆"素材",而对素材的理解和连缀就使历史文本具有了一种叙述话语结构,这一结构的深层内容是语言学的,借助这种语言文字,人们可以把握经过独特的解释过的历史。事实上,这种看法在海德格尔、伽达默尔的解释学中是不难读到的。那么,怀特理论的新意在于何处呢? 有人认为,在于他强调历史的深层结构是诗性的,是充满虚构想象加工的,在于他将历史与文学都看作是可以获得真实的叙述的。但我们仍然可以想起亚里士多德早已说过的:诗比历史更哲学、更有普遍性。

怀特的独特处在于,他是以整个体系的完整性显示出自己的实力的。他认为,历史话语具有三种解释策略:形式论证、情节叙事、意识形态意义。在每一种解释策略中,都有四种相对应的可能表达的方式供历史学家选择:对形式主义、有机主义、机械论和语境论而言,可用形式论证解释;对传奇原型、喜剧原型、悲剧原型、反讽原型而言,可用情节叙事解释;对无政府主义、保守主义、激进主义和自由主义而言,可用意识形态解释。从这个意义上说,历史学家像诗人一样去预想历史的展开和范畴,使其得以负载他用以解释真实事件的理论。怀特强调,历史的预想形式可用弗莱关于诗的四种语言转义即隐喻、转喻、提喻和讽喻来表示,这正是历史意识的四种主要方式。这样一来,怀特就将历史事实、历史意识和历史阐释的差异填平了。他坚持认为,人不可能去找到历史,因为那是业已逝去不可重现和复原的,而只能找到关于历史的叙述,或仅仅找到被阐释和编织过的历史,因此,历史意识就显得尤为重要了。在怀特看来,不可能有什么真的历史,历史思辨哲学的编撰使历史呈现出历史哲学形态,并带有诗人看世界的想象虚构性,这样,历史就不是一种,而是有多少理论的阐释就有多少种历史,人们只选择自己认同的被阐释过的历史,这种选择往往不是认识论的,而是审美的或道德的。经过这一番阐释,使人注意到怀特对历史意识、阐释框架和语言诗意的想象和合理的虚构的特别强调,因为这正是怀特元历史理论的核心思想。

这种将历史诗意化的研究使怀特受到文艺理论家和历史学家的双重批评。但怀特仍然坚持自己的"历史阐释论"和"语言行为论",并且,进一步将这种观点引入文艺理论研究中。他认为,解决文本与历史的关系是新历史主义研究的关键,要解决好这一问题,主要应选择语言叙事理论,在文学文本研究中采用历史文本研究法,在历史文本研究中采用文学研究法,使文学文本与历史文本在元历史的理论框架中回归叙述,使文史哲和社会科学的界限淡化并打通边界。这种重叙事结构、重意义想象、重语言阐释的元历史,是获得意义之"真"的唯一途径。因为,历史事实不是"真实",事实漂流在历史中并可以与任何观念结合,而历史"真实"只能出现在追求真实的话语阐释和观念构造之中。因此,怀特所理解的新历史主义就必然是诗意直觉的、印象主义的、文本细读式而非理论式的。同时"新"历史主义仍然是一种历史主义,仍受制于元历史的理论框架规约。

16.3.2 为新历史主义辩护

对新历史主义"文化诗学"意向的关注,使怀特由对其审视,到为其辩护,甚至最后成为其中一员,尽管其态度仍是暧昧的。

怀特注意到新历史主义研究文学文本与社会文化语境的关系,并进而"越界"对文化社会历史本身加以重新阐释,这一策略无论在文学研究还是在历史研究上都是对传统恪守文史哲疆界的"专家"的冒犯。它既冒犯了新批评那陈旧的形式主义信条,又冒犯了后结构主义的"文本之外一无所有"的文本中心论,还冒犯了旧历史主义对历史的保守观念。所以,它似乎既是一种所谓的"文化主义谬误",又是一种"文本主义谬误"。这种冒犯的根本在于"历史是一种文本"这一命题上。怀特认定,这种对历史研究文本主义的强调,以及形成的不同文本理论间的矛盾,正是造成了一般文化研究和文学研究领域的批评者之间冲突的症结所在。这种冲突,其实反映了形式主义和旧历史主义的局限和新历史主义的自身创新。

在怀特看来,那些对新历史主义的批评的普遍依据是:新历史主义同意历史序列在本质上应被理解为"符码式"而非"诗化"力量的功能,但却简单地错误理解了这些实际决定着历史序列的结构和过程的符码的性质,并试图从文化、文学、话语或"诗学"符码来取代更为基本的阶级、民族和性别符码。怀特指出,这事实上是一种"误读"。因为,新历史主义实际上提出了一种"文化诗学"的观点,并进而提出一种"历史诗学"的观点,以其作为对历史序列的许多方面进行鉴别的手段——这些方面有助于对那些居于统治地位的,在特定时空中占优势的社会、政治、文化、心理以及其他符码进行破译、修正和削弱。因而,他们尤其表现出对历史记载中的零散插曲、轶事趣闻、偶然事件、异样事物、卑微或不可思议的情形等诸多方面的特别兴趣。历史的这些内容在"创造性"的意义上可以被视为是"诗学"的,因为它们对在自己出现时占统治地位的社会组织形式、政治支配和服从的结构,以及文化符码等规则、规律和原则表现为逃避、超脱、抵触、破坏和对立。在这方面,它们可以说是类似于诗学语言,尽管诗学语言对语法或逻辑规则可能有所抵触,但它不仅具有意义,而且还总是隐而不露地在对这一语言进行表述的时候,对占据统治地位的语言表达的典范规则提出挑战。可以说,"双重冒犯"——既冒犯历史学家又冒犯文学理论家——是新历史主义者的"处境"。

转向历史的新历史主义者,是为了获得文学研究中的历史方法所能提供的那种知识,然而,他们却发现根本就不存在历史研究中的特定的历史方法这种东西,而只存在多种历史方法,并且在当前的意识形态领域中,有多少种立场观点便会有多少种历史方法。任何专业研究中只要采用历史方法,便要求具有或者隐含一种独特的历史哲学。这种历史哲学既是人们对"历史"本身的认识,也是人们建构学术研究领域的方法,在这个意义上,那些对新历史主义的责难攻讦,都是存在自身理论盲区的。而新历史主义的"双重冒犯"却使其获得全新的视野和文化史观。

在怀特看来,无论如何,新历史主义作为一种"文化诗学"打通了文学话语和历史话语的界线,并使"文学的历史叙述"成为当代文艺理论的一个重要命题。同样,历史话语所赋予的那种"诗性"品质,"以其具有文化意义的形式现实化为一类特定的写作,正是这一事实允许我们去思考文学理论和历史编纂的理论及实践两方面的关系"①。这就是怀特为新历史主义所作的辩护。

16.4 新历史主义的理论特征和走向

以对形式主义、旧历史主义、解构主义挑战者姿态出现的新历史主义,尽管在十几年的理论风云中毁誉参半,但毕竟以一种文学与历史、文本与语境结合的独特方法使形式主义、旧历史主义趋于终结,并将解构主义、西方马克思主义、女权主义批评方法整合到自己的理论框架之中。更重要的是,在整个文学只重向心式"内部"研究时,展开了辐射式"外部"研究,在"边缘"处境中发出了自己独特的"历史与意识形态、权力话语"的声音②。

新历史主义的杂糅状态,使其理论缺乏透明性和一致性。这使得《新历史主义》一书

---

① 海登·怀特:《"描绘逝去时代的性质":文学理论与历史写作》,见拉尔夫·科恩主编:《文学理论的未来》,中国社会科学出版社1993年版,第43—44页。

② 彼特·拜瑞:《兴起的理论》,曼彻斯特1995年版,第172—173页。

的主编阿兰姆·维萨在论及新历史主义者恪守的"宗旨"①时,也深感归纳之难。但新历史主义仍有自己相对集中的纲领,而不是一个多元的阐释群体。正如布鲁克·托马斯所指出的那样,新历史主义的背景涉及"权力"、"支配"、"排斥"以及"解放"诸种历史话语及其与文学研究的关系,"文学和批评丧失了独立于社会之外,可以超然地对社会进行批评的特殊地位,因而亦如同其他社会实践一样,必定会陷入产生其权力关系的领域之中。……简言之,文学与批评不可避免地从属于政治压力,文学史所有的建构都是政治性的。许多新历史主义者都以再现先前遭到排斥的东西这一方式来纠正过去的政治偏见,他们将此视为自己的职责"②。

新历史主义对一切政治冷漠性、文化经典性发出质疑;强调不能孤立地看待历史和文学史,不能将文学话语和所有其他政治话语、经济话语、历史话语分割开来;坚守一种将文学与非文学一视同仁的研究立场,并将文学文本置于非文学文本的"框架"之中;综合各种"边缘"理论,试图达到对文化、政治、历史、诗学的重写目的。它标志着20世纪文学研究(社会中心—作者中心—作品中心—读者中心—社会中心)的新的轮回。

新历史主义诗学坚持"对话"是当代诗学的品格。社会文化现象是其历史决定的,历史的每一特定时期都具有自己的独特性,这种特定文化语境塑造了自身独特的诗学话语。换言之,历史并不可能重现,任何瞬间都是新的一刻,因而任何文化历史诗学理论都不是中性的,它必然带有一种意识形态性。意识形态话语透过历史的地表厘定了话语者与某种文化的关系,并进而被话语的权力形式所制约。新历史主义作为一种对话的诗学,强调任何话语都内在于历史环境中并被架构出来,进而产生一个"历史化"的批评策略。在这种策略中,我们可以清晰地看到福科的身影。

然而,新历史主义的策略仍然是侧重于"边缘化"的。研究者热衷于文化的征候的研究,喜欢对诸如游行、札记、宫廷布置、教会谕示、女性手册、衣饰、建筑,乃至宫廷、政府建立的权力中心、展示权威的仪典、最高权力者的传记轶事等感兴趣,并想透过这些权力者的表象去窥探权力运作的内在轨迹。这种将历史带进文学中,又将文学意识历史化的活动,是由历史到权力,由权威到诗人、文本的中心位移。

新历史主义在80年代名震一时,它以其凌厉的攻势四面出击,凭借不同学派的知识分子的血缘杂交优势聚集起形形色色的受压抑的"边缘学者"。这一现状使新历史主义遭遇到两方面的压力:一是这一批判运动既无系统的理论基础,又无支配性指导力量,因而成员杂色纷呈,理论矛盾杂陈。在不断以亚文化、次文化吞食正统文化中心话语中,呈现出巴赫金所说的"变调对话"和"文化狂欢"的后理论景观。另一方面,新历史主义面对被解构主义夷为平地的精神废墟,急于全面改造重建,以致它不得不从文化的各个领域盲然

---

① 分别为:(1)我们每一个陈述行为都来自物质实践的网络;(2)我们揭露批判和树立对立面时所使用的方法往往都采用对方的手段,因此有可能沦陷为自己所揭露的实践的牺牲品;(3)文学与非文学的文本并无界限,而是不可割裂地互相"流通";(4)没有任何话语可以引导我们走向固定不变的真理,也没有任何话语可以表达永恒的人类本性;(5)我们批判和分析文化时所使用的方法和语言,分享并参与该文化机制的运转。见维萨《新历史主义》,纽约1989年版,第10页。

② 托马斯:《新历史主义与其他一些老话题》,普林斯顿1991年版,第28页。

冒进。它集政治、历史、文学、哲学、经济学和符号学于一体，因方向的多维性和理论拼集裂解的边缘性落入理论和实践的双重误区。

新历史主义正在成为历史。西方有些学者认为，新历史主义因其自身的理论局限，已经使自己减少了往日的影响力，有人已经在谈"新历史主义之后"这个课题，甚至一些新历史主义的发起人也否认自己是"新历史主义者"而改弦更张。但这一流派仍未失去历史的视野，它在后现代文化语境中仍显示出一线历史定位和精神复归的希望。尽管它的理论泛杂性导致它产生了两个后现代变种（文化经济学变种、文化人类学变种），以及在后现代浪潮中日益显出丧失文化批判的严峻性而走向实证、中庸、琐屑和多元的种种迹象，但这群"边缘学者"对精神价值重建的向往和对历史意识的推进，无疑会给正在或将要出现的各种"新-主义"（new-isms）和"后-主义"（post-isms）以不可忽略的影响。

17　后殖民主义

后殖民理论是一种多种文化政治理论和批评方法的集合性话语，它与后现代理论相呼应，在后现代主义消解中心、消解权威、倡导多元文化研究的潮流中，开始崭露头角，并以其意识形态性和文化政治批评性纠正了 20 世纪中叶的纯文本形式研究的偏颇，因而具有更广阔的文化视域和研究策略。

17.1　后殖民主义的思想来源和发展概况

后殖民主义诸种理论，旨在考察昔日欧洲帝国殖民地的文化（包括文学、政治、历史等）以及这些地区与世界其他各地的关系，也就是说，主要研究殖民时期之"后"宗主国与殖民地之间的文化话语权力的关系，以及有关种族主义、文化帝国主义等新问题。其方法多样，大多采用解构主义、女权主义、后现代主义的方法，揭露帝国主义对第三世界文化霸权的实质，探讨"后"殖民时期东西方之间由对抗到对话的新型关系。

后殖民主义受葛兰西"文化领导权"、"文化霸权"理论影响很大，同时，弗朗茨·法农《黑皮肤、白面具》和《地球上的不幸者》对后殖民理论的兴起有重要的开创作用。当然，福科的话语理论则成为后殖民主义思潮中的核心话题。

后殖民主义兴起的时间，学界有不同的看法，一般认为是在 19 世纪后半叶就已萌发，而在 1947 年印度独立后出现的一种新的意识和新的声音，其理论自觉和成熟是以赛义德的《东方主义》(1978) 出版为标志。在赛义德之后，最主要的理论家有斯皮瓦克、霍米·巴巴等。斯皮瓦克将女权主义理论、阿尔都塞理论与德里达的解构主义理论整合在自己的后殖民理论中，从而成为一个极有影响的批评家。而霍米·巴巴则张扬第三世界文化理论，注重符号学与文化学层面的后殖民批评，并将自己的研究从非洲文学转到印度次大陆上来。

其后，英格兰希雷德福大学博士汤林森以其《文化帝国主义》，开始了对后殖民的媒体帝国主义、民族国家话语、全球资本主义的批判以及对现代性的批判，从四个层面的分析揭示出文化殖民的内蕴以及其历史走向。

另外，比尔·阿什克罗夫特、加雷斯·格里菲斯和海伦·蒂芬的著作《帝国反击：后殖民文学的理论与实践》，强调所谓"混成"，即本土传统通过这一形式与帝国残存物相结合，以一种语言创设出一种新的后殖民表述方式，即与帝国输送的"大写英语"(English)不同的、变异的"小写英语"(english)。

近些年来，一批新马克思主义者也开始关注并汇入后殖民批评思潮中，如英国的特里·伊格尔顿和美国的弗·杰姆逊，尤其是杰姆逊的第三世界文化研究，为后殖民批评注入了新的活力。他近年发表的《处于跨国资本主义时代中的第三世界文学》，表明他的视点始终集中在全球文化后现代与后殖民处境中的第三世界文化的变革与前景上。他试图在第一世界和第三世界文化（即中心与边缘文化）的二元对立关系中，把握第三世界文化的命运，并力求寻觅到后殖民氛围中人类文化发展的新契机。从马克思主义理论出发，杰姆逊注意到第一世界掌握着文化输出的主导权，可以将自身的意识形态看作一种占优势地位的世界性价值，通过文化传媒把自身的价值观和意识编码在整个文化机器中，强制性地灌输给第三世界，而处于边缘地位的第三世界文化则只能被动接受，他们的文化传统面临威胁：母语在流失、文化在贬值、意识形态受到不断渗透和改型。面对这种后殖民文化霸权，杰姆逊期望第三世界文化真正进入与第一世界文化"对话"的话语空间，以一种"他者"（或他者的"他者"）的文化身份成为一种特异的文化表达，以打破第一世界文本的中心性和权威性，进而在后现代与后殖民潮流中，展示第三世界文化清新、刚健的风格，以及走向世界的新的可能性。无疑，杰姆逊的第三世界文化后殖民理论在后殖民理论中是有相当的现实意义的。

另外，在后殖民理论研究中，关于东方主义与西方主义问题、文化霸权与文化身份、文化认同与阐释焦虑、文化殖民与语言殖民、跨文化经验与历史记忆等问题，都与后殖民语境中的"主体文化身份认同"和"主体地位与处境"紧密相关。在这方面，罗伯特·扬的《白色神话：写作史与西部》、特里的《妇女、本土、他者》、莫汉特编的《第三世界妇女与女权主义政治》，以及丹尼斯·李、贝尔·胡克斯、小亨利·路易斯·盖茨都以自己的独到阐释，使后殖民主义理论有了更全面的理论形态。

如今，不少第三世界的文化学家和文学理论家、批评家，以一种深广的民族精神和对人类文化远景的思考介入这场深入持久的国际性后殖民主义问题的讨论。无论是非洲还是印度，无论是日本、韩国还是中国、新加坡，都有一大批从事文化、文学、哲学研究的学者在探讨后殖民主义问题和前景，检视殖民主义与后殖民主义的区别和联系，弄清"非边缘化"和"重建中心"的可能性和现实性，分析仇外敌外情绪与传统流失的失语的尴尬处境，寻找自我的文化身份和在世界多元文化中的位置。

当然，后殖民主义文化研究正在成为全球文化研究的一个新热点，其正确发展有待于一大批理论批评家的合作与努力。不过，我们可以从这杂色纷呈的后殖民理论家群落里，看到两位重量级的理论家，他们是赛义德和斯皮瓦克，对其理论的分析将有助于我们对后殖民主义理论的更准确的把握。

17.2　赛义德对东方主义的透视

美国著名后殖民主义批评家爱德华·赛义德(1935—2003)，其复杂的身份、丰硕的著述、新颖的观点，引起了学术界的重视。

赛义德是巴勒斯坦人，生于耶路撒冷，小时候在开罗上学，后随父母移居黎巴嫩，并在欧洲国家流浪，1951年到美国。他身处逆境，刻苦攻读，终于拿到哈佛大学博士学位

(1964),并执教于哥伦比亚大学英文系。这种独特的身世,使赛义德能以东方人的眼光去看西方(尤其是美国)文化,以边缘话语去面对中心权力话语,从切身的流亡处境去看后殖民文化境遇,这使他的写作总是从社会、历史、政治、阶级、种族立场出发,去具体分析一切社会文本和文化文本。

关注世界人生和民族社会,使赛义德的写作超出了学院派的狭小天地,而具有明显的文化政治批判性。其主要著作有:《约瑟夫·康拉德与自传体小说》(1966)、《起始:意图和方法》(1975)、《东方主义》(1978)、《巴勒斯坦问题与美国语境》(1979)、《巴勒斯坦问题》(1979)、《隐蔽的伊斯兰教》(1981)、《世界、文本、批评家》(1983)、《音乐详述》(1991)、《文化与帝国主义》(1993)等,其中,尤以《东方主义》、《世界、文本、批评家》、《文化与帝国主义》三部书影响最大。

17.2.1　东方主义与文化帝国主义

介入政治、参与社会、强调历史,使赛义德将文学研究与政治、社会、历史紧密结合起来,这一特点在《东方主义》中得到彻底体现,甚至可以说,这部后殖民主义批评的代表作,标明赛义德从纯文学方向扩展出去而走向广阔的"文学与社会"的研究,并进入到对文化帝国主义这一"禁区"的研究之内。

赛义德的东方主义研究具有明显的意识形态分析和政治权力批判倾向。他在这个世界的"话语—权力"结构中看到了宗主国政治、经济、文化、观念与边缘国政治文化的明显二元对立,在这种对立的权力话语模式中,边缘国往往是仅仅作为宗主国"强大神话"的一个虚弱陪衬,一种面对文化霸权的自我贬损。这种强权政治虚设或虚构出一种"东方神话",以此显示其文化的无上优越感,这就是"东方主义"作为西方控制东方所设定出来的政治镜像。

东方主义的概念的宽泛性,使其对这一概念的解释充满误读。而误读者有以下几种:有持第一世界(西方)立场,制造"看"东方或使东方"被看"的话语的权力操作者;有第三世界的民族主义者①,他们强烈的民族情绪使其日益强化东西方文化冲突论,并以此作为东方形象和东方作为西方的"他者"存在的理由;有既是第一世界文化圈中的白领或教授,却又具有第三世界的血缘的"夹缝人"或"香蕉人"(外黄里白)的人,他们在东西冲突中颇感尴尬,面对西方经常处于一种失语与无根状态,却在面对东方时又具有西方人的优越感。而赛义德所谓的消除误读的"正读",是要超越那种非此即彼的僵硬二元对立的东西方文化冲突模式,强调那种东西方对垒的传统观念应该让位于新的你中有我、我中有你的"第三条道路"。

这种超越传统的"不是东风压倒西风,就是西风压倒东风"的僵化对立模式的新路,正是赛义德要纠正东方主义权力话语的意图所在。他并非要人们走极端搞一个"西方主义"

---

① 这些民族主义者大量翻译甚至改译赛义德的《东方主义》,使赛义德的《东方主义》一书平添了浓烈的反西方主义色彩,并将赛义德当作东西方文化冲突中代表东方抗争的文化斗士。

(东方人虚构或丑化出来的"西方"),正如德里达解构"中心"的目的不是要使某"边缘"成为新的中心,而是要取消中心达到多元并生一样,赛义德要消除的是形而上学的本质主义,并力求超越东西方对抗的基本立场,解构这种权力话语神话,从而使东方和西方成为对话、互渗、共生的新型关系构成。

"东方主义"虚构了一个"东方",使东方与西方具有了本体论上的差异,并使西方得以用新奇和带有偏见的眼光去看东方,从而"创造"了一种与自己完全不同的民族本质,使自己终于能把握"异己者"。但这种"想象的地理和表述形式",这种人为杜撰的"真实",这种"东方主义者"在学术文化研究中产生的异域文化的美妙色彩,使得帝国主义权力者就此对"东方"产生征服的利益心甚至据为己有的"野心",使西方可以从远处居高临下地观察东方进而剥夺东方。赛义德认为,这种东方主义者的所谓纯学术研究、纯科学研究其实已经勾起了权力者的贪欲,这无异于成为了帝国主义帮凶,这种制造"帝国语境"强权征服的东方主义,已不再是纯学术而是成为强权政治的理论基础。因为正如拿破仑1798年入侵埃及起在全世界拉开了西方对东方掠夺的帝国主义阶段一样,19世纪初当几位德国的东方主义学者初次见到一尊奇妙的印度塑像时,他们对东方的欣赏情趣立即被占有欲所置换。因此,东方主义有可能在制造了西方攫取东方的好胃口的同时,又不惜通过编造神话的方式美化"东方"清白的受害者形象,制造出又一轮的"被看"方式。

"东方"褪去了古代迷人的光辉而进入"现代"后成为一位"灰姑娘",她只能在欧洲人的想象中"说话"。欧洲人赋予东方以空虚、失落和灾难的色彩,并以此作为东方对西方挑战的回报。西方人因为东方人在辉煌的昔日胜他们一筹而感到悲哀,而"现代"的胜利使西方终于得到心理满足,尽管向现代转型的东方对西方来说仍然暗含着"再度辉煌"的"危险"。在这个意义上说,东西方冲突的东方主义理论迎合了世界的政治权力格局和紧张的意识形态冲突。尤其是在东方各国日益走向现代化的过程中,这种权力话语的夸张性无疑会使东西方处于新一轮对峙冷战状态。赛义德据此强调,一种文化总是趋于对另一种文化加以改头换面的虚饰,而不是真实地接纳这种文化,即总是为了接受者的利益而接受被篡改过的内容。东方主义者总是以改变东方的未来面目使其神秘化,这种做法是为了自己和自己的工作,也是为其所信仰的那个东方。东方主义将东方打碎后按西方的趣味和利益重组一个容易被驾驭的"单位",因此,这种东方主义研究是"偏执狂"的一种形式,是一种知识—权力运作的结果,"它创造了一种永恒不变的东方精神乌托邦"①。

总之,在赛义德看来,西方为自己的经济、政治、文化利益而编造了一整套重构东方的战术,并规定了西方对东方的理解,通过文学作品、文化历史著作描写的东方形象为其帝国主义的政治、军事、统治服务。这意味着作为一种权力和控制形式的东方主义在内容上是有效的,这种有效在建立白人优越论的种族主义思想的同时,使从事东方主义研究的知识分子陷入一种失败主义情绪中:"东方主义的失败是知识分子的失败,也是人类的失败。东方主义站在与世界一个地区完全对立的立场上,认为这个地区同自己所在的地区不同,

---

① 赛义德:《东方主义》,纽约1979年版,第246页。

因此它没有看清人类的经验,没有将东方看成人类的经验。"[①]也就是说,作为东方主义者的西方知识分子,利用文化研究并没有增进人类总体经验,并没有消除民族主义和宗主国中心主义的偏见去解释人类文化的总体体系,而是通过对东方的文化研究参与着种族歧视、文化霸权和精神垄断。赛义德要质疑这种文化研究的内在矛盾和困境,削弱这种中心主义式的文化特权,因为对文化霸权的"抵抗"同权力运作一样,也是文化的组成部分。

赛义德将福科的"话语理论"与葛兰西的"领导权"理论组合起来,强调东方主义是一种话语结构,但他不同意福科关于"主体死了"的命题,而是强调恢复"人"的范畴,并承认个人经验在提供理论和政治基础方面具有有效性。赛义德的思考延伸到这样一个层面:处在西方强势语境的学者个体,应怎样保持个性而不被西方观念所牵引? 同时,在西方的东方学者又该怎样在全球现代化浪潮中,在后殖民氛围下同社会和周围环境相联系而又保持个体经验,并对政治社会制度和文化殖民主义采取批判立场呢? 赛义德坚持个体的特殊性对学者的批判性思考的重要性,因为特殊性使学者能以个体经验对抗整体性殖民文化,当然,这种"对抗"不是民族主义式的,而是超越东方或西方利益的人类主义或世界主义的。

赛义德认为,处在第一世界文化领域的第三世界学者只有通过个体经验才能有效地选择境遇并改变个体乃至群体的命运。他希望通过分析"西方"和"东方"彼此对立的文化统治权力结构而寻绎消解这种中心—边缘的矛盾体。但是,在具体的文化分析和作家作品分析中,他却感到这一权力对立是如此紧张,以至于"每一个欧洲人,无论他就东方说些什么,他最终还是个种族主义者、帝国主义者、地道的种族中心论者"[②]。这样,西方对东方的曲解误读就成为常态的和根深蒂固的,这种误读不仅出现在西方人的语言模式中,而且植根于他们的文化制度和政治环境中。因此,通过个体经验选择境遇就并非易事。

赛义德在东方主义研究中与斯皮瓦克的后殖民理论强调女性主义的性别解构性不同,也与霍米·巴巴的后殖民主义突出其第三世界文化研究性相异,而是相当注重种族分析和政治干预,肯定了文化政治与帝国主义利欲的内在一致性。东方学者打入第一世界文化政治的高层,并引入关于个体经验、民族经验、第三世界文化经验等论题,使东方主义对东方的整体误读出现了裂缝。同样,东方学者的对抗,也意味着西方自己内部的混乱。东方主义表现了西方文化内部出现了多种声音,也表明东方主义曲解东方的企图日益落空。因东方的崛起已经使全球总体性结构发生着深刻的变化,西方权力中心主义已面临即将到来的解体和世界文化政治新格局。

《东方主义》一书,在后殖民主义文化研究领域中引起了人们的广泛兴趣,但也遭致各方面的误解和攻击。为此,赛义德在《东方主义》1995 年在英国再版时,补写了一篇很长的后记,申说自己的真实意图。在赛义德看来,《东方主义》不是一部宣传恐外仇外的、侵略性的东方种族主义的书,而是强调文化多元主义、批判西方坚持东方主义立场的人,促使民族主义退烧,坚持东西方对话的超越性的著作;是对东西方对立境况的批判,而不是对这一僵化误解境遇的肯定;是面对世界上的文化霸权去努力消解霸权本身,而不是要用

---

①② 赛义德:《东方主义》,纽约 1979 年版,第 328 页。

一个话语霸权去取代或抗衡另一个话语霸权。他要使知识分子从非此即彼的二元对立误区中"超前性"地走出来,从东方主义的束缚中解放出来,真正进入多元共存的后现代世界格局之中。为此,他强调后殖民主义思潮在种族与性别问题上对欧洲中心主义与父权中心主义的广泛深入批判的现实意义。尽管东方主义的误读使东西方之间的不平等和对峙仍然存在,但后殖民主义文化批判使人们意识到,这种不平等和对峙不会长久,而终将在人类互相理解和达到的共识中成为正在消失的历史经验。从这个意义上说,那种文化帝国霸权主义或东方主义的时代已经临近终结的论断必将为历史所证实,而那种亨廷顿式的基督教、儒教、伊斯兰教的"文明冲突论",最终将为世界不同民族文化的互相融合和共享文明资源并走向全球和平的现实所否定。

在《东方主义》之后,1993 年,赛义德又出版了《文化与帝国主义》,进一步深化和拓展了后殖民主义论域,在历史地审视与逻辑地分析西方文化中,集中阐释文化控制与知识权力的关系,并在分析英国、荷兰、比利时、西班牙的侵略和统治中,直接涉及诸多政治问题,并将文化殖民主义批判的锋芒指向美国。赛义德认为,"文化"和"帝国主义"是一个当代文化政治批评出现频率很高的概念。文化,不仅指人类的一种精神实践,并且指一个社会中具有的优秀东西的历史积淀①;而帝国主义在今天已不再以领土征服和武装霸权进行殖民主义活动,而是注重在文化领域里攫取第三世界的宝贵资源并进行政治、意识形态、经济、文化殖民主义活动,甚至通过文化刊物、旅行考察和学术讲座的方式征服后殖民地人民②。据此,赛义德视东西方文化冲突为一种文化互渗和对话的理解过程。由此可以看出,赛义德并不赞同东方人误读或美化西方的"西方主义"对抗"东方主义"方式,也不赞同民族主义式的对抗西方文化霸权,而仍然倡导一种交流对话和多元共生文化话语权力观,这是他思想批判的个体经验方式,当然也反映了处在美国知识界的第三世界学者思想上的尴尬境遇。

17.2.2　文本研究与文化政治批评

对文本从政治和文化的角度解读是赛义德后殖民主义的"文化策略"。其实,这一策略早在 1975 年出版《起始:意图和方法》就开始了,这部书标明赛义德对总体文学批评的独到贡献。赛义德认为,作家身上具有一种渴望揭示本源的意图,这一意图涵摄并折射出社会的文化政治宗教力量,是一种使作家与其自身世界的诸种力量难以逃逸的网络。其具体方法则是将关注点集中在作为写作的文本上,而非作为阅读的文本上。他选择了弗洛伊德的《释梦》作为阐释文本,因为弗洛伊德以词语表述梦幻的难题展示了作者意图与形成的文本之间难以契合的关系。而这种对本源的解构式研究使赛义德在 70 年代就成为具有一定影响的文化理论家。

---

① 赛义德:《文化与帝国主义》,伦敦 1993 年版,导言第 12—13 页。

② 赛义德认为,社会、政治、历史和文学不可分割,文化刊物、学术讲座对东西方冲突的文化有达到理解和一定共识的可能。可参见赛义德:《文化与帝国主义》,伦敦 1993 年版,第 292 页。

　　到了 80 年代,赛义德出版了论文集《世界、文本、批评家》,全面阐释了后殖民主义的文本理论。在赛义德看来,文本的物质性和自足性是十分可疑的,文本的存在既是理论的又是实践的,总是处于一定的时空社会关系之中,受到法律、政治、经济和社会的制约,因此文本存在于世界中而具有世界性。文本作为物质存在参与了世界,反过来,各种历史和意识形态的氛围又会影响实际的文本。文本诞生以后就脱离作者而成为可以为世界利益再生产的东西,作为世界上的一个存在,它属于每一位读者。

　　对文化产品的文本而言,世界性有着相当关键的意义。文本是一种生产,它不仅生产出无数的文本阐释,而且生产出新的意义网络。文本的世界具有世界性、随机性、特殊性、历史偶然性的特点,通过语言与背景这一意指形式合并于文本之中,构成文本传达和产生意义的能力不可缺少的部分。每一文本都有其语境,它规范着不同的解释者和他的解释活动。更进一步看,文本使话语具体化。赛义德用福科的话语理论强调,写作本身就是把控制和受控者之间的权力关系系统转换为纯粹的文字,表面上,文字只是写作的文字,好像看不到社会政治控制,其实,它与欲望和权力有着很深的联系。言语决不仅是把冲突和统治体系语词化,而且,言语是人与人之间斗争冲突的对象。赛义德认为,文本中心主义、文本排他主义的观点都忽略了种族中心主义和人对权力的欲望,而这正是文本与世界联系的根本内容。

　　在阐释了文本与世界的复杂关系以后,赛义德着重讨论文本与批评的关系。他强调以批评家的文章为中心“位置”,并进而分析文本的介入时间和意识、文本的内在矛盾、文本的不可更改性、文本的偶然性、文本的控制与被控制的关系。批评是社会话语的一种显现的存在,是一个正在表述着的现在。批评同样是一个文本事件,它更接近一个必定未完成的、无限趋于判断和评价的过程。批评家不仅创造判断和理解艺术的价值标准,而且他们在写作中还体现现在的那些过程和实际情况,因为依靠它们艺术和写作才具有意义。从这个意义上说,批评和批评家是世界性的,也是需要世界性的。在这种世界性的文化政治语境中,批评家更富有社会创造性,更能发现和揭示本来隐匿在虔诚、疏忽的常规之下的事物,同样,也更能提供一个使文本在社会政治王国中不同于其他的策略方法。

　　赛义德不仅将文本与世界和批评家联系起来,而且将文学经验与文化政治联系起来,进而强调政治和社会意识与文学研究的关系,推行文化政治批评,并强调跨学科研究对后殖民主义文学研究的重要性。无疑,赛义德的文学文本理论已经成为他后殖民主义文论的重要内容,在西方当代文坛产生了不可忽视的影响。

17.3　斯皮瓦克对殖民地权力话语的批判

　　英美大多数后殖民主义批评家的关注点一直是非洲文学,赛义德的理论使其注意到了东方,而使后殖民主义研究真正关注印度次大陆的是美籍印度裔女学者盖娅特丽·C·斯皮瓦克(1942——　)。她生于印度加尔各答市,1963 年移居美国。现为美国匹兹堡大学英语与文化研究系教授。其主要著作有《在他者的世界里》(1988),译著有《文字语言学》(德里达著,1974)。另有多篇重要论文发表:《移置作用与妇女的话语》(1983)、

《阐释的政治》(1983)、《爱我及我影——她》(1984)、《独立的印度:妇女的印度》(1996)等。

斯皮瓦克并非是将自己局限于某一学科狭窄领域的专家,而是打破专业界限,横跨多学科、多流派的思想型学者。她将后殖民主义理论与她的女权主义、解构主义、西方马克思主义、心理分析学理论紧密相联,并将自己的"边缘"姿态和"权力"分析的策略施于当代文艺理论和政治批判领域。换言之,她善于运用女权主义理论去分析女性所遭受到的权力话语剥离处境,运用解构主义的权力话语理论去透析后殖民语境的"东方"地位,运用西方马克思主义理论对殖民主义权威的形成及其构成进行重新解读,以解析权威的力量并恢复历史的真相。她并非是零散地挪用这些理论,而是将其批判性、颠覆性、边缘性精神同自己本民族受殖民压抑的"历史记忆"联系起来,从而使她在"历史话语"的剖析、关心第三世界妇女的命运、帝国主义批判等几方面取得令人瞩目的成绩。如今她已成为后殖民主义理论阵营中的一员先锋。

17.3.1 "殖民化"的历史记忆与重新书写"身份"

"历史记忆"是一个民族经过岁月汰洗以后留下的"根",是一个时代风雨吹打后所保存的"前理解",是一个社会走向未来的反思基点。斯皮瓦克作为一个在美国任教的东方学者,经历了三重压力,即面对西方时的"东方人"的压力、面对男权话语时的女性压力、面对"第一世界"中心话语时的"第三世界"边缘压力。她切身地感到自己受制于"他国国籍"特权而受到的"意识形态的侵害",但是,她并不想消隐历史记忆和文化身份,而是宣称自己作为身处西方学界的亚裔女学者,是第三世界妇女的代言人,并以此去重新书写历史。

处于中心之外的"边缘"地带的殖民地,对宗主国在政治、经济、文化、语言上的依赖,使其文化记忆深深打下了"臣属"(葛兰西语)的烙印。在西方人或宗主国的"看"之下,历史成为"被看"的叙述景观,并在虚构和变形中构成"历史的虚假性"。斯皮瓦克要重建真实的历史叙述,她反对这种帝国主义的历史描述和将历史叙事虚构化的"策略",而致力于建构第三世界自身历史的新的叙述逻辑。

将种族、阶级、性别作为分析的代码,使斯皮瓦克能相当深入地对殖民地权力话语加以政治揭露,对文化帝国主义的种族中心主义加以批判,进而为臣属的文化重新"命名"。然而,斯皮瓦克同时感到这样做时的尴尬,因为,所谓与"第一世界"相对应的"第三世界"这个概念本身就是带有帝国霸权主义色彩的能指,它很容易将这一对峙的后殖民问题转化成"民族主义"甚至简单的"反西化主义"思潮。同时,臣属阶级的学者打入第一世界学术圈以后,成为西化了的东方人,他们能相当完备地运用"西学"武库中的最新武器,并用这种最新理论去反映自己身处的尴尬——她处身于高层学术圈中,必然寻求自己应具有的特权地位,于是,她被整合进统治阶级的营垒,消隐了种族、阶级、性别的差异。也就是说,她在追求"主体同质性"的精英身份的同时,忘记了"主体异质性"的边缘文化身份。当她作为边缘化的"从属臣民"时她没有话语权,当她挤进中心话语圈分享其话语权时,她却说着第一世界的"话语",她似乎无力找回历史记忆中的沉默的话语。

这种阐释"臣属"处境而又不使自己完全进入带有霸权主义性质的西方批评理论体系

中去的"焦虑",使斯皮瓦克意识到学术权威对意识形态的调整作用。因为学术界权威话语和大学教学就是对西方意识形态的传统观念和历史视角进行全新的构造。也许,摆脱尴尬处境的最好办法,就是毅然抛弃自己的特权地位,在理论上建立其作为研究主体的地位,同时,并非简单地创造出反历史、反霸权的激进话语,而是就整个西方话语和政治体制进行意义深远的论战和观念的全新调整,以此方式修正"臣属"的历史记忆。换言之,既要揭开帝国主义的认知裂缝,又不染上失根的怀乡病,则必须具有一种健康的心态面对帝国主义统治时期的档案,尤其是女性的被压抑的档案。只有这样,才能使对殖民霸权主义的批判引起第一世界读者的关注,并由文化领域扩展到读解政治领域,并使"东方"或"西方"的问题,成为人类必得关注的共同问题。

在抹去"臣属"殖民化色彩以恢复本民族"历史记忆"的进程中,如何重新书写自己的文化身份呢?在斯皮瓦克看来,首先要以解构主义的去中心方法解析宗主国文化对殖民地文化所造成的内在伤害①,揭露帝国主义在意识形态领域里的种种伪装现象,并将文化研究与经济、法律、政治研究打通,从而恢复历史记忆的真实性。其次,从历史叙事入手,用西方马克思主义的"批判理论"揭露帝国主义对殖民地历史的歪曲和虚构,建立与之相悖的反叙述,使颠倒的历史再颠倒过来,这种使宗主国与臣属国两个对立物发生颠倒错位的当下语境,使得真正的文化批评成为可能。再次,强调后殖民批评的人文话语。斯皮瓦克强调,人文话语领域是所有后殖民理论家所关注的重要问题,而文学则是其最具有范型意义的文本。因为其他种类的话语总是趋于求得有关某一处境的终极真理,而文学尽管属于这类话语,但却呈现出有关人类境遇的真理正在于其无法发现。一般人文话语都包含某种答案的寻绎,而在文学话语中,贯穿始终并得到充分呈现的"问题本身"就是答案。文学文本中的话语是普遍的文本性构架的组成部分,它提出的结论是:使一种统一或同质的意识产生或接受一种统一的答案是不可能的。因为文学的人文话语是后殖民主义中最具有解构力量的话语,它总是将最内在的矛盾以最为怵目惊心的方式揭示出来。最后,强调后殖民批评中的第三世界妇女的"发言",而这在斯皮瓦克看来,是自己工作的主要方面,也是其最为得心应手的学术领域。

17.3.2　第三世界妇女与文化批评

如果说,第三世界在第一世界的"被看"中发生了历史变形的话,那么,第三世界妇女则在这"变形"中沉入了历史地表。随着女权主义的高涨,第三世界妇女开始进入西方的视界之中,无论是朱莉亚·克莉丝蒂娃对中国妇女"默默无言注视"自己的描写②,还是桑德拉·塔尔帕德·莫汉蒂《在西方的注视下:女性主义的学术研究和殖民话语》中对第三

---

① 斯皮瓦克作为德里达《文字语言学》的英译者,对解构主义深有研究也最感兴趣。她指出:"解构实践承认任何研究的起点都是暂时的、难以把握的。它揭示出知识的复杂性质,认识到知识意志所形成的对立面,坚持要揭示批评主体与批评对象之间的联系,并强调'历史'和'种族政治'是这种共同联系的'痕迹'。"参见《批评·女权主义·机制:斯皮瓦克访问记》,载《主题》10—11 号,1984—1985 年,第 178 页。

② 克莉丝蒂娃:《论中国妇女》,1981 年法文版,第 11 页。

世界妇女在男权主义主观臆断中变形的描写,①都既注意到在东方妇女注视下的西方妇女自我"身份问题"(克莉丝蒂娃),又注意到在西方注视下的东方妇女被看成抹平了文化历史和政治经济特殊语境的"一个同质的群体"时的"身份问题"(莫汉蒂)。

这种身份认同的危机,事实上更尖锐地体现在第三世界妇女群体上。斯皮瓦克对女权主义批评家们不自觉地复制出帝国主义式的主观臆断抱有不满,她主张分析有关如何重新构建第三世界的叙述,因为历史上和文学中的第三世界妇女已经打上了父权化、殖民化过程的标记,变成为经西方女权主义者重组以后的自恋型、虚构型的"他者"。斯皮瓦克坚持必须产生一种异质文化复原的方式,即承认第三世界妇女作为一种具有性别的主体,是具有个体"个性"的和"多样性"的主体②。

相对于第三世界男性而言,妇女遭受殖民文化的压抑更重。妇女丧失了主体地位而沦为工具性客体,她丧失了自己的声音和言说的权力,仅仅缩减为一个空洞的能指而成为父权主义和帝国主义强大的反证。斯皮瓦克认为,只有文学批评家才可能通过文学的独特的个性表达方式去发现那被压抑着的"沉默",寻绎到那能指背后的历史意义的所指,从而有可能阐释一种新的历史认知体系,确立女性主体的历史坐标,使消隐在历史的地平线之下的妇女上升到历史的地平线。

在人文话语三维关系的"语言、世界、意识"中,斯皮瓦克受海德格尔"语言是存在的家"和福科"沉默的他者"的启示,强调"语言"和"写作"之维,并透过这一维度看"世界"和"意识"如何通过语言表征出来,并借此追问第三世界妇女"从属者无权说话"的失语状态是如何形成的。斯皮瓦克指出,世界和意识是由语言组成的,但我们不能占有这些语言,因为我们同样被那些语言所操纵。语言本身是由世界和意识决定的,语言的范畴中包含着世界和意识的范畴。能发出自己的"声音"表明其拥有自己的世界和自我的历史意识,反之,则表明世界和意识对他的"外在化"。无言状态或失语状态说明言说者的缺席或被另一种力量强行置之于"盲点"之中。

无疑,第三世界妇女正是因失语而反证了自身的缺席和处于世界与意识的"边缘"。对此,斯皮瓦克认为,在这种西方中心主义语境中,我们要发掘的不仅是第三世界妇女的历史或其真凭实证,而且还要探讨殖民地作为一种研究对象是怎样借助欧洲理论生产出来的。长期以来,美国女性主义者将"历史"看作一种贬低理论的实证经验,因而对其自身的历史视而不见,却以第一世界霸权式的知识实践指定"第三世界"作为美国女性主义的研究对象。这无疑表明,霸权主义意识形态的局限比学者个人意识的局限要严重得多。斯皮瓦克强调,应该重新重视被霸权主义压制的声音,将第三世界妇女的命运与意识形态发展联系起来,从不同国别的女性主义文本中读解出其背后的生产支配作用、剩余价值实现过程和政治策略。只有禀有一种世界历史意识去关注"谁失语和怎样失

---

① 莫汉蒂:《在西方的注视下:女性主义的学术研究和殖民话语》,载《界线2》,12:3/13:1,1984年,第333页以下。

② 在这方面,斯皮瓦克写了大量论文,如《在国际框架里的法国女性主义》、《从属臣民能说话吗?——关于印度寡妇殉节的思考》、《三个女性的文本与帝国主义的批判》、《帝国主义与性别差异》、《女性话语和错位》、《女性主义与批评理论》、《移置作用与妇女话语》等等。

语",只有将历史和政治引入对女性问题的心理分析,只有将马克思主义的权力运作理论引入经济文本,才能回到对殖民主义心理分析的起点,才会发现新帝国主义的操作机制。

作为边缘者的女性丧失了言说的权力,在斯皮瓦克看来,这种权力是失落于"历史档案"与本地父权制的夹缝中,并且又被带有霸权主义性质的女权主义所隔绝。"女性"这个符号之所以"空白"和"不确定",是因为它触及到有关所有权的文本暴政,即政治权力、经济权力以及意识形态权力。于是,在男性权力话语中,第三世界妇女成为不在场的、无名的、不确定的空洞能指。解决的办法并不是按第一世界的标准给予第三世界妇女以政治和性别地位,因为,将所谓世界女性主义价值观的殖民主义嵌入第三世界妇女概念中,意味着西方女性主义者所确定的行为准则,也可以被用来压迫东方妇女阶层。真正可行的途径是,在第一世界文学作品渐变成文学游戏的今天,第三世界妇女文学经验中那种人的意识、主体性、发言权斗争和对新生活的向往,与西方社会的纵欲享乐的虚无人生观形成鲜明的对照,并为第三世界文学自身的非殖民化过程提供了内在的力量。这个世界并非以西方为唯一尺度,相反,东方妇女在世纪之交已日益走出失语的沉默而发出自己的声音——一种不能再听而不闻的新的声音。据此,斯皮瓦克强调,西方女性主义学者应该向正在走向"语言、世界和自我意识"的第三世界女性学习,为她们讲话;必须尊重女性话语域内出现的多元化趋向,抛弃那种作为第一世界妇女的优越感,清除主流文化所带有的种族偏见;不仅要追问"我是谁"这一个体存在本体论问题,而且更要问"其他的女性是谁"这一社会存在本体论问题;不仅要清楚"我如何去命名她们"这一主体性问题,而且更要清楚"她们如何命名我"这一主体间性问题。只有这样,才能消弭东西方女性之间的理解距离,才能解构殖民化网络,而达到第三世界妇女的重新"命名"的新历史阶段。

第三世界妇女的"命名"和"发言"对于未来世界的和谐发展关系重大。"西方"想要了解"东方"决定了"西化的东方人"想要了解自己的世界,或者东西方两大对立面的反转和换位,从而消解霸权主义的种族、阶级和性别歧视。第一世界女性主义在文化批评中应充分认识第三世界并扩展不同的读者群,必须重视这一领域的巨大的多相性研究,真正学会放弃做女人的优越感,并以一种对帝国主义的有深度的批判以引起第一世界读者对此问题的关注,以扩展政治批判和文化批判的领域。

毫无疑问,斯皮瓦克作为一位美籍亚裔女学者,以其独到的理论框架、横跨多学科的视野、富有批判性的批评实践,对"臣属"的历史记忆加以清理,对殖民主义的压抑模式加以揭露,对文化帝国主义对第三世界妇女的漠视加以质疑,从而以富于创造性的、敢于打破常规的方式对殖民主义加以解构,并重新创造和建构了东方女性话语,为第三世界妇女的"无言"状态"发言",为其"无名"状态而重新"命名"。尽管在具体策略上和方法操作上,斯皮瓦克乃显得激进而失之于浮躁,但其理论框架和批评实践的意向和锐气却是相当难能可贵的。

17.4　后殖民主义理论的当代意义

风靡全球的后殖民主义理论不仅成为第三世界与第一世界"对话"的文化策略,而且使边缘文化得以重新认识自我及其民族文化前景。但是,后殖民文化的意义不仅是理论上的,更重要的是实践上的,尤其是中国如何面对全球化与本土化就成为当代中国学者关注的焦点。

后殖民主义理论对东方和西方之间殖民性的文化关系的揭示,将有助于中国知识界对现实语境的再认识,并将对中国文化价值重建的方向定位保持清醒的头脑。更深一层看,东方主义话语有很强的文化策略性。就这一理论的倡导者而言,确乎是边缘学者用来拆解主流话语的一种策略。在西方话语中心者看来,东方的贫弱只是验证西方强大的神话的工具。与西方对立的东方文化视角的设定,是一种霸权文化的产物,是对西方理性文化的补充。在西方话语看来,东方充满原始的神秘色彩,如气功、八卦、太极、迷信、土风、民俗充满异国情调,这正是西方人所没有而感兴趣的。于是这种被扭曲、被肢解的"想象性的东方"就成为验证西方自身的"他者",并将一种"虚构的东方"形象反过来强加于东方,使东方纳入西方中心的权力结构,从而完成文化语言上被殖民的过程。

在东方主义语境中不坠入"殖民文化"的危险,则必须打破二元对峙的东西方理论,以一种深宏的全球性历史性发展眼光看人类文化的总体发展,从而在世界性中消弭民族性和现代性的成分,消除西方中心或东方中心的二元对立,解除一方压倒或取代另一方的紧张关系,倡导东西方之间的真实对话,以更开放的心态、多元并存的态度、共存互补的策略面对东方和西方。任何文化压抑和意识权力的强加,任何取媚西方和全盘西化的做法,都是不可取的,在实践中也是行不通的。

每一种文化都有其发生发展的过程,没有一种文化可以作为判断另一种文化的尺度。那种在文化转型问题上,认为只有走向西方才是唯一出路,才是走向了现代文化的看法,应该深加质疑。这种观点实际上是把世界各民族文化间的"共时性"文化抉择,置换成各种文化间的"历时性"追逐。文化的现代转型是一切文化发展的必然轨迹。西方文化先于其他文化一步迈入了现代社会,并不意味着这种发展模式连同这种西方模式的精神生产、价值观念、艺术趣味乃至人格心灵就成为唯一正确并值得夸耀的目的,更不意味着西方的今天就是中国乃至整个世界的明天。历史已经证明,文明的衰落对每一种文化都是一种永恒的威胁,没有一种文化模式可以永远处于先进地位。在民族文化形态之间不存在优劣,只存在文化间的交流和互补。让世界更好地了解中国,让中国更好地了解世界,是中国参与世界性话语并破除"文化霸权"话语的基本前提。

就"对话"而言,当代中国学者面临着自身传统文化的变革和重新书写的工作,以及中国学术文化重建的任务。西方理论话语的渗入或对话直接取决于本土知识话语操作者的选择,知识者的眼光和胸襟在此变得殊为重要。我们回应后殖民主义的只能是:在新的历史文化话语转型时期对潜历史形式加以充分关注,并在反思和对话中,重新进行学术文化的"再符码化"和人文精神价值的重新定位。舍此,别无他途。

18 文 化 研 究

　　文化研究从其根由上看，可视为 20 世纪上半叶开始从文学批评分立出来，逐渐蔚为大观的一个新兴学科，涉及社会学、人类学、政治学以及文化政策制定等方方面面，带有显著的跨学科性质。进入 21 世纪，文化研究依然是学术圈内外的热门话题。一方面西方大学院系各部门重组、设立文化研究专业，培养研究生，有关著作和刊物也若雨后春笋，层出不穷，另一方面文化研究更有着冲破学术和学科的羁绊，直接或间接参与社会和政治运动的实践层面。"文化研究"一词出现在包括文学艺术、人文科学、社会科学、政治科学，甚至科学技术学科的各种学术和非学术著作之中。研究课题则从大众文化到全球化，从身份认同到同性恋，从文学重读到文化帝国主义，从工人阶级到女性主义，从追星族到互联网，从种族到实验室文化，几乎无所不包。本章将介绍文化研究作为学科和交叉学科的来龙去脉，以及它对文艺理论产生的影响。

18.1　理论背景和主要特点

　　文化研究作为一门学科，公认是发端于英国伯明翰大学 1964 年成立的"当代文化研究中心"。1972 年"中心"发表第一期《文化研究工作报告》，宣布"将文化研究纳入理性的地图"，从此拉开了文化研究的序幕。其研究方向和学术成果被后人称为"伯明翰学派"或"英国学派"。"中心"的影响后来从英国扩展到北美和澳大利亚以及其他国家，在世界学术范围内掀起了一股学术风潮。许多学者，包括高校相当一部分文学研究出身的教师，打破学科界限，集合在文化研究的大旗下，使文化研究渐渐成为"合法的"学术研究领域。今天我们所说的文化研究，指的就是这一领域的研究方向和科研成果。伯明翰中心的第一任主任是理查·霍加特，他在英格兰北部利兹的一个工人阶级社区长大，与"中心"长期从事成人教育的其他研究人员相似，对社会中下层阶级的熟悉程度，非一般知识分子可以比肩。70 年代斯图亚特·霍尔继任主任后，伯明翰中心的国际影响日增，在全球范围热得无可复加的文化研究中，伯明翰无疑就是精神源泉。从霍加特、威廉斯，直到霍尔，通常都被视为"文化主义"的代表人物，但是后来不少当年曾在"中心"工作过，日后成长为文化研究巨擘的重要人物，如安吉拉·麦克罗比和约翰·费斯克等，都还明显见出受到法国后现代主义的影响，在理论上认同文化和意识形态的相对独立性。今天，虽然伯明翰中心已经合并重组之后不复存在，但是当初的星星之火，毕竟终于燎原了。

　　对文化进行研究并不是伯明翰的专利。在伯明翰学派之前，许多思想运动和学术传统如马克思主义、心理分析、社会学、人类学、文学等等，其理论和学科虽然相对独立，且有各自的学科理论和研究方法和范围,但是都涉及广义上的全人类文化研究的某一部分。所以,伯明翰下衍的文化研究是吸收了各种学术传统,综合了各种理论,同时也借用和改造了其他领域的术语和概念。文化研究虽然从历史上看同文学缘分密切,但是它并没有单一的学科来源,它不但研究文化,也探讨跟文化有关的不同问题,常常涉及政治、经济、传媒及科技等领域。研究可以大相径庭,研究者的政治立场也是极不相同的。

但文化研究作为一门学科,随着它的发展和成熟,它自身的一些基本特征也开始日益彰显出来,例如它与社会意义的生产、流通和消费息息相通,因此权力、身份认同一类话题,也几成它的口头禅。今日文化研究的当红人物约翰·费斯克就说过,文化研究中的"文化"一词,中心既不在美学方面,也不在人文方面,而是在于政治。这可视为马克思批判哲学和法兰克福学派美学理论的传承。从方法上看,文艺批评的"文本分析"、社会学和心理学的"问卷调查",以及人类学的"民族志"及"个案"研究,则成为今日文化研究流行不衰的主导方法。

一般认为与文化研究有紧密联系的有四大学科,它们是文学、人类学、社会学和传媒学。英语国家的文化研究也大多设在英文系、社会学系和人类学系内。但是文化研究涉猎的领域则宽广得多,其他如心理学、语言学、政治学、政治经济学、历史学、音乐学、哲学、地理学、教育学,甚至工商管理学等,今天已经都可以见到文化研究的影子。而马克思主义、女权主义、结构主义符号学和后结构主义,以及后现代和后殖民主义,则被认为是文化研究的四大理论支柱。例如,单从文化研究的跨学科性质来看,明显可以看到解构主义的影响,德里达主张取消学科界限,消解作品界限,同样也就是文化研究的特征之一。

但文化研究的定义众说纷纭,莫衷一是。在米歇尔·德塞图那里文化研究可以是日常生活的文化形式和实践。在雷蒙·威廉斯那里文化则是生活的全部方式。有些文化研究者与地理系合作,致力于研究文化和空间的关系,近年来也别开生面。但现代社会的变革,传媒娱乐的工业化,无疑给社会的精英阶层带来了根本性的新问题,这是文化研究有意应对的。如关于文化与权力的关系,文化研究探究的权力形式形形色色,各不相同,包括性别、种族、阶级、殖民主义等等,不一而足。文化研究被认为是旨在探讨这些权力形式之间的关系,以求摸索出针对文化的权力关系的可行的思想方法,来谋求改变这些权力关系。又如在现代社会中已经反客为主的大众文化,文化研究是将之纳入学术领域或排斥在外?事实上大众文化几已成为文化研究的主流。美国学者本·阿格尔就将文化研究等同于大众文化研究,他说,"文化研究是一个人们用来将他们对大众文化的迷恋合法化的技术性词汇。这个词给他们某种学术权威,以避免这个词更激进的内涵,如'意识形态批评'。后者被马克思认为是恰当的文化分析和干涉的事业"①。对熟悉卢卡奇和法兰克福学派的学者来说,这恐怕是伯明翰学派最值得注意的挑战。在这之前,西方马克思主义美学理论分析的只是高雅文化。法兰克福学派将大众文化提上严肃的学术论坛,但是大众文化在他们的理论构架中被批驳得几乎体无完肤,与之比较,伯明翰的传统是迥异其趣的。

---

① 本·阿格尔:《作为批评理论的文化研究》,法尔马1992年版,第5页。

从文化取向出发,阿格尔总结过伯明翰学派文化研究四个主要特点:一是跨学科;二是注重广义而不是狭义的文化定义;三是拒绝高雅/低俗的文化二元论;四是强调文化既是实践又是经验。伯明翰研究中心的早期代表人物大都出身于文学、历史学、社会学等研究领域。他们的研究抵抗英国主流文学界的文化精英主义,将传统文化理论不屑一顾的一些文化表现领域如电视、大众文化纳入研究领域。在研究这些文化表现的同时,肯定其文化价值,从而将这些文化实践合法化。传统学科研究文化是孤立的、分门别类的。现代学科的精细分类,恐怕只有那些置身其中的学者和大学招生的管理人员才分得清楚。本·阿格尔也指出,在美国很少有社会学家研究文化运用话语分析的方法。通常是文学批评家将电影作为文本来阅读,而社会学家则研究大众文化的制度机制和社会结构——他们都缺乏将大众文化作为意义的生产、流通和消费来研究的理论取向。因此很显然,文化研究打破传统学科分类的界限,从而形成了一个跨学科、多学科的研究领域。

18.2　文化主义

"文化主义"一词系斯图亚特·霍尔1992年在他《文化研究及其理论遗产》一文中提出,用以指理查·霍加特、爱德华·汤普生和雷蒙·威廉斯的人类学和历史主义的文化研究方法,当然这一研究的语境是现代的而不是古代的语境。所谓人类学,主要是指威廉斯的文化概念聚焦在了日常生活的意义上面,抽象的价值和具体的规范,物质的和精神的产品,都被纳入了文化研究的视野。由于生产意义的不是个人,而是集体,文化涉及的便是共享的而不是个别的意义。比如,威廉斯将文化理解为整个生活方式,事实上就将文化的概念与"艺术"分离开来,给大众文化的崛起开辟了理论空间。电视、报刊、体育、娱乐等等与日常生活密切相关的活动,由此进入学院理论的视野,友善的分析很大程度上替代了过去一面倒的严厉批判。

文化主义是伯明翰中心的传统,它所倡导的是普通大众的文化而不是精英主义的文化。但是阐述这个传统的由来,必须上推到英国著名文学批评家马修·阿诺德和 F·R·利维斯的精英主义文化思想。

18.2.1　阿诺德论文化与无政府状态

马修·阿诺德(1822—1888)堪称文化研究的一位名副其实的先辈。以理查·霍加特、爱德华·汤普生和雷蒙·威廉斯,以及后来斯图亚特·霍尔的名字为代表的文化主义传统,追根溯源,也就是阿诺德的传统。雷蒙·威廉斯在他题为"文化与无政府状态一百年"的纪念文章里,曾这样评价阿诺德:"阿诺德对文化的强调,虽然用的是他自己的强调方式,是对他那个时代社会危机的直接反映。他视之为文化对立面的'无政府状态',某种意义上与近年来公共描述中层出不穷的示威抗议运动颇为相似。他没有将自己表述为一个反对派,而是自视为优雅和人文价值的护卫人。这便是他的魅力所在,过去是这样,今天也是这样。"①

马修·阿诺德是英国诗人和批评家,可以说是自觉对文化进行理论思考的第一位重要作家。他写过不少诗,但是他的名气不在于他是诗人,而在于他是评论家。阿诺德的文学评论在维多利亚时代是首屈一指的,他的趣味典雅,强调文学的教化作用,认为在一个信仰日渐崩溃的时代,诗以它对生活的形象阐释,以及给予人们的安慰和支持,正可以替补信仰的空缺。阿诺德的评论是典型的后来称之为文化学派和社会学派的作风。他的初具形态的文化理论,见于他那本大名鼎鼎的《文化与无政府状态》(1869)。

《文化与无政府状态》针对当时的社会动乱而作,但作者并没有采取正统顽固派立场,阿诺德批评了举国上下追逐财富的拜金主义,指出对于一个民族来说,还有更为重要的东西。又批评了政客和报纸操纵控制舆论,是少数人居高临下,用简单化和标语化的语言,对他们视之为"群氓"(the masses)的大多数人发号施令。更批评了抽象的"自由"概念,指出自由不仅仅是一个自由言论的问题,而且更是一种民族的精神生活,其间人们先是有知,然后有言。所以,文化在阿诺德看来,指的是人类的精神生活层面,与文化相对的则是文明,据阿诺德的阐释,文明是指人类的物质生活,它是外在的东西而不似文化内在于人的心灵,它是机械的东西而不似文化展示人类的心路历程。文化和文明的矛盾,由此可见,也就是精神生活和物质生活的矛盾。阿诺德给文化下了许多定义:文化是甜美,是光明,它是我们思想过和言说过的最好的东西,它从根本上说是非功利的,它是对完善的研究,它内在于人类的心灵,又为整个社群所共享,它是美和人性的一切构造力量的一种和谐。这一切都可以见出,一个民族的社会生活除了经济之外,还有许多东西。文化的敌人是政治和经济制度,以及操纵舆论、反对教育的人。

文化作为精神生活,它是通过求知来达成人格的完善,进而达成社会的完善。所以它富有浓重的理想色彩,或者说还有美学色彩。我们没有忘记席勒正也是设想通过审美教育,来达成人格的完善,进而达成社会的完善。不仅如此,文化还有一种扩展自身的本能,用阿诺德的话说,它深知仅仅少数人的甜美和光明是不够的,它只有等到我们大家都变成完美的人,才会心满意足。关于文化如何像席勒的审美教育概念一样,启蒙大众修成圆满功德,阿诺德旁比宗教和政治,说了这样一段话:"许多人会根据他们自己的行业和党派信条来建构观念以及判断,然后便向大众灌输这些观念和判断。我们的宗教和政治组织教化大众,正是这样的作风。我对两者都没有谴责的意思,但是文化的作风有所不同。它无意深入到底层阶级上去说教,无意为它自己的这个或那个宗派,用现成的判断和口号来赢得他们的欢心。它旨在消灭阶级;旨在使这世界上所知的、所想到过的最好的东西,普及到四面八方;旨在使所有人等生活在甜美和光明的气氛之中,那里他们可以自由使用观念,就像文化自身使用它们一样,受它们的滋养而不受它们的束缚。"②

阿诺德把英国社会分成三个阶级。第一种人是贵族阶级,他们是野蛮人,野蛮的贵族固然是精力充沛的正人君子,可是他们闭目塞听,墨守成规,没有一点创新意识。第二种

---

① 雷蒙·威廉斯:《唯物主义与文化问题》,弗尔索 1980 年版,第 3 页。
② 马修·阿诺德:《文化与无政府状态》,剑桥大学 1932 年版,第 71 页。

人是中产阶级,他们是市侩,市侩的中产阶级固然坚守信仰、富有事业心,但是他们一味沉溺在物质文明里边,冥顽不灵,不去追求甜美和光明,反而唯利是图,而使他们的生活变得惨淡无光。第三种人是工人阶级,他们是大众,大众要么跟风追随中产阶级,要么自甘沉沦,粗野而且愚昧,扑腾在他们贫困和肮脏的生活之中。阿诺德认为工人阶级因贫困、愚昧和无奈,他们的文化导致权威扫地,社会和文化秩序趋于瓦解,就是可想而知的了。"无政府状态"即是发端于工人阶级,阿诺德说,它是把随心所欲、为所欲为当作人的基本权利,这当然是很危险的事情,所以无政府状态毋宁说就是工人阶级文化的同义词。很显然,这三种人都同文化没有缘分。

在阿诺德看来,处在文化对立面上的不是机械的、外在的物质文明,而是缺失秩序和规范的"无政府"。所以,文化的推广和普及固然是国家的使命所在,对于无政府和无秩序的混乱状态,国家更不能掉以轻心。诚然,一个显见的事实是,不论是贵族阶级、中产阶级还是工人阶级,每个阶级的成员都希望自己的阶级能够掌握政权,但阿诺德明确表示,不管是谁掌权,不管我们多么希望把他们赶下台来,他们在位的时候,我们就要全心全意支持他们镇压无政府和无秩序状态,因为没有秩序就没有社会,没有社会就没有人类的完善。所以毫不奇怪,对于海德公园的政治集会一类活动,阿诺德不可能抱有好感。阿诺德的结论是,由于国家是在依法治国,故而维持稳定的公共秩序至为重要。不管是谁统治国家,秩序总是神圣的。而文化之所以是无政府状态的最为坚决的敌人,就是因为它给国家展示了光辉的希望,设计了美好的图景。

论及阿诺德的《文化与无政府状态》,雷蒙·威廉斯感慨地说,我们今天都是小阿诺德们,一方面孜孜以求光明、甜美和人文价值,一方面念念不忘戒律,如果必要的话,还有压制,而这在过去以及在现在,都是一种危险的立场,是登峰造极滥用自由主义。威廉斯认为阿诺德文化理论最大的缺陷是他没法解释何以国家是为分散在各个阶级之中的少数人左右而不是为阶级所左右,从而让这少数人来担当起振兴文化的大任。简言之,阿诺德没有能够显示这少数人能够在怎样的机制中组织起来,所以他所描述的理想国家轰然坍塌,摇身一变成了对与理想相去甚远的现实国家的辩护。但是威廉斯或许没有想到,即使阿诺德把他的那一部分少数人用阶级框架起来,那又怎样?阿诺德的那些少数人,不就是我们今天所说的知识阶级吗?问题是,知识阶级表达的是普遍的人类精神,还是他自己的阶级精神?这个问题的答案看来还远远谈不上是乐观的。

但是阿诺德的文化理论功不可没,他将文化明确界定为世界上所思所言的最好的东西,实际上是给他后面的一个世纪提供了一个认识文化的基本视野。这个对文化的阐释视野,直到今天我们依然是受益不浅。

18.2.2 利维斯主义

F·R·利维斯(1895—1978)是著名杂志《细绎》(*Scrutiny*)季刊的创始人,20世纪英国著名的文学批评家,他的文化理论基本上秉承了阿诺德的传统,对大众社会和大众文化持坚决批判态度。利维斯的文学思想是剑桥派批评的一个重要组成部分,他的著作主要有《大众文明与少数人文化》(1930)、《英国诗歌新方向》(1930)、《再评价：英诗的传统和发展》(1936)，以及论述奥斯汀、乔治·艾略特、亨利·詹姆斯、康拉德和 D·H·劳伦斯五位小说家的《伟大的传统》(1948)等。

　　利维斯主张文学要有社会使命感，强调文学必须具有真实的生活价值，能够解决 20 世纪的社会危机，因此，民族意识、道德主义和历史主义以及一种侧重文学自身美感的有机审美论，成为利维斯文学批评的鲜明特征。但利维斯的文学趣味有它自己的特点，这一特点明显见出 T·S·艾略特的影响。如《英国诗歌新方向》中他呼吁以现代诗来摹写现代社会，为此高度评价 T·S·艾略特的《荒原》，认为《荒原》揭示现代世界真相有如但丁《神曲》的地狱篇，写出了希望之泉怎样枯竭又写出了新生。对埃兹拉·庞德的《休·赛尔温·毛伯利》他也赞不绝口，称这部长诗真实地反映了现代世界信仰失落，同艺术家格格不入的可悲状态。《再评价》中，利维斯给予堂恩、玛弗尔一班 17 世纪玄学派诗人以高度评价，欣赏他们博学、机智又有情感，认为 18 世纪诗人德莱顿和蒲伯等，就沿承了这个传统。相反他认为 19 世纪诗人如雪莱纯粹是胡乱煽情，滥用修辞。但是，雪莱的诗以及狄更斯的小说缺少社会使命感吗？《伟大的传统》将狄更斯排除在英国小说的伟大传统之外，当时就差不多在评论界引起了公愤。利维斯后来意识到狄更斯是个容不得忽略的人物，1970 年同妻子 Q·D·利维斯合作出版了《小说家狄更斯》，称狄更斯是莎士比亚的继承人，他的小说是戏剧诗，不再耿耿于怀狄更斯是以"离奇情节取胜"了。

　　利维斯的文化理论集中见于他早年的一本小书《大众文明与少数人文化》。我们可以发现，这本书的标题就是不折不扣来自阿诺德把文化和文明断然分开的思想。卷首利维斯就引了阿诺德《文化与无政府状态》中的一段话以作题辞：现代社会的整个文明，比起希腊和罗马的文明远要机械和外在得多，而且还在变本加厉地发展下去。同阿诺德相似，利维斯也坚信文化总是少数人的专利。但利维斯的时代与阿诺德有所不同，随着工业革命的推进，"大众文明"和它的"大众文化"全面登陆，传统价值分崩瓦解溃不成军。少数文化精英发现自己处在一个"敌对环境"之中，这是利维斯深感忧虑的。利维斯对他的"少数人"概念作了这样的解释："在任何一个时代，明察秋毫的艺术和文学鉴赏常常只能依靠很少的一部分人。除了一目了然和众所周知的案例，只有很少数人能够给出不是人云亦云的第一手的判断，他们今天依然是少数人，虽然人数已相当可观，可以根据真正的个人反应来作出第一手的判断。流行的价值观念就像某种纸币，它的基础是很小数量的黄金。"①

　　可见在利维斯看来，一个社会中为数甚少的文化精英，正好比黄金一样是为普遍价值的根基。关于这个比喻意味着什么，利维斯引述了 I·A·理查兹《文学批评原理》中的一段话：批评不是奢华的贸易，善意和理智依然还相当匮缺，而批评家之关心心灵的健康，就像任何一个医生关心身体的健康。他进而提出，只有这少数人能够欣赏但丁、莎士比亚、约翰·堂恩、波德莱尔和哈代，以及他们的继承人，而后者是构成了一个特定时代的种族的良心。因为这样一种能力并不仅仅是属于某个孤立的美学王国：它关牵到艺术也关牵

---

① F·R·利维斯：《大众文明与少数人文化》，剑桥 1930 年版，第 3 页。

到理论,关牵到哲学也关牵到科学。正是有赖于这少数人,过去最优秀的人类经验得以传承,最精致、最飘忽易逝的传统得以保存下来,一个时代的更好的生活,也由此得到了组构的标准。这少数人故而是社会的中心所在。

那么"大众文明"又是什么?据利维斯言,19世纪之前,至少是在17世纪和17世纪之前,英国有一种生机勃勃的共同文化。唯工业革命将一个完整的文化一分为二,一方面是少数人文化,一方面是大众文明。大众文明就是商业化的大众文化,它是低劣和庸俗的代名词:电影、广播、流行小说、流行出版物、广告等等,被缺欠教育的大众不假思索地大量消费。利维斯发现在大众文明的冲击之下,少数人文化面临的危机是前所未有的。少数人被拉下原来高高在上的统治地位,不仅如此,文化精英占据的中心,也被低劣趣味的虚假权威替而代之。"文明"和"文化"于是成为两个截然对立的概念。利维斯说,这不仅是因为权威的力量和感觉如今与文化分道扬镳,而且因为对文明最无私的关切中,很有一些东西是有意无意敌对于文化的。

利维斯特别数落了电影带来的灾难。他说,电影因为它巨大的潜在影响,它的灾难更是非同一般。关于这潜在影响,他在注释中引述了第14版《大英百科全书》的电影条目:电影因为它固有的性质,是一种娱乐性的传输信息的世界语,至少,所有艺术中的一种审美的世界语。电影不用语词,而用图像手段直接讲述故事,简便快捷而且质朴自然。利维斯叹道,电影如今提供了文明世界的主流娱乐形式,它们使人在催眠状态之下,向最廉价的情感引诱俯首称臣,这些引诱因其栩栩如生的真实生活的假象,更显得阴险狡猾。也许人们会说,电影艺术的新形式,它是严肃的。对此利维斯将电影比作广播:虽然同样有人说,广播也给了我们好的音乐和有益的讲演,但是广播对文化的标准化影响是毋庸置疑的,只是因为这里没有一心追逐商业利润的好莱坞的参与,平庸化的特征表现得没有那么明显罢了。总之,不论是美国的好莱坞电影还是英国的国家广播公司,都一样卷入了标准化和平庸化的过程。它们是被动的消遣,而不是积极的娱乐,尤其令积极运用心智变得难上加难。

利维斯认为文化的堕落是工业化的恶果。而工业革命之前的英国,在他看来是一个"有机社会",在那里高雅和大众的趣味,是有可能完好结合的。工业技术进步带来的大批量生产方式,势所必然就带来一种"技术—边沁主义"文明,其最著名的特征就是文化上的标准化和平庸化。这样一种大众文明或者说大众文化,甚至还是民间文化的灾难,因为它一刀割断了传统和过去,而这过去显然是值得缅怀的。利维斯说,我们失去的是有机的社团以及它所蕴含的活生生的文化。民间歌谣、民间舞蹈、乡间小屋和手工艺产品,都是一些意味深长的符号和表现形式。它们是一种生活的艺术、一种生存的方式,井然有序,涉及社会艺术、交往代码以及一种反应调节,源出于遥不可测的远古经验,呼应着自然环境和岁月的节奏。正是基于这样的认识,利维斯呼吁"少数人"武装起来,主动出击,抵制大众文明泛滥成灾。

利维斯对"大众文明"的忧虑,自此开启一个传统,这就是文化研究中人们常说的利维斯主义。利维斯主义的文化批判思想形成于20世纪30年代,一般认为主要见于三部著作。它们是利维斯1930年的《大众文明与少数人文化》,利维斯的妻子Q·D·利维斯

1932 年的《小说和阅读公众》,以及其后利维斯和丹尼斯·汤普生合著的《文化与环境》。英国批评家弗朗西斯·穆勒恩在他《〈细绎〉的契机》一书中,曾将利维斯主义概括为"一种小资产阶级的反抗,反抗一个它无以从根本上加以改变或者替代的文化秩序……因此,它是既定文化内部的一种道德主义的反抗,不是标举另一种秩序,而是坚持现存的秩序应当遵守它的诺言"①。显而易见作者是把利维斯主义视为改良主义一类。他认为恰恰就是利维斯主义的这一"小资产阶级"性质,就像它的核心《细绎》杂志那样,正合既不满现实,又畏惧彻底革命的英国知识阶级口味,而这个温和的明显具有跨学科性质的利维斯主义,统治英国文学批评直到 20 世纪 60 和 70 年代,到结构主义兴起时,它的霸权才告终结。

18.2.3　霍加特:文化的用途

　　理查·霍加特(1918—2014)是伯明翰文化研究中心奠基人,他的 1957 年面世的《文化的用途》(*The Use of Literacy*),被公认为文化主义的经典之一。霍加特是个训练有素的文学批评家,受利维斯传统影响,但没有利维斯的保守。但是霍加特有似《文化与社会》中的雷蒙·威廉斯,有心使用利维斯文学批评的文本细致分析方法,却不局限于文学作品,这一方法后来叫做"左派利维斯主义"。具体说,《文化的用途》中,霍加特使用了《小说与阅读公众》中 Q·D·利维斯倡导的民族志(ethnography)方法。所谓民族志是一种实地调查研究方法,又译人种学,主要来源于人类学研究。民族志的方法试图进入一个特定群体的文化内部,"自内而外"来展示意义和行为的说明。

　　霍加特本人在英格兰北部利兹的一个工人阶级社区长大。与伯明翰中心的其他研究人员相似,长期从事成人教育,对社会中下层阶级的熟悉程度非一般知识分子可以比肩。《文化的用途》分为两个部分,前一部分描述霍加特青年时代的工人阶级文化,时为 20 世纪 30 年代。后一部分描述此一文化如何面临种种大众娱乐新形式,特别是美国文化的威胁,这时候是 20 世纪 50 年代。霍加特没有像利维斯那样,视工人阶级为统治阶级操纵大众文化之下被动且无助的牺牲品,他有声有色地回忆了工人阶级生活的往昔时光,对自己的童年和家庭予以重构。霍加特说,这是一种家庭和邻里的文化,侧重口头传统,有最好的英国清教风习,突出个人和具象事物。这样一种文化属于工人阶级,而不属于那些凌驾于他们之上的人,如雇主、公务员、教师和地方长官等。

　　霍加特说,他并不是意在把过去理想化,例如他提出,工人阶级的宗教和政治观念充满偏见,一半是真,一半是假。但是在工人阶级大众自得其所的领域,他们个人的、感性的世界中,他们的交谈就像小说家,每一种逸闻都给描述得绘声绘色,一大串的明知故问,加油添醋,故作停顿,抑扬顿挫。换言之,工人阶级文化是一种极具有韧性的文化,它不但能够抵制商业性大众文化的媚俗风习,而且能够改变大众文化,使之为我所用。霍加特虽然没有明确说明,但是他的意思很清楚:大众文化是普通工人大众使之为通俗流行的文化,文化不是对日常生活的一种逃避,相反,日常生活本身是趣味盎然的。《文化的用途》第一

---

① 弗朗西斯·穆勒恩:《〈细绎〉的契机》,费尔索 1981 年版,第 322 页。

部分里，霍加特描述了20世纪30年代他少年时光工人阶级的城市中心："就像有一个中产阶级的城市中心，也有一个工人阶级的城市中心。它们在地理上是联成一体的，它们互为重叠，具有相互协调的生活；可是，它们同样具有互不相似的独特气氛。工人阶级的中心属于所有的群体，每一个群体各取所需，所以形成了它自己的小中心——有声有色的街道、流行小铺（诸如 Wooley、Woolworth，都是工人阶级民众所爱）、电车站、大小市场、娱乐场所，以及形形色色喝茶小歇的地方。"①

在工人阶级区域本身，霍加特说，在这些高高低低，直到最近还鲜有汽车进来的大卵石街道上，世界一如50年前的模样。这是一个凌乱肮脏、怪模怪样的巴洛克世界，店铺千篇一律吊着大大小小奇形怪状的铜牌牌，房舍外墙上布满五花八门的小广告，有些地方前仆后继，一层一层重叠起来，厚度差不多达四分之一英寸。背景是巴洛克的，生活也是巴洛克的。工人阶级的快乐大都是大众式的快乐，大家聚集在一起，娱乐人人争先，总之，这是一种丰富充实的生活。

对于20世纪50年代工人阶级的文化生活，霍加特发现那是这样一种文化，它堕落又光彩夺目，野蛮又魅力非常，道德上则一无是处。不仅如此，事实上它还威胁他年少时代的那一种更要积极生动、更多合作精神、付出多少也得到多少的娱乐传统。虽然，在五光十色大众文化新形式的冲击下，后者已经明显是日薄西山、气息奄奄了。对此霍加特举了如雨后春笋冒将出来的奶吧（milk bar）的例子，指出它就是现代种种花里胡哨小玩艺的大杂烩，在这里审美品位是彻底崩溃了，比较起来，顾客们那虽然贫困却不乏齐整的家居，倒还显出了18世纪的那个均衡文明的城镇房宅格局。这些奶吧说穿了就是快餐式咖啡馆，但是在这里吃一顿饭，不见得就比有餐桌服务的咖啡馆更快一些。霍加特说他特别关注了北方凡15 000人口以上的小镇，都可见到一家那种奶吧，它已经成为许多年轻人晚间的出没之地。这里虽也有女孩出现，不过顾客大都是男孩，年岁在15至20之间，长上装，瘦裤腿，花领带，一副美国式的懒散派头。他们当中大多数人都买不起一套加冰淇淋的泡沫牛奶，就坐着喝茶消磨一两个钟点，一边往投币唱机里一个一个塞进硬币。唱机差不多全是美国货，里面的歌听起来比通常BBC娱乐节目播放的音乐要前卫得多，是典型的流行音乐，年轻人神不守舍，迷恋其间。

霍加特指出，哪怕比起街角的酒吧，这里也是实足的放浪形骸的颓废之地，在煮沸牛奶的香味里，弥散着萎靡不振的精神，许多顾客，包括他们的衣着、发型、面部表情，全都显示他们是恍恍惚惚沉湎在一个神话世界里，这个世界就是美国式的生活。对此霍加特同样表示忧虑："他们形成了一个令人忧虑的集团，这倒不是说在工人阶级民众里他们就是典型所在。兴许他们当中大多数人智能上要低于一般水准，所以比起其他人来，更难以抵御他们时代处心积虑的大众潮流。他们没有目标，没有志向，没有保护，没有信仰。"②

由此可见，霍加特对20世纪50年代大众文化的忧虑，主要也是忧虑美国式的大众文化将会侵害年轻人的精神面貌。他认为这是一种漫无目的的享乐主义，它导致的与其说

①② 理查·霍加特：《文化的用途》，恰托和文杜斯1957年版，第144、249页。

是将趣味低俗化,不如说是将它过分刺激起来,从而麻木它,最终是扼杀了它。故此我们看到,利维斯《大众文明与少数人文化》中那个"过去的好文化"/"现在的坏文化"的二元对立,以及因前者为后者所吞噬而来的忧虑和怀旧情绪,大体上为霍加特所沿承下来。利维斯主义倡导教育以提高文化识别力,从而抵制堕落的大众文化无边蔓延的信念,也一样长入了霍加特的思想。但是霍加特和利维斯有一点不同,这一点不同是举足轻重的,这就是霍加特对工人阶级文化的一片热诚。就"过去的好文化"/"现在的坏文化"这个二元对立来看,利维斯将前者定位在 17 世纪英国的"有机社群",霍加特则是把"过去的好文化"定位在 20 世纪 30 年代的工人阶级文化。换言之,霍加特追缅的"好文化",恰恰正是利维斯大事声讨的"坏文化"。仅此而论,霍加特的《文化的用途》就是对利维斯主义的一种明显批判。

18.2.4　威廉斯和文化唯物主义

雷蒙·威廉斯(1921—1988)是对文化研究产生举足轻重影响的人物,影响之深远非一般人可以比肩。他是剑桥为数极少的工人阶级出身的学生。1939 年他加入英国共产党,1945 年主编《政治与文学》杂志时,开始关注文化问题。后来他的《文化与社会:1780—1950》(1958)、《漫长的革命》(1961)、《电视、科技与文化形式》(1974)以及《文化社会学》(1983)等,都堪称文化研究里程碑式的作品。一度他成为与卢卡契、萨特并驾齐驱的马克思主义文化批评家。而与大多数文化研究的中坚人物相仿,出于利维斯门下的威廉斯,首先表露的也是对文学的浓厚兴趣,他本人就写过小说和剧本,在剑桥大学他的教职,也是戏剧教授。无论是他早年的《阅读与批评》(1950)、《戏剧:从易卜生到艾略特》(1952)等还是后来的《英国小说:从狄更斯到劳伦斯》(1971)和《马克思主义与文学》等,都可以发现利维斯的影子,然而旨趣终而是与利维斯的精英主义趣味大相径庭。

《文化与社会》导论中威廉斯开篇就说,一些今天举足轻重的语词,是在 18 世纪末期和 19 世纪前期开始成为英语常用词的,这些语词普遍历经了变迁,而其变迁的模式可视为一张特殊的地图,其间可以见出更为广阔的生活思想的变迁。威廉斯认为这张地图里有五个关键的语词,它们分别是 industry(工业)、de-mocracy(民主)、class(阶级)、art(艺术)和 culture(文化)。就艺术和文化而言,威廉斯指出,"艺术"的本义原是技艺,可以指人类的任何技术,而不是专门指今天意义上创造性的艺术。"艺术家"(artist)的原意指技术熟练的手工业者,是工匠,但终于修成正果,演变为今日展示"想象性真理"的特殊人等。由此 aesthetics(美学)这个词也被发掘出来,用来形容艺术判断,文学、音乐、绘画、雕塑、戏剧等,则被统称为艺术,意思是它们本质上有共通之处,"艺术家"不复是过去的"工匠","工匠"有了新的名词 craftsman,两者的意蕴,自不可同日而语。总之,艺术一语的流变是记录了艺术的性质和目的、艺术与人类活动之关系,以及艺术与整个社会之关系等观念上的显著变化。

关于文化,威廉斯提醒人 culture(文化)一语在工业化时期之前,基本上是指作物的培育,由此引申为心灵的培育,而后一用法,在 18 世纪到 19 世纪初叶自成一统,成为今日意义上的"文化"。对此威廉斯指出,文化具有五个层面的意义:第一是心灵的普遍状态或者说习惯,密切相关于人类追求完美的理念。第二是整个社会中知识发展的普遍状态。第三是各种艺术的普遍状态。然而威廉斯本人最看重的是第四种意义,这就是文化是物质、知识与精神所构成的整个生活方式。这一定义事实上也是伯明翰文化主义传统的圭臬所在。但文化据威廉斯言还有第五层意义,这就是它渐而成为一个经常引发敌意,或是令人困惑的字眼。

威廉斯强调在上述五个关键词中,最引人注目的或许还是"文化"一语的发展变迁史。而"文化"这个概念的变迁,又与"工业"、"民主"、"阶级"等概念所表征的历史巨变息息相通。"艺术"一词今昔的天地之别,即是此种变迁的结果。所以文化概念的演变,对于探究人类社会、经济及政治生活的历史演变,具有纲领性质的意义。对此威廉斯指出,文化不只是新的生产方式、新的"工业"的反映,它也是新的政治和社会发展的反映,是"民主"的反映,涉及各种新的人际关系和社会关系。因此,承认道德与知识活动游离于实际社会而自成一统,是为文化一语的早期意义;而逐渐用以肯定一种作为整体的生活方式,是为文化一语的当代意义。如是文化终而从意指心灵状态抑或知识、道德、习俗,转而指涉整个日常生活的方式。

可以说,正因为威廉斯将文化定义为普通男男女女的日常经验,由此而进入日常生活的文本和实践,终而使他同文学为上的利维斯主义分道扬镳。威廉斯指出,利维斯的文化观点主要来源于马修·阿诺德,而阿诺德的观点又可上溯到柯勒律治。但在柯勒律治看来"少数人"是一个阶级,即受国家资助的知识阶级,其使命是普及一切学科,而到利维斯,"少数人"本质上就成了文学上的少数派,其使命相应成为保持文学传统和最优秀的语言能力。威廉斯表达了他对利维斯的敬意,指出利维斯对 20 世纪流行报刊、广告、电影等等的批判已为他人接手,并且早已形成了一个传统;他对社会现实忧心忡忡,同样对俄国社会主义形式抨击不断,这一切使他四面树敌,但是他依然勇往直前。利维斯的真正成就是他那些极为可贵的教育方案,以及他的一些发人深省的局部判断,但是他的成就与失误并存。以一个有教养的"少数人"阶层与一个被判定是毫无创造力的群氓阶层对立起来,那是种有害的高傲和怀疑主义。以一个含情脉脉的有机的过去与一个分崩离析不知所云的现在对立起来,则可能导致忽视历史而且否定真实。而文化的训练,本质上应该是民主素质的训练。利维斯的神话由是观之,往差说已导致一种为贵族的集权主义,往好说也只是一种对当代社会的一切都极不宽容的怀疑主义。威廉斯的结论是,利维斯是无可置疑的杰出的批评家和同样杰出的导师,但是人们更应该明白,利维斯所谓的"少数人文化",其实是流弊无穷的。

文化作为日常生活的意义和价值,没有疑问本身就是社会关系的一种总体表述。《漫长的革命》中,威廉斯因此将文化理论界定为一个总体生活方式中诸成分之间的关系研究。为此他区分了文化的三个层次:"有一个特定时代和地域的活的文化,只有生活在彼时彼地的人,才能充分享有它。有各种各样的记录下来的文化,从艺术到大多数日常生活的事迹,那是阶段文化。还有选择性传统的文化,那是连接活的文化和阶段文化的因素。"①

---

① 雷蒙·威廉斯:《漫长的革命》,伦敦,企鹅丛书 1965 年版,第 63 页。

威廉斯进而坚持对文化的理解,必须在物质生产和物质条件的背景中,通过日常生活的表征和实践来进行。对此威廉斯将之命名为"文化唯物主义",倡导在历史唯物主义的语境中来研究特定的物质文化和文学生产。威廉斯认为文化唯物主义概念的提出,是对马克思主义机械庸俗理解的一个反拨。他强调上层结构的各种活动,并不仅仅是经济基础的反映或者结果,而本身就是物质性而且是生产性的。这意味着意识形态不复是一个高高在上的独立的信仰和观念系统,而被视为鲜活生动的总体社会过程的组成部分。故而威廉斯看好葛兰西的霸权观念,认为用它来框架文化理论,是再好不过地突出了文化本身的生产性和能动性。

把文化唯物主义作为在意义生产的物质手段及条件中来分析一切意义传达的形式,那么,文化研究的内容就将包括:一、艺术和文化生产的机制,即艺术和文化生产的工艺和市场形式。二、文化生产的形构、培育、运动以及分类。三、生产的模式,包括物质手段和文化生产的关系,以及产品显示的文化形式。四、文化的身份认同以及形式,包括文化产品的特性,它们的审美目的,以及生成和传达意义的特定形式。五、时间和空间上的再生产,一个特定传统的意义和实践的再生产,它所涉及的是社会秩序和社会变革。进而在一个特定表意系统的物质基础上,来组构那个特定的传统。

由是观之,文化在威廉斯看来就是由普通男男女女的意义和实践所构成。文化是鲜活的经验,作为文化研究对象的文本,是一切人等的生活实践以及意义。文化不可能脱离我们的物质生活条件,恰恰相反,文化实践无论服务于什么目的,它的生产意义永远无可争辩是物质性的。因此,在生产条件的语境中来探讨活的文化的意义,即是文化作为"一种整体的生活方式"的形构过程所在。至此回顾文化主义的基本走向,从理论上看文化主义主要是从两种批判性对话中产生,其一反对利维斯主义的精英文化路线,其二是不满对马克思主义的机械理解,特别是经济决定论的理解。利维斯倡导教育,这是威廉斯等人深有同感的,但是后者最终是向利维斯主义的许多基本立场发起了全面挑战。文化主义的方法坚持认为,通过分析一个社会的文化,分析一种文化的文本形式和实践记载,有可能重现该社会的行为和观念模式,而这些模式,是为此一社会中生产和消费了这些文本和实践的男男女女所共享的。

18.3　结构主义与意识形态

文化研究在葛兰西的霸权理论风行之前,基本上是文化主义和结构主义的两分天下。如果说文化主义以意义为它的核心范畴,将之视为社会生活中人文活动的产物,那么结构主义则是更侧重生成意义的指意实践,而这一实践显而易见不带有任何个人的色彩。就结构主义将作为文化主体的人从研究中心向边缘消解而言,它是反人文的。反之它所垂青的分析形式中,现象唯有根据它在一个系统结构内部同其他现象构成的关系,方才见出意义来。因此,结构主义的文化研究,目标即是探究现象之下潜在结构的关系系统,这个系统就是使现象见出意义的语法所在。

18.3.1　结构主义之于文化研究

结构主义的文化研究传统,被认为至少可以追踪到法国社会学家涂尔干。涂尔干在他的名著《自杀:社会学研究》和后来的《社会学方法规则》中,便旨在探究外在于一切个案的文化及社会生活的普遍性模式。涂尔干称他反对认为知识可以来源于直接经验的经验主义方法,相反他是要找寻由社会所建构、文化所变革、自成一统、独立于任何特定意识的"社会事实",即是说,这些"社会事实"存在于一切个体之外。例如,信仰、价值和宗教规范,特别是天主教和新教之间的恩恩怨怨,被认为便可解释形形色色不同模式的自杀行为,换言之,即便是自杀这一个体意识再强烈不过的行为,也是可以从信仰结构和社会规范中寻找答案的。但是涂尔干没有怎么论述指意系统,所以严格来说还算不上是结构主义者。

结构主义致力于探究文化意义的产生,以及认为文化的结构相似于语言的结构,都可追根溯源到索绪尔的《普通语言学教程》。索绪尔提出了后来被认为是结构主义模式的一系列原则,如共时和历时的区分,主张意义产生于差异,在语言中没有肯定项,只有差异,而正是各项之间的差异关系产生了意义。故语言作为一个符号系统,应把它看作一个特定时间内的完整体系,是这个特定体系的语言总系统(langue)决定着日常生活中个别语言行为即"言语"(parole)的意义。对此他指出,传统语言学忽视语言和言语的区分是一个错误,结果要么是只见树木不见森林,要么是同时从几个方面去研究言语活动,这样,语言学的对象就像是乱七八糟的一堆离奇古怪、彼此毫无联系的东西。因此,要解决这些困难,只有从一开始就站在语言的阵地上,将其视为言语活动的准则。索绪尔认为语言的特征可以概括如下:其一,它是言语活动事实的混杂总体中一个十分确定的对象,是言语活动的社会部分,个人以外的东西。其二,语言和言语不同,它是能够分离出来加以研究的对象,我们完全可以掌握它的结构。其三,言语活动是异质的,语言却是同质的,它是一种符号系统。最后,语言这个对象在具体性上比之言语毫不逊色,语言符号不是抽象的概念,而是实在的东西,它们就存在于我们的心里。

索绪尔就能指(signifier)和所指(signified)作出的区分,同样影响了文化研究的结构主义模式。《普通语言学教程》中,索绪尔反对名称和事物之间有铁定的必然联系,称语言符号连接的不是事物和名称,而是概念和声音形象。他建议保留符号这个词表示语言整体,用所指和能指分别代表概念和语音形象,这样既能表明所指和能指彼此对立,又能表明它们和它们所从属的整体之间的对立。索绪尔这一区分是要说明词与物之间没有固定不变的对应关系,意义只是约定俗成的产物,因为能指和所指的联系是任意的,并无动机在先,或者说是自然而然的。能指和所指之间的这一任意的、随机的关系,意味着意义是流动不居的,具有它特定的文化的和历史的语境,而不是一成不变的什么东西。正因为符号的随机性,它同历史和社会的关系,就被凸现了出来。由是可见结构主义的一个基本前提,就是一切文化活动及其产品,甚至感知和思想本身,都是建构的而不是自然的。结构因此便是建构的原则、分析的对象。一个结构,如童话故事中的传统情节序列、中世纪之后艺术透视中的几何学，乃至我们打算吃什么、何时吃、怎样吃这样一些稀松平常的事情，都不纯然是一种没有意义的机械秩序，而具有一个特定系统中的索绪尔意义上的"价值"。

索绪尔语言学理论对于文化研究的影响在于，文化产品必然传达意义，而一切文化实践，有赖于符号所生成的意义。它揭示意义不是来自自然或上帝，而是任意的、人为的。要之，视文化的运作有似语言，一切文化实践向语义学分析敞开着大门，就不是夸张之辞。在葛兰西霸权理论流行之前，文化研究，特别是大众文化的研究，相当一段时间是文化主义和结构主义的两分天下。在结构主义的视野中，大众文化经常被视为一种"意识形态机器"，其炮制俨如法律的规则，专横统治大众的思想，一如索绪尔专横统治具体言语行为的语言总系统。文化主义则是相反，赞扬大众文化是真实表达了社会受支配阶级的兴趣和价值观。进而视之，结构主义研究似乎是集中见于电影、电视和通俗文学，文化主义则趋向于在历史和社会学内部独霸天下，特别是关涉到工人阶级"生活方式"的研究，诸如体育、青年亚文化一类。

18.3.2　罗兰·巴尔特论大众文化

罗兰·巴尔特1957年出版的文集《神话学》，可看作是文化研究结构主义传统的一个先驱。该书收入的文章涉及角力、玩具、广告、肥皂粉、清洁剂、牛排、旅游，乃至对科学的流行看法等等，五花八门不一而足。在序言中巴尔特告诉读者说，他这里各式文章的起点，是无法忍受报纸、艺术和常识本身将现实视为自然而然的东西——仿佛它不是为历史和意识形态所形构，故他将追踪这类意识形态的泛滥，探究当代资产阶级社会如何通过大众文化将"历史"表征为"自然"。他的指导原则是永远怀疑虚假的表面现象："我讨厌看到'自然'和'历史'方方面面都纠葛在一起，我要追根溯源，用铺陈摆设、述而不论的方法，来揭示在我看来潜藏在那里的意识形态虚谬。"①

罗兰·巴尔特在《神话学》里展示的是索绪尔的结构主义符号学传统。其细致的文本分析方法，与利维斯的文化批评专门奉献给"高雅"文学不同，两相比较起来，《神话学》把解析高雅文化的方法用到读解大众文化上来，就具有毋庸置疑的开拓意义。巴尔特指出，他是采用了索绪尔能指加所指等于符号的模式，但是在此基础上，他又添加了一个第二层面的指意系统。这个系统诚然是罗兰·巴尔特推陈出新的成果，但是它的渊源起码可以追溯到中世纪《圣经》阐释的传统。什么是这第二层面的指意系统？如人所知，能指"狗"产生了所指"狗"，即一四足犬类动物。但是巴尔特指出，这一公式中产生的符号"狗"，可以在指意系统的第二层面上，再一次成为能指"狗"：一个恶人、小人。如是第一个指意层面上的符号，是为第二个指意层面上的能指。第一个层面是以言示物，第二个层面则是以物示物。这与托马斯·阿奎那《神学大全》解析《圣经》时提出的以言指物的字面义和以物指物的精神义的区分，是相通的。

---

① 罗兰·巴尔特：《神话学》，派拉丁1993年版，第11页。

巴尔特称，正是基于这第二层面的指意系统，神话被制造出来以应消费之需。他认为神话可被视为是一种言语，即是说，神话的构成五花八门，而门门可以类比语言。神话由此即成为他所谓的"第二阶次的符号系统"。应该说巴尔特是项庄舞剑意在沛公，他的目标是在政治，神话同样可以是意指或挑战意识形态和观念形态的实践，在这一方面，巴尔特表明了他对当代社会资产阶级价值观念多存疑问，反过来对不登大雅之堂的大众文化显示出浓厚的兴趣。收入《神话学》第一篇的《角力世界》，就是一个很好的例子。

巴尔特讨论的角力经常在巴黎一些脏兮兮的厅堂中举行，生龙活虎，却与资产阶级紧紧包裹起来的形象似有千里之遥。巴尔特一开始就向装模作样的资产阶级人士显示义愤，他们看不起大众角力，因为它没有能够像拳击和柔道那样跻身于体育之列。但巴尔特反击说，角力不是体育但是它是好戏，它具有极大的观赏性，让情绪毫无保留地发泄出来。每一个角力士都是一出戏中的一个人物，每人都代表一个夸张的符号。比如福樊(Fauvin)，一个50岁的胖子，诡计多端，残忍又懦弱，用他的一身肥肉展示了一种没有固定形态的卑鄙。他就是"坏蛋"，是杂种、章鱼，招致厌恶，令人作呕，公众叫他 la barbaque，臭肉。巴尔特注意到，有一些角力士是伟大的喜剧家，用他们极度夸张的戏剧技巧，叫观众乐不可支。巴尔特认为，在符号解密的过程中，大众角力表征了一种道德宇宙的理解，这宇宙没有矛盾，没有冲突，每一个人物都被修饰为一种"单一意义的"自然，不含沙射影，仅仅是表征一个符号。巴尔特说，这就是公众的神话学，永远是在回归道德的确定性和简明性。

但《角力世界》同《神话学》的其他篇章类似，在更晚近的文化批评家看来，是在展示居高临下的结论，是突然重申了主流文学即现代主义的神话观，一如既往确信大众观众总是从大众文化中期望什么，需要什么。比较阿多诺和霍克海默的文字，《神话学》中的巴尔特并不觉得更有必要来验证他自己的确信无疑，来研究大众观众的反应和价值。对此澳大利亚文化理论家约翰·道克尔即作如是说："文学现代主义总是自命可以判定大众观众的心理状态。但是《角力世界》中的矛盾，对现代主义批评家的心理状态提出了疑问。一如既往重申大众观众的能力局限，是不是在现代主义主流中揭示了一种婴孩式的保护需要，以及确定、重新肯定、距离安全感和优越感的需要？撇开巴尔特的现代主义自我不谈，他果真迷恋角力，并且从中得到快感了吗？这一快感是不是作为一种严厉的判断即意识形态滥用，而给压抑了、位移了？"①

我们在本书11.3.2中已谈到巴尔特在其1971年出版的名著《S/Z》中，提出了五种文化符码的理论。对其中的文化性符码，巴尔特所给予它的定义是：文化性符码是对一种科学或知识的指称，当目光转向它们的时候，我们只是指出这知识的类型，如物理的、生理的、医学的、心理的、文学的、历史的等等，而不更进一步去建构或重构它们表现的那一文化。如《萨拉辛》中的这一段文字："'哪管它是魔鬼，'几个青年政客说，'他们到底是办了场无与伦比的舞会。''哪怕朗蒂伯爵抢了银行，我也随时愿娶他的女儿！'一个哲学家高声说。"巴尔特把这些文字归于一种道德心理的文化性符码，指涉玩世不恭的巴黎。又如"图

---

① 约翰·道克尔：《后现代主义与大众文化》，剑桥大学1994年版，第53页。

上画的是阿都尼躺在一张狮皮上面"这句话,是指向一种神话和绘画的文化代码。巴尔特称他的五种符码并不相互排斥,有时候数种符码可以同时作用于同一语义单位。如小说中"罗马舞台上有过女人吗?你对天主教国家中那些唱女人角色的家伙就一无所知吗?"这样一句话,就既是阐释性符码,婉转破译了悬念,又是文化性符码,指涉了天主教国家的音乐历史。比较巴尔特的前期著作,《S/Z》以潜在的符码结构来释文本字面义的深层走向,诚然还是见出结构主义的余风,但五种符码与其说是在整合文本,不如说是在分解文本,禁止对象呈现任何一种统一的意义。很显然,此时的巴尔特已经是在经历他的后结构主义转向了。

18.3.3 列维-斯特劳斯的二元对立结构

结构主义人类学大师列维-斯特劳斯对于文化研究产生的影响,也是有迹可寻的。列维-斯特劳斯运用语言学模式来研究原始部落中的制度、惯例、习俗、婚姻、信仰等文化现象,显得游刃有余。如早在 1949 年出版的《亲属关系的基本结构》中,他就称亲属系统有如语言,即是说,家庭关系是为内在的二元对立所结构。一个例子是乱伦禁忌,是乱伦禁忌将原始人分成了可婚和不可婚两种类群,人类由此进入了文明社会。列维-斯特劳斯对于食物的分析,更被认为是结构主义方法的范式。食物不光是可食,同样可思,即是说,食物一样是表征意义的能指。《生食与熟食》中,列维-斯特劳斯指出,是文化惯例告诉我们什么可食,什么不可食,以及是什么意义附着在食物上面。像生食和熟食、可食和不可食、自然和文化这些个二元对立,其中每一项的意义无不见于它与其对立项的关系之中,是烧、煮、蒸这些烹饪手段将生食转化为熟食,其人文意义,由此也由自然而转化成了文化。他认为很多例子可以表明,可食与不可食的对立不是为营养所定,而是文化意义使然。例如犹太人禁食猪肉,又有烹饪食物中其特定的洗涤洁净文化程式。由可食和不可食这个二元对立,就进而推进到了自家人和外人这另一个二元对立。

列维-斯特劳斯在《结构人类学》中指出,所有的文化,都表征了人类心灵中与生俱来的那些二元对立结构的逻辑转化,其运行机理的一种逻辑转化。以亲属关系为例,列维-斯特劳斯指出,一个特定地域的亲属系统,其总体特征相仿于该地域语言结构的总体特征,所以理解社会生活的基本特征,其实是不如我们想象的那样艰难:"我们应当来了解社会生活形式,诸如语言、艺术、法律、宗教等等之间基础层面上的相似性,虽然它们表面上大相径庭。与此同时,我们应当抱有这一希望,希望能够克服文化的集体性质与其个体显现之间的二元对立;因为所谓的'集体意识'最终分析下来,不过就是普遍法则的特定的时空模态,在个体思想和行为层面上的表现,正是这些法则构成了心灵的无意识活动。"①

文化研究按照这一思路挺进,目标无疑应当是一种科学主义的人文建构。列维-斯特劳斯始终认为,自然科学和人文科学的基本差异,并不在于一般认为的那样,所谓只有前者可以做实验,可以在不同的时间和空间中予以重复。人文科学同样可以做实验,至少如

① 列维-斯特劳斯:《结构人类学》,纽约,基础丛书 1963 年版,第 21 页。

语言学的例子所示。而人文科学的困境说到底是在于它每每是粗枝大叶,反复无常,由此而陷入软弱无能的境地。所以,如果说人文科学可以借鉴于自然科学,列维-斯特劳斯的感慨是,那么人们向往理解世界,必须首先来弄清楚表面现象,这也是结构主义可以提供的启示。

18.3.4 阿尔都塞的结构主义意识形态理论

阿尔都塞被认为是结构主义的马克思主义理论家,我们在本书 11.2.3 中对其"意识形态"阐说作了简要介绍,这里我们着重谈阿尔都塞结构主义意识形态理论对文化研究方面的影响。20 世纪 60 年代,阿尔都塞时任巴黎高等师范学院哲学系主任,该系在他主政时期,名流荟萃,号称红色大本营。但阿尔都塞对马克思的所谓"症候阅读",其结构主义的作风是相当明显的。他认为马克思的思想发展经历了一个认识论决裂,即以 1845 年为界,以前期为非科学的意识形态时期,后期为逐步走向科学主义的时期,认为此一成熟期的马克思主张结构因果性和多元决定论,是反经验主义、反历史主义和反人道主义的。故马克思思想的精粹是科学,而不是人道主义,马克思主义不存在人道主义的内容。

"症候阅读"是阿尔都塞《读〈资本论〉》中提出的概念,它显示了精神分析的影响。阿尔都塞注意到弗洛伊德坚持可在日常生活和说梦中的错讹、疏忽和荒唐事中,看出无意识的复杂的隐藏结构的症候,而拉康进而提出,可根据这些症候进行语义分析,从而发现没有明白说出的无意识话语。阿尔都塞由此提出他"症候阅读"的概念,认为写《资本论》的马克思在阅读、征引和批判亚当·斯密和李嘉图的经济学著作时,有如精神分析学家,把作者有所忽略和错讹的地方,视为"无言的论述"症候,由此将埋藏在文本深处的无意识理论构架发掘出来。或者更确切地说,是通过阅读这一"劳动",将此一构架生产了出来,从而形成新的真理。阿尔都塞本人读《资本论》和马克思的其他著作,用的即是此一结构主义和精神分析的综合方法,即以见之于文字的马克思著作为表层结构,而致力于发掘出文字底下马克思未予直接言说的深层的无意识结构,认为唯有这一无意识的深层结构,方是科学的,判然不同于为人津津乐道的马克思早期著作中的主体、人道主义、异化等主题。

阿尔都塞对文化研究影响深广的是他的意识形态理论。阿尔都塞认为他的所为是在发扬光大马克思奠定的科学传统,由此来解决这个传统中一些悬而未决的问题,其中的一个核心问题,就是马克思著述中意识形态理论的缺失。关于意识形态的定义,流行的看法如恩格斯《致弗·梅林》所言,它是一种虚假的意识,是由所谓的思想家偷偷塞给劳动阶级的,总而言之是统治阶级的思想工具。但是阿尔都塞的意识形态定义并不承认意识形态仅仅是阴谋权力集团的产物。相反,意识形态无处不在,它包含了对现实的一切再现和一切社会惯例。他认为意识形态与科学有质的区别。1965 年出版的《保卫马克思》中,他给予意识形态的描述是,意识形态是具有独特逻辑和规律的表象的体系,如形象、神话、观念或概念体系等,是历史地存在于特定的社会之中,并作为历史而起作用。而作为表现体系的意识形态之所以不同于科学,是因为在意识形态之中,实践的和社会的功能较之理论即认知的功能更为重要。即是说，意识形态一方面确指一系列存在着的现实，一方面因其不同于科学概念，并不提供认知这些现实的手段，故此也并不说明这些存在的本质。

一般认为阿尔都塞的意识形态理论，具有以下四个方面的核心内涵：

意识形态具有构建主体的普遍功能。

意识形态作为生活经验是对的。

意识形态作为存在之真实条件的错误认知是错的。

意识形态牵涉到社会构成及其权力关系。[①]

以上四个方面的内涵基本上都是反人道主义的。如《意识形态与意识形态国家机器》一文中阿尔都塞指出，意识形态具有将具体的个人建构为主体的功能。这意味主体不复是在自我建构，而是为意识形态使然，因为我们的一切实践都是在意识形态的影子里面。而由于意识形态的多元结构性质，致使其中构成的主体不可能是完整的、统一的个体，而必然是分裂的、游移于多元立场的主体。例如，阶级就不是一个客观的经济事实，而是一种多元形构的集体主观立场。因此，阶级意识既不是不可避免的，也不是统一的现象。至少，像性别、种族和年龄的影响，就会侵入其中。社会构成诚然是一系列复杂的实践，各有各的经常是相互矛盾的特殊性和独立性，但它们同样也是统一的，统一在一种主导的意识形态之下。

阿尔都塞指出，意识形态存在于一系列机构及其相关的实践之中，更具体说是存在于像家庭、教育制度、教会、大众传媒这些"国家机器"之中。他认为在前资本主义时期，教会是占主导地位的意识形态国家机器，而在资本主义社会里，教会的地位则为教育和家庭所替代，因此，学校和家庭是为维持主导意识形态的关键机构所在。虽然阿尔都塞有关文化的直接论述不多，但是他关于学校的意识形态功能值得注意。阿尔都塞这样描述学校："从孩提时代起，然后一连数年，这都是孩子们最为'脆弱'的时期，抓住每一个阶级的儿童，压榨在家庭国家机器和教育国家机器之间，向他们灌输……大量包裹在统治意识形态里的'学识'……形形色色学识的求知包含在统治阶级意识形态的反复充填里，就是通过这样一种求知，资本主义社会形构（社会）的生产关系，即被剥削者和剥削者、剥削者和被剥削者的关系，被大规模地再生产了。"[②] 可见，在阿尔都塞看来，学校作为意识形态的典型机构，其功能就是通过传输必要的技能，来保证资本主义生产关系的再生产。这也是现代社会里国家扮演的功能。但资本主义意识形态的具体内容又是什么？我们发现阿尔都塞语焉不详。这其实很符合他本人给意识形态设定的语境，即从功能上而不是从认知上来给它下定义。就功能而言，在阿尔都塞看来，教育不光是传输了为资本主义辩护，使其合法化的统治阶级意识形态，它同样也为劳动阶级再生产了态度和行为模式。意识形态教导工人接受并服从剥削，教授管理人员代表主导阶级的支配技能。所以每个阶级在意识形态里是各得其所。个人被揪出来又被安置进去，打造成为意识形态之中的主体。宗

---

① 克里斯·巴克：《文化研究：理论与实践》，伦敦，圣贤 2000 年版，第 56 页。
② 阿尔都塞：《列宁与哲学及其他文论》，伦敦，新左派丛书 1971 年版，第 148 页。

教将所有宗教活动的参与人打造成它的主体或者说信徒,他们只服从于一个主体,这就是上帝。同样政治民主的意识形态将所有人等打造为它的主体,使他们成为只服从议会霸权的公民。父权意识形态将个人打造为高高在上的男人和低声下气的女人。同理,当代社会的大众文化意识形态,便可以说是将个人打造成为消费者,其主体地位则就需要根据他们的消费模式而去界定了。

阿尔都塞意识形态理论对于文化研究的影响是巨大的,它将对于意识形态的辩论和思考,推向了文化研究的前台。阿尔都塞关于社会构成是一个复杂结构,是一系列相关又相对独立层面组成的思想,在斯图亚特·霍尔、厄内斯托·拉克劳和钱塔尔·穆夫等人著作中,都有迹可寻,特别是霍尔。但是,阿尔都塞的许多思想在今天看来,似乎也是需要商榷的。英国学者克里斯·巴克在他的《文化研究:理论与实践》一书中,就对阿尔都塞意识形态理论提出了以下三点疑问。

首先,巴克指出阿尔都塞的意识形态国家机器的运作描述,具有太多功能主义的倾向。意识形态似乎是为某种没有人性的系统驱动,推着人身不由己一路前行。另外阿尔都塞意识形态的构成,似乎也是太为统一,即便他承认主体是来自四面八方,是四分五裂的。以教育系统为例,与其说它是如阿尔都塞叙述的那样是铁板一块再生产资本主义意识形态,还不如说是意识形态矛盾和意识形态冲突的一块场地。事实上,阿尔都塞本人在巴黎高等师范学院哲学系讲授的,主要就是马克思的哲学,包括《资本论》。其次,阿尔都塞视意识形态的地位相对独立,然后又最终为社会现实所决定的观点,被认为并不确切,而且有可能回到经济还原论的分析上去,而后者恰恰是前者有意避免的。最后,阿尔都塞的著作被认为存在一个很重要的认识论问题,即真理和知识的问题。倘若我们所有的人,所有的一切都是为意识形态所形构,那么,如何有可能生成一种非意识形态的立场——由此我们可以出发来解构意识形态,或者退一步说,即便是来对它作客观的认知?阿尔都塞认为这里可以求诸科学,科学的严谨可以揭露意识形态,事实上他也努力想把他的意识形态理论建构为一种科学理论。但是在大多数人看来,不但是他的科学主义在这里曲高和寡,而且说明精英主义的遗风同样也是站不住脚的。

18.4　霸权理论及其反思

安东尼奥·葛兰西的霸权理论,是在文化研究结构主义和文化主义两分的基础上,继之出现的一个标志方法论转向的热点,其对文化理论产生的影响引人注目。一定程度上,它还遥相呼应着法兰克福学派的文化工业批判,而成为西方大众文化理论中人们不管赞同或不赞同,却很难视而不见迂回过去的一块路标。随着霸权理论的流行,"葛兰西热"、"葛兰西转向",一时也成为文化研究中的时新名词。

18.4.1　"葛兰西转向"

文化研究继文化主义和结构主义之后流行的"葛兰西转向",很大程度上受惠于伯明翰中心的研究成果。霍尔在他《文化、传媒与"意识形态"效果》一文中,就提出过葛兰西的霸权概念是文化研究的枢纽所在,是高屋建瓴。"霸权"(he-gemony)是指自由资本主义社会中,统治阶级通常不是通过直接强迫,而是通过被认可的方式,将权威加诸其他阶级。霸权即意识形态的领导权,它是通过诸如家庭、教育制度、教会、传媒和其他文化形式而得以施行。由于霸权不是一种永恒的状态,而总是必须主动争取并且巩固,因此,它同样也可能丧失。这就意味着文化话语势必永远是一个流动不居的纷争领域。

葛兰西 1926 年被法西斯政府逮捕判 20 年徒刑后,在狱中广泛阅读,写就大量笔记和书简,1937 年因健康极度恶化始获释就医,数日后即与世长辞。葛兰西留下的 34 本笔记,即是今日他《狱中书简》和《狱中札记》两卷的大部分内容。英国新左派史学家佩里·安德森在他 1979 年出版的《西方马克思主义思考》中指出,葛兰西的政治活动和政治斗争生涯,造就了他别树一帜的理论家地位,他的理论观点直接源出于他的政治经验和他饱受无度的政治压迫。对于葛兰西来说,马克思主义因此并不仅仅是种科学,亦不仅仅是解释世界的方法,而首先是一种为工人阶级谋求解放的政治理论。

葛兰西对于西方文化理论影响深远的是他提出的"霸权"概念,即在一定的历史阶段,占据支配地位的阶级为了确保他们社会和文化上的领导地位,利用霸权作为手段,劝诱被支配阶级接受它的道德、政治和文化价值。葛兰西认为这正是 19 世纪资本主义自由社会的特征。霸权观念的关键不在于强迫大众违背自己的意愿和良知,屈从统治阶级的权力压迫,而是让个人"心甘情愿"积极参与,被同化到支配集团的世界观或者说霸权中来。用葛兰西的话说,一个社会集团的至尊地位以两种方式展现自身,其一是"支配",其二是"知识和道德领导权",这导致利益亲近的集团加盟进来,结果就是阶级霸权联盟,形成权力集团。反过来被支配的社会集团对自身的理解,其同社会乃至世界发生的关系,莫不是身不由己屈从了支配集团的话语权威。当然从外表上看,它与统治阶级强加下来的社会控制形式,还是有着明显的区别。对于霸权的实质和特点,葛兰西说过这样一段话:"霸权的事实是假定采取步骤照顾到了蒙受霸权集团的利益和倾向,假定是作出了某种妥协平衡。换言之,领导集团应当作出经济方面的一些牺牲。但是没有疑问,这些牺牲妥协不能触及本质的东西;因为霸权虽然是伦理的、政治的,它必然同样也是经济的,它的基础必然是领导集团在经济活动的关键内核中,所发挥的举足轻重的功能。"[1]

霸权的概念用到文化研究上面,是力图表明日常的意义、表象和活动,是如何被精心营构了一番,而将支配"集团"的阶级利益表现为自然而然、势所必然且无可争辩的大众利益。因此研究文化的霸权方面,首当其冲需要分析的便是"机制"(institutions)的概念。机制历来被认为是不偏不斜的,是中性的,对人一视同仁,并不特别偏向于哪个阶级、种族抑或性别。这类机制具体来看,就是国家、法律、教育制度、传媒和家庭,它们大量生产着知识、感觉和意义,其作为文化载体的重要性不但体现在它们自我标举的方方面面功能,同样也体现在它们作为个人和社会意识的组织者和生产者的身份上面。这些文化载体具有相对的独立性和自足性,其组成的人等及其专业特征和意识形态的特点,也多有不同,

---

① 葛兰西:《狱中札记选集》,劳伦斯和维夏特 1971 年版,第 161 页。

但是它们一起构成了霸权实施和推广的大本营。葛兰西指出霸权的事实是假定采取步骤照顾到了蒙受霸权集团的利益和倾向,假定是作出了某种妥协平衡,但是没有疑问,这些牺牲妥协不能触及本质的东西。

这样来看,霸权可以理解为处于上升地位的社会集团,为维护自己世界观和统治权力的不同策略。社会集团在这里的意义不光是阶级,同样包括性别、种族和民族。但是霸权从来就不是稳定的。它只是一个暂时的解决办法,不断需要更新、需要继续谈判,所以,文化便是围绕意义的控制权,一块冲突和斗争不断的领地。霸权不是一个稳定的实体,而是一系列不断变化的话语和实践,盘根错节地纠结着社会权力。有鉴于霸权必须不断被重新确定、重新确立,被统治的集团和阶级,就有可能组成一个反霸权联盟。不容忽视的是,葛兰西将这样一种反霸权斗争限定在市民社会(civil society)内部,包括家庭、社会团体、新闻传媒、休闲活动等等,唯独在市民社会内部得势以后,方有可能问鼎国家权力。

虽然葛兰西的文字面世远较阿尔都塞要早,但正是在阿尔都塞等人的结构主义和威廉斯等的文化主义争讼不清之际,文化研究经历了声势壮观的"葛兰西转向"。大致来看,文化研究的结构主义方法集中见于电影、电视和通俗文学,文化主义则趋向于在历史和社会学内部独霸天下,特别是关涉到工人阶级"生活文化"或"生活方式"的研究。针对上述结构主义和文化主义的两分法的批评意见是,结构主义的视野中文化研究经常被视为一种意识形态机器,其炮制俨如法律的规则,专横一如索绪尔判定统治具体言语行为的语言总系统;反之文化主义恰恰相反,经常是不作辨别、一味浪漫,赞扬大众文化是真实表达了社会受支配集团或阶级的兴趣和价值观。正是在这样的背景下,葛兰西的"霸权"理论经霍尔阐释,一时风行而几乎成为文化研究意识形态的霸权理论。由于它既有别于更为强调经济基础的一般西方马克思主义文化理论,也有别于法兰克福学派的大众文化批判理论,因而在当代西方文化理论的建树中,被认为是一面最为强调文化自身功能的旗帜。

18.4.2 反思霸权理论和意识形态

问题依然存在。尽管葛兰西再三强调霸权和强制不是一回事情,可是实际上人们很难在两者之间划出一条明确的界限,因为霸权同样可以是强制性的。反过来看,强制亦可以通过霸权的形式一路下达。从历史上看,纳粹法西斯几近狂热的意识形态扩张,究竟是霸权还是强制使然?这个问题并不好回答,或许不如回答说是两者共同使然。再看现实,今天发端于经济的全球化大潮,其势不可挡的锐利锋芒借助的是霸权策略还是强制手段?看来也是两者兼而有之。此外,再就葛兰西以阶级斗争作为霸权理论的还原点来看,很显然也并不是所有的文化现象都可以在阶级斗争中得到解释。事实上文化和阶级的关系不论多么错综复杂,文化的发展总是有它自己的规律,葛兰西霸权理论的提出,实际上也正是他充分注意到这一规律的一个结果。

因此,葛兰西的霸权理论自20世纪70年代后期开始重振雄风以来,固然一时成为文化研究意识形态论争的主导理论,但是诚如理论变幻一如风水流转,对葛兰西进行质疑的也大有人在。如J·科林斯1989年出版的《不凡的文化》,就反对霸权的概念,认为今日文化已不复具有一个主导中心，无论是就生产还是意义而言。相反，文化是异质的，文本的类式既异态纷呈，文本表征的意义，也是南辕北辙，各奔四方。所以葛兰西所谓通过威逼利诱的协商以确立意识形态支配权的理论，已经不再具有现实意义。阿伯克隆比等人1980年出版的《主导意识形态论题》则表示明确反对"主导意识形态论题"，理由是事实上并不存在一以贯之的主导文化，而权力首先是由经济和社会因素所决定而不是为文化所决定，即是说，无情的经济需求力量，便足以解释何以今日很少见到激烈的工人阶级政治活动，而不必求诸意识形态的观念了。

西方当代文化研究对意识形态的质疑主要围绕在两个方面，一是范围问题，二是真理问题。就早期马克思和恩格斯的论述以及社会学的观点来看，"意识形态"一语的使用与统治阶级密不可分，被认为是维持统治阶级权力的上层建筑。但是意识形态的概念逐渐有所扩张，一些如性别、种族、年龄等问题受重视的程度乃与阶级问题等量齐观。对此英国社会学家安东尼·吉登斯给予意识形态的说明很有代表性。他认为意识形态的要害是"如何调遣指意结构来将支配集团的各部门的利益合法化"①。这里的支配集团是复数而不是一个单一的阶级，底下部门利益的多元状态自然更不待言。换言之，意识形态意在维护的是上升集团的权力，这些权力包括阶级的利益，同样也包括根据种族、性别、年龄等因素组成的社会集团的利益。但另一方面，诚如前文阿尔都塞的例子所示，意识形态所指还可以并不仅仅展示权力阶层的观念，阿尔都塞认为意识形态是将一切人等、一切集团的行为模式尽收罟中，即是说，边缘和从属集团一样具有自己的意识形态，正是这些意识形态排定了它们在世界秩序中的位置。这是意识形态的范围问题。

就真理问题而言，它涉及意识形态与真理和知识的关系，即意识形态的认识论地位。意识形态传统上被它的所有集团设定为真理，不论这设定究竟具有多大的普遍意义，或者被归结为真理一类东西，如阿尔都塞就将意识形态与科学比较，只是他判定前者是虚谬的认知模式，反之科学才是生产可靠知识的可靠程序。但几乎可以肯定的是，在后现代怀疑思潮流行的今天，没有谁再会把意识形态看作至高无上的知识形式，指望它生产出无可争辩的客观真理。对此福柯知识和权力处处结盟的思想，可谓是从根本上解构了意识形态的真理基础。如《尼采、谱系学、历史》中福柯说的，即使在今天知识所呈现的极大扩张了的形式中，它也没有达成一种普遍性的真理，没有给予人类以正确地、平静地把握自然的能力。相反知识的无休止扩展不是旨在建立和肯定一个自由的主体，而是制造出一种与日俱增的奴性，以屈从它本能的暴力。由是而观意识形态，与其说它是真理，不如说它是假道知识，拉过真理来做虎皮罢了，在它核心处不是别的，而是权力。

那么，什么是意识形态？假如不是把意识形态圈定在阶级的框架里，克里斯·巴克在他的《文化研究：理论与实践》中指出，那么意识形态大体即可作如下理解：一、它是任何社会集团的世界观，目的是将它们的行为合法化，在这里意识形态同样被表征为真理。二、它是主导集团的世界观，目的是将这些集团的权力合法化，并且把它们维持下去，但是它在这里不可能被表征为真理，反之可以不断作重新表述，所以人并非迫不得已一定要接

① 吉登斯：《社会理论中的中心问题》，麦克米兰1979年版，第6页。

受它。

这样来看,暗示哪一种意识形态是"正确的",甚至暗示哪一种意识形态是文化研究中最常用的一种,都将不是明智的做法。反之,意识形态这一概念毋宁说同样面临着命题肃清的必要,即有必要澄清它在特定语境中的特定含义。对此巴克表示他的看法是:"将意识形态比附为真理是站不住脚的,反之一切社会集团都有它们的意识形态。就此而言,唯一可以接受的意识形态概念,应是能和福柯权力/知识概念互为置换的概念。作为这样的概念,意识形态就不能视为单纯的统治工具,而应被看作具有特定后果的话语,牵涉到社会关系所有层面上的权力关系。"①

这些关系中自然包括上升集团的合法性辩护和长治久安的努力。约翰·费斯克1992 年撰写的题为"英国文化研究"的文章中强调,文化研究框架中的文化概念,说到底是一个政治的概念,方方面面牵掣到权力的问题。权力、知识、意识形态、霸权以及诸如此类的命题,在文化研究对象还大体限定在广义上的文学的初创阶段,恐怕是很难想象它们会热火以至于此的。

18.5 电视与大众文化

如果说文化研究的中心是大众文化的研究,而大众文化研究的中心是传媒特别是电视文化的研究,这应该不是夸张之辞。1976 年,洛杉矶一群经常聚会在电视机面前的朋友们,决定给自己命名为"沙发土豆"。这些沙发土豆们很快以他们独有的调侃作风,推出一批著作,如 1983 年出版的《官方沙发土豆手册》,以及两年后的《沙发土豆生活指南》等,由此发动了一场看电视辩护运动,说明看电视并不似想象的那样糟糕,至少,它没有污染环境。"沙发土豆"后来成为电视观众的代名词。但是,由于电视和现实人生的恩恩怨怨远非一言可以了断,"沙发土豆"一语原来锐利进取的攻势似乎渐而被人忘却,反倒成为一个活灵活现的昏昏欲睡的电视虫形象。对电视的非议主要是指责它是只求盈利的商业投资,或者是利大于弊的教育工具,甚而是文化衰败的象征。所以,对电视在大众文化语境中经历的形象转变和研究视野的开拓作一理论回顾,应是大有意义的。

18.5.1 阿多诺:电视与大众文化模式

1954 年阿多诺写过一篇题为"电视与大众文化模式"的文章,对电视有过激烈批判。他认为电视与他和霍克海默致力于抨击和批判的大众文化其他形式没有什么两样,审美上贫乏不足道,或者说显示的是一种审美野蛮主义,而对于观众的人格,产生了非常邪恶的影响。他把当今大众文化的基本特征或者说原型,上推到两个世纪之前的 17 和 18 世纪之交的英国,理由是小说家如笛福和理查生,已经开始将文学生产推向市场。商业化生产的文化产品,铺天盖地冒将出来,差不多就占据了艺术表现的所有媒体。即便从表面上

---

① 克里斯·巴克:《文化研究:理论与实践》,圣贤 2000 年版,第 64 页。

看,大众文化形式各个不同,如爵士乐和侦探小说,几无比较可言,但是在基本结构和意义上面,它们是如出一辙的,简言之,它就是"我们时代的流行意识形态"。

阿多诺认为,这一"流行意识形态"对社会和道德价值的损害是显而易见的。他举证美国大卫·雷斯曼1950年出版的《孤独的群众》一书中的资料说,早期的美国人,特别是18世纪,都是潜移默化中心领神会父辈的价值观,特别是中产阶级的清教价值如执著、智慧以及博学等等。现代大众文化似乎是保存甚至传布了这类价值,但是人们越来越清楚地看到的是,早期中产阶级社会的这些价值,只是流于表面,而潜在的信息则是大相径庭,是趋之若鹜迎合一种意见等级化和独裁化的社会结构。这潜在的信息要人调整自我,不作思考地无条件服从社会。所以对于现代大众传媒来说,社会总是赢家,个人不过是被社会规则摆布在手心之中的一个傀儡。而说到底,它就是对现状、对现存秩序的无条件认同。

在这样的文化工业框架中来看电视,阿多诺发现,电视的产品是经过精心设计而拥有多重结构的,目的就是从不同的心理层面上来麻醉观众。比方说,一出电视节目表面上看甚至可以是反专制主义,可是表面之下总是具有"潜在的信息",非意识所能控制。所以,专制性质的政治和社会趋势,总是在无意识层面上向观众灌输,叫他不知不觉之间中了毒害,还自鸣得意,最好心甘情愿就成为专制主义的帮凶。这可见,电视是和大众文化的其他形式一样,已经成为心理控制的一个意想不到的好工具。

阿多诺发现,电视的欺骗手段主要是一种"伪现实主义",让观众身不由己陷入其中,常常会身临其境自比为节目的主人公。比方说犯罪片,它创造了一种逼真的犯罪氛围,与其说是在警戒犯罪,莫若说是在诱导犯罪,即便节目的主题是惩恶扬善,不知不觉还是把罪恶种进了观众心中。所以毫不奇怪,犯罪片中的主角,时常悄悄之间就转化成了故事里的头号英雄,即便他们被描述为十恶不赦的坏蛋。

关于电视怎样改变了社会里的传统价值模式,阿多诺举过妇女贞操的例子。他指出,在18世纪,比如理查生小说《帕美拉》中,我们可以看到贞洁和肉欲的剧烈冲突。但是在今日的大众文化中,这一类内在冲突已不复可见,漂亮的女孩子都是无一例外要结婚,结婚就是一成不变的模式。迷人的女孩子可以使劲盘剥她的男朋友,盘剥她的父亲,咄咄逼人一如18世纪总是色迷迷锋芒毕露采取攻势的男人,但是她在道德上面,总是无可指责。阿多诺借用精神分析的术语评论说,这其实是婴儿情结在作祟。

至此可见,阿多诺的时代虽然电视远不似今日发达,所以没有占据他文化工业批判的中心地位,但是他对电视的看法,毫无疑问是相当悲观的。对此约翰·道克尔的《后现代主义与大众文化》这样总结阿多诺对电视的认知,"电视的目标因而就是一种伪现实主义。它充满了形形色色的原型和程式。它有一个一成不变的深层结构,这就是意识形态意义。它让观众身不由己认同屏幕上的东西,束缚他们令其'婴儿般地寻找保护',就像孩子那样,寻求和期盼精神分析可以解释的安全保障"[1]。换言之,电视体现的是典型的大众文化意识形态。

---

[1] 约翰·道克尔:《后现代主义与大众文化》,剑桥大学1994年版,第45—46页。

18.5.2　威廉斯论两种电视

但是 20 年以后,电视在英国伯明翰大学当代文化研究中心的理论家笔下,俨然已是另外一派气象。1974 年雷蒙·威廉斯出版的《电视:技术与文化形式》一书,可视为大众文化理论史上,为电视正名的一部力作。当时在结构主义思潮下,电视的口碑并不太好。结构主义认为大众文化形式虽然各个不同,但无一例外有着一个单一的潜在结构,这就是保证大众社会的观众意识形态不出乱子,驯服于占据统治地位的资本主义价值观念。这一立场与法兰克福的文化批判传统是一脉相承的,威廉斯要在这样的理论氛围中来显示他的不同声音,应该说是需要勇气的。

该书序言中威廉斯告诉我们,他先前为杂志定期撰稿评说英国电视,但是《电视:技术与文化形式》这本书,则是在加利福尼亚写成的。在英国和美国,电视的功能、文化涵义,其实是大不一样的,所以不妨来比较它们的差异。但是我们发现,威廉斯固然承认他常常对美国电视感到迷惑,特别是动不动节目就转到了广告甚至其他节目的预告上面,他并没有因此通力标举英国和欧洲的电视为高雅文化,反过来嘲笑美国。我们知道阿多诺和霍克海默同样是从欧洲来到美国,都毫不留情抨击美国爵士乐是野蛮主义,好莱坞影片是垃圾。两者比较起来的话,是耐人寻味的。威廉斯由此区分广义上的两类节目:一种是商业性质,目光盯住肥皂剧、系列剧、电影以及其他一般娱乐节目。另一种是公共服务性质,侧重新闻、公共生活报道、特写、纪录片、教育、艺术、音乐以及儿童节目。如果说这一分类并非新创造,那么威廉斯的独到之处,就在于他没有因此判定英国模式的电视节目一定就比美国的商业模式高出一筹,相反他暗示,英国风格的电视,包括澳大利亚的 ABC——BBC 的儿子,其一心一意教化观众的纲领,是可以质疑也是可以探讨的。这就有点不同凡响了。

威廉斯这样描述了他第一次领教美国电视的经验:“迈阿密的一个晚上,坐了一个星期大西洋邮轮下来依然头昏目眩,我开始来看一部电影,一开头我对频频出现的商业‘间断’有点不适应,可是它比起后来发生的事情,还是小问题一个。两部将在其他晚上于同一频道播出的电影,开始插将进来做预告。旧金山的一个犯罪案件(这是起初那个电影的题材)开始要死要活同后来的东西较起劲来,不光是除臭剂和早餐麦片的商业广告,还有巴黎的一段罗曼史和轰然登场将纽约蹂躏个遍的一个史前怪物。”[①]威廉斯的感受是他跟不上节奏,从头到尾不知道看到了一些什么。当然原因他是清楚的,这就是商业因素太多卷入了电影情节,至少比英国的卷入程度要深。

威廉斯发现,这两种电视不但观众选择的节目不同,而且基础结构互不相同。英国电视倡导的公共服务模式,仔细分析起来似失于抽象,而且有时候显得被动。他认为这个特点显而易见是观众的阶级特征使然。换言之,BBC 和 ABC 的教化节目,观众大都是中产阶级,他们是统治阶级意识形态的顺民,灌输什么,就接受什么。与之相反,美国的商业电

---

① 雷蒙·威廉斯:《电视:技术与文化形式》,丰塔纳/科林斯 1974 年版,第 91 页。

视模式,则将它的内容拟人化,允许观众参入其中,比如系列肥皂剧。威廉斯指出,商业电视有它自己独特的知识形式,它并不缺乏学界认为唯 BBC 才有的电视模式。自然,它偏爱幻想形式,可是何以见得幻想同知识格格不入呢?因此,所谓 BBC 才是真正的电视,商业电视不过是不求思考只求声色娱乐的通俗形式的正统观念,就应当质疑了。

《电视:技术与文化形式》中威廉斯提出了一个很有名的"流程"(flow)概念。他说,电视的节目夜以继日,没有止息,是一个持续不断的流程,谁想看就看,什么时候想看就什么时候看,这与传统的文化表达形式迥然不同。传统的传播系统中,不论是一本书,一本小册子,还是一出戏,研究和分析的对象总是聚集在单一的、不连续的文本上面,因此我们作出的反应和描述的词汇,都已习惯于被紧紧锁定在这特定的、孤立的对象形式上面。但是电视就不同,用威廉斯的话说,电视是体现了"公共交流与日俱增的不断变化性和包罗万象性"。信息四面八方包抄过来,源源不断流淌而出,而且彼此重叠,彼此冲撞。这样一种电视的滚滚洪流,委实叫习惯了传统阅读的观众就像他本人,目不暇接,一时都招架不过来。简言之,速度和变化,这是威廉斯在电视文化上看出的社会发展的一种新的趋势,新的经验。如果我们将这趋势和经验冠名为后现代主义,未必就言过其实。威廉斯似乎意识到,这样一种动态的文化观,恐怕更能适合现代人的口味。作为一个欧洲传统的英国人,威廉斯对两种电视的评价,在当时无疑是可以使人耳目一新的。

18.5.3　霍尔论电视的意义生产

伯明翰当代文化研究中心是 20 世纪 70 年代,在霍加特继任者牙买加裔的斯图亚特·霍尔(1932—2014)主持下,成为举世瞩目的新理论中心的。霍尔后移师英国开放大学社会学系,今已退休。与霍加特和威廉斯有所不同,霍尔的名声不是基于自己的哪一本书,而在于交织着热烈论争的文章和文集序言。如《解构"大众"笔记》一文中,霍尔逐次分析过大众文化的不同定义。霍尔指出,首先,拿最常用的含义来说,事物被称为"大众的",是因为成群的人听它们、买它们、读它们、消费它们,而且似乎也尽情地享受它们,这是这个概念的"市场"或商业定义。其次,大众文化指"大众"在做或者曾经做过的一切事情。它接近大众概念的"人类学"定义:"大众"的文化、社会习惯、风俗和民风,总而言之,所有那些标志他们"特殊生活方式"的东西。最后,也是霍尔本人看好的定义:用关系、影响、抗衡等等延绵不断的张力来界定"大众文化",集中探讨大众文化与统治文化之间的关系。换言之,他把文化形式和文化活动的领域看成是变动不居的,然后考察使统治文化和附属文化之间的关系得以表出的那个过程。这里的焦点就是文化间的关系和霸权问题。

在《文化、传媒与"意识形态"效果》一文中,霍尔分析过葛兰西的霸权概念。霸权意味着统治阶级通常不是通过直接强迫,而是通过被认可的方式,将权威加诸其他阶级,由此将一切异端,都框架在他们自己的思想视野内部。但霸权并不是单纯由某一个统一的统治阶级支撑,而是由数个不稳定的特定联盟所维持。进而认为,霸权不是一种永恒的状态,而总是必须由这些统治阶级派别来主动争取并且巩固,因此,它同样也可能丧失。虽然这样,总的趋势是整个社会的、伦理的、精神的和道德的生活,主动适应着生产系统的需要。为此霍尔称赞阿尔都塞的"支配"理论,指出这一理论是突出了再生产这一关键概念。阿尔都塞批评早年的马克思把社会看作单一的结构,处处都最终为经济所制约。而据阿尔都塞观之,社会结构是一系列复杂的实践,每一种实践都有它自己的特性、自己的相对独立性。无论是经济的、社会的、政治的抑或意识形态的实践,都无以分崩化解变成他方,但即便如此,它们依然是统一在一个统治意识形态之下。

但是霍尔的兴趣在于大众传媒特别是电视,而不是阿尔都塞认为是维持统治意识形态关键机体的学校和家庭。霍尔指出,大众传媒的现代形式最初是出现在 18 世纪,是随着文学市场的发展兴起,艺术产品成了商品。到 20 世纪,大众传媒对文化和意识形态领域的殖民是如此成功,它们一举奠立了领导权、霸权和统治。但不同于法兰克福学派的一般作风,伯明翰中心的理论家们发现观众有可能用他们自己的方式给"统治话语"解码,他们的反应未必一定是机械的,就像阿多诺和霍克海默判定的那样。诚然,统治意识形态选定它的意义来编码,仿佛自然而然就是理性自身,但是观众却可以反抗霸权的方式来解码,由此遁出统治阶级的大众文化意识形态控制。霍尔讨论电视话语的著名文章《电视话语的制码和解码》,表达的同样也是这一观点。

《电视话语的制码和解码》一文原写于 1973 年,是伯明翰中心的一篇油印文章,修改后收入 1980 年出版的《文化、传媒、语言》一书,后被人援引转载不计其数。在大众文化和大众传媒的研究中,被认为是摆脱悲观主义阴影的一篇划时代的文献。霍尔文章的中心内容是电视话语"意义"的生产与传播,其理论基础来自马克思主义政治经济学理论的生产、流通、使用(包括分配或消费)以及再生产四个阶段。霍尔提出,电视话语"意义"的生产与传播也存在同样的阶段。就电视话语的流通而言,可划分为三个阶段。每一阶段都有相对独立的存在条件。

第一阶段是电视话语"意义"的生产,即电视专业工作者对原材料的加工。这也是所谓的"制码"阶段。如何加工(制码),加工成什么样子,比如拍什么题材,怎么拍,镜头比例如何,镜头时间长短,用不用特写等,取决于加工者的知识结构以及生产关系和技术条件等因素。这一阶段占主导地位的是加工者的世界观和意识形态等。由于代码是解读符号和话语之前预先设定的,已经存在于加工者脑海之中,就像作为语言代码的语法被看作是自觉自然的过程,因此人们常常没有意识到它的存在。但霍尔说,文化代码虽然很早就被结构入文化社区之中,它却常常被想当然认为是自然的、中立的、约定俗成的,没人会怀疑代码系统本身的合理性。故文化研究的任务之一,即在于如何打破代码,将意义释放出来。他指出,毫无疑问字面误解是的确存在的。观众不懂使用的术语,就不能跟随争论或展示的逻辑;不熟悉语言,就会觉得概念太陌生或者太难。但更常见的,则是播音员担心观众不懂他们所预期的意思,他们真正要说的,其实是未能将观众把玩于他们"建议"的"支配"代码之中。

第二阶段是"成品"阶段。霍尔认为,电视作品一旦完成,"意义"被注入电视话语后,占主导地位的便是赋予电视作品意义的语言和话语规则。此时的电视作品变成一个开放的、多义的话语系统。传统电视理论认定电视信息的代码约定俗成,电视图像被认为是直观的、客观的,不可能做假。所以尽管观众不同,不可能有与制码者不同的解读。但霍尔指出,电视的信息是"多义的"(polysemic),却不是"多元的"(pluralistic),他说,"因为图像话语将三维世界转换成二维平面,它自然就不可能成为它所指的对象或概念。电影里狗会叫却不会咬人。现实存在于语言之外,但是它永远须依靠语言并通过语言来作中介,我们的一切所知和所言,必然存在于话语之中并通过话语而得以产生。话语'知识'不仅产生于'真实'之清晰的语言表达,而且还是表述了语言对真实的关系和条件。所以没有代码的运作,就没有明白易懂的话语"①。所以,电视图像越自然,就越有伪装性,这是因为图片和形象的意识形态性比语言更难察觉,即是说,电视文化提供的产品是"意义"。"意义"可有多种解释,符号的意义与所给事实不一定符合,观众完全可以解读出不同的意思,各人得到的意义是并不相同的。

第三阶段也是最重要的阶段,是观众的"解码"阶段。这里占据主导地位的,仍然是意识形态问题,如观众的世界观和意识形态立场等。观众面对的不是社会的原始事件,而是加工过的"译本"。观众必须能够"解码",才能获得"译本"的"意义"。换言之,如果观众看不懂,无法获得"意义",那么观众就没有"消费","意义"就没有进入流通领域,而最终是电视"产品"没有被"使用"。用霍尔的话说,如果意义没有在实践中清楚地表达出来,意义就没有效果。不过,如果观众能够解码,能看懂或"消费"电视产品的"意义",其行为本身就构成一种社会实践,一种能够被"制码"成新话语的"原材料"。这样一个过程,通过话语的流通,"生产"成为"再生产",然后又成为了"生产"。换言之,意义和信息不是简单被"传递",而是被生产出来的。

有鉴于以上理论,霍尔提出可以设想有三种解码立场。第一种与权力密切相联,是从葛兰西霸权理论中生发下来的"主导—霸权的立场"。它假定观众的解码立场跟电视制作者的"专业制码"立场完全一致,比如电视观众直接从电视新闻或时事节目中读出意义,根据将信息编码的同一代码系统给信息解码,这意味着制码与解码两相和谐,观众"运作于支配代码之内",这是制码人所期望的"清晰明白"的传播模式。如北爱尔兰政策、智利政变、《工业关系法》的权威阐释等等,就主要是由政治和军事精英们制定,他们通过他们的专业代码,选择播出的场合和样式,挑选职员、组织现场辩论,让观众在无意识中接受意识形态控制。

第二种是"协商的代码或立场"。这似乎是大多数观众的解码立场,既不完全同意,又不完全否定。此一立场承认主导意识形态的权威,认可霸权的合法性,但是涉及具体的层面,它就强调自身的特定情况,制定自己的基本规则,努力使主导意识形态适用于它自身所处的"局部"条件。观众和主导意识形态,因而始终处于一种充满矛盾的商议过程。霍尔称协商代码最简单的例子,就是工人们对《工业关系法》的反应——法案限制罢工,提倡冻结工资——看电视新闻的工人也许会赞同新闻称增加工资会引起通货膨胀,同意"我们都必须少得一些,以抵制通货膨胀",但这并不妨碍他们坚持自己拥有要求增加工资的罢工权利,或者让车间和工会组织出面来反对《工业关系法》。霍尔认为,媒介传播中大多数所谓的"误解",就产生于主导—霸权代码和协商代码直接的冲突分歧,这是精英们感叹"传播失败"的缘由所在。

---

① 霍尔等:《文化、传媒、语言》,哈钦森 1996 年版,第 131 页。

第三种立场是"对抗代码"。这是说,观众可能一目了然电视话语要传达什么信息,完全理解话语的字面义和内涵意义,但是却选择以截然相反的立场来解码,每每根据自己的经验和背景,读出针锋相对的新的意思来。比如观众收看限制工资有无必要的电视辩论,每次都将"国家利益"解读成"阶级利益",这就是观众利用"对抗代码"在为信息解码,"意义的政治策略"即话语的斗争,由此参入其中。不消说,三种解码立场中,对抗代码是最为激进的一种,它的颠覆态势,无论如何是不容低估的。

霍尔的制码和解码理论被认为解决了一个重大问题,这就是突出文化产品的意义不是传送者"传递"的,而是接受者"生产"的。意识形态的被传送不等于被接受。电视观众远不是消极被动的昏昏欲睡的电视虫。传送者本人的解释,并不等于接受者自己的解释。这样来看,主导—霸权意识形态要想把它自己一路推销下去,并不似它一厢情愿期望的那么简单,因为观众并不是在被动接受。文本的解码是一种社会活动,是一种社会谈判的过程,观众/读者可以同意也可以反对。而且制码有制码的策略,解码同样有解码的策略。这样一种理论模式,为文化和传媒研究带来了相当乐观的一面。

18.5.4　洪美恩和《看〈达拉斯〉》

如果说霍尔《电视话语的制码和解码》一文还停留在理论层面,那么,现执教于澳大利亚西澳大学的洪美恩1982年用荷兰文出版的《看〈达拉斯〉:肥皂剧和情节剧想象》,就是从经验层面来探讨电视话语了。该书1985年译成英语,被视为大众文化挑战意识形态研究的经典之一。她后来用英文写作的《拼命寻观众》被认为是开启了电视观众研究的先河,《起居室战争》也是有影响的电视研究著作。所谓经验层面也就是调查、归纳、总结的传统方法,它不比高屋建瓴的宏大叙事来得有气派,但是很能解决实际问题。这就是近年来文化研究中风行不衰的民族志的方法。用法国社会学家布尔迪厄的话说,这就是"下厨房把手弄脏的活儿"。

洪美恩是华裔,20世纪50年代初出生在印尼,在荷兰接受的西方教育,是当今电视和文化研究的领军人物之一。2002年她还出版了《论不说中文》,在全球化时代探讨文化认同问题。事实上她本人也遇到过令她措手不及的文化认同问题,书中写到1993她第一次出席台湾的一个学术会议时,听众曾大惑不解这位一副中国人相貌的女士,如何就一句中国话都不会讲。也许正是对当年听众的这一种困顿耿耿于怀,她在书里说,因为她不会说中文,她在台湾显得另类;因为她是中国人面相,她又在西方显得另类。她结合自己讲三种语言,却对中文一窍不通的华裔背景,以身说法在国家和全球层面上,反思"亚洲"和"西方"之间的张力,思考当代世界中"中国性"差异呈现的多重意义,最后回到"西方",探讨澳大利亚作为"西方"国家却又身处亚洲地区的困顿,包括与她亚洲邻居并不算一帆风顺的关系。洪美恩的旨趣是探究一种介于亚洲和西方"之间"的社会和知识空间,认为当代社会的要务实是"合"而不是"分"。不同于大多数文化多元主义者的乐观展望,洪美恩的看法相当悲观,她认为和谐的多元文化社会其实是一个神话,与其说它是社会现实,不如说它是乌托邦的幻想。

《看〈达拉斯〉》的研究对象是 20 世纪 80 年代风靡欧洲的美国电视连续剧《达拉斯》。当时在荷兰撰写硕士论文的她在一妇女杂志上登了一则启事,说她喜欢看《达拉斯》,但总是得到一些古怪的反应,希望读者把自己的看法告诉她——为什么喜欢?或者为什么不喜欢?结果洪美恩得到 42 封回信,反应从喜欢到不喜欢直到讨厌,各不相同。《看〈达拉斯〉》就是对这 42 位观众来信的分析,其中 39 位是女性。对此洪美恩指出,今天在许多欧洲国家,官方都对美国电视剧表现出厌恶感,认为它们威胁到自己的民族的文化,总体上损害高标准的文化价值。在这一意识形态背景中,职业知识分子如电视批评家、社会科学家和政治家等,就美国电视系列剧下大力气创造了一种她称之为"大众文化意识形态"的批判理论。这种理论认定《达拉斯》这一类电视剧,其必要的成分无非是浪漫爱情、善恶冲突,以及悬念、高潮和悬念的最终解除等等,总之它们成功实现了第一位的经济功能,再现了资产阶级意识形态,同时又没有丧失它们对不同观众群的吸引力。

把来信梳理下来,洪美恩发现,三种人可以代表对《达拉斯》的三种不同态度:不喜欢《达拉斯》,嘲讽《达拉斯》,喜欢《达拉斯》。问题在于,赞扬也好,讽刺也好,责骂也好,这些观众都明白无误在观看《达拉斯》。就声称不喜欢《达拉斯》的观众来看,既然不喜欢,何以再看下去?洪美恩发现,认定《达拉斯》一类产品低劣庸俗的所谓大众文化意识形态,并不限制在职业知识分子的小圈子里,那些不喜欢《达拉斯》的普通老百姓,同样是深得它的要领。他们的推论一路翻腾下来成了这样:《达拉斯》当然是坏东西,因为它是大众文化,这就是我不喜欢它的原因。于是大众文化成为获取快感的借口,得以让这部分观众口头声讨,同时心安理得坐定观看这个节目。又有逻辑,又合情理!其次,嘲讽《达拉斯》的观众,洪美恩认为,这些观众一方面理智地批判这部肥皂剧体现的美国文化商品化性质,是在最大程度榨取利润,一方面又乐此不疲,在嘲讽中达到了平衡。嘲讽的观众喜欢的不是内容,而是通过内容带来的嘲讽效果。嘲讽产生距离,这距离也是对内容的距离。对此洪美恩援引福柯指出,评价是一种居高临下企图支配客体的话语,通过评价表现出的,是自己对所评事务的一种支配性权力。另一个后援是弗洛伊德,弗洛伊德也讲过讽刺是基于一种逆反机制,把别人说的话倒转过来,欲表达的正是别人所言的反面。大众文化意识形态和喜欢《达拉斯》之间的冲突,就这样在嘲讽的平衡机制中倏然间消失无踪了。但洪美恩谈得最多的是喜欢《达拉斯》的观众,明知"这不是好东西",却无可救药地一头钻了进去。他们与大众文化意识形态又有什么关系?洪美恩逐一分析了观众的来信。例如一《达拉斯》爱好者的来信说:"我同样常常不解的是,当你说你喜欢《达拉斯》,别人的反应就很'古怪'。我想我认识的每一个人都在看它,可是我的一些朋友对这出系列剧情绪异常激动,甚至发展到对一个普通电视观众来说近于危险的地步。"(第 22 封信)还有人来信说,她每个星期二晚上是千方百计要看《达拉斯》,可是她政治科学专业的同学,对此都露出难以置信的神色!那么,《达拉斯》的爱好者们又作何反应?他们知道他们的这一反面形象吗?为此心有不安吗?

据洪美恩观之,《达拉斯》的爱好者们同样受制于大众文化意识形态,也就是说,他们同憎恶者和讽刺式爱好者,对大众文化意识形态的态度其实是相当一致的。但是他们以他们自己的方式,对这一意识形态作出回应,虽然从中颇可见出一种紧张态度。比如有人这样说,"我本人喜欢《达拉斯》,每当悲剧发生(其实差不多每集都有),我就泪流满面。在我的圈子里,人们同样对它不屑一顾,他们发觉它是典型的商业节目,远在他们的标准之下。我发现看这类节目最能放松,虽然你非得费心观察这类节目可能产生的影响,它的角色确证、它的'阶级确证',如此等等。如果你觉得哪一种廉价的情感果真打动了你,那同样也是有益的。"(第14封信)洪美恩指出这封信是典型的正话反说。写信人不直接回答她那则启事中提出的问题,即为什么这样喜欢《达拉斯》,却把自己幽闭起来,同样祭出大众文化意识形态的某种理由,来对付她周围"不屑一顾"的反应。她没有对这一意识形态确立一种独立态度,而只是拿过来它的道德。但是她用这些道德在同谁说话?她自己吗?或者是知音如她洪美恩?反正只要知道它不是真实的,因而是"坏东西",看《达拉斯》便是毫无问题。

另一方面,洪美恩也发现了真正向大众文化意识形态发起挑战的写信人。如第13封信就明确提出,许多人发现《达拉斯》分文不值,或者是没有内容,但是她觉得它确实有内容。比如剧中的这一句话:"金钱不能买到幸福。"看过《达拉斯》的人,肯定能有类似感受。但洪美恩认为,这里对大众文化意识形态的反对意见,依然局限在此一意识形态的范畴内部。针对"没有内容"(="坏的")的看法,我们看到相反的见解是"确实有内容"(="好的")。"内容"这一范畴(因此有了"好的"/"坏的"之分)由此得到确立。这位写信人在"谈判",因为她处在大众文化意识形态创造的话语空间内部,她没有置身于它的外部,没有站在相反的意识形态立场上来说话。

现在的问题是,为什么《达拉斯》的爱好者们觉得需要守卫自己,来防御大众文化意识形态?洪美恩说,他们很显然感觉到了在受攻击。他们无法规避大众文化意识形态的准则和判断,可是他们必须站出来反对这些准则和判断,以使能够喜爱《达拉斯》,不至于非得放弃这一快乐。对此洪美恩分析下来认为可以得出两个结论:"首先,上述《达拉斯》迷们似乎自然而然、心甘情愿地认可了大众文化意识形态:他们开始同它来打交道,无法视而不见,它的规范和处方对他们产生压力,所以他们觉得必须为自己辩护,来防御它。其次,从他们的信中可以看出,他们采取了形形色色的防御策略:一个人干脆就把大众文化意识形态内在化,另一位试图在话语框架内部开启谈判,还有一位使用表面讽刺。因此可以说,没有一种一目了然的《达拉斯》防御策略可供戏迷们使用,没有清楚明白的另一种意识形态可用于对抗这大众文化意识形态——至少在说服力和一贯性方面,没有什么可以同大众文化意识形态匹敌。"①因此,洪美恩说,这些写信人是在各式各样的话语策略里寻找庇护,然而,它们无一似大众文化意识形态的话语那样千锤百炼,井井有条。这些策略既然支离破碎欠缺完整,自然也就矛盾丛生。简言之,这些戏迷们似乎无以采纳一种有力的意识形态立场,一种身份,由此他们可以不管大众文化意识形态,理直气壮地说:"我喜欢《达拉斯》,因为……"

洪美恩引布尔迪厄《文化的贵族》和《传媒、文化与社会》两书中的观点,指出大众文化意识形态是忽略了大众的审美要求、忽略了主体的情感和快感。要之,大众文化意识形态

---

① 洪美恩:《看〈达拉斯〉:肥皂剧和情节剧想象》,麦斯恩1985年版,第113页。

的标准愈是严厉，愈被认为是种压迫力量，它的意识形态效果，自然也就是适得其反。洪美恩以上研究的结果之一，是发现电视剧带来快感的不是内容，而是形式，即叙事结构。这叙事结构与内容——如美国价值或美国文化没有关系，它不是大众文化意识形态的帮凶。如肥皂剧中的恶棍，其叙事功能不过就是让故事继续下去。恶棍负隅顽抗，决不罢休，什么时候认输了，故事也就完结了。此外，肥皂剧，尤其是情节剧想象，还是拒绝现实平庸生活的一种表达。肥皂剧不能视为人生悲剧，它还没达到那一境界。在情节剧想象中生活无聊的失落感被位移，取而代之的是快感。观众由此在观看中得到了一种报复的快感。快感在看电视的过程中实现，收视时的快感与意识形态的效果无关。所以，具有颠覆意义和革命意义的快感，明显是被大众文化意识形态所忽略了。大众文化意识形态将责任感、批评距离和审美的纯粹性放在中心，要道德不要快感，将后者发落为某种不相干的不合法的东西，从而是完全置自身于大众审美的框架之外了。可以说，霍尔的制码/解码理论以及洪美恩对《达拉斯》的观众调查研究，显示电视观众在信息接收方面是"主动的、积极的"，而不似文化批判家眼中那样是"被动的、消极的"。这一结论应是能够鼓舞人心的。观众积极主动与文本交涉的能力，普通观众/读者老到的批判能力，看来是久被理论家们低估了。

18.5.5　费斯克论两种电视经济

出生在英国的约翰·费斯克(1939—　)是当今文化研究特别是大众文化研究的风头人物，他曾在英国、澳大利亚和美国多所大学中任教，撰有《解读电视》、《传播研究导论》、《澳大利亚神话》、《电视文化》和《理解大众文化》等多种著作且广有影响。关于大众文化研究，费斯克在他的《理解大众文化》一书中划出了三种视野：一种是虽然满口赞扬大众文化，却没有将它放在权力模式中考察。故这一视野中的大众文化，不过是在礼仪的意义上对社会差异的管理，并从这些差异中产生出最终的和谐。费斯克称这是精英式人文主义的民主观，它只不过将民族国家的文化生活从高雅趣味移位到大众之中。另一种是将大众文化严格放置在权力模式中，但它过于强调宰制的力量，以至于一种真正的大众文化无从谈起，我们所见只是一种群氓文化，混混沌沌被动接受文化工业强加下来的消费文化模式，而这模式直接对立于大众自身的利益。故这一视野对于大众的看法过于消极。还有一种视野也是费斯克本人鼎力提倡的视野，就是视大众文化为斗争的场所，但在承认主导和宰制力量的权力时，它更注重大众的抵御和不合作战术，而从中探究大众的活力与创造力。正是这活力与创造力，使主导阶层始终感觉到存在收编大众的压力。总之，大众文化就是瞄准霸权，旨在颠覆既定的政治和文化秩序。正是基于此一立场，费斯克对大众及大众文化进行了重新定义。

所谓电视的两种经济，费斯克给它们的命名，一是"金融经济"，它在两个子系统中使财富流动起来；二是"文化经济"，其中流通着意义和快感。其模式如下：[①]

---

① 费斯克：《理解大众文化》，安文海曼1989年版，第26页。

	金 融 经 济		文 化 经 济
	1	2	
生产者	制片商(厂)↓	节目↓	观众↓
商 品	节目↓	观众↓	意义/快感↓
消费者	发行者	广告商	观众自己

据费斯克解释,这就是电视商品或者说文本在上述两种平行的、半自主的经济中生产和销售的过程。电视节目首先运行在金融经济系统之中,此一系统内部有生产和消费两个流通阶段。第一阶段是制片厂商(生产者)生产出电视节目(商品),然后卖给电视台(消费者)。这里商品交换与其他金融经济系统相似,是简单的、直线式的,好似作者写完了一部书稿卖给出版社。美国三大电视网依靠许多独立制片公司为它生产节目,作为消费者的电视台买断节目的播放权,然后从中赢利。问题是电视商品作为文化商品,其交换并未到此为止。与买卖物质商品如电器、衣服等等不同,电视节目的经济功能,并非节目售出即告完成。金融经济的第二阶段,是电视台将电视观众作为"商品",卖给广告商,广告商成了消费者。电视台播出节目,则成了"生产者"的行为。电视台的"产品"不是节目,而是广告的播放时间。广告商明里在买电视广告的播放时间,实际上买的是"观众"。广告商希望观众观看广告,观众越多,价码越高。由此当代社会流行的一句名言即是:电视不生产节目,电视生产观众。对于金融经济来说,电视工业首当其冲的要务便是生产商品化的观众,节目须尽最大可能吸引观众,唯其如此,广告商才会掏钱"购买"他们。电视节目播出后,如果观众不看,它作为文化产品的功能就没有完成。所以,电视乃至文化工业最重要的产品,是被卖给广告商的、商品化了的受众。

电视节目同样运行在文化经济之中。这是因为消费社会中的所有商品既有实用价值,也有文化价值。所以文化经济势必参与进来。但费斯克指出,文化经济中流通的并不是货币,而是意义和快感。由此观众从商品的角色转变为意义和快感的生产者,电视节目则从商品转变为文本,变成具有潜在意义和快感的话语结构,最终成为大众文化的重要资源。费斯克强调文化经济里没有消费者,只有意义的流通和生产者,因为意义是整个过程的唯一要素,意义既不能被商品化,也无法被消费。电视台向能"生产"意义和快感的观众播放节目,交换的是心理满足、快感以及对现实的幻想。有鉴于电视节目是提供给观众消费的日常生活文化资源,而消费总是意义的生产,因此,每一个消费行为都是文化的生产行为。

费斯克的两种经济模式可以说是上承霍尔,为大众文化研究打开了新思路。首先是费斯克指出了文化工业的资源特点。法兰克福学派显而易见对大众文化抱悲观态度,认为文化越是商品化,便越是丧失它的批判功能,其内在的价值将被等同于市场价格,终而被市场价格和市场需要所取代。其结果就是对现实社会丧失判断,一味听从传媒的摆布。但费斯克对大众文化明显持乐观态度,与法兰克福学派判然不同。费斯克认为在工业化社会中,大众文化资源也是一种工业资源,这些资源既指物质资源,也指符号的、文化的资源,它们是金融经济和文化经济的共同商品。这就决定了包括电视在内的文化工业的研究,必须超越金融经济领域,扩展到文化经济的视野。其次,费斯克的理论意味着大众文化是大众所创造的,而不是与权力合谋的文化工业的产物。费斯克发现大众文化核心当中存在矛盾。一方面它是工业化的,它的商品由追逐利润的产业生产并且发行,注重的只是经济利益,但是在另一方面,大众的利益跟文化工业的利益并不一致,大投资的制作不一定能够收回成本。大众文化不仅仅是消费,它也是文化,它是一个积极的过程,在社会系统中生产、流通着意义和快感。不仅如此,作为文化资源的大众文化还在规避和抵制文化商品的自我规训,分裂文化商品的同质性,最终在社会经验、个性、社会秩序等多种层面上,展开同权力结构的策略抗争。

消费者的力量由此被凸现出来。费斯克指出,一个通常的误解是以为大众传媒必有"大众"的观众,假如成千上万观众观看同一个电视节目,他们的理解势必如出一辙,广告亦然,势必产生同样的效果。这类误解,显而易见是媒体尤其喜欢灌输的理论。但是如果仔细研究观众的接受过程,费斯克说,整体的"大众"即刻消失无踪,取而代之的是形形色色的亚文化群体不同的背景、不同的解读方式、不同的理解。同一节目有不同的解读,而决定不同解读的是不同的文化代码和文化能力。对此费斯克强调说,文化经济阶段,"观众作为生产者在文化经济中的力量值得重视",观众的力量就在于"意义在文化领域的流通与财富在金融经济的流通并不相同"。① 大众文化的消费者同时又是生产者,费斯克的这个命题如他自己所言,其理论来源是法国哲学家列斐伏尔的《现代世界中的日常生活》、社会学家德塞都的《日常生活实践》,以及开电视研究一代风习的霍尔。

费斯克强调大众文化是一个斗争的场所,其核心在于强调大众文化日渐成为对支配文化的一种抵制力量。他提出西方社会中边缘阶级对有权阶级的抵制,无外是两种方式,一是符号的,一是社会的。前者与意义、快感和社会认同有关,后者与社会经济制度的变更有关。两者相互联系,又相对独立。大众文化在费斯克看来是运作于符号领域,运作于相同与差异、一致与冲突的斗争之中。由此而言,大众文化是一个符号的战场,冲突发生在外部强加的力量与抵制的力量之间,而金融经济倾向于归顺和同质性,文化经济倾向于抵制和差异性。故大众文化提供的意义、快感和社会认同也是那些受压迫者的意义、快感和社会认同,它与意识形态提供的快感是大相径庭的。

可以说费斯克对文化研究始终保持一种大众化的态度,这与学术界高谈阔论,在研究、解释社会和文化方式上与大众日常生活状况明显脱节的学院作风,形成了鲜明对比。事实上大众文化理论和现实之间的沟壑不是在缩小,相反是在日趋扩大,因此,费斯克的文化经济研究具有现实意义,至少它有助于学者的参与来缩小文化理论与实践之间的差距。但是另一方面,也有学者批评费斯克,认为他的文化和上层建筑概念模糊不清,而且费斯克将大众传媒单独划分出来,避免跟其他上层建筑直接联系,这就导致大众文化研究与其他文化脱节。从这一角度来看,费斯克的全部理论,可以说是建立在这种脱节的体系构想之上的。费斯克强调经济压迫和社会剥削现象,把大众文化解读成了一整套抵制压迫的系统和手段,关键是他的研究对象比如"大众",意义并不十分清楚。后现代的"大众"

---

① 费斯克:《电视文化》,路特勒基1987年版,第313页。

已每每具有中产阶级的口味,他们已不是费斯克以及传统意义上知识分子所构想的大众文化意义上那个被动的、社会下层的"大众"了。

18.6 赛义德与文化批评

美国文化批评家亚瑟·伯尔格在他 1995 年出版的《文化批评:关键概念入门》一书中,就对文化批评发生过广泛影响的文化理论家按国别给出过如下一张表格[①]。

这张表格肯定不是完全的,而且具有随机性,这一点制表人自己也承认。但是它足以显示文化批评涵盖的方方面面何等宽广。这里面有形式主义、新批评、结构主义、解构主义、符号学、语言学、精神分析、文化研究,如此等等不一而足。而阵营最为强大的,无疑是马克思主义。仅此一端,可见文化批评在它广泛的跨学科特征中间,左翼倾向是它的灵魂所在。这一倾向同样可从爱德华·赛义德的文化批评中见出。赛义德的《东方主义》的出版是在 1978 年,《文化与帝国主义》的面世则是在 1993 年,早于伯尔格上述著作两年。应当说,2003 年英年谢世的赛义德,已足以跻身为上述表格中的一个举足轻重的人物了。

法 国	俄 国	德 国
罗兰·巴尔特 列维-斯特劳斯 福科 阿尔都塞 拉康 艾米尔·涂尔干 德里达 布尔迪厄 巴赞(Andre Bazin) A·J·格雷马斯	巴赫金 维果兹基(L. S. Vygotsky) 普罗普 S·爱森斯坦 Y·洛特曼 什克洛夫斯基	卡尔·马克思 马克斯·韦伯 哈贝马斯 阿多诺 本雅明 霍克海默 马尔库塞 伽达默尔 布莱希特
美 国	加 拿 大	英 国
皮尔斯 乔姆斯基 夏拉姆(Wilbur Schramm) 罗曼·雅各布森 特纳(Victor Turner) 吉尔兹(Clifford Geertz) 弗雷德里克·杰姆逊	麦克卢汉 伊尼斯(H. Innis) 诺思洛普·弗莱	雷蒙·威廉斯 斯图亚特·霍尔 维特根斯坦 理查·霍加特 玛丽·道格拉斯 威廉·燕卜荪
瑞 士	奥 地 利	意 大 利
索绪尔 卡尔·荣格	弗洛伊德 赫佐格(Herta Herzog)	葛兰西 艾柯(Umberto Eco)

① 伯尔格:《文化批评:关键概念入门》,圣贤 1995 年版,第 6 页。

18.6.1　文化批评和文化帝国主义

在《文化与帝国主义》中赛义德开篇就明确交代,他所说的"文化",专指两个层面。首先,它指所有诸如此类的实践,像描述、交流和表征的艺术,相对独立于经济、社会、政治领域,并且经常是以审美的形式出现,其主要目的之一,即是快感。包括其中的既有流行也有专门的知识体统,后者如人种学、历史学、语文学、社会学以及文学史等等。而由于他这本著作讲述的是清一色的 19 和 20 世纪里西方帝国中的故事,所以他特别关注的文化形式不是别的,而是小说。对此赛义德相信在西方帝国主义态度和经验的形成过程中,小说起了举足轻重的主要作用。重要的当然不单单是小说。但是小说这一审美对象,对于英、法的社会扩张的联系,委实有奥妙可以探究。因此,现代现实主义小说的原型——笛福的《鲁滨孙漂流记》讲述的是一个欧洲人在海外孤岛上创建殖民地的故事,就肯定不是偶然之笔了。

但赛义德更愿意强调的显然是文化的第二个层面。对此他作了这样的描述:"其次,几乎是无从觉察,文化这个概念包含了一种精致和精华成分,那是每一个社会所思所言的最好的东西的储存库,诚如马修·阿诺德 18 世纪 60 年代所言。阿诺德相信文化能缓解现代都市生活种种肆无忌惮、充满铜臭、血腥残暴的恶行,如果不是整个儿将它们中和抵消的话。你读但丁或莎士比亚以便跟上所思所言的最好的东西,同时也在它们的光辉之中,来观照你自己,你的民众、社会以及传统。有时候,文化经常是以咄咄逼人的态势,同民族或国家联系起来;这样就把'我们'和'他们'区分开来,几乎总是带有某种斥外倾向。文化在这一意义上,乃是一种身份资源。"[①]将文化定义为所思所言的最好的东西是阿诺德的传统。但是,现在赛义德想要说明的是,文化作为所思所言的最好的东西,作为甜美和光明,换言之作为艺术和启蒙教育,不过是帝国主义殖民扩张的遮羞布罢了。

赛义德指出,文化在这第二个意义上,就是形形色色政治和意识形态力量较量于其上的一个舞台。文化远不是温文儒雅的那个阿波罗主掌的艺术的王国,反之毋宁说是一个战场,各路大军你来我往,互不示弱。对此赛义德举例说,比如美国、法国、印度学生,都被教以先读他们自己的民族经典,然后再读其他,目的不消说,是要他们无保留不加批判地忠于自己的民族和传统,同时贬责和抵制其他。很难说赛义德多大程度上言过其实,但立场鲜明没有疑问正是文化批评的一个显著特点。文化批评不可能是无的放矢,不可能是四平八稳的描述,而必然背靠一种或数种立场,无论它是女权主义、马克思主义、精神分析,还是保守主义、激进主义,抑或学科如符号学、人类学、社会学等。在赛义德看来,上述排他的文化认同立场再清楚不过,就是"文化帝国主义"。赛义德认为阿诺德的文化观念,就其本身而言是力求将实践提升到力量水平,将对国内同样也有国外叛逆力量的意识形态压迫,从世俗的历史的提升到抽象的普世的绝对高度。阿诺德所说的所思所言的最好的东西,由是观之,便成为放之四海而皆准的普遍真理。什么最好? 谁最好? 当然是出产

---

① 赛义德:《文化与帝国主义》,伦敦 1993 年版,第 8 页。

了但丁和莎士比亚的欧洲传统。

独尊自己的文化传统并不是文化帝国主义的专利,第三世界的文化认同一样具有与发扬光大民族精神息息相关的这一特征。赛义德在这一点上并不糊涂。对此他的看法是,此一文化观念导致独尊自己的文化倒也罢了,问题更在于它把文化看得高架在日常生活的世界之上,像个幽灵,根本就同后者脱节、失去了联系。这导致大多数职业人文学者无以将奴隶、殖民主义、种族压迫、帝国主义这些旷日持久的肮脏暴行,同诗、小说和哲学这些所谓的纯文化形态联系起来。因此《文化与帝国主义》这本书里他发现的真理之一,即是他所崇拜的英国和法国艺术家中,关注这些"臣服"或者说"下等"种族题材的有多么稀少,而在印度或阿尔及利亚的殖民统治官员之中,这些原本都是稀松平常的故事。

当"海外领土"的意象出现在小说家笔下,又是什么模样?以狄更斯的《远大前程》为例,赛义德认为它基本上是部自欺欺人的小说。主人公匹普本是一个贫苦的孤儿,一心想挤入上流社会,可是他既没有任劳任怨的苦干业绩,又没有与绅士角色相匹配的不菲家产。他早年帮过一个逃犯马格维奇,此人流亡澳大利亚后,出于感恩赠予匹普一笔巨款,因为经办律师未告知款项来源,莫名其妙过上了上等人生活的匹普还以为他的恩主是老太太郝薇香小姐。后来马格维奇潜回伦敦,竟遭匹普冷遇。不过,小说最后匹普终于接受了马格维奇,拜他为父——虽然马格维奇又遭追捕,病得奄奄一息,而且是来自那个流放犯人的澳大利亚。

赛义德感兴趣的是澳大利亚。他指出澳大利亚有似爱尔兰,是英国的一块"白色"殖民地。而马格维奇和狄更斯在这里相遇,肯定不是事出偶然,而是可以映照出英国与其海外领地至今的悠久历史。澳大利亚作为英国罪犯的流放地始于18世纪末叶,正可替代北美殖民地的丢失。而到狄更斯的时代,澳大利亚一路追逐利润,经营帝国,景况已经相当不错。问题是,赛义德引罗伯特·休斯(Robert Hughs)《致命的海岸》中的分析说,狄更斯对待马格维奇的态度,与大英帝国之对待流放澳大利亚的罪犯如出一辙:他们可以成功发财,但是鲜能期望回来。他们可以赎清罪孽,前提是只有老老实实呆在澳大利亚:他们永远是出局的人。如此来看《远大前程》,赛义德不满狄更斯既不似休斯那样叙写澳大利亚当地住民的艰难史,又对此时已初露头角的澳大利亚本土文学传统熟视无睹。而加诸马格维奇的禁令不光是法律的禁令,它同样也是帝国的禁令:只要他待在澳大利亚,尽可以发达,但是他决不可以"回归"都市空间。这当中的等级秩序,相差自不可以道里计。简言之,作为小说家狄更斯并没有像学者休斯那样在19世纪英国原本稀寥的有关文献中发掘澳大利亚自己的历史,而为20世纪它脱离英国独立作出铺垫。反之狄更斯对待马格维奇的立场,显然也是大英帝国对待它的"多余人口"流放终点站澳大利亚的态度。

18.6.2 文化批评的方法

对于文化批评的方法,赛义德以他的切身体验作如是说:尽可能聚焦具体作品,首先将它们读作创造和想象力的伟大作品,然后揭示它们在文化和帝国的关系之中的地位。他说他并不相信作家机械受制于意识形态、阶级、或经济史,但是他相信作家既生存于他们的社会历史之中,自然就以各不相同的方式,于营构此一历史和社会经验的同时,也为历史和社会经验所营构。这是说,文化及其审美形式来源于历史经验。但他称早在写作《东方主义》的时候就已发现,光靠范畴罗列无以把握历史经验,即便把网撒得再大,也总会缺漏一些著作、篇章、作家以及观念。因此,他是试图探究他所认为的重点和要点,综述和概括并举,事先承认他的工作并不完全。这样,读者和批评家就自然可以顺藤摸瓜,进而深入下去了。

赛义德认为单一的文化实际上并不存在,西方帝国主义和第三世界民族主义是在相互支援,既不是彼此绝缘,也不是彼此决定的。故文化既不是西方也不是东方的专利,同样不是为男人和女人哪一些小团体所专有。他发现,通览大体从五百年前开始的欧洲人与其"他者"的交往,有一个观念几乎始终不变,这就是总是有一个"我们",一个"他们",两者界限分明,不言自明。一如他在《东方主义》一书里即已提出的,这一分野可以上溯到古希腊人对野蛮人的态度,而到 19 世纪,无论就帝国主义文化还是试图抵制欧洲蚕食的那些文化而言,它就都成了文化身份的标识所在。

对于批评家自己的文化身份,赛义德也有所交代。他指出《文化与帝国主义》是一本流亡者的书。因为种种不为他左右的原因,他生在阿拉伯,受的则是西方教育。他说他自打记事起,就感到他同时属于这两个世界。但是,他感到阿拉伯世界最是亲切的那些东西,要么因为内乱和战争变得面目全非,要么就干脆不复存在了。他说有很长一段时间他感到他是美国的一个局外人,特别是当美国与远谈不上完美的阿拉伯世界的文化和社会交战之时。但是他并不以"流亡者"为悲哀,反之此一独特身份,使他对帝国的两边理解起来都能驾轻就熟。或者说,幸运也好,不幸也好,像赛义德和斯皮瓦克这样身处权力中心的"边缘人"身份,对于大多数批评家来说,似也只能望洋兴叹了。

进而视之,《文化与帝国主义》这部大著本身的身份又是什么? 它是文学批评吗? 还是文化批评? 换言之,它是属于哪一种"文类"(genre)? 一个显见的事实是,文类概念的内涵和外延在文化批评中正在历经悄悄的置换。如果说文学批评中文类主要是指文本的体裁或题材,那么在文化批评中,重心明显即在向大众传媒转移。即就电视这个今日传媒世界的主导形式而言,它所涉及的文类包括新闻、电视剧、情境喜剧、体育、访谈、科学、教育、商业等等,不一而足。电视还播出电影,而电影又可以再分类为政治片、科幻片、恐怖片、言情片、西部片、动作片等,同样是多不胜数。但再进而视之,"文类"这个概念本身有没有问题? 它是不是像文本那样,如其本然地存在于斯,它的本体论地位又是什么?

一个堪称经典的例子是 1982 年根据美国科幻作家菲利普·迪克小说《机器人梦见电子羊吗?》改编的电影《银翼杀手》(*The Blade Runner*),电影设定的背景是 21 世纪人类创造出了高科技的结晶复制人,用眼下的术语来说应该叫做克隆人。它们拥有与人类相同的智慧和感觉,甚至在体魄上更胜于人类。复制人被用于开拓外太空,干最累、最危险的活,但它们也有自己的爱憎和情感。一场暴动后,复制人被逐出地球,如果再被发现,格杀勿论。正是在此一背景下,一群复制人冒险回到地球,寻求补充即将耗尽的机械能量,以求"生命"延续下去。于是洛杉矶银翼杀手小组派出精英迪克去追杀它们,而它们的罪名却是想变成人类! 这部风格阴沉的电影被认为是文化身份认同的教科书。一方面是人类试图消灭由自己亲手制造出的在各方面都强于自己的复制人,另一方面则是复制人为了生存的权利与人类生死相搏,迫使观众反思:什么是生命? 生命是自然的还是文化的? 生命的意义又是什么? 对造物者的质疑和对自己身份的不确定感,这些因文化研究的走红而益发突出的困惑,足以令这部最初上演时掌声寥寥,以后却大红大紫起来的"超前"影片的文类归属问题也愈益模糊起来。它是科幻片、侦探片,还是伦理片? 或者,它干脆超越了文类,一跃而成了经典? 同理,《文化与帝国主义》属于什么文类又有什么关系,今天谁能说它不是经典?

18.7　米勒论文学和文化研究

曾经是"耶鲁学派"主将之一,今日美国广有影响的文学批评家希利斯·米勒近年写过一篇题为"跨国大学中的文学与文化研究"的长文,对全球化语境中大学里文学和文化研究的定位进行反思。文章开篇就说,今日大学的内部和外部都在发生剧变。大学失却了它 19 世纪以来德国传统坚持不懈的人文理念。今日的大学之中,师生员工趋之若鹜的是技术训练,而技术训练的服务对象已不复是国家而是跨国公司。对此米勒提出了一系列问题:"在这样没有理念的新型大学里,文学研究又有什么用? 我们是应当、理应还是必须依然来研究文学? 现今文学研究义务的资源又是什么——是谁,是什么要求我们这样做? 我们为什么要研究它? 为了什么目的? 是因为文学研究在今日大学的教学和科研中依然具有社会功效,还是它纯粹已是夕阳西下,苟延残喘,终而要消失在日益成形的全球化社会中一路走红的那些实用学科之中?"①米勒声称他这篇文章,就是要回答这样一些问题。

18.7.1　文学研究的变迁

米勒指出,西方文学的研究在传统上是西方大学里的主课,而且分成不同系别,一个系专攻一个国家。但是,现在这样一个井然有序的体统依然存在吗? 今日国别文学的研究,又发生了什么变迁? 米勒强调说,他所说的"今日",是指电脑、电子邮件、传真机、录像、视频、超文本,以及互联网"冲浪"等新型通信技术畅行其道的时代,这从根本上改变了人文学者之间以及与其工作的联系方法。乌拉圭谈判中围绕"信息"一些争执不下的焦点,早五年几乎还是无从想象的事情,如知识产权保护、电影和电讯的市场准入等。经济和文化体系全球化导致国家权力相对弱化,自然也对大学的功能产生了影响。

米勒发现从 20 世纪 60 年代起,随着人文学科的所谓转型,美国大学里就不让文学教授照老路子教书,即便教授们提出抗议,即便他们念念不忘西方经典中的那些永恒价值,

---

① 希利斯·米勒:《跨国大学中的文学与文化研究》,见约翰·罗韦编:《"文化"与学科问题》,哥伦比亚大学 1998 年版,第 45 页。

也是枉然。今日大学里流行的理念是多元文化、多元语言，是多元的一切而不是统一。教授们不可能再按照老传统，围绕意识形态来教授乔叟、莎士比亚、密尔顿等经典作家，判定他们的批判力量足以摧毁社会现实的整座大厦。文学的社会效应既然不复被如此看好，那么，传统的文学系逐步经历自我解构，让它们走向文化研究，接下来经费削减，也就是顺理成章的了。对此米勒举例阐述了美国大学里的英国文学研究，因为这也是他自己的"专业"。他指出，英国文学绝不单单是许多国别文学中的一种。全球化的一个主要特征，便是英语背靠美国的实力，渐而渐之成了国际语言，且不论这是福音还是灾难。英语在世界各地非英语母语的国家中，已经成了千千万万人众的第二语言。与英语热情携手共进的是英国文学的研究，它成为传布资本主义意识形态的最得力不过的工具。但是今天呢？今天美国大学里大都拥有英国和美国文学系，但是研究的方法则是今非昔比。他举例说，过去弗吉尼亚·沃尔夫《到灯塔去》中的一段引文，可以印证整个现代主义的现实主义手法。我们也有理由相信，《白鲸》是给读者展开了19世纪中叶美国文化的波澜壮阔的历史画卷。当然这类判断并非总是这样斩钉截铁，可是其中的相当一部分内容，就是不言自明的意识形态。但是今天，很少有人再死心塌地守住这一范式。诚如美国是一个多元文化、多元语言的国家，任何一部特定的作品，不管它是或不是经典，只能是一个复杂的、无以统一的整体的一个组成部分。教师没有理由宣称他为什么要教《白鲸》，而不教《汤姆叔叔的小屋》，或者即便两者都教，同样也是讲不出个所以然来。他无以证明《白鲸》优于《汤姆叔叔的小屋》，或者是倒过来。因为以往评判的标准，据说便是意识形态偏见的产物。这样做的结果之一，米勒指出，便是今日大学文学系里，耗在理论上的时间远较教授作品为多，因为人人都跃跃欲试，有意要开出自己心目中的经典作家和书目，传统经典背后那个相对稳定的"意识形态"构架，无奈是已被弃之如敝屣了。

　　米勒着重谈了在美国大学里开设英国文学课程的地位变迁。他指出英语系教授的传统角色是民族国家统一文化的保存者和传达者，现在他们失却了这一角色。但这一角色失落似是势在必然的事情。关于英国文学，这是米勒自己从学士到博士一路读出学位并且教授有年的课程，他认为传统上美国的价值观立足于英国文学的研究，细想起来却有些怪异。英国文学对于美国意味着什么？它是一个外国的文学，只不过两个国家讲的是同一种语言。所以人们只要稍作思考就能明白，英国公民来读莎士比亚、弥尔顿和狄更斯，不论他是什么阶级、什么性别、什么种族，同美国人读这些作家，感受肯定不一样。因为这些作家并不属于美国，表达的价值观念，对于英国公民和美国人来说，旨趣大有不同。进而视之，米勒认为美国的英国文学研究比较韩国、挪威等其他国家的英国文学研究，有一个很大的相同点，也有一个很大的不同点。相同点是就价值观和人文理解来看，一直占据主位的英国文学研究，说白了不过是在研究一个日见式微的欧洲边缘岛国的文化传统。不同点则是英语之中的一种样式，碰巧成了美国的主流语言甚至官方语言，而在韩国、挪威等其他国家里，它系第二语言。而美式英语之成为美国的主导和官方语言，据米勒观之，则尤其使美国看不清楚他们人文价值训练筑基在一种非本土的文学之上，其实是大可质疑的。

18.7.2 大学与文化研究

近年来在美国文学研究中,米勒认为一个最重要的变化是文化研究的兴起。变化大致始于 20 世纪 80 年代,以后的岁月见证了以语言为基础的理论研究纷纷向文化研究转向。这是为什么? 米勒认为这里有多种原因。一些外部的事件诚然起了举足轻重的作用,如越战和民权运动,但是至为关键的一个因素,则是新传播技术的与日俱增的影响,即所谓的电子时代的到来。据米勒分析,自然而然义无反顾转向文化研究的年轻学者们,恰是大学教师和研究人员中,被电视和商业化流行音乐熏陶长大的第一代人。他们当中许多人从孩提时代起,花在看电视和听流行音乐上的时间,远较读书为多。这不一定是坏事,但确实与过去时代的人有所不同。因此,这新一代的批评家,相当程度上是为一种新型的视觉和听觉文化所形构。而讲到文化,这里"文化"一语的含义已不复是阿诺德所说的一个民族所思所言的最好的东西,而确切地说应是全球消费主义经济中的传媒部分,这一新型文化很快替代了昔年的书本文化。所以毫不奇怪年轻一代的学者们更愿意研究他们熟悉的东西,虽然他们依然还流连忘返在书的文化之中。而文学研究的不景气,事实上也在推波助澜,逼迫文学专业的学者看准门道改弦更张,转而来研究大众文化、电影和流行刊物。米勒承认所有这些新潮——文化研究、妇女研究、少数人话语研究等等,其目标都是值得称道的。针对妇女、边缘人群、男女同性恋者以及经济弱势群体长久的失语状态,谁会反对让他们发出声音来呢? 谁会反对来仔细研究大众文化和传媒,诸如今日塑造我们心智和行为影响更甚于书本的电视、电影和录像呢? 但有关著述大都零乱,故将它们整理出来,设置到课堂课程之中,予以分类、编辑、出版和再版,还只是浩大工程的第一步。而另一方面,对文化多元主义的分档归类,恰恰有可能是损害了这些文件原生态的巨大的文化挑战力量。

据米勒引述,德里达这样描述今日文化"移位"的时代特征:"随着从书本世纪到超文本世纪这一划时代的文化移位加速进行,我们以前所未有的快捷步子,被引入一个新的充满威胁的生活空间。诚如德里达近年在一个研讨班上中肯地指出,这个新的电子空间,这个电视、电影、电话、视频、传真、电子邮件和互联网的空间,已经从根本上深切地改变了自我、家庭、工作场所,以及民族—国家的政治学。"①在这个新的电子空间里,米勒认为,内部和外部的两分边界将不复存在,不论家庭私人空间和外部世界之间的边界,还是民族国家之间的边界。对此米勒指出,新技术入侵家庭,冲破内部—外部分野的结果,是一方面即便人独处一室,他也可以看电视、打电话、阅读电子邮件,或在互联网上巡游,由此不再感到孤独。而另一方面,私人空间变成充满拟象的赛博空间,浩浩荡荡的语词、听觉和视觉形象同时轰炸下来,私人空间的隐秘性同样不复存在。这些形象跨越国界和种族边界,来自世界每一个角落又仿佛是伸手可及。地球村活生生就展现在我们眼前,内部和外部

---

① 希利斯·米勒:《跨国大学中的文学与文化研究》,见约翰·罗韦编:《"文化"与学科问题》,哥伦比亚大学 1998 年版,第 61 页。

的截然两分,很显然是不复可能了。

但是导致各种边界纷纷倒塌、内外空间交错移位的这一切又意味着什么？米勒认为新技术和文化多元主义畅行其道的结果之一,是倒退回归民族主义,回归种族一元论,回归区域性的狂热武装,它导致世界范围的血腥恐怖频频发生。虽然,卢旺达的种族清洗和文化研究是风马牛不相及的事情,但是没有疑问,文化研究同样是新传播技术无孔不入渗透下来的一种反应。所以,文化研究毋宁说是在收编和驯服新的传播技术摧毁道道边界闯入我们的家园之后,所带来的种种"他者"的威胁。米勒认为这一收编和驯服他者的企图是采纳了一个自相矛盾的形式。一方面,它在国家和国家、种族和种族,以及性别和性趋向之间重新建立起牢固的边界。尽管跨学科研究呼声日高,大学里按国别、语言、种族和民族来划分学科的做法基本上没有改变。更经常看到的是传统学科扩张,将妇女研究、同性恋研究、少数民族研究、电影研究、视觉文化研究等等兼收并蓄进来。因此,所有这些"他者"在大学里都有了一席之地,可是又圈定在重新确立的内部—外部的两分边界里。交叉学科的先决条件是学科的分立,它其实是把"他者"安全地挡在了外围。而另一方面,则是方法论转向,或者毋宁说是回归模范再现和描述的传统方法,由此"他者"被翻译成通俗理论,其威胁性便也消解在透明流畅的可读性之中。这样来看,文化研究中被普世化的"文化"概念是提供了一个置换的场地,将他者还原为自我,或者置换为主导文化的某种形式。要之,一方面他者是真正的他者,可以给安全地挡在外围,一方面他者不是真正的他者,可以被同化为家族的一个秘而不宣的成员。

米勒最终呼吁创建一个以尊重而不是以知识为宗旨,以存异而不是以求同为基础的新型大学模式,以此来挑战以追求普遍真理为圭臬的传统大学理念。但一个显见的事实是,冷战结束、全球化和传播新技术迅猛发展以来,大学已经是处在了不可逆转的转化之中。对德国古典哲学下衍的传统研究型大学依依不舍,抑或设想建立新的多元文化的统一的大学,看来其难度是可想而知的。

19 空 间 理 论

20世纪末叶,学界多少经历了引人注目的"空间转向",此一转向被认为是20世纪后半叶知识和政治发展中举足轻重的事件之一。学者们开始刮目相待人文生活中的"空间性",把以前给予时间和历史、社会关系和社会的青睐,纷纷转移到空间上来。空间反思的成果是最终导致建筑、城市设计、地理学以及文化研究诸学科变得你中有我,我中有你,日益呈相互交叉渗透趋势,并且影响到了文学和艺术作品的重新解读。如小说中的城市空间,19世纪的模式被认为是叙述和描写,20世纪一方面都市生活的时间节律明显加快,一方面空间的经验也变得支离破碎。普鲁斯特《追忆逝水年华》中的回忆已没有形式可言,乔依斯和弗吉尼亚·沃尔夫的意识流小说则使完整的叙述不复可能。而对于现代都市空间经验从稳定一统向多元流动特征的变迁,文学的理解事实上也是不可能无动于衷的。

19.1 福科论空间

空间和时间一样,其性质究竟是什么,是哲学史上一个历久弥新,争讼不清的所谓基本问题。柏拉图和亚里士多德大体都将空间视为本身不具有任何特性的客观的容器,如柏拉图《蒂迈欧篇》中曾被德里达无限神秘化的"场域"(khora)概念所示。但埃利亚学派就否认有可能存在空洞的空间,同样否认空间具有物质属性,因为假如空间具有物质属性,空间自身就不得不存在于另一种空间之中。芝诺的"飞矢不动"等一系列悖论,被认为是非常典型地揭示了空间和时间令人困顿不已的性质,特别是关于无限的问题。当康德声称如果我们把空间和时间看作是客观实在的,就会导致二律背反,芝诺的困顿显然同样波及了康德。《纯粹理性批判》中,康德论证空间和时间是先天的直观形式,感性正是通过此种形式,将感觉到的物质组织成为经验。先验的直觉的时空由此成为人类理性认知的前提和基本条件,这对于驻足于感性的美学,意味着什么当可想而知。

福科早在1976年就发表过题为《其他空间》(Des Espaces Autres)的讲演,虽然讲演的刊布已是8年之后的事情。福科说,空间在当今成为理论关注的对象,并不是新鲜事情,因为我们时代的焦虑与空间有着根本关系,比之与时间的关系甚至更甚。他认为当今空间面临的问题是它还没有被完全世俗化。伽利略的成就从根本上说不完全在于他发现或者再发现地球围绕太阳运转,而在于他在建构一个无限开放的无限的空间。空间由此从中世纪的定位转移到近代的扩展模式。问题是伽利略的开放的空间的传统在今天依然是远有待于开拓。对此福科指出,今天我们的生活依然是被一系列根深蒂固的二元对立所统治,我们的制度和实践依然没有摧毁这些空间,例如:私人空间/公共空间、家庭空间/

社会空间、文化空间/实用空间、休闲空间/工作空间等等，不一而足。福科进而引巴什拉《空间诗学》中他所谓现象学式的描述：我们并非生活在一个均质的空洞的空间里，相反我们的空间深深浸润着各种特质和奇思异想，它或者是亮丽的、轻盈的、明晰的，或者仍然是晦暗的、粗糙的、烦扰的，或者高高在上，或者深深塌陷，或者是涌泉般流动不居的，或者是石头或水晶般固定凝结的。但福科也认为，巴什拉的分析虽然很深刻地反映了我们的时代，但还是主要涉及内部空间，而我们同样希望讨论外部空间。

在一次题为"空间、知识、权力"的访谈中，福科这样强调过空间的重要性："空间是任何公共生活形式的基础。空间是任何权力运作的基础。"①换言之，空间、知识、权力的三位一体最终与后现代思潮的理性主义批判有着千丝万缕的联系。在被问及怎样看待后现代主义时，福科的回答是，从 18 世纪起，哲学与批判思想的中心问题一直是、目前是、将来也将是：我们使用的理性到底是什么？它有什么危险和限制？福科称这是一个最重要也是极难解决的问题。而假如认为理性是我们的敌人，而应予驱除又是极端危险的看法，那么这危险充其量不过是批判理性会使我们陷入非理性的同样的危险而已。对此福科指出，非理性其实也是理性的一种形式，如种族主义就是建立在社会达尔文主义的理性上面，后来它变成纳粹最是持之以久的非理性的有力支柱之一。因此假如说知识分子在这里可以起什么作用，或者说哲学在批判思想中有什么作用的话，那么毋宁说就是清楚认识到理性的必然性和不可或缺性，以及可能带来的种种潜在的危险。而这一切，无疑都是在空间的基础上展开的。

19.2 列斐伏尔与《空间的生产》

空间理论的最有影响的著作，可推法国新马克思主义哲学家亨利·列斐伏尔(1905—1991)于 1974 年出版的《空间的生产》。列斐伏尔反对把马克思主义释为经济决定论，同样不同意将马克思主义视为实证世界观和自然科学方法论，而是以他对当代资本主义消费社会的"日常生活批判"而蜚声。在空间理论上，列斐伏尔反对传统社会理论单纯视空间为社会关系演变的容器或者说平台，反之指出它是社会关系至为重要的组成部分，空间既是在历史发展中生产出来的，又随历史的演变而重新结构和转化。他认为我们关注的空间有物质、精神、社会三种，这三种空间在统一的批判理论出现之前，据他观之都是以孤立的零散的知识形式存在。而空间的知识理应将物质的空间、精神的空间和社会的空间相互联结起来，这样才能使主体游刃有余于各个空间之间。三种空间中最重要的是列斐伏尔的社会空间理论，就开放和开拓社会空间的无穷潜质，将历史性、社会性和空间性联合论证在一个超学科的"三元辩证法"(trialectics)之中而言，列斐伏尔的影响可以说是无人可以比肩。所谓"三元辩证法"，列斐伏尔在《在场与缺场》中的一段话可以作为脚注："长期以来，反思性思想及哲学都注重二元关系。干与湿，大与小，有限与无限，这是古希腊贤哲的分类。接着出现了确立西方哲学范型的概念：主体—客体，连续性—非连续性，

---

① 福科：《空间、知识、权力》，见包亚明编：《后现代性与地理学的政治》，上海教育出版社 2001 年版，第 13—14 页。

开放—封闭等。最后则有现代的二元对立模式:能指与所指,知识与非知识,中心与边缘……(但是)难道永远只是两个项之间的关系吗……? 我们总是有三项之间的关系,总是存在他者。"①二元对立不足为道,现在要加上第三元,《空间的生产》即围绕这第三元展开,列斐伏尔从中形构的空间性的三元辩证法,被认为是他在理解社会空间方面最富有创造性的贡献。用列斐伏尔本人的话来说,则是:"我们所关注的领域是:第一,物理的——自然,宇宙;第二,精神的,包括逻辑抽象与形式抽象;第三,社会的。换言之,我们关心的是逻辑—认识论的空间,社会实践的空间,感觉现象所占有的空间,包括想象的产物,如规划与设计、象征、乌托邦等。"②

列斐伏尔的空间理论批判传统认识论上的二元论方法,认为它们或者是客观唯物主义的只见树木不见森林的短视,或者是主观唯心主义的只见森林不见树木的远视。即是说,前者是用自然主义、机械论或经验主义来过分地强调世界的具体性,认为客观"事物"比"思维"更真实,而拒绝深入到表象之下去。如是,社会空间每每要么被看作是自然给予,一如雕塑家和建筑家合力所为;要么被看作是客观且具体地存在,有待去认真测量、准确描绘,一如几何学家、经验主义科学家,以及一些历史学家或地理学家所见的空间。而就后者而言,则是社会空间完全被当作精神空间,可以借助思维和言语、文学和语言、话语和文本、逻辑观念和认识论来破译。现实限定在思维之中,完全通过其再现形态来进行理解。反之,真实的社会活动和空间活动,对经验的和意识的直观物质世界,则无可奈何地被束之高阁了。

上述对二元论的否定,开启了列斐伏尔通往空间性三元辩证法的道路,即坚持思考空间的每一种方式,无论是物质的、精神的,还是社会的,都应同时被看作既是真实的又是想象的、既是具体的又是抽象的、既是实在的又是隐喻的。二元并存而无一天生具有优先权。有鉴于此而重新获取平衡的空间性三元辩证法,还只是一种理想状态,列斐伏尔在开始他的"他者化"亦即"第三化"的批判工程时,首先将注意力集中在"社会空间"方面。一则因为这是思考空间的一个长期以来受到漠视的迥然不同的方式,人把全部注意力倾注到唯物主义或唯心主义的纷争上面去了;二则也是因为这同时也是界定无限扩展的空间想象领域的一种无所不包、彻底开放的方式。

列斐伏尔认为,社会空间由社会生产,同时也生产社会。关于社会空间与社会生产的与生俱来的亲密联系,列斐伏尔指出,一方面每一社会空间都产生于一定的社会生产模式之中,都是某种社会过程的结果,而此一过程交杂有意义的与无意义的、认知的和直接存在的、实践的和理论的种种作用趋势,因此社会空间不可能被明确划分为是物质的还是精神的。另一方面,空间也是一切社会活动、相互矛盾和冲突的一切社会力量纠葛一体的场所,是社会的"第二自然"。故社会空间不可能是社会运动运行其间的静止的"平台",反之它蕴含着变化的无限可能性。一如列斐伏尔所言,"(社会)空间与自然场所的鲜明差异表现在它们并不是简单的并置:它们更可能是互相介入、互相结合、互相叠加——有时甚至

① 列斐伏尔:《在场与缺场》,斯托克 1980 年版,第 143 页。
② 列斐伏尔:《空间的生产》,布莱克威尔 1991 年版,第 11—12 页。

互相抵触与冲撞"①。这样来看,空间就不是被动地容纳各种社会关系,而本身就是一个强大的充满活力的变数,就是知识和行为,也是一种新的社会生产模式,在社会再生产的延续中起到决定性作用。

《空间的生产》中有一个相当引人注目的"三元组合概念":空间实践(espace perçu)、空间的再现(espace conçu)、再现的空间(espace vécu),亦即感知的空间、构想的空间、生活的空间。根据《第三空间》的作者爱德华·索雅的阐释,首先,"空间实践"是指空间性的生产,它围绕生产和再生产,以及作为每一种社会构成的具体地点,资本主义条件下的"现代"空间实践因此陈陈相因,与城市道路、网络、工作场所、私人生活及休闲娱乐密切相连。这种具体化的、社会生产的、经验的空间即是"感知的"空间,它直接可感,并在一定范围内可进行准确测量与描绘。这是传统空间学科关注的焦点,是索雅谓之第一空间的物质基础。其次,"空间的再现",指的是被概念化的空间,这是科学家、规划家、城市学家和分门别类的专家、政要的空间,他们都把实际可感的空间当作构想的空间。此一空间还与生产关系以及这关系设定的秩序相连,从而控制语言、话语、文本、逻各斯,总之一切书写的和言说的世界,由此支配了空间知识的生产。此即为索雅所称的第二空间,这是一个乌托邦的主要空间,艺术家和诗人的创造性想象,在此可谓如鱼得水。最后"再现的空间",这是既有别于前两类空间同时又将它们包含其中的空间,既相连于社会生活的基础层面,又相连于艺术和想象,乃是"居住者"和"使用者"的空间,一个"被统治的空间",是外围的、边缘化了的空间,是在一切领域都能够找到的"第三世界",它们存在于精神和身体的物理存在之中,存在于性别和主体性之中,存在于从地方到全球的一切个人和集体的身份之中。它们是争取自由与解放的斗争的空间。索雅指出,列斐伏尔的这第三个空间强调了统治、服从和反抗的关系,它具有潜意识的神秘性,是彻底开放充满想象的空间,因此,非常接近于他所说的"第三空间"。

应该说索雅的阐释是可信的。列斐伏尔本人说过,别人是选择其他方式去探讨现代社会的复杂关系,诸如借助于文学、无意识或语言,而他则是选择空间,坚持不懈要将它形成概念,努力阐释它的所有含义。在列斐伏尔看来,空间不仅是物质的存在,也是形式的存在,是社会关系的容器。空间具有它的物质属性,但是它决不是与人类、人类实践和社会关系毫不相干的物质存在,反之正因为人涉足其间,空间对我们才见出意义。空间也具有它的精神属性,一如我们所熟悉的社会空间、国家空间、日常生活空间、城市空间、经济空间、政治空间等概念,但这并不意味空间的观念形态和社会意义可以抹煞或替代它作为地域空间的客观存在。所以空间既不是客体也不是主体。列斐伏尔的这些思想,直接导致了爱德华·索雅的"第三空间"理论。

19.3 索雅论第三空间

"第三空间"的概念由来于美国后现代地理学家爱德华·索雅 1996 年出版的《第三空

---

① 列斐伏尔:《空间的生产》,布莱克威尔 1991 年版,第 88 页。

间》一书,是近年后现代学术中的一个热门话题。爱德华·索雅出生在纽约布朗克斯区,据他后来回忆说,在这个文化多元性表现得再明显不过的城区,他10岁时便像个街头地理学家。获取博士学位后有20年他在非洲,先后在尼日利亚的伊巴丹大学和肯尼亚的内罗毕大学担任过客座教职,教授政治地理学。1972年起他在加利福尼亚大学洛杉矶分校执教,两度出任过该校城市和规划系主任。近年他致力于洛杉矶城市重建的研究,具体说是大洛杉矶的后现代化(洛杉矶从分散的城镇村落发展成为世界上最大的超级城市之一,它的发展过程无论是在学者还是在本城市居民中间,都引发过争论)。因此索雅的研究影响超出地理学科,波及到包括文学认知在内的人文学科的方方面面。

什么是第三空间?索雅承认他是在最广泛的意义上使用第三空间这一概念,是有意识尝试用灵活的术语来尽可能把握观念、事件、表象以及意义的事实上在不断变化位移的社会背景。在更大的语境上看,20世纪后半叶空间研究成为后现代显学以来,对空间的思考大体呈两种向度。空间既被视为具体的物质形式,可以被标示、被分析、被解释,同时又是精神的建构,是关于空间及其生活意义表征的观念形态。这样来看,索雅提出的第三空间正是重新估价这一二元论的产物。据索雅自己的解释,它把空间的物质维度和精神维度同时包括在内的同时,又超越了前两种空间,而呈现出极大的开放性,向一切新的空间思考模式敞开了大门。

上承列斐伏尔的《空间的生产》,索雅分析了他所说的三种"空间认识论"。"第一空间认识论"最是悠久,索雅指出此一思维方式主宰空间知识已达数个世纪,它的认识对象主要是列斐伏尔所说的感知的、物质的空间,可以采用观察、实验等经验手段来作直接把握,我们的家庭、建筑、邻里、村落、城市、地区、民族、国家乃至世界经济和全球地理政治等等,便是此一空间认识论的典型考察对象。索雅指出,第一空间认识论偏重于客观性和物质性,力求建立关于空间的形式科学。人与自然的关系,发展与环境的地理学,因此作为一种经验文本在两个层面上被人阅读:一是空间分析的原始方法,就对象进行集中的准确的描绘,一是移师外围,主要在社会、心理和生物、物理过程中来阐释空间。

比较来看,"第二空间认识论"要晚近得多,可视为第一空间认识论的封闭和强制客观性质的反动。简言之,它是用艺术对抗科学,用精神对抗物质,用主体对抗客体。索雅认为,它假定知识的生产主要是通过话语建构的空间再现完成,故注意力是集中在构想的空间而不是感知的空间。第二空间形式从构想的或者说想象的地理学中获取观念,进而将观念投射至经验世界。精神既然有如此十足魅力,阐释事实上便更多地成为反思的、主体的、内省的、哲学的、个性化的活动。所以第二空间是哲学家、艺术家和个性化的建筑家一显身手的好地方,不仅如此,这里还是倾情展开论辩的好地方。空间的本质是什么?它是绝对的,相对的,还是关系的?是抽象的,还是具体的?是一种思维方式,还是一种物质现实?思考起来都叫人颇费猜测。总而言之,此一空间认识论中,想象的地理学总是蠢蠢欲动把自己表征为真实的地理学,图像和表征总是在企图限定和安排现实。但索雅也承认两种空间认识论的界限有时候并不那么一目了然。他引列斐伏尔的话说,它们有时候仿佛是全副武装,打算决一死战,有时候却又一方包含而且促进着另外一方。近年来两种空间认识论边界上呈现出的模糊性与日俱增。诸如实证主义、结构主义、后结构主义以及存在主义、现象学、阐释学等等思想和方法的融合,更是推波助澜,促使第一空间分析家更多地求诸观念;第二空间的分析家们,也非常乐于徜徉在具体的物质空间形式之间。

由是观之,"第三空间认识论"既是对第一空间和第二空间认识论的解构,又是对它们的重构,用索雅本人的话来说,即是"它源于对第一空间/第二空间二元论的肯定性解构和启发性重构,是我所说的他者化——第三化的又一个例子。这样的第三化不仅是为了批判第一空间和第二空间的思维方式,还是为了通过注入新的可能性来使它们掌握空间知识的手段恢复活力,这些可能性是传统的空间科学未能认识到的"①。作为"他者化"——"第三化"的又一个例子,很显然第三空间不仅仅是种批判和否定,诚如"解构"一语本身的肯定和建构意味已为大多数人肯定,"第三空间认识论"在质疑第一空间和第二空间思维方式的同时,也在向对象注入传统空间科学未能认识到的新的可能性,使它们把握空间知识的手段重新恢复青春活力。为此索雅强调,在第三空间里一切都汇聚在一起:主体性与客体性、抽象与具象、真实与想象、可知与不可知、重复与差异、精神与肉体、意识与无意识、学科与跨学科等等,不一而足。如此而来的一个必然结果便是,任何将第三空间分割成专门类别的知识和学科的做法,都将损害它的解构和建构锋芒,换言之,损害了它的无穷的开放性。因此无论是第三空间本身还是第三空间认识论,都将永远保持开放的姿态,永远开放向新的可能性和去向新天地的种种旅程。

索雅的第三空间理论,一定程度上反映了当今西方后现代语境中出现的空间和地理学转向。索雅本人为此贡献了他的"空间三部曲":其一是《后现代地理学:社会批判理论中空间的再确认》(1991),该书驻足福柯、吉登斯、詹姆逊和列斐伏尔的理论,倡导整个地重新思考空间、时间和社会存在的辩证关系。其二是《第三空间:去往洛杉矶和其他真实和想象地方的旅程》(1996),作者认为第三空间既是生活空间又是想象空间,它是作为经验或感知的空间的第一空间和表征意识形态或乌托邦空间的第二空间的本体论前提,可视为政治斗争你来我往川流不息的战场,我们就在此地作出决断和选择。其三是《后大都市:城市和区域研究》(2000),或如作者所言,它是续写《第三空间》,探讨以洛杉矶为范例的当代后大都市,是否已经成为一个大变革、大动荡的转化场景,由昔年因危机生成的重建,转向因重建生成的危机。

恐怕很难找到什么人像索雅那样,对空间学科倾注了如此巨大的浓厚兴趣。过去数十年间,在现代主义的弊病不断暴露,不说日薄西山,至少已是危机纷呈,城市大块大块被推倒重建的全球化浪潮中,像洛杉矶这样的大都市,差不多就成了现代主义的实验场地。这样一种多少使人显得焦躁的新情势下,不言而喻需要出现新的城市研究的思维方式。索雅正是在这一背景之中,提出了更为广阔的学术视野,提倡语境分析和跨学科方法。他选中的切入点,便是空间。

---

① 爱德华·索雅:《第三空间:去往洛杉矶和其他真实和想象地方的旅程》,布莱克威尔 1996 年版,第 81 页。

19.4 第三空间与《阿莱夫》

据索雅解释,第三空间既不同于物理空间和精神空间,或者说第一空间和第二空间,又包容两者,进而超越两者,活像魔幻现实主义小说家博尔赫斯《阿莱夫》小说中那个貌不起眼,却是包罗万象的"阿莱夫"(Aleph)。真可谓芥子须弥,极天际地。一如威廉·布莱克的诗:一花一世界,一沙一天堂。《阿莱夫》是阿根廷著名作家博尔赫斯1945年写的一部短篇小说。Aleph 是希伯来字母中第一个字母,神秘哲学家们认为它意为"要学会说真话",在小说中,则活生生是个涵括万象的微观世界。小说开篇作者便引了两段文字作为题记,其一出自《哈姆雷特》第二幕第二场:"啊,上帝,即便我困在坚果壳里,我仍以为自己是无限空间的国王。"其二出自霍布斯《利维坦》第四章第四十六节:"他们会教导我们说,永恒是目前的静止,也就是哲学学派所说的时间凝固;但他们或任何别人对此并不理解,正如不理解无限广阔的地方是空间的凝固一样。"索雅称他在重读了《空间的生产》后,再一次为《阿莱夫》这篇小说所倾倒。认为列斐伏尔对具体的抽象的痴迷,其悖论式的唯物主义的唯心主义,以及他对在既是真实又是想象的共时世界中的历险,都使得他与博尔赫斯声气相求。博尔赫斯作品文体干净利落,文字精炼,构思奇特,结构精巧,小说情节常在东方异国情调的背景中展开,荒诞离奇且充满幻想,带有浓重的神秘色彩。这在一定程度上,或许正可与索雅的第三空间交通。

关于阿莱夫,索雅引博尔赫斯自己的话说,永恒是关于时间的,阿莱夫是关于空间的。在永恒中,所有的时间,包括过去、现在、将来都共时存在。在阿莱夫,则全部宇宙空间原封不动见于一个直径一英寸许的光闪闪的小球里。索雅大段援引了小说里的有关文字:

> 我合上眼睛,过一会又睁开。我看到了阿莱夫。
>
> 现在我来到我故事的难以用语言表达的中心;我作为作家的绝望心情从这里开始。任何语言都是符号的字母表,运用语言时要以交谈者共有的过去经历为前提;我的羞惭的记忆力简直无法包括那个无限的阿莱夫,我又如何向别人传达呢? 神秘主义者遇到相似的困难时便大量运用象征:想表明神道时,波斯人说的是众鸟之鸟;阿拉努斯·德·英苏利斯说的是一个圆球,球心在所有的地方,圆周则任何地方都不在;以西结说的是一个有四张脸的天使,同时面对东西南北。(我想起这些难以理解的相似不是没有道理的,因为它们同阿莱夫有关。)也许神道不会禁止我发现一个相当的景象,但是这篇故事会遭到文学和虚构的污染。此外,中心问题是无法解决的:综述一个无限的总体,假使综述其中一部分是办不到的。在那了不起的时刻,我看到几百万愉快的或者骇人的场面;最使我吃惊的是,所有场面在同一个地点,没有重叠,也不透明,我眼睛看到的事是同时发生的:我记叙下来的却有先后顺序,因为语言有先后顺序。总之,我记住了一部分。
>
> 我看见阶梯下方靠右一点的地方有一个闪色的小圆球,亮得使人不敢逼视。起初我认为它在旋转;随后我明白,球里包含的使人眼花缭乱的场面造成旋转的幻觉。

阿莱夫的直径大约为两三厘米,但宇宙空间都包罗其中,体积没有按比例缩小。每一件事物(比如说镜子玻璃)都是无穷的事物,因为我从宇宙的任何角度都清楚地看到。我看到浩瀚的海洋、黎明和黄昏,看到美洲的人群、一座黑金字塔中心一张银光闪闪的蜘蛛网,看到一个残破的迷宫(那是伦敦),看到无数眼睛像照镜子似的近看着我,看到世界上所有的镜子,但没有一面能反映出我,我在索莱尔街一幢房子的后院看到三十年前在弗赖本顿街一幢房子的前厅看到的一模一样的细砖地,我看到一串串的葡萄、白雪、烟叶、金属矿脉、蒸汽,看到隆起的赤道沙漠和每一颗沙粒……我看到曾是美好的贝亚特丽丝的怵目的遗骸,看到我自己暗红的血的循环,我看到爱的关联和死的变化,我看到阿莱夫,从各个角度在阿莱夫之中看到世界,在世界中再一次看到阿莱夫,在阿莱夫中看到世界,我看到我的脸和脏腑,看到你的脸,我觉得眩晕,我哭了,因为我亲眼看到了那个名字屡屡被人们盗用、但无人正视的秘密的、假设的东西:难以理解的宇宙。[①]

博尔赫斯写到这里,自称他感到无限崇敬、无限悲哀。索雅则发现将《阿莱夫》的意义与列斐伏尔有关空间生产的理论联系起来,可以从根本上打破空间知识旧的樊篱,增强他所要说的第三空间的彻底开放性:一切皆见于第三空间,我们可以从任何一个角度去看它,其间万象无一不是清清楚楚,然而第三空间又神秘莫测,从来没有人能彻底看清它、理解它,它是一个"无以想象的宇宙"。因此,任何人想运用语词和文本来把握这个无所不包的空间将终归徒劳。盖语言和文字都在时间里流出,此种叙事形式和讲述历史的方式,永远只能触及第三空间"阿莱夫"般共时态状的皮毛。索雅认为这里列斐伏尔《空间的生产》与博尔赫斯描述阿莱夫是异曲同工的,一样不断提到语言、文本、话语、地理和历史编纂等等,实是无能为力完全把握人类的空间性,或如《阿莱夫》篇首引的《利维坦》所言无限广阔的地方:无限广阔的空间!

这个无限广阔的空间果真是言所不能言吗?我们的语言肯定未必如此不堪信任。索雅指出,同博尔赫斯的"阿莱夫"相似,列斐伏尔的"空间的生产",其所涉空间亦是形形色色,足以叫人眼花缭乱。他引述了米歇尔·迪尔《后现代血统》一书中按字母顺序给出的各式各类空间形式,指出作者是将列斐伏尔视为批判性后现代主义的先祖。这些空间形式加上索雅自己添加上去的,大致有:绝对空间、抽象空间、适宜空间、构造空间、建筑空间、行为空间、身体空间、资本主义空间、构想空间、具体空间、矛盾空间、文化空间等60余种。这许多众声喧哗的不同空间何以和谐统一起来?索雅认为博尔赫斯的"阿莱夫"提供的沉思冥想模式诚然可嘉,但是有折中主义倾向。而如列斐伏尔《空间的生产》所言,他的政治与理论工程是旨在探索走向不同社会生活和不同生产方式的空间,因此它跨越了科学与乌托邦、真实与理想、构想与实际之间的鸿沟,探索既是"可能"又是"不可能"的辩证关系,并最终超越上述种种二元对立。所以,列斐伏尔是始终关注着现实,与生产和再生产的社会过程密不可分,简言之,社会空间的社会生产,这就是列斐伏尔,也是博尔赫斯,

---

① 见索雅:《第三空间:去往洛杉矶和其他真实和想象地方的旅程》,布莱克威尔1996年版,第55—56页。

给予"第三空间"的最大启示。

19.5　重读文学空间

　　空间作为社会空间的社会生产,这对于文学的理解意味着什么?现任教于英国达勒姆大学地理系的麦克·克朗,在1998年出版的《文化地理学》中以"文学景观"为题,辟专章讨论了文学中的空间含义。克朗属于近年开始崭露头角的文化地理学新锐,除了《文化地理学》,他还与J·梅依和P·克朗合编《虚拟地理学:身体、空间、关系》(1999),与N·斯里尔合编《思考空间》(2000),以及与S·科勒姆合编《旅游:地点与行为之间》(2002)等有关著作。克朗指出,过去20多年里地理学家开始日益关注各式各类的文学作品,视之为探讨景观意义的不同模式。文学诸如小说、诗歌、戏剧、传奇等等,是在各显神通,展示它们如何理解和阐述空间现象,比如,文学作品中的地域描写,就是地理学的另一个丰富多彩的资料库。但文学空间里的地域描写意味深长,远超出其统计学上的意义。关于文学与其外部世界的关系,克朗作了这样描述:"文本并不是单纯反映外部世界。指望文学如何'准确'地和怎样地应和着世界,是将人引入歧途。这样一种天真的方法错过了文学景观大多数有用的和有趣的成分。文学景观最好是看作文学和景观的两相结合,而不是视文学为孤立的镜子,反映或者歪曲外部世界。同样,不仅仅是针对某种客观的地理知识,提供某种情感的呼应。相反,文学提供观照世界的方式,显示一系列趣味的、经验的和知识的景观。称此种观点是主观论,实是错失要领。文学是一种社会产品——它的观念流通过程,委实也是一种社会的指意过程。"①

　　如同列斐伏尔认为空间是为社会所生产同时也生产了社会,克朗的观点同样指出了文学是一种社会媒介,一个特定时代不同人众的意识形态和信仰,由此组构了文本同时也为文本所组构。文本组构了作者想说、能说,甚而感到不得不说的言语,同时又组构了言说的方式。所以文本是环环相扣,交织在它们或者是认可或者是有意颠覆的文化惯例之中。而有鉴于文本必须有读者的阅读参入其中方可实现其目的,对于意义的传达、流通和更新,读者的在场将和作者写作行为一样是不可或缺的。

　　克朗认为文学不是举起一面镜子来观照世界,而是一张纷繁复杂的意义的网。任何一种个别的叙述,都难分难解牵掣到其他的叙述空间。这些空间未必一定是文学空间,像官方文牍、学术著作,甚至宣传广告,都可罗列其中。文本就这样组成了一张观念和观念之间的大网,就在这大网之中,它确立了自己观照世界的方式。"现实主义"即为这样一种连接方式,但是它既不是准绳,也不意味排斥其他方式。而就其写实的意识形态来说,现实主义毋宁说是都市空间的产物。我们的空间经验当然不止是都市一种。对此克朗说,地理学的空间的文学方法,每一种都提供了理解一种景观的特定视域,每一种都吸收了其他方法,每一种都设定了它的读者群体,每一种都有它的修辞风格而勾勒出令人信服的图景。他发现地理学家对于文学作品中空间意识的关注,其实是由来已久的。例如早在

---

① 麦克·克朗:《文化地理学》,路特勒基1998年版,第57页。

1948年,H·C·达比发表在《地理评论》的文章《托马斯·哈代威塞克斯的区域地理》,即有如是说:"小说作为一种文学形式,天生就具有地理属性。小说的世界是由方位、场地、场景边界、视角和视野构成的。小说人物处在形形色色的地方和空间之中,叙述人和读者阅读亦然。任何一部小说都可以呈现一块地理知识领域,展示不同的,甚而是互为冲突的地理知识形式,从对地点的感性认识,直到地域和国家的专业观念。"①

　　文学和地理学当然有所不同。文学可以虚造想象地点,但是谁又能否认文学在地理想象的形构中,确实出演着举足轻重的角色呢?克朗指出,哈代不遗余力描写威塞克斯的乡情民俗、俚语方言,可谓展示了一种生动有机的地域文化身份。他其实是在叙写一曲挽歌,哀悼那一种行将消逝的乡野景观和乡野生活方式。苔丝一家被迫离乡背井的凄惨命运写出了社会动荡和乡村贫困化的过程。而新贵德伯维尔家族则又活灵活现勾画出了社会分化中的一个层面。《德伯家的苔丝》中的景观描写由此揭示了金钱的力量如何向乡村空间渗透,它再明显不过体现在阿列克斯对苔丝的控制上面。可怜的苔丝在无远弗届的社会力量面前,根本就是一只束手待毙的无助的小鸟。这样来看,文学对于地理学的意义不在于作家就一个地点作何描述,而在于文学本身的肌理显示社会如何为空间所结构。事实上大多数人都是通过哈代了解了威塞克斯,哈代小说中的威塞克斯,用亚里士多德的话说,比较历史之中的那个威塞克斯,没有疑问是更具有"哲学"意味的。

　　克朗因此强调说,文学中的主体性并不是它的缺陷,相反正是这主体性道出了地点和空间的社会意义。如文学中现代性和后现代性的崛起,就直接应合了这一时期风起云涌的体验世界和组构知识的不同方式。文学和地理学不妨说都是关于地点和空间的文字,文学可以参与物质的社会过程,一如地理学可以启用想象的手段。因此两者都是指意的过程,即是说,文学和地理学都是使地点和空间在社会媒介中见出意义的过程。

　　但考察文学与地理学的空间联系关系并不是将一张地图重叠到另一张地图上面。克朗指出,这样做诚然很有意思,但是究竟是有局限的。更好的办法或许是在文学文本的内部来探究特定的地域和空间分野,这些分野可以同时见于情节、人物以及作家自传等等多种方面,进而在文本里构建一种家园感,使之成为一个"基地",由此可以帮助我们深刻理解帝国主义和现代社会的地理知识。例如旅行故事中,典型的地理学结构就是设定一个家园,不论是失落的家园也好,回归的家园也好。克朗读出许多文本的空间故事,都在呼应这个行旅主题:主人公先是出走他乡,饱受磨难,历经种种奇遇,最后又回到家乡。甚至《吉尔加马什》这样出自中东文明的人类最古老的史诗之中,都已经在清楚地展示这一模式。荷马的《奥德赛》亦然。而索福克勒斯的《俄狄浦斯王》,尤其将这个故事叙述得凄惨。其他如童话、骑士故事、民谣以及数百种小说的情节,包括流浪汉小说和更为晚近的旅行见闻,都可以见出类似的结构。

　　那么这结构的社会和文化意义又是什么?克朗在这里看中的是性别政治的地理学。家园是给人以归属和安全的空间,但同时也是一种囚禁。为了证明自身的价值,男性主人公于是总是有意识无意识地进入一个男性的冒险空间,像《奥德赛》里,奥德修斯离开家园

---

① H·C·达比:《托马斯·哈代威塞克斯的区域地理》,见《英国地理学家会刊》,1993,18(4),第460页。

后,先是围攻特洛亚整整10年,然后又历经10年回归故土。这缺场家园的20年里他历经考验证明了自己的文化身份,特别是10年归途中,他凭借典型的男人的智谋狡计,战胜了形形色色的妖媚女人。回到家园,则发现他的妻子帕内罗珀对浪荡子的求婚和儿子要求继位已经几无招架之力,乃不得不重施权威,再次确立家长地位。比较特洛亚题材的五部史诗,《奥德赛》是唯一一部主人公平安到家的作品,便也足以发人深思。其他如《俄瑞斯忒斯》,阿伽门农回到家里,迎接他的是妻子与其情夫的合力血腥谋杀,由此展示出回乡更为凶险的意义层面,表明家园中的男权同样可以脆弱至于如此不堪一击。克朗指出,假如细读文学作品中这一家园的空间结构,可以发现,起点几乎无一例外是家园的失落,回家的旅程则是围绕一个本原的失落点组构起来的。有多不胜数的故事暗示,还乡远不是没有问题,家园既经失落,即便重得,也不复可能是它原来的模样了。所以,在这一结构中构建的"家园"空间,可视为一种追根溯源的虚构,一种追缅失落之本原的怀旧情绪。这又是从另一个侧面,表明文学描写可以揭示空间如何组构,以及空间如何为社会行为所界定。由此而言,文学中空间的意义,较之地点和场景的意义远要微妙复杂得多。

文学中的空间一大部分是城市的空间,克朗指出,小说描写城市早有悠久的传统,但城市不光是都市生活的资料库,不光是故事和情节从中展开的一个场景,不论它叙写得怎样绘声绘色,城市景观同样也表现了社会和生活的信念。为此他举的例子是雨果的《悲惨世界》,他指出,雨果围绕巴黎来构建小说的中心情节,那些穷人居住的窄街小巷就构成了一种黑暗的想象性空间,那是城市未知部分的一种神秘地理。克朗指出,小说是采取了居高临下的全景式视角,可是这视角依然无法企及关于城市的全部知识,城市依然显得晦暗阴森、凶兆密布一如迷宫。而另一方面,与这穷人的陋巷空间针锋相对的,是官方和国家的空间。这里克朗发现雨果是有意识针对这些穷街陋巷描写了那些今日巴黎引以为豪的通衢大道。大道通向迷宫般的窄街小巷,成为军队和警察镇压穷人的通衢。于是,一边是开放的、正规的国家控制的地理空间,一边是晦暗的狭窄的贫民的空间,两者适成对照。小说因此可以被读作利用空间描写来寓示一种知识地理学,揭示国家怎样应对潜在的市民暴动,所以,它也是一种国家权力的地理学。克朗认为这一说法并不过分,例如1848年巴黎起义期间,首当其冲被摧毁的东西之一,就是街灯。因为正是街灯,让警察看见穷人们在干什么。这样来看,巴黎的街灯便是权力的眼睛,勾画出了监视和控制的公共地理学。这里光明和黑暗的象征意义,和我们对这个二元对立的传统理解,又是多么不同。

如果我们以19世纪的巴黎作为起点,克朗说,那么我们可以发觉都市生活的情感经验在历经怎样的变化。工业化的核心概念即是现代性。城市的现代化导致它无边扩张,结果是城市的空间大到无以认知。说明这一点,只消将旧时的村庄的概念同今日的城市作一比较。他指出,早在19、20世纪之交,就有社会学家西美尔等人将乡村与城市比较,指出村落的社群里人与人直接交往,对彼此的工作、历史和性格都十分熟悉,他们的世界相对来说是可以预知的。反之现代城市则是陌生人的世界,人与人互不相识,互不相知,乡村的宁静平和为都市的喧嚣骚动所取代。而在文学中,波德莱尔的19世纪中叶巴黎的"浪荡子"(flâneur)形象,就是很典型的现代城市的见证人。这个浪荡子别无所事,所好就是在街头转悠,将都市的喧嚣骚动当作风景来细细品赏。他的目光在新空间里如林的新商品上——扫将过去,看着街上车水马龙,物欲交换川流不息,心里不由得就感到几分满足。所谓的新空间,指的是19世纪巴黎触目皆是的拱廊街和百货商店。克朗提醒人们这个浪荡子的性别:他是男性而不是女性。这意味着,公共场所对于资产阶级妇女来说,看来并不是个可以慵懒闲逛的好去处。这个男性的浪荡子由此和左拉小说里的妇女们形成鲜明对照。左拉笔下的女人也为琳琅满目的商品痴迷不已,但是她们逛商场不逛大街。克朗认为,商场这个封闭的空间比较留恋市井街道,其成为文学的中心场景,标志了都市空间从公共空间向私人空间的转移。它不仅是建筑和经济的移位,同样也是城市经验的移位。

文学在克朗看来是参与了这一空间经验的转移。浪荡子于波德莱尔和福楼拜这样的作家都具有浓重的自传性质。文体风格对于城市描写的影响,也大有不同。所以,文学作品不应被看成仅仅是反映或描述了城市,仅仅是种资料库。事实上以往大多数地理学家读文学作品,基本上也就是奉行以上读解理念,将作品视为被动的社会科学现成资料,指望它们可以提供清澈透明的信息。但小说家肯定不是地理学家,克朗指出,我们相反应当细细考察城市如何建构在小说之中,诚如前面雨果的例子所示,以求确认现代性不光是流于字面的描写,而本身已成为城市描写方式的一个组成部分。因此,波德莱尔的诗作不光是巴黎写景,相反其文本自身似乎也参入了这浪荡子的诡异行踪,一路游荡过无数人等,可是永远也无以把握整个城市。因为都市的空间经验,根本就不会容忍这样一种居高临下的把握模式。

由此可见,文学与空间理论的关系不复是前者再现后者,文学自身不可能置身局外、指点江山,反之文本必然投身于空间之中,本身成为多元开放的空间经验的一个有机部分。要之,文学与空间就不是互不相干的两种知识秩序,所谓前者高扬想象,后者注重事实,相反,它们都是文本铸造的社会空间的生产和再生产,凸现这一点,无论如何是意味深长的。

20 结 语

上面,我们对迄今为止的现当代(主要是20世纪)西方文论及其历史发展作了简要的叙述,对其中人本主义和科学主义两大主潮的对立和两个重要的"转向",也作了大体的勾勒。下面,我们要进一步探讨两个问题:一是这两大主潮为什么会在20世纪形成,这两种"转向"为什么会在20世纪出现? 二是对当代西方文论总体上应作怎样的评价? 前一个问题是社会文化背景问题,后一个问题是评价标准问题。

先说第一个问题:当代西方文论两大主潮、两个"转向"形成的社会、历史和文化背景。

20世纪以来,自然科学和技术文明取得了突飞猛进的发展。爱因斯坦相对论的提出,量子力学的诞生,电子计算机的发明、应用和快速换代,DNA生命密码的破译,系统论、控制论、信息论的创立,宇宙科学的突破,航天工业的发展,等等,让人类面前的世界图景变得同经典科学所描述的图景大不一样了。在此基础上形成的现代科学技术正在创造出远远超过过去几十个世纪总和的巨大生产力,从而把人类对自然界的开发与改造推进到一个前所未有的新阶段。在发达资本主义国家,不仅已达到高度的工业技术文明,而且已进入"后工业社会"和信息时代。这一现实极大地提高了人类认识自身、征服世界的理性能力。这正是科学主义、技术主义和实证主义思潮得以存在和发展的客观依据。科学主义文论,从本质上来说,就是在承认科学、逻辑的理性至上前提下,尝试对作为人类精神现象的文学艺术作出类似自然科学的精确分析和说明。"语言论转向"也是在这一背景下出现的。具体来说,当代科学主义文论接受了逻辑实证主义和现代语言学的双重影响,着重对文学作品文本的语言和形式、结构作客观的分析,追求批评的科学性。应当承认,这种尝试取得了可观的成果。

另一方面,由于资本主义制度矛盾的积累和激化,20世纪爆发了两次世界大战。在战争中,现代科学技术的一些先进成果被用来充当杀人武器,这不仅给人类造成巨大灾难,而且在世界各国人民的心灵上留下了难以磨灭的创伤。另外,人类在快速走向现代化的过程中,在用先进科技利用、改造自然的同时,也在许多场合破坏了自然界的生态平衡,环境污染、气候改变、职业病的增多,等等,一系列问题使人类面临着新的生存困境与危机。以上两种情况,一是社会性的,一是自然性的,但其共同之处在于:人凭借自身的理性能力创造了无与伦比的物质、技术文明,但这种文明却反过来成为压迫人、毁灭人的强大异己力量。尤为突出的是,资本主义条件下高度发展的物质技术文明严重地压抑、窒息、吞噬着人们的心灵,使人的心灵异化了。高度的技术文明与深刻的精神危机形成巨大的反差。这正是对理性持怀疑、批判立场的现代人本主义同样得以顽强生长和发展的历史、文化背景。人本主义文论更多地看到科技进步带来的负面影响:人与自然界的日益分离以及物质成果急速膨胀造成的对人类心灵的严重挤压，由于人从自然的异化，人变成抽象的物，科技发展蜕化为专制统治的工具，传统科学理性在现代技术文明条件下走向了反面。对科学理性的绝望与幻灭，使人本主义文论把目光转向人的非理性方面，这是"非理性转向"形成的根源。人本主义文论在"非理性"的旗号下着重发掘人类心理的非理性层面与功能，研究其与文学艺术的内在联系，同样取得了重大的进展。就理论的深广度而言，应当说人本主义文论的成就总体上超过了科学主义文论。

而在20世纪60年代以后，也即西方发达国家进入"后工业社会"或"后现代"之后，社会文化、思想也发生了重大的转型。原来意义上的科学主义和人本主义的对立，在新的历史条件下有相互渗透、"越界"、交汇的趋势；同时，后现代文化总体上呈现新的反传统格局，其基本特点是在消解传统文化的同时呈现出意义的不确定、去中心、多元多义化。这种转型也制约着20世纪70年代至今西方文论的基本走向，使之呈现如下一些特点：第一，科学主义与人本主义的界限趋于模糊。如解释学文论和接受理论原本是在作为人本主义思潮的现象学、存在主义文论基础上形成的，但它们明显地吸收了作为科学主义的结构主义文论的成果；又如由结构主义转型而来的解构主义，同样吸收了从尼采到海德格尔的非理性思想；女权主义批评也有对两者兼收并蓄的特点。第二，反传统倾向更为鲜明、彻底。如六七十年代，随着西欧学生造反运动对西方社会结构的巨大冲击，以德里达、福科、拉康、克莉丝蒂娃等人为代表的后结构主义思潮崛起，以比海德格尔更彻底的态度颠覆、批判西方整个形而上学传统，使"结构"、"中心"等传统思路岌岌可危。第三，研究重点从作品文本转移到读者、接受上来。解释学、接受理论、读者反应批评等是这方面的代表。这是20世纪文论研究重点的第二次重大转移，它导致对文本意义的探讨从确定趋于不确定，从绝对变为相对，从单义变为多义，这种"非中心化"的特点与解构主义"去中心"的思潮遥相呼应。第四，以后现代主义对抗现代主义，在文学艺术上，追求平面感，削平深度模式；滞留于断裂感，放弃历史意识；满足于"零散化"，消解主体性；"复制"类象，抹煞距离感。这样就使精英文化与大众文化、纯文艺与通俗文艺的界限趋于泯灭；同时，显示出某种反文化、反美学的色彩。第五，在"后现代"时期，西方文论中仍存在着与上述解构主义、后现代主义等思潮对立并对其持批判态度的学派、理论，如新马克思主义、新历史主义、后殖民主义等，它们不是对传统文化或现代主义文化的简单回归或辩护，而是在新的历史条件下吸收传统文化的合理成分，对后现代主义、后结构主义思潮中某些片面性加以矫正。特别值得注意的是，20世纪90年代以后西方文论界的文化研究和文化批评发展迅猛，上述许多后结构主义、后现代主义文论都不同程度参与其中，给当代西方文论带来了新的气象。

下面再说第二个问题：应当怎样对当代西方文论作总体评价。

我们认为，最根本的评价标准只能是马克思主义的唯物史观和辩证法。必须坚持以马克思主义的观点和方法仔细地审视当代西方文论，对其作出实事求是的科学评价。

具体来说，一是要用唯物史观考察当代西方文论赖以形成的时代、社会、历史基础，揭示其产生和形成其特点的社会、历史、文化根由；二是要对当代西方文论总体上与现代资本主义社会相"敌对"的态度作出科学的分析与评价；三是应尊重文论本身发展的特殊规律,重点研究当代西方文论与以前的文论相比,提供了哪些新的东西? 增添了哪些新的成果? 对当代世界文学艺术发展起了什么作用? 等等;四是应当以实事求是的科学态度和辩证的分析方法对当代西方文论从整体上到每一个学派、代表人物的学说、思想、理论、观点作出客观、公允、恰如其分的评价。

本书就是努力按照这四条原则进行编写的。这里再尝试运用这四条原则对当代西方文论从总体上作一简要评价。

首先,应当承认,当代西方文论总体上对人类思想文化的发展和进步起到了一定的推动作用。马克思在论及物质生产与艺术生产的不平衡关系时曾指出:"进步这个概念决不能在通常的抽象意义上去理解。"①这就是说,"进步"、"倒退"一类范畴,是具体的历史的范畴,必须放在具体的历史背景、关系中加以比较和考察,而不能仅仅抽象、笼统地去谈论。譬如谈论某一种社会制度或生产方式是否进步,就应当历史地考察这种制度同其前面的旧制度相比,是否促进了社会生产力的发展;又如说某一种文化形态(包括艺术、哲学、文论等)是否进步,也要看它同以前的文化形态相比,是否提供了某些新的东西,而这些新东西又是否同整个人类思想文化发展的趋势相一致。

按照这一思路来反观当代西方文论以及它立足其上的社会经济基础,就比较容易看得清楚了。众所周知,20世纪西方资本主义发达国家进入了帝国主义阶段,两次世界大战就是帝国主义时代的恶果。但一方面由于20世纪中期以后,发达国家的资产阶级对资本主义的经济结构和生产关系作了某些重要调整,另一方面现代科技和物质生产的迅猛发展也一定程度上延缓了资本主义经济内在矛盾的激化,再则全世界人民反对殖民主义、反对侵略战争的斗争取得了伟大胜利,在一定程度上抑制了帝国主义的侵略、扩张,这就使当代资本主义的基本矛盾虽已充分暴露,但尚未达到全面危机和彻底崩溃的程度,其生产关系尚未完全转化成破坏生产力的桎梏,虽然其经济发展的速度已大大减缓。哈贝马斯将当代资本主义称为"晚期资本主义",是有道理的。整个20世纪西方资本主义国家创造的生产力远远超过前两个世纪自由资本主义创造的生产力的总和。在此意义上,资本主义社会仍取得了重要的经济进步。

与此相适应,西方资本主义的精神文化也取得了新的进展。20世纪经济生活的发展和两次科技革命(物理学从经典力学到量子力学的变革和信息科学的革命)对整个人类生活发生了重大而深远的影响,不仅改变了人类的物质文明和物质生活方式,而且日益深刻地改变着人类的精神文明和精神生活方式、行为和思维方式。这正是在当代思想文化领域各种哲学、社会思潮此起彼伏、频繁更迭的背后,始终贯穿着一条符合历史进步趋势的主线的根本原因。这些思潮、学派中,除了少数政治上明显反动或有反历史倾向以外,大多数一方面同传统文化一样,沿着探索真理的无穷坐标线作前进运动,另一方面对当代资本主义的消极、黑暗方面保持距离,作出各种形式的抗争。因此,从总体上说,当代西方文化的基本趋向是在19世纪的基础上曲折地前进的,它体现了历史的进步,而不是倒退。

对当代西方文论,总体上亦应作如是观。虽然它贯穿着离经叛道的反传统倾向,但

① 马克思:《〈政治经济学批判〉导言》,《马克思恩格斯选集》第2卷,人民出版社1972年版,第112页。

是,总的看来,它对传统西方文论仍有所继承,并在继承基础上有一系列重大的推进和超越:(1)它总结了从现代主义到后现代主义文学艺术的新鲜经验与规律,在理论上作出了新的概括与阐释。当代西方文论与文学艺术保持着密切的联系,总的说来,较少玄学思辨气息,而更富实证精神与心理学色彩,所以比传统文论更深入、细致地把握了文艺的特殊规律,发展出传统文论所没有的一大批全新的审美鉴赏、批评的范畴、概念和尺度。(2)它开拓了文论研究的新天地。它不仅保持了传统文论重视作品鉴赏分析和创作研究的特点,而且有些流派更注重对作品文本形式、结构、关系、功能的研究,有些学派侧重艺术家创作心理的分析,还有些学派则重视对读者接受及鉴赏心理的探索,当然,也不乏对文学活动从总体上把握的宏观研究,或对每一历史时期文学创作新思潮、新方法、新成果的密切关注并及时从理论上加以总结、提炼。这就极大地拓展了文论研究的领域。(3)不断创造、更新观念和方法,促进文论研究的多元化和科学化。当代西方文论以标新立异为荣,较富创造性,文论家、批评家们发扬探索精神,善于从各种相关学科和学术流派的研究成果中吸收新学说、新观念、新方法,融会应用于文论和批评中,一方面开阔了文论研究的思维空间,加强了同相关学科的交叉渗透,促进了文论观念、方法的多元发展,打破了传统文论单一的或两极对立的单调格局,呈现出平等竞争的勃勃生机;另一方面,这也有助于打破传统文论单向、平面、线性的思维方式,促进了文论研究的科学化。

其次,当代西方文论总体上对现代资本主义持批判态度,提供了对社会主义有价值的思想资料。马克思在论及物质生产方式与精神生产的关系时曾经指出,这种关系并不是直接对应的,不是物质生产越发展精神生产也越繁荣,不像人们"原先设想的那样简单。例如资本主义生产就同某些精神生产部门如艺术和诗歌相敌对"①。马克思的这一论断极为深刻,它提示了文学艺术作为一种自由的精神生产与资本主义的物质生产方式(生产关系)根本上是相敌对的,也就是说,资本主义制度从根本上说是压抑、阻碍文学艺术的自由发展的。实际上,进入20世纪后,资本主义制度与文艺的敌对程度有日益加深的趋势。现代或晚期资本主义产生的技术异化,与整个精神生产,尤其是文学艺术的发展比19世纪更为敌对。所以,揭露、抨击资本主义异化成为20世纪西方文艺最重大的主题之一,文学创作从艾略特的《荒原》、卡夫卡的小说、荒诞派的戏剧一直到20世纪60年代之后的"黑色幽默"文学如《第二十二条军规》等,都贯穿着一条反异化的主线。与此相呼应,20世纪西方文论也在理论上从各个方向向资本主义的现代异化发起攻击。可以说,揭露、批判现代资本主义(从制度到思想文化),已成为当代西方文论的主旋律。本书所论及的"非理性转向",实际上矛头所向是现代科技理性造成的人性异化,在这个意义上它是以一种极端形式对现代资本主义异化的抗争。在当代西方文论中,存在主义、结构主义、解构主义、女权主义、后现代主义、新历史主义、后殖民主义等,均对现代资本主义持敌对、批判、对抗的态度,最为典型的则是西方马克思主义文论。从早期的卢卡契对资本主义异化的揭露,到德国法兰克福学派文论高举的"社会批判理论"大旗,再到晚近英美新马克思主义文论(杰姆逊、伊格尔顿等)对后现代资本主义文化的批判,可以说从不同时期、不同侧面

---

① 马克思:《资本论》,《马克思恩格斯全集》第26卷,人民出版社1972年版,第1册第296页。

对现代资本主义制度、特别是资本主义主流意识形态和思想文化进行了相当尖锐、相当深刻的清算和批判。由于这种批判来自资本主义文化的内部，所以有时候比从外部批判显得更有力度，更能击中要害。在此意义上，当代西方文论，作为当代西方思想文化中的"异端"，它对现代资本主义制度和占统治地位的意识形态的批判，给社会主义中国的马克思主义者，提供了大量宝贵的思想资料，也为我们建设具有中国特色的马克思主义文艺理论，提供了重要的参照和借鉴。

当然，我们不能不清醒地看到，当代西方文论不但在具体问题上，而且在总体上存在着严重的局限性。第一，当代西方文论固然对现代资本主义异化采取尖锐的批判态度，但是，作为资本主义意识形态和思想文化的一个组成部分（虽然是非主流部分），它对资本主义的批判在某些方面显得很尖锐、很深刻，但往往不能从根本上对现代资本主义的经济基础、经济制度作出彻底的批判和一针见血的剖析。就是说，当代西方文论基本上停留在对资本主义主流意识形态的敌对和批判上，而较少触动这种主流意识形态赖以滋生的经济基础和社会制度，这是一种在不触动、乃至维护现代资本主义制度前提下的批判。譬如马尔库塞曾借用弗洛伊德学说批判现代资本主义对人的性本能即"爱欲"的压抑，提出现代"革命任务"之一应为"爱欲"的"解放"，这显然是不触及现代资本主义根基的"社会批判"。第二，当代西方文论对解决现代资本主义痼疾所开出的药方大多是空想的、不切实际的。如大多数西方马克思主义文论家希望用审美和现代艺术来消除异化、改造社会，结果陷入席勒式的审美乌托邦的幻想；哈贝马斯也提出通过包括文学艺术在内的交往语言和交往行为的合理化，来消弭晚期资本主义社会人际的矛盾与隔离，达到改造社会的目的，这显然也只能流于空想。第三，当代西方文论在思想方法上好走极端，具有明显的片面性。许多文论流派的学说、观点虽都有片面的深刻性和局部的真理性，却也往往失之于过于片面和极端。譬如形式主义、新批评过于强调文学的外在语言形式而完全弃置作品的思想、情感内容；精神分析批评有时又把文艺创作与"性欲"、"白日梦"甚至精神病等而视之，也陷于荒唐；结构主义把文学文本客体化、形式化，完全抹煞艺术家的主体性，甚至宣称"作者死了"，也明显不合情理；解构主义抓住文本中只言片语大做消解文章，消解一切的结果使解构批评本身亦陷入困境；读者反应批评则把读者的阅读行为看得高于一切，而完全取消了作者与作品的意义；……这种极端片面性造成当代西方文论就其某一流派、某一学说观点来看，往往只具有片面、局部的真理性，整体则陷于谬误。以上三点，是当代西方文论的主要局限，我们对此应有充分的认识。

后　记

《当代西方文艺理论》初版历经编写组一年多的共同努力,于 1997 年完成。2005 年又增补了两章内容。我们希望它能为高校文科的选修课,提供一本观点正确、材料较新、内容较丰富的合适教材,也为希望了解西方当代文艺理论整体状况和最新发展的广大读者,提供一本有价值的读物。

本书是在教育部高教司的直接关怀、支持、指导下完成的。主编心中对此书酝酿已有七八年了。1995 年 5 月,当时的国家教委正式批准本书作为文科教材立项,要求主编组织编写。高教司文科处对本书的编写十分关心,尤其是徐辉同志,从立项、组织编写组、联系出版社、多次召开编写组会议,到讨论初稿、修改定稿、专家组鉴定,每一环节都给予具体指导与帮助,保证了本书编写工作的顺利进行。

本书编写组成员均为国内高校的中青年专家、学者,他们发挥了各自的专业特长,按时保质完成了预定的编写任务。编写组的分工是:朱立元(复旦大学中文系教授)撰写导论、第 1 章、第 10 章、第 14 章和结语;王岳川(北京大学中文系教授)撰写第 15 章、第 16 章、第 17 章;余虹(中国人民大学中文系教授)撰写第 7 章、第 12 章;张杰(南京师大外文系教授)撰写第 3 章;张德兴(复旦大学中文系教授)撰写第 6 章、第 9 章;张荣翼(武汉大学中文系教授)、王一川(北京师大中文系教授)撰写第 11 章(其中第 7 节、第 8 节由张杰撰写);陆扬(南开大学哲学系教授)撰写第 2 章、第 5 章、第 13 章(其中第 3 节由朱立元撰写)、第 18 章、第 19 章;程爱民(南京师大外文系教授)撰写第 4 章、第 8 章。最后,由朱立元负责修改、统稿、定稿。编写组成员团结一致,同心协力,合作得非常愉快,使编写工作基本能按预定计划顺利开展。

需要专门提出的是,暨南大学教务处和中文系、深圳大学中国文化和传播系,对本书的编写给予了宝贵的支持,使初稿讨论会能于 1996 年 10 月下旬在广州、深圳顺利召开。还要特别提出的是,暨南大学的饶芃子教授和深圳大学的胡经之教授作为特邀专家,在百忙之中参加了初稿的部分讨论,给予了宝贵的指导。编写组对两校、系的鼎力相助,对上述两位专家的热情支持,表示诚挚的谢意。

本书初版完稿后请蒋孔阳、钱中文、夏仲翼、王元骧、王忠祥等国内著名专家进行了审读和鉴定。他们对本书作了充分肯定和鼓励,编写组在此对他们表示衷心的感谢。

最后,编写组还要向华东师范大学出版社表示真诚的感谢,没有他们对本书编写的支

后　记

持,没有责任编辑阮光页同志的辛勤工作,本书是不可能在较短时间内编写完成并迅速出版初版和目前又出版增补版的。

朱立元
1997 年元月
2005 年 1 月修改